Harry Potter

y
las Reliquias de la Muerte

J.K. Rowling

Harry Potter

y

las Reliquias de la Muerte

Título original: *Harry Potter and the Deathly Hallows*

Traducción: Gemma Rovira Ortega

Ilustración de la cubierta: Dolores Avendaño

Copyright © J.K. Rowling, 2007
Copyright de la edición en castellano © Ediciones Salamandra, 2008

El fragmento de *Las coéforas* ha sido traducido de *The Oresteia*, Aeschylus,
traducción de Robert Fagles, Penguin Ancient Classics, 1977 © Robert Fagles, 1977.
Reproducido con el permiso de Penguin Books Ltd.
El fragmento de *More Fruits of Solitude* ha sido traducido de *More Fruits
of Solitude*, William Penn, Everyman's Library, 1915.

Publicaciones y Ediciones Salamandra, S.A.
Almogàvers, 56, 7º 2ª - 08018 Barcelona - Tel. 93 215 11 99
www.salamandra.info

ISBN: 978-84-9838-145-0
Depósito legal: NA-3.335-2007

Las páginas de este libro se han imprimido en papel 100% Amigo de los Bosques.

Fuentes Mixtas
Grupo de producto de bosques bien
gestionados y otras fuentes controladas.
www.fsc.org Cert no. SGS-COC-003914
© 1996 Forest Stewardship Council

El logotipo del FSC identifica productos que se fabrican a partir de madera de bosques
bien gestionados y madera controlada de acuerdo con las reglas del Forest Stewardship Council.
El FSC promueve una gestión de los bosques del mundo respetuosa
con el medio ambiente, socialmente beneficiosa y económicamente sostenible.

1ª edición, febrero de 2008
Printed in Spain

Impreso y encuadernado en:
RODESA - Pol. Ind. San Miguel. Villatuerta (Navarra)

La
dedicatoria
de este libro
se divide
en siete partes:
para Neil,
para Jessica,
para David,
para Kenzie,
para Di,
para Anne
y para ti
si has
seguido
con Harry
hasta
el
final.

¡Ay! el tormento arraigado en el linaje,
        el grito desgarrador de la muerte,
        el golpe que rasga la vena,
    la sangre que nadie restaña, la pena,
la maldición insoportable.

Pero hay un remedio en esta casa,
        no fuera de ella, no,
            no venido de otros, sino de ellos mismos
en su pugna sangrienta. A vosotros clamamos,
oscuros dioses que habitáis bajo la tierra.

Escuchad con atención, dichosos poderes subterráneos,
    responded, enviad ayuda.
Amparad a estos muchachos, concededles la victoria ya.

ESQUILO, *Las coéforas* [*]

La muerte no es más que un viaje, semejante al que realizan
dos amigos al separarse para atravesar los mares. Como
aún se necesitan, ellos siguen viviendo el uno en el otro y se
aman en una realidad omnipresente. En dicho divino espejo
se ven cara a cara, y su conversación fluye con pureza y libertad. Tal es el consuelo de los amigos: aunque se diga que
han muerto, su amistad y su compañía no desaparecen, porque éstas son inmortales.

WILLIAM PENN, *More Fruits of Solitude*

---

[*] Traducción de la versión inglesa de Robert Fagles.

1

El ascenso del Señor Tenebroso

En un estrecho sendero bañado por la luna, dos hombres aparecieron de la nada a escasos metros de distancia. Permanecieron inmóviles un instante, apuntándose mutuamente al pecho con sus respectivas varitas mágicas, hasta reconocerse. Entonces las guardaron bajo las capas y echaron a andar a buen paso en la misma dirección.

—¿Buenas noticias? —preguntó el de mayor estatura.

—Excelentes —replicó Severus Snape.

El lado izquierdo del sendero estaba bordeado por unas zarzas silvestres no muy crecidas, y el derecho, por un seto alto y muy bien cortado. Al caminar, los dos hombres hacían ondear las largas capas alrededor de los tobillos.

—Temía llegar tarde —dijo Yaxley, cuyas burdas facciones dejaban de verse a intervalos cuando las ramas de los árboles tapaban la luz de la luna—. Resultó un poco más complicado de lo que esperaba, pero confío en que él estará satisfecho. Pareces convencido de que te recibirá bien, ¿no?

Snape asintió, pero no dio explicaciones. Torcieron a la derecha y tomaron un ancho camino que partía del sendero. El alto seto describía también una curva y se prolongaba al otro lado de la impresionante verja de hierro forjado que cerraba el paso. Ninguno de los dos individuos se detuvo; sin mediar palabra, ambos alzaron el brazo izquierdo, como si saludaran, y atravesaron la verja igual que si las oscuras barras metálicas fueran de humo.

El seto de tejo amortiguaba el sonido de los pasos. De pronto, se oyó un susurro a la derecha; Yaxley volvió a sacar la varita mágica y apuntó hacia allí por encima de la cabeza de su acompañante, pero el origen del ruido no era más que un pavo real completamente blanco que se paseaba ufano por encima del seto.

—Lucius siempre ha sido un engreído. ¡Bah, pavos reales! —Yaxley se guardó la varita bajo la capa y soltó un resoplido de desdén.

Una magnífica mansión surgió de la oscuridad al final del camino; había luz en las ventanas de cristales emplomados de la planta baja. En algún punto del oscuro jardín que se extendía más allá del seto borboteaba una fuente. Snape y Yaxley, cuyos pasos hacían crujir la grava, se acercaron presurosos a la puerta de entrada, que se abrió hacia dentro, aunque no se vio que nadie la abriera.

El amplio vestíbulo, débilmente iluminado, estaba decorado con suntuosidad y una espléndida alfombra cubría la mayor parte del suelo de piedra. La mirada de los pálidos personajes de los retratos que colgaban de las paredes siguió a los dos hombres, que andaban a grandes zancadas. Por fin, se detuvieron ante una maciza puerta de madera, titubearon un instante y, acto seguido, Snape hizo girar la manija de bronce.

El salón se hallaba repleto de gente sentada alrededor de una larga y ornamentada mesa. Todos guardaban silencio. Los muebles de la estancia estaban arrinconados de cualquier manera contra las paredes, y la única fuente de luz era el gran fuego que ardía en la chimenea, bajo una elegante repisa de mármol coronada con un espejo de marco dorado. Snape y Yaxley vacilaron un momento en el umbral. Cuando sus ojos se acostumbraron a la penumbra, alzaron la vista para observar el elemento más extraño de la escena: una figura humana, al parecer inconsciente, colgaba cabeza abajo sobre la mesa y giraba despacio, como si pendiera de una cuerda invisible, reflejándose en el espejo y en la desnuda y pulida superficie de la mesa. Ninguna de las personas sentadas bajo esa singular figura le prestaba atención, excepto un joven pálido, situado casi debajo de ella, que parecía incapaz de dejar de mirarla cada poco.

—Yaxley, Snape —dijo una voz potente y clara desde la cabecera de la mesa—, casi llegan tarde.

Quien había hablado se sentaba justo enfrente de la chimenea, de modo que al principio los recién llegados sólo apreciaron su silueta. Sin embargo, al acercarse un poco más distinguieron su rostro en la penumbra, un rostro liso y sin una pizca de vello, serpentino, con dos rendijas a modo de orificios nasales y ojos rojos y refulgentes de pupilas verticales; su palidez era tan acusada que parecía emitir un resplandor nacarado.

—Aquí, Severus —dijo Voldemort señalando el asiento que tenía a su derecha—. Yaxley, al lado de Dolohov.

Los aludidos ocuparon los asientos asignados. La mayoría de los presentes siguió con la mirada a Snape, y Voldemort se dirigió a él en primer lugar.

¿Y bien?

—Mi señor, la Orden del Fénix planea sacar a Harry Potter de su actual refugio el próximo sábado al anochecer.

El interés de los reunidos se incrementó notoriamente: unos se pusieron en tensión, otros se rebulleron inquietos en el asiento, y todos miraron alternativamente a Snape y Voldemort.

—Conque el sábado... al anochecer —repitió Voldemort. Sus ojos rojos se clavaron en los de Snape, negros, con tal vehemencia que algunos de los presentes desviaron la vista, tal vez temiendo que también a ellos los abrasara su ferocidad.

No obstante, Snape le sostuvo la mirada sin perder la calma y, pasados unos instantes, la boca sin labios de Voldemort esbozó algo parecido a una sonrisa.

—Bien. Muy bien. Y esa información procede...

—De esa fuente de que ya hemos hablado —respondió Snape.

—Mi señor... —Yaxley, sentado al otro extremo de la mesa, se inclinó un poco para mirar a Voldemort y Snape. Todas las caras se volvieron hacia él—. Mi señor, yo he oído otra cosa —dijo, y calló, pero en vista de que Voldemort no respondía, añadió—: A Dawlish, el auror, se le escapó que Potter no será trasladado hasta el día treinta, es decir, la noche antes de que el chico cumpla diecisiete años.

Snape sonrió y comentó:

—Mi fuente ya me advirtió que planeaban dar una pista falsa; debe de ser ésa. No cabe duda de que a Dawlish le han hecho un encantamiento *confundus*. No sería la primera vez; todos sabemos que es muy vulnerable.

—Le aseguro, mi señor, que Dawlish parecía muy convencido —insistió Yaxley.

—Si le han hecho un encantamiento *confundus*, es lógico que así sea —razonó Snape—. Te aseguro, Yaxley, que la Oficina de Aurores no volverá a participar en la protección de Harry Potter. La Orden cree que nos hemos infiltrado en el ministerio.

—En eso la Orden no se equivoca, ¿no? —intervino un individuo rechoncho sentado a escasa distancia de Yaxley; soltó una risita espasmódica y algunos lo imitaron.

Pero Voldemort no rió; dejaba vagar la mirada por el cuerpo que giraba lentamente suspendido encima de la mesa, al parecer absorto en sus pensamientos.

—Mi señor —continuó Yaxley—, Dawlish cree que utilizarán un destacamento completo de aurores para trasladar al chico...

El Señor Tenebroso levantó una mano grande y blanca; el hombre enmudeció al instante y lo miró con resentimiento, mientras escuchaba cómo le dirigía de nuevo la palabra a Snape:

—¿Dónde piensan esconder al chico?

—En casa de un miembro de la Orden —contestó Snape—. Según nuestra fuente, le han dado a ese lugar toda la protección que la Orden y el ministerio pueden proporcionar. Creo que una vez que lo lleven allí habrá pocas probabilidades de atraparlo, mi señor; a menos, por supuesto, que el ministerio haya caído antes del próximo sábado, lo cual nos permitiría descubrir y deshacer suficientes sortilegios para burlar las protecciones que resten.

—¿Qué opinas, Yaxley? —preguntó Voldemort mientras el fuego de la chimenea se reflejaba de una manera extraña en sus encarnados ojos—. ¿Habrá caído el ministerio antes del próximo sábado?

Una vez más, todas las cabezas se volvieron hacia Yaxley, que se enderezó y replicó:

—Mi señor, tengo buenas noticias a ese respecto. Con grandes dificultades y tras ímprobos esfuerzos, he conseguido hacerle una maldición *imperius* a Pius Thicknesse.

Los que se hallaban cerca de Yaxley se mostraron impresionados, y su vecino, Dolohov —un hombre de cara alargada y deforme—, le dio una palmada en la espalda.

—Algo es algo —concedió Voldemort—. Pero no podemos basar todos nuestros planes en una sola persona; Scrimgeour debe estar rodeado por los nuestros antes de que yo entre en acción. Si fracasara en mi intento de acabar con la vida del ministro, me retrasaría mucho.

—Sí, mi señor, tiene usted razón. Pero Thicknesse, como jefe del Departamento de Seguridad Mágica, mantiene contactos regulares no sólo con el ministro, sino también con los jefes de todos los departamentos del ministerio. Ahora que tenemos controlado a un funcionario de tan alta jerarquía, creo que será fácil someter a los demás, y entonces trabajarán todos juntos para acabar con Scrimgeour.

—Siempre que no descubran a nuestro amigo Thicknesse antes de que él haya convertido a los restantes —puntualizó Voldemort—. En todo caso, sigue siendo poco probable que logre tener el ministerio antes del próximo sábado. Si no es posible capturar al chico una vez que haya llegado a su destino, tendremos que hacerlo durante su traslado.

—En eso jugamos con ventaja, mi señor —afirmó Yaxley, que parecía decidido a obtener cierta aprobación por parte de Voldemort—, puesto que tenemos algunos hombres infiltrados en el Departamento de Transportes Mágicos. Si Potter se aparece o utiliza la Red Flu, lo sabremos de inmediato.

—No hará ninguna de esas cosas —terció Snape—. La Orden evita cualquier forma de transporte controlada o regulada por el ministerio; desconfían de todo lo que tenga que ver con la institución.

—Mucho mejor —repuso Voldemort—. Porque tendrá que salir a campo abierto, y así será más fácil atraparlo. —Miró otra vez el cuerpo que giraba con lentitud y continuó—: Me ocuparé personalmente del chico. Ya se han cometido demasiados errores en lo que se refiere a Harry Potter, y algunos han sido míos. El hecho de que Potter siga con vida se debe más a mis fallas que a sus aciertos.

Todos lo miraron con aprensión; a juzgar por la expresión de sus rostros, temían que se los pudiera culpar de que Harry Potter siguiera existiendo. Sin embargo, Voldemort parecía hablar consigo mismo, sin recriminar nada a nadie, mientras continuaba contemplando el cuerpo inconsciente que colgaba sobre la mesa.

—He sido poco cuidadoso, y por eso la suerte y el azar han frustrado mis excelentes planes. Pero ahora ya sé qué he de hacer; ahora entiendo cosas que antes no entendía. Debo ser yo quien mate a Harry Potter, y lo haré.

En cuanto hubo pronunciado estas palabras y como en respuesta a ellas, se oyó un gemido desgarrador, un terrible y prolongadísimo alarido de angustia y dolor. Asustados, muchos de los presentes miraron el suelo, porque el sonido parecía provenir de debajo de sus pies.

—Colagusano —dijo Voldemort sin mudar el tono serio y sereno y sin apartar la vista del cuerpo que giraba—, ¿no te he pedido que mantengas callado a nuestro prisionero?

—Sí, m... mi señor —respondió resollando un individuo bajito situado hacia la mitad de la mesa; estaba tan hundido en su silla que, a primera vista, ésta parecía desocupada. Se levantó del asiento y salió a toda prisa de la sala, dejando tras de sí un extraño resplandor plateado.

—Como iba diciendo —prosiguió el Señor Tenebroso, y escudriñó los tensos semblantes de sus seguidores—, ahora lo entiendo todo mucho mejor. Ahora sé, por ejemplo, que para matar a Potter necesitaré que alguno de ustedes me preste su varita mágica.

Las caras de los reunidos reflejaron sorpresa; era como si acabara de anunciar que deseaba que alguno de ellos le prestara un brazo.

—¿No hay ningún voluntario? Veamos... Lucius, no sé para qué necesitas ya una varita mágica.

Lucius Malfoy levantó la cabeza. Tenía los ojos hundidos y con ojeras, y el resplandor de la chimenea daba un tono amarillento y aspecto céreo a su cutis. Cuando habló, lo hizo con voz ronca:

—¡Mi señor!

—La varita, Lucius. Quiero tu varita.

—Yo...

Malfoy miró de soslayo a su esposa. Ella, casi tan pálida como él y con una larga melena rubia que le llegaba hasta la cintura, miraba al frente, pero por debajo de la mesa sus delgados dedos ciñeron ligeramente la muñeca de su esposo. A esa señal, Malfoy metió una mano bajo la túnica, sacó su varita mágica y se la entregó a Voldemort, que la sostuvo ante sus rojos ojos para examinarla con detenimiento.

—Dime, Lucius, ¿de qué es?

—De olmo, mi señor —susurró Malfoy.

—¿Y el núcleo central?

—De dragón, mi señor. De fibras de corazón de dragón.

—¡Fantástico! —exclamó Voldemort. Sacó su varita y comparó la longitud de ambas.

Lucius Malfoy hizo un fugaz movimiento involuntario con el que dio la impresión de que esperaba recibir la varita de su amo a cambio de la suya. A Voldemort no le pasó por alto; abrió los ojos con malévola desmesura y cuestionó:

—¿Darte mi varita, Lucius? ¿Mi varita, precisamente? —Algunos rieron por lo bajo—. Te he regalado la libertad, Lucius. ¿Acaso no tienes suficiente con eso? Sí... es cierto, me he fijado en que últimamente ni tú ni tu familia parecen felices... ¿Tal vez les desagrada mi presencia en su casa, Lucius?

—¡No, mi señor! ¡En absoluto!

—Mientes, Lucius...

La voz de Voldemort siguió emitiendo un suave silbido incluso después de que su cruel boca hubiera acabado de mover los labios. Pero el sonido fue intensificándose poco a poco, y uno o dos magos apenas lograron reprimir un escalofrío al notar que una criatura corpulenta se deslizaba por el suelo, bajo la mesa.

Una enorme serpiente apareció y trepó con lentitud por la silla de Voldemort; continuó subiendo (parecía interminable) y se le acomodó sobre los hombros. El cuello del reptil era tan grueso como el muslo de un hombre, y los ojos, cuyas pupilas semejaban dos rendijas verticales, miraban con fijeza, sin parpadear. El Señor Tenebroso la acarició distraídamente con sus largos y delgados dedos, mientras observaba con persistencia a Lucius Malfoy.

—¿Por qué será que los Malfoy se muestran tan descontentos con su suerte? ¿Acaso durante años no presumieron, precisamente, de desear mi regreso y mi ascenso al poder?

—Por supuesto, mi señor —afirmó Lucius y, con mano temblorosa, se enjugó el sudor del labio superior—. Lo deseábamos... y lo deseamos.

La esposa de Malfoy, sentada a la izquierda de su marido, asintió con una extraña y rígida cabezada, pero evitando mirar a Voldemort o a la serpiente. Su hijo Draco, que se hallaba a la derecha de su padre observando el cuerpo inerte que pendía sobre ellos, echó un vistazo fugaz a Voldemort y volvió a desviar la mirada, temeroso de establecer contacto visual con él.

—Mi señor —dijo con voz emocionada una mujer morena situada hacia la mitad de la mesa—, es un honor alojarlo aquí, en la casa de nuestra familia. Nada podría complacernos más.

Se sentaba al lado de su hermana, pero su aspecto físico —cabello oscuro y ojos de párpados gruesos— era tan diferente del de aquélla como su porte y su conducta: Narcisa adoptaba una actitud tensa e impasible, en tanto que Bellatrix se inclinaba hacia Voldemort, pues las palabras no le bastaban para expresar sus ansias de proximidad.

—«Nada podría complacernos más» —repitió Voldemort ladeando un poco la cabeza mientras la miraba—. Eso significa mucho viniendo de ti, Bellatrix.

La mujer se ruborizó y los ojos se le anegaron en lágrimas de gratitud.

—Mi señor sabe que digo la pura verdad.

—«Nada podría complacernos más...» ¿Ni siquiera lo compararías con el feliz acontecimiento que, según tengo entendido, se ha producido esta semana en el seno de tu familia?

Bellatrix lo miró con los labios entreabiertos y evidente desconcierto.

—No sé a qué se refiere usted, mi señor.

—Me refiero a tu sobrina, Bellatrix. Y también de ustedes, Lucius y Narcisa. Acaba de casarse con Remus Lupin, el hombre lobo. Deben de estar muy orgullosos.

Hubo un estallido de risas burlonas. Los seguidores de Voldemort intercambiaron miradas de júbilo y algunos incluso golpearon la mesa con el puño. La enorme serpiente, molesta por tanto alboroto, abrió las fauces y silbó, furiosa; pero los mortífagos no la oyeron, porque se regocijaban con la humillación de Bellatrix y los Malfoy. El rostro de Bellatrix, que hasta ese momento había mostrado un leve rubor de felicidad, se cubrió de feas manchas rojas.

—¡No es nuestra sobrina, mi señor! —gritó para hacerse oír por encima de las risas—. Nosotras, Narcisa y yo, no hemos vuelto a frecuentar a nuestra hermana desde que se casó con el sangre sucia. Esa mocosa no tiene nada que ver con nosotras, ni tampoco la bestia con que se ha casado.

—¿Qué dices tú, Draco? —preguntó Voldemort, y aunque no subió la voz, se le oyó con claridad a pesar de las burlas y los abucheos—. ¿Te ocuparás de los cachorritos?

La hilaridad iba en aumento. Aterrado, Draco Malfoy miró a su padre, que tenía la mirada clavada en el regazo, y luego buscó la de su madre. Ella negó con la cabeza de manera casi imperceptible y siguió contemplando de forma inexpresiva la pared que tenía enfrente.

—¡Basta! —exclamó Voldemort acariciando a la enojada serpiente—. ¡Basta, he dicho! —Las risas se apagaron al instante—. Muchos de los más antiguos árboles genealógicos enferman un poco con el tiempo —añadió mientras Bellatrix lo miraba implorante y ansiosa—. Ustedes tienen que podar el suyo para que siga sano, cortar esas partes que amenazan la salud de las demás, ¿entendido?

—Sí, mi señor —susurró Bellatrix, y los ojos volvieron a anegársele en lágrimas de gratitud—. ¡En la primera ocasión!

—La tendrás —aseguró el Señor Tenebroso—. Y lo mismo haremos con las restantes familias: cortaremos el cáncer que nos infecta hasta que sólo quedemos los de sangre verdadera...

Acto seguido, levantó la varita mágica de Lucius Malfoy y, apuntando a la figura que giraba lentamente sobre la mesa, le dio una leve sacudida. Entonces la figura cobró vida, emitió un quejido y forcejeó como si intentara librarse de unas ataduras invisibles.

—¿Reconoces a nuestra invitada, Severus? —preguntó Voldemort.

Snape dirigió la vista hacia la cautiva colgada cabeza abajo. Los demás mortífagos lo imitaron, como si les hubieran dado permiso para expresar curiosidad. Cuando la mujer quedó de cara a la chimenea, gritó con una voz cascada por el terror:

—¡Severus! ¡Ayúdame!

—¡Ah, sí! —replicó Snape mientras la prisionera seguía girando despacio.

—¿Y tú, Draco, sabes quién es? —inquirió Voldemort acariciándole el morro a la serpiente con la mano libre. Draco negó enérgicamente con la cabeza. Ahora que la mujer había despertado, el joven se sentía incapaz de seguir mirándola—. Claro, tú no asistías a sus clases. Para los que no lo sepan, les comunico que esta noche nos acompaña Charity Burbage, quien hasta hace poco enseñaba en el Colegio Hogwarts de Magia y Hechicería.

Se oyeron murmullos de comprensión. Una mujer encorvada y corpulenta, de dientes puntiagudos, soltó una risa socarrona y comentó:

—Sí, la profesora Burbage enseñaba a los hijos de los magos y las brujas todo sobre los muggles, y les explicaba que éstos no son tan diferentes de nosotros...

Un mortífago escupió en el suelo. Charity Burbage volvió a quedar de cara a Snape.

—Severus, por favor... por favor...

—Silencio —ordenó Voldemort, y volvió a agitar la varita de Malfoy. Charity calló de golpe, como si la hubieran amordazado—. No satisfecha con corromper y contaminar las mentes de los hijos de los magos, la semana pasada la profesora Burbage escribió una apasionada defensa de los sangre sucia en *El Profeta*. Según ella, los magos debemos aceptar a esos ladrones de nuestro conocimiento y nuestra magia, y sostiene que la progresiva desaparición de los sangre limpia es una circunstancia deseable. Si por ella fuera, nos emparejaríamos todos con muggles o, ¿por qué no?, con hombres lobo.

Esa vez nadie rió: la rabia y el desprecio de la voz de Voldemort imponían silencio. Por tercera vez, Charity Burbage volvió a quedar de cara a Snape, mientras las lágrimas se le escurrían entre los cabellos. Snape la miró de nuevo, impertérrito, mientras ella giraba.

—¡*Avada Kedavra*!

Un destello de luz verde iluminó hasta el último rincón de la sala y Charity se derrumbó con resonante estrépito sobre la mesa, que tembló y crujió. Algunos mortífagos se echaron hacia atrás en los asientos y Draco se cayó de la silla.

—A cenar, *Nagini* —dijo Voldemort en voz baja.

La gran serpiente se meció un poco y, abandonando su posición sobre los hombros del Señor Tenebroso, se deslizó hasta el pulido suelo de madera.

2

In Memoriam

Harry sangraba. Mientras se apretaba la mano derecha con la izquierda y maldecía por lo bajo, abrió la puerta de su dormitorio empujándola con el hombro. De inmediato se oyó un crujido de porcelana al romperse, pues le había dado un puntapié a una taza de té que había en el suelo, delante mismo de la puerta.

Pero ¿qué...?

Echó un vistazo alrededor: el rellano del número 4 de Privet Drive se hallaba desierto. Seguramente, Dudley había dejado allí la taza, convencido de que estaba haciendo una broma ingeniosa. Manteniendo la mano que le sangraba en alto, Harry recogió los fragmentos de porcelana con la otra y los arrojó a la papelera, ya rebosante, que había justo al lado de su dormitorio. Luego fue al cuarto de baño a poner el dedo bajo el grifo.

Era estúpido, absurdo y sumamente irritante que todavía faltaran cuatro días para que se le permitiera practicar magia. Pero tenía que admitir que no habría sabido qué hacer con aquel corte irregular en el dedo. Todavía no había aprendido a curar heridas y, pensándolo bien —sobre todo a la luz de sus planes inmediatos—, eso era una grave falla de su educación mágica. Se dijo que debía pedirle a Hermione que le enseñara y a continuación, con un gran puñado de papel higiénico, limpió el té derramado antes de volver a su dormitorio y cerrar de un portazo.

Había pasado la mañana vaciando por completo su baúl del colegio por primera vez desde que lo llenara seis años atrás. Al principio de cada curso escolar se limitaba a sacar de él las tres cuartas partes de su contenido y sustituirlas o ponerlas al día, pero dejaba una capa de residuos en el fondo: plumas viejas, ojos de escarabajo disecados, calcetines desparejados... Unos minutos antes, al meter la mano en ese mantillo, había experimentado un agudo dolor en el dedo anular de la mano derecha y, al retirarla, vio la sangre.

Esta vez tuvo más cuidado. Volvió a arrodillarse junto al baúl, buscó a tientas en el fondo y, tras sacar una vieja insignia donde se leía alternativamente «Apoya a CEDRIC DIGGORY» y «POTTER APESTA», un chivatoscopio rajado y gastado y un guardapelo de oro que contenía una nota firmada «R.A.B.», encontró por fin el borde afilado que le había producido la herida. Lo reconoció de inmediato: era un trozo de unos cinco centímetros del espejo encantado que le había regalado Sirius, su difunto padrino. Lo puso aparte y siguió tanteando con precaución en el baúl en busca de la parte restante, pero del último regalo de su padrino no quedaba más que un poco de vidrio pulverizado que, como brillante arenilla, se había adherido a la capa más profunda de residuos.

Se incorporó y examinó el trozo de bordes irregulares con que se había cortado, pero lo único que vio reflejado fue su propio ojo, de un verde vivo. Dejó el fragmento encima de *El Profeta* de esa mañana (todavía por leer), que estaba sobre la cama, y, para detener el repentino torrente de amargos recuerdos y punzadas de remordimiento y nostalgia originados por el hallazgo del espejo roto, arremetió contra el resto de los cachivaches que quedaban en el baúl.

Tardó otra hora en vaciarlo por completo, tirar los bártulos inservibles y separar los demás en dos montones, según fuera a necesitarlos o no. Acumuló en un rincón la túnica del colegio y la de quidditch, el caldero, las hojas de pergamino, las plumas y la mayoría de los libros de texto, porque no tenía intención de llevárselos. Entonces se preguntó qué harían sus tíos con ellos; seguramente quemarlos a altas horas de la noche, como si fueran la prueba de algún espantoso crimen. En cambio, metió en una mochila vieja la ropa de muggle, la capa invisible, el equipo de preparar pociones, algunos libros, el álbum de fotografías que le había regalado Hagrid, un atado de cartas y su varita mágica. En un bolsillo delantero de la mochila guardó el mapa del merodeador y el guardapelo con la nota firmada «R.A.B.». Al guardapelo le había concedido ese lugar de honor no porque fuera valioso —no valía nada, al menos a efectos prácticos—, sino por lo que le había costado obtenerlo.

Encima del escritorio, junto a *Hedwig* —su lechuza blanca como la nieve—, aún quedaba un buen montón de periódicos: uno por cada día pasado en Privet Drive ese verano.

Al cabo de un rato se puso en pie, se estiró y se acercó al escritorio. *Hedwig* no se movió mientras él se ocupaba de hojear los periódicos antes de tirarlos al montón de basura uno tras otro; la lechuza dormía o fingía hacerlo, ya que estaba enojada con Harry por el poco tiempo que le permitía salir de la jaula.

A medida que llegaba al final de los periódicos, fue pasándolos más despacio, intentando recuperar uno llegado poco después de que él regresara a Privet Drive a principios del verano; recordaba que la primera plana de ese ejemplar incluía un breve comentario sobre la dimisión de Charity Burbage, la profesora de Estudios Muggles de Hogwarts. Por fin lo encontró. Buscó la página 10, se dejó caer en la silla del escritorio y releyó el artículo que buscaba.

REMEMBRANZA DE ALBUS DUMBLEDORE
Elphias Doge

Conocí a Albus Dumbledore cuando tenía once años; era nuestro primer día en Hogwarts. La atracción mutua que experimentamos se debió sin duda al hecho de que ambos nos sentíamos como intrusos allí. Yo había contraído viruela de dragón poco antes de instalarme en el colegio y, aunque ya no contagiaba, mi cara —picada y de un desagradable tono verdoso— no animaba a nadie a acercárseme. Albus, por su parte, había llegado a Hogwarts bajo la carga de una notoriedad en absoluto deseada. Apenas un año atrás, su padre, Percival, había sido condenado por una brutal agresión, muy divulgada, contra tres jóvenes muggles.

Él nunca intentó negar que su progenitor (que moriría en Azkaban) hubiera cometido ese crimen; es más, cuando reuní el valor suficiente para preguntárselo, me aseguró que sabía que su padre era culpable. Aparte de eso, se negó a seguir hablando de tan lamentable asunto, aunque muchos intentaron que lo hiciera. Algunos hasta elogiaban el acto de Percival y daban por sentado que su hijo también odiaba a los muggles. Pero estaban muy equivocados, como podría atestiguar cualquiera que lo conociera; él nunca manifestó ni la más remota tendencia antimuggle. De hecho, con su decidido apoyo a los derechos de los no magos, se ganaría muchos enemigos en los años posteriores.

Sin embargo, en cuestión de meses la fama que iba adquiriendo empezó a eclipsar la de su padre. Hacia finales de su primer curso, ya nadie lo conocía como el hijo de un criminal antimuggles, sino como —nada más y nada menos— el alumno más brillante que jamás había pasado por el colegio. Quienes tuvimos el privilegio de contarnos entre sus amigos nos beneficiamos de su ejemplo, así como de su ayuda y sus palabras de ánimo, con las que siempre fue generoso. Años después me confió que ya entonces sabía que lo que más le gustaba era enseñar.

No sólo ganó todos los premios importantes del colegio, sino que pronto estableció una correspondencia regular con los personajes del mundo mágico más destacados de la época, entre ellos Nicolás Flamel, el famoso alquimista; Bathilda Bagshot, la renombrada historiadora, y Adalbert Waffling, el teórico de la magia. Asimismo, varios trabajos suyos fueron incluidos en publicaciones especializadas como *La transformación moderna*, *Desafíos en encantamientos* y *El elaborador de pociones práctico*. La carrera de Dumbledore prometía ser meteórica, y lo único que quedaba por saber era cuándo se convertiría en ministro de Magia. Sin embargo, pese a que en los años siguientes a menudo se predijo que estaba a punto de asumir el cargo, nunca tuvo ambiciones políticas.

Tres años después de nuestro ingreso en Hogwarts llegó al colegio su hermano Aberforth. No se parecían mucho, pues éste nunca fue buen estudiante y, a diferencia de mi amigo, prefería resolver las disputas mediante duelos en lugar de con discusiones razonadas. Con todo, no es correcto insinuar, como han hecho algunos, que ambos hermanos estuvieran enemistados. Se llevaban tan bien como podían llevarse dos chicos tan diferentes. Para ser justos con Aberforth, hay que reconocer que vivir a la sombra de Albus no era una experiencia agradable. Sus amigos teníamos que sobrellevar el hecho de quedar siempre eclipsados por él, y para su hermano debía de resultar aún más difícil.

Cuando Dumbledore y yo terminamos los estudios en Hogwarts, planeamos hacer juntos la entonces tradicional vuelta al mundo, para visitar y observar a los magos de otros países, antes de emprender nuestras respectivas carreras. Pero se produjo una tragedia: la víspera del inicio de nuestro viaje murió Kendra, la madre de mi amigo, y él se convirtió en el cabeza de familia y su único sostén. Aplacé mi partida el tiempo suficiente para asistir al funeral y ofrecer mi pésame a la familia, pero luego emprendí el viaje en solitario. Como Albus tenía un hermano y una hermana menores a su cargo y, además, les habían dejado muy poco dinero, no podía plantearse acompañarme.

Ése fue el periodo de nuestras vidas en que tuvimos menos contacto. A pesar de todo, yo me carteaba con él y le describía, quizá con escaso tacto, las maravillas de mi viaje, desde cómo me salvé por casi nada de las quimeras en Grecia hasta los experimentos de los alquimistas egipcios. En sus cartas, él me hablaba poco de su vida cotidiana, que a mí se me antojaba frustrante y aburrida para un mago tan brillante. Inmerso en mis propias experiencias, cuando mi año sabático tocaba ya a su fin, me enteré horrorizado de que otra tragedia había golpeado a los Dumbledore: la muerte de su hermana Ariana.

Pese a que ésta tenía problemas de salud desde hacía mucho tiempo, el infortunio, acaecido poco después de la pérdida de la madre, afectó mucho a los dos hermanos. Todos los que teníamos una relación estrecha con Albus (y me cuento entre esos afortunados) coincidimos en que la muerte de Ariana y el sentimiento de culpa que lo embargó (aunque él no tuvo ninguna responsabilidad en lo ocurrido, por supuesto) lo marcaron para siempre.

A mi regreso encontré a un joven que había soportado un sufrimiento desproporcionado para su edad; se mostraba más reservado que antes y mucho menos alegre. Por si fuera poca su desgracia, la muerte de Ariana no propició el acercamiento entre él y Aberforth, sino que acentuó su distanciamiento. (Con el tiempo, esa situación se resolvió, pues ambos hermanos recuperaron, si no una estrecha amistad, al menos una relación cordial.) Con todo, a partir de entonces Albus raramente hablaba de sus padres ni de Ariana, y sus amigos aprendimos a no mencionarlos.

Otras plumas se ocuparán de describir los éxitos de los años siguientes. Las innumerables contribuciones de Dumbledore al acervo del conocimiento mágico, entre ellas el descubrimiento de los doce usos de la sangre de dragón, beneficiarán a generaciones venideras, igual que la sabiduría de que hizo gala en las numerosas sentencias que dictó mientras fue Jefe de Magos del Wizengamot. Dicen, todavía hoy, que ningún duelo mágico puede compararse con el que protagonizaron él y Grindelwald en 1945. Aquellos que lo presenciaron han descrito el terror y el sobrecogimiento que sintieron al ver combatir a esos dos extraordinarios magos. La victoria de Dumbledore y sus consecuencias para el mundo mágico se consideran un punto decisivo en la historia de la magia, semejante al de la introducción del Estatuto Internacional del Secreto o a la caída de El-que-no-debe-ser-nombrado.

Albus Dumbledore nunca fue orgulloso ni pedante; sabía encontrar algo meritorio en cada persona, por insignificante o desgraciada que pareciera, y creo que sus tempranas pérdidas lo dotaron de una gran humanidad y una enorme compasión. No tengo palabras para expresar cuánto echaré de menos su amistad, pero mi dolor no es nada comparado con el del mundo mágico. Nadie puede poner en duda que Dumbledore fue el más ejemplar y el más querido de todos los directores de Hogwarts. Murió como había vivido: siempre trabajando por el triunfo del bien y, hasta el último momento, tan dispuesto a tenderle una mano a un chiquillo con viruela de dragón como lo estaba el día que lo conocí.

Harry terminó de leer, pero siguió contemplando la fotografía que acompañaba la nota necrológica: Dumbledore exhibía su habitual y bondadosa sonrisa, y como miraba el objetivo por encima de sus gafas de media luna, al muchacho le dio la sensación, incluso en el papel de prensa, de que lo traspasaba con rayos X. Y la tristeza se le mezcló con un sentimiento de humillación.

Siempre había creído que conocía bien a Dumbledore, pero tras leer esa nota necrológica se vio obligado a reconocer que apenas sabía nada de él. Jamás había imaginado su infancia ni su juventud; era como si siempre hubiera sido como él lo conoció: un venerable anciano de cabello plateado. La idea de un Dumbledore adolescente se le antojaba rara; era como tratar de pensar en una Hermione estúpida o en un escreguto de cola explosiva bonachón.

Nunca se le ocurrió preguntarle acerca de su pasado (sin duda habría resultado extraño, incluso impertinente, pues al fin y al cabo todos sabían que había participado en aquel legendario duelo con Grindelwald), ni le había pasado por la cabeza pedirle detalles de ése ni de ningún otro de sus famosos logros. No, siempre habían hablado de Harry, del pasado de Harry, del futuro de Harry, de los planes de Harry... y ahora éste tenía la impresión, pese a lo peligroso e incierto que era su futuro, de que había desperdiciado oportunidades irrepetibles al no preguntarle más cosas sobre su vida, aunque la única pregunta personal que le había formulado era también la única que sospechaba que el director del colegio no había contestado con sinceridad:

«¿Qué es lo que ve cuando se mira en el espejo?»

«¿Yo? Me veo sosteniendo un par de gruesos calcetines de lana.»

Harry permaneció pensativo unos minutos; luego recortó la nota necrológica de *El Profeta*, la dobló con cuidado y la guardó dentro del primer volumen de *Magia práctica defensiva y cómo utilizarla contra las artes oscuras*. Entonces tiró el resto del periódico al montón de basura y contempló la habitación: estaba mucho más ordenada. Lo único que seguía fuera de su sitio era el periódico de ese día, sobre la cama y con el fragmento del espejo roto encima.

Harry cruzó el dormitorio, tomó *El Profeta*, dejando que el fragmento de espejo resbalara y cayera a la cama, y lo abrió. Cuando la lechuza del correo se lo entregó enrollado por la mañana, no había hecho más que echarle un vistazo al titular y dejarlo por ahí, tras comprobar que no mencionaba a Voldemort. Estaba seguro de que el ministerio se valía de *El Profeta* para ocultar las noticias sobre el Señor Tenebroso. Por eso no vio hasta ese momento lo que había pasado por alto.

En la mitad inferior de la primera plana había un titular más pequeño sobre una fotografía de Dumbledore caminando a grandes zancadas, al parecer con prisa:

DUMBLEDORE, ¿LA VERDAD, POR FIN?

La semana que viene se publicará la asombrosa historia del imperfecto genio, considerado por muchos el mago más grande de su generación. Rita Skeeter echa por tierra la popular imagen del sabio sereno de barba plateada y revela la problemática infancia, la descontrolada juventud, las eternas enemistades y los vergonzosos secretos que Dumbledore se llevó a la tumba. ¿Por qué un hombre destinado a ser ministro de Magia se contentó con dirigir un colegio? ¿Cuál era el verdadero propósito de la organización secreta conocida como Orden del Fénix? ¿Cómo murió realmente Dumbledore?

Estas y muchas otras preguntas se investigan en la explosiva biografía *Vida y mentiras de Albus Dumbledore*, de Rita Skeeter, entrevistada en exclusiva por Betty Braithwaite (véase página 13).

Harry abrió el periódico con brusquedad y buscó la página 13. El artículo iba acompañado de una fotografía de otra cara que también le resultó familiar: una mujer de gafas con joyas incrustadas en la montura y de rubio cabello rizado artificialmente; dejando entrever los dientes, esbozaba una sonrisa que sin duda pretendía ser encantadora y saludaba agitando los dedos. Harry hizo todo lo posible por ignorar esa desagradable imagen y leyó:

En persona, Rita Skeeter es más dulce y afectuosa de lo que sugieren sus famosas y despiadadas semblanzas. Tras recibirme en el vestíbulo de su acogedora casa, me lleva directamente a la cocina para ofrecerme una taza de té, un trozo de bizcocho y, huelga decirlo, una buena hornada de cotilleos.

«Sí, desde luego, Dumbledore es el sueño de todo biógrafo —afirma—. Tuvo una vida larga y plena. Estoy segura de que mi libro será el primero de una larga serie.»

Skeeter no ha perdido el tiempo, pues terminó su libro —de novecientas páginas— tan sólo cuatro semanas después de la misteriosa muerte de Dumbledore, acaecida en junio. Le pregunto cómo consiguió esa hazaña.

«Bueno, verás, cuando llevas tantos años como yo ejerciendo el periodismo te acostumbras a trabajar con un plazo determinado. Era consciente de que el mundo mágico estaba pidiendo a gritos la historia completa, y quería ser la primera en satisfacer esa necesidad.»

Menciono los recientes comentarios, ampliamente divulgados, de Elphias Doge, consejero especial del Wizengamot y gran amigo de Albus Dumbledore, según los cuales «el libro de Skeeter contiene menos hechos reales que los cromos de las ranas de chocolate».

Skeeter echa la cabeza atrás y ríe.

«¡El bueno de Dodgy! Recuerdo que hace unos años lo entrevisté acerca de los derechos de la gente del agua. ¡Pobre hombre! Estaba completamente ido; al parecer creía que nos hallábamos sentados en el fondo del lago Windermere, y no paraba de decirme que estuviera atenta por si veía alguna trucha.»

Sin embargo, otras personas se han hecho eco de las acusaciones de inexactitud formuladas por Elphias Doge. De modo que le planteo a Skeeter si cree que un tiempo tan breve —cuatro semanas— le ha bastado para hacerse una idea completa de la larga y extraordinaria vida de Dumbledore.

«¡Ay, querida! —replica componiendo una sonrisa, y me da unas afectuosas palmaditas en la mano—. Tú sabes tan bien como yo la cantidad de información que puede obtenerse con una bolsa llena de galeones, con la determinación de no aceptar un no por respuesta y provista de una buena pluma a vuelapluma. Además, la gente hacía cola para criticar a Dumbledore. Verás, no todo el mundo lo consideraba tan maravilloso, puesto que molestó a más de un personaje importante. Pero el bueno de Dodgy Doge ya puede ir apeándose de su hipogrifo, porque yo he tenido acceso a una fuente por la que muchos periodistas cambiarían su varita, alguien que hasta ahora nunca había hablado en público y que estuvo cerca de Dumbledore durante la etapa más turbulenta e inquietante de su juventud.»

En efecto, los avances publicitarios de la biografía redactada por Skeeter sugieren que ésta deparará sorpresas a los que creen que Dumbledore llevó una vida sin tacha. Le pregunto cuáles son las sorpresas más relevantes que incluye.

«Vamos, Betty, no creerás que voy a desvelar lo más destacado antes de que la gente haya comprado el libro, ¿verdad? —bromea la periodista—. Pero puedo adelantar que quien siga creyendo que Dumbledore era tan inmaculado como su barba se va a llevar un chasco. Me limitaré a decir que nadie que alguna vez lo oyera despotricar contra Quientú-sabes habrá podido imaginar que tuvo sus escarceos con las artes oscuras en su juventud. Y para tratarse de un mago que pasó los últimos años de su vida exigiendo tolerancia, de joven no era muy tolerante que digamos. Sí, Albus Dumbledore tuvo un pasado sumamente turbio, por no mencionar al resto de esa sospechosa familia a la que tanto trabajo le costó mantener a raya.»

Le pregunto a Skeeter si se refiere al hermano de Dumbledore, Aberforth, cuya condena por parte del Wizengamot por uso indebido de la magia provocó un pequeño escándalo hace quince años.

«Bueno, Aberforth sólo es la punta del iceberg —responde Skeeter riendo—. No, no; me refiero a algo mucho peor que un hermano aficionado a jugar con cabras, o peor incluso que un padre que iba por ahí agrediendo a muggles. Además, Dumbledore no consiguió que se moderaran, y el Wizengamot los inculpó a ambos. En realidad, las que me intrigaban eran la madre y la hermana, así que me puse a indagar y no tardé en descubrir un verdadero nido de infamias. Pero, como ya he dicho, tendrán que leer del capítulo nueve al doce para saber todos los detalles. Lo único que puedo adelantar ahora es que no me extraña que Dumbledore nunca explicara cómo se rompió la nariz.»

Le comento a Skeeter si, a pesar de esos trapos sucios que la familia intentaba ocultar, niega la genialidad que permitió a Dumbledore hacer tantos descubrimientos mágicos.

«Era listo —admite—, aunque ahora muchos ponen en duda si realmente merecía que se le reconociera la autoría de todos sus presuntos logros. Como revelo en el capítulo dieciséis, Ivor Dillonsby afirma que él ya había descubierto ocho usos de la sangre de dragón cuando Dumbledore "tomó prestados" sus trabajos.»

No obstante, insisto en que la importancia de algunos logros de Dumbledore no puede negarse. Así pues, ¿qué opina de la famosa derrota de Grindelwald?

«Mira, me alegro de que menciones a Grindelwald —responde Skeeter con una seductora sonrisa—. Me temo que aquellos cuyos ojos se humedecen con la historia de la espectacular victoria de Dumbledore deberían prepararse para recibir un bombazo, o quizá una bomba fétida. Fue un asunto muy sucio, ¿sabes? Lo único que voy a decir es que no deben estar tan seguros de que sea verdad que hubo un espectacular duelo digno de una leyenda. Cuando la gente haya leído mi libro, quizá se vea obligada a concluir que Grindelwald se limitó a hacer aparecer un pañuelo blanco en el extremo de su varita mágica y entregarse sin oponer resistencia.»

Skeeter se niega a dar más detalles sobre ese intrigante tema, así que pasamos a hablar de la relación amistosa que sin duda más fascinará a sus lectores.

«¡Ah, sí, sí —dice Skeeter asintiendo enérgicamente—, le dedico un capítulo entero a la relación de Dumbledore con Potter! Hay quien la ha calificado de morbosa, incluso siniestra. Una vez más insisto en que los lectores tendrán que comprar mi libro para conocer toda la historia, pero no cabe duda de que el director de Hogwarts desarrolló un interés poco natural por Potter desde el principio. Ya veremos si lo hizo realmente por el interés del chico. Desde luego, es un secreto a voces que éste ha tenido una adolescencia muy turbulenta.»

Le pregunto si todavía sigue en contacto con Harry Potter, a quien entrevistó divinamente el año pasado y sobre quien publicó un revelador artículo en el que él hablaba en exclusiva de su convicción de que Quien-ustedes-saben había regresado.

«Sí, claro, hemos desarrollado un fuerte vínculo. El pobre Potter tiene muy pocos amigos auténticos, y nosotros nos conocimos en uno de los momentos más difíciles de su vida: el Torneo de los Tres Magos. Seguramente soy una de las pocas personas con vida que pueden jactarse de conocer al verdadero Harry Potter.»

Esa afirmación nos lleva a hablar de los numerosos rumores que todavía circulan acerca de las horas finales de Dumbledore. ¿Cree Skeeter que Potter estaba presente cuando murió el profesor?

«Verás, no quiero hablar demasiado (está todo en el libro), pero hay testigos oculares del castillo de Hogwarts que vieron a Potter huyendo del lugar momentos después de que el director del colegio cayera, saltara o fuera empujado desde la torre. Más tarde, Potter acusó a Severus Snape, a quien guarda un profundo rencor. ¿Ocurrió todo como parece? Eso tendrá que decidirlo la comunidad mágica... después de leer mi libro.»

Dejamos esa intrigante frase en el aire. No cabe duda de que Skeeter ha escrito un auténtico libro vendedor. Entretanto, las legiones de admiradores de Dumbledore quizá estén temblando por lo que pronto descubrirán sobre su héroe.

Harry llegó al final del artículo y se quedó contemplando la página como embobado. La rabia y el asco surgían en su interior como vómito; arrugó el periódico y lo lanzó con todas sus fuerzas contra la pared, donde se unió al resto de la basura amontonada alrededor de la rebosante papelera.

A continuación se paseó abstraído por la habitación, abriendo cajones vacíos y tomando libros para luego dejarlos en los mismos montones, apenas consciente de lo que hacía. Algunas frases del artículo le resonaban en la cabeza: «[...] dedico un capítulo entero a la relación de Dumbledore con Potter [...] hay quien la ha calificado de morbosa, incluso siniestra [...] tuvo sus escarceos con las artes oscuras en su juventud [...] he tenido acceso a una fuente por la que muchos periodistas cambiarían su varita [...]».

—¡Mentiras! —gritó Harry, y por la ventana vio al vecino de al lado que, mirándolo con nerviosismo, se había detenido para volver a poner en marcha la cortadora de césped.

Se dejó caer con frustración en la cama, haciendo saltar el trozo de espejo; lo tomó y lo giró entre los dedos, al tiempo que pensaba en Dumbledore y en los embustes con que Rita Skeeter lo estaba difamando.

De pronto percibió un intenso destello azul. Se quedó paralizado, y el dedo que se había cortado se le deslizó otra vez por el borde irregular del espejo. Eran imaginaciones suyas, no había otra explicación. Miró hacia atrás, pero la pared lucía aquel asqueroso tono melocotón elegido por tía Petunia: allí no había nada de color azul que pudiera haberse reflejado en el espejo. Volvió a mirarse en éste y no vio más que su ojo, de un verde brillante, devolviéndole la mirada.

Se lo había imaginado, era evidente; se lo había imaginado porque estaba pensando en el difunto director del colegio. Si de algo estaba seguro era de que los ojos azules de Albus Dumbledore jamás volverían a clavarse en los suyos.

3

La despedida de los Dursley

El portazo de la puerta de entrada resonó en el piso de arriba y una voz gritó:

—¡Eh, tú!

Como hacía dieciséis años que lo llamaban así cuando querían hablar con él, Harry no tuvo ninguna duda de que su tío lo requería; con todo, no respondió inmediatamente. Siguió contemplando el fragmento de espejo en que, por una milésima de segundo, le había parecido ver un ojo de Dumbledore. Sólo cuando su tío bramó «¡MUCHACHO!», se levantó poco a poco y fue hacia la puerta de su dormitorio, deteniéndose para meter el trozo de espejo roto en la mochila, donde había guardado las otras cosas que deseaba llevarse.

—Te ha costado, ¿eh? —rugió Vernon Dursley cuando el chico apareció en lo alto de la escalera—. Ven aquí, quiero hablar contigo.

Bajó despacio los escalones, con las manos en los bolsillos de los pantalones vaqueros. Cuando llegó al salón, vio que los tres Dursley se hallaban allí. Iban vestidos como si fueran a marcharse de viaje: tío Vernon llevaba una chaqueta beige con cremallera; tía Petunia, un pulcro saco de color salmón, y Dudley, su corpulento, rubio y musculoso primo, la chaqueta de piel.

—¿Qué ocurre? —preguntó Harry.

—¡Siéntate! —ordenó tío Vernon, y su sobrino enarcó las cejas—. Por favor —añadió e hizo una mueca, como si esas dos palabras le lastimaran la garganta.

Harry se sentó; creía saber lo que iba a pasar. Su tío empezó a pasearse por el salón; tía Petunia y Dudley seguían sus movimientos con expresión de angustia. Por fin Vernon Dursley, cuya enorme y morada cara se contraía en un gesto de concentración, se detuvo delante del muchacho y anunció:

—He cambiado de idea.

—Qué sorpresa —replicó Harry.

—No permitas que te hable con ese tono... —chilló tía Petunia, pero su esposo la acalló con un ademán.

—Todo esto es un cuento chino —continuó Vernon, fulminando al muchacho con sus ojillos porcinos—. He decidido que no creo ni una sola palabra. Nos quedamos aquí; no vamos a ninguna parte.

Harry sintió una mezcla de regodeo y exasperación. Vernon Dursley llevaba cuatro semanas cambiando de idea cada veinticuatro horas: cargaba el coche, lo descargaba y volvía a cargarlo cada vez que alteraba sus planes. El momento más divertido para Harry había sido cuando su tío, que no sabía que Dudley había puesto las pesas en su maleta después de la última vez que su padre descargara el coche, intentó levantarla para meterla en el maletero y se cayó de golpe; había soltado una buena retahíla de gritos e improperios.

—Según tú —prosiguió Vernon, reiniciando sus paseos por el salón—, Petunia, Dudley y yo estamos amenazados por... por...

—Algunos «de los míos», sí —afirmó Harry.

—Pues no te creo —le espetó su tío, y volvió a detenerse delante de él—. Me he pasado la noche en vela dándole vueltas, y opino que es una estratagema para quedarte con la casa.

—¿La casa, dices? —repitió Harry—. ¿Qué casa?

—¡Esta casa! —chilló Vernon, y la vena de la frente le latió—. ¡Nuestra casa! En este barrio, el precio de la vivienda se está disparando. Lo que quieres es quitarnos de en medio para poder hacer tus enredos y antes de que nos demos cuenta la escritura esté a tu nombre y...

—¿Te has vuelto loco? —replicó Harry—. ¿Una estratagema para quedarme con esta casa? ¿De verdad eres tan estúpido como pareces?

—¡Cómo te atreves! —saltó tía Petunia, pero Vernon la hizo callar de nuevo con un ademán. Al parecer, el escarnio de su aspecto personal no era nada comparado con el peligro que había detectado.

—Por si no te acuerdas —repuso Harry—, yo ya tengo una casa: la que me dejó mi padrino. ¿Para qué iba a querer ésta? ¿Por los recuerdos felices?

Se produjo un silencio y Harry creyó que había impresionado a su tío con ese razonamiento.

—Dices que ese lord como se llame... —retomó Vernon su argumentación.

—Voldemort —aclaró su sobrino, impaciente—, y ya hemos hablado de esto cientos de veces. Y no lo digo yo: es la verdad; Dumbledore te lo explicó el año pasado, y Kingsley y el señor Weasley...

Vernon Dursley encorvó los hombros, furioso, y Harry dedujo que intentaba ahuyentar los recuerdos de la inesperada visita, recién empezadas sus vacaciones de verano, de dos magos. En efecto, cuando abrieron la puerta y vieron a Kingsley Shacklebolt y Arthur Weasley, los Dursley se habían llevado una desagradable sorpresa. Pero Harry reconocía que, dado que en una ocasión el señor Weasley había destrozado la mitad del salón de aquella casa, era lógico que su reaparición no causara demasiado placer a tío Vernon.

—... Kingsley y el señor Weasley también te lo explicaron —repitió Harry, implacable—. En cuanto cumpla diecisiete años, el encantamiento protector que me mantiene a salvo se romperá, y eso los expondrá al peligro tanto como a mí. La Orden está segura de que Voldemort vendrá por ustedes, ya sea para torturarlos e intentar averiguar mi paradero, o porque crea que si los toma como rehenes yo volveré para rescatarlos.

Las miradas de tío y sobrino se cruzaron, y Harry tuvo la certeza de que en ese instante ambos se preguntaban lo mismo. Entonces Vernon arrancó nuevamente a pasearse y el muchacho continuó:

—Tienen que esconderse, y la Orden quiere ayudarlos. Les están ofreciendo una protección excelente, la mejor que puede haber.

Su tío no dijo nada y siguió dando vueltas por el salón. Fuera, el sol estaba a punto de ocultarse detrás de los setos de alheña y la cortadora de césped del vecino volvió a detenerse.

—Pero ¿no existe un Ministerio de Magia? —preguntó de pronto Vernon Dursley.

—Sí, claro que sí —contestó Harry, sorprendido.

—Pues entonces, ¿por qué no nos protege el tal ministerio? Me parece a mí que, como víctimas inocentes que somos, cuyo único delito ha sido hospedar a un individuo fichado, deberíamos tener derecho a recibir protección del Gobierno.

Harry no logró contener la risa. Era típico de su tío depositar sus esperanzas en el Gobierno, incluso en el de ese mundo que tanto despreciaba y del que tanto desconfiaba.

—Ya oíste lo que dijeron el señor Weasley y Kingsley —repuso—. Creemos que se han infiltrado en el ministerio.

Vernon fue hasta la chimenea y regresó; respiraba tan hondo que se le movía el espeso bigote negro, y todavía tenía la cara morada por el esfuerzo de concentración.

—Está bien —dijo deteniéndose una vez más frente a su sobrino—. Está bien, pongamos por caso que aceptamos esa protección, pero sigo sin entender por qué no pueden asignarnos a ese tal Kingsley.

Harry se esforzó por no poner los ojos en blanco. Esa pregunta se la habían formulado muchas veces.

—Como ya te he dicho —respondió apretando los dientes—, Kingsley se encarga de proteger al ministro mug... quiero decir, a su primer ministro.

—¡Exacto! ¡Porque es el mejor! —bramó tío Vernon señalando la pantalla del televisor. Los Dursley habían visto a Kingsley en el telediario, caminando discretamente detrás del primer ministro muggle mientras éste visitaba un hospital. Esa imagen, y el hecho de que Kingsley tuviera una habilidad especial para vestirse como un muggle, por no mencionar el efecto tranquilizador de su grave y pausada voz, consiguió que los Dursley confiaran en él como jamás habían confiado en ningún mago, aunque era cierto que nunca lo habían visto con el pendiente puesto.

—Sí, pero resulta que él está ocupado —aclaró Harry—. Y Hestia Jones y Dedalus Diggle están perfectamente capacitados para realizar este trabajo.

—Si al menos hubiéramos leído sus currículos... —rezongó Vernon.

Entonces Harry perdió la paciencia. Se levantó y se aproximó a su tío señalando el televisor.

—Esos accidentes (aviones estrellados, explosiones, descarrilamientos), así como cualquier otra desgracia que haya sucedido desde que vimos las últimas noticias, no son accidentes. Está desapareciendo y muriendo gente, y Voldemort se encuentra detrás de todo esto. Ya te lo he dicho cien veces: Voldemort mata muggles por pura diversión. Hasta la niebla está producida por los dementores, y si no te acuerdas de quiénes son, pregúntaselo a tu hijo.

Dudley levantó automáticamente ambas manos y se tapó la boca. Sus padres y Harry lo miraron; el chico bajó lentamente las manos y preguntó:

—¿Hay... hay más?

—¿Más qué? —rió Harry—. ¿Quieres decir más dementores, aparte de los dos que nos atacaron? Pues claro que hay más, cientos de ellos, quizá miles a estas alturas, porque se alimentan del miedo y la desesperanza.

—Está bien, está bien —bramó Vernon Dursley—. Ya has dicho lo que querías decir...

—Eso espero, porque cuando cumpla diecisiete años todos ellos, los mortífagos, los dementores, quizá incluso los inferi, que son cadáveres embrujados por magos tenebrosos, podrán salir en su busca, los encontrarán y atacarán. Y si te acuerdas de la última vez que intentaste huir de un mago, creo que me concederás que necesitan ayuda.

Hubo un breve silencio durante el cual el lejano eco de los golpes de Hagrid en una puerta de madera resonó como si no hubieran pasado los años. Tía Petunia miraba a su esposo; y Dudley, a Harry. Por fin el señor Dursley dijo:

—¿Y qué pasará con mi trabajo? ¿Y el colegio de Dudley? Supongo que esas cosas no les importan a un puñado de magos holgazanes...

—¿Es que no lo entiendes? —le espetó Harry—. ¡Los torturarán y matarán como hicieron con mis padres!

—Papá... —terció Dudley—. Papá, yo me voy con la Orden ésa.

—Por primera vez en tu vida dices algo con sentido común, Dudley —afirmó Harry, ahora seguro de que la batalla estaba ganada. Si Dudley estaba lo bastante asustado para aceptar la ayuda de la Orden, sus padres lo acompañarían, porque nunca se plantearían separarse de su cachorrillo. Miró el reloj de sobremesa que había en la repisa de la chimenea—. Llegarán dentro de cinco minutos —anunció, y como nadie dijo nada, salió de la habitación.

La perspectiva de separarse —seguramente para siempre— de sus tíos y su primo le producía una alegría considerable, pero en la casa reinaba una atmósfera un tanto violenta, ya que... ¿qué se dicen para despedirse las personas que llevan dieciséis años detestándose?

Una vez en su dormitorio, Harry repasó el contenido de su mochila y luego metió entre los barrotes de la jaula de *Hedwig* un par de frutos secos lechuciles que cayeron con un ruidito sordo, pero la lechuza los desdeñó olímpicamente.

—No tardaremos en irnos —le dijo—. Y entonces podrás volver a volar.

De repente, sonó el timbre de la puerta. Harry vaciló un momento, pero salió de su habitación y bajó la escalera; era excesivo pretender que Hestia y Dedalus se las arreglaran solos con los Dursley.

—¡Harry Potter! —chilló una emocionada voz en cuanto el muchacho abrió la puerta; un individuo bajito con sombrero de copa color malva le hizo una profunda reverencia—. ¡Es un gran honor, como siempre!

—Gracias, Dedalus —repuso Harry dirigiéndole una tímida y embarazosa sonrisa a la morena Hestia—. Les agradezco que hagan esto. Miren, aquí están: mis tíos y mi primo...

—¡Buenas tardes, parientes de Harry Potter! —saludó Dedalus alegremente al entrar decidido en el salón.

A los Dursley no les gustó nada ese tratamiento, y Harry temió que volvieran a cambiar de idea. Al ver al mago y la bruja, Dudley se acercó más a su madre.

—Veo que ya están listos para marchar. ¡Excelente! El plan, como les ha explicado Harry, es muy sencillo —dijo Dedalus mientras examinaba el enorme reloj que se sacó del bolsillo—. Nos iremos antes que Harry. Debido al peligro que conlleva emplear la magia en esta casa (puesto que el muchacho todavía es menor de edad, si lo hiciéramos el ministerio tendría una excusa para apresarlo), tomaremos el coche y nos alejaremos unos quince kilómetros; luego nos desapareceremos e iremos al lugar seguro que hemos elegido para ustedes. Supongo que sabe conducir, ¿verdad? —le preguntó a tío Vernon.

—¿Si sé condu...? ¡Pues claro que sé conducir! —farfulló Vernon.

—Es usted muy inteligente, señor, muy inteligente. Reconozco que yo me haría un lío tremendo con todos esos botones y palancas —declaró Dedalus. Era evidente que creía estar halagando a Vernon Dursley, pero éste iba perdiendo confianza en el plan a cada palabra que pronunciaba el mago.

—Ni siquiera sabe conducir —masculló, y el bigote se le agitó con indignación, pero por suerte ni Dedalus ni Hestia lo oyeron.

—Tú, Harry —continuó el mago—, esperarás aquí hasta que llegue tu escolta. Ha habido un pequeño cambio de planes...

—¿Qué quieres decir? —saltó el chico—. Yo creía que iba a venir Ojoloco y me llevaría mediante la Aparición Conjunta.

—No ha podido ser —intervino Hestia, lacónica—. Ya te lo explicará él mismo.

Los Dursley, que escuchaban la conversación con cara de no entender nada, dieron un respingo cuando una fuerte voz chilló: «¡Dense prisa!» Harry recorrió la habitación con la mirada hasta que comprendió que la voz había salido del reloj de bolsillo de Dedalus.

—Sí, es cierto; estamos operando con un margen de tiempo muy ajustado —aclaró el mago asintiendo a su reloj y guardándoselo en el bolsillo del chaleco—. Intentaremos que tu salida de la casa coincida con la desaparición de tu familia, Harry; de ese modo, el encantamiento se romperá en el preciso instante en que todos vayan hacia un lugar seguro. —Se dio la vuelta hacia los Dursley y añadió—: Bueno, ¿estamos listos para partir?

Nadie le contestó: tío Vernon seguía contemplando, horrorizado, el abultado bolsillo del chaleco del mago.

—Quizá deberíamos esperar en el recibidor, Dedalus —murmuró Hestia, creyendo que demostrarían muy poco tacto si se quedaban en el salón mientras Harry y los Dursley intercambiaban afectuosas y quizá emotivas palabras de despedida.

—No hace falta —murmuró Harry, pero su tío zanjó la situación diciendo en voz alta:

—Bueno, chico, pues adiós.

Vernon Dursley levantó el brazo derecho para estrecharle la mano, pero en el último momento debió de sentirse incapaz de ello, porque cerró la mano y balanceó el brazo adelante y atrás como si fuera un metrónomo.

—¿Listo, Diddy? —preguntó tía Petunia comprobando, nerviosa, el cierre de su bolso para no tener que mirar a Harry.

Dudley no contestó, pero se quedó allí plantado con la boca entreabierta, y Harry se acordó de Grawp, el gigante.

—Pues... ¡nos vamos! —anunció tío Vernon, y ya había llegado a la puerta del salón cuando su hijo masculló:

—No lo entiendo.

—¿Qué es lo que no entiendes, Trompito? —preguntó tía Petunia mirándolo con extrañeza.

Dudley levantó una mano, enorme como un jamón, y señalando a Harry preguntó:

—¿Por qué no viene con nosotros?

Sus padres se quedaron paralizados, mirándolo como si acabara de expresar el deseo de ser bailarina.

—¿Qué dices? —tronó Vernon.

—¿Por qué él no viene con nosotros?

—Pues... porque no quiere —repuso Vernon; se dio la vuelta, fulminó a Harry con la mirada y añadió—: No quieres venir, ¿verdad que no?

—No, claro que no.

—¿Lo ves? —le dijo Vernon a su hijo—. Y ahora, vámonos.

Vernon Dursley salió al recibidor y oyeron cómo se abría la puerta de entrada, pero Dudley no se movió; tras dar unos pasos vacilantes, tía Petunia se detuvo también.

—Y ahora ¿qué pasa? —gruñó su marido, y volvió a plantarse en el umbral.

Al parecer, Dudley lidiaba con conceptos demasiado difíciles para expresarlos con palabras. Tras unos momentos de dolorosa lucha interna, cuestionó:

—Pero ¿adónde va a ir?

Los tíos de Harry se miraron, de pronto asustados por la pregunta de Dudley. Hestia Jones interrumpió el silencio.

—Pero... ustedes saben adónde irá su sobrino, ¿verdad? —preguntó desconcertada.

—Claro que lo sabemos —contestó Vernon Dursley—. Se va con los de su calaña, ¿no? Métete en el coche, Dudley; ya has oído a ese hombre: tenemos prisa.

Y volvió a ir hasta la puerta de entrada, pero su hijo no lo siguió.

—¿Ha dicho que se va con los de su calaña? —Hestia estaba escandalizada.

Harry ya había vivido otras veces esa reacción, pero los magos y las brujas no entendían que los parientes más próximos del famoso Harry Potter se interesaran tan poco por él.

—No pasa nada —la tranquilizó Harry—. No importa, en serio.

—¿Que no importa? —repitió Hestia elevando la voz amenazadoramente—. ¿Es que esta gente no se da cuenta de lo que has llegado a sufrir, ni del peligro que has corrido, ni de la excepcional posición que ocupas en el seno del movimiento antiVoldemort?

—Pues... no, la verdad es que no. Ellos creen que lo único que hago es ocupar espacio, pero estoy acostumbrado a...

—Yo no creo que lo único que hagas sea ocupar espacio.

Si Harry no hubiera visto cómo Dudley movía los labios, quizá no lo habría creído. Miró a su primo unos segundos antes de aceptar que era él quien había hablado, porque, para empezar, Dudley se había sonrojado. Harry se quedó abochornado y atónito.

—Bien... eh... gracias, Dudley.

Una vez más dio la impresión de que Dudley lidiaba con pensamientos demasiado complicados para expresar, hasta que logró balbucear:

—Tú me salvaste la vida.

—No exactamente —repuso Harry—. Lo que te hubiera quitado aquel dementor habría sido el alma...

Miró con curiosidad a su primo. Durante ese verano y el anterior apenas se habían relacionado, porque Harry había pasado poco tiempo en Privet Drive y casi siempre se encerraba en su habitación. Sin embargo, entonces comprendió que la taza de té frío con que había tropezado esa mañana no era ninguna broma ingeniosa. Aunque estaba emocionado, le alivió que Dudley hubiera agotado su capacidad de manifestar sus sentimientos. Tras despegar los labios un par de veces más, su primo, rojo como un tomate, decidió guardar silencio.

Tía Petunia rompió a llorar. Hestia Jones le dirigió una mirada de comprensión que se transformó en indignación al ver que la mujer corría a abrazar a Dudley en lugar de a Harry.

—¡Qué tierno eres, Dudders! —sollozó Petunia hundiendo la cabeza en el inmenso pecho de su hijo—. ¡Qué chico tan encantador! ¡Mira que darle las gracias...!

—¡Pero si no le ha dado las gracias! —protestó Hestia, ofendida—. ¡Sólo ha dicho que no creía que Harry únicamente ocupara espacio!

—Sí, pero viniendo de Dudley eso es como decir «te quiero» —aclaró Harry, que se debatía entre el fastidio y las ganas de echarse a reír, mientras su tía seguía abrazando a Dudley como si éste acabara de salvar a su primo de un edificio en llamas.

—¿Nos vamos o no? —rugió tío Vernon, que había reaparecido en el umbral del salón—. ¡Creía que tenían un margen de tiempo muy ajustado!

—Sí, es verdad —confirmó Dedalus Diggle, que había observado la escena con aire de desconcierto. Tras recobrar la compostura, añadió—: Tenemos que irnos. Harry... —Decidido, fue hacia el muchacho y le estrechó la mano enérgicamente—. Buena suerte. Espero que volvamos a vernos. Todas las esperanzas del mundo mágico están puestas en ti.

—¡Ah, bueno! Gracias.

—Adiós, Harry —se despidió Hestia, y también le estrechó la mano—. Pensaremos en ti.

—Espero que todo salga bien —repuso el muchacho mirando de soslayo a tía Petunia y Dudley.

—Sí, estoy seguro de que acabaremos siendo íntimos amigos —vaticinó el mago alegremente, y al salir de la habitación agitó su sombrero. Hestia lo siguió.

Dudley se soltó con cuidado del abrazo de su madre, se aproximó a Harry, que tuvo que dominar el impulso de amenazarlo con magia, y le tendió una manaza rosada.

—Caray, Dudley —exclamó Harry mientras tía Petunia sollozaba con renovado ímpetu—, ¿estás seguro de que los dementores no te metieron dentro otra personalidad?

—No lo sé —farfulló el chico—. Hasta otra, Harry.

—Sí... —Harry le tomó la mano y se la estrechó—. Puede ser. Cuídate, Big D.

Dudley casi compuso una sonrisa y salió de la habitación con andares torpes. Harry oyó sus fuertes pisadas por el camino de grava y cómo se cerraba la puerta del coche.

Tía Petunia, que tenía la cara hundida en un pañuelo, alzó la cabeza al oír el ruido. Al parecer no había previsto quedarse a solas con su sobrino, de modo que se guardó precipitadamente el pañuelo húmedo en el bolsillo y dijo:

—Bueno, adiós. —Y caminó hacia la puerta sin mirarlo.

—Adiós —repuso Harry.

Ella se detuvo y se dio la vuelta. Por un instante Harry creyó que quería decirle algo, porque le lanzó una extraña y trémula mirada y despegó los labios; pero entonces hizo un gesto brusco con la cabeza y salió presurosa de la habitación tras los pasos de su esposo y su hijo.

4

Los siete Potters

Harry subió corriendo a su habitación y se acercó a la ventana justo a tiempo de ver cómo el coche de los Dursley salía por el camino de la casa y enfilaba la calle. Distinguió el sombrero de copa de Dedalus en el asiento trasero, entre tía Petunia y Dudley. El coche torció a la derecha al llegar al final de Privet Drive y los cristales de las ventanillas se tiñeron de rojo un instante, bañados por la luz del sol poniente; luego se perdió de vista.

Tomó la jaula de *Hedwig*, la Saeta de Fuego y la mochila, le echó una última ojeada a su dormitorio, mucho más ordenado de lo habitual, y bajó otra vez con andares desgarbados al recibidor. Dejó la jaula, la escoba y la mochila junto al pie de la escalera. Oscurecía rápidamente y el recibidor estaba quedando en penumbra. Le producía una sensación extrañísima estar allí plantado, en medio de aquel completo silencio, sabiendo que se disponía a abandonar la casa por última vez. En otras ocasiones, cuando se quedaba solo porque los Dursley salían a divertirse, las horas de soledad suponían todo un lujo, pues iba a la cocina, tomaba algo que le apetecía del refrigerador y subía para jugar con la computadora de Dudley, o encendía el televisor y zapeaba a su antojo. Recordando esos momentos tuvo una extraña sensación de vacío; era como recordar a un hermano pequeño al que hubiera perdido.

—¿No quieres echarle un último vistazo a la casa? —le preguntó a *Hedwig*, que seguía enfurruñada, con la cabeza bajo el ala—. No volveremos a pisarla, ¿sabes? ¿No te gustaría recordar los momentos felices que hemos pasado aquí? Mira ese tapete, por ejemplo. ¡Qué recuerdos! Dudley vomitó encima de él después de que lo salvara de los dementores. Y resulta que el pobre estaba agradecido y todo, ¿te imaginas? Y el verano pasado Dumbledore entró por esa puerta...

Harry perdió el hilo de lo que estaba diciendo y la lechuza no lo ayudó a recuperarlo, sino que siguió inmóvil, sin sacar la cabeza. Harry se puso de espaldas a la puerta de entrada.

—Y aquí, *Hedwig* —prosiguió, abriendo la alacena que había debajo de la escalera—, es donde dormía antes. Tú no me conocías cuando... ¡Caray, qué pequeña es! Ya no me acordaba.

Paseó la mirada por los zapatos y paraguas amontonados y recordó que lo primero que veía todas las mañanas al despertar era el interior de la escalera, casi siempre adornado con una o dos arañas. En esa época todavía no conocía su verdadera identidad ni le habían explicado cómo habían muerto sus padres ni por qué muchas veces ocurrían cosas extrañas en su entorno. Pero todavía recordaba los sueños que ya entonces lo acosaban; sueños confusos en que aparecían destellos de luz verde, y en una ocasión (tío Vernon estuvo a punto de chocar con el coche cuando se lo explicó) una motocicleta voladora...

De pronto se oyó un rugido ensordecedor fuera de la casa. Harry se incorporó bruscamente y se golpeó la coronilla con el marco de la pequeña puerta. Se quedó quieto sólo lo necesario para proferir algunas de las palabrotas más selectas de tío Vernon y, frotándose la cabeza, fue tambaleante hasta la cocina. Miró por la ventana que daba al jardín trasero.

Observó unas ondulaciones que recorrían la oscuridad, como si el aire temblara. Entonces empezaron a aparecer figuras, una a una, a medida que se desactivaban sus encantamientos desilusionadores. Hagrid, con casco y gafas de motorista, destacaba en medio de la escena, sentado a horcajadas en una enorme motocicleta con sidecar negro. Alrededor de él, otros desmontaban de sus escobas, y dos de ellos de sendos caballos alados, negros y esqueléticos.

Harry abrió de un tirón la puerta trasera y corrió hacia los recién llegados. En medio de un griterío de calurosos saludos, Hermione lo abrazó y Ron le dio palmadas en la espalda.

—¿Todo bien, Harry? —preguntó Hagrid—. ¿Listo para abandonar este sitio?

—Ya lo creo —respondió sonriéndoles a todos—. Pero... ¡no esperaba que vinieran tantos!

—Ha habido un cambio de planes —gruñó Ojoloco, que llevaba dos grandes sacos repletos y cuyo ojo mágico enfocaba alternativamente el oscuro cielo, la casa y el jardín con una rapidez asombrosa—. Pongámonos a cubierto y luego te lo explicamos todo.

Harry los guió hasta la cocina. Riendo y charlando, algunos se sentaron en las sillas y sobre las relucientes encimeras de tía Petunia, y otros se apoyaron contra los impecables electrodomésticos. Estaban: Ron, alto y desgarbado; Hermione, que se había recogido la espesa melena en una larga trenza; Fred y George, esbozando idénticas sonrisas; Bill, con tremendas cicatrices y el pelo largo; el señor Weasley, con expresión bondadosa, algo más calvo y con las gafas un poco torcidas; Ojoloco, maltrecho, cojo, y cuyo brillante ojo mágico azul se movía a toda velocidad; Tonks, con el pelo corto y teñido de rosa, su color preferido; Lupin, con más canas y más arrugas; Fleur, esbelta y hermosa, luciendo su larga y rubia cabellera; Kingsley, negro, calvo y ancho de hombros; Hagrid, con el pelo y la barba enmarañados, encorvado para no pegarse contra el techo, y Mundungus Fletcher, alicaído, desaliñado y bajito, de mustios ojos de basset y pelo apelmazado. Harry tuvo la impresión de que su corazón se agrandaba y resplandecía ante aquel panorama; los quería muchísimo a todos, incluso a Mundungus, a quien había intentado estrangular la última vez que se vieron.

—Creía que estabas protegiendo al primer ministro muggle, Kingsley —comentó.

—Puede pasar sin mí por una noche. Tú eres más importante.

—¿Has visto esto, Harry? —dijo Tonks, encaramada en la lavadora, y agitó la mano izquierda mostrándole el anillo que lucía en un dedo.

—¿Se han casado? —preguntó Harry mirándola, y luego a Lupin.

—Lamento que no pudieras asistir a la boda, Harry. Fue una ceremonia muy discreta.

—¡Qué alegría! ¡Felici...!

—Bueno, bueno, más adelante ya habrá tiempo para cotilleos —intervino Moody en medio del barullo, y todos se callaron. Dejó los sacos en el suelo y se volvió hacia Harry—. Como supongo que te habrá contado Dedalus, hemos tenido que desechar el plan A, puesto que Pius Thicknesse se ha pasado al otro bando. Por consiguiente, nos hallamos ante un grave problema. Ha amenazado con encarcelar a cualquiera que conecte esta casa a la Red Flu, ubique un traslador o entre o salga mediante Aparición. Y todo eso lo ha hecho, en teoría, para protegerte e impedir que Quien-tú-sabes venga a buscarte, aunque no tiene sentido, porque el encantamiento de tu madre ya se encarga de esas funciones. Lo que ha hecho en realidad es impedir que salgas de aquí de forma segura.

»Segundo problema: eres menor de edad, y eso significa que todavía tienes activado el Detector.

—¿El Detector? No...

—¡El Detector, el Detector! —repitió Ojoloco, impaciente—. El encantamiento que percibe las actividades mágicas realizadas en torno a los menores de diecisiete años, y que el ministerio emplea para descubrir las infracciones del Decreto para la moderada limitación de la brujería en menores de edad. Si alguno de nosotros hiciera un hechizo para sacarte de aquí, Thicknesse lo sabría, y también los mortífagos.

»Pero no podemos esperar a que se desactive el Detector, porque en cuanto cumplas los años perderás toda la protección que te proporcionó tu madre. Resumiendo: Pius Thicknesse cree que te tiene totalmente acorralado.

Harry, a su pesar, estaba de acuerdo con lo que creía ese tal Thicknesse.

—¿Y qué vamos a hacer?

—Utilizaremos los únicos medios de transporte que nos quedan, los únicos que el Detector no puede descubrir, porque no necesitamos hacer ningún hechizo para utilizarlos: escobas, thestrals y la motocicleta de Hagrid.

Harry entrevió algunas fallas en ese plan; sin embargo, no dijo nada y dejó que Ojoloco siguiera con su explicación.

—Veamos. El encantamiento de tu madre sólo puede romperse si se dan dos circunstancias: que alcances la mayoría de edad, o... —Moody abarcó con un gesto del brazo toda la inmaculada cocina— que ya no llames hogar a esta casa. Tus tíos y tú van a tomar distintos caminos esta noche, conscientes de que nunca volverán a vivir juntos, ¿correcto? —Harry asintió—. De modo que esta vez, cuando te marches, ya no podrás regresar, y el encantamiento se romperá apenas salgas de su radio de alcance. Así pues, hemos decidido romperlo antes de hora, porque la otra opción es esperar a que Quien-tú-sabes venga aquí y te capture el día de tu cumpleaños.

»Lo único que tenemos a nuestro favor es que Quien-tú-sabes ignora que vamos a trasladarte esta noche, porque hemos dado una pista falsa al ministerio: creen que no te marcharás hasta el día treinta. Sin embargo, estamos hablando de Quien-tú-sabes, así que no podemos fiarnos simplemente de que él tenga la fecha equivocada; seguro que hay un par de mortífagos patrullando el cielo por esta zona, por si acaso. Por eso les hemos dado la mayor protección a una docena de casas diferentes. Todas parecen un buen sitio donde esconderte y todas tienen alguna relación con la Orden: mi propia casa, la de Kingsley, la de tía Muriel... Me sigues, ¿verdad?

—Sí... sí —contestó Harry, no del todo sincero, porque todavía veía una gran falla en el plan.

—Muy bien. Pues irás a la casa de los padres de Tonks. Cuando te encuentres dentro de los límites de los sortilegios protectores que hemos puesto en esa casa, podrás utilizar un traslador para llegar a La Madriguera. ¿Alguna pregunta?

—Pues... sí. Quizá al principio ellos no sepan a cuál de las doce casas seguras voy a ir, pero ¿no resultará evidente cuando... —hizo un rápido recuento— vean a catorce personas volando hacia la casa de los padres de Tonks?

—¡Vaya —masculló Moody—, se me ha olvidado mencionar la clave fundamental! Es que no verán a catorce personas volando hacia la casa de los padres de Tonks, porque habrá siete Harry Potters surcando el cielo esta noche, cada uno con un acompañante, y cada pareja se dirigirá a una casa segura diferente.

Moody sacó de su capa un frasco que contenía un líquido parecido al barro. Y no hizo falta que dijera nada más: Harry comprendió de inmediato el resto del plan.

—¡No! —gritó, y su voz resonó en la cocina—. ¡Ni hablar!

—Ya les advertí que lo tomarías así —intervino Hermione con un deje de autocomplacencia.

—¡Si creen que voy a permitir que seis personas se jueguen la vida...!

—Como si fuera la primera vez que lo hacemos —terció Ron.

—¡Esto es diferente! ¡Hacerse pasar por mí, vaya idea!

—Mira, a nadie le hace mucha gracia, Harry —dijo Fred con seriedad—. Imagínate que algo sale mal y nos quedamos convertidos en unos imbéciles flacuchos y con gafitas para toda la vida.

Harry no sonrió y razonó:

—No podrán hacerlo si yo no coopero. Necesitan pelo de mi cabeza.

—¡Vaya! Eso echa por tierra nuestro plan —intervino George—. Es evidente que no hay ninguna posibilidad de que entre todos te arranquemos unos cuantos pelos.

—Sí, claro, trece contra uno que ni siquiera puede emplear la magia. Lo tenemos muy mal, ¿eh? —añadió Fred.

—Muy gracioso —le espetó Harry—. Me muero de risa.

—Si hemos de hacerlo por la fuerza, lo haremos —gruñó Moody, y su ojo mágico tembló un poco mientras miraba fijamente a Harry—. Todos los que estamos aquí somos mayores de edad, Potter, y estamos dispuestos a correr el riesgo.

Mundungus se encogió de hombros e hizo una mueca; el ojo mágico se desvió hacia un lado para observarlo.

—Será mejor que no sigamos discutiendo. El tiempo pasa. Arráncate ahora mismo unos pelos, muchacho.

—Esto es una locura. No hay ninguna necesidad de...

—¿Que no hay ninguna necesidad? —gruñó Moody—. ¿Con Quien-tú-sabes campando a sus anchas y con medio ministerio en su bando? Con suerte, Potter, se habrá tragado el cuento y se estará preparando para tenderte una emboscada el día treinta, pero sería estúpido si no ha enviado un par de mortífagos a vigilarte: eso es lo que haría yo. Quizá no consigan atraparte ni entrar aquí mientras funcione el encantamiento de tu madre, pero está a punto de romperse, y ellos conocen más o menos la ubicación de la casa. Lo único que podemos hacer es usar señuelos. Ni siquiera Quien-tú-sabes puede dividirse en siete.

Harry echó un rápido vistazo a Hermione y desvió la mirada.

—Así que... los pelos, Potter, por favor.

Entonces el muchacho miró a Ron, que le sonrió como diciéndole: «Ya, dáselos, hombre.»

—¡Ahora mismo! —ordenó Moody.

Con todas las miradas fijas en él, Harry se llevó una mano a la cabeza y se arrancó varios pelos.

—Muy bien —dijo Moody y, cojeando, se acercó y quitó el tapón del frasco—. Mételos aquí.

Harry lo hizo. En cuanto entraron en contacto con aquella poción semejante al barro, ésta produjo espuma y humo, y de repente se tornó de un color dorado, limpio y brillante.

—¡Oh! Estás mucho más apetitoso que Crabbe y Goyle, Harry —observó Hermione y Ron arqueó las cejas; entonces ella se sonrojó ligeramente y añadió—: Bueno, ya sabes a qué me refiero; la poción de Goyle parecía de mocos.

—Muy bien. Que los falsos Potters se pongan en fila aquí —indicó Moody.

Ron, Hermione, Fred, George y Fleur formaron una fila enfrente del reluciente fregadero de tía Petunia.

—Falta uno —observó Lupin.

—Está aquí —indicó Hagrid con aspereza. Levantó a Mundungus por la nuca y lo puso al lado de Fleur, que arrugó la nariz sin disimulo y se colocó entre Fred y George.

—Ya les dije, prefiero ir de escolta —protestó Mundungus.

—Cállate —ordenó Moody—. Como ya te he explicado, gusano asqueroso, si nos encontramos a algún mortífago, éste intentará capturar a Potter, pero no matarlo. Dumbledore siempre dijo que Quien-tú-sabes quería acabar con Potter personalmente. Así pues, los que corren mayor riesgo son los escoltas, porque a ellos los mortífagos sí intentarán matarlos.

Esta explicación no tranquilizó demasiado a Mundungus, pero Moody ya había sacado media docena de copitas —del tamaño de una huevera— de debajo de su capa y, tras verter en ellas un poco de poción multijugos, se las fue dando a cada uno.

—Vamos, todos a un tiempo...

Ron, Hermione, Fred, George, Fleur y Mundungus bebieron. En cuanto tragaron la poción se pusieron a hacer muecas y dar boqueadas, y a continuación las facciones se les deformaron y les borbotearon como si fueran de cera caliente: Hermione y Mundungus se estiraron; Ron, Fred y George, en cambio, menguaron y el cabello se les oscureció, mientras que a Hermione y Fleur se les echó hacia atrás adherido al cráneo.

Moody, que no parecía en absoluto preocupado, se puso a desatar los nudos de los voluminosos sacos que había llevado consigo. Cuando volvió a enderezarse, había seis Harry Potters boqueando y jadeando ante él.

Fred y George se miraron y exclamaron al unísono:

—¡Vaya! ¡Somos idénticos!

—Sí, pero no sé, creo que aun así yo soy más guapo —alardeó Fred examinando su reflejo en la tetera.

—¡Bah! —dijo Fleur mirándose en la puerta del microondas—. No me *migues*, Bill. Estoy *hogogosa*.

—Aquí tengo ropa de talla más pequeña para aquellos que les haya quedado un poco amplia —dijo Moody señalando el primer saco—, y viceversa. No se olviden de las gafas: hay seis pares en el bolsillo lateral. Y cuando se hayan vestido, en el otro saco encontrarán el equipaje.

El Harry auténtico pensó que aquello era lo más raro que había visto jamás, y eso que había visto cosas rarísimas. Se quedó mirando cómo sus seis clones rebuscaban en los sacos, sacaban prendas, se ponían las gafas y guardaban sus propias cosas. Cuando todos empezaron a desnudarse sin ningún recato, le habría gustado pedirles que tuvieran un poco más de respeto por su intimidad, pues parecían más cómodos exhibiendo el cuerpo de Harry de lo que se habrían sentido mostrando el suyo propio.

—Ya sabía yo que Ginny mentía sobre lo de ese tatuaje —comentó Ron mirándose el torso desnudo.

—Oye, Harry, tienes la vista fatal, ¿eh? —dijo Hermione al ponerse las gafas.

Una vez vestidos, cada uno de los falsos Harrys tomó del segundo saco una mochila y una jaula que contenía una lechuza blanca disecada.

—Estupendo —murmuró Moody cuando por fin siete Harrys vestidos, con gafas y cargados con el equipaje se colocaron ante él—. Las parejas serán las siguientes: Mundungus viajará conmigo, en escoba...

—¿Por qué tengo que ir yo contigo? —gruñó el Harry que estaba más cerca de la puerta trasera.

—Porque eres el único del que no me fío —le espetó Moody, y con su ojo mágico, efectivamente, no dejó de observarlo mientras continuaba—: Arthur y Fred...

—Yo soy George —aclaró el gemelo al que Moody estaba señalando—. ¿Tampoco nos distingues cuando nos hacemos pasar por Harry?

—Perdona, George...

—¡Ja, ja! Sólo te estaba tomando el pelo. Soy Fred.

—¡Basta de bromas! —gruñó Moody—. El otro (George, Fred o quienquiera que sea) va con Remus. Señorita Delacour...

—Yo llevaré a Fleur en un thestral —se adelantó Bill—. No le gustan las escobas.

Fleur se puso al lado de su prometido y le dirigió una mirada sumisa y sensiblera. Harry suplicó que aquella expresión jamás volviera a aparecer en su cara.

—La señorita Granger irá con Kingsley, también en thestral...

Hermione sonrió aliviada a Kingsley. Harry sabía que ella tampoco se sentía muy segura encima de una escoba.

—¡Sólo quedamos tú y yo, Ron! —exclamó Tonks, derribando un soporte de tazas al hacerle señas con la mano.

Ron no parecía tan satisfecho como Hermione.

—Y tú vienes conmigo, Harry. ¿Te parece bien? —dijo Hagrid con cierta aprensión—. Iremos en la motocicleta, porque ni las escobas ni los thestrals soportan mi peso. Pero no queda mucho sitio en el asiento, así que tendrás que viajar en el sidecar.

—Genial —repuso Harry con escasa sinceridad.

—Creemos que los mortífagos supondrán que vas en escoba —explicó Moody como si le hubiera leído el pensamiento—. Snape ha tenido mucho tiempo para contarles hasta el mínimo detalle sobre ti, así que si tropezamos con alguno de ellos, lo lógico es que persiga al Potter que dé la sensación de ir más cómodo encima de la escoba. Muy bien —murmuró mientras cerraba el saco con la ropa que se habían quitado los falsos Potters y los precedía hacia la puerta—. Faltan unos tres minutos para partir. No tiene sentido que cerremos la puerta, porque eso no impedirá entrar a los mortífagos cuando vengan a buscarte. ¡Vamos!

Harry pasó por el recibidor para recoger la mochila, la Saeta de Fuego y la jaula de *Hedwig* antes de reunirse con los demás en el oscuro jardín trasero. Vio varias escobas saltando a las manos de sus conductores; Kingsley ya había ayudado a Hermione a montar en la grupa de un enorme thestral negro, y Bill había hecho lo propio con Fleur para instalarla en el suyo. Hagrid estaba plantado junto a la motocicleta, con las gafas de motorista puestas.

—¿Es ésta? Pero... pero ¿no es la motocicleta de Sirius?

—Así es —confirmó Hagrid con satisfacción—. Y la última vez que montaste en ella cabías en la palma de mi mano, Harry.

El chico se sintió un poco ridículo cuando se metió en el sidecar, pues se hallaba varios palmos más abajo que todos los demás. Ron compuso una sonrisita al verlo allí sentado, como un chiquillo en un auto de choque. Harry dejó la mochila y la escoba en el suelo, entre los pies, y se puso la jaula de *Hedwig* entre las rodillas. Estaba sumamente incómodo.

—Arthur le ha hecho unos pequeños ajustes —comentó Hagrid sin reparar en la incomodidad de su pasajero. Enseguida se montó en la motocicleta, que crujió un poco y se hundió unos centímetros en el suelo—. Ahora lleva algunos trucos en el manillar. Ese de ahí fue idea mía. —Con un grueso dedo, señaló un botón morado al lado del velocímetro.

—Ten cuidado, Hagrid, te lo suplico —le advirtió el señor Weasley, que estaba de pie a su lado sujetando la escoba que iba a utilizar—. Todavía no estoy seguro de que eso fuera aconsejable, y, desde luego, sólo hay que usarlo en caso de emergencia.

—¡Atención! —dijo Moody—. Todo el mundo preparado, por favor. Quiero que salgamos todos al mismo tiempo, o la maniobra de distracción no servirá para nada.

Las cuatro parejas que iban a viajar en escoba montaron en ellas.

—Sujétate fuerte, Ron —aconsejó Tonks, y Harry se fijó en que su amigo le lanzaba una mirada furtiva y culpable a Lupin antes de sujetarse con ambas manos a la cintura de la bruja.

Hagrid puso en marcha la motocicleta, que rugió como un dragón, y el sidecar vibró.

—¡Buena suerte a todos! —gritó Moody—. Nos veremos dentro de una hora en La Madriguera. ¡Contaré hasta tres! ¡Uno... dos... TRES!

La motocicleta arrancó con un rugido atronador y el sidecar dio una fuerte sacudida. Al elevarse a gran velocidad, a Harry le lloraron un poco los ojos y el viento le echó atrás el cabello despejándole la cara. Alrededor de él, las escobas ascendieron también, y un thestral lo rozó levemente con la larga cola negra al pasar por su lado. Le dolían las piernas y las notaba entumecidas, apretujadas al haber colocado entre ellas la jaula de *Hedwig*, la Saeta de Fuego y la mochila. Iba tan incómodo que casi se le olvidó echar un último vistazo al número 4 de Privet Drive, pero cuando se asomó por el borde del sidecar ya no logró distinguir la casa. Siguieron ganando más y más altura...

Y de pronto se vieron rodeados. Al menos treinta figuras encapuchadas, aparecidas de la nada, se mantenían suspendidas en el aire formando un amplio círculo en medio del cual los miembros de la Orden se habían metido sin darse cuenta...

Chillidos, una llamarada de luz verde a cada lado... Hagrid soltó un grito y la motocicleta se puso boca abajo. Harry perdió el sentido del espacio: veía las farolas de la calle por encima de la cabeza, oía gritos alrededor y se agarraba desesperadamente al sidecar. Sus cosas le resbalaron entre las rodillas...

—¡No! *¡HEDWIG!*

La escoba cayó girando sobre sí misma, pero Harry consiguió atrapar el asa de la mochila y sujetar la jaula, al mismo tiempo que la motocicleta volvía a girar y se colocaba en la posición correcta. Hubo un segundo de alivio... y luego otro destello de luz verde. La lechuza chilló y se desplomó en la jaula.

—¡No! ¡NOOO!

Hagrid aceleró y Harry vio cómo los encapuchados mortífagos se dispersaban ante la motocicleta, que arremetía a toda velocidad contra el círculo que habían formado.

—*¡Hedwig! ¡Hedwig!*

La lechuza, inmóvil y patética como un juguete, yacía al fondo de la jaula. Pero Harry no podía ocuparse de su mascota; en ese momento, su mayor preocupación era la suerte de los demás. Miró hacia atrás y vio un enjambre de personas

56

en movimiento, destellos de luz verde y dos parejas montadas en sendas escobas que se alejaban a toda velocidad, pero no las reconoció.

—¡Tenemos que dar media vuelta, Hagrid! ¡Tenemos que volver! —gritó por encima del estruendo del motor. Sacó su varita mágica y dejó la jaula en el suelo, resistiéndose a creer que la lechuza hubiese muerto—. ¡DA MEDIA VUELTA, HAGRID!

—¡Mi misión es llevarte allí sano y salvo, Harry! —bramó Hagrid, y aceleró aún más.

—¡Detente! ¡DETENTE! —chilló Harry. Pero cuando volvió a mirar atrás, dos chorros de luz verde pasaron rozándole la oreja izquierda: cuatro mortífagos se habían separado del círculo y los perseguían apuntando con sus varitas a la ancha espalda de Hagrid. El guardabosques hizo un viraje brusco, pero los mortífagos se acercaban peligrosamente; no cesaban de lanzarles maldiciones y Harry tuvo que agacharse para evitarlas. Retorciéndose en el asiento, gritó «¡*Desmaius!*» y su varita despidió un rayo de luz roja que abrió una brecha entre sus cuatro perseguidores, que se separaron para eludir el encantamiento.

—¡Sujétate, Harry! ¡Se van a enterar! —rugió Hagrid, y el muchacho alcanzó a ver cómo el guardabosques apretaba con un grueso dedo el botón verde situado junto al indicador de la gasolina.

Por el tubo de escape salió una pared, una sólida pared de ladrillo. Harry estiró el cuello y vio cómo la pared se extendía por el cielo. Tres mortífagos viraron a tiempo y la esquivaron, pero el cuarto no tuvo tanta suerte: se perdió de vista y de súbito cayó como una piedra por detrás de la pared, con la escoba hecha añicos. Uno de sus compinches intentó socorrerlo, pero tanto ellos como el muro volador desaparecieron en la oscuridad. Hagrid se inclinó sobre el manillar y volvió a acelerar.

Los otros dos mortífagos seguían lanzando maldiciones asesinas que pasaban rozándole la cabeza a Harry. Éste respondió con más hechizos aturdidores: el rojo y el verde chocaban en el aire produciendo una lluvia de chispas multicolores que le recordaron los fuegos artificiales. ¡Y pensar que los muggles que vivían allá abajo no tenían ni idea de lo que estaba pasando!

—¡Vamos allá, Harry! ¡Agárrate bien! —gritó Hagrid, y pulsó otro botón.

Esta vez una gran red salió por el tubo de escape, pero los mortífagos estaban alertas y la esquivaron. Y el que había reducido la marcha para socorrer a su camarada, surgiendo de pronto de la oscuridad, los había alcanzado ya. De modo que los tres siguieron persiguiendo la motocicleta y lanzando a sus ocupantes una maldición tras otra.

—¡Esto los detendrá, Harry! ¡Sujétate fuerte! —bramó Hagrid, y el chico vio cómo apretaba con toda la mano el botón morado.

Con un inconfundible fragor, un chorro de fuego de dragón —blanco y azul— brotó del tubo de escape. El vehículo salió despedido hacia delante como una bala y produjo un ruido de metal desgarrándose. Harry vio cómo los mortífagos se alejaban virando para esquivar la letal estela de llamas, y al mismo tiempo notó que el sidecar oscilaba amenazadoramente: la pieza que lo sujetaba a la motocicleta se había rajado debido a la fuerza de la aceleración.

—¡No pasa nada, Harry! —gritó el guardabosques, bruscamente inclinado hacia atrás por el repentino incremento de la velocidad. Pero ya no dirigía la motocicleta y el sidecar daba fuertes bandazos a su cola—. ¡Yo lo arreglaré, no te preocupes! —chilló, y del bolsillo de la chaqueta sacó su paraguas rosa con estampado de flores.

—¡Hagrid! ¡No! ¡Déjame a mí!

—¡*REPARO!*

Se oyó un estallido ensordecedor y el sidecar se soltó por completo. Harry salió despedido hacia delante, propulsado por el impulso de la motocicleta, y el sidecar fue perdiendo altura...

Desesperado, Harry intentó arreglarlo con su varita y gritó:

—¡*Wingardium leviosa!*

El sidecar se elevó como si fuera de corcho; Harry no podía dirigirlo, pero al menos no caía. Sin embargo, el chico sólo tuvo ese momento de respiro, porque los mortífagos se les echaron encima de nuevo.

—¡Ya voy, Harry! —gritó Hagrid desde la oscuridad, pero el muchacho vio que el sidecar comenzaba a perder altura otra vez.

Se agachó cuanto pudo, apuntó a sus tres perseguidores con la varita y gritó:

—¡*Impedimenta!*

El embrujo le dio en el pecho al mortífago del medio. El individuo se quedó suspendido en el aire con los brazos y las piernas extendidos, en una postura ridícula, como si se hubiera empotrado contra una barrera invisible, y uno de sus compinches estuvo a punto de chocar con él...

Entonces el sidecar se precipitó en picada. Uno de los mortífagos que seguía persiguiéndolos lanzó una maldición que pasó rozando a Harry. El muchacho se agachó bruscamente en el hueco del sidecar y, al hacerlo, se golpeó los dientes contra el canto del asiento.

—¡Ya voy, Harry! ¡Ya voy!

Una mano enorme lo sujetó por la espalda de la túnica y lo levantó, sacándolo del sidecar, que continuaba cayendo a plomo. Consiguió tomar la mochila y se las ingenió para trepar al asiento de la motocicleta, hasta que se encontró instalado detrás de Hagrid, espalda contra espalda. Mientras ascendían a toda velocidad, alejándose de los dos mortífagos restantes, Harry escupió sangre, apuntó con su varita al sidecar y gritó:

—¡*Confringo!*

El sidecar explotó y Harry sintió una tremenda punzada de dolor por *Hedwig*, como si le arrancaran las entrañas. El mortífago más cercano cayó de su escoba y se perdió de vista; su compinche cayó también y se desvaneció.

—¡Lo siento, Harry, lo siento! —gimió Hagrid—. No debí intentar repararlo yo mismo... Ahí no tienes sitio...

—¡No pasa nada! ¡Sigue volando! —le gritó Harry al ver que otros dos mortífagos surgían de la oscuridad y se les aproximaban.

Hagrid viraba hacia uno y otro lado, zigzagueando, mientras las maldiciones volvían a destellar en el espacio que los separaba de sus perseguidores. Harry comprendió que Hagrid no se atrevía a apretar el botón del fuego de dragón por temor a que él resbalara del asiento, de modo que no cesó de lanzar un hechizo aturdidor tras otro contra los mortífagos, pero a duras penas lograba repelerlos. Entonces les arrojó otro embrujo bloqueador. El mortífago más cercano viró para zafarse y le resbaló la capucha. Al iluminarlo la luz roja del siguiente hechizo aturdidor, Harry distinguió la cara extrañamente inexpresiva de Stanley Shunpike, Stan.

—¡*Expelliarmus!* —bramó Harry.

—¡Es él! ¡Es él! ¡Es el auténtico!

El grito del mortífago encapuchado llegó a oídos del muchacho pese al rugido de la motocicleta. Al cabo de un instante, ambos perseguidores se habían quedado atrás y perdido de vista.

—¿Qué ha pasado? —preguntó Hagrid—. ¿Dónde se han metido?

—¡No lo sé!

Pero Harry estaba asustado: el mortífago encapuchado había gritado «es el auténtico»; ¿cómo lo había descubierto? Miró alrededor escudriñando el oscuro cielo, aparentemente vacío, y tuvo miedo. ¿Dónde se habían metido los mortífagos?

Se dio la vuelta en el asiento, se colocó mirando al frente y se sujetó a la espalda de Hagrid.

—¡Suelta el fuego de dragón otra vez, Hagrid! ¡Larguémonos de aquí!

—¡Sujétate fuerte, chico!

Volvió a oírse un rugido ensordecedor y Harry resbaló hacia atrás en el poco trozo de asiento que le quedaba. Hagrid también salió despedido hacia atrás y aplastó a su pasajero, aunque se sujetó por los pelos al manillar.

—¡Me parece que los hemos despistado, Harry! ¡Lo hemos conseguido! —gritó el guardabosques.

Pero Harry no estaba tan convencido. Presa del miedo, siguió mirando a derecha e izquierda en busca de perseguidores, pues sabía que volverían. ¿Por qué se habían retirado? Uno de ellos todavía conservaba su varita. «Es él, es el auténtico», habían gritado después de que intentara desarmar a Stan.

—¡Ya estamos llegando, Harry! ¡Casi lo hemos logrado! —exclamó Hagrid.

El muchacho notó que la motocicleta descendía un poco, aunque las luces que se distinguían abajo todavía eran como estrellas remotas.

De repente, la cicatriz de la frente comenzó a arderle como si fuera fuego. En ese momento aparecieron dos mortífagos, uno a cada lado de la motocicleta, y dos maldiciones asesinas lanzadas desde atrás pasaron rozándolo.

Y entonces lo vio: Voldemort volaba como el humo en el viento, sin escoba ni thestral que lo sostuviera; su rostro de serpiente destacaba en la oscuridad y sus blancos dedos volvían a levantar la varita...

Hagrid soltó un aullido de pánico y lanzó la motocicleta en un descenso en picada. Agarrándose con todas sus fuerzas, Harry arrojó hechizos aturdidores a diestra y siniestra. Vio pasar a alguien volando por su lado y comprendió que había alcanzado a uno, pero entonces oyó un fuerte golpe y observó que salían chispas del motor. La motocicleta comenzó a caer trenzando una espiral, fuera de control...

Los mortífagos continuaban lanzándoles chorros de luz verde. Harry no tenía ni idea de dónde era arriba y dónde abajo; seguía ardiéndole la cicatriz y suponía que moriría en cualquier momento. Un encapuchado montado en una escoba llegó a escasos palmos de él, levantó un brazo y...

—¡NO!

Con un grito de furia, Hagrid soltó el manillar y se abalanzó sobre el encapuchado. Harry, horrorizado, vio que el guardabosques y el mortífago caían y se perdían de vista, porque el peso de ambos era excesivo para la escoba...

Mientras se sujetaba con las rodillas a la motocicleta, que seguía cayendo, oyó gritar a Voldemort:

—¡Ya es mío!

Todo había terminado. Harry ya no veía ni percibía dónde estaba su enemigo, pero distinguió cómo otro mortífago se apartaba y oyó:

—¡Avada...!

El dolor de la cicatriz obligó a Harry a cerrar los ojos, y entonces su varita actuó por sí sola. Percibió que ésta tiraba de su mano, como si fuera un potente imán; vislumbró una llamarada de fuego dorado a través de los entrecerrados párpados y oyó un estruendo y un chillido de rabia. El mortífago que quedaba gritó y Voldemort chilló:

—¡No!

En ese momento el muchacho se dio cuenta de que tenía la nariz casi pegada al botón del fuego de dragón: lo apretó con una mano y la motocicleta volvió a lanzar llamas hacia atrás y se precipitó derecha hacia el suelo.

—¡Hagrid! —chilló Harry sujetándose desesperadamente—. ¡Hagrid! ¡Accio Hagrid!

La motocicleta aceleró aún más, atraída por la fuerza de la gravedad. Con la cara a la altura del manillar, Harry sólo veía luces lejanas que se acercaban más y más. Iba a estrellarse y no podría evitarlo. Oyó otro grito a sus espaldas...

—¡Tu varita, Selwyn! ¡Dame tu varita!

Sintió la presencia de Voldemort antes de verlo. Miró de refilón, vio los encarnados ojos de su enemigo y tuvo la certeza de que eso sería lo último que vería: a Voldemort preparándose para lanzarle otra maldición...

Pero de pronto éste se desvaneció. Harry miró hacia abajo y vio a Hagrid tumbado en el suelo con los brazos y las piernas extendidos. El muchacho tiró con todas sus fuerzas del manillar para no chocar contra él y buscó a tientas el freno, pero se estrelló en una ciénaga con un estruendo desgarrador, haciendo temblar el suelo.

5

El guerrero caído

—Hagrid...

Harry se levantó con esfuerzo entre la maraña de cuero y metal que lo rodeaba; al intentar ponerse en pie, sus manos se hundieron varios centímetros en el agua fangosa. No entendía adónde había ido Voldemort y temía verlo aparecer en la oscuridad en cualquier momento. Notando un líquido caliente que le gotoaba de la barbilla y la frente, salió arrastrándose de la ciénaga y fue tambaleante hasta un voluminoso bulto oscuro que había en el suelo. Era Hagrid.

—¡Hagrid! ¡Dime algo, Hagrid!

Pero el bulto no se movió.

—¿Quién está ahí? ¿Eres Potter? ¿Eres Harry Potter?

Harry no reconoció aquella voz de hombre. Entonces una mujer gritó:

—¡Se han estrellado, Ted! ¡Se han estrellado en el jardín!

A Harry le daba vueltas la cabeza.

—Hagrid... —repitió como atontado, y se le doblaron las rodillas.

Cuando volvió en sí, estaba tumbado boca arriba sobre algo que parecían cojines, con las costillas y un brazo doloridos. El diente que se le había saltado le había vuelto a crecer, pero todavía notaba un dolor punzante en la cicatriz de la frente.

—Hagrid... —murmuró.

Abrió por fin los ojos y comprobó que se hallaba tendido en un sofá, en un salón que no conocía, iluminado por una lámpara. Su mochila estaba en el suelo, a escasa distancia, mojada y manchada de barro, y un individuo rubio y barrigudo lo observaba con preocupación.

—Hagrid se encuentra bien, hijo —dijo el desconocido—; mi mujer está con él. ¿Cómo te encuentras? ¿Te has roto algo más? Te he arreglado las costillas, el diente y el brazo. ¡Ah, por cierto, soy Ted! Ted Tonks, el padre de Dora.

Como Harry se incorporó demasiado deprisa, vio un montón de estrellitas y se mareó.

—Voldemort...

—Tranquilo, muchacho, tranquilo —susurró Ted Tonks. Le puso una mano en el hombro y lo empujó suavemente para que se recostara en los cojines—. Ha sido una caída brutal. Pero ¿qué ha pasado? ¿Una falla de la motocicleta? Arthur Weasley ha vuelto a pasarse de la raya, seguro. ¡Él y sus cacharros muggles!

—No, no... —dijo Harry, y la cicatriz le latió como una herida abierta—. Mortífagos, montones de mortífagos... Nos perseguían...

—¿Mortífagos, dices? —se extrañó Ted—. ¿Cómo que mortífagos? Tenía entendido que no sabían que íbamos a trasladarte esta noche; creía que...

—Lo sabían —lo cortó Harry.

Ted Tonks alzó la vista como si pudiera ver el cielo a través del techo y afirmó:

—Bueno, eso significa que nuestros encantamientos protectores funcionan, ¿no? De modo que, en teoría, los mortífagos no pueden acercarse a esta casa en un radio de cien metros, desde ninguna dirección.

Entonces Harry comprendió por qué se había desvanecido Voldemort: la motocicleta había traspasado la barrera de los encantamientos de la Orden. Deseó con ansia que éstos siguieran siendo efectivos e imaginó a Voldemort volando a cien metros de altura mientras ellos hablaban, buscando la forma de atravesar lo que el muchacho visualizó como una gran burbuja transparente.

Bajó las piernas del sofá; necesitaba ver a Hagrid con sus propios ojos para creer que estaba vivo. Sin embargo, apenas se hubo puesto en pie, se abrió una puerta y el guardabosques entró en el salón; tenía la cara cubierta de barro y sangre y cojeaba un poco, pero estaba milagrosamente vivo.

—¡Harry!

Hagrid derribó dos mesitas y una aspidistra, recorrió la distancia que los separaba en dos zancadas y abrazó al muchacho tan fuerte que casi le partió las recién reparadas costillas.

—Caray, Harry, ¿cómo has conseguido librarte de ésta? Pensé que íbamos a morir los dos.

—Sí, yo también. No puedo creer que... —Se interrumpió al ver a la mujer que había entrado en la habitación detrás de Hagrid—. ¡Es usted! —exclamó, y metió rápidamente una mano en el bolsillo, pero estaba vacío.

—Tu varita está aquí, hijo —intervino Ted dándole unos golpecitos con ella en el brazo—. Estaba en el suelo, a tu lado, y yo la recogí. Y esa mujer a la que estás gritando es mi esposa.

—Oh... lo siento...

Cuando la señora Tonks se les acercó, quedó patente que el parecido con su hermana Bellatrix era menos acusado, pues tenía el cabello castaño claro y los ojos, más grandes, reflejaban mayor bondad. Con todo, se mostró un poco altiva tras la exclamación de Harry.

—¿Qué le ha pasado a nuestra hija? —preguntó—. Hagrid dice que les han tendido una emboscada. ¿Dónde está Nymphadora?

—No lo sé. Ignoramos qué ha sido de los demás.

Ted y su esposa se miraron. Al observar su expresión, se apoderó de Harry una mezcla de miedo y remordimiento: si había muerto algún miembro de la Orden, sería culpa suya y sólo suya. Él había dado su consentimiento al plan y entregado los cabellos que necesitaban para preparar la poción...

—¡El trasladador! —exclamó de pronto, recordándolo todo de golpe—. Tenemos que ir a La Madriguera y averiguar... Entonces podremos enviarles noticias, o... No, Tonks se las enviará cuando...

—Seguro que Dora está bien, Dromeda —la tranquilizó Ted—. Sabe lo que hace; ha realizado muchas misiones peligrosas con los aurores. El trasladador está por aquí —le indicó a Harry—. Si quieren utilizarlo, se marcha dentro de tres minutos.

—Sí, nos vamos —dijo Harry. Tomó su mochila y se la colgó a la espalda—. Yo... —Miró a la señora Tonks; quería disculparse por el estado de temor en que la dejaba y del que tan responsable se sentía, pero sólo se le ocurrían frases vanas o superficiales—. Le diré a Tonks... a Dora... que les envíe noticias en cuanto... Gracias por ayudarnos, gracias por todo. Yo...

Sintió un gran alivio cuando salió de la habitación y siguió a Ted Tonks por un corto pasillo que daba a un dormitorio. Hagrid fue tras ellos y tuvo que agacharse para no golpearse la cabeza con el dintel de la puerta.

—Ahí está, hijo. Eso es el traslador. —Señalaba un pequeño cepillo de pelo de plata encima del tocador.

—Gracias —dijo Harry; estiró un brazo y puso un dedo sobre el cepillo, listo para partir.

—Espera un momento —terció Hagrid mirando alrededor—. ¿Dónde está *Hedwig*?

—Le... le dieron. —El recuerdo de lo ocurrido lo golpeó fuerte; Harry se avergonzó de sí mismo y sus ojos se anegaron en lágrimas. La lechuza había sido su compañera, su único vínculo con el mundo mágico cada vez que se veía obligado a volver a casa de los Dursley.

Hagrid le dio unas palmadas de ánimo en el hombro.

—No importa, no importa —dijo con brusquedad—. Tuvo una buena vida...

—¡Atento, Hagrid! —lo previno Ted Tonks al ver que el cepillo emitía una luz azulada, y el hombretón le puso un dedo encima justo a tiempo.

Harry notó una sacudida debajo del ombligo, como si le hubieran dado un tirón con un gancho y una cuerda invisibles, y se sintió lanzado al vacío, girando sobre sí mismo de forma incontrolada, con un dedo pegado al traslador. Ambos se alejaron a toda velocidad del señor Tonks. Unos segundos más tarde, Harry tocó suelo firme y cayó a cuatro patas en el patio de La Madriguera. Oyó gritos. Apartó el cepillo, que ya no brillaba, se levantó trastabillando un poco y vio a la señora Weasley y a Ginny bajando a toda prisa los escalones de la puerta trasera, mientras Hagrid, que también había caído al aterrizar, se ponía trabajosamente en pie.

—¿Harry? ¿Eres el Harry auténtico? ¿Qué ha pasado? ¿Dónde están los otros? —gritó la señora Weasley, ansiosa.

—¿Cómo que dónde están? —preguntó Harry jadeando—. ¿No ha vuelto nadie?

La respuesta se leía claramente en el pálido rostro de la señora Weasley. Entonces Harry explicó:

—Los mortífagos nos estaban esperando. Nos rodearon en cuanto levantamos el vuelo; sabían que iba a ser esta noche. Pero ignoro qué les ha ocurrido a los demás. Nos persiguieron cuatro mortífagos y nos costó mucho librarnos de ellos. Y después nos alcanzó Voldemort.

Harry se dio cuenta de que su voz tenía un dejo suplicante, como si intentara justificarse o hacerle entender a Molly por qué no sabía qué suerte habían corrido sus hijos, pero...

—Por suerte estás bien —dijo ella, y le dio un abrazo que el muchacho no creía merecer.

—¿Tienes un poco de coñac, Molly? —preguntó Hagrid, algo tembloroso—. Es para fines medicinales...

La señora Weasley habría podido hacerlo aparecer mediante magia, pero cuando se apresuró hacia la torcida casa, Harry comprendió que no quería que le vieran la cara. Entonces miró a Ginny, y ella respondió de inmediato a las preguntas que el muchacho no había formulado.

—Ron y Tonks deberían haber sido los primeros en regresar, pero se les escapó el traslador, que llegó sin ellos —dijo señalando una lata de aceite oxidada que había en el suelo—. Y ése —añadió mostrando una vieja zapatilla de lona— era el traslador de mi padre y Fred, que deberían haber sido los siguientes. Hagrid y tú eran los terceros, y... —Consultó su reloj—. Si lo han conseguido, George y Lupin deberían llegar dentro de un minuto.

La señora Weasley regresó con una botella de coñac y se la dio a Hagrid. El guardabosques la destapó y bebió un largo sorbo.

—¡Mira, mamá! —gritó Ginny señalando a cierta distancia.

En la oscuridad había surgido una luz azulada que fue agrandándose y volviéndose más intensa, y entonces aparecieron Lupin y George, girando sobre sí mismos hasta caer al suelo. Harry comprendió enseguida que algo iba mal, porque Lupin sujetaba a George, que estaba inconsciente y tenía la cara cubierta de sangre.

Corrió hacia ellos y le sujetó las piernas a George. Entre Lupin y él lo llevaron a la casa, pasaron por la cocina y fueron al salón. Una vez allí, lo tumbaron en el sofá. Cuando la luz de la lámpara le iluminó la cabeza, Ginny sofocó un grito y Harry notó un vuelco en el estómago: a George le faltaba una oreja. Tenía un lado de la cabeza y el cuello empapados de sangre, de un rojo asombrosamente intenso.

Tan pronto la señora Weasley se inclinó sobre su hijo, Lupin sujetó con brusquedad a Harry por el brazo y lo arrastró hasta la cocina, donde Hagrid todavía estaba intentando hacer pasar su enorme cuerpo por la puerta trasera.

—¡Eh! —chilló Hagrid, indignado—. ¡Suéltalo! ¡Suelta a Harry!

Lupin no le hizo caso.

—¿Qué criatura había en el rincón de mi despacho en Hogwarts la primera vez que Harry Potter vino a verme? —preguntó al muchacho zarandeándolo ligeramente—. ¡Contesta!

—Un... grindylow dentro de un depósito de agua, ¿no?

Lupin soltó a Harry y se apoyó contra un armario de la cocina.

—¿Se puede saber qué te pasa? —preguntó Hagrid.

—Lo siento, Harry, pero tenía que asegurarme —se disculpó Lupin—. Nos han traicionado. Voldemort sabía que íbamos a trasladarte esta noche, y las únicas personas capaces de decírselo estaban directamente implicadas en el plan. Podrías haber sido un impostor.

—¿Y a mí por qué no me preguntas nada? —protestó Hagrid jadeando, aún sin conseguir pasar por la puerta.

—Tú eres un semigigante. La poción multijugos sólo la usan los humanos.

—Ningún miembro de la Orden puede haberle revelado a Voldemort que iban a trasladarme esta noche —dijo Harry. Esa idea le parecía espantosa; no concebía que ninguno de ellos lo hubiera hecho—. Voldemort no me ha alcanzado hasta el final, y eso significa que no sabía a quién tenía que perseguir. Si hubiera estado al corriente del plan, habría sabido desde el principio que yo era quien iba con Hagrid.

—¿Que Voldemort te ha alcanzado? —saltó Lupin—. ¿Qué ha sucedido? ¿Cómo has logrado escapar?

Harry le explicó brevemente que los mortífagos se habían percatado de que él era el Harry auténtico; entonces dejaron de ir tras ellos y debieron de avisar a Voldemort, que aparecíó cuando Hagrid y él estaban a punto de llegar al refugio de la casa de los Tonks.

—¿Dices que te reconocieron? Pero ¿cómo? ¿Qué has hecho?

—Yo... —Harry intentó recordar, pero todo el trayecto le resultaba un barullo de pánico y confusión—. Vi a Stan Shunpike... ya sabes, el revisor del autobús noctámbulo. Traté de desarmarlo en lugar de... porque no sabe lo que hace, seguro. Debe de estar bajo la maldición *imperius*.

—¡Harry! —exclamó Lupin mirándolo horrorizado—. ¡Los encantamientos de desarme han pasado a la historia! ¡Esa gente intentaba capturarte y matarte! ¡Si no estás preparado para matar, al menos atúrdelos!

—¡Estábamos a mucha altura del suelo! ¡Stan no sabe lo que hace, y si lo hubiera aturdido y se hubiera caído, el resultado habría sido el mismo que el de una maldición asesina! El encantamiento de desarme me salvó de Voldemort hace dos años —añadió desafiante. Lupin le recordaba a Zacharias Smith, el desdeñoso alumno de Hufflepuff que se había burlado de él porque pretendía enseñar a los miembros del Ejército de Dumbledore a hacer encantamientos de desarme.

—Sí, Harry —repuso Lupin haciendo un esfuerzo por contenerse—, y muchos mortífagos te vieron hacerlo. Perdona que te lo diga, pero fue una acción muy inusual en aquellas circunstancias, bajo una amenaza inminente de muerte. Y repetirla esta noche delante de unos mortífagos que presenciaron la primera ocasión, o han oído hablar de ella, ha sido casi suicida.

—Entonces, ¿crees que debería haber matado a Stan Shunpike?

—¡Por supuesto que no! Pero para los mortífagos... bueno, para la mayoría de la gente, francamente... ¡lo lógico habría sido que contraatacaras! El *Expelliarmus* es un hechizo muy útil, Harry, pero por lo visto los mortífagos piensan que es tu distintivo, y te ruego que no permitas que se convierta en eso.

Lupin estaba logrando que Harry se sintiera idiota, pero el muchacho mantuvo una actitud desafiante.

—No pienso ir por ahí matando a todo el que se interponga en mi camino —declaró—. De eso ya se encarga Voldemort.

Lo que replicó entonces Lupin no llegó a oírse porque Hagrid, que finalmente había conseguido pasar por la puerta, fue tambaleándose hasta una silla y, al sentarse, ésta se rompió bajo su peso. Haciendo caso omiso de las palabrotas y las disculpas del guardabosques, Harry se dirigió de nuevo a Lupin:

—¿Qué le ha pasado a George? ¿Se pondrá bien?

Esa pregunta hizo que toda la frustración que Lupin sentía por Harry se esfumara de golpe.

—Creo que sí, aunque no podrá recuperar la oreja, porque se la han arrancado con una maldición.

Se oyó un correteo fuera de la casa. Lupin se lanzó hacia la puerta trasera y Harry, saltando por encima de las piernas de Hagrid, echó a correr hacia el patio.

Habían aparecido dos figuras. Al acercarse, Harry se percató de que se trataba de Hermione, que estaba recuperando su aspecto normal, y Kingsley; ambos asían una torcida percha para la ropa. Hermione se lanzó a los brazos de Harry, pero Kingsley no pareció alegrarse mucho de verlos. Por encima del hombro de Hermione, Harry vio cómo levantaba su varita y apuntaba al pecho de Lupin.

—¿Cuáles fueron las últimas palabras que nos dijo Albus Dumbledore?

—«Harry es nuestra única esperanza. Confíen en él» —respondió Lupin con serenidad.

Acto seguido, Kingsley apuntó con la varita a Harry, pero Lupin dijo:

—Es él. Ya lo he comprobado.

—De acuerdo —aceptó Kingsley, y se guardó la varita bajo la capa—. Pero alguien nos ha traicionado. ¡Lo sabían! ¡Sabían que iba a ser esta noche!

—Eso parece —concedió Lupin—, pero por lo visto no sabían que habría siete Harrys.

—¡Qué gran consuelo! —gruñó Kingsley—. ¿Quién más ha vuelto?

—Sólo Harry, Hagrid, George y yo.

Hermione ahogó un grito tapándose la boca con una mano.

—¿Qué les ha pasado? —le preguntó Lupin a Kingsley.

—Nos siguieron cinco, logramos herir a dos y creo que maté a uno —recitó Kingsley de un tirón—. Y también vimos a Quien-tú-sabes. Se unió a la persecución hacia la mitad, pero no tardó mucho en esfumarse. Remus, él puede...

—... volar —intervino Harry—. Yo también lo vi. También nos persiguió a Hagrid y a mí.

—¡Por eso se marchó! ¡Para seguirte a ti! —exclamó Kingsley—. No entendí por qué se había esfumado. Pero ¿por qué cambió de objetivo?

—Harry fue demasiado considerado con Stan Shunpike —explicó Lupin.

—¿Stan? —se extrañó Hermione—. ¿No estaba en Azkaban?

—Hermione, es obvio que se ha producido una fuga masiva que el ministerio ha proferido no divulgar —replicó Kingsley y soltó una amarga risotada—. A Travers se le resbaló la capucha cuando le lancé una maldición, y se supone que él también estaba en Azkaban. ¿Y a ti, Remus, qué te ha pasado? ¿Dónde está George?

—Ha perdido una oreja —dijo Lupin.

—¿Que ha perdido...? —terció Hermione con voz chillona.

—Ha sido Snape —explicó Lupin.

—¿Snape? —saltó Harry—. No sabía que...

—También se le cayó la capucha durante la persecución. A Snape siempre se le dio bien el *Sectumsempra*. Me gustaría poder decir que le he pagado con la misma moneda, pero tenía que sujetar a George para que no cayera de la escoba, pues estaba perdiendo mucha sangre.

Los cuatro guardaron silencio y miraron el cielo. No había ni rastro de movimiento; las estrellas brillaban en lo alto, impasibles, indiferentes, pero no vieron a ninguno de sus amigos. ¿Dónde estaba Ron? ¿Dónde Fred y el señor Weasley, y Bill, Fleur, Tonks, Ojoloco y Mundungus?

—¡Échame una mano, Harry! —pidió Hagrid con voz ronca desde la puerta, donde había vuelto a quedar atascado.

El muchacho se alegró de tener algo que hacer y lo ayudó a pasar. Luego cruzó la cocina y regresó al salón, donde la señora Weasley y Ginny seguían ocupándose de George. Molly ya había controlado la hemorragia, y la luz de la lámpara permitió a Harry ver un limpio agujero en el sitio donde antes George tenía la oreja.

—¿Cómo está?

La señora Weasley volvió la cabeza y contestó:

—No puedo hacérsela crecer otra vez, porque se la han arrancado mediante magia oscura. Pero habría podido ser mucho peor... Al menos está vivo.

—Sí —coincidió Harry—. Por suerte.

—Me ha parecido oír a alguien más en el patio —dijo Ginny.

—Sí, Hermione y Kingsley —confirmó Harry.

—Menos mal... —susurró Ginny.

Se miraron. A Harry le dieron ganas de abrazarla; ni siquiera le importaba mucho que la señora Weasley estuviera allí, pero antes de dejarse llevar por el impulso se oyó un fuerte estruendo proveniente de la cocina.

—¡Te demostraré quién soy cuando haya visto a mi hijo, Kingsley! ¡Y ahora te aconsejo que te apartes!

Harry jamás había oído gritar de esa forma al señor Weasley, que irrumpió en el salón con la calva perlada de sudor y las gafas torcidas. Fred iba detrás de él y ambos estaban pálidos pero ilesos.

—¡Arthur! —sollozó la señora Weasley—. ¡Por fin!

—¿Cómo está?

El señor Weasley se arrodilló junto a George. Por primera vez desde que Harry lo conocía, Fred no supo qué decir; miraba boquiabierto la herida de su hermano gemelo por encima del respaldo del sofá, como si no pudiera creer lo que veían sus ojos.

George se movió un poco, despertado quizá por la llegada de Fred y su padre.

—¿Cómo te encuentras, Georgie? —susurró su madre.

George se palpó la cabeza con la yema de los dedos.

—Echo de menos mi lenteja —murmuró.

—¿Qué le pasa? —preguntó Fred con voz ronca, al parecer profundamente consternado—. ¿Tiene afectado el cerebro?

—Lenteja, oreja... —explicó George abriendo los ojos y mirando a su hermano—. ¿No lo adviertes, Fred?

Los sollozos de la señora Weasley se intensificaron, mientras el color volvía al pálido rostro de Fred, que dijo:

—Patético. ¡Patético! Con el amplio abanico de posibilidades que ofrece la palabra «oreja», ¿tú vas y eliges «lenteja»?

72

—Bueno —dijo George sonriéndole a su llorosa madre—. Ahora ya podrás distinguirnos, mamá. —Volvió la cabeza y añadió—: Hola, Harry. Porque eres Harry, ¿no?

—Sí, soy yo. —Y se acercó más al sofá.

—Bueno, al menos hemos logrado traerte sano y salvo —dijo George—. ¿Cómo es que ni Ron ni Bill han acudido a mi lecho de convaleciente?

—Todavía no han vuelto, George —repuso su madre. La sonrisa del chico se borró de sus labios.

Harry miró a Ginny y le indicó que lo acompañara fuera. Cuando atravesaban la cocina, Ginny comentó en voz baja:

—Ron y Tonks ya deberían haber regresado. Su trayecto no era muy largo, la casa de tía Muriel no está lejos de aquí.

Harry no contestó. Desde que llegara a La Madriguera había intentado mantener su miedo a raya, pero ahora éste lo invadía: lo sentía trepar por la piel, vibrarle en el pecho y atascarle la garganta. Bajaron los escalones de la puerta trasera y salieron al oscuro patio. Ginny le tomó la mano.

Kingsley iba de un lado para otro a grandes zancadas y miraba el cielo cada vez que daba media vuelta. Harry se acordó de tío Vernon paseándose por el salón y tuvo la sensación de que esa imagen pertenecía a un pasado muy remoto. Hagrid, Hermione y Lupin estaban de pie, hombro con hombro, mirando también el cielo. Ninguno de ellos se volvió cuando Harry y Ginny se les unieron en esa muda vigilancia.

Los minutos transcurrían con una lentitud insoportable. De repente, un leve susurro los sobresaltó, y todos se giraron para comprobar si se había movido algún arbusto o un árbol, con la esperanza de ver asomar entre su follaje, ileso, a otro miembro de la Orden.

De pronto, justo encima de sus cabezas se materializó una escoba y descendió como una centella.

—¡Son ellos! —exclamó Hermione.

Tonks aterrizó con un prolongado derrape, salpicando tierra y guijarros en todas direcciones.

—¡Remus! —gritó la bruja al mismo tiempo que se apeaba de la escoba. Tambaleándose, fue a abrazar a Lupin, quien, pálido y serio, era incapaz de articular palabra.

Ron fue dando trompicones hacia Harry y Hermione.

—¡Estás sana y salva! —farfulló antes de que Hermione se abalanzara sobre él y lo abrazara con fuerza.

—Creí... creí...

—Estoy bien —dijo Ron dándole unas palmaditas en la espalda—. Estoy bien.

—Ron se ha comportado de una manera espectacular —explicó Tonks con entusiasmo, y soltó a Lupin—. Impresionante. Le ha lanzado un hechizo aturdidor a un mortífago, directo a la cabeza, y ya saben que apuntar a un objetivo en movimiento desde una escoba en vuelo...

—¿Eso has hecho? —se asombró Hermione mirando a Ron, a quien todavía tenía abrazado por el cuello.

—Siempre ese tono de sorpresa —refunfuñó él soltándose—. ¿Somos los últimos?

—No —respondió Ginny—. Todavía estamos esperando a Bill y Fleur y a Ojoloco y Mundungus. Voy a decirles a mamá y papá que estás bien, Ron. —Y entró corriendo en la casa.

—¿Qué ha pasado? ¿Qué los ha retenido? —preguntó Lupin a Tonks, casi con enfado.

—Bellatrix, ni más ni menos —contestó ella—. Me odia tanto como a Harry; ha hecho todo lo posible por matarme. Ojalá la hubiera pescado, porque se la debo. Pero al menos herimos a Rodolphus. Luego fuimos a casa de la tía de Ron, pero se nos escapó el traslador; tía Muriel estaba muy preocupada por nosotros...

Lupin, a quien le temblaba un músculo del mentón, sólo consiguió asentir.

—Y a ustedes ¿qué les ha ocurrido? —preguntó Tonks volviéndose hacia Harry, Hermione y Kingsley.

Cada uno relató su historia, pero daba la impresión de que la tardanza de Bill, Fleur, Ojoloco y Mundungus los había recubierto de una especie de escarcha, y cada vez les costaba más ignorar el frío que les imbuía.

—Tengo que volver a Downing Street; hace una hora que debería estar allí —dijo Kingsley tras echar un último vistazo al cielo—. Avísenme cuando vuelvan.

Lupin asintió. Kingsley se despidió de los demás con un ademán y echó a andar hacia la verja del oscuro patio. A Harry le pareció oír un débil ¡paf! cuando el mago se desapareció, justo detrás de las lindes de La Madriguera.

Los Weasley bajaron corriendo los escalones de la puerta trasera, seguidos por Ginny. Abrazaron a Ron y luego se dirigieron a Lupin y Tonks.

—Gracias por devolvernos a nuestros hijos —dijo la señora Weasley.

—No digas tonterías, Molly —replicó Tonks.

—¿Cómo se encuentra George? —preguntó Lupin.

—¿Qué le pasa a George? —inquirió Ron.

—Ha perdido...

Pero unos repentinos gritos de júbilo ahogaron la respuesta de la señora Weasley, porque un thestral acababa de aparecer en el cielo. Tras descender a gran velocidad, se posó a escasa distancia del reducido grupo. Bill y Fleur, despeinados pero ilesos, se apearon del animal.

—¡Bill! ¡Menos mal! ¡Benditos los ojos que te ven!

La señora Weasley fue hacia ellos, pero Bill sólo la abrazó de pasada. Miró a su padre y anunció:

—Ojoloco ha muerto.

Nadie dijo nada, nadie se movió. Harry notó que algo se desplomaba en su interior, como si algo se le cayera y, atravesando el suelo, lo abandonara para siempre.

—Lo hemos visto con nuestros propios ojos —explicó Bill. Fleur asintió; la luz proveniente de la cocina iluminaba los surcos que las lágrimas le dejaban en las mejillas—. Ocurrió justo después de que saliéramos del círculo; Ojoloco y Dung estaban cerca de nosotros y también iban hacia el norte. Voldemort puede volar, ¿saben?, y fue derecho hacia ellos. Oí gritar a Dung, que se dejó dominar por el pánico; Ojoloco intentó detenerlo, pero se desapareció. Entonces la maldición de Voldemort le dio a Ojoloco en pleno rostro; cayó hacia atrás y... No pudimos hacer nada, nada. Nos perseguían una docena de mortífagos... —Se le quebró la voz.

—Claro que no pudieron hacer nada —lo consoló Lupin.

Se quedaron todos allí plantados, mirándose. Harry no era capaz de asimilarlo: Ojoloco, muerto; no podía ser. Ojoloco, tan fuerte, tan valiente, el superviviente por excelencia...

Al final todos cayeron en la cuenta, aunque nadie lo dijera, de que ya no tenía sentido seguir esperando en el patio, de modo que siguieron en silencio a los Weasley y fueron al salón de La Madriguera, donde encontraron a Fred y George riendo.

—¿Qué ocurre? —preguntó Fred escudriñando sus rostros—. ¿Qué ha pasado? ¿Quién...?

—Se trata de... de Ojoloco —dijo su padre—. Ha muerto.

Las sonrisas de los gemelos se convirtieron en muecas de conmoción; parecía que nadie sabía qué hacer. Tonks lloraba en silencio tapándose la cara con un pañuelo (Harry sabía que la bruja estaba muy unida al mago, pues era su favorita y su protegida en el Ministerio de Magia), y Hagrid, que se había sentado en el rincón más despejado del suelo, se enjugaba las lágrimas con un pañuelo del tamaño de un mantel.

Bill fue al aparador y sacó una botella de whisky de fuego y unos vasos pequeños.

—Brindemos —propuso, y con una sacudida de la varita hizo volar los doce vasos llenos por la habitación hasta cada uno de los presentes; tomó el suyo y lo levantó—. ¡Por Ojoloco!

—¡Por Ojoloco! —repitieron todos, y bebieron.

—¡Por Ojoloco! —brindó Hagrid con retraso, hipando.

El whisky de fuego le abrasó la garganta a Harry, pero fue como si le devolviera la sensibilidad, disipando el entumecimiento y la sensación de irrealidad e infundiéndole algo similar al coraje.

—Conque Mundungus ha desaparecido, ¿eh? —masculló Lupin, que había vaciado su vaso de un trago.

El ambiente cambió de inmediato: todos se pusieron tensos, observándolo. A Harry le pareció que querían oír más pero, al mismo tiempo, temían escuchar lo que Lupin opinase al respecto.

—Sé lo que piensas —dijo Bill—, y yo también me lo he preguntado cuando venía hacia aquí, porque pareció ciertamente que los mortífagos nos estaban esperando. Pero Mundungus no puede habernos traicionado. No sabían que habría siete Harrys y eso los desconcertó cuando nos vieron aparecer. Por si lo has olvidado, fue Mundungus quien propuso nuestro ardid. Así que, dime, ¿por qué no iba a revelarles el dato más importante? Lo que pasa es que a Dung le entró pánico, así de sencillo. Él no quería venir, pero Ojoloco lo obligó, y Quien-tú-sabes fue directo hacia ellos; eso habría bastado para aterrorizar a cualquiera.

—Quien-tú-sabes ha actuado exactamente como Ojoloco previó que haría —repuso Tonks con desdén—. Moody nos dijo que El-que-no-debe-ser-nombrado supondría que el Harry auténtico iría con los aurores más fuertes y expertos. Así que primero persiguió a Ojoloco y, cuando Mundungus se delató, fue a buscar a Kingsley.

—Sí, todo eso está muy bien —intervino Fleur—, *pego* no explica cómo sabían que íbamos a *tgasladag* a *Hagy* esta noche, ¿no? Alguien debe de *habeg* tenido algún descuido. A alguien se le ha debido *escapag* la fecha hablando con algún *intguso*. Es la única explicación de que los *mogtífagos supiegan* la fecha del plan.

Los miró uno por uno a la cara —todavía conservaba el rastro de las lágrimas en sus hermosas mejillas—, desafiándolos en silencio a contradecirla. Nadie lo hizo. El único sonido que interrumpió el silencio fue el de los hipidos de Hagrid, que seguía tapándose la cara con el pañuelo. Harry lo miró; Hagrid era quien acababa de arriesgar su vida para salvarlo; Hagrid, a quien quería y en quien confiaba, aquel al que en una ocasión habían engañado para que le diera a Voldemort una información crucial a cambio de un huevo de dragón...

—No, no puede ser —dijo Harry con decisión, y todos lo miraron sorprendidos. El whisky de fuego parecía amplificarle la voz—. Es decir... si alguien ha cometido algún error y revelado algún detalle del plan, estoy convencido de que no fue su intención. No es culpa de nadie —aseguró con un tono más fuerte del que habría empleado normalmente—. Tenemos que confiar los unos en los otros. Yo confío en todos ustedes y no creo que ninguno fuera capaz de venderme a Voldemort.

Se produjo otro silencio. Todos contemplaron a Harry, que, acalorado, bebió otro sorbo de whisky de fuego sólo por hacer algo. Entonces pensó en Ojoloco, que siempre había sido muy mordaz respecto a la buena disposición de Dumbledore a confiar en la gente.

—Bien dicho, Harry —soltó de pronto Fred.

—¡Eso! ¿Lo han oído todos? Yo sólo a medias —bromeó George mirando de soslayo a Fred, que tuvo que contener una sonrisa.

Lupin miró a Harry con una extraña expresión de desdén, casi de lástima.

—¿Crees que estoy loco? —le preguntó Harry.

—No, lo que creo es que eres igual que James, que habría considerado que desconfiar de sus amigos era la peor deshonra.

Harry sabía a qué se refería Lupin: a su padre lo había traicionado uno de sus amigos, Peter Pettigrew. Sintió una rabia irracional. Quiso discutir, pero Lupin, que ya no lo miraba, dejó su vaso en una mesita y le dijo a Bill:

—Tenemos trabajo. Puedo pedirle a Kingsley que...

—No —lo interrumpió Bill—. Iré yo.

—¿Adónde? —preguntaron Tonks y Fleur a la vez.

—A buscar el cadáver de Ojoloco —contestó Lupin—. Debemos recuperarlo.

—Pero ¿eso no puede...? —musitó la señora Weasley mirando suplicante a su hijo Bill.

—¿Esperar? No, madre, a menos que prefieras que se lo lleven los mortífagos.

Nadie replicó. Lupin y Bill se despidieron y salieron de la habitación.

Los demás se dejaron caer en las sillas, todos excepto Harry, que permaneció de pie. Lo repentino e irremediable de la muerte los acompañaba como una presencia.

—Yo también tengo que marcharme —anunció.

Diez pares de ojos se clavaron en él.

—No digas tonterías, Harry —dijo la señora Weasley—. ¿De qué estás hablando?

—No puedo quedarme aquí. —El muchacho se frotó la frente; volvía a percibir pinchazos en la cicatriz; no le dolía tanto desde hacía más de un año—. Mientras yo esté aquí, todos corren peligro. No quiero que...

—¡No seas tonto! —saltó la señora Weasley—. El principal objetivo de esta noche era traerte aquí sano y salvo, y por suerte lo hemos logrado. Y como Fleur ha decidido casarse aquí en vez de en Francia, lo hemos organizado todo para estar juntos y vigilarte...

Molly no entendía que con esas palabras sólo conseguía que Harry se sintiera aún peor.

—Si Voldemort descubre que estoy aquí...

—Pero ¿cómo va a descubrirlo? —replicó ella.

—Podrías estar en un montón de sitios, Harry —arguyó su marido—. Él no tiene manera de saber en qué casa protegida te hemos escondido.

—¡No estoy preocupado por mí! —protestó Harry.

—Ya lo imaginamos —repuso el señor Weasley con calma—, pero, si te marchas, todo el esfuerzo que hemos hecho esta noche habrá sido en vano.

—Tú no vas a ninguna parte —gruñó Hagrid—. ¡Caramba, Harry! ¡Con lo que nos ha costado traerte aquí!

—Sí, ¿qué me dices de mi oreja? —intervino George incorporándose un poco.

—Ya sé que...

—A Ojoloco no le habría gustado que...

—¡YA LO SÉ! —bramó Harry.

Se sentía acosado y chantajeado. ¿Acaso pensaban que no era consciente de lo que habían hecho por él? ¿No comprendían que precisamente por eso quería marcharse, para que no tuvieran que sufrir más por su culpa? Hubo un largo e incómodo silencio (durante el cual siguió sintiendo punzadas en la cicatriz) que por fin rompió la señora Weasley preguntándole con diplomacia:

—¿Dónde está *Hedwig*, Harry? Si quieres, podemos llevarla con *Pigwidgeon* y darle algo de comer.

El estómago se le cerró como un puño. No era capaz de decir la verdad, de modo que se bebió el resto del whisky de fuego para no tener que contestar.

—Ya verás cuando se sepa que has vuelto a conseguirlo, Harry —dijo Hagrid—. ¡Espera a que todo el mundo se entere de que lo rechazaste cuando ya casi te tenía!

—No fui yo —replicó Harry con voz cansina—. Fue mi varita mágica; actuó por su cuenta.

Al cabo de unos instantes, Hermione dijo con dulzura:

—Eso es imposible. Querrás decir que hiciste magia sin proponértelo, o que reaccionaste de forma instintiva.

—No, no —insistió Harry—. La motocicleta estaba cayendo en picada y yo no sabía dónde estaba Voldemort, pero mi varita giró en mi mano, lo encontró y le lanzó un hechizo, un hechizo que ni siquiera reconocí. Yo nunca he hecho aparecer llamas doradas.

—A veces —explicó el señor Weasley—, cuando uno se encuentra en una situación muy comprometida, hace una magia con la que nunca había soñado. Los niños pequeños, por ejemplo, antes de recibir formación...

—No, no fue eso —masculló Harry apretando los dientes. Le dolía mucho la cicatriz, y le costaba disimular su enfado y frustración; detestaba la idea de que todos estuvieran imaginando que él tenía un poder comparable al de Voldemort.

Nadie insistió, pero Harry sabía que no le creían. Y la verdad era que nunca había oído decir que una varita hiciera magia por su cuenta.

El dolor de la cicatriz era cada vez más intenso y ya apenas podía contener los gemidos. Dijo que necesitaba tomar el aire, dejó su vaso y salió de la habitación.

Cuando cruzó el oscuro patio, el enorme y esquelético thestral levantó la cabeza, agitó sus inmensas alas de murciélago y continuó paciendo. Harry se detuvo ante la verja que daba al jardín y contempló la maleza mientras se frotaba la dolorida frente y pensaba en Dumbledore.

Estaba convencido de que éste le habría creído. Él habría sabido cómo y por qué la varita de Harry había actuado por sí sola, porque él tenía respuestas para todo; además, entendía mucho de varitas y le había explicado a Harry la extraña relación que existía entre su varita y la de Voldemort... Pero Dumbledore —como Ojoloco, Sirius, sus padres y su pobre lechuza— se había marchado y Harry nunca volvería a hablar con él. Entonces notó un ardor en la garganta que no tenía nada que ver con el whisky de fuego.

Y de pronto el dolor de la cicatriz alcanzó su punto álgido. Harry se llevó las manos a la frente y cerró los ojos, mientras una voz le gritaba en la cabeza:

—¡Me aseguraste que el problema se solucionaría si se empleaba la varita de otro!

En su mente surgió la imagen de un anciano escuálido que, envuelto en harapos, yacía en un suelo de piedra; el anciano soltó un grito horrible y prolongado, un grito de insoportable agonía...

—¡No! ¡No! Se lo suplico, se lo suplico...

—¡Mentiste a lord Voldemort, Ollivander!

—No, yo no... Juro que no...

—¡Querías ayudar a Potter, ayudarlo a huir de mí!

—Juro que yo no... Creí que si utilizaba otra varita...

—Entonces explícame qué ha pasado. ¡La varita de Lucius ha quedado destruida!

—No lo entiendo. La conexión... sólo existe... entre esas dos varitas...

—¡Mientes!

—Por favor... se lo suplico...

Harry vio cómo la blanca mano levantaba la varita, sintió brotar el odio de Voldemort y vio cómo el frágil anciano que yacía en el suelo se retorcía de dolor...

—¡Harry!

Las imágenes desaparecieron con la misma rapidez con que habían aparecido. El muchacho estaba plantado en la oscuridad, temblando, aferrado a la verja del jardín; el corazón le palpitaba y todavía notaba un hormigueo en la cicatriz. Tardó un poco en darse cuenta de que Ron y Hermione estaban a su lado.

—Volvamos dentro, Harry —le susurró Hermione—. Supongo que no seguirás pensando en marcharte, ¿verdad?

—Tienes que quedarte, colega —dijo Ron dándole una fuerte palmada en la espalda.

—¿Te encuentras bien? —preguntó Hermione, que se había acercado para verle la cara—. ¡Tienes muy mal aspecto!

—Bueno —repuso Harry con voz temblorosa—, seguro que tengo mejor aspecto que Ollivander.

Cuando terminó de contarles lo que acababa de ver, Ron se quedó consternado, pero Hermione, completamente aterrada, exclamó:

—¡Pero si eso había dejado de pasarte! La cicatriz... ¡se suponía que no te sucedería nunca más! No debes permitir que vuelva a abrirse esa conexión, Harry. ¡Dumbledore quería que cerraras tu mente! —Y como él no contestaba, lo agarró por el brazo y le advirtió—: ¡Se está apoderando del ministerio, de los periódicos y de medio mundo mágico, Harry! ¡No permitas que invada también tu mente!

6

El ghoul en pijama

En La Madriguera todos estaban muy afectados por la muerte de Ojoloco. Harry creía que en cualquier momento lo vería irrumpir por la puerta trasera como hacían los otros miembros de la Orden, que entraban y salían continuamente para transmitir o recibir noticias. Del mismo modo, creía que sólo pasando a la acción aliviaría su dolor y su sentimiento de culpabilidad, de manera que tenía que emprender cuanto antes la misión de encontrar y destruir los Horrocruxes.

—Bueno, no puedes hacer nada respecto a los... —Ron articuló la palabra «Horrocruxes» sin pronunciarla— hasta que cumplas diecisiete años. Todavía tienes activado el Detector. Y aquí podemos diseñar nuestro plan igual que en cualquier otro sitio, ¿no? —Bajó la voz y susurró—: ¿O crees que ya sabes dónde están las cosas ésas?

—No, no lo sé —admitió Harry.

—Me parece que Hermione ha hecho algunas indagaciones. Me dijo que reservaba los resultados para cuando llegaras.

Ambos estaban sentados a la mesa del desayuno; el señor Weasley y Bill acababan de irse a trabajar, la señora Weasley había ido al piso de arriba a despertar a Hermione y Ginny, y Fleur se estaba dando un baño.

—El Detector dejará de funcionar el día treinta —dijo Harry—. Eso significa que sólo necesito esperar aquí cuatro días más. Después podré...

—Cinco días —lo corrigió Ron—. Tenemos que quedarnos para la boda. Si no asistimos, nos matarán. —Harry dedujo que ese plural se refería a Fleur y la señora Weasley—. Sólo es un día más —añadió al ver que Harry ponía cara de contrariedad.

—¿Es que no se dan cuenta de lo importante que...?

—Claro que no se dan cuenta; no tienen ni idea. Y ahora que lo mencionas, quería hablar contigo de eso. —Miró hacia la puerta del recibidor para comprobar que su madre todavía no había bajado, y luego se acercó más a su amigo—. Mi madre ha intentado hacernos hablar a mí y a Hermione; pretendía sonsacarnos qué estábamos tramando. Ahora lo intentará contigo, así que prepárate. Mi padre y Lupin también nos lo preguntaron, pero cuando respondimos que Dumbledore te había pedido que no lo contaras a nadie más que a nosotros, dejaron de insistir. Pero mi madre no; ella está decidida a descubrir de qué se trata.

La predicción de Ron se confirmó unas horas más tarde. Poco antes de la comida, la señora Weasley pidió a Harry que la ayudara a identificar un calcetín de hombre desparejado que tal vez había caído de su mochila. Una vez en el lavadero, lo miró con fijeza y, con tono despreocupado, le dijo:

Por lo visto, Ron y Hermione creen que ninguno de ustedes tres irá a Hogwarts este año.

—Hum... Bueno, sí. Es verdad.

El rodillo de escurrir la ropa giró espontáneamente y arrojó una camiseta del señor Weasley.

—¿Te importa decirme por qué han decidido abandonar los estudios?

—Verá, señora, Dumbledore me dejó... trabajo —masculló Harry—. Ron y Hermione lo saben, y quieren ayudarme.

—¿Qué clase de «trabajo»?

—Lo siento, pero no puedo...

—¡Pues creo que Arthur y yo tenemos derecho a saberlo, y estoy segura de que los señores Granger estarán de acuerdo conmigo!

Su reacción sorprendió a Harry, que se esperaba un ataque estilo «madre preocupada». Se esforzó en mirarla a los ojos y se percató de que eran exactamente del mismo color castaño que los de Ginny. Pero esa constatación no lo ayudó a concentrarse.

—Dumbledore no quería que lo supiera nadie más, señora Weasley. Lo siento. Pero su hijo y Hermione no están obligados a acompañarme, son libres de decidir...

—¡Pues no sé por qué tienes que ir tú! —le espetó ella—. ¡Apenas han alcanzado la mayoría de edad! ¡Es una estupidez! Si Dumbledore necesitaba que le hicieran algún trabajo, tenía a toda la Orden a su disposición. Seguramente lo entendiste mal, Harry. Lo más probable es que te dijera que había que hacer algo, y que tú interpretaras que quería que lo hicieras...

—No, no lo entendí mal. He de hacerlo yo. —Harry le devolvió el calcetín desparejado (de juncos dorados estampados) que supuestamente tenía que identificar—. Y el calcetín no es mío. Yo no soy seguidor del Puddlemere United.

—No, claro que no —repuso Molly, recuperando con asombrosa facilidad un tono afable y despreocupado—. Debí imaginarlo. Bueno, Harry, mientras todavía estés en casa, no te importará ayudarme con los preparativos de la boda de Bill y Fleur, ¿verdad? Todavía quedan muchas cosas por hacer.

—Por supuesto, con mucho gusto —dijo Harry, desconcertado por ese repentino cambio de tema.

—Eres un cielo —replicó ella; le sonrió y salió del lavadero.

A partir de ese momento, la señora Weasley mantuvo a Harry, Ron y Hermione tan ocupados con los preparativos de la boda que los chicos casi no tuvieron tiempo ni para pensar. La explicación más benévola de ese comportamiento habría sido que quería distraerlos para que no pensaran en Ojoloco ni en los terrores de su reciente aventura. Sin embargo, cuando ya llevaban dos días limpiando cuberterías, agrupando por colores un montón de adornos, lazos y flores, desgnomizando el jardín y ayudándola a preparar grandes bandejas de canapés, Harry sospechó que la madre de Ron tenía otras motivaciones, ya que todas las tareas que les asignaba los mantenían separados. Tanto fue así que Harry no tuvo ocasión de volver a hablar con sus dos amigos a solas desde la primera noche, después de contarles que había visto cómo Voldemort torturaba a Ollivander.

—Me parece que mi madre confía en que si consigue impedir que estén juntos y hagan planes, podrá retrasar su partida —comentó Ginny en voz baja mientras preparaban la mesa para cenar la tercera noche después de su llegada.

—¿Y qué cree que va a pasar entonces? —murmuró Harry—. ¿Que alguien matará a Voldemort mientras ella nos tiene aquí preparando vol-au-vents? —Lo dijo sin pensar y vio que Ginny palidecía.

—Entonces, ¿es verdad? ¿Es eso lo que pretenden hacer?

—Yo no... Lo dije en broma —rectificó, evasivo.

Sus miradas se cruzaron y Harry detectó algo más que sorpresa en el rostro de Ginny. De pronto él cayó en la cuenta de que era la primera vez que estaba a solas con ella desde aquellos momentos robados en rincones apartados de los jardines de Hogwarts, y tuvo la certeza de que Ginny también lo estaba pensando. Ambos dieron un respingo cuando se abrió la puerta y entraron el señor Weasley, Kingsley y Bill.

Esos días solían ir otros miembros de la Orden a cenar con ellos, ya que La Madriguera había sustituido al número 12 de Grimmauld Place como cuartel general. El señor Weasley les había explicado que, después de la muerte de Dumbledore —Guardián de los Secretos de la Orden—, cada una de las personas a quienes el anciano profesor revelara la ubicación de Grimmauld Place se había convertido a su vez en Guardián de los Secretos.

—Y como somos unos veinte, eso reduce mucho el poder del encantamiento Fidelio. Los mortífagos tienen veinte veces más posibilidades de sonsacarle el secreto a alguno de nosotros. Por eso, no podemos esperar que el encantamiento aguante mucho más tiempo.

—Pero si a estas alturas Snape ya les habrá revelado la dirección a los mortífagos, ¿no? —comentó Harry.

—Verás, Ojoloco puso un par de maldiciones contra Snape por si volvía a aparecer por allí. Suponemos que serán lo bastante poderosas para no dejarlo entrar y amarrarle la lengua si intenta hablar de la casa, pero no podemos estar seguros. Habría sido una locura seguir utilizando la casa como cuartel general ahora que sus defensas están tan mermadas.

Esa noche había tanta gente en la cocina que resultaba difícil manipular los tenedores y cuchillos. Harry se encontraba apretujado al lado de Ginny, y todo aquello que no habían llegado a decirse mientras preparaban la mesa le hizo desear que hubiera varios comensales entre ambos. Tenía que esforzarse tanto para no rozarle el brazo, que apenas podía cortar el pollo.

—¿No se sabe nada de Ojoloco? —le preguntó a Bill.

—No, nada.

No se había celebrado ningún funeral por Moody, porque Bill y Lupin no habían recuperado el cadáver. Además, debido a la oscuridad y la violencia de la batalla les costó mucho determinar dónde podría haber caído.

—*El Profeta* no ha dicho ni pío acerca de su muerte, ni de que hayan encontrado su cadáver —continuó Bill—. Pero eso no significa nada, porque últimamente no explica gran cosa.

—¿Todavía no han fijado una audiencia por la magia que utilicé al escapar de los mortífagos siendo todavía menor de edad? —le preguntó Harry desde el otro extremo de la mesa al señor Weasley, y éste negó con la cabeza—. ¿Será porque saben que fue un caso de legítima defensa, o porque no desean que todo el mundo mágico se entere de que Voldemort me atacó?

—Supongo que por lo segundo. Scrimgeour no quiere reconocer que Quien-tú-sabes es tan poderoso como en realidad es, ni que ha habido una fuga masiva en Azkaban.

—Vaya. Total, ¿para qué contarle la verdad a la gente? —musitó Harry, aferrando el cuchillo con tanta fuerza que las finas cicatrices del dorso de la mano derecha se le destacaron sobre la piel: «No debo decir mentiras.»

—¿Es que no hay nadie en el ministerio dispuesto a darle la cara? —refunfuñó Ron.

—Claro que sí, Ron, pero la gente está muerta de miedo —respondió su padre—. Temen ser los siguientes en desaparecer, o que sus hijos sean atacados. Circulan rumores muy desagradables. Yo, por ejemplo, no creo que la profesora de Estudios Muggles de Hogwarts haya dimitido, pero hace semanas que nadie la ve. Entretanto, Scrimgeour continúa encerrado todo el día en su despacho; espero que esté elaborando algún plan.

Hubo una pausa. La señora Weasley, mediante magia, recogió los platos sucios y sirvió la tarta de manzana.

—Hemos de *pensag* cómo vamos a *disfgazagte*, *Hagy* —dijo Fleur cuando todos tuvieron el postre—. *Paga* la boda —explicó al ver el desconcierto del chico—. No hemos invitado a ningún *mogtífago, pog* supuesto, *pego* tampoco podemos *gagantizag* que a algún invitado no se le escape algo después de *bebegse* unas copas de champagne.

Harry comprendió que Fleur todavía sospechaba de Hagrid.

—Sí, tienes razón —corroboró la señora Weasley mientras, sentada a la cabecera de la mesa con las gafas en la punta de la nariz, repasaba la interminable lista de tareas que había anotado en un largo pergamino—. A ver, Ron, ¿ya has limpiado a fondo tu habitación?

—¿Por qué? —exclamó éste y, dejando bruscamente la cuchara en el plato, miró a su madre—. ¿Por qué tengo que limpiar a fondo mi habitación? ¡A Harry y a mí nos gusta como está!

—Dentro de unos días, jovencito, tu hermano va a casarse en esta casa...

—¡Por el pellejo de Merlín! ¿Acaso va a casarse en mi habitación? —se solivianté el chico—. ¡Pues no! Entonces ¿por qué...?

—No le hables así a tu madre —zanjó el señor Weasley con firmeza—. Y haz lo que te ordenan.

Ron miró ceñudo a sus padres y luego atacó el resto de su tarta de manzana.

—Ya te ayudaré. Yo también la he ensuciado —le comentó Harry, pero la señora Weasley lo oyó y dijo:

—No, Harry, querido. Prefiero que ayudes a Arthur a limpiar el gallinero. Y a ti, Hermione, te estaría muy agradecida si cambiaras las sábanas para monsieur y madame Delacour; ya sabes que llegan por la mañana, a las once.

Pero resultó que en el gallinero no había mucho trabajo.

—Preferiría que no se lo comentaras a Molly —le dijo el señor Weasley antes de entrar en el gallinero—, pero... Ted Tonks me ha enviado los restos de la motocicleta de Sirius y... la tengo escondida... es decir, la tengo guardada aquí. Es fantástica: tiene una cañería de escape (creo que se llama así), una batería magnífica y me ofrecerá una gran oportunidad de averiguar cómo funcionan los frenos. Quiero ver si puedo montarla otra vez cuando Molly no esté... bueno, cuando tenga tiempo.

Cuando volvieron a la casa, Harry no encontró a la señora Weasley por ninguna parte, así que subió al dormitorio de Ron, en el desván.

—¡Estoy en ello! ¡Estoy en ello!... Ah, eres tú —resopló Ron, aliviado al ver que era su amigo, y volvió a tumbarse en la cama de la que acababa de levantarse.

El cuarto continuaba tan desordenado como lo había estado toda la semana; el único cambio era que Hermione se hallaba sentada en un rincón, con su suave y sedoso gato de pelaje anaranjado, *Crookshanks*, a sus pies, separando libros en dos montones enormes. Harry observó que algunos ejemplares eran suyos.

—¡Hola, Harry! —lo saludó Hermione, y él se sentó en su cama plegable.

—¿Cómo has conseguido escapar?

—Es que la madre de Ron no se ha acordado de que ayer nos pidió a Ginny y a mí que cambiáramos las sábanas —explicó Hermione, y puso *Numerología y gramática* en un montón y *Auge y caída de las artes oscuras* en el otro.

—Estábamos hablando de Ojoloco —dijo Ron—. Yo opino que podría haber sobrevivido.

—Pero si Bill vio cómo lo alcanzaba una maldición asesina —repuso Harry.

—Sí, pero a Bill también lo estaban atacando. ¿Cómo puede estar tan seguro de lo que vio?

—Aunque esa maldición asesina no diera en el blanco, Ojoloco cayó desde una altura de unos trescientos metros —razonó Hermione mientras sopesaba con una mano *Equipos de quidditch de Gran Bretaña e Irlanda*.

—A lo mejor utilizó un encantamiento escudo.

—Fleur afirma que la varita se le cayó de la mano —comentó Harry.

—Está bien, si prefieren que esté muerto... —gruñó Ron, y palmeó su almohada para darle forma.

—¡Claro que no preferimos que esté muerto! —saltó Hermione con súbita consternación—. ¡Es terrible que haya muerto! Pero tenemos que ser realistas.

Por primera vez, Harry imaginó el cuerpo sin vida de Ojoloco, inerte como el de Dumbledore, aunque con el ojo mágico todavía girando velozmente en su cuenca. Sintió una punzada de repugnancia mezclada con unas extrañas ganas de reír.

—Seguramente los mortífagos lo recogieron antes de irse, y por eso no lo han encontrado —conjeturó Ron.

—Sí —coincidió Harry—. Como hicieron con Barty Crouch, a quien convirtieron en hueso y enterraron en el jardín de la cabaña de Hagrid. Lo más probable es que a Ojoloco lo hayan transfigurado, disecado y luego...

—¡Basta! —chilló Hermione y rompió a llorar sobre un ejemplar del *Silabario del hechicero*.

Harry dio un respingo

—¡Oh, no! —exclamó levantándose con esfuerzo de la vieja cama plegable—. Hermione, no quería disgustarte.

Con un sonoro chirrido de muelles oxidados, Ron bajó de un salto de la cama y llegó antes que Harry. Rodeó con un brazo a Hermione, rebuscó en el bolsillo de sus pantalones vaqueros y sacó un asqueroso pañuelo que había utilizado para limpiar el horno. Pero tomó rápidamente su varita, apuntó al pañuelo y dijo: «*¡Tergeo!*»

La varita absorbió casi toda la grasa. Satisfecho, Ron le ofreció el humeante pañuelo a su amiga.

—¡Ay, gracias, Ron! Lo siento... —Se sonó la nariz e hipó un poco—. Es que es te... terrible, ¿no? Ju... justo después de lo de Dumbledore. Ja... jamás imaginé que Ojoloco llegara a morir. ¡Parecía tan fuerte!

—Sí, lo sé —replicó Ron, y le dio un apretón—. Pero ¿sabes qué nos diría si estuviera aquí?

—«¡A... alerta permanente!» —balbuceó Hermione mientras se enjugaba las lágrimas.

—Exacto —asintió Ron—. Nos diría que aprendiéramos de su propia experiencia. Y lo que yo he aprendido es que no tenemos que confiar en ese cobarde asqueroso de Mundungus.

Hermione soltó una débil risita y se inclinó para tomar dos libros más. Un segundo después, *El monstruoso libro de los monstruos* cayó sobre un pie de Ron. Al libro se le soltó la cinta que lo mantenía cerrado y le dio un fuerte mordisco en el tobillo.

—¡Ay, cuánto lo siento! ¡Perdóname! —exclamó Hermione mientras Harry lo arrancaba de un tirón de la pierna de Ron y volvía a cerrarlo.

—Por cierto, ¿qué estás haciendo con todos esos libros? —preguntó Ron, y volvió cojeando a su cama.

—Intento decidir cuáles nos llevaremos cuando vayamos a buscar los Horrocruxes.

—Ah, claro —replicó Ron, y se dio una palmada en la frente—. Olvidaba que iremos a dar caza a Voldemort en una biblioteca móvil.

—Muy gracioso —refunfuñó Hermione contemplando la portada del *Silabario del hechicero*—. No sé si... ¿Creen que necesitaremos traducir runas? Es posible. Creo que será mejor que nos lo llevemos, por si acaso.

Puso el silabario en el montón más grande y tomó *Historia de Hogwarts*.

—Escuchen... —dijo Harry, que se había enderezado. Ron y Hermione lo miraron con una mezcla de resignación y desafío—. Ya sé que después del funeral de Dumbledore dijeron que querían acompañarme, pero...

—Ya empezamos —le dijo Ron a Hermione, y puso los ojos en blanco.

—Tal como temíamos —suspiró ella, y siguió con los libros—. Miren, creo que sí me llevaré *Historia de Hogwarts*. Aunque no vayamos al colegio, me sentiría muy rara si no lo...

—¡Escuchen! —insistió Harry.

—No, Harry, escucha tú —replicó Hermione—. Vamos a ir contigo. Eso lo decidimos hace meses. Bueno, en realidad hace años.

—Pero es que...

—Cierra el pico, Harry —le aconsejó Ron.

—¿Están seguros de que lo han pensado bien? —perseveró Harry.

—Mira —replicó Hermione, y lanzó *Recorridos con los trols* al montón de libros descartados al tiempo que le echaba una mirada furibunda—, llevo días preparando el equipaje, así que estamos listos para irnos en cuanto nos lo digas. Pero has de saber que, para conseguirlo, he tenido que hacer magia muy difícil, por no mencionar que he robado todas las existencias de poción multijugos pertenecientes a Ojoloco delante de las narices de la señora Weasley.

»También les he modificado la memoria a mis padres, para convencerlos de que se llaman Wendell y Monica Wilkins y que su mayor sueño era irse a vivir a Australia, lo cual ya han hecho. Así Voldemort lo tendrá más difícil para encontrarlos e interrogarlos sobre mí... o sobre ti, ya que, desgraciadamente, les he hablado mucho de ti.

»Si salgo con vida de nuestra caza de los Horrocruxes, iré a buscarlos y anularé el sortilegio. De lo contrario... bueno, creo que el encantamiento que les he hecho los mantendrá seguros y felices. Porque Wendell y Monica Wilkins no saben que tienen una hija.

Las lágrimas volvieron a los ojos de la chica. Ron se levantó, la abrazó de nuevo y miró a Harry con ceño, como reprochándole su falta de tacto, y éste no supo qué decir, en parte porque era muy inusual que su amigo le diera lecciones de diplomacia.

—Yo... Hermione... Lo siento... No sabía que...

—¿No sabías que Ron y yo somos perfectamente conscientes de lo que puede pasarnos si te acompañamos? Bueno, pues lo sabemos. Enséñale a Harry lo que has hecho, Ron.

—¡Bah, no importa! Acaba de comer.

—¡Enséñaselo! ¡Tiene que saberlo!

—Está bien. Ven, Harry.

Ron retiró el brazo de los hombros de Hermione por segunda vez y fue hacia la puerta pisando fuerte.

—¡Vamos!

—¿Qué pasa? —preguntó Harry, y siguió a su amigo hasta el diminuto rellano.

—¡*Descendo!* —murmuró Ron apuntando al bajo techo con la varita mágica, donde de inmediato se abrió una trampilla por la que se deslizó una pequeña escalera que descendió hasta los pies de los chicos. Por el hueco rectangular de la trampilla salió un tremebundo ruido, entre gemido y sorbetón, junto con un desagradable olor a cloaca.

—Es su ghoul, ¿no? —preguntó Harry, que nunca había visto a la criatura que a veces alteraba el silencio nocturno de La Madriguera.

—Sí, es el ghoul —confirmó Ron, y se dispuso a subir—. Ven y échale un vistazo.

Harry lo siguió hacia el diminuto altillo. Ya había metido cabeza y hombros por el hueco cuando vio a la criatura acurrucada en la penumbra a escasos palmos de él, profundamente dormida y con su enorme boca abierta.

—Pero si parece... ¿Todos los ghouls llevan pijama?

—No —dijo Ron—. Y tampoco son pelirrojos ni tienen tantas pústulas.

Harry contempló aquella cosa repugnante de forma y tamaño humanos, y cuando la vista se le acostumbró a la oscuridad, comprobó que el pijama era uno viejo de Ron. Hasta ese momento estaba convencido de que normalmente los ghouls eran viscosos y calvos, en lugar de peludos y cubiertos de enormes ampollas moradas.

—Soy yo. ¿No lo entiendes? —comentó Ron.

—No, no lo entiendo.

—Ya te lo explicaré en la habitación. Este olor me da náuseas.

Bajaron por la escalerilla. Ron la recogió y ambos se reunieron con Hermione, que seguía seleccionando libros.

—Cuando nos marchemos, el ghoul bajará a mi dormitorio y vivirá aquí —explicó Ron—. Creo que lo está deseando. Bueno, es difícil saberlo porque lo único que hace es gemir y babear, pero cuando se lo menciono, mueve afirmativamente la cabeza. En fin, el ghoul seré yo aquejado de spattergroit. Una idea genial, ¿verdad? —Harry estaba perplejo—. ¡Es una idea genial! —insistió Ron, frustrado porque su amigo no captara lo inteligente que era su plan—. Mira, cuando nosotros tres no aparezcamos en Hogwarts a principio de curso, todo el mundo pensará que Hermione y yo estamos contigo, ¿no? Eso significa que los mortífagos visitarán a nuestras familias en busca de información sobre nuestro paradero.

—Si todo sale bien, parecerá que yo me he ido con mis padres; últimamente muchos hijos de muggles se están planteando esconderse —aportó Hermione.

—Como es lógico, no podemos esconder a toda mi familia, porque resultaría sospechoso y, además, mi padre no puede dejar su empleo —explicó Ron—. Así que divulgaremos la versión de que estoy muy enfermo de spattergroit y por eso no he vuelto al colegio. Si alguien viene aquí a husmear, mi padre o mi madre le enseñarán al ghoul en mi cama, cubierto de pústulas. Como es una enfermedad muy contagiosa, nadie se atreverá a acercarse a él. Además, no importa que el ghoul no diga nada porque, por lo visto, cuando el hongo se extiende por la campanilla te quedas afónico.

—Y tus padres ¿están al corriente de este plan? —preguntó Harry.

—Mi padre, sí. Fue él quien ayudó a Fred y George a transformar al ghoul. Mi madre... bueno, ya sabes cómo es; no aceptará que nos vayamos hasta que nos hayamos ido.

A continuación se produjo un silencio sólo interrumpido por los débiles ruidos sordos producidos por los libros que Hermione continuaba lanzando a uno u otro montón. Ron se sentó a contemplarla. Harry miraba alternativamente a sus amigos, sin saber qué decir. Las medidas que habían adoptado para proteger a sus respectivas familias, más que cualquier otra acción que hubieran emprendido, le hicieron comprender que estaban decididos a acompañarlo sabiendo con exactitud lo peligroso que resultaría. Le habría gustado expresarles cuánto significaba eso para él, pero no encontraba palabras lo bastante solemnes.

En medio de ese silencio, oyeron los gritos amortiguados de la señora Weasley, cuatro pisos más abajo.

—Seguro que Ginny ha dejado una mota de polvo en algún endemoniado servilletero —dijo Ron—. No entiendo por qué los Delacour tienen que venir dos días antes de la boda.

—La hermana de Fleur será dama de honor, de modo que tiene que estar aquí para el ensayo general, y es demasiado joven para venir sola —explicó Hermione mientras examinaba, indecisa, *Recreo con la banshee.*

—Bueno, tener invitados no va a ayudar a reducir el estrés de mi madre —masculló Ron.

—Lo que debemos decidir —apostilló Hermione mientras desechaba *Teoría de defensa mágica* y tomaba *Evaluación de la educación mágica en Europa*— es adónde vamos a ir cuando salgamos de aquí. Ya sé que dijiste que primero querías visitar Godric's Hollow, Harry, y lo entiendo, pero... no sé... ¿no deberíamos dar prioridad a los Horrocruxes?

—Si supiéramos dónde están los Horrocruxes te daría la razón —repuso Harry, que no creía que Hermione comprendiera de verdad su deseo de ir a Godric's Hollow. No obstante, la tumba de sus padres no era lo único que lo atraía, pues tenía el claro aunque inexplicable presentimiento de que ese lugar le depararía algunas respuestas. Quizá fuera sencillamente porque era allí donde él había sobrevivido a la maldición asesina de Voldemort, pero, ahora que se enfrentaba al reto de repetir esa hazaña, se sentía atraído por el lugar donde había sucedido, con la esperanza de entenderlo mejor.

—¿No crees que cabe la posibilidad de que Voldemort esté vigilando Godric's Hollow? —preguntó Hermione—. Quizá sospeche que irás a visitar la tumba de tus padres cuando tengas libertad de movimientos, ¿no?

Eso no se le había ocurrido a Harry. Mientras buscaba una respuesta convincente, Ron intervino siguiendo el hilo de sus propias ideas.

—Ese tal «R.A.B.»... ya saben, el que robó el guardapelo auténtico.

—Sí... En la nota ponía que iba a destruirlo, ¿no? —observó Hermione.

Harry se acercó la mochila y sacó el falso Horrocrux que todavía contenía la nota firmada por «R.A.B.».

—«He robado el Horrocrux auténtico y lo destruiré en cuanto pueda.» —leyó.

—¿Y si es verdad que ese hombre lo destruyó? —aventuró Ron.

—O esa mujer —puntualizó Hermione.

—Lo que sea, hombre o mujer. ¡Así tendríamos uno menos que buscar!

—Sí, pero de cualquier forma tendremos que encontrar el guardapelo auténtico, ¿no? —observó la chica—. Para saber si lo destruyó o no.

—Y una vez que has hallado un Horrocrux, ¿cómo lo destruyes? —preguntó Ron.

—Bueno —dijo Hermione—, he estado investigando.

—¿Cómo? —preguntó Harry—. Creía que en la biblioteca no había ningún libro sobre Horrocruxes.

—No, no los había —admitió Hermione sonrojándose—. Dumbledore se los llevó todos de allí, pero... no los destruyó.

Ron se enderezó y enarcó las cejas.

—¡Por los calzones de Merlín! ¿Cómo has conseguido echarles el guante a esos libros sobre Horrocruxes?

—¡No los he robado! —se defendió Hermione mirando a sus amigos con cierta aprensión—. Esos libros todavía pertenecían a la biblioteca, aunque Dumbledore los hubiera retirado de los estantes. Además, si de verdad no hubiera querido que nadie los encontrara, estoy segura de que habría hecho que fuera mucho más difícil...

—¡Ve al grano! —exigió Ron.

—Fue muy sencillo —repuso Hermione con un hilo de voz—. Sólo tuve que hacer un encantamiento convocador. Ya saben: «*¡Accio!*» Salieron volando por la ventana del despacho de Dumbledore y... fueron directo al dormitorio de las chicas.

—Pero ¿cuándo hiciste eso? —preguntó Harry mirándola con una mezcla de admiración e incredulidad.

—Justo después del... del funeral de Dumbledore —confesó ella con voz aún más débil—. Precisamente después de que acordamos no volver al colegio e ir en busca de los Horrocruxes. Cuando subí a buscar mis cosas, se me ocurrió que cuanto más supiera sobre ellos, mejor. Y como estaba sola, lo probé... y dio resultado. Entraron volando por la ventana y... los metí en mi baúl. —Tragó saliva y añadió—: No creo que Dumbledore se hubiera enfadado, porque nosotros no vamos a utilizar esa información para hacer un Horrocrux, ¿no?

—¿Acaso has oído que nos quejáramos? —inquirió Ron—. Pero, oye, ¿dónde están esos libros?

Hermione rebuscó un momento y sacó del montón un grueso tomo encuadernado en piel negra y gastada. Lo miró con cara de repulsión y lo sujetó con la punta de los dedos, como si fuera un bicho muerto.

—Éste es el que da instrucciones explícitas de cómo hacer un Horrocrux: *Los secretos de las artes más oscuras*. Es un libro horrible, espantoso, lleno de magia maligna. Me gustaría saber cuándo lo retiró Dumbledore de la biblioteca. Si no lo hizo hasta que lo nombraron director del colegio, supongo que Voldemort sacó de aquí toda la información que necesitaba.

—Pero si ya había leído el libro, ¿por qué tuvo que preguntarle a Slughorn cómo se hacía un Horrocrux? —se extrañó Ron.

—Voldemort sólo acudió a Slughorn para averiguar qué podía pasar si dividía su alma en siete partes —aclaró Harry—. Dumbledore estaba convencido de que Ryddle ya sabía cómo hacer un Horrocrux cuando habló con Slughorn sobre ellos. Me parece que tienes razón, Hermione: es muy probable que haya sacado de ahí la información.

—Y cuanto más leo sobre ellos —prosiguió la muchacha—, más horribles me parecen, y más me cuesta creer que

Voldemort hiciera seis. En este libro te advierten de lo poco sólido que queda el resto del alma cuando se divide, y eso creando sólo un Horrocrux...

Harry recordó que en una ocasión Dumbledore le había dicho que la maldad de Voldemort no conocía límites.

—¿Y no hay ninguna forma de volver a juntar las partes? —preguntó Ron.

—Sí —afirmó Hermione con una sonrisa forzada—, pero eso resultaría terriblemente doloroso.

—¿Por qué? ¿Cómo se hace? —preguntó Harry.

—Arrepintiéndote —respondió Hermione—. Tienes que arrepentirte de verdad de lo que has hecho. Hay una nota a pie de página, ¿saben? Por lo visto, el dolor que sientes al hacerlo podría destruirte. Pero, no sé por qué, no me imagino a Voldemort intentándolo. ¿Y ustedes?

—No, yo tampoco —opinó Ron antes que Harry—. Entonces, ¿en ese libro se explica qué hay que hacer para destruir un Horrocrux?

—Sí, en efecto —respondió Hermione, y pasó las frágiles páginas como si examinara entrañas podridas—, porque hace hincapié en lo potentes que han de ser los sortilegios que les hagan los magos tenebrosos. Por lo que he leído, deduzco que lo que Harry le hizo al diario de Ryddle es una de las pocas maneras verdaderamente infalibles de destruir un Horrocrux.

—¿Ah, sí? ¿Clavarle un colmillo de basilisco? —preguntó Harry.

—Pues menos mal que tenemos una gran provisión de colmillos de basilisco, ¿no? —dijo Ron con sarcasmo—. Me preguntaba qué íbamos a hacer con ellos.

—No tiene que ser necesariamente un colmillo de basilisco —explicó Hermione sin impacientarse—, pero sí algo tan destructivo que el Horrocrux no pueda repararse por sí mismo. El veneno de basilisco sólo tiene un antídoto, y es increíblemente escaso...

—Lágrimas de fénix —musitó Harry asintiendo.

—Exacto —confirmó Hermione—. Nuestro problema es que hay muy pocas sustancias tan destructivas como el veneno de basilisco, y además resulta muy peligroso manejarlas y transportarlas. Ésa es una dificultad que tendremos que resolver, porque no basta con partir, aplastar ni machacar un Horrocrux, sino que debe quedar tan destrozado que no pueda repararse ni mediante magia.

—Pero, aunque destrocemos el objeto en que vive, ¿por qué no puede el fragmento de alma alojarse en otro objeto? —cuestionó Ron.

—Porque un Horrocrux es todo lo contrario de un ser humano. —Al ver que Harry y Ron se quedaban desconcertados, se apresuró a añadir—: Mira, si ahora mismo tomara una espada, Ron, y te atravesara con ella, no le haría ningún daño a tu alma.

—Y seguro que eso sería un gran consuelo para mí —ironizó Ron.

Harry rió.

—Pues debería serlo. Pero lo que quiero decir es que le hagas lo que le hagas a tu cuerpo, tu alma sobrevivirá intacta. En cambio, con un Horrocrux pasa todo lo contrario: para sobrevivir, el fragmento de alma que alberga depende de su continente, de su cuerpo encantado. Sin él no puede existir.

—Podría decirse que ese diario murió cuando le clavé el colmillo —reflexionó Harry recordando la tinta que manaba como sangre de sus perforadas hojas, y los gritos del fragmento de alma de Voldemort al esfumarse.

—Eso es. Y una vez destruido el diario, al fragmento de alma que se escondía en él ya no le fue posible seguir existiendo. Ginny intentó deshacerse del diario antes que tú, tirándolo por el retrete; pero el diario, como es lógico, no sufrió ningún daño.

—Espera un momento —intervino Ron frunciendo el entrecejo—. El fragmento de alma que había en ese diario poseyó a Ginny, ¿no es así? No lo entiendo. ¿Cómo funciona eso?

—Verás, mientras el continente mágico sigue intacto, el fragmento de alma que hay dentro puede entrar y salir con facilidad de alguien que se haya acercado demasiado al objeto. No, no me refiero a tomarlo; no tiene nada que ver con el hecho de tocarlo —añadió Hermione antes de que Ron la interrumpiera—. Me refiero a acercarse emocionalmente. Ginny vertió su corazón en ese diario, y eso la convirtió en un ser supervulnerable. Es decir, te pones en peligro si le agarras demasiado cariño al Horrocrux, o si estableces una fuerte dependencia de él.

—Me intriga saber qué hizo Dumbledore para destruir el anillo —comentó Harry—. ¿Por qué no se lo pregunté? La verdad es que nunca...

No terminó la frase; estaba pensando en todas las cosas que debería haberle preguntado y en la impresión que tenía, desde la muerte del director de Hogwarts, de haber desaprovechado muchas oportunidades de averiguar más cosas, de averiguarlo todo...

El silencio fue interrumpido por la puerta del dormitorio al abrirse con gran estrépito. Hermione dio un chillido y soltó *Los secretos de las artes más oscuras*; *Crookshanks* se metió debajo de la cama, bufando indignado; Ron se levantó de un brinco de la cama, resbaló con un envoltorio de rana de chocolate que había en el suelo y se golpeó la cabeza contra la pared, y Harry buscó instintivamente su varita mágica antes de darse cuenta de que tenía delante a la señora Weasley, con el pelo alborotado y un humor de perros.

—Lamento mucho interrumpir esta agradable tertulia —dijo con voz temblorosa—. Ya sé que todos necesitan descansar, pero en mi habitación hay un montón de regalos de boda que deben clasificarse, y se me ha ocurrido que a lo mejor querrían ayudarme.

—Sí, claro —repuso Hermione con cara de susto, y al ponerse en pie dispersó los libros en todas direcciones—. Vamos enseguida, lo sentimos mucho...

Angustiada, miró a sus amigos y salió de la habitación detrás de la señora Weasley.

—Me siento como un elfo doméstico —se lamentó Ron por lo bajo, frotándose la cabeza, cuando Harry y él salieron del dormitorio—. Pero sin la satisfacción de tener un empleo. ¡Qué contento me voy a poner cuando mi hermano se haya casado!

—Sí, tienes razón, entonces no tendremos otra cosa que hacer que buscar los Horrocruxes. Será como unas vacaciones, ¿verdad?

Ron se echó a reír, pero se calló de golpe al ver la montaña de regalos de boda que los esperaba en la habitación de la señora Weasley.

Los Delacour llegaron a la mañana siguiente a las once en punto. Harry, Ron, Hermione y Ginny estaban un poco resentidos con la familia de Fleur; por ello, Ron subió refunfuñando a su habitación a cambiarse los calcetines desparejados, y Harry intentó peinarse también de mala gana. Cuando la señora Weasley consideró que todos ofrecían un aspecto presentable, desfilaron por el soleado patio trasero para recibir a sus invitados.

Harry jamás había visto el patio tan ordenado: los calderos oxidados y las viejas botas de goma que normalmente estaban tirados en los escalones de la puerta trasera habían desaparecido, siendo sustituidos por dos arbustos nerviosos, uno a cada lado de la puerta en sendos tiestos enormes. Aunque no corría brisa, las hojas se mecían perezosamente, ofreciendo una agradable sensación de vaivén. Habían encerrado las gallinas, barrido el patio y podado, rastrillado y arreglado el jardín. No obstante, Harry, a quien le gustaba más cuando presentaba aquel aspecto de abandono, tuvo la sensación de que, sin su habitual contingente de gnomos saltarines, el jardín tenía un aire tristón.

El muchacho ya había perdido la cuenta de los sortilegios de seguridad que la Orden y el ministerio le habían hecho a La Madriguera; lo único que sabía seguro era que ya nadie podía viajar directo hasta allí mediante magia. Por eso el señor Weasley había ido a esperar a los Delacour a la cima de una colina cercana, donde los depositaría un trasladador. Los alertó de su llegada una estridente risa que resultó ser del señor Weasley, a quien poco después vieron llegar a la verja, cargado de maletas y precediendo a una hermosa mujer, rubia y con túnica verde claro, que sólo podía ser la madre de Fleur.

—*Maman!* —gritó ésta, y corrió a abrazarla—. *Papa!*

Monsieur Delacour no era tan atractivo como su esposa, ni mucho menos; era bastante más bajo que ella y muy gordo, y lucía una pequeña y puntiaguda barba negra. Sin embargo, parecía bonachón. Calzado con botas de tacón, se dirigió hacia la señora Weasley y le plantó dos besos en cada mejilla, dejándola aturullada.

—Ya sé que se han tomado muchas molestias *pog nosotgos* —dijo con su grave voz—. *Fleug* nos ha dicho que han tenido que *tgabajag* mucho.

—¡Bah, no es para tanto! —replicó Molly—. ¡Lo hemos hecho encantados!

Ron se desahogó dándole una patada a un gnomo que había asomado la cabeza por detrás de un arbusto nervioso.

—¡*Queguida* mía! —exclamó radiante monsieur Delacour, todavía sosteniendo la mano de la señora Weasley entre las suyas regordetas—. ¡La inminente unión de *nuestgas* familias es *paga nosotgos* un *gan honog*! *Pegmítame pgesentagle* a mi esposa, Apolline.

Madame Delacour avanzó con elegancia y se inclinó para besar a la señora Weasley.

—*Enchantée* —saludó—. Su esposo nos ha contado unas *histoguias divegtidísimas*.

El señor Weasley soltó una risita histriónica, pero su esposa le lanzó una mirada y él se puso muy serio, como si estuviera en el entierro de un amigo.

—Y ésta es *nuestga* hija pequeña, *Gabguielle* —dijo monsieur Delacour.

Gabrielle, una niña de once años de cabello rubio plateado hasta la cintura, era una Fleur en miniatura; obsequió a la señora Weasley con una sonrisa radiante y la abrazó, y a continuación le lanzó una encendida mirada a Harry pestañeando. Ginny carraspeó.

—¡Pero pasen, pasen, por favor! —invitó la señora Weasley con entusiasmo, e hizo entrar a los Delacour con un derroche de disculpas y cumplidos: «¡No, por favor!», «¡Usted primero!», «¡Sólo faltaría!».

Los Delacour resultaron unos invitados nada exigentes y muy amables. Todo les parecía bien y se mostraron dispuestos a ayudar con los preparativos de la boda. Monsieur Delacour aseguró que todo, desde la disposición de los asientos hasta los zapatos de las damas de honor, era *charmant!* Madame Delacour era una experta en hechizos domésticos y dejó el horno impecable en un periquete, y Gabrielle seguía a todas partes a su hermana mayor, intentando colaborar en todo y hablando muy deprisa en francés.

El inconveniente era que La Madriguera no estaba preparada para alojar a tanta gente, de modo que, tras acallar las protestas de los Delacour e insistir en que ocuparan su dormitorio, los Weasley dormían en el salón; Gabrielle lo hacía con Fleur en el antiguo dormitorio de Percy, y Bill compartiría habitación con Charlie, su padrino, cuando éste llegara de Rumania. Las oportunidades para tramar planes juntos eran casi inexistentes, y, desesperados, Harry,

Ron y Hermione se ofrecían voluntarios para dar de comer a las gallinas sólo para huir de la abarrotada casa.

—¡Nada, no hay manera de que nos deje tranquilos! —refunfuñó Ron al ver que su segundo intento de charlar en el patio con sus amigos quedaría frustrado: su madre se acercaba cargada con un gran cesto de ropa para tender.

—¡Ah, qué bien! Ya han dado de comer a las gallinas —dijo la señora Weasley—. Será mejor que volvamos a encerrarlas antes de que lleguen mañana los operarios. Sí, los empleados que van a instalar la carpa para la boda —explicó, y se apoyó contra el gallinero. Parecía agotada—. Entoldados Mágicos Millamant; son muy buenos. Bill se encargará de escoltarlos. Será mejor que te quedes dentro mientras ellos montan la carpa, Harry. La verdad es que todos esos hechizos defensivos están complicando mucho la organización de la boda.

—Lo siento —se disculpó Harry.

—¡No seas tonto, hijo! No he querido decir... Mira, tu seguridad es lo más importante. Por cierto, hace días que quiero preguntarte cómo te gustaría celebrar tu cumpleanos. Vas a cumplir diecisiete; es una fecha importante.

—No quiero mucho movimiento —respondió Harry, imaginándose la tensión adicional que eso supondría para todos—. En serio, señora Weasley, prefiero una cena tranquila. Piense que será el día antes de la boda.

—Bueno, como quieras, cielo. Invitaré a Remus y Tonks, ¿no? ¿Y qué me dices de Hagrid?

—Me parece muy bien. Pero no se tome muchas molestias, por favor.

—No te preocupes. No es ninguna molestia.

La mujer le lanzó una mirada escrutadora; luego sonrió con cierta tristeza y se alejó. Harry vio cómo agitaba la varita mágica delante del tendedero y cómo la ropa salía volando del cesto y se tendía sola, y de pronto sintió un profundo remordimiento por los inconvenientes y el sufrimiento que le estaba causando.

7

El testamento de Albus Dumbledore

Iba caminando por una carretera de montaña bajo la fría y azulada luz del amanecer. A la distancia, un poco más abajo, se distinguía el contorno de un pueblecito envuelto en la neblina. ¿Estaría allí el hombre al que buscaba? El hombre al que tanto necesitaba que casi no podía pensar en otra cosa, el hombre que tenía la solución a su problema.

—¡Eh, despierta!

Harry abrió los ojos; volvía a encontrarse tumbado en la cama plegable de la sombría habitación de Ron, en el desván de La Madriguera. Todavía no había salido el sol y el cuarto estaba en penumbra; *Pigwidgeon* dormía con la cabeza bajo una de sus diminutas alas. Harry notaba pinchazos en la cicatriz de la frente.

—Estabas hablando en sueños.

—¿Ah, sí?

—Sí, de verdad. A cada rato decías «Gregorovitch, Gregorovitch».

Como Harry no llevaba puestas las gafas, veía el rostro de Ron un poco borroso.

—¿Quién es Gregorovitch?

—Ni idea. Lo decías tú, no yo.

Pensativo, Harry se frotó la frente. Le parecía haber oído ese nombre antes, pero no sabía dónde.

—Creo que Voldemort lo está buscando.

—Pobre hombre —se apiadó Ron.

Harry ya estaba del todo despierto y se incorporó sin dejar de frotarse la cicatriz. Trató de recordar qué había visto con exactitud en el sueño, pero lo único que logró reconstruir fue un horizonte montañoso y el contorno de un pueblecito enclavado en un profundo valle.

—Me parece que está en el extranjero.

—¿Quién? ¿Gregorovitch?

—No, Voldemort. Y creo que se halla en algún país buscando a Gregorovitch. No tenía aspecto de ser Gran Bretaña.

—¿Insinúas... que has vuelto a entrar en su mente? —se preocupó Ron.

—No se lo digas a Hermione, por favor. Aunque no sé cómo, pretende que deje de ver cosas en sueños. —Se quedó mirando la jaula de la pequeña *Pigwidgeon*, cavilando... ¿Por qué le resultaba tan familiar ese nombre, Gregorovitch?—. Yo diría —comentó con lentitud— que tiene algo que ver con el quidditch. Hay alguna relación, pero no sé... no sé cuál.

—¿Con el quidditch? —se extrañó Ron—. ¿Seguro que no estás pensando en Gorgovitch?

—¿Quién has dicho?

—Dragomir Gorgovitch, cazador. Lo traspasaron hace dos años al Chudley Cannons por una cifra astronómica. Tiene el récord de anotación en una sola temporada.

—No, no. No estaba pensando en Gorgovitch.

—Yo también prefiero no pensar en él. Bueno, feliz cumpleaños.

—¡Vaya, es verdad! ¡No me acordaba! ¡Ya tengo diecisiete años!

Harry tomó la varita mágica, que estaba al lado de su cama plegable, apuntó al desordenado escritorio donde había dejado sus gafas y dijo: «¡*Accio gafas!*» Aunque las tenía a sólo un palmo, le produjo una gran satisfacción verlas volar hacia él, al menos hasta que una patilla se le metió en un ojo.

—¡Vaya estilo! —resopló Ron.

Para celebrar que se le había desactivado el Detector, Harry hizo volar por la habitación las cosas de Ron. *Pigwidgeon* despertó y empezó a revolotear muy agitada por la jaula. Harry también intentó atarse los cordones de las zapatillas deportivas mediante magia (aunque luego tardó varios minutos en desatar los nudos a mano). Luego, sólo por probar, cambió el naranja de las túnicas de los carteles del Chudley Cannons de Ron por un azul intenso.

—Yo en tu lugar me subiría la cremallera a mano —le aconsejó Ron, y se echó a reír cuando Harry bajó la vista rápidamente para comprobar si llevaba la bragueta desabrochada—. Anda, toma tu regalo. Ábrelo aquí arriba, para que no lo vea mi madre.

—¿Es un libro? —se extrañó Harry al tomar el paquete rectangular—. Un cambio con respecto a la tradición, ¿no?

—No es un libro como otro cualquiera. Es una joya: *Doce formas infalibles de hechizar a una bruja*. Explica todo lo que hay que saber sobre las chicas. Si lo hubiera tenido el año pasado, habría sabido cómo librarme de Lavender y qué hacer para... Bueno, a mí me lo regalaron Fred y George, y he aprendido mucho con él. Te sorprenderá, ya lo verás. Y no todos los trucos son a base de varita mágica.

Cuando bajaron a la cocina, encontraron un montón de regalos esperando encima de la mesa. Bill y monsieur Delacour estaban terminando de desayunar, y la señora Weasley, de pie, charlaba con ellos mientras vigilaba lo que tenía en una sartén.

—Arthur me ha pedido que te felicite de su parte, Harry —dijo la mujer con una sonrisa de oreja a oreja—. Ha tenido que ir temprano al trabajo, pero volverá a la hora de la cena. Ese de ahí encima es nuestro regalo.

Harry se sentó, tomó el paquete cuadrado que la madre de Ron había señalado y lo desenvolvió. Dentro había un reloj muy parecido al que los Weasley le habían regalado a Ron por su diecisiete cumpleaños; era de oro y, en lugar de manecillas, tenía unas estrellas que giraban en la esfera.

—Es tradición regalar un reloj cuando un mago alcanza la mayoría de edad —explicó la señora Weasley mirando emocionada al chico, sin apartarse de los fogones—. Aunque ése no es nuevo como el de Ron, pues pertenecía a mi hermano Fabian, que no era muy cuidadoso con sus cosas. Verás que está un poco abollado por la parte de atrás, pero...

No pudo terminar su discurso, porque Harry se levantó y la abrazó. El muchacho intentó expresar así muchas cosas que nunca había dicho, y la señora Weasley debió de entenderlo, porque, cuando él la soltó, le dio unas palmaditas en la mejilla, haciendo un movimiento involuntario con la varita que provocó que un trozo de tocino saltara de la sartén y cayera al suelo.

—¡Feliz cumpleaños, Harry! —exclamó Hermione al irrumpir en la cocina, y puso su regalo en lo alto del montón—. No es gran cosa, pero espero que te guste. Y tú ¿qué le has regalado? —le preguntó a Ron, que simuló no oírla.

—¡Vamos, abre el de Hermione! —lo incitó Ron.

Su amiga le había comprado un chivatoscopio. Los otros paquetes contenían una navaja de afeitar encantada, regalo de Bill y Fleur («Ah, sí, con eso *conseguigás* el afeitado más suave que puedas *imaginag* —le aseguró monsieur Delacour—, *pego* debes *decigle clagamente* lo que *quiegues, pogque* si no puedes *acabag* más rapado de la cuenta...»); bombones, regalo de los Delacour; y una caja enorme con los últimos artículos de Sortilegios Weasley, regalo de Fred y George.

Harry, Ron y Hermione no se quedaron mucho rato en la mesa, ya que cuando madame Delacour, Fleur y Gabrielle bajaron a desayunar, casi no cabían en la cocina.

—Dame eso. Lo pondré con el resto del equipaje —dijo Hermione alegremente; tomó los regalos de los brazos a Harry y los tres amigos volvieron al piso de arriba— Ya lo tengo casi todo preparado. Sólo falta que el resto de tus calzoncillos salga de la colada, Ron.

Éste se atragantó, pero el ruido que hizo fue interrumpido al abrirse una puerta del rellano del primer piso.

—¿Puedes venir un momento, Harry?

Era Ginny. Ron se detuvo en seco, pero Hermione lo sujetó por el codo y lo obligó a seguir subiendo la escalera. Nervioso, Harry entró en el dormitorio de Ginny.

Era la primera vez que visitaba esa habitación. Era pequeña pero muy luminosa; en una pared había un gran póster del grupo mágico Las Brujas de Macbeth, y en otra una fotografía de Gwenog Jones, capitana del Holyhead Harpies, el equipo femenino de quidditch. También había un escritorio situado hacia la ventana abierta que daba al huerto de árboles frutales donde, una vez, Ginny y él habían jugado al quidditch —dos contra dos— con Ron y Hermione, y donde ya estaba montada la gran carpa blanca. La bandera dorada que la coronaba quedaba a la altura de la ventana.

La chica miró a Harry a los ojos, respiró hondo y dijo:

—Feliz cumpleaños.

—Ah... gracias...

Ginny lo miraba con fijeza, pero a él le costaba sostenerle la mirada: era como mirar directamente una luz muy brillante.

—Qué vista tan bonita —murmuró señalando la ventana.

Ella no le hizo caso, y a Harry no le extrañó.

—No se me ocurría qué regalarte —murmuró.

—No hacía falta que me regalaras nada.

Ella tampoco prestó atención a esa réplica y comentó:

—Tenía que ser algo útil y no demasiado grande; de lo contrario no podrías llevártelo.

Harry se aventuró a mirarla. No estaba llorando; ésa era una de las cosas que más lo maravillaban de Ginny: que casi nunca lloraba. Él suponía que tener seis hermanos varones la había curtido.

Ginny se le acercó un poco.

—Y entonces pensé que me gustaría regalarte algo que te ayudara a acordarte de mí, por si... no sé, por si conoces a alguna veela cuando estés por ahí haciendo eso que tienes que hacer.

—Me temo que ahí fuera no voy a tener muchas ocasiones de ligar, la verdad.

—Eso era lo único que necesitaba oír —susurró ella, y de pronto lo besó como nunca hasta entonces.

Harry le devolvió el beso y sintió una felicidad que no podía compararse con nada, un bienestar mucho mayor que el producido por el whisky de fuego. Sintió que Ginny era lo único real que había en el mundo: Ginny, su contacto, una mano en su espalda y la otra en su largo y fragante cabello...

De repente se abrió la puerta y ambos se separaron dando un respingo.

—Vaya —dijo Ron con tono significativo—. Lo siento.

—¡Ron! —exhaló Hermione sin aliento detrás de él.

Hubo unos momentos de embarazoso silencio, hasta que Ginny dijo con voz monocorde:

—Bueno, feliz cumpleaños de todas formas, Harry.

A Ron se le habían puesto rojas las orejas y Hermione parecía nerviosa. A Harry le habría gustado cerrarles la puerta en las narices, pero era como si una fría corriente de aire hubiera entrado en la habitación y aquel magnífico instante se había desvanecido como una pompa de jabón. Todas las razones que lo habían decidido a poner fin a su relación con

Ginny y mantenerse alejado de ella parecían haberse colado en la habitación junto con Ron, y aquella feliz dicha lo abandonó.

Miró a Ginny; quería decirle algo pero no sabía qué, y además ella se había dado la vuelta. Se preguntó si por una vez habría sucumbido al llanto. Delante de Ron no podía consolarla.

—Hasta luego —fue lo único que dijo, y salió con sus dos amigos del dormitorio.

Ron bajó resueltamente la escalera, cruzó la cocina todavía abarrotada y salió al patio; Harry llevaba el mismo paso que él, y Hermione iba detrás con cara de susto.

Cuando llegó a la zona ajardinada de la casa, donde acababan de cortar el césped y donde nadie podía oírlos, Ron se dio la vuelta y espetó:

—¿No habían cortado? ¿Qué pasa? ¿Por qué sigues enredándote con ella?

—No me enredo con ella —se defendió Harry, y en ese momento Hermione los alcanzó.

—Ron...

Pero éste levantó una mano para hacerla callar.

—Cuando cortaron, mi hermana se quedó hecha polvo...

—Yo también. Ya sabes por qué le propuse terminar, y no fue porque yo quisiera.

—Sí, pero si ahora empiezas a acercarte a ella, volverá a tener esperanzas y...

—Tu hermana no es idiota, sabe perfectamente que no puede ser, no espera que... acabemos casándonos ni...

Al decir eso, una vívida imagen se le formó en la mente: Ginny, vestida de blanco, casándose con un desconocido alto y aborrecible. De pronto sintió vértigo y lo entendió: Ginny tenía ante sí un futuro libre y sin obstáculos, mientras que el suyo... Más allá, él sólo veía a Voldemort.

—Si sigues besándote con mi hermana cada vez que se te presenta una oportunidad...

—No volverá a pasar —aseguró Harry con aspereza. Hacía un día radiante, pero él sintió como si el sol se hubiera escondido—. ¿Está bien?

Ron parecía entre resentido y avergonzado; se balanceó adelante y atrás un par de veces y dijo:

—Está bien... Sí.

Ginny no procuró volver a verse a solas con Harry durante el resto del día, y nada en su aspecto ni actitud hizo sospechar que en su dormitorio hubieran mantenido otra cosa que no fuera una conversación normal. Aun así, la llegada de Charlie supuso un gran alivio para Harry; al menos lo distrajo ver cómo la señora Weasley lo obligaba a sentarse en una silla, cómo levantaba admonitoriamente su varita mágica y anunciaba que se disponía a hacerle un corte de pelo apropiado a su hijo.

Como en la cocina de La Madriguera no había espacio suficiente para celebrar la cena de cumpleaños de Harry —y aún faltaban por llegar Charlie, Lupin, Tonks y Hagrid—, juntaron varias mesas en el jardín. Fred y George hechizaron unos farolillos morados, todos con un gran diecisiete estampado, y los suspendieron sobre las mesas. Gracias a los cuidados de la señora Weasley, George ya tenía la herida curada, pero Harry todavía no se acostumbraba a ver el oscuro orificio que le había quedado en lugar de la oreja, pese a que los gemelos no paraban de hacer chistes sobre él.

Hermione hizo aparecer unas serpentinas doradas de la punta de su varita mágica y las colgó con mucho arte encima de árboles y arbustos.

—¡Qué bonito queda! —alabó Ron cuando, con un último floreo de la varita, Hermione tiñó de dorado las hojas del manzano silvestre—. Eres una artista para estas cosas.

—Gracias, Ron —repuso ella, complacida y un poco turbada.

Harry, muy divertido, se dio la vuelta para que no vieran su expresión; estaba segurísimo de que encontraría un capítulo dedicado a los cumplidos cuando tuviera tiempo de leer detenidamente su ejemplar de *Doce formas infalibles de hechizar a una bruja*. Entonces advirtió que Ginny lo miraba, y le sonrió, pero recordó la promesa hecha a Ron y rápidamente entabló conversación con monsieur Delacour.

—¡Apártense, apártense! —vociferó la señora Weasley, y entró por la verja con una snitch del tamaño de una pelota de playa flotando delante de ella.

Segundos más tarde, Harry comprendió que la snitch era su pastel de cumpleaños, y que la señora Weasley la hacía flotar con la varita mágica para no arriesgarse a llevarla con las manos por aquel terreno tan irregular. Cuando el pastel se hubo posado por fin en medio de la mesa, Harry exclamó:

—¡Es increíble, señora Weasley!

—Bah, no es nada, cielo —repuso ella con cariño. Ron asomó la cabeza por detrás de su madre, le hizo una seña de aprobación con el pulgar a Harry y articuló con los labios: «¡Bien!»

A las siete en punto ya habían llegado todos los invitados; Fred y George fueron a esperarlos al final del camino y los acompañaron a la casa. Para tan señalada ocasión, Hagrid se había puesto su mejor traje —marrón, peludo y horrible—. Lupin sonrió al estrecharle la mano, pero a Harry le pareció que no se veía muy contento (qué raro); en cambio, Tonks, al lado de su marido, estaba sencillamente radiante.

—¡Feliz cumpleaños, Harry! —lo felicitó la bruja abrazándolo con fuerza.

—Diecisiete, ¿eh? —dijo Hagrid mientras tomaba la copa de vino, del tamaño de un balde, que le ofrecía Fred—. Ya han pasado seis años desde el día que nos conocimos, ¿te acuerdas, Harry?

—Vagamente —sonrió—. ¿Verdad que echaste la puerta abajo, provocaste que a Dudley le saliera una cola de cerdo y me dijiste que yo era mago?

—No tengo buena memoria para los detalles —repuso Hagrid riendo—. Ron, Hermione, ¿va todo bien?

—Muy bien, Hagrid —respondió la chica—. Y tú, ¿cómo estás?

—No puedo quejarme. Un poco atareado, porque tengo unos unicornios recién nacidos; ya los mostraré cuando vuelvan. —Harry evitó la mirada de sus dos amigos mientras Hagrid rebuscaba en un bolsillo—. Toma, Harry. No sabía qué regalarte, pero entonces me acordé de esto. —Sacó un monedero ligeramente peludo que se cerraba tirando de un largo cordón que también servía para colgárselo del cuello—. Es de piel de moke. Esconde lo que quieras dentro, porque sólo puede sacarlo su propietario. No se ven muchos, la verdad.

—¡Gracias, Hagrid!

—De nada, de nada —replicó el hombretón haciendo un ademán con una mano tan grande como la tapa de un cubo de basura—. ¡Mira, ahí está Charlie! Siempre me cayó bien ese chico. ¡Eh, Charlie!

El aludido se acercó, compungido, pasándose una mano por la recién rapada cabeza. Era más bajo que Ron, más fornido, y tenía los musculosos brazos cubiertos de arañazos y quemaduras.

—Hola, Hagrid. ¿Qué tal?

—Hace mucho tiempo que quiero escribirte. ¿Cómo anda *Norberto*?

—¿*Norberto*, dices? —repitió Charlie, muerto de risa—. ¿Te refieres al ridgeback noruego? ¡Pues querrás decir *Norberta*!

—¿Cómooo? ¿Que *Norberto* es una hembra?

—Ni más ni menos —confirmó Charlie.

—¿Cómo lo sabes? —preguntó Hermione.

—Las hembras son mucho más fieras —explicó Charlie. Miró hacia atrás y, bajando la voz, añadió—: A ver si llega pronto nuestro padre, porque mamá se está poniendo nerviosa.

Al mirar a la señora Weasley comprobaron, en efecto, que intentaba conversar con madame Delacour mientras echaba vistazos una y otra vez a la verja.

—Creo que será mejor que empecemos sin Arthur —anunció Molly al cabo de un momento a los invitados en general—. Deben de haberlo entretenido en... ¡Oh!

Todo el mundo lo vio al mismo tiempo: un rayo de luz cruzó el jardín y fue a parar sobre la mesa, donde se descompuso y formó una comadreja plateada que se sentó sobre las patas traseras y habló con la voz del señor Weasley:

—«El ministro de Magia me acompaña.»

Acto seguido, el *patronus* se esfumó. La familia de Fleur se quedó contemplando con perplejidad el sitio donde se había desvanecido.

—No quiero que nos encuentre aquí —dijo de inmediato Lupin—. Lo siento, Harry; ya te lo explicaré en otro momento. —Tomó a Tonks por la muñeca y se la llevó de allí; llegaron a la valla, la saltaron y enseguida se perdieron de vista.

—¿Que el ministro viene...? —balbuceó la señora Weasley, desconcertada. Pero... ¿por qué? No lo entiendo.

Pero no había tiempo para conjeturas; un segundo más tarde, Arthur Weasley apareció de la nada junto a la verja, en compañía de Rufus Scrimgeour, a quien era fácil reconocer por su melena entrecana.

Los recién llegados atravesaron el patio y se encaminaron hacia el jardín, donde se hallaba la mesa iluminada por los farolillos. Los comensales guardaban silencio mientras los veían acercarse. Cuando la luz alcanzó a Scrimgeour, Harry comprobó que el ministro estaba flaco, ceñudo y mucho más viejo que la última vez que se habían visto.

—Lamento esta intromisión —se disculpó Scrimgeour al detenerse cojeando junto a la mesa—. Y más ahora que veo que me he colado en una fiesta. —Clavó la vista en el enorme pastel con forma de snitch y musitó—: Muchas felicidades.

—Gracias —dijo Harry.

—Quiero hablar en privado contigo —añadió el ministro—. Y también con Ronald Weasley y Hermione Granger.

—¿Con nosotros? —se extrañó Ron—. ¿Por qué?

—Les explicaré todo cuando estemos en un sitio menos concurrido. ¿Algún lugar para conversar a solas? —le preguntó al señor Weasley.

—Sí, por supuesto —respondió Arthur, que parecía nervioso—. Pueden ir al salón.

—Condúcenos, por favor —pidió el ministro a Ron—. No es necesario que nos acompañes, Arthur.

Harry advirtió que éste le dirigía una mirada de preocupación a su esposa cuando Ron, Hermione y él se levantaron de la mesa. Y mientras guiaban en silencio a Scrimgeour hacia la casa, intuyó que sus amigos estaban pensando lo mismo que él: de algún modo, el ministro debía de haberse enterado de que planeaban no asistir a Hogwarts ese año.

Scrimgeour no dijo nada mientras cruzaban la desordenada cocina y entraban en el salón. Aunque la débil y dorada luz del crepúsculo todavía bañaba el jardín, allí dentro ya estaba oscuro. Al entrar, Harry apuntó con su varita hacia las lámparas de aceite, que iluminaron la acogedora aunque deslucida estancia. El ministro se acomodó en la hundida butaca que solía ocupar el señor Weasley y los tres jóvenes se apretujaron en el sofá. Una vez que los cuatro se hubieron sentado, Scrimgeour tomó la palabra.

—Quiero hacerles unas preguntas, y creo que será mejor que lo haga individualmente. Ustedes —señaló a Harry y Hermione— pueden esperar arriba. Empezaré con Ronald.

—No pensamos ir a ninguna parte —le espetó Harry mientras Hermione lo apoyaba asintiendo enérgicamente con la cabeza—. Puede interrogarnos a los tres juntos, o a ninguno.

Scrimgeour le lanzó una fría mirada. Harry tuvo la impresión de que el ministro trataba de decidir si valía la pena iniciar tan pronto las hostilidades.

—Está bien. Los tres a la vez, pues —concedió, y carraspeó antes de proseguir—: Como seguramente suponen, estoy aquí para hablar con ustedes del testamento de Albus Dumbledore. —Los chicos se miraron perplejos—. ¡Vaya, les he dado una sorpresa! ¿He de deducir, entonces, que no sabían que Dumbledore les ha dejado algo en herencia?

—¿A todos? —preguntó Ron—. ¿A Hermione y a mí también?

—Sí, a los...

Pero Harry lo interrumpió:

—Dumbledore murió hace más de un mes. ¿Por qué han tardado tanto en entregarnos lo que nos legó?

—Eso es obvio —intervino Hermione—. Querían examinarlo. ¡Pero no tenían derecho a hacerlo! —protestó, y le tembló un poco la voz.

—Tengo todo el derecho del mundo —se defendió Scrimgeour con menosprecio—. El Decreto para la confiscación justificable concede al ministerio poderes para incautar el contenido de un testamento...

—¡Esa ley se creó para impedir que los magos dejaran en herencia artilugios tenebrosos —argumentó Hermione—, y el ministerio ha de tener pruebas sólidas de que las pertenencias del difunto son ilegales antes de decomisarlas! ¿Insinúa que creyó que Dumbledore intentaba legarnos algún objeto maldito?

—¿Tiene intención de cursar la carrera de Derecho Mágico, señorita Granger? —ironizó Scrimgeour.

—No, no es mi propósito. ¡Pero espero hacer algo positivo en la vida!

Ron se echó a reír y Scrimgeour le lanzó un vistazo rápido, pero volvió a prestar atención a Harry, que le preguntaba:

—¿Y por qué ahora ha decidido darnos lo que nos pertenece? ¿Ya no se le ocurre ningún pretexto para retenerlo?

—Ha de ser porque ya han pasado los treinta y un días que marca la ley —respondió Hermione en lugar del ministro—. No es lícito retener los objetos más días, a menos que el ministerio logre demostrar que son peligrosos. ¿No es así?

—¿Opinas que tenías una estrecha relación con Dumbledore, Ronald? —preguntó Scrimgeour, haciendo oídos sordos a la pregunta de Hermione.

Ron se sorprendió.

—¿Yo? No... Bueno, no mucho. Siempre era Harry quien... —Echó una ojeada a sus amigos, y vio que Hermione le lanzaba una mirada de advertencia: «¡No digas ni una palabra más!»; pero el mal ya estaba hecho. Por lo visto, el ministro acababa de oír exactamente lo que quería, de manera que se abatió sobre la respuesta de Ron como un ave de presa.

—Si no tenías una relación muy estrecha con él, ¿cómo explicas que te recordara en su testamento? Hizo poquísimos legados personales, ya que la mayoría de sus posesiones (la biblioteca privada, los instrumentos mágicos y otros efectos personales) se las legó a Hogwarts. ¿Por qué crees que te eligió a ti?

—Pues... no lo sé. Yo... Cuando digo que no teníamos una relación muy estrecha... Es decir, creo que yo le caía bien...

—No seas tan modesto, Ron —terció Hermione—. Dumbledore te tenía mucho cariño.

Esa afirmación significaba estirar al máximo la verdad; que Harry supiera, Dumbledore y Ron nunca hablaron a solas, y el contacto directo entre los dos fue insignificante. Sin embargo, Scrimgeour no parecía escucharlos; metió una mano en su capa y sacó una bolsita no mucho más grande que el monedero que Hagrid le había regalado a Harry. Extrajo un rollo de pergamino, lo desenrolló y leyó en voz alta:

—«Última voluntad y testamento de Albus Percival Wulfric Brian Dumbledore...» Sí, aquí está: «... a Ronald Bilius Weasley le lego mi desiluminador, con la esperanza de que me recuerde cuando lo utilice».

El ministro sacó de la bolsa un objeto que Harry ya conocía; era parecido a un encendedor plateado, pero poseía el poder de absorber toda la luz de un lugar, y el de devolverla mediante un simple clic. Inclinándose hacia delante, el ministro le entregó el desiluminador a Ron, que lo tomó y lo hizo girar entre los dedos, atónito.

—Es un objeto muy valioso —comentó Scrimgeour sin dejar de observar al muchacho—, y es posible que sea único. Lo diseñó el propio Dumbledore, desde luego. ¿Por qué crees que te dejó un artículo tan exclusivo? —Ron negó con la cabeza, apabullado—. El antiguo director de Hogwarts tuvo a su cargo a miles de alumnos... Sin embargo, ustedes tres son los únicos a quienes tuvo en cuenta en su testamento. ¿A qué se debe eso? ¿Para qué debió de pensar que usarías ese desiluminador, Weasley?

—Para apagar luces, supongo —musitó Ron—. ¿Qué otra cosa podría hacer con él?

El ministro no tenía ninguna otra sugerencia. Tras mirar a Ron con los ojos entornados, siguió leyendo:

—«A la señorita Hermione Jean Granger le lego mi ejemplar de los *Cuentos de Beedle el Bardo*, con la esperanza de que lo encuentre ameno e instructivo.»

Scrimgeour sacó de la bolsa un librito que parecía tan antiguo como el ejemplar de *Los secretos de las artes más oscuras* que Hermione conservaba en el piso de arriba; la tapa estaba manchada y en algunos puntos despegada. Ella lo tomó sin decir nada, se lo puso en el regazo y se quedó observándolo. Harry se fijó en que el título estaba escrito con runas, pero él nunca había aprendido a leerlas. Mientras hacía estas consideraciones, percibió que una lágrima caía sobre los símbolos grabados.

—¿Por qué crees que te dejó Dumbledore este libro, Granger? —Era más o menos la misma pregunta que le había hecho a Ron.

—Porque... porque sabía que me encantan los libros —respondió Hermione con voz sorda, y se enjugó las lágrimas con la manga.

—Pero ¿por qué este libro en particular?

—No lo sé. Debió de pensar que me gustaría.

—¿Alguna vez hablaste con él de códigos, o de cualquier otra forma de transmitir mensajes secretos?

—No, nunca —contestó Hermione, que seguía enjugándose las lágrimas—. Y si el ministerio no ha encontrado ningún código oculto en este libro en treinta y un días, dudo que lo encuentre yo.

La chica reprimió un sollozo; estaban tan apretujados en el sofá que Ron tuvo dificultades para abrazarla. Scrimgeour siguió leyendo el testamento:

—«A Harry James Potter —dijo, y a Harry la emoción le cerró de golpe el estómago— le lego la snitch que atrapó en su primer partido de quidditch en Hogwarts, como recordatorio de las recompensas que se obtienen mediante la perseverancia y la pericia.»

Cuando el ministro extrajo la diminuta bola dorada, del tamaño de una nuez y cuyas alas plateadas se agitaban débilmente, Harry no pudo evitar sentirse decepcionado.

—¿Por qué te dejaría Dumbledore esta snitch, Potter?

—Ni idea. Por las razones que usted acaba de leer, imagino: para recordarme lo que puedes conseguir si... perseveras y no sé qué más.

—Entonces, ¿crees que esto no es más que un obsequio simbólico?

—Supongo. ¿Qué otra cosa podría ser?

—Aquí el que hace las preguntas soy yo —le recordó Scrimgeour arrimando un poco más la butaca al sofá. Fuera anochecía, y por las ventanas se veía la carpa que se alzaba, fantasmagórica, detrás del seto—. He observado que tu pastel de cumpleaños tiene forma de snitch. ¿A qué se debe?

—Uy, no puede ser una referencia a que Harry sea un gran buscador, porque resultaría demasiado obvio —ironizó Hermione—. ¡Debe de haber un mensaje secreto de Dumbledore escondido en el glaseado!

—No creo que haya nada oculto en el glaseado —replicó Scrimgeour—, pero una snitch sería muy buen sitio para guardar un objeto pequeño. Ya saben por qué, ¿verdad?

Harry se encogió de hombros; Hermione, sin embargo, contestó, y él pensó que su amiga no había conseguido controlarse debido a lo arraigado que tenía el hábito de responder correctamente a cualquier pregunta.

—Porque las snitches tienen memoria táctil —dijo ella.

—¿Quéeee? —saltaron Ron y Harry a la vez, extrañados, pues ambos consideraban que Hermione no sabía nada de quidditch.

—Correcto —confirmó el ministro—. Nadie toca una snitch hasta que la sueltan; ni siquiera el fabricante, que utiliza guantes. Ese tipo de pelotas lleva incorporado un sortilegio mediante el cual identifican al primer ser humano que las toma; facultad que resulta útil en caso de que se produzca una captura controvertida. Esta snitch —especificó sosteniendo en alto la diminuta bola dorada— recordará tu tacto, Potter. Se me ha ocurrido que quizá Dumbledore, que pese a sus muchos defectos poseía una prodigiosa habilidad mágica, encantó la snitch para que sólo pudieras abrirla tú.

A Harry se le aceleró el corazón, porque creía que Scrimgeour tenía razón. ¿Cómo podía evitar tocar la bola con la mano desnuda delante de él?

—No haces ningún comentario —observó Scrimgeour—. ¿No será que ya sabes qué contiene?

—No, no lo sé —contestó Harry, sin dejar de pensar en cómo se las ingeniaría para engañar al ministro y tomar la snitch sin tocarla. Si hubiera dominado la Legeremancia, lo sabría y le habría leído el pensamiento a Hermione, a quien casi le detectaba los zumbidos del cerebro.

—Tómala —le ordenó Scrimgeour con serenidad.

Harry clavó la mirada en los amarillentos ojos del ministro y comprendió que no tenía opción. Así que tendió una mano con la palma hacia arriba. Scrimgeour volvió a inclinarse y, con mucha parsimonia, se la puso encima.

Pero no pasó nada. Cuando Harry sujetó la snitch, las cansadas alas de ésta se agitaron un poco y luego se quedaron quietas. Scrimgeour, Ron y Hermione siguieron observando la pelota con avidez, ahora parcialmente oculta, como si todavía esperaran que sufriera alguna transformación.

—Ha sido muy teatral —comentó Harry con frialdad, y sus amigos rieron.

—Bueno, ya está, ¿no? —dijo Hermione, e intentó levantarse del sofá.

—No del todo —replicó Scrimgeour con gesto de enojo—. Dumbledore te dejó un segundo legado, Potter.

—¿Qué es? —La emoción de Harry se reavivó.

Esta vez, el ministro no tuvo que leer el testamento, sino que dijo:

—La espada de Godric Gryffindor.

Hermione y Ron se pusieron en tensión. Harry miró alrededor en busca de la empuñadura con rubíes incrustados, pero Scrimgeour no sacó la espada de la bolsita de piel que, de cualquier forma, era demasiado pequeña para contenerla.

—¿Dónde está? —preguntó el muchacho con recelo.

—Por desgracia —replicó Scrimgeour—, Dumbledore no podía disponer de esa espada a su gusto, puesto que es una importante joya histórica y, como tal, pertenece...

—¡Le pertenece a Harry! —saltó Hermione—. La espada lo eligió, él fue quien la encontró, salió del Sombrero Seleccionador y fue...

—Según fuentes históricas fidedignas, la espada puede presentarse ante cualquier miembro respetable de Gryffindor —aclaró Scrimgeour—. Pero eso no la convierte en propiedad exclusiva de Potter, independientemente de lo que decidiera Dumbledore. —Se rascó la mal afeitada mejilla escudriñando el rostro de Harry—. ¿Por qué crees que...?

—¿... que Dumbledore quería regalarme la espada? —completó Harry, esforzándose por controlar su genio—. No sé, igual imaginó que quedaría bien colgada en la pared de mi habitación.

¡Esto no es ninguna broma, Potter! ¿No sería porque él creía que sólo la espada de Godric Gryffindor lograría derrotar al heredero de Slytherin? ¿Quería darte esa espada, Potter, porque estaba convencido, como creen muchos, de que estás destinado a ser quien destruya a El-que-no-debe-ser-nombrado?

—Es una teoría interesante —repuso Harry—. ¿Ha intentado alguien alguna vez clavarle una espada a Voldemort? Quizá el ministerio debería enviar a alguien a probarlo, en lugar de perder el tiempo desmontando desiluminadores o tratar de que no se sepa nada de las fugas de Azkaban. ¿De modo que eso hacía usted, señor ministro, encerrado en su despacho: intentar abrir una snitch? Ha muerto gente, ¿sabe?; yo mismo estuve a punto de morir porque Voldemort me persiguió por tres condados y asesinó a *Ojoloco* Moody... Pero de eso el ministerio no ha dicho ni una palabra, ¿verdad que no? ¡Y encima espera que cooperemos con usted!

—¡Te estás pasando, chico! —gritó Scrimgeour levantándose de la butaca.

Harry también se puso en pie. El ministro se le aproximó cojeando y, al hincarle la punta de la varita en el pecho, le hizo un agujero en la camiseta, como quemada con un cigarrillo encendido.

—¡Eh! —exclamó Ron, levantándose asimismo y sacando su varita mágica, pero Harry gritó:

—¡Quieto, Ron! No le des una excusa para detenernos.

—Has recordado que ya no estás en el colegio, ¿verdad? —le espetó Scrimgeour, resollando y con la cara muy próxima a la de Harry—. Has recordado que yo no soy Dumbledore, que siempre perdonaba tu insolencia e insubordinación, ¿verdad? ¡Quizá lleves esa cicatriz como si fuera una corona, Potter, pero ningún bribonzuelo de diecisiete años me dirá cómo tengo que trabajar! ¡Ya va siendo hora de que aprendas a tener un poco de respeto!

—Ya va siendo hora de que usted haga algo para merecerlo —repuso Harry.

De repente, el suelo tembló, se notó que alguien corría por la casa, y la puerta del salón se abrió de par en par. Eran los Weasley.

—Nos ha... parecido oír... —balbuceó Arthur, alarmado al ver a Harry y el ministro con las narices tan juntas.

—... gritos —completó su esposa jadeando.

Scrimgeour retrocedió un par de pasos y observó el agujero que le había hecho en la camiseta a Harry. Dio la impresión de que lamentaba haber perdido los estribos.

—No pasa nada —gruñó—. Lamento mucho... tu actitud —masculló mirando a Harry una vez más—. Por lo visto piensas que el ministerio no persigue el mismo objetivo que tú, o que Dumbledore. ¿Cuándo entenderás que deberíamos trabajar juntos?

—No me gustan sus métodos, señor ministro —replicó Harry—. ¿Ya no se acuerda?

Como ya había hecho en una ocasión el año anterior, Harry levantó el puño derecho y le mostró al ministro las cicatrices que conservaba en el dorso de la mano: «No debo decir mentiras.» El semblante de Scrimgeour se endureció y, tras darse la vuelta sin decir palabra, salió cojeando de la habitación. La señora Weasley lo siguió; Harry la oyó detenerse en la puerta trasera. Al cabo de un minuto, ella anunció:

—¡Ya se ha ido!

—¿Qué quería? —preguntó el padre de Ron mirando a los tres amigos mientras su esposa volvía a toda prisa.

118

—Darnos lo que nos dejó en herencia Dumbledore —contestó Harry—. Acaba de revelarnos el contenido del testamento.

Fuera, en el jardín, los tres objetos que Scrimgeour había llevado a los chicos pasaron de mano en mano alrededor de la mesa. Todos prorrumpieron en exclamaciones de admiración ante el desiluminador y los *Cuentos de Beedle el Bardo*, y lamentaron que Scrimgeour se hubiera negado a entregarle la espada a Harry; sin embargo, nadie se explicaba por qué Dumbledore le había legado a Harry una vieja snitch. Mientras el señor Weasley examinaba el desiluminador por tercera o cuarta vez, su esposa dijo:

—Harry, cielo, están todos muertos de hambre, pero no queríamos empezar sin ti. ¿Puedo ir sirviendo la cena?

Comieron con prisas y después, tras entonar a coro un rápido «Cumpleaños feliz» y engullir cada uno su trozo de pastel, dieron por terminada la fiesta. Hagrid, que estaba invitado a la boda del día siguiente pero cuya corpulencia le impedía dormir en la abarrotada Madriguera, fue a montar una tienda en un campo cercano.

—Sube a la habitación de Ron cuando los demás se hayan acostado —le susurró Harry a Hermione mientras ayudaban a la señora Weasley a dejar el jardín como estaba antes de la cena.

Arriba, en la habitación del desván, Ron examinó su desiluminador y Harry llenó el monedero de piel de moke; lo que metió dentro no fueron monedas, sino los artículos que él consideraba más valiosos, aunque algunos parecieran inútiles: el mapa del merodeador, el fragmento del espejo encantado de Sirius y el guardapelo de «R.A.B.». Cerró el monedero tirando del cordón y se lo colgó del cuello; a continuación tomó la vieja snitch y se sentó a observar cómo aleteaba débilmente. Por fin, Hermione llamó a la puerta y entró de puntillas.

—¡*Muffliato*! —susurró la chica apuntando con la varita hacia la escalera.

—Creía que no aprobabas ese hechizo —comentó Ron.

—Los tiempos cambian. A ver, enséñame ese desiluminador.

Ron no se hizo de rogar. Lo sostuvo en alto ante sí y lo accionó: la única lámpara que habían encendido se apagó de inmediato.

—El caso es que podríamos haber conseguido lo mismo con el polvo peruano de oscuridad instantánea —observó Hermione.

Entonces se oyó un débil clic y la esfera de luz de la lámpara subió hasta el techo y volvió a iluminar la estancia.

—Ya, pero funciona —exclamó Ron un poco a la defensiva—. Y según dicen, lo inventó el propio Dumbledore.

—Ya lo sé, pero no creo que te nombrara en su testamento sólo para que nos ayudes a apagar las luces.

—¿Crees que él suponía que el ministerio confiscaría sus últimas voluntades y examinaría todo lo que nos legaba? —preguntó Harry.

—Sí, sin duda —respondió Hermione—. En el documento no podía aclararnos por qué nos lo dejaba, pero eso sigue sin justificar...

—... ¿que no nos lo explicara en vida? —completó la frase Ron.

—Eso es, ni más ni menos —afirmó Hermione, y se puso a hojear los *Cuentos de Beedle el Bardo*—. Si estas cosas son lo bastante importantes para dárnoslas ante las mismísimas narices del ministerio, lo lógico es que nos dijera por qué... A menos que creyera que era obvio, ¿no?

—Pues está claro que se equivocaba —concluyó Ron—. Siempre dije que parecía un chiflado; era muy inteligente, de acuerdo, pero estaba como un cencerro. Mira que dejarle a Harry una vieja snitch... ¿Qué demonios significa?

—No tengo ni idea —admitió Hermione—. Cuando Scrimgeour te obligó a tomarla, Harry, tuve la certeza de que pasaría algo.

—Sí —dijo Harry, y el pulso se le aceleró al levantar la snitch—. Pero no iba a esforzarme mucho delante del ministro, ¿no?

—¿Qué insinúas? —preguntó Hermione.

—Ésta es la snitch que atrapé en mi primer partido de quidditch. ¿No te acuerdas?

Hermione puso cara de desconcierto. Ron, en cambio, dio un grito ahogado, señalando alternativamente a su amigo y la snitch, hasta que recuperó el habla.

—¡Es la bola que casi te tragas!

—Exacto —confirmó Harry y, con el corazón acelerado, se la llevó a los labios.

Sin embargo, la pelota no se abrió. Harry sintió frustración; pero, al apartar la esfera dorada de la boca, Hermione exclamó:

—¡Letras! ¡Han salido unas letras! ¡Mira, mira!

La sorpresa y la emoción estuvieron a punto de hacérsela soltar. Hermione tenía razón: grabadas en la lisa superficie dorada, donde segundos antes no había nada, destacaban ahora cuatro palabras escritas con la pulcra y estilizada caligrafía de Dumbledore.

«Me abro al cierre.»

Apenas las hubo leído, las palabras se borraron.

—«Me abro al cierre.» ¿Qué querrá decir?

Hermione y Ron negaron con la cabeza, perplejos.

—Me abro al cierre... Al cierre... Me abro al cierre...

Pero, por mucho que repitieron esas palabras, dándoles diferentes entonaciones, no lograron arrancarles ningún significado.

—Y la espada... —dijo Ron al fin, cuando ya habían abandonado sus intentos de adivinar el sentido de la inscripción— ¿Por qué querría Dumbledore que Harry tuviera la espada?

—¿Y por qué no me lo dijo directamente? —se preguntó Harry en voz baja—. Estaba allí mismo, colgada en la pared de su despacho, durante todas las charlas que mantuvimos el año pasado. Si quería que la tuviera yo, ¿por qué no me la dio entonces?

Era como estar en un examen ante una pregunta que tendría que saber contestar pero su cerebro funcionara con angustiosa lentitud. ¿Acaso se le había escapado algún detalle de las largas conversaciones sostenidas con Dumbledore el año anterior? ¿Debía conocer el significado de todo aquello, o tal vez Dumbledore confiaba en que lo entendiera?

—Y respecto a este libro —terció Hermione—, los *Cuentos de Beedle el Bardo*... ¡Nunca había oído hablar de esos cuentos!

—¿Que nunca habías oído hablar de los *Cuentos de Beedle el Bardo*? —repuso Ron con incredulidad—. Bromeas, ¿no?

—¡No, lo digo en serio! —exclamó Hermione, sorprendida—. ¿Tú los conoces?

—¡Pues claro!

Alzando la cabeza, Harry salió de su ensimismamiento. El hecho de que Ron hubiera leído un libro que Hermione ni siquiera conocía no tenía precedentes. Ron, sin embargo, no entendía la sorpresa de sus amigos.

—¡Caramba! Pero si, según dicen, todos los cuentos infantiles los escribió Beedle, ¿no? Por ejemplo, «La fuente de la buena fortuna», «El mago y el cazo saltarín», «Babbitty Rabbitty y su cepa cacareante»...

—¿Cómo dices? —preguntó Hermione con una risita—. ¿Cuál es ese último título?

—¡Me toman el pelo! —protestó Ron, incrédulo—. Tienen que haber oído hablar de Babbitty Rabbitty.

—¡Sabes perfectamente que Harry y yo nos hemos criado con muggles, Ron! —le recordó Hermione—. A nosotros no nos contaban esos cuentos cuando éramos pequeños. Nos contaban «Blancanieves y los siete enanitos», «La Cenicienta»...

—¿«La Cenicienta»? ¿Qué es eso, una enfermedad? —preguntó Ron.

—¡Basta ya! Entonces ¿son cuentos infantiles? —quiso saber Hermione inclinándose de nuevo sobre las runas grabadas en la tapa del libro.

—Sí... Bueno, mira, al menos la gente asegura que todas esas historias las escribió Beedle. Yo no conozco las versiones originales.

—Pero ¿por qué querría Dumbledore que las leyera?

En ese instante se oyó un crujido proveniente del piso de abajo.

—Debe de ser Charlie; estará intentando que vuelva a crecerle el pelo, ahora que mi madre duerme —dijo Ron, inquieto.

—En fin, tendríamos que acostarnos —susurró Hermione—. Mañana no podemos dormirnos.

—No —coincidió Ron—. Un brutal triple asesinato cometido por la madre del novio estropearía un poco la boda. Ya apago yo la luz.

Volvió a accionar el desiluminador y Hermione salió del dormitorio.

8

La boda

A las tres en punto de la tarde del día siguiente, Harry, Ron, Fred y George se plantaron frente a la gran carpa blanca, montada en el huerto de árboles frutales, esperando a que llegaran los invitados de la boda. Harry había tomado una abundante dosis de poción multijugos y se había convertido en el doble de un muggle pelirrojo del pueblo más cercano, Ottery St. Catchpole, a quien Fred le había arrancado unos pelos utilizando un encantamiento convocador. El plan consistía en presentar a Harry como «el primo Barny» y confiar en que los numerosos parientes de la familia Weasley lo camuflaran.

Los cuatro chicos tenían en la mano un plano de la disposición de los asientos, para ayudar a los invitados a encontrar su sitio. Hacía una hora que había llegado una cuadrilla de camareros, ataviados con túnicas blancas, y una orquesta cuyos miembros vestían chaquetas doradas; y ahora todos esos magos se hallaban sentados bajo un árbol cercano, envueltos en una nube azulada de humo de pipa.

Desde la entrada de la carpa se veían en su interior hileras e hileras de frágiles sillas, asimismo doradas, colocadas a ambos lados de una larga alfombra morada; y los postes que sostenían la carpa estaban adornados con flores blancas y doradas. Fred y George habían atado un enorme ramo de globos también dorados sobre el punto exacto donde Bill y Fleur se convertirían en marido y mujer. En el exterior, las mariposas y abejas revoloteaban perezosamente sobre la hierba y el seto. Como hacía un radiante día estival, Harry se sentía muy incómodo, pues la túnica de gala que llevaba puesta le apretaba y le daba calor; el chico muggle cuyo aspecto había adoptado estaba un poco más gordo que él...

—Cuando yo me case —dijo Fred tirando del cuello de su túnica—, no armaré tanto lío. Podrán vestirse como lo deseen, y le haré una maldición de inmovilidad total a nuestra madre hasta que haya terminado todo.

—Esta mañana no se ha portado demasiado mal, a fin de cuentas —la defendió George—. Ha llorado un poco por la ausencia de Percy, pero, bah, ¿para qué lo necesitamos? ¡Vaya, prepárense! ¡Ya vienen!

Unos personajes vestidos con llamativas ropas multicolores iban apareciendo, uno a uno, por el fondo del patio. Pasados unos minutos, ya se había formado una procesión que serpenteó por el jardín en dirección a la carpa. En los sombreros de las brujas revoloteaban flores exóticas y pájaros embrujados, mientras que preciosas gemas destellaban en las corbatas de muchos magos. A medida que se aproximaban, el murmullo de voces emocionadas fue intensificándose, hasta ahogar el zumbido de las abejas.

—Estupendo; me ha parecido ver algunas primas veelas —comentó George estirando el cuello para ver mejor—. Necesitarán ayuda para entender nuestras costumbres inglesas; yo me ocuparé de ellas.

—No corras tanto, Desorejado —replicó Fred y, pasando rápidamente junto al grupo de brujas de mediana edad que encabezaban la procesión, indicó a un par de guapas francesas—: Por aquí... *Permettez-moi assister vous.* —Las chicas rieron y se dejaron acompañar al interior de la carpa.

George se quedó atendiendo, pues, a las brujas de mediana edad, y Ron se encargó de Perkins, el antiguo colega del ministerio del señor Weasley, mientras que a Harry le tocó una pareja de ancianos bastante sordos.

—Eh, ¿qué hay? —dijo una voz conocida cuando Harry volvió a salir de la carpa: Lupin y Tonks, que se había teñido de rubio para la ocasión, presidían la cola—. Arthur nos pasó la voz de que eras el del pelo rizado. Perdona lo de anoche —añadió la bruja en voz baja cuando Harry enfiló con ellos el pasillo—. Últimamente, el ministerio no se muestra muy amable con los hombres lobo, y creímos que nuestra presencia no te beneficiaría.

—No se preocupen, ya me hago cargo —repuso Harry dirigiéndose más a Remus que a Tonks.

Lupin compuso una sonrisa fugaz, pero cuando Harry se separó de ellos, vio que el semblante se le ensombrecía de nuevo. No comprendía qué le pasaba a Lupin, pero no era momento para ahondar en el asunto, pues Hagrid estaba provocando un buen alboroto: el guardabosques había entendido mal las indicaciones de Fred, y en lugar de instalarse en el asiento reforzado y agrandado mediante magia que le habían preparado en la última fila, se había sentado en cinco sillas normales que se habían convertido en un gran montón de palillos dorados.

Mientras el señor Weasley trataba de arreglar el estropicio y Hagrid se disculpaba a gritos con todo el mundo, Harry regresó a toda prisa a la entrada y encontró a Ron hablando con un mago de aspecto sumamente excéntrico: un poco bizco, de pelo cano, largo hasta los hombros y de una textura semejante al algodón de azúcar, llevaba un birrete cuya borla le colgaba delante de la nariz y una túnica de un amarillo que hería la vista; de la cadena que le colgaba del cuello pendía un extraño colgante que simbolizaba una especie de ojo triangular.

—Xenophilius Lovegood —se presentó tendiéndole la mano a Harry—; mi hija y yo vivimos al otro lado de esa colina. Los Weasley han sido muy amables invitándonos. Así, ¿dices que conoces a mi hija Luna? —preguntó a Ron.

—En efecto. ¿No ha venido con usted?

—Sí, sí, pero se ha entretenido en ese precioso jardincillo saludando a los gnomos. ¡Qué maravillosa plaga! Muy pocos magos se dan cuenta de lo mucho que podemos aprender de esas sabias criaturas, cuyo nombre correcto, por cierto, es *Gernumbli gardensi*.

—Los nuestros saben unas palabrotas excelentes —comentó Ron—, pero creo que se las han enseñado Fred y George. —A continuación acompañó a un grupo de magos a la carpa, y en ese momento llegó Luna.

—¡Hola, Harry! —saludó.

—Me llamo Barny —repuso el muchacho, muy desconcertado.

—Ah, ¿también te has cambiado el nombre? —preguntó ella alegremente.

—¿Cómo has sabido...?

—Bueno, por tu expresión.

Luna llevaba una túnica igual que la de su padre y, como complemento, un gran girasol en el pelo. Una vez que te acostumbrabas al resplandor de su atuendo, el efecto general resultaba agradable; al menos no llevaba rábanos colgando de las orejas...

Xenophilius, enfrascado en una conversación con un conocido suyo, no oyó el diálogo entre Luna y Harry; poco después se despidió de su amigo y se volvió hacia su hija, que levantó un dedo y dijo:

—¡Mira, papá! ¡Uno de esos gnomos me ha mordido y todo!

—¡Qué maravilla! ¡La saliva de gnomo es sumamente beneficiosa, hija mía! —exclamó el señor Lovegood, tomando el dedo que Luna le mostraba, y examinó los pinchazos sangrantes—. Luna, querida, si hoy sintieras nacer en ti algún talento (quizá un irresistible impulso de cantar ópera o declamar en sirenio), ¡no lo reprimas! ¡Es posible que los *Gernumblis* te hayan obsequiado con un don!

En ese momento Ron pasaba por su lado en la dirección opuesta, y soltó una risotada.

—Ron quizá lo encuentre gracioso —comentó Luna con serenidad, mientras Harry los acompañaba hasta sus asientos—, pero mi padre lleva años estudiando la magia de los *Gernumblis*.

—¿En serio? —Hacía mucho tiempo que había decidido no contradecir las peculiares opiniones de Luna y su progenitor—. Oye, ¿seguro que no quieres ponerte algo en esa mordedura?

—No, no es nada, de verdad —repuso ella chupándose el dedo con aire soñador y mirando a Harry de arriba abajo—. Estás muy guapo, ¿eh? Ya le advertí a papá que la mayoría de la gente vestiría túnica de gala, pero él cree que a las bodas hay que ir vestido de los colores del sol. Ya sabes, da buena suerte.

Luna fue a sentarse con su padre, y entonces reapareció Ron con una bruja muy anciana tomada de su brazo. La picuda nariz, los párpados de bordes rojizos y el sombrero rosa con plumas le conferían el aspecto de un flamenco enojado.

—... y llevas el pelo demasiado largo, Ronald; al principio te he confundido con Ginevra. ¡Por las barbas de Merlín! ¿Cómo se ha vestido Xenophilius Lovegood? Parece una tortilla. ¿Y tú quién eres? —le espetó a Harry.

—¡Ah, sí! Tía Muriel, te presento a nuestro primo Barny.

—¿Otro Weasley? Vaya, se reproducen como gnomos. ¿Y Harry Potter? ¿No ha venido? Esperaba conocerlo. Creía que era amigo tuyo, Ronald. ¿O sólo alardeabas?

—No, es que... no ha podido venir.

—Mmm. Habrá dado alguna excusa, ¿no? Eso significa que no es tan idiota como aparenta en las fotografías de los periódicos. ¡He estado enseñándole a la novia cómo tiene que llevar mi diadema! —le gritó a Harry—. Es una pieza de artesanía de los duendes, ¿sabes?, y pertenece a mi familia desde hace siglos. Esa chica es muy mona pero... francesa. Bueno, búscame un buen asiento, Ronald; tengo ciento siete años y no me conviene estar mucho rato de pie.

Ron le lanzó una elocuente mirada a Harry al pasar junto a él, y tardó un rato en reaparecer. Cuando los dos amigos volvieron a coincidir en la entrada de la carpa, Harry ya había ayudado a buscar su asiento a una docena de invitados más. La carpa estaba casi llena, y por primera vez no había cola fuera.

—Tía Muriel es una pesadilla —se quejó Ron enjugándose la frente con la manga—. Antes venía todos los años por Navidad, pero afortunadamente se ofendió porque Fred y George le pusieron una bomba fétida en la silla nada más sentarnos a cenar. Mi padre siempre dice que debe de haberlos desheredado. ¡Como si a ellos les importara eso! Al ritmo que van, se harán más ricos que cualquier otro miembro de la familia... ¡Atiza! —Parpadeó al ver a Hermione, que corría hacia ellos—, ¡Estás espectacular!

—Siempre ese tonito de sorpresa —se quejó Hermione, pero sonrió. Lucía un vaporoso vestido de color lila con zapatos de tacón a juego, y el cabello liso y reluciente—. Pues tu tía abuela Muriel no opina como tú. Me la he encontrado en la casa cuando fue a darle la diadema a Fleur, y ha dicho: «¡Cielos! ¿Ésa es la hija de muggles?», y añadió que tengo «mala postura y los tobillos flacuchos».

—No te lo tomes como algo personal. Es grosera con todo el mundo —dijo Ron.

—¿Están hablando de Muriel? —preguntó George, que en ese momento salía con Fred de la carpa—. A mí acaba de decirme que tengo las orejas asimétricas. ¡Menuda arpía! Ojalá viviera todavía el viejo tío Bilius; te morías de risa con él en las bodas.

—¿No fue su tío Bilius el que vio un Grim y murió veinticuatro horas más tarde? —preguntó Hermione.

—Bueno, sí. Al final de su vida se volvió un poco raro —concedió George.

—Pero antes de que se le fuera la onda siempre era el alma de las fiestas —observó Fred—. Se bebía de un trago una botella entera de whisky de fuego, iba corriendo a la pista de baile, se recogía la túnica y se sacaba ramilletes de flores del...

—Sí, por lo que dices debió de ser un verdadero encanto —ironizó Hermione mientras Harry reía a carcajadas.

—Nunca se casó, no sé por qué —comentó Ron.

—Eres increíble —dijo Hermione.

Todos reían y ninguno se fijó en el invitado que acababa de llegar, un joven moreno de gran nariz curvada y pobladas cejas negras, hasta que entregó su invitación a Ron y dijo mirando a Hermione:

—Estás preciosa.

—¡Viktor! —exclamó ella, y soltó su bolsito bordado con cuentas, que al caer al suelo dio un fuerte golpe, desproporcionado para su tamaño. Se agachó ruborizada para recogerlo y balbuceó—: No sabía que... Vaya, me alegro de verte. ¿Cómo estás?

A Ron se le habían puesto coloradas las orejas. Tras leer la invitación de Krum como si no creyera ni una sola palabra de lo que ponía, preguntó con voz demasiado alta:

—¿Cómo es que has venido?

—Me ha invitado Fleur —respondió Krum arqueando las cejas.

Harry, que no le guardaba ningún rencor, le estrechó la mano; luego, creyendo que sería prudente apartarlo de Ron, se ofreció para indicarle cuál era su asiento.

—Tu amigo no se ha alegrado mucho de verme —comentó Viktor cuando entró con Harry en la carpa, ya abarrotada—. ¿O son parientes? —preguntó fijándose en el cabello rojizo y rizado de Harry.

—Somos primos —masculló Harry, pero Krum ya no le prestaba atención. Su aparición estaba causando un gran revuelo, sobre todo entre las primas veelas; al fin y al cabo, era un famoso jugador de quidditch.

Mientras la gente todavía estiraba el cuello para verlo mejor, Ron, Hermione, Fred y George avanzaron apresuradamente por el pasillo.

—Tenemos que sentarnos —le dijo Fred a Harry—, o nos va a atropellar la novia.

Harry, Ron y Hermione ocuparon sus asientos en la segunda fila, detrás de Fred y George. Hermione tenía las mejillas sonrosadas, y Ron, las orejas escarlatas. Pasados unos momentos, éste le murmuró a Harry:

—¿Has visto qué barbita tan ridícula se ha dejado?

Harry emitió un gruñido evasivo.

En la carpa, muy caldeada, reinaba una atmósfera de expectación y de vez en cuando una risotada nerviosa rompía el murmullo general. Los Weasley aparecieron por el pasillo, desfilando sonrientes y saludando con la mano a sus parientes; Molly llevaba una túnica nueva de color amatista con el sombrero que hacía juego.

Unos instantes después, Bill y Charlie se pusieron en pie en la parte delantera de la carpa; ambos vestían túnicas de gala, con sendas rosas blancas en el ojal; Fred soltó un silbido de admiración y se oyeron unas risitas ahogadas de las primas veelas. Entonces sonó una música que al parecer salía de los globos dorados, y todos callaron.

—¡Ooooh! —exclamó Hermione al volverse en el asiento para mirar hacia la entrada.

Los magos y las brujas emitieron un gran suspiro colectivo cuando monsieur Delacour y su hija enfilaron el pasillo; ella caminaba como si se deslizara y él iba brincando, muy sonriente. Fleur llevaba un sencillo vestido blanco que irradiaba un resplandor plateado. Normalmente, su hermosura eclipsaba a cuantos la rodeaban, pero ese día, en cambio, su belleza contagiaba. Ginny y Gabrielle, ataviadas con sendos vestidos dorados, parecían incluso más hermosas de lo habitual, y cuando Fleur llegó junto a Bill, dejó de parecer que en el pasado éste se las hubiera visto con Fenrir Greyback.

—Damas y caballeros... —dijo una voz cantarina, y Harry se llevó una ligera impresión al ver al mismo mago bajito y de cabello ralo que había presidido el funeral de Dumbledore, de pie frente a Bill y Fleur—. Hoy nos hemos reunido para celebrar la unión de dos almas nobles...

—Sí, mi diadema le da realce a la escena —observó tía Muriel con un susurro que se oyó perfectamente—. Sin embargo, he de decir que el vestido de Ginevra es demasiado escotado.

Ginny volvió la cabeza, sonriente, le guiñó un ojo a Harry y volvió a mirar al frente. Él se sintió transportado hasta aquellas tardes vividas con Ginny en rincones solitarios de los jardines del colegio, que se le antojaban muy lejanas; siempre le habían parecido demasiado maravillosas para ser ciertas, como si hubiera estado robándole horas de una felicidad insólita a la vida de una persona normal, una persona sin una cicatriz con forma de rayo en la frente...

—William Arthur, ¿aceptas a Fleur Isabelle...?

En la primera fila, la señora Weasley y madame Delacour sollozaban en silencio y se enjugaban las lágrimas con pañuelos de encaje. Unos trompetazos provenientes del fondo de la carpa hicieron comprender a todos que Hagrid había utilizado también uno de sus pañuelos tamaño mantel. Hermione se giró y, sonriendo, miró a Harry; ella también tenía lágrimas en los ojos.

—... Así pues, los declaro unidos de por vida.

El mago del cabello ralo alzó la varita por encima de las cabezas de los novios y, acto seguido, una lluvia de estrellas plateadas descendió sobre ellos trazando una espiral alrededor de sus entrelazadas figuras. Fred y George empezaron a aplaudir y, entonces, los globos dorados explotaron, dejando escapar aves del paraíso y diminutas campanillas doradas que, volando y flotando, añadieron sus cantos y repiques respectivos al barullo. A continuación, el mago dijo:

—¡Damas y caballeros, pónganse en pie, por favor!

Todos obedecieron, aunque tía Muriel rezongó sin miramientos. Entonces el hombrecillo agitó su varita mágica: los asientos de los invitados ascendieron con suavidad al mismo tiempo que se desvanecían las paredes de la carpa. De pronto se hallaron bajo un toldo sostenido por postes dorados, gozando de una espléndida vista del patio de árboles frutales y los campos bañados por el sol. Luego, un charco de oro fundido se extendió desde el centro de la carpa y formó una brillante pista de baile; las sillas, suspendidas en el aire, se agruparon alrededor de unas mesitas con manteles blancos y, con la misma suavidad con que habían subido, descendieron hasta el suelo, mientras los músicos de las chaquetas doradas se aproximaban a una tarima.

—¡Qué increíble! —dijo Ron, admirado.

Entonces aparecieron camareros por todas partes; algunos llevaban bandejas de plata con jugo de calabaza, cerveza de mantequilla y whisky de fuego; y otros, tambaleantes montañas de tartas y bocadillos.

—¡Tenemos que ir a felicitarlos! —dijo Hermione poniéndose de puntillas para ver a Bill y Fleur, que habían desaparecido en medio de una multitud de invitados que se habían acercado a darles la enhorabuena.

—Ya habrá tiempo para eso —replicó Ron y tomó tres vasos de cerveza de mantequilla de la bandeja de un camarero que pasaba cerca; le dio uno a Harry—. Toma esto, Hermione. Vamos a buscar una mesa. ¡No, ahí no! ¡Lo más lejos posible de tía Muriel!

Ron guió a sus amigos por la vacía pista de baile, sin dejar de mirar a derecha e izquierda, y Harry tuvo la seguridad de que vigilaba por si veía a Krum. Cuando consiguieron llegar al otro extremo de la carpa, casi todas las mesas estaban ocupadas, y la única vacía era la que ocupaba Luna, sola.

—¿Te importa que nos sentemos contigo? —le preguntó Ron.

—No, qué va. Mi padre ha ido a darles su regalo a los novios.

—¿Qué es? ¿Una provisión inagotable de gurdirraíces? —quiso saber Ron.

Hermione le lanzó un puntapié por debajo de la mesa, pero no le dio a Ron sino a Harry, quien, lagrimeando de dolor, perdió momentáneamente el hilo de la conversación.

La orquesta había atacado un vals. Los novios fueron los primeros en dirigirse a la pista de baile, secundados por un fuerte aplauso. Al cabo de un rato, el señor Weasley guió hasta allí a madame Delacour, y los siguieron la señora Weasley y el padre de Fleur.

—Me gusta esa canción —comentó Luna meciéndose, y segundos más tarde se levantó y fue a la pista de baile, donde empezó a girar en el sitio con los ojos cerrados y agitando los brazos al compás de la música.

—¿Verdad que esa chica es genial? —comentó Ron sonriendo con admiración—. Siempre tan lanzada.

Pero la sonrisa se le borró rápidamente, porque Viktor Krum acababa de sentarse en la silla de Luna. Hermione se turbó un poco, aunque esta vez Krum no había ido a dedicarle halagos. Con el entrecejo fruncido, el muchacho preguntó:

—¿Quién es ese hombre que va de amarillo chillón?

—Xenophilius Lovegood, el padre de una amiga nuestra —contestó Ron con tono cortante, indicando que no estaban dispuestos a burlarse del personaje, pese a la clara incitación de Krum—. Vamos a bailar —le dijo con brusquedad a Hermione.

Ella se sorprendió, pero asintió complacida y se levantó. La pareja no tardó en perderse de vista en la abarrotada pista de baile.

—¿Salen juntos? —preguntó Krum.

—Pues... más o menos —respondió Harry.

—¿Quién eres tú?

—Barny Weasley.

Se estrecharon la mano.

—Oye, Barny, ¿conoces bien a ese tal Lovegood?

—No, acabo de conocerlo. ¿Por qué?

Krum miró por encima de su vaso a Xenophilius, que charlaba con unos magos al otro lado de la pista.

—Porque, si no me hubiera invitado Fleur, lo retaría a duelo ahora mismo por llevar ese repugnante símbolo colgado del cuello.

—¿Repugnante símbolo? —se extrañó Harry mirando también a Lovegood. Aquel extraño ojo triangular le brillaba sobre el pecho—. ¿Por qué? ¿Qué significa?

—Tiene que ver con Grindelwald. ¡Es el símbolo de Grindelwald!

—¿Te refieres al mago tenebroso que fue derrotado por Dumbledore?

—Exacto; ese mismo. —Krum movía la mandíbula como si mascara chicle. Añadió—: Grindelwald mató a mucha gente, ¿sabes? A mi abuelo, por ejemplo. Aunque ya sé que nunca tuvo mucho poder en este país; dicen que le temía a

Dumbledore, y con razón, en vista de cómo terminó. Pero eso... —Apuntó con un dedo a Xenophilius—. Ése es su símbolo, lo he reconocido al instante. Grindelwald lo grabó en una pared de Durmstrang cuando estudiaba allí. Algunos idiotas lo copiaron en sus libros y su ropa; querían impresionar, darse aires... Hasta que un grupo de los que habíamos perdido a algún familiar a manos de ese individuo les dimos una lección.

Krum hizo crujir los nudillos amenazadoramente y fulminó con la mirada a Lovegood. Harry estaba perplejo. Parecía muy improbable que el padre de Luna fuera partidario de las artes oscuras, y que nadie más de los que se encontraban en la carpa hubiera reconocido aquella figura triangular que recordaba la forma de una runa.

—¿Estás seguro de que es el símbolo de...?

—No me equivoco —afirmó Krum con frialdad—. Pasé por delante de ese símbolo muchos años; lo conozco muy bien.

—Bueno, es posible que Xenophilius no conozca su significado —aventuró Harry—. Los Lovegood son un poco... raros. No me extrañaría que lo hubiera encontrado por ahí y creyera que se trata del corte transversal de la cabeza de un snorkack de cuernos arrugados, o vete tú a saber qué.

—¿Un corte transversal de qué?

—Yo no sé qué son, pero al parecer, él y su hija fueron de vacaciones en busca de... —Harry reparó en que no estaba trazando un perfil muy positivo de Luna y su padre—. Mira, es ésa —añadió señalando a la chica, que seguía bailando sola, agitando los brazos como si intentara ahuyentar moscas.

—¿Por qué hace eso?

—Creo que trata de deshacerse de un torposoplo —contestó Harry, que había reconocido los síntomas.

Krum pareció sospechar que Harry se estaba burlando de él. Entonces sacó su varita mágica de la túnica y se dio unos golpecitos amenazadores en el muslo; del extremo de la varita salieron chispas.

—¡Gregorovitch! —exclamó Harry emocionado, y sobresaltó a Viktor. Al ver la varita de éste se había acordado del momento en que Ollivander la tomó y la examinó con detenimiento, antes del Torneo de los Tres Magos.

—¿Qué pasa con ese hombre? —preguntó Viktor con recelo.

—¡Es un fabricante de varitas!

—Eso ya lo sé.

—¡Es quien confeccionó la tuya! Por eso pensé... el quidditch...

—¿Cómo sabes que Gregorovitch hizo mi varita? —Cada vez desconfiaba más.

—Pues... creo que lo leí en algún sitio. En... en una revista de tus admiradoras —improvisó Harry, y Viktor se aplacó un poco.

—No recuerdo haber hablado de eso con mis admiradoras.

—Oye, ¿dónde vive Gregorovitch ahora?

El otro puso cara de desconcierto y replicó:

—Se retiró hace años. Fui de los últimos que le compró una varita. Son las mejores, aunque ya sé que ustedes los británicos tienen muy bien considerado a Ollivander.

Harry no contestó y fingió observar a los bailarines, igual que Krum, aunque en realidad estaba sumido en sus pensamientos. Conque Voldemort buscaba a un célebre fabricante de varitas... No tuvo que devanarse mucho los sesos para encontrar la razón: seguramente se debía al comportamiento de su varita la noche en que Voldemort lo había perseguido por el cielo. La varita de acebo y pluma de fénix había vencido a la varita prestada, algo que Ollivander no había previsto ni sabido explicar. ¿Encontraría Gregorovitch otra solución? ¿Sería verdad que era más experto que Ollivander y conocía secretos sobre las varitas que éste ignoraba?

—Esa chica es muy guapa —comentó Krum, sacando de su ensimismamiento a Harry. Señalaba a Ginny, que acababa de acercarse a Luna—. ¿También es pariente tuya?

—Sí —contestó Harry con irritación—. Y sale con un chico. Un tipo muy celoso, por cierto. Y grandote. No te aconsejo que lo provoques.

Krum soltó un gruñido.

—¿Qué gracia tiene ser un jugador internacional de quidditch —dijo vaciando su vaso y poniéndose en pie— si todas las chicas guapas ya tienen novio?

Y se alejó a grandes zancadas. Harry tomó un bocadillo de la bandeja de un camarero que pasaba y bordeó la concurrida pista de baile. Quería encontrar a Ron para contarle lo de Gregorovitch, pero su amigo estaba bailando con Hermione en el centro de la pista. Harry se apoyó contra una columna dorada y se dedicó a observar a Ginny, que bailaba con Lee Jordan, el amigo de George y Fred, tratando de no arrepentirse de la promesa hecha a Ron.

Era la primera vez que el muchacho iba a una boda, de modo que no podía juzgar en qué se diferenciaban las celebraciones de los magos de las de los muggles, aunque estaba convencido de que en las de éstos no había pasteles nupciales coronados con dos aves fénix en miniatura, que echaban a volar cuando cortaban el pastel, ni botellas de champán que flotaban entre los invitados sin que nadie las sujetara. A medida que anochecía y se veían palomillas revoloteando bajo el toldo, iluminado ahora con flotantes farolillos dorados, el jolgorio se fue descontrolando. Ya hacía rato que Fred y George habían desaparecido en la oscuridad con un par de primas de Fleur; por su parte, Charlie, Hagrid y un mago rechoncho que lucía un sombrerito morado cantaban *Odo el héroe* en un rincón.

Harry deambuló entre el gentío para huir de un tío de Ron, que estaba borracho y dudaba si él era su hijo o no, y se fijó en un anciano mago sentado solo a una mesa: una nube de cabello blanco le confería el aspecto de una flor de diente de león, mientras que un apolillado fez le coronaba la cabeza. Aquel individuo le resultó vagamente familiar; se estrujó los sesos y, de pronto, cayó en la cuenta de que era Elphias Doge, miembro de la Orden del Fénix y autor de la nota necrológica de Dumbledore.

Harry se acercó a él y le dijo:

—¿Puedo sentarme?

—Por supuesto, muchacho —repuso Doge con su voz aguda y entrecortada.

Una vez se hubo sentado, Harry se inclinó hacia el mago y le susurró:

—Señor Doge, soy Harry Potter.

Doge sofocó un grito y exclamó:

—¡Hijo mío! Arthur me ha dicho que estabas aquí, disfrazado. ¡Cuánto me alegro! ¡Es un honor! —Entusiasmado, Doge se apresuró a servirle una copa de champán—. Quería escribirte —añadió en voz baja—. Después de lo de Dumbledore... ¡Qué conmoción! Y para ti debió de ser... —Los ojillos se le anegaron en lágrimas.

—Vi la nota necrológica que escribió para *El Profeta* —repuso Harry—. No sabía que conociera usted tan bien al profesor Dumbledore.

—Mejor que nadie —replicó Doge enjugándose las lágrimas con una servilleta—. Al menos, era el que lo conocía desde hacía más tiempo, dejando de lado a Aberforth. Y, no sé por qué, la gente suele dejar de lado a Aberforth.

—Hablando de *El Profeta*... No sé si vio usted, señor Doge...

—¡Llámame Elphias, por favor!

—Está bien, Elphias. No sé si leyó usted su entrevista con Rita Skeeter sobre Dumbledore.

Doge enrojeció de rabia.

—Sí, Harry, la leí. Esa mujer (aunque sería más acertado decir ese buitre) no dejó de acosarme hasta que accedí a su entrevista. Me avergüenza reconocer que fui muy grosero con ella; le dije que era una arpía y una entrometida, y, como quizá hayas comprobado, eso la animó a poner en entredicho mi cordura.

—Ya. En esa entrevista Rita Skeeter insinuaba que, en su juventud, el profesor Dumbledore anduvo metido en las artes oscuras.

—¡No te creas ni una palabra de esa mujer! ¡Ni una sola, Harry! ¡No permitas que empañe tu recuerdo de Albus!

El chico observó el serio y afligido semblante del mago y en lugar de tranquilizarse se sintió frustrado. ¿Acaso aquel hombre creía que eso era tan fácil o que a él le resultaba sencillo no dar crédito a semejantes acusaciones? ¿Tal vez no entendía que él necesitaba estar seguro y saberlo todo?

Doge pareció adivinarle los sentimientos, porque puso cara de preocupación y se apresuró a añadir:

—Harry, Rita Skeeter es una espantosa...

Pero lo interrumpió una estridente risa:

—¿Has mencionado a Rita Skeeter? ¡Ah, me encanta! ¡Leo todos sus artículos!

Harry y Doge volvieron la cabeza y vieron a tía Muriel plantada ante ellos, con una copa de champán en la mano y las plumas del sombrero revoloteando.

—¿Saben que ha escrito un libro sobre Dumbledore?

—Hola, Muriel —la saludó Doge—. Sí, precisamente estábamos hablando...

—¡Oye, tú! ¡Cédeme tu silla; tengo ciento siete años!

Otro primo pelirrojo de los Weasley se levantó de un brinco de la silla, alarmado; tía Muriel le dio la vuelta con sorprendente vigor y se sentó en ella, entre Doge y Harry.

—Hola otra vez, Barry, o comoquiera que te llames —le dijo a Harry—. A ver, ¿qué estabas diciendo de Rita Skeeter, Elphias? ¿Sabes que ha escrito una biografía de Dumbledore? Estoy impaciente por leerla; a ver si me acuerdo de encargarla en Flourish y Blotts.

Ante semejante comentario, Doge se puso tenso y muy serio, pero tía Muriel se limitó a vaciar su copa de un trago y chasquear los huesudos dedos para que un camarero que pasaba le sirviera otra. Bebió un nuevo trago de champán, eructó y dijo:

—¡No hace falta que me miren como dos ranas disecadas! Antes de que se convirtiera en una persona tan decente, tan respetada y tal, circulaban ciertos rumores extraños sobre Albus.

—Chismes no contrastados —aseguró Doge, y volvió a enrojecer como un tomate.

—No me extraña que digas eso, Elphias —repuso tía Muriel riendo socarronamente—. Ya vi cómo esquivabas los temas peliagudos en esa nota necrológica que escribiste.

—Lamento que pienses así —se defendió el mago, todavía con más frialdad—. Te aseguro que la escribí con el corazón.

—Sí, todos sabemos que lo adorabas. Apuesto a que seguirás pensando que era un santo, aunque resulte que es verdad que mató a su hermana, la squib.

—¡Muriel! —exclamó Doge.

Un frío que no tenía nada que ver con el champán helado estaba invadiendo el pecho de Harry.

—¿Qué quiere decir? —le preguntó a Muriel—. ¿Quién opinaba que su hermana era una squib? Yo creía que estaba enferma.

—Pues andabas equivocado, Barry —afirmó ella, encantada con el efecto logrado—. Además, ¿qué vas a saber tú de toda esa historia? Sucedió muchos años antes de que nacieras, querido, y la verdad es que los que entonces vivíamos nunca llegamos a averiguar qué pasó en realidad. Por eso estoy deseando saber qué ha descubierto Skeeter. ¡Dumbledore mantuvo silencio sobre su hermana mucho tiempo!

—¡Falso! —farfulló Doge—. ¡Absolutamente falso!

—Nunca me dijo que su hermana fuera una squib —murmuró Harry sin darse cuenta; todavía tenía el frío metido en el cuerpo.

—¿Y por qué diantre iba a decírtelo? —chilló Muriel oscilando un poco en la silla mientras intentaba enfocar a Harry.

—La razón por la que Albus nunca hablaba de Ariana —terció Elphias con voz emocionada— es, creo yo, evidente: su muerte lo dejó tan destrozado que...

—Pero ¿por qué nadie la vio jamás, Elphias? —le espetó Muriel—. ¿Por qué la mayoría de nosotros ni siquiera conocía su existencia hasta que sacaron su ataúd de la casa y celebraron un funeral por ella? ¿Dónde se hallaba el venerable Albus mientras Ariana se consumía encerrada en ese sótano? ¡Pues estaba luciéndose en Hogwarts, y nunca le importó lo que sucedía en su propia casa!

—¿Cómo que encerrada en un sótano? —preguntó Harry—. ¿Qué significa todo esto?

Doge estaba consternado. Tía Muriel volvió a soltar una estridente risotada y contestó:

—La madre de Dumbledore era una mujer temible, sencillamente temible; hija de muggles, aunque creo que ella pretendía no serlo...

—¡Nunca pretendió nada parecido! Kendra era una buena mujer —susurró Doge con tristeza, pero tía Muriel no le hizo caso.

—... orgullosa y muy dominante, la clase de bruja que se habría avergonzado de haber dado a luz a una squib...

—¡Ariana no era una squib! —resolló Doge.

—Eso lo dices tú, Elphias, pero entonces explícame por qué nunca fue a Hogwarts. —Y se volvió hacia Harry—: En aquella época, a los squibs se los escondía. Pero llevar las cosas al extremo de encarcelar a una niñita en casa y hacer como si no existiera...

—¡Te digo que eso no ocurrió así! —insistió Doge, pero la anciana continuó como una aplanadora, dirigiéndose a Harry.

—Enviaban a los squibs a colegios de muggles y los animaban a integrarse en su comunidad. Esa solución era mucho más altruista que intentar buscarles un lugar en el mundo mágico, donde siempre habrían sido individuos de segunda clase; pero, como es lógico, Kendra Dumbledore jamás habría enviado a su hija a un colegio de muggles...

—¡Ariana estaba delicada! —la interrumpió Doge a la desesperada—. Su mala salud nunca le permitió...

—¿Nunca le permitió salir de casa? —soltó Muriel con sorna—. Sin embargo, nunca la llevaron a San Mungo, ni le pidieron a ningún sanador que la visitara.

—¿Cómo puedes saber tú, Muriel, si...?

—Por si no lo sabías, Elphias, mi primo Lancelot era sanador de San Mungo en esa época, y le dijo a mi familia (en la más estricta confidencialidad) que nunca habían visto a Ariana por allí. ¡Lancelot consideraba que todo era muy, pero que muy sospechoso!

Doge estaba al borde del llanto. Tía Muriel, que por lo visto estaba disfrutando de lo lindo, chasqueó otra vez los dedos para que le sirvieran más champán. Escuchando como un atontado, Harry pensó en los Dursley, que lo habían recluido, encerrado y mantenido en secreto por el único delito de ser mago. ¿Había sufrido la hermana de Dumbledore el mismo destino pero al revés: la habían encerrado por no ser capaz de hacer magia? ¿Y de verdad la había abandonado Dumbledore a su suerte mientras él se iba a Hogwarts para demostrar lo brillante y genial que era?

—Mira, si Kendra no hubiera muerto primero —continuó Muriel—, habría pensado que fue ella la que acabó con Ariana...

—¿Cómo puedes decir eso, Muriel? —gimió Doge—. ¿Cómo puedes acusar a una madre de matar a su propia hija? ¡Piensa en lo que estás diciendo!

—Si la madre en cuestión fue capaz de encarcelar a su hija años y años, ¿por qué no? —aventuró encogiéndose de hombros—. Pero, como digo, eso no puede ser, porque Kendra murió antes que Ariana. De qué, nunca se supo, por cierto...

—¡Ah, la mató Ariana, sin duda! —se burló Doge con valentía—. ¿Por qué no?

—Sí, es posible que Ariana, desesperada, decidiera escapar y que matara a Kendra en el intento —musitó la anciana, pensativa—. ¡Niégalo cuanto quieras, Elphias! Tú estuviste en el funeral de Ariana, ¿verdad?

—Sí, estuve allí —confirmó Doge con labios temblorosos—. Y no recuerdo otra ocasión más triste. Albus tenía el corazón destrozado.

—Mmm... No sólo el corazón. ¿Aberforth no le rompió la nariz en plena ceremonia?

Hasta ese momento, la expresión de Doge había sido de consternación, pero de pronto reflejó verdadero horror, como si Muriel lo hubiera apuñalado. La bruja soltó una risa socarrona y bebió otro sorbo de champán, que le chorreó por la barbilla.

—¿Cómo te atreves...? —dijo Doge con voz ronca.

—Mi madre era amiga de Bathilda Bagshot —explicó tía Muriel alegremente—, y ésta se lo contó todo mientras yo escuchaba detrás de la puerta. ¡Una pelea al borde mismo de la tumba! Según Bathilda, Aberforth acusó a Albus de ser el culpable de la muerte de Ariana, y le dio un puñetazo en la cara. Y también según Bathilda, Dumbledore ni siquiera se defendió, lo cual me extraña mucho, porque habría podido matar a su hermano en un duelo aunque hubiera tenido las manos atadas a la espalda.

Muriel siguió bebiendo champán. Daba la impresión de que ir desgranando esos viejos escándalos le divertía en la misma medida en que horrorizaba a Doge. Harry no sabía qué pensar ni qué creer; quería conocer la verdad, pero Doge se limitaba a permanecer allí sentado y gimotear que Ariana estaba enferma. El chico se resistía a admitir que Dumbledore no interviniera si semejante crueldad hubiera estado cometiéndose en su propia casa, pero, aun así, no cabía duda de que en esa historia había algo extraño.

—Y te diré otra cosa —prosiguió Muriel, hipando un poco al dejar la copa en la mesa—: creo que Bathilda le descubrió el pastel a Rita Skeeter, porque todas las insinuaciones de ésta en la entrevista acerca de una fuente de información importante y próxima a los Dumbledore... ¡Precisamente Bathilda estuvo allí mientras ocurría todo eso, así que no me extrañaría!

—¡Bathilda jamás hablaría con Rita Skeeter! —susurró Doge.

—¿Se refieren a Bathilda Bagshot, la autora de *Historia de la magia*? —preguntó Harry. Ese nombre aparecía en la tapa de uno de sus libros de texto, aunque bien es verdad que no le había prestado demasiada atención.

—En efecto, muchacho —afirmó Doge aferrándose a su pregunta como a un clavo ardiendo—. Una historiadora de la magia de gran talento y vieja amiga de Albus.

—He oído decir que ya chochea —aseguró tía Muriel con desparpajo.

—¡Si así fuera, sería todavía más deshonroso por parte de Skeeter haberse aprovechado de ella, y no se podría confiar en nada de lo que hubiera dicho la pobre mujer!

—Bueno, existen maneras de rescatar los recuerdos, y estoy segura de que Rita Skeeter las conoce todas. Pero, aunque Bathilda esté loquita del todo, también estoy segura de que todavía conserva fotografías, quizá incluso cartas. Conocía bien a los Dumbledore. Yo diría que valía la pena hacer el viaje hasta Godric's Hollow.

Harry, que estaba bebiendo un sorbo de cerveza de mantequilla, se atragantó. Doge le dio unas palmadas en la espalda mientras el chico tosía, mirando a tía Muriel con ojos llorosos. Cuando recuperó la voz, preguntó:

—¿Bathilda Bagshot vive en Godric's Hollow?

—¡Sí, claro! ¡Lleva allí una eternidad! Los Dumbledore se fueron a vivir a ese lugar cuando encarcelaron a Percival, y ella era su vecina.

—¿Los Dumbledore vivían en Godric's Hollow?

—Sí, Barry, eso es lo que acabo de decir —recalcó tía Muriel con impaciencia.

Harry se sentía vacío. En seis años, Dumbledore no le había dicho ni una sola vez que ambos habían vivido y perdido a sus seres queridos en Godric's Hollow. ¿Por qué? ¿Estarían los padres de Harry enterrados cerca de la madre y la hermana del anciano profesor? ¿Habría visitado éste las tumbas de su familia, y pasado quizá al lado de las de Lily y James? Sea como fuere, jamás se lo había mencionado a Harry, jamás se había molestado en decírselo.

Y aunque el muchacho no sabría explicar —ni siquiera a sí mismo— por qué dichas cuestiones eran tan importantes, tenía la impresión de que el hecho de no haberle revelado que ese lugar y esas experiencias les eran comunes equivalía a una mentira.

Así pues, se quedó sentado con la vista al frente. No se dio cuenta de que Hermione había abandonado la pista hasta que arrastró una silla y se sentó a su lado.

—No puedo seguir bailando ni un minuto más —resopló, y se quitó un zapato para frotarse la planta del pie—. Ron ha ido a buscar más cervezas de mantequilla. Uy, qué raro; acabo de ver a Viktor darle la espalda bruscamente al padre de Luna, como si hubieran estado discutiendo. —Bajó la voz y, mirándolo a los ojos, preguntó—: ¿Te encuentras bien, Harry?

Él no sabía por dónde empezar a explicarle las novedades, pero no importó porque en ese momento una figura enorme y plateada descendió desde el toldo hasta la pista de baile. Grácil y brillante, el lince se posó con suavidad en medio de un corro de asombrados bailarines. Todos los invitados se dieron vuelta para mirarlo y los que se hallaban más cerca se quedaron petrificados en posturas absurdas. Entonces el *patronus* abrió sus fauces y habló con la fuerte, grave y pausada voz de Kingsley Shacklebolt:

—El ministerio ha caído. Scrimgeour ha muerto. Vienen hacia aquí.

9

Un sitio donde esconderse

Fueron momentos muy confusos, de una extraña lentitud. Harry y Hermione se levantaron y sacaron sus varitas mágicas. Muchos magos y brujas se iban percatando de que había pasado algo raro; algunos todavía no habían apartado la vista de donde poco antes se había esfumado el felino plateado. El silencio se propagaba en fríos círculos concéntricos desde el punto en que se había posado el *patronus*. Entonces alguien gritó y cundió el pánico.

Harry y Hermione se lanzaron hacia la atemorizada multitud. Los invitados corrían en todas direcciones y muchos se desaparecían. Los sortilegios protectores que defendían La Madriguera se habían roto.

—¡Ron! —chilló Hermione—. ¿Dónde estás, Ron?

Se abrieron paso a empujones por la pista de baile, y Harry vio que entre el gentío aparecían figuras con capa y máscara; entonces distinguió a Lupin y Tonks blandiendo sus varitas, y los oyó gritar: «*¡Protego!*», un grito que resonó por todas partes.

—¡Ron! ¡Ron! —vociferaba Hermione, casi sollozando, mientras los aterrados invitados los zarandeaban.

Harry la tomó de la mano para impedir que los separaran, y en ese instante un rayo de luz pasó zumbando por encima de sus cabezas; él no supo si se trataba de un encantamiento protector o de algo más siniestro...

De pronto apareció Ron. Tomó por el otro brazo a Hermione y Harry notó cómo ella giraba sobre sí misma; no se veía ni se oía nada: alrededor todo estaba oscuro, lo único que notaba era la mano de Hermione, que apretaba la suya, mientras los tres surcaban el espacio y el tiempo alejándose de La Madriguera, de los mortífagos que se cernían sobre ellos y quizá del propio Voldemort.

—¿Dónde estamos? —se oyó la voz de Ron.

Harry abrió los ojos. Por un instante creyó que no habían salido de la carpa, porque seguían rodeados de gente.

—En Tottenham Court Road —resolló Hermione—. Sigan caminando. Hemos de encontrar un sitio donde puedan cambiarse.

De modo que, bajo un cielo estrellado, echaron a andar —y a ratos corrieron— por una calle ancha y oscura, repleta de trasnochadores; las tiendas en ambas aceras estaban cerradas. Un autobús de dos pisos pasó rugiendo y un grupo de gente que salía de un pub miró a los tres jóvenes con extrañeza, porque Harry y Ron todavía llevaban las túnicas de gala.

—No tenemos nada que ponernos, Hermione —dijo Ron cuando una chica se echó a reír al fijarse en su atuendo.

—¡Qué descuido no haber traído la capa invisible! —se lamentó Harry—. El año pasado la llevaba siempre conmigo, y...

—Tranquilo, tengo tu capa. Y también he traído ropa para los dos —dijo Hermione—. Procuren disimular hasta que... Sí, ahí mismo.

Los guió por una calle secundaria hasta un oscuro callejón.

—Dices que tienes la capa y ropa, pero... —musitó Harry mirando ceñudo a Hermione, que sólo llevaba el bolsito bordado con cuentas, en el que se había puesto a rebuscar.

—Sí, sí, aquí están —afirmó ella, y para gran asombro de ambos chicos, sacó del bolsito unos pantalones vaqueros, una camiseta, unos calcetines granates y, por último, la capa invisible.

—Pero ¿cómo diantre...?

—Encantamiento de extensión indetectable —recitó Hermione—. Dificilillo, pero creo que lo he hecho bien. Bueno, el caso es que conseguí meter aquí dentro todo lo que necesitábamos. —Y le dio una pequeña sacudida al bolsito, de aspecto frágil; varios objetos pesados rodaron en su interior y se oyó un eco, como el que habría resonado en la bodega de un carguero—. ¡Ay, qué horror! Eso son los libros —musitó mirando dentro—, y los había ordenado todos por temas. Bueno... Harry, será mejor que tomes la capa invisible. Ron, date prisa y cámbiate.

—¿Cuándo has hecho todo esto? —preguntó Harry mientras Ron se quitaba la túnica.

—Ya lo conté en La Madriguera. Hacía días que tenía preparado lo imprescindible, por si había que salir huyendo. Esta mañana, después de que te cambiaras, tomé tu mochila, Harry, y la metí aquí. Tenía el presentimiento...

—Eres increíble, de verdad —se admiró Ron. Dobló su túnica y se la dio.

—Gracias —contestó ella y, esbozando una sonrisa, metió la túnica en el bolso—. ¡Por favor, Harry, ponte la capa!

Él se echó la capa invisible sobre los hombros, se tapó la cabeza y desapareció al instante. Apenas empezaba a entender qué había pasado.

—Pero los demás... toda la gente que estaba en la boda...

—Ahora no podemos preocuparnos por ellos —susurró Hermione—. Es a ti a quien buscan, Harry, y si volvemos, lo único que conseguiremos será exponerlos aún más al peligro.

—Tiene razón —coincidió Ron, sabiendo que su amigo intentaría discutir, aunque no le veía la cara—. Casi toda la Orden estaba allí; ellos se encargarán de protegerlos.

Harry asintió con la cabeza, aunque al reparar en que sus amigos no lo veían, dijo:

—Está bien, de acuerdo. —Pero pensó en Ginny, y el miedo le borboteó como un ácido en el estómago.

—¡Vamos! Debemos ponernos en marcha —instó Hermione.

Volvieron por la calle secundaria hasta la principal, donde varios hombres cantaban y zigzagueaban por la acera de enfrente.

—Oye, sólo por curiosidad: ¿por qué hemos venido a Tottenham Court Road? —preguntó Ron a Hermione.

—Ni idea. Me vino a la cabeza, sin más, pero creí que estaríamos más seguros en el mundo de los muggles, porque aquí no se les ocurrirá buscarnos.

—Es verdad —admitió Ron mirando alrededor—, pero ¿no te sientes un poco... expuesta?

—¿Adónde quieres que vayamos, pues? —replicó Hermione, e hizo una mueca de aprensión cuando los tipos que estaban en la otra acera se pusieron a silbarle—. No alquilaremos una habitación en el Caldero Chorreante, ¿verdad?, ni nos instalaremos en Grimmauld Place, porque Snape tiene acceso a la casa. Supongo que podríamos ir a casa de mis padres, aunque cabe la posibilidad de que nos busquen ahí... ¡Ay! ¿Por qué no se callarán?

—¿Todo bien, preciosa? —vociferó el más ebrio de los individuos—. ¿Te apetece un trago? Deja al pelirrojo ése y ven a tomarte una pinta con nosotros.

—Vayamos a algún local —urgió Hermione al ver que Ron iba a contestar a los borrachos—. Mira, ahí mismo.

Era una pequeña y cochambrosa cafetería que permanecía abierta por la noche. Una fina capa de grasa cubría todas las mesas de tablero de formica, pero al menos el local estaba vacío. Harry se sentó a una mesa y Ron se quedó a su lado, enfrente de Hermione, que se sentía incómoda al estar de espaldas a la entrada, de manera que giraba la cabeza con tanta frecuencia que parecía aquejada de un tic nervioso. A Harry no le hacía ninguna gracia quedarse sentado, pues mientras andaban al menos mantenía la ilusión de tener un objetivo. Bajo la capa notó que los últimos vestigios de la poción multijugos dejaban de actuar y que sus manos recuperaban el tamaño y la forma habituales. Así que sacó las gafas del bolsillo y se las puso.

Pasados uno o dos minutos, Ron dijo:

—Pues el Caldero Chorreante no queda muy lejos. Está en Charing Cross.

—¡No podemos ir, Ron! —saltó Hermione.

—No propongo que nos quedemos allí, sólo que vayamos para enterarnos de qué está pasando.

—¡Ya sabemos qué está pasando! Voldemort se ha apoderado del ministerio, ¿qué más necesitamos que nos digan?

—¡Está bien, olvídalo! Sólo era una idea.

Volvieron a sumirse en un incómodo silencio. La camarera, que mascaba chicle sin parar, se acercó a la mesa y Hermione pidió dos capuchinos; como Harry era invisible, habría resultado extraño pedir tres. Un par de fornidos obreros entraron en la cafetería y se sentaron a la mesa de al lado. Hermione bajó la voz y dijo:

—Propongo que busquemos un sitio tranquilo donde desaparecernos y nos vayamos al campo. Entonces podremos enviarle un mensaje a la Orden.

—Pero ¿tú sabes hacer eso del *patronus* que habla? —preguntó Ron.

—He estado practicando y creo que sí —respondió Hermione.

—Bueno, mientras eso no les cause problemas... Aunque quizá ya los hayan detenido. Ostras, esto es asqueroso —masculló Ron tras beber un sorbo de aquel café espumoso y grisáceo.

La camarera, que lo oyó, le lanzó una mirada de reprobación y fue a atender la otra mesa, pero el obrero más corpulento —rubio y muy musculoso— le hizo un ademán para que se marchara. La camarera se quedó mirándolo fijamente, ofendida.

—¿Por qué no nos vamos? No quiero beberme esta porquería —dijo Ron—. ¿Tienes dinero muggle para pagar, Hermione?

—Sí, tomé todos mis ahorros antes de ir a La Madriguera. Supongo que las monedas estarán en el fondo. —Y metió una mano en su bolsito de cuentas.

Entonces, los dos obreros hicieron el mismo movimiento a la vez, y Harry los imitó sin darse cuenta. Un instante después, los tres enarbolaban sus varitas mágicas. Ron, que tardó unos segundos en comprender qué estaba ocurriendo, se lanzó por encima de la mesa y, de un empujón, tumbó a Hermione en el banco donde se sentaba. La potencia de los hechizos de los mortífagos destrozó la pared alicatada en el mismo punto en que un momento antes se hallaba la cabeza de Ron, y Harry, todavía invisible, chilló:

—¡*Desmaius*!

Un gran chorro de luz roja golpeó en la cara al mortífago rubio, que se desplomó inconsciente. Su compañero, sin saber quién lanzaba el hechizo, disparó contra Ron: unas relucientes cuerdas negras salieron de la punta de su varita y maniataron al chico de pies a cabeza. La camarera gritó y echó a correr hacia la puerta. Entonces Harry le lanzó el mismo hechizo aturdidor a aquel mortífago de cara deforme, pero no apuntó bien y el hechizo rebotó en la ventana, dándole a la camarera, que cayó al suelo delante de la puerta.

—¡*Expulso!* —bramó el mortífago, y la mesa que había detrás de Harry saltó por los aires. La onda expansiva lanzó al chico contra la pared, y notó cómo la varita se le iba de la mano al mismo tiempo que se le resbalaba la capa.

—¡*Petrificus totalus!* —gritó Hermione, escondida en un rincón, y el mortífago cayó hacia delante como una estatua derribada, dando un fuerte golpe sobre el revoltijo de porcelana rota, madera y café. La muchacha salió arrastrándose de debajo del banco, sacudiéndose trocitos de un cenicero de cristal del pelo y temblando de pies a cabeza—. ¡*Di... diffindo!* —balbuceó apuntando con la varita a Ron, que aulló de dolor cuando ella le provocó un corte en la rodilla—. ¡Ay! ¡Perdona, Ron! Es que me tiembla la mano. ¡*Diffindo!*

Las cuerdas, una vez cortadas, se desprendieron. Ron se levantó y agitó los brazos para recobrar la sensibilidad. Harry recogió su varita y se abrió paso entre aquel estropicio hasta donde yacía el mortífago rubio y corpulento, tendido sobre el banco.

—Debí haberlo reconocido; estaba en el castillo la noche en que murió Dumbledore —comentó, y acto seguido le dio la vuelta al otro con el pie; el mortífago miró con nerviosismo a los tres.

—Éste es Dolohov —dijo Ron—. Vi su fotografía en unos antiguos carteles de busca y captura que difundió el ministerio. Creo que el otro es Thorfinn Rowle.

—¡Qué más da cómo se llamen! —chilló Hermione—. Lo que importa es cómo nos han encontrado y qué vamos a hacer ahora.

Curiosamente, el pánico de la chica le despejó la cabeza a Harry.

—Echa el cerrojo de la puerta —ordenó—. Y tú, Ron, apaga las luces.

Sin dejar de pensar a toda prisa, Harry miró al paralizado Dolohov mientras Hermione cerraba la puerta y Ron utilizaba el desiluminador para dejar la cafetería a oscuras. En la calle, oyó a los hombres que poco antes se habían metido con Hermione, ahora molestando a otra chica.

—¿Qué hacemos con ellos? —le susurró Ron en la oscuridad y, bajando más la voz, agregó—: ¿Matarlos? Ellos nos matarían si pudieran; casi lo consiguen.

Estremeciéndose, Hermione dio un paso atrás y Harry negó con la cabeza.

—Les borraremos la memoria —decidió—. Eso es lo mejor; así nos perderán el rastro. Si los matamos, quedará claro que hemos estado aquí.

—Tú mandas —aceptó Ron con alivio—. Pero yo nunca he hecho un encantamiento desmemorizante.

—Yo tampoco —terció Hermione—, pero sé la teoría. —Inspiró hondo para tranquilizarse, apuntó a la frente de Dolohov con la varita y dijo—: *¡Obliviate!*

En el acto, Dolohov se quedó como atontado, sin poder enfocar la mirada.

—¡Fantástico! —exclamó Harry, y palmeó en la espalda a su amiga—. Ocúpate del otro y de la camarera mientras Ron y yo arreglamos un poco todo esto.

—¿Arreglar, dices? —se extrañó Ron mirando alrededor. La cafetería había quedado parcialmente destrozada—. ¿Por qué?

¿No crees que si al despertar se encuentran en un local donde parece haber caído una bomba se preguntarán qué ha pasado?

—¡Ah! Sí, claro. —Tuvo dificultades para sacar la varita mágica del bolsillo—. No me extraña que me cueste tanto, Hermione. Metiste mis pantalones vaqueros viejos en el bolso. ¡Me aprietan mucho!

—Vaya, lo siento —se disculpó ella, y mientras arrastraba a la camarera lejos de las ventanas, Harry la oyó murmurar una sugerencia de dónde podía meterse Ron la varita.

Una vez que la cafetería hubo recuperado su aspecto habitual, los tres amigos pusieron a los mortífagos en la mesa donde se habían sentado al entrar, uno frente al otro.

—¿Cómo nos habrán encontrado? —preguntó Hermione contemplando a los dos individuos inconscientes—. ¿Quién les dijo que estábamos aquí? —Y mirando a Harry, añadió—: No será que todavía llevas el Detector, ¿verdad?

—No, no puede ser —intervino Ron—. El Detector se desactiva cuando cumples diecisiete años. Lo prescribe la ley mágica: no se lo pueden poner a un adulto.

—No que tú sepas —replicó Hermione—. ¿Y si los mortífagos han encontrado la manera de ponérselo a alguien aunque sea mayor de edad?

—Pero Harry no se ha acercado a ningún mortífago en las últimas veinticuatro horas. ¿Quién podría haberle reactivado el Detector?

Hermione no contestó. Harry se sentía contaminado, mancillado... ¿Y si en efecto los mortífagos los habían encontrado mediante esa argucia?

—Si yo no puedo emplear la magia, y ustedes tampoco si están cerca de mí, sin que delatemos nuestra posición... —musitó.

—¡No vamos a separarnos! —le espetó Hermione.

—Necesitamos un sitio seguro donde escondernos —dijo Ron—. Déjanos pensar.

—Grimmauld Place —propuso Harry.

Los otros dos lo miraron boquiabiertos.

—¡No seas tonto, Harry! ¡Snape puede entrar ahí!

—El padre de Ron dijo que han hecho embrujos contra Snape. Y aunque haya logrado burlarlos —insistió, vista la vehemencia con que Hermione había rechazado su propuesta—, ¿qué importa? ¡Juro que me encantaría encontrármelo!

—Pero...

—¿De qué otro sitio disponemos, Hermione? Es nuestra mejor alternativa. Snape sólo es un mortífago, pero si todavía llevo el Detector, montones de esos indeseables nos perseguirán allá donde vayamos.

Hermione no pudo rebatir tales argumentos, aunque le habría gustado hacerlo. Mientras ella descorría el cerrojo de la puerta de la cafetería, Ron accionó el desiluminador para volver a iluminar el local. Entonces Harry contó hasta tres y anularon los hechizos que les habían hecho a sus víctimas, y antes de que la camarera o los mortífagos se recuperaran de su sopor, los tres jóvenes se sumieron de nuevo en una opresiva oscuridad. Pasados unos segundos, los pulmones de Harry se expandieron por fin. El chico abrió los ojos y vio que se hallaban de pie en medio de una placita bastante fea que le resultaba familiar. Rodeados de casas altas y descuidadas, distinguieron el número 12, porque Dumbledore —el Guardián de los Secretos— les había revelado su existencia; corrieron hacia allí comprobando cada poco que nadie los perseguía ni observaba. Subieron a toda prisa los escalones de piedra y Harry golpeó la puerta una sola vez con la varita. Enseguida oyeron una serie de sonidos metálicos y el ruido de una cadena. Entonces la puerta se abrió de par en par con un chirrido, y los tres amigos traspusieron el umbral.

Cuando Harry cerró la puerta tras ellos, las anticuadas lámparas de gas se iluminaron, arrojando una luz parpadeante en todo el largo vestíbulo. La casa continuaba tan tétrica como Harry la recordaba; había telarañas por todas partes y las cabezas de los elfos domésticos, colgadas en la pared, proyectaban extrañas sombras en la escalera. Unas largas y oscuras cortinas tapaban el retrato de la madre de Sirius, y lo único que no se mantenía en su sitio era el paragüero, con forma de pierna de trol, que estaba tumbado como si Tonks acabara de derribarlo otra vez.

—Creo que alguien ha estado aquí —susurró Hermione señalando el paragüero.

—Quizá se quedó así cuando la Orden se marchó —contestó Ron.

—¿Y dónde están esos embrujos que pusieron contra Snape? —preguntó Harry.

Quizá sólo se activan si entra él —especuló Ron.

Sin embargo, se quedaron sobre el tapete que había dentro, de espaldas a la puerta, sin atreverse a adentrarse más en la casa.

—Bueno, no podemos quedarnos aquí para siempre —decidió Harry, y avanzó un paso.

—¿Severus Snape?

La susurrante voz de *Ojoloco* Moody surgió de la oscuridad y los tres chicos retrocedieron asustados.

—¡No somos Snape! —replicó Harry con voz ronca, y de pronto una especie de corriente de aire le pasó zumbando por encima de la cabeza y la lengua se le enrolló, impidiéndole hablar. Pero ni siquiera tuvo tiempo de tocarse la boca para ver qué le estaba ocurriendo, pues al punto la lengua se le desenrolló.

Los otros dos parecían haber experimentado lo mismo y, mientras Ron daba arcadas, Hermione balbuceó:

—¡Eso ha de... debido de ser la ma... maldición lengua atada que Ojoloco puso contra Snape!

Harry dio otro paso cauteloso y algo se movió en la oscuridad al fondo del vestíbulo. Antes de que alguno de los tres pudiera decir algo, una figura alta, grisácea y terrible surgió de la alfombra. Hermione dio un chillido y la señora Black la imitó al abrirse las cortinas que tapaban su retrato. La figura gris —de rostro descarnado, mejillas hundidas y cuencas vacías— se deslizaba hacia ellos, cada vez más deprisa, con la larga cabellera y la barba flotándole hacia atrás. Era un rostro espantosamente familiar, aunque alterado de forma grotesca. La criatura levantó un consumido brazo y señaló a Harry.

—¡No! —gritó el chico pero, aunque levantó la varita, no se le ocurrió ningún hechizo—. ¡No, no! ¡No fuimos nosotros! ¡Nosotros no lo matamos!

Al pronunciar la palabra «matamos», la figura estalló formando una gran nube de polvo. Harry, tosiendo y con los ojos llorosos, miró alrededor y vio a Hermione acurrucada en el suelo, junto a la puerta, cubriéndose la cabeza con los brazos, y a Ron, que temblaba de pies a cabeza, dándole unas palmaditas en el hombro mientras le decía:

—No pasa na... nada, ya se ha i... ido.

El polvo se arremolinó alrededor de Harry como una neblina, atrapando la luz azulada de la lámpara de gas, mientras la señora Black seguía chillando:

—¡Sangre sucia, inmundicia, manchas de deshonra mancillando la casa de mis padres...!

—¡CÁLLESE! —bramó Harry apuntando al cuadro con la varita. Tras un fogonazo y una lluvia de chispas rojas, las cortinas volvieron a cerrarse y silenciaron a la señora Black.

—Pero si era... era... —gimoteó Hermione mientras Ron la ayudaba a levantarse.

—Sí —afirmó Harry—, pero no era él. Sólo se trataba de un truco para asustar a Snape.

«¿Habría funcionado —se preguntó Harry—, o Snape habría destruido aquella horrorosa figura con la misma facilidad con que había matado al Dumbledore auténtico?»

Todavía notaba un cosquilleo de nerviosismo cuando echó a andar por el pasillo precediendo a sus dos amigos, preparado por si aparecía otra figura aterradora; pero no se movió nada, excepto un ratón que correteó por el zócalo.

—Antes de continuar, creo que tendríamos que asegurarnos —susurró Hermione, de modo que levantó su varita y dijo—: *¡Homenum revelio!*

No pasó nada.

—Bueno, ten en cuenta que acabas de llevarte un susto de muerte —observó Ron, amable—. ¿Qué se supone que tenía que demostrar ese hechizo?

—¡Ha hecho precisamente lo que yo pretendía! —refunfuñó Hermione—. ¡Es un hechizo para revelar la presencia de humanos, y aquí sólo estamos nosotros!

—Nosotros... y el apolillado ése —soltó Ron, y le echó un vistazo a la parte de la alfombra de donde había salido aquella figura con apariencia de cadáver.

—Subamos —sugirió Hermione mirando con aprensión la alfombra, y empezó a subir la rechinante escalera que llevaba al salón del primer piso.

La joven sacudió su varita para encender las viejas lámparas de gas, y luego, temblando ligeramente a causa del frío que hacía en la estancia, se sentó en el borde del sofá y se abrazó el cuerpo. Ron fue hasta la ventana y apartó un poco la pesada cortina de terciopelo.

—Ahí fuera no se ve a nadie —informó—. Y supongo que si Harry todavía llevara el Detector nos habrían seguido hasta aquí. Ya sé que no pueden entrar en la casa, pero... ¿Qué sucede, Harry?

Éste acababa de proferir un grito de dolor al sentir una nueva punzada en la cicatriz, así como un fugaz destello que le cruzó la cabeza, semejante a la brillante luz de un faro iluminando el agua. Percibió una gran sombra y notó que una ira ajena palpitaba en su interior, violenta y breve como una descarga eléctrica.

—¿Qué era? —preguntó Ron acercándosele—. ¿Lo has visto en mi casa?

—No; sólo he sentido su cólera. Está furioso...

—Pero podría estar en La Madriguera —insistió Ron, preocupado— ¿Y qué más? ¿No has visto nada? ¿Has visto si atacaba a alguien?

—No, no; sólo he notado la rabia que siente. No sabría decir... —Harry estaba fastidiado y confuso, y Hermione no lo ayudó mucho cuando dijo con voz de susto:

—¿Otra vez la cicatriz? Pero ¿qué está pasando? ¡Creía que esa conexión se había cerrado!

—Se cerró algún tiempo —masculló Harry; todavía le dolía y eso le impedía concentrarse—. Creo que... que se abre otra vez cuando él pierde el control. Así fue como...

—¡Pues tienes que cerrar la mente! —chilló Hermione, histérica—. ¡Dumbledore no quería que usaras esa conexión, quería que la cerraras, por eso te hizo estudiar Oclumancia! ¡Si no, Voldemort puede ponerte imágenes falsas en la mente, acuérdate...!

—Sí, me acuerdo, gracias —masculló Harry; no necesitaba que le recordara que en cierta ocasión Voldemort había utilizado la conexión entre ellos para conducirlo hasta una trampa, ni que eso había tenido como resultado la muerte de Sirius. Se arrepentía de haberles contado a sus amigos lo que había visto y sentido, porque esas experiencias hacían que Voldemort pareciera más amenazador, como si estuviera detrás de una ventana con la cara pegada al cristal; sin embargo, el dolor de la cicatriz aumentaba y él no sabía cómo combatirlo. Era como resistirse a la necesidad de vomitar.

Dio la espalda a sus amigos fingiendo que examinaba el viejo tapiz del árbol genealógico de la familia Black, colgado en la pared. Pero de pronto Hermione soltó un chillido. Harry sacó rápidamente su varita mágica y al volverse vio un *patronus* plateado que entraba volando por la ventana del salón y se posaba en el suelo delante de ellos, donde se solidificó y adoptó la forma de la comadreja que hablaba con la voz del padre de Ron.

—Familia a salvo, no contesten, nos vigilan.

Acto seguido, el *patronus* se disolvió por completo. Ron emitió un sonido entre gimoteo y gruñido y se dejó caer en el sofá; Hermione se sentó a su lado y le tomó un brazo.

—¡Tranquilo, Ron, están bien! —susurró, y él la abrazó, casi riendo de alivio.

—Harry —quiso disculparse Ron por encima del hombro de Hermione—, yo...

—Tranquilo, no te preocupes —repuso Harry, mareado por el dolor de la frente—. Se trata de tu familia; es lógico que estés inquieto por ellos. A mí me pasaría lo mismo. —Pero entonces se acordó de Ginny y rectificó—: A mí me pasa lo mismo.

El dolor que le producía la cicatriz estaba alcanzando una intensidad insoportable; le ardía la frente como le había ocurrido en el jardín de La Madriguera. Oyó débilmente que Hermione decía:

—No quiero estar sola. ¿Podemos tomar los sacos de dormir que he traído y pasar la noche aquí?

Ron le dijo que sí. Harry ya no aguantaba el dolor; tenía que rendirse.

—Voy al lavabo —musitó, y salió del salón tan deprisa como pudo, aunque sin correr.

Casi no llegó a tiempo. Una vez dentro, echó el pestillo con manos temblorosas, se sujetó la palpitante cabeza y cayó al suelo. Entonces, en un estallido de agonía, sintió cómo aquella cólera que no era suya se apoderaba de su alma, y vio una habitación alargada, iluminada sólo por el fuego de una chimenea, al mortífago rubio y corpulento chillando y retorciéndose en el suelo, y a un individuo más delgado, de pie ante él y apuntándolo con la varita, y se oyó a sí mismo decir con voz aguda, fría y despiadada:

—Más, Rowle, ¿o prefieres que lo dejemos y que te entregue a *Nagini* para que te devore? Lord Voldemort no está seguro de poder perdonarte esta vez. ¿Me has llamado sólo para esto, para decirme que Harry Potter ha vuelto a escapar? Draco, demuéstrale a Rowle lo contrariados que estamos. ¡Hazlo, o descargaré mi ira sobre ti!

Un tronco rodó en la chimenea; las llamas se reavivaron y su luz iluminó un rostro aterrorizado, pálido y anguloso. Harry abrió los ojos y boqueó agitadamente, como si hubiera buceado desde gran profundidad para alcanzar la superficie.

Estaba tumbado en el frío suelo de mármol negro, con los brazos y las piernas extendidos, la nariz a sólo unos centímetros de una de las serpientes de plata que sostenían la enorme bañera. Se incorporó. El consumido y desencajado rostro de Malfoy le había quedado grabado en la retina. Le asqueó lo que acababa de ver, así como comprobar el modo en que Voldemort utilizaba a Draco.

Dio un respingo al oír unos golpes en la puerta y la voz de Hermione:

—¿Buscas tu cepillo de dientes, Harry? ¡Lo tengo yo!

—Sí, gracias —contestó procurando aparentar normalidad, y se levantó para abrir la puerta.

10

El relato de Kreacher

A la mañana siguiente, Harry despertó temprano. Había dormido en el suelo del salón, envuelto en un saco de dormir. Entre las gruesas cortinas se atisbaba un trocito de cielo —tenía ese azul frío y desvaído de la tinta diluida, ese azul de cuando ya no es noche y aún no es día— y sólo se oía la lenta y profunda respiración de Ron y Hermione. Echó un vistazo a los oscuros bultos que reposaban a su lado. Ron, en un alarde de gentileza, se había empeñado en que Hermione durmiera sobre los cojines del sofá, de modo que la silueta de ella estaba un poco más elevada que la de él; apoyaba un brazo en el suelo y sus dedos casi tocaban los de Ron. Harry se preguntó si se habrían quedado dormidos con las manos entrelazadas, y esa idea le produjo una sensación de extraña soledad.

Dirigió la mirada hacia el oscuro techo, de donde colgaba una lámpara cubierta de telarañas. Hacía menos de veinticuatro horas se hallaba en la entrada de la carpa, al sol, esperando a los invitados de la boda. Parecía que hubiera pasado una eternidad. ¿Qué más iba a suceder? Siguió tumbado en el suelo, pensando en los Horrocruxes, en la difícil y complicada misión que Dumbledore le había encomendado. Dumbledore...

La aflicción que lo embargaba desde la muerte del anciano profesor se había transformado, puesto que las acusaciones que le había oído proferir a Muriel en la boda se le habían instalado en el cerebro como células malignas, infectando los recuerdos del mago al que había idolatrado. ¿De verdad había permitido Dumbledore que ocurrieran aquellas cosas? ¿Le dio realmente la espalda a su hermana, a quien habían confinado y escondido, y consintió que la abandonaran y maltrataran, sin importarle mientras esa situación no lo afectara a él? De manera parecida había actuado su propio primo Dudley.

Luego pensó en Godric's Hollow, en las tumbas que había allí y que Dumbledore nunca había mencionado; pensó también en los misteriosos objetos que el director del colegio les había dejado en su testamento, sin dar explicaciones, y su resentimiento creció. ¿Por qué no había hecho ninguna referencia a todo eso? ¿Era cierto que a Dumbledore le importaba Harry, o sólo había sido un instrumento para limpiar y afinar, pero en el que el anciano profesor no creía y del que no se fiaba?

Harry no soportaba seguir allí tumbado dándole vueltas a esos amargos pensamientos. Necesitaba actividad, distraerse de alguna forma; así pues, apartó el saco de dormir, tomó su varita y salió con sigilo de la habitación. Al llegar al rellano susurró *«¡Lumos!»*, y subió la escalera con ayuda de la luz de la varita mágica.

En el segundo rellano se encontraba el cuarto donde habían dormido Ron y él la vez anterior. Asomó la cabeza y, al ver el armario abierto y las sábanas revueltas, se acordó de la pierna de trol derribada que había en el vestíbulo. Alguien había registrado la casa después de que la Orden la abandonara. Pero ¿quién? ¿Tal vez Snape, o quizá Mundungus, que había robado muchas cosas de esa casa antes y después de la muerte de Sirius? Desvió la mirada hacia el retrato en que a veces aparecía Phineas Nigellus Black, el tatarabuelo de Sirius, pero estaba vacío y sólo mostraba un fondo indefinido. Por lo visto, Phineas Nigellus había ido a pasar la noche al despacho del director de Hogwarts.

Siguió subiendo la escalera hasta el último rellano, donde sólo había dos puertas. En la que tenía delante había una placa que rezaba «Sirius»; nunca había entrado en el dormitorio de su padrino. Empujó la puerta y mantuvo la varita en alto para que la luz llegara lo más lejos posible.

La habitación era amplia, y en otros tiempos debía de haber sido bonita. Había una cama muy ancha con cabecera de madera labrada, una alta ventana tapada con largas cortinas de terciopelo y una araña de luces cubierta de polvo, en cuyos soportes todavía quedaban cabos de vela de los que colgaban gotas de cera reseca. Una fina capa de polvo cubría también los cuadros de las paredes y la cabecera de la cama, y una telaraña se extendía desde la lámpara hasta lo alto del gran armario. Al entrar en la habitación, oyó un correteo de ratones asustados.

Cuando todavía era un adolescente, Sirius había colgado tantos carteles y fotografías en su habitación que casi no quedaba a la vista la seda gris plateada que forraba las paredes. Harry dedujo que los padres de su padrino no habían logrado retirar el encantamiento de presencia permanente que los mantenía en la pared, porque estaba seguro de que no compartían los gustos de su hijo mayor en materia de decoración. Daba la impresión de que Sirius había hecho lo indecible para fastidiarlos. Se conservaban varios estandartes de Gryffindor, de colores escarlata y dorado ya desteñidos, con los que su padrino había querido subrayar sus diferencias con el resto de la familia, que pertenecía por entero a Slytherin. Había muchas fotografías de motocicletas muggles, y también (Harry tuvo que admirar el descaro de su padrino) varios carteles de chicas muggles en biquini; se dio cuenta de que eran muggles porque estaban quietas, con la sonrisa desvaída y los vidriosos ojos inmóviles en el papel, contrastando con la única fotografía mágica que colgaba en las paredes, en que aparecían cuatro alumnos de Hogwarts, de pie y tomados del brazo, riéndole a la cámara.

Harry experimentó una gran alegría al reconocer a su padre, cuyo alborotado cabello negro se ponía de punta en la coronilla —igual que a él—, y que también usaba gafas; a su lado, Sirius, despreocupadamente atractivo, mostraba una expresión un tanto arrogante y parecía más joven y feliz de lo que Harry lo había visto jamás en vida. A la derecha de Sirius aparecía Pettigrew, más bajo que los otros dos, rechoncho y de ojos llorosos; se notaba que estaba muy contento de que lo hubieran incluido en aquel grupo al que pertenecían James y Sirius, los más admirados rebeldes de su generación. A la izquierda de James se hallaba Lupin, que ya entonces tenía un aire desaliñado, pero que adoptaba la misma expresión de satisfacción y sorpresa por verse aceptado e integrado... ¿O acaso esas impresiones se debían a que Harry sabía lo que sabía, y por ello veía tantos detalles en la fotografía? Intentó arrancarla de la pared; al fin y al cabo, ahora era suya —su padrino se lo había dejado todo—, pero no lo consiguió. Sirius se había esforzado mucho para impedir que sus padres redecoraran la habitación.

A continuación echó un vistazo al suelo, y, como fuera ya no estaba tan oscuro, un haz de luz le permitió ver trozos de pergamino, libros y pequeños objetos esparcidos por la alfombra. Resultaba evidente que también habían registrado aquel dormitorio, aunque, por lo visto, casi todo les había parecido insignificante. Algunos libros habían sido sacudidos con suficiente fuerza para que se desprendieran las tapas, y había hojas sueltas por el suelo.

Se agachó, tomó algunos trozos de papel y los examinó. Una de las hojas correspondía a una edición antigua de *Historia de la magia*, de Bathilda Bagshot; otra, a un manual de mantenimiento de motocicletas; la tercera era una hoja manuscrita y arrugada. Harry la alisó.

Querido Canuto:
    Muchas gracias por el regalo de cumpleaños de Harry. Fue de todos el que más le gustó. Con sólo un año ya va zumbando en su escoba de juguete. ¡Se lo ve tan satisfecho! Te mando una fotografía para que lo compruebes. Imagínate, apenas levanta dos palmos del suelo y ya estuvo a punto de matar al gato y destrozó un jarrón espantoso que Petunia me envió por Navidad (lo cual no me importó nada). James cree que es un niño muy gracioso, claro; dice que será un gran jugador de quidditch, pero de momento hemos tenido que esconder todos los adornos y asegurarnos de no perderlo de vista cuando toma la escoba.
    Preparamos una merienda muy tranquila para celebrar su cumpleaños. Únicamente estuvimos nosotros y Bathilda, que siempre ha sido muy cariñosa con todos y que adora a Harry. Nos entristeció que no pudieras venir, pero la Orden es más importante, y, de cualquier forma, el niño es demasiado pequeño para saber que es su cumpleaños. James se siente un poco frustrado aquí encerrado; intenta

que no se le note, pero a mí no me engaña. Además, Dumbledore todavía conserva su capa invisible, de modo que no puede salir ni a dar una vuelta. Si pudieras visitarnos, James se animaría mucho. Gus vino el fin de semana pasado; lo encontré un poco desanimado, pero debía de ser por lo de los McKinnon (lloré toda la noche cuando me enteré).

Bathilda nos hace compañía casi todos los días. Es una ancianita maravillosa y nos cuenta unas historias asombrosas sobre Dumbledore. ¡No sé si a él le gustaría enterarse! Me cuesta creer todo lo que dice, porque parece increíble que Dumbledore...

Harry notaba las extremidades como entumecidas. Se quedó inmóvil, sujetando el fascinante pergamino con dedos inertes mientras, en su interior, una especie de serena erupción le impulsaba por las venas chorros de felicidad y dolor a partes iguales. Fue dando bandazos hasta la cama y se sentó.

Releyó la carta, pero no consiguió captar otro significado del que había asimilado la primera vez, y se quedó examinando la caligrafía. Su madre escribía la letra ge igual que él; así que buscó con ilusión cada una de las que había en la carta, semejantes a un saludo amistoso vislumbrado detrás de un velo. La carta era un tesoro increíble, una prueba de que Lily Potter había existido —de verdad—, y que su cálida mano había rozado aquella hoja de pergamino, trazando con tinta esas letras, componiendo palabras que hablaban de él, de Harry, de su hijo.

Se enjugó con impaciencia las lágrimas y volvió a releer la carta, esta vez concentrándose en su significado. Era como escuchar una voz vagamente recordada.

Tenían un gato; quizá murió, como sus padres, en Godric's Hollow... O quizá se marchó de allí porque ya no había nadie que le diera de comer... Sirius le compró su primera escoba... Sus padres conocían a Bathilda Bagshot; ¿los habría presentado Dumbledore? «Dumbledore todavía conserva su capa invisible.» Ahí había algo raro.

Se detuvo y reflexionó sobre las palabras de su madre. ¿Por qué había tomado Dumbledore la capa invisible de James? Recordaba claramente que, años atrás, el director del colegio le había dicho: «No necesito una capa para ser invisible.» Quizá la necesitaba algún miembro de la Orden con menos talento, y Dumbledore había hecho de intermediario. Siguió leyendo.

«Gus vino el fin de semana pasado...» Pettigrew, el traidor; su madre lo había encontrado «un poco desanimado»... ¿Sería porque Pettigrew sabía que estaba viendo a James y Lily vivos por última vez?

Y por último, de nuevo Bathilda, que contaba historias asombrosas sobre el director de Hogwarts: «... parece increíble que Dumbledore...».

Que Dumbledore ¿qué? Pero había muchas cosas sobre el anciano profesor que podrían haber parecido increíbles: que en una ocasión hubiera suspendido un examen de Transformaciones, por ejemplo, o que se hubiera dedicado a encantar cabras, como su hermano Aberforth...

Se levantó y recorrió el suelo con la mirada pensando que tal vez el resto de la carta estuviera por allí. Recogió algunos papeles, y los trató, debido a sus ansias, con tan poca consideración como la persona que había registrado el dormitorio. Abrió cajones, sacudió libros, se subió a una silla para pasar la mano por lo alto del armario y se agachó para mirar debajo de la cama y una butaca.

Al final, tumbado boca abajo en el suelo, debajo de la cómoda vio algo que parecía una hoja rota. Cuando la sacó de allí, resultó ser la fotografía que Lily describía en su carta: un bebé de cabello negro entraba y salía zumbando de ella, montado en una escoba diminuta y riendo a carcajadas; lo perseguían un par de piernas que debían de ser las de James. Se metió la fotografía en el bolsillo junto con la carta y siguió buscando la segunda hoja de ésta.

Sin embargo, pasado otro cuarto de hora no tuvo más remedio que aceptar que el resto de la carta ya no estaba allí. ¿Se habría perdido durante los dieciséis años transcurridos desde que su madre la escribiera, o se la había llevado quienquiera que hubiese registrado la habitación? Harry releyó la hoja que tenía, esta vez buscando algún indicio de por qué podía ser más valiosa la hoja perdida. No creía que a los mortífagos les interesara mucho una escoba de juguete, pero se le ocurrió que el valor de la misiva podía radicar en cierta información sobre Dumbledore. «Parece increíble que Dumbledore...» ¿qué?

—¿Harry, dónde estás? ¡Harry! ¡Harry!

—¡Estoy aquí! ¿Qué ocurre?

Se oyeron pasos fuera, y Hermione irrumpió en la habitación.

—¡Despertamos y no sabíamos dónde estabas! —jadeó la chica. Volvió la cabeza y gritó—: ¡Ya lo he encontrado, Ron!

La irritada voz de Ron resonó varios pisos más abajo:

—¡Me alegro! ¡Dile de mi parte que es un imbécil!

—Harry, haz el favor de no desaparecer así. ¡Nos has asustado! Pero ¿por qué has subido aquí? —Paseó la mirada por la desordenada habitación—. ¿Qué estás haciendo?

—Mira qué he encontrado. —Le mostró la carta de su madre.

Hermione la tomó y la leyó mientras él la observaba. Cuando llegó al final, lo miró y dijo:

—Vaya, Harry...

—Y también he encontrado esto. —Le enseñó la fotografía arrugada.

Ella sonrió al ver al bebé que entraba y salía montado en la escoba de juguete.

—He estado buscando el resto de la carta, pero en vano.

—¿Todo esto lo has desordenado tú, o ya estaba así? —preguntó Hermione echando una ojeada alrededor.

—No, alguien ha registrado este dormitorio antes que yo.

—Ya lo imaginaba. Todas las habitaciones a las que me he asomado están patas arriba. ¿Qué crees que buscaban?

—Si ha sido Snape, información sobre la Orden.

—Pero si él ya debía de tener toda la información que necesitaba. Formaba parte de la Orden, ¿no?

—Bueno —dijo Harry, no muy convencido—, pues entonces información sobre Dumbledore, o la segunda página de esta carta, por ejemplo. ¿Sabes quién es esa Bathilda a la que mencionaba mi madre?

—¿Quién?

—Bathilda Bagshot, la autora de...

—*Historia de la magia* —completó Hermione, y su interés pareció reavivarse—. ¿Tus padres la conocían? Era una excelente historiadora de la magia.

—Pues todavía vive. Y precisamente en Godric's Hollow. Lo sé porque Muriel, la tía abuela de Ron, nos habló de ella en la boda. Al parecer conocía a la familia de Dumbledore. ¿No crees que sería interesante hablar con ella?

Hermione esbozó una sonrisa, y Harry supo que su amiga conocía perfectamente sus verdaderos motivos. Tomó la carta y la fotografía y se las guardó en el monedero que le colgaba del cuello, para no tener que mirarla y acabar de delatarse.

—Sé que te encantaría hablar con ella de tus padres, y también de Dumbledore —dijo Hermione—. Pero eso no nos ayudaría mucho a encontrar los Horrocruxes, ¿verdad? —Como Harry no dijo nada, prosiguió—: Entiendo que quieras visitar Godric's Hollow, pero me da miedo... me da miedo la facilidad con que ayer nos encontraron esos mortífagos. Ahora todavía tengo más claro que debemos evitar el sitio donde están enterrados tus padres; estoy convencida de que los mortífagos sospechan que irás ahí.

—No se trata sólo de eso —replicó Harry, que seguía evitando mirarla—. Verás, Muriel dijo ciertas cosas sobre Dumbledore en la boda, y quiero saber la verdad... —Y le explicó todo lo que le había contado tía Muriel.

Cuando hubo terminado, Hermione comentó:

—Claro, ya entiendo por qué eso te ha disgustado...

—No estoy disgustado —mintió él—. Es sólo que me gustaría enterarme de si es cierto o...

—Pero Harry, ¿crees que una anciana maliciosa como Muriel, o Rita Skeeter, te dirán la verdad? ¿Cómo puedes hacer caso de lo que ellas aseguran? ¡Tú conocías a Dumbledore!

—Creía conocerlo.

—¡Ya sabes la de mentiras que escribió Rita sobre ti! Doge tiene razón: ¿cómo vas a permitir que personas como ésas empañen tus recuerdos de Dumbledore?

Harry desvió la mirada y trató de que no se notara lo resentido que estaba. Otra vez lo mismo: decide lo que quieres creer. Él deseaba saber la verdad. ¿Por qué, pues, se habían propuesto todos que no lo lograra?

—¿Quieres que bajemos a la cocina? —sugirió Hermione tras una breve pausa—. Podríamos buscar algo para desayunar.

Harry cedió a regañadientes, y siguió a su amiga hasta el rellano pasando por delante de la segunda puerta de ese piso, en la que se apreciaban unos profundos arañazos debajo de un letrerito en el que no había reparado; se detuvo para leerlo. Era una nota pomposa, escrita con letra muy pulcra; la clase de aviso que Percy Weasley habría colgado en la puerta de su dormitorio:

Prohibido pasar
sin el permiso expreso de
Regulus Arcturus Black

Harry sintió un cosquilleo de emoción, pero al principio no se dio cuenta del motivo. Entonces volvió a leer el letrero. Su amiga ya bajaba por la escalera.

—Hermione —la llamó, y le sorprendió la serenidad de su propia voz—. Sube un momento.

—¿Qué ocurre?

—«R.A.B.» ¿Recuerdas? Creo que lo he encontrado.

Hermione sofocó un grito y subió a toda prisa.

—¿Están esas iniciales en la carta de tu madre? Pero si yo no las he vis...

Harry negó con la cabeza y señaló el letrero de Regulus. Hermione leyó y le estrujó el brazo a su amigo, que hizo una mueca de dolor.

—Es el hermano de Sirius, ¿verdad? —susurró.

—Sí, y era mortífago —confirmó Harry—. Sirius me habló de él. Por lo visto se unió a los seguidores de Voldemort cuando todavía era muy joven; luego tuvo miedo e intentó echarse atrás, y lo mataron.

—¡Eso encaja! —exclamó Hermione, impresionada—. ¡Si Regulus era mortífago, debía de conocer algunos secretos de Voldemort, pero si éste lo decepcionó, es lógico que quisiera destruirlo! —Y le soltó el brazo, se inclinó sobre la barandilla y llamó—: ¡Ron! ¡Ron! ¡Corre, ven aquí!

El muchacho apareció resoplando un minuto después, empuñando su varita mágica.

—¿Qué sucede? Si se trata otra vez de esas arañas gigantes, quiero desayunar antes de... —Arrugó la frente al ver el letrero de la puerta que Hermione le señalaba.

—¿Quién...? Ése era el hermano de Sirius, ¿no? Regulus Arcturus... Regulus... ¡R.A.B.! ¡El guardapelo! ¿Creen que...?

—Vamos a averiguarlo —decidió Harry. Empujó la puerta, pero estaba cerrada con llave.

Hermione apuntó la manija con la varita y dijo: «*¡Alohomora!*» Se oyó un chasquido y la puerta se abrió.

Cruzaron el umbral, mirando a diestra y siniestra. El dormitorio de Regulus era más pequeño que el de Sirius, aunque en él reinaba la misma atmósfera de antiguo esplendor. Y si bien Sirius había querido subrayar que él era diferente del resto de la familia, su hermano se había esforzado en demostrar todo lo contrario. Los colores esmeralda y plateado de Slytherin se veían por todas partes, tanto en el cubrecama y las cortinas de las ventanas como en la tela que forraba las paredes; el emblema de la familia Black estaba esmeradamente pintado encima de la cama, junto con su lema *Toujours pur*, y debajo había una serie de recortes de periódico amarillentos que componían un irregular *collage*. Hermione cruzó la habitación para examinarlos.

—Todos hablan sobre Voldemort —dijo—. Por lo visto, Regulus ya era admirador suyo unos años antes de unirse a los mortífagos.

Hermione se sentó en la cama para leer los recortes y la colcha desprendió una nube de polvo. Harry, entretanto, había reparado en otra fotografía de un equipo de quidditch de Hogwarts que sonreía a la cámara y saludaba con la mano. Se acercó más y vio las serpientes de Slytherin estampadas en el pecho de los jugadores. A Regulus lo reconoció al instante: era el chico sentado en medio de la fila delantera; tenía el mismo pelo castaño oscuro y el mismo aire ligeramente altivo que su hermano, aunque era más bajo, más delgado y bastante menos atractivo que Sirius.

—Era buscador —comentó Harry.

—¿Qué dices? —preguntó Hermione, todavía enfrascada en la lectura de los recortes de prensa referentes a Voldemort.

—Está sentado en medio de la fila delantera; ahí es donde se coloca el... Nada, da lo mismo —dijo Harry al percatarse de que nadie lo escuchaba, puesto que Ron estaba a cuatro patas buscando bajo el armario.

Echó un vistazo a la habitación en busca de escondrijos y se acercó a la mesa. Una vez más, comprobó que alguien la había registrado antes que él. Habían revuelto los cajones recientemente, porque el polvo no estaba repartido de manera uniforme. Tampoco encontró nada de valor en ellos, pues sólo quedaban plumas viejas, antiguos libros de texto maltratados y un tintero roto hacía poco tiempo, cuyo pegajoso residuo manchaba el contenido del cajón.

—Hay otra manera más fácil de buscarlo... —sugirió Hermione mientras Harry se limpiaba los dedos pringosos de tinta en los pantalones vaqueros. Levantó la varita y exclamó—: *¡Accio guardapelo!*

Pero no pasó nada. Ron, que rebuscaba entre los pliegues de las descoloridas cortinas, pareció decepcionado.

—Bueno, entonces, ¿está aquí o no está?

—Podría estar, pero bajo contrasortilegios —repuso Hermione—, o sea, encantamientos para impedir que se lo convoque mediante magia.

—Como los que Voldemort puso en la vasija de piedra de la cueva —observó Harry al recordar que no había logrado convocar el guardapelo falso.

—Entonces, ¿cómo vamos a encontrarlo? —preguntó Ron.

—Tendremos que buscar a mano —respondió Hermione.

—Buena idea —dijo Ron poniendo los ojos en blanco, y siguió examinando las cortinas.

Rastrearon cada centímetro de la habitación más de una hora, pero al final se vieron obligados a admitir que el guardapelo no estaba allí.

Ya había salido un sol que deslumbraba incluso a través de las sucias ventanas del rellano.

—Sin embargo, tal vez esté en otro sitio de la casa —insistió Hermione cuando volvían a bajar por la escalera. Harry y Ron se habían desanimado, pero ella parecía más decidida que nunca a seguir buscando—. Tanto si Regulus logró destruirlo como si no, seguro que no quería que Voldemort lo encontrara, ¿verdad? ¿No se acuerdan de todas las cosas horribles de las que tuvimos que deshacernos la última vez que estuvimos aquí, como aquel reloj de pie que le daba puñetazos a todo el mundo, o aquellas túnicas viejas que intentaron estrangular a Ron? Quizá Regulus los dejó aquí para proteger el escondrijo del guardapelo, aunque entonces nosotros no... no nos diéramos...

Harry y Ron la miraron. Hermione se había quedado inmóvil con un pie en el aire, con el gesto de estupefacción de alguien a quien acaban de practicar un hechizo desmemorizador; hasta se le notaba la mirada desenfocada.

—... cuenta —terminó con un hilo de voz.

—¿Te encuentras mal? —preguntó Ron.

—Había un guardapelo.

—¿Quéeee? —saltaron al unísono Harry y Ron.

—Sí, sí, en el armario del salón. Nadie consiguió abrirlo. Y nosotros... nosotros...

Harry tuvo la sensación de que un ladrillo le bajaba hasta el estómago. Y entonces se acordó: incluso lo había tenido en las manos cuando se lo pasaban unos a otros y todos intentaban abrirlo. Finalmente lo arrojaron a un saco de basura, junto con la caja de rapé de polvos verrugosos y la caja de música que les daba somnolencia...

—Kreacher nos robó un montón de cosas —recordó Harry. Era la última oportunidad, la única esperanza que les quedaba, y el chico pensaba aferrarse a ella hasta que lo obligaran a soltarla—. Tenía un alijo enorme guardado en su armario de la cocina. ¡Vamos!

Bajó los escalones de dos en dos y sus amigos lo siguieron atropelladamente. Hicieron tanto ruido que al pasar por el vestíbulo despertaron al retrato de la madre de Sirius.

—¡Podridos! ¡Sangre sucia! ¡Canallas! —les gritó la bruja mientras los tres se precipitaban a la cocina del sótano y cerraban la puerta tras ellos.

Harry cruzó la estancia corriendo y se detuvo con un derrape ante el armario de Kreacher, que abrió de golpe. Allí estaba el nido de mantas sucias y raídas en que antes dormía el elfo doméstico, pero las alhajas que éste había rescatado ya no relucían entre ellas. Lo único que quedaba a la vista era un ejemplar de *La nobleza de la naturaleza: una genealogía mágica*. Harry, que se negaba a darse por vencido, tiró de las mantas y las sacudió. Cayó un ratón muerto y rodó por el suelo. Ron soltó un gruñido y se subió a una silla; Hermione cerró los ojos.

—Todavía no hemos terminado —murmuró Harry, y llamó—: ¡Kreacher!

Se oyó un fuerte «¡crac!» y el elfo doméstico que Harry se había mostrado tan reacio a heredar de Sirius apareció de la nada ante la fría y vacía chimenea. Era muy pequeño —les llegaba por la cintura—, le colgaban pliegues de piel blancuzca por todas partes, y unos mechones de pelo blanco le salían por las orejas de murciélago. Todavía llevaba puesto el trapo mugriento con que lo habían conocido. La mirada de desdén que le dirigió a Harry demostró que su actitud, pese a haber cambiado de amo, no había variado más que su atuendo.

—El amo —dijo Kreacher con su ronca voz de sapo, e hizo una reverencia murmurando como si hablara con sus rodillas— ha regresado a la noble casa de mi ama con Weasley, el traidor a la sangre, y con la sangre sucia...

—Te prohíbo que llames a nadie «traidor a la sangre» o «sangre sucia» —le advirtió Harry. Kreacher, de nariz con forma de morro de cerdo y ojos inyectados en sangre, no le habría inspirado la menor simpatía aunque no hubiera traicionado a Sirius entregándolo a Voldemort—. Quiero hacerte una pregunta —continuó, mirándolo fijamente y con el corazón acelerado—, y te ordeno que contestes con sinceridad. ¿Me has entendido?

—Sí, amo —respondió Kreacher, y de nuevo hizo una reverencia.

Harry observó que movía los labios sin articular sonido, sin duda formando los insultos que le habían prohibido pronunciar.

—Hace dos años —dijo con el corazón palpitándole— tiramos un gran guardapelo de oro que había en el salón. ¿Lo recuperaste tú?

Hubo un momento de silencio. Kreacher se enderezó y miró a Harry a los ojos.

—Sí —dijo.

—¿Y dónde lo metiste? —preguntó Harry, eufórico. Ron y Hermione también parecían muy contentos.

Kreacher cerró los ojos como si no quisiera ver la reacción a su respuesta:

—Ya no está aquí.

—¿Que ya no está aquí? —repitió Harry, decepcionado—. ¿Qué quieres decir? —El elfo se estremeció y se balanceó un poco—. Kreacher —añadió Harry con fiereza—, te ordeno que...

—Mundungus Fletcher... —gruñó el elfo con los párpados apretados—. Mundungus Fletcher lo robó todo: las fotografías de la señorita Bella y la señorita Cissy, los guantes de mi ama, la Orden de Merlín, Primera Clase, los cálices con el emblema de la familia y... y... —boqueó mientras su hundido pecho se agitaba y acto seguido abrió los ojos y soltó un grito desgarrador—: ¡y el guardapelo, el guardapelo del amo Regulus! ¡Kreacher obró mal, Kreacher no cumplió las órdenes que había recibido!

Harry reaccionó de manera instintiva: cuando el elfo se lanzó hacia el atizador de la chimenea, el chico se precipitó sobre él y lo derribó. El chillido de Hermione se mezcló con el de Kreacher, pero Harry gritó más fuerte que los dos:

—¡Kreacher, te ordeno que te estés quieto!

Cuando notó que se quedaba inmóvil, lo soltó. La criatura permaneció tumbada en el frío suelo de piedra, los hundidos ojos anegados en lágrimas.

—¡Deja que se levante, Harry! —susurró Hermione.

—¿Para que se golpee con el atizador? —replicó éste, y se arrodilló a su lado—. No, ni hablar. Bueno, Kreacher, quiero que me digas la verdad: ¿cómo sabes que Mundungus Fletcher robó el guardapelo?

—¡Kreacher vio cómo lo robaba! —respondió el elfo resollando, y las lágrimas le resbalaron por el hocico y se le perdieron en la boca de dientes grisáceos—. Kreacher lo vio salir del armario de Kreacher cargado con los tesoros de Kreacher. Kreacher le dijo al muy ratero que se detuviera, pero Mundungus Fletcher rió y... y echó a correr.

—Has dicho que el guardapelo era del amo Regulus —observó Harry—. ¿Por qué? ¿De dónde había salido? ¿Qué tenía que ver Regulus con él? ¡Kreacher, levántate y cuéntame todo lo que sepas sobre ese guardapelo, y qué relación tenía Regulus con él!

El elfo se incorporó, se hizo un ovillo ocultando la cara entre las rodillas y se meció adelante y atrás. Cuando se decidió a hablar, lo hizo con una voz amortiguada, pero se le entendió muy bien en la silenciosa y resonante cocina.

—El amo Sirius huyó (¡de buena nos libramos!), porque era muy malvado y le destrozó el corazón a mi ama con sus maneras anárquicas. Pero el amo Regulus tenía dignidad; él sabía cuánto le debía al apellido Black y estaba orgulloso de su sangre limpia. Durante años habló del Señor Tenebroso, que iba a sacar a los magos de su escondite para que dominaran a los muggles y a los hijos de los muggles... Y cuando tenía dieciséis años, el amo Regulus se unió al Señor Tenebroso. ¡Kreacher estaba tan orgulloso de él, tan orgulloso, se alegraba tanto de servirlo!

»Y un día, un año después de haberse unido a él, el amo Regulus bajó a la cocina a ver a Kreacher. El amo Regulus siempre había tratado bien a Kreacher. Y el amo Regulus dijo... dijo... —el anciano elfo se meció más deprisa que antes— dijo que el Señor Tenebroso necesitaba un elfo.

—¿Que Voldemort necesitaba un elfo? —se extrañó Harry mirando a Ron y Hermione, tan desconcertados como él.

—¡Ay, sí! —se lamentó Kreacher—. Y el amo Regulus le ofreció a Kreacher. Era un gran honor, dijo el amo Regulus, un gran honor para él y para Kreacher, que tenía que hacer cuanto el Señor Tenebroso le ordenara y luego volver a ca... casa. —El elfo doméstico se meció aún más deprisa y sollozó—. Así que Kreacher se marchó con el Señor Tenebroso. El Señor Tenebroso no le dijo a Kreacher qué quería que hiciera, pero se llevó a Kreacher a una cueva junto al mar. Y dentro de la cueva había una caverna, y en la caverna había un lago, negro e inmenso...

A Harry se le erizó el vello de la nuca. Era como si la ronca voz de Kreacher le llegara desde el otro extremo de aquel oscuro lago. Veía lo que había pasado con tanta claridad como si hubiera estado presente.

—... había una barca...

Claro que había una barca; Harry vio esa barca, muy pequeña, de un verde espectral, encantada para transportar a un mago y una víctima hasta la isla del centro del lago. De modo que así era como Voldemort comprobó la eficacia de las defensas que rodeaban el Horrocrux: pidiendo en préstamo a una criatura desechable, a un elfo doméstico...

—En la isla había una va... vasija llena de poción, y el Se... Señor Tenebroso obligó a Kreacher a bebérsela... —Temblaba de pies a cabeza—. Kreacher bebió, y mientras bebía vio cosas terribles... A Kreacher le ardían las entrañas... Kreacher le suplicó al amo Regulus que lo salvara, le suplicó a su ama Black, pero el Señor Tenebroso sólo reía... Obligó a Kreacher a beberse toda la poción... dejó un guardapelo en la vasija vacía... y volvió a llenarla de poción...

»Y entonces el Señor Tenebroso se marchó en la barca, dejando a Kreacher en la isla...

Harry se imaginó la escena: vio cómo el blanco y serpentino rostro de Voldemort se perdía en la oscuridad mientras sus ojos rojos se clavaban sin piedad en el atormentado elfo, que sólo tardaría unos minutos en morir cuando sucumbiera a la insoportable sed que la abrasadora poción causaba a su víctima... Pero la imaginación de Harry no pudo ir más allá, porque no entendía cómo Kreacher había logrado escapar.

—Kreacher necesitaba agua, se arrastró hasta la orilla de la isla y bebió agua del negro lago... y unas manos, unas manos cadavéricas, salieron de él y arrastraron a Kreacher hacia el fondo...

—¿Cómo saliste de allí? —preguntó Harry, y no le sorprendió que su voz fuera sólo un susurro.

Kreacher levantó la fea cabeza y miró a Harry con sus enormes ojos inyectados en sangre.

—El amo Regulus ordenó a Kreacher que volviera —respondió.

—Ya lo sé, pero ¿cómo huiste de los inferi?

Kreacher lo miró sin comprender.

—El amo Regulus ordenó a Kreacher que volviera —repitió.

—Sí, eso ya lo has dicho, pero...

—Vaya, Harry, es evidente, ¿no? —intervino Ron—. ¡Se desapareció!

—Pero en esa cueva no podías aparecerte ni desaparecerte —razonó Harry—, porque si no Dumbledore...

—La magia de los elfos no es como la de los magos —dijo Ron—. Quiero decir que en Hogwarts, por ejemplo, ellos pueden aparecerse y desaparecerse, y nosotros no.

Guardaron silencio mientras Harry asimilaba esa idea. ¿Cómo había cometido Voldemort semejante error? Y mientras el chico cavilaba, Hermione afirmó con frialdad:

—Claro, Voldemort debía de considerar que la magia de los elfos domésticos estaba muy por debajo de la suya, como la mayoría de los sangre limpia, que los tratan como si fueran animales. Seguro que nunca se le ocurrió pensar que los elfos poseyeran poderes que no estuvieran a su alcance.

—La primera ley de un elfo doméstico es cumplir las órdenes de su amo —entonó Kreacher—. A Kreacher le ordenaron volver, y Kreacher volvió...

—En ese caso, hiciste lo que te habían ordenado —dijo Hermione con dulzura—. ¡No desobedeciste ninguna orden!

Kreacher negó con la cabeza y se meció aún más rápido que antes.

—¿Y qué pasó cuando llegaste aquí? —preguntó Harry—. ¿Qué dijo Regulus al explicarle lo sucedido?

—El amo Regulus estaba preocupado, muy preocupado. El amo Regulus le ordenó a Kreacher que se escondiera y no saliera de la casa. Y entonces poco después... una noche, el amo Regulus fue a buscar a Kreacher a su armario, y el amo Regulus estaba raro, no era el mismo de siempre, parecía trastornado; Kreacher lo notó... Y le pidió a Kreacher que lo llevara a la cueva, a la cueva a la que Kreacher había ido con el Señor Tenebroso...

Y allí fueron. Harry también los visualizó con claridad: el asustado y anciano elfo y el delgado y moreno buscador que tanto se parecía a Sirius... Kreacher sabía cómo abrir la entrada oculta de la caverna subterránea y cómo alzar la diminuta barca; esa vez fue su adorado Regulus quien zarpó con él hacia la isla donde se hallaba la vasija de veneno...

—¿Y te obligó a beber la poción? —preguntó Harry, indignado.

Pero Kreacher negó con la cabeza y rompió a llorar. Hermione se tapó la boca con las manos, como si de pronto hubiera comprendido lo que había ocurrido.

—El a... amo Regulus se sacó del bolsillo un guardapelo como el que tenía el Señor Tenebroso —explicó Kreacher mientras las lágrimas le resbalaban por ambos lados del hocico—. Y le dijo a Kreacher que lo tomara y que, cuando la vasija estuviera vacía, cambiara un guardapelo por el otro.

Los sollozos de Kreacher eran cada vez más desgarradores; Harry tuvo que concentrarse para entender lo que decía.

—Y ordenó... a Kreacher... que se marchara sin él. Y ordenó... a Kreacher que regresara a casa... y que nunca le contara a mi ama... lo que él había hecho... y que destruyera... el primer guardapelo. Y entonces... se bebió... toda la poción... y Kreacher cambió los guardapelos... y vio cómo... al amo Regulus... lo arrastraban al fondo del lago... y...

—¡Oh, Kreacher! —se lamentó Hermione, que también lloraba. Se arrodilló al lado del elfo e intentó abrazarlo, pero

Kreacher se puso en pie, apartándose de ella como si le tuviera asco.

—La sangre sucia ha tocado a Kreacher, él no lo permitirá, ¿qué diría su ama?

—¡Te he dicho que no la llames sangre sucia! —lo reprendió Harry, pero el elfo ya se estaba castigando: se tiró al suelo y empezó a golpearse la frente contra él.

—¡Haz que pare! ¡Haz que pare! —gritó Hermione—. ¿Lo ven? ¿Ven lo repugnante que es ese sentido de la obligación que tienen?

—¡Basta, Kreacher! —ordenó Harry.

El elfo se tumbó en el suelo resollando y estremeciéndose. Unos mocos verdes le brillaban en el hocico, le estaba saliendo un cardenal en la pálida frente y tenía los ojos llorosos, hinchados y sanguinolentos. Harry nunca había visto nada tan lastimoso.

—Así que trajiste el guardapelo aquí —continuó interrogándolo, implacable, decidido a sonsacarle el relato completo de lo ocurrido—. ¿Qué hiciste con él? ¿Intentaste destruirlo?

—Nada de lo que probó Kreacher le hizo ningún daño —se lamentó el elfo—. Kreacher lo intentó todo, todo lo que sabía, pero nada, nada daba resultado... La cubierta tenía hechizos muy poderosos, Kreacher estaba seguro de que había que abrirlo para destruirlo, pero no se abría... Kreacher se castigó, volvió a intentarlo, se castigó, volvió a intentarlo. ¡Kreacher no había obedecido las órdenes, Kreacher no conseguía destruir el guardapelo! Y su ama estaba enferma de dolor, porque el amo Regulus había desaparecido, y Kreacher no podía contarle qué había pasado, no podía, porque el amo Regulus le había pro... prohibido decirle a nadie de la fa... familia qué había pa... pasado en la cueva...

Y se puso a sollozar tan fuerte que ya no logró articular ni una palabra coherente más. Hermione lloraba a lágrima viva, sin dejar de mirarlo, pero no se atrevió a tocarlo otra vez. Incluso Ron, que no le tenía mucha simpatía al elfo, parecía preocupado. Harry se puso en cuclillas y movió la cabeza intentando aclararse las ideas.

—No te entiendo, Kreacher —dijo al fin—. Voldemort intentó matarte, Regulus murió para hacer caer a Voldemort, y sin embargo a ti no te importó traicionar a Sirius y entregárselo al Señor Tenebroso. No tuviste ningún inconveniente en ir a hablar con Narcisa y Bellatrix y pasarle información a Voldemort a través de ellas...

—Kreacher no piensa así, Harry —aclaró Hermione enjugándose las lágrimas con el dorso de la mano—. Es un esclavo. Los elfos domésticos están acostumbrados a que los traten mal, incluso con brutalidad; lo que Voldemort le hizo no era nada fuera de lo corriente. ¿Qué significan para un elfo como Kreacher las guerras de los magos? Él es leal a las personas que son amables con él, y la señora Black debió de serlo, y Regulus también, desde luego; por eso él los obedecía de buen grado y repetía sus creencias como un loro. Ya sé qué vas a decir —añadió antes de que Harry protestara—: que Regulus cambió de actitud. Pero eso no se lo explicó a Kreacher, ¿verdad? Y creo que sé por qué. Kreacher y la familia de Regulus se sentían más seguros si seguían en la línea de los sangre limpia. Regulus intentaba protegerlos a todos.

—Pero Sirius...

—Sirius se portaba terrible con Kreacher, Harry, y no pongas esa cara, porque sabes que es la verdad. El elfo llevaba mucho tiempo solo cuando tu padrino vino a vivir aquí, y seguramente estaba ávido de un poco de afecto. Estoy convencida de que «la señorita Cissy» y «la señorita Bella» fueron encantadoras con Kreacher cuando regresó, y por eso él les hizo un favor y les contó todo cuanto querían saber. Siempre he opinado que los magos acabarían pagando por lo mal que tratan a los elfos domésticos. Ya lo ves: Voldemort pagó, igual que Sirius.

Harry se quedó sin réplica. Mientras contemplaba a Kreacher sollozar en el suelo, recordó lo que Dumbledore le había dicho sólo unas horas después de la muerte de su padrino: «Creo que Sirius... nunca consideró al elfo un ser con sentimientos tan complejos como los de los humanos...»

—Kreacher —dijo Harry al cabo de un rato—, cuando estés más recuperado... siéntate, por favor.

El elfo tardó unos minutos en dejar de llorar e hipar. Entonces volvió a sentarse, frotándose los ojos con los nudillos como un niño pequeño.

—Voy a pedirte una cosa, Kreacher —musitó Harry, y miró a Hermione solicitándole ayuda, porque quería formular la orden con amabilidad, pero al mismo tiempo tenía que quedar muy claro que era una orden. No obstante, el cambio de su tono mereció la aprobación de su amiga, que sonrió para darle ánimos—. Kreacher, por favor, quiero que vayas a buscar a Mundungus Fletcher. Necesitamos averiguar dónde está el guardapelo del amo Regulus. Es muy importante. Queremos terminar el trabajo que empezó el amo Regulus, queremos... asegurarnos de que él no murió en vano.

Kreacher dejó de restregarse los ojos, apartó las manos de la cara y, mirando a Harry, dijo con voz ronca:

—¿Que vaya a buscar a Mundungus Fletcher?

—Sí, y que lo traigas aquí, a Grimmauld Place. ¿Crees que podrías hacer eso por nosotros?

Kreacher asintió y se levantó. Entonces Harry tuvo una inspiración: tomó el monedero que le había regalado Hagrid y sacó el guardapelo falso, aquel en el que Regulus había guardado la nota para Voldemort.

—Mira, Kreacher, me gustaría... regalarte esto. —Y le puso el guardapelo en la mano—. Pertenecía a Regulus, y estoy seguro de que a él le habría gustado que lo tuvieras tú como muestra de agradecimiento por lo que...

—Buena la has hecho, colega —masculló Ron cuando el elfo miró el guardapelo, soltó un aullido de sorpresa y congoja y se lanzó de nuevo al suelo.

Tardaron casi media hora en volver a calmarlo; el elfo estaba tan emocionado por el hecho de que le regalaran un recuerdo de la familia Black que las piernas no lo sostenían. Cuando por fin consiguió dar unos pasos, los tres jóvenes lo acompañaron hasta su armario. Lo vieron guardar el guardapelo entre las sucias mantas y le aseguraron que, durante su ausencia, la protección de aquel tesoro tendría para ellos la máxima prioridad. Entonces Kreacher dedicó sendas reverencias a Harry y Ron, e incluso un pequeño movimiento espasmódico hacia Hermione que podía interpretarse como un saludo respetuoso, y a continuación se desapareció con el acostumbrado y fuerte «¡crac!».

11

El soborno

Si Kreacher había sido capaz de escapar de un lago lleno de inferi, Harry tenía la seguridad de que la captura de Mundungus le llevaría unas horas a lo sumo, pero aun así pasó toda la mañana rondando impaciente por la casa. Sin embargo, el elfo no volvió esa mañana, y tampoco por la tarde. Al anochecer, Harry estaba desanimado y nervioso, y la cena, que consistió en un pan mohoso al que Hermione intentó sin éxito hacer diversas transformaciones, no logró mejorar su estado de ánimo.

Kreacher tampoco regresó al día siguiente, ni al otro. En cambio, dos hombres ataviados con capa aparecieron en la plaza frente al número 12, y allí se quedaron hasta el anochecer, sin apartar la mirada de la fachada que no veían.

—Mortífagos, seguro —dictaminó Ron, mientras los tres amigos los espiaban desde las ventanas del salón—. ¿Creen que saben que estamos aquí?

—Lo dudo —respondió Hermione, aunque parecía asustada—. Si lo supieran, habrían enviado a Snape a capturarnos, ¿no?

—¿Creen acaso que Snape entró en la casa y la maldición de Moody le ató la lengua? —preguntó Ron.

—Me parece que sí —contestó Hermione—; de lo contrario, habría podido decirles a sus compinches cómo se entra, ¿no opinan lo mismo? Seguro que están vigilando por si aparecemos. Al fin y al cabo, saben que la casa es de Harry.

—¿Cómo lo...? —se extrañó Harry.

—El ministerio examina los testamentos de los magos, ¿recuerdas? Por tanto, deben de saber que Sirius te dejó esta casa en herencia.

La presencia de aquellos mortífagos incrementó la atmósfera de amenaza en la casa. Además, los chicos no habían tenido noticias de nadie que estuviera fuera de Grimmauld Place desde que vieran al *patronus* del señor Weasley, y la tensión empezaba a notarse. Ron, inquieto e irritable, se dedicó al fastidioso ejercicio de jugar con el desiluminador que llevaba en el bolsillo; eso enfurecía sobre todo a Hermione, que mataba el tiempo estudiando los *Cuentos de Beedle el Bardo* y a quien no le hacía ninguna gracia que las luces se apagaran y encendieran continuamente.

—¿Quieres estarte quieto? —gritó la tercera noche de aquella larga espera cuando, por enésima vez, se apagaron las luces del salón.

—¡Perdón! ¡Perdón! —se disculpó Ron, y volvió a encenderlas—. ¡Lo hago sin darme cuenta!

—¿Y no se te ocurre nada más útil con que entretenerte?

—¿Como qué? ¿Acaso leer cuentos infantiles?

—Dumbledore me legó este libro, Ron...

Y a mí me legó el desiluminador. ¡Le habría gustado que lo utilizara!

Harry, harto de sus constantes discusiones, salió de la habitación sin que ninguno de los dos se diera cuenta. Se dirigió a la escalera con intención de bajar a la cocina, adonde acudía de vez en cuando porque estaba convencido de que sería allí donde Kreacher se aparecería. Pero cuando llegó hacia la mitad de la escalera que daba al vestíbulo, oyó un golpecito en la puerta de la calle, y a continuación unos ruidos metálicos y el rechinar de la cadenilla.

Con los nervios de punta, sacó su varita mágica, se escondió entre las sombras (al lado de las cabezas de los elfos decapitados) y esperó. Por fin se abrió la puerta y, por la rendija, distinguió la plaza iluminada; entonces una persona provista de capa entró despacio y cerró la puerta. El intruso avanzó un paso y la voz de Moody preguntó: «¿Severus Snape?» De inmediato la figura de polvo se alzó desde el fondo del vestíbulo y se abalanzó sobre él levantando una mano cadavérica.

—No fui yo quien te mató, Albus —dijo una voz serena.

El embrujo se rompió y, de nuevo, la figura de polvo se descompuso, lo que hizo imposible distinguir al recién llegado a través de la densa nube gris que se formó.

Harry apuntó con su varita al centro de la nube y gritó:

—¡No se mueva!

Pero no tuvo en cuenta la reacción del retrato de la señora Black, pues al oír la orden, las cortinas que lo ocultaban se abrieron de golpe y la bruja se puso a chillar: «¡Sangre sucia y escoria que deshonran mi casa...!»

Ron y Hermione llegaron a todo correr hasta donde estaba Harry y también apuntaron con las varitas al desconocido, que permanecía plantado en la entrada con los brazos en alto.

—¡No disparen! ¡Soy yo, Remus!

—¡Ay, menos mal! —dijo Hermione con un hilo de voz al tiempo que desviaba la varita hacia la señora Black. Con un estallido, las cortinas volvieron a cerrarse y se produjo un silencio.

Ron también bajó su varita, pero Harry no.

—¡Ponte donde podamos verte! —ordenó.

Lupin se acercó a la lámpara, todavía con las manos en alto.

—Soy Remus John Lupin, hombre lobo, apodado Lunático, uno de los cuatro creadores del mapa del merodeador, casado con Nymphadora (también conocida como Tonks), y yo te enseñé a hacer un *patronus* que adopta la forma de ciervo.

—Uf, bueno —masculló Harry, y bajó la varita—, pero tenía que comprobarlo, ¿no?

—Como tu ex profesor de Defensa Contra las Artes Oscuras, estoy de acuerdo en que tenías que hacerlo. En cambio ustedes, Ron y Hermione, no deberían haber bajado la guardia tan deprisa.

Los chicos descendieron hasta el vestíbulo; Lupin, envuelto en una gruesa capa de viaje negra, parecía agotado pero contento de verlos.

—Así pues, ¿no hay señales de Severus? —preguntó.

—No, ninguna —contestó Harry—. ¿Qué ha sucedido? ¿Están todos bien?

—Sí, sí —asintió Lupin—, pero nos vigilan. Ahí fuera, en la plaza, hay un par de mortífagos...

—Ya lo sabemos...

—He tenido que aparecerme justo en el escalón de la puerta para que no me vieran. No deben de saber que están aquí, ya que si lo supieran habrían venido más compinches. Mantienen vigilados todos los lugares que guardan alguna relación contigo, Harry. Vamos abajo. Tengo muchas cosas que contarles y quiero saber qué ocurrió cuando se marcharon de La Madriguera.

Bajaron, pues, a la cocina, y Hermione apuntó la varita hacia la chimenea. El fuego prendió al instante y su luz suavizó la austeridad de las paredes de piedra y se reflejó en la larga mesa de madera. Lupin sacó varias cervezas de mantequilla de su capa y todos se sentaron.

—Habría llegado hace tres días, pero tuve que deshacerme del mortífago que me seguía la pista —explicó Lupin—. Bueno, díganme, ¿vinieron directamente aquí después de la boda?

—No —respondió Harry—, primero nos tropezamos con un par de mortífagos en una cafetería de Tottenham Court Road.

A Lupin se le derramó casi toda la cerveza que estaba bebiendo.

—¿Qué dijiste?

Le contaron lo que había ocurrido y Lupin se quedó perplejo.

—Pero ¿cómo los encontraron tan deprisa? ¡Es imposible seguirle el rastro a alguien que se traslada mediante Aparición, a menos que te agarres a él en el preciso instante en que se desaparece!

—Pues no es muy probable que estuvieran paseando por Tottenham Court Road por casualidad, ¿verdad? —observó Harry.

—Hemos pensado que quizá Harry todavía lleve activado el Detector —comentó Hermione.

—Eso es imposible —dijo Lupin; Ron sonrió con suficiencia y Harry sintió un profundo alivio—. Dejando aparte otras cosas, si Harry aún llevara el Detector, ellos habrían sabido a ciencia cierta que estaba aquí. Pero no entiendo cómo consiguieron seguirlos hasta Tottenham Court Road. Eso sí es preocupante, muy preocupante.

Lupin se mostró desolado, pero Harry opinaba que esa cuestión podía esperar, de modo que preguntó:

—Dinos qué pasó cuando nos marchamos. No hemos sabido nada desde que el padre de Ron nos dijo que su familia estaba a salvo.

—Bueno, Kingsley nos salvó —explicó Lupin—. Gracias a su aviso, la mayoría de los invitados de la boda pudieron desaparecerse antes de que llegaran ellos.

—¿Eran mortífagos o gente del ministerio? —preguntó Hermione.

—Un poco de todo, pero a efectos prácticos ahora son la misma cosa. Eran aproximadamente una docena, aunque no sabían que estabas allí, Harry. Arthur oyó el rumor de que habían torturado a Scrimgeour antes de matarlo para que les revelara tu paradero; si eso es cierto, el ministro no te delató.

Harry miró a sus amigos y vio en sus rostros la mezcla de conmoción y gratitud que él mismo sintió. Scrimgeour nunca le había caído bien, pero si ese rumor era verdad, en el último momento el ministro había intentado protegerlo.

—Los mortífagos registraron La Madriguera de arriba abajo —prosiguió Lupin—. Encontraron al ghoul, pero no se atrevieron a acercársele mucho. Y luego interrogaron a los que quedábamos durante horas; trataban de obtener información sobre ti, Harry, pero naturalmente sólo los miembros de la Orden sabíamos que habías estado en la casa.

»Al mismo tiempo que arruinaban la boda, otros mortífagos allanaban todas las casas del país relacionadas con la Orden. No hubo víctimas mortales —se apresuró a precisar anticipándose a la pregunta—, pero emplearon métodos muy crueles: quemaron la casa de Dedalus Diggle, aunque, como ya saben, él no estaba allí, y utilizaron la maldición *cruciatus* contra la familia de Tonks. Querían saber adónde habías ido después de visitarlos. No obstante, están todos bien; muy impresionados, desde luego, pero, por lo demás, bien.

—¿Y los mortífagos lograron superar todos los encantamientos protectores? —preguntó Harry al recordar lo bien que habían funcionado la noche que se estrelló en el jardín de los padres de Tonks.

—Considera, Harry, que ahora cuentan con toda la potencia del ministerio —aclaró Lupin—, y tienen permiso para realizar hechizos brutales sin temor a que los identifiquen ni los detengan. Así que lograron traspasar los hechizos defensivos que habíamos puesto para protegernos de ellos, y una vez dentro no ocultaron a qué habían ido.

—¿Y al menos se han molestado en ofrecer una excusa por torturar a quienquiera que se haya acercado alguna vez a Harry? —preguntó Hermione, indignada.

—Bueno... —repuso Lupin. Vaciló un momento y sacó un ejemplar de *El Profeta* que llevaba doblado—. Miren esto. —Y empujó el periódico sobre la mesa hacia Harry—. Tarde o temprano te ibas a enterar. Ése es su pretexto para perseguirte.

Harry alisó el periódico, cuya primera plana incluía una gran fotografía de su cara, y leyó el titular:

SE BUSCA PARA INTERROGARLO SOBRE
LA MUERTE DE ALBUS DUMBLEDORE

Ron y Hermione prorrumpieron en exclamaciones, ofendidos, pero Harry no dijo nada y apartó el periódico; no quería seguir leyendo, porque ya se imaginaba lo que diría. Sólo los que habían estado presentes en lo alto de la torre cuando murió Dumbledore sabían quién lo había matado, y, como Rita Skeeter ya le había explicado al mundo mágico, a Harry lo habían visto huir de allí momentos después de que el director de Hogwarts se precipitara al vacío.

—Lo siento, Harry —murmuró Lupin.

—Entonces, ¿los mortífagos también se han apoderado de *El Profeta*? —preguntó Hermione, furiosa. Lupin asintió con la cabeza—. Pero seguro que la gente sabe lo que está pasando, ¿no?

—El golpe ha sido discreto y prácticamente silencioso —repuso Lupin—. La versión oficial del asesinato de Scrimgeour es que ha dimitido; lo ha sustituido Pius Thicknesse, que está bajo la maldición *imperius*.

—¿Y por qué Voldemort no se ha proclamado ministro de Magia? —preguntó Ron.

Lupin se echó a reír antes de contestar:

—Porque no lo necesita, Ron. De hecho, él es el ministro, pero ¿por qué iba a ocupar una mesa en el despacho del ministerio? Su títere, Thicknesse, se encarga de los asuntos cotidianos, y así él tiene libertad para extender su poder por donde le venga en gana.

»Como es lógico, la gente ha deducido lo que ha pasado, porque la política del ministerio ha experimentado un cambio drástico en los últimos días, y muchas personas sospechan que Voldemort debe de ser el responsable de tal cambio. Sin embargo, ésa es la clave: sólo lo sospechan. Pero no se atreven a confiar en nadie, porque no saben de quiénes pueden fiarse y les da miedo expresar sus opiniones, por si sus conjeturas son ciertas y el ministerio toma represalias contra sus familias. Sí, Voldemort juega a un juego muy inteligente. Si se hubiera proclamado ministro, habría podido provocar una rebelión; en cambio, permaneciendo enmascarado, ha logrado sembrar la confusión, la incertidumbre y el temor.

—Y ese cambio drástico de la política del ministerio —terció Harry— ¿implica prevenir al mundo mágico contra mí en lugar de contra Voldemort?

—Sí, desde luego —confirmó Lupin—, y es un golpe maestro. Ahora que Dumbledore está muerto, tú, el niño que sobrevivió, podrías convertirte en el símbolo y el aglutinante del movimiento antiVoldemort. Pero insinuando que participaste en la muerte del antiguo héroe, el Señor Tenebroso no sólo le ha puesto precio a tu cabeza, sino que además ha sembrado la duda y el miedo entre mucha gente que te habría defendido.

»Entretanto, el ministerio ha empezado a actuar contra los hijos de muggles. —Lupin señaló *El Profeta* y añadió—: Miren en la página dos.

Hermione pasó las páginas con la misma expresión de desagrado que había adoptado cuando tenía en las manos *Los secretos de las artes más oscuras*, y leyó en voz alta:

Registro de «hijos de muggles»: el Ministerio de Magia está llevando a cabo un estudio sobre los que atienden a esa denominación para entender mejor cómo llegaron a poseer secretos mágicos.

Una investigación reciente realizada por el Departamento de Misterios revela que la magia sólo puede transmitirse entre magos mediante la reproducción. Por lo tanto, si no existen antepasados mágicos comprobados, es posible que los llamados «hijos de muggles» hayan obtenido sus poderes mágicos por medios ilícitos, como el robo o el empleo de la fuerza.

El ministerio está decidido, pues, a acabar con esos usurpadores de los poderes mágicos, y a tal fin ha invitado a todos ellos a presentarse para ser interrogados por la Comisión de Registro de Hijos de Muggles, de reciente creación.

—La gente no permitirá que esto pase —opinó Ron.

—Ya está pasando —lo desengañó Lupin—. Mientras nosotros estamos aquí hablando, ya están deteniendo a hijos de muggles.

—Pero ¿cómo van a tener magia «robada»? —se extrañó Ron—. La magia es mental; si pudiera robarse, no habría squibs, ¿verdad?

—Así es —repuso Lupin—. Pero a menos que demuestres que tienes, como mínimo, un pariente cercano mágico, se considera que has obtenido tus poderes mágicos de forma ilegal y debes ser castigado.

Ron echó un vistazo a Hermione y planteó:

¿Y qué pasaría si los sangre limpia o los sangre mestiza juran que un hijo de muggles forma parte de su familia? Porque pienso decirle a todo el mundo que Hermione es prima mía...

—Gracias, Ron, pero yo no te permitiría... —musitó ella dándole un apretón de manos.

—No tienes alternativa —replicó él con fiereza, asiéndole también la mano—. Te enseñaré mi árbol genealógico para que puedas contestar a cualquier pregunta que te hagan.

—No creo que eso importe mucho —repuso ella soltando una risita nerviosa—, mientras estemos huyendo con Harry Potter, la persona más buscada del país, Ron. Si tuviera que volver al colegio, sería diferente. Por cierto, ¿qué piensa hacer Voldemort con Hogwarts? —le preguntó a Lupin.

—Ahora la asistencia es obligatoria para todos los magos y las brujas en edad escolar. Lo anunciaron ayer, y eso también representa un cambio, porque hasta ahora nunca había sido obligatorio estudiar en Hogwarts. Casi todos los magos y las brujas de Gran Bretaña se han educado allí, por supuesto, pero sus padres tenían la posibilidad de enseñarles en casa o enviarlos al extranjero si lo preferían. De este modo, Voldemort tendrá a toda la población mágica controlada desde edad muy temprana. Y, asimismo, es otra manera de evitar que asistan los hijos de muggles, porque, para matricularse, los alumnos deben presentar un Estatus de Sangre, un documento que certifica que le han demostrado al ministerio que son descendientes de magos.

Harry estaba asqueado y furioso. Le daba rabia pensar que en ese mismo momento unos emocionados niños de once años estarían estudiando minuciosamente montañas de libros de hechizos recién comprados, sin saber que nunca llegarían a ver Hogwarts, y quizá tampoco volvieran a ver a sus familias.

—Es... es... —masculló, buscando las palabras para expresar el horror de sus pensamientos, pero Lupin dijo en voz baja:

—Lo sé, muchacho, lo sé. —Vaciló un momento y agregó—: Si no puedes confirmármelo, Harry, lo entenderé, pero la Orden tiene la impresión de que Dumbledore te encomendó una misión.

—Es verdad, y Ron y Hermione también están implicados y me acompañarán.

—¿Puedes decirme en qué consiste esa misión?

Harry le escrutó el rostro, plagado de arrugas prematuras y enmarcado por una mata de pelo tupido pero canoso, y lamentó no poder dar otra respuesta:

—No, Remus, lo siento. Si no te lo contó Dumbledore, creo que yo tampoco debo hacerlo.

—Ya me esperaba esa respuesta —repuso Lupin, decepcionado—. Pero yo podría serte útil. Ya sabes qué soy y lo que puedo hacer, de manera que sería un ventaja que los acompañara y les proporcionara protección, aunque no haría falta que me contaran exactamente qué se traen entre manos.

Harry titubeó. Era una oferta muy tentadora, aunque no veía claro cómo iban a mantener en secreto su misión si Lupin estaba siempre con ellos. En cambio, Hermione se extrañó y dijo:

—Pero ¿y Tonks?

—¿Qué quieres decir? —preguntó Lupin.

—Bueno... ¡están casados! ¿Qué opina ella de que colabores con nosotros?

—Tonks no correrá ningún peligro; se quedará en casa de sus padres.

Había algo raro en la frialdad de Lupin, así como en la idea de que Tonks se escondiera en la casa paterna, porque ella, al fin y al cabo, era miembro de la Orden. Harry creía conocer a la bruja y le sorprendía que no optara por estar en primera línea.

—¿Va todo bien, Remus? —preguntó Hermione con vacilación—. Ya me entiendes, entre tú y...

—Va todo muy bien, gracias —repuso Lupin, cortante.

Hermione se ruborizó. Hubo otra pausa, que los hizo sentirse incómodos a los cuatro, y entonces Lupin, como si se viese obligado a reconocer algo desagradable, dijo:

—Tonks va a tener un hijo.

—¡Oh! ¡Qué bien! —exclamó Hermione.

—¡Sí, qué alegría! —corroboró Ron con entusiasmo.

—Enhorabuena —dijo Harry.

Lupin compuso una sonrisa forzada que más bien parecía una mueca, y añadió:

—Entonces... ¿aceptan mi oferta? ¿Iremos los cuatro juntos? Estoy seguro de que Dumbledore lo habría aprobado; a fin de cuentas, me nombró su profesor de Defensa Contra las Artes Oscuras. Y quiero advertirles que creo que nos enfrentamos a una magia con la que muchos de nosotros jamás nos hemos topado ni llegado a imaginar.

Los tres amigos cruzaron miradas.

—A ver si lo he entendido bien —recapituló Harry—: ¿quieres dejar a Tonks con sus padres y venir con nosotros?

—Allí no corre ningún peligro; sus padres cuidarán de ella —afirmó Lupin con una determinación rayana en la indiferencia—. Estoy seguro de que a James le habría gustado que me quedara contigo, Harry.

—Pues yo no —replicó el muchacho—. Yo estoy seguro de que a mi padre le habría gustado saber por qué no te quedas con tu hijo.

Lupin palideció, y la temperatura de la cocina pareció descender unos diez grados. Ron se dedicó a observar la estancia como si tratara de memorizar todos los detalles, mientras que Hermione miraba alternativamente a Harry y Remus.

—Veo que no lo entiendes —dijo Lupin por fin.

—Pues explícamelo.

Lupin tragó saliva y alegó:

—Cometí un grave error al casarme con Tonks. Lo hice contra lo que me aconsejaba mi instinto, y desde entonces me he arrepentido mucho.

—Sí —dijo Harry—. Y por eso vas a dejarlos colgados a ella y al niño y vas a acompañarnos a nosotros, ¿no?

Lupin se levantó de un brinco, derribando la silla en que estaba sentado, y miró a los tres jóvenes con tanta fiereza que Harry vio, por primera vez, la sombra del lobo que se ocultaba tras aquel rostro humano.

—¿No entiendes lo que les he hecho a mi esposa y a ese futuro hijo? ¡Nunca debí casarme con ella! ¡La he convertido en una marginada! —Y le dio una patada a la silla que había derribado—. ¡Tú sólo me has visto rodeado de miembros de la Orden, o en Hogwarts, bajo la protección de Dumbledore! ¡Pero no sabes qué piensa la mayoría del mundo mágico de las criaturas como yo! ¡Los que conocen mi condición apenas me dirigen la palabra! ¿No te das cuenta de lo que he hecho? Hasta la familia de Tonks está molesta por nuestra boda. ¿A qué padres les gustaría que su única hija se casara con un hombre lobo? Y el niño... el niño...

Lupin se mesó unos mechones de cabello con ambas manos; estaba trastornado.

—¡Los de mi especie no suelen reproducirse! Ese niño será como yo, estoy seguro. ¿Cómo puedo perdonarme si me arriesgué a transmitirle mi condición a un niño inocente, a sabiendas de lo que hacía? ¡Y si, por obra de algún milagro, el niño no es como yo, estará muchísimo mejor sin un padre del que se avergonzará toda la vida!

—¡Remus! —susurró Hermione con lágrimas en los ojos—. No digas eso. ¿Cómo iba a avergonzarse tu hijo de ti?

—No creas, Hermione —intervino Harry—. Yo me avergonzaría. —No sabía de dónde le salía la ira, pero lo había obligado a levantarse también. Lupin recibió sus palabras como un bofetón—. Si el nuevo régimen piensa que los hijos de muggles son inferiores —continuó Harry—, ¿qué le harán a un semihombre lobo cuyo padre pertenece a la Orden? Mi padre murió intentando protegernos a mi madre y a mí, de modo que ¿tú crees que él aprobaría que abandonaras a tu propio hijo para emprender una aventura con nosotros?

—¿Cómo... cómo te atreves? —replicó Lupin—. Esto no lo hago movido por ansias de... de peligro ni de gloria personal. ¿Cómo te atreves a insinuar que...?

—Me parece que lo que quieres es demostrar tu valor —repuso Harry—. Y opino que te encanta la idea de pasar a ocupar el puesto de Sirius.

—¡Calla, Harry! —suplicó Hermione, pero él siguió mirando con desprecio el pálido rostro de Lupin.

—Nunca lo habría dicho de ti —le soltó—. El hombre que me enseñó a combatir a los dementores... ¡convertido en un cobarde!

Lupin sacudió su varita tan deprisa que Harry apenas tuvo tiempo de sacar la suya. Se oyó un fuerte estallido y el chico, como si hubiera recibido un puñetazo, salió despedido hacia atrás y chocó contra la pared de la cocina. Mientras resbalaba hasta el suelo, vio los faldones de la capa de Lupin desaparecer por la puerta.

—¡Remus! ¡Vuelve, Remus! —gritó Hermione, pero Lupin no contestó. Un instante después oyeron cerrarse la puerta de la calle—. ¡Harry! —gimoteó—. ¿Cómo has podido...?

—Ha sido fácil. —Se levantó y notó que estaba saliéndole un chichón en la cabeza, donde se había golpeado contra la pared. Todavía temblaba de rabia—. ¡No me mires así! —le espetó.

—¡No te metas con ella! —gruñó Ron.

—¡No, no, cállense! ¡No debemos pelearnos! —exigió Hermione interponiéndose entre ambos.

—No debiste hablarle así a Lupin —reprochó Ron a Harry.

—Él se lo ha buscado. —Por la mente le pasaban imágenes rápidas e inconexas: Sirius cayendo a través del velo; Dumbledore herido de muerte, suspendido en el aire; un destello de luz verde y la voz de su madre suplicando piedad...—. Los padres —sentenció— no deben abandonar a sus hijos a menos... a menos que no tengan más remedio.

—Harry —musitó Hermione, y le tendió una mano para consolarlo, pero él la rechazó y, apartándose, se quedó mirando el fuego que ella había hecho aparecer en la chimenea.

Una vez había hablado con Lupin por aquella chimenea; en esa ocasión se sentía muy confuso respecto a su padre, y las tranquilizadoras palabras de Lupin lo habían consolado. Pero en este momento, el pálido y torturado rostro de Lupin parecía flotar ante él, y experimentó una repulsiva oleada de remordimiento. Ni Ron ni Hermione dijeron nada, pero él estaba seguro de que se miraban, a sus espaldas, comunicándose en silencio.

Se dio la vuelta y los sorprendió apartándose precipitadamente uno de otro.

—Ya sé que no debí llamarlo cobarde.

—No, no debiste hacerlo —refunfuñó Ron.

—Pero se comporta como tal.

—Aunque así fuera... —intervino Hermione.

—Ya lo sé. Pero si eso hace que vuelva junto a Tonks, habrá valido la pena, ¿no? —Harry no pudo evitar el tono de súplica de su voz.

Hermione lo miró con indulgencia y Ron, vacilante. Harry se miró los pies; pensaba en su padre. ¿Habría defendido James la postura de su hijo, o se habría enfadado por cómo había tratado a su amigo?

La cocina estaba en silencio, pero casi se oía el zumbido de la reciente conmoción y el de los reproches no expresados de Ron y Hermione. *El Profeta* que Lupin les había llevado seguía encima de la mesa, y la cara de Harry contemplaba el techo desde la primera plana. El chico se aproximó a la mesa y se sentó. Levantó el periódico, lo abrió al azar y fingió leer. Pero no lograba concentrarse, porque sólo pensaba en su encontronazo con Lupin. Sin duda sus dos amigos, tapados por el periódico, habían retomado sus silenciosas comunicaciones. Pasó una página, haciendo mucho ruido, y entonces descubrió el nombre de Dumbledore. Tardó unos instantes en comprender el significado de la fotografía, en la que aparecía un retrato de familia. El pie de foto rezaba: «La familia Dumbledore. De izquierda a derecha, Albus, Percival, con la recién nacida Ariana en brazos, Kendra y Aberforth.»

Intrigado, examinó la imagen con detenimiento. Percival, el padre de Dumbledore, era un hombre atractivo y sus ojos parecían brillar incluso en aquella fotografía vieja y deslucida. La pequeña Ariana era un indefinido bulto no más largo que una barra de pan. Kendra, la madre, de cabello negro azabache recogido en un moño alto, tenía un rostro esculpido con cincel y, pese a su vestido de seda de cuello alto, a Harry le recordó a los indios americanos: ojos oscuros, pómulos prominentes y nariz recta. Albus y Aberforth lucían sendas chaquetas con cuello de encaje e idénticas melenas cortas; Albus se veía unos años mayor que su hermano, pero, por lo demás, los dos niños se parecían bastante, porque la fotografía se había tomado antes de que a Albus le rompieran la nariz y usara gafas.

Ofrecían el aspecto de una familia feliz y normal que sonreía con serenidad en el periódico. La pequeña Ariana tenía un brazo fuera del chal que la envolvía, y de vez en cuando lo agitaba. Harry leyó el titular del artículo ilustrado con esa fotografía:

EXTRACTO DE LA BIOGRAFÍA DE
ALBUS DUMBLEDORE, DE PRÓXIMA APARICIÓN
Rita Skeeter

Harry se dijo que aquel texto no le empeoraría mucho más su estado de ánimo, así que inició la lectura:

La orgullosa y altanera Kendra Dumbledore no soportó seguir viviendo en Mould-on-the-Wold después del arresto y el confinamiento en Azkaban de su esposo Percival. Por eso decidió llevarse a su familia de allí y trasladarse a Godric's Hollow, el pueblo que más tarde se haría famoso por ser el escenario donde Harry Potter se libró —de forma muy extraña— de Quien-ustedes-saben.

En Godric's Hollow, igual que en Mould-on-the-Wold, residían muchas familias de magos, pero como Kendra no conocía a nadie allí, no sería objeto de la curiosidad que despertaba el delito de su esposo, como le había ocurrido en su anterior lugar de residencia. Sin embargo, rechazó repetidamente las muestras de simpatía de sus nuevos vecinos magos, y de ese modo pronto se aseguró de que dejarían en paz a su familia.

«Me cerró la puerta en las narices cuando fui a darle la bienvenida llevándole una hornada de pasteles, con forma de caldero, hechos por mí —recuerda Bathilda Bagshot—. El primer año que vivieron ahí sólo vi a los dos chicos, y no habría sabido que también existía una niña si, en una ocasión (el invierno después de su llegada), no hubiera estado yo recogiendo plangentinas a la luz de la luna y la hubiera visto salir con Ariana al jardín trasero. Kendra le hizo dar a la niña una vuelta al jardín, sujetándola con fuerza por el brazo, y luego se la llevó dentro. No supe qué pensar.»

Al parecer, Kendra creyó que el traslado a Godric's Hollow era una oportunidad perfecta para esconder a Ariana de una vez por todas, algo que probablemente llevaba años planeando. Era el momento más oportuno. La niña sólo tenía siete años cuando se la perdió de vista, y, según la mayoría de los expertos, a esa edad es cuando se habría revelado su magia, si la hubiera tenido. Nadie que todavía viva recuerda que Ariana mostrara jamás la más leve señal de poseer aptitudes mágicas. Por tanto, parece evidente que Kendra decidió ocultar la existencia de su hija para no sufrir la vergüenza de reconocer que había alumbrado a una squib. Alejarse de los amigos y los vecinos que conocían a Ariana facilitaría mucho su confinamiento, por supuesto. Y podía confiar en que las pocas personas que a partir de entonces conocieran la existencia de la niña guardarían el secreto, incluidos sus dos hermanos; ellos desviaban las preguntas inoportunas con la respuesta que les había enseñado su madre: «Mi hermana está demasiado débil para ir al colegio.»

La próxima semana: «Albus Dumbledore en Hogwarts: los premios y las falsedades.»

Harry se había equivocado: el extracto de la obra de Rita Skeeter que acababa de leer le hizo sentirse peor. Volvió a mirar la fotografía de la familia aparentemente feliz. ¿Era verdad lo que había leído? ¿Cómo lo averiguaría? Quería ir a Godric's Hollow, aunque Bathilda no estuviera en condiciones de explicarle nada, y quería visitar el lugar donde Dumbledore y él habían perdido a sus seres queridos. Cuando estaba a punto de bajar el periódico para pedirles su opinión a Ron y Hermione, un «¡crac!» ensordecedor resonó en la cocina.

Por primera vez en tres días, Harry se había olvidado por completo de Kreacher. Al principio pensó que Lupin había vuelto a irrumpir en la habitación, pero no entendía qué era la maraña de agitadas extremidades que había aparecido de la nada justo al lado de su silla. Se puso rápidamente en pie al mismo tiempo que Kreacher se desenredaba y, haciendo una reverencia a Harry, anunciaba con su ronca voz:

—Kreacher ha vuelto con el ladrón Mundungus Fletcher, mi amo.

Mundungus se levantó con dificultad y sacó su varita; pero Hermione fue más rápida que él y gritó:

—¡*Expelliarmus!*

La varita mágica de Mundungus saltó por los aires y ella la atrapó. Mundungus, despavorido, echó a correr hacia la escalera; sin embargo, Ron le hizo un placaje y lo derribó sobre el suelo de piedra con un amortiguado crujido.

—Pero ¿qué pasa aquí? —bramó retorciéndose para sol tarse de los brazos de Ron— ¿Qué he hecho? ¿Por qué enviaron a un maldito elfo doméstico a buscarme? ¿A qué juegan? ¿Qué he hecho? ¡Suéltame! ¡Suéltame o...!

—No estás en posición de amenazarnos —dijo Harry. Apartó el periódico, cruzó la cocina en pocas zancadas y se arrodilló al lado de Mundungus, que dejó de forcejear y lo miró aterrado.

Ron se levantó jadeando y observó cómo Harry apuntaba su varita a la nariz de Mundungus. Éste apestaba a sudor y humo de tabaco; tenía el pelo enmarañado y la túnica manchada.

—Kreacher pide disculpas por el retraso en traer al ladrón, mi amo. Fletcher sabe cómo evitar que lo capturen, tiene muchos escondrijos y muchos cómplices. Sin embargo, al fin Kreacher consiguió acorralar al ladrón.

—Lo has hecho muy bien —lo felicitó Harry, y el elfo hizo una reverencia—. Bien, tenemos varias preguntas que hacerte —le dijo a Mundungus, que se apresuró a farfullar:

—Me entró pánico, ¿comprenden? Yo no quería ir, lo dije desde el principio; no te ofendas, chico, pero nunca me ofrecí de voluntario para morir por ti, y el maldito Quien-tú-sabes venía volando hacia mí... cualquiera se habría largado. Ya advertí que no quería hacerlo...

—Para que te enteres, nadie más se desapareció —le informó Hermione.

—Bueno, pues son una pandilla de malditos héroes, ¿de acuerdo?, pero yo nunca dije que estuviera dispuesto a dar la vida por...

—No nos interesa saber por qué dejaste plantado a Ojoloco —lo interrumpió Harry, y le acercó un poco más la varita a los ojos, con bolsas e inyectados en sangre—. Ya sabíamos que eras un canalla y que no se podía confiar en ti.

—Entonces, ¿por qué demonios me ha traído aquí ese elfo doméstico? ¿Es otra vez por lo de los cálices ésos? No me queda ni uno; si los tuviera se los daría...

—No, no se trata de los cálices, pero te estás acercando —dijo Harry—. Y ahora calla y escucha.

Era maravilloso tener algo que hacer, alguien a quien poder extraerle una pequeña parte de la verdad. La varita de Harry estaba tan cerca de la nariz de Mundungus que éste se había puesto bizco intentando no perderla de vista.

—Cuando te llevaste de esta casa todos los objetos de valor... —empezó Harry, pero Mundungus volvió a interrumpirlo:

—Sirius nunca le dio ningún valor a la chatarra que...

Hubo un correteo, un destello de cobre, un resonante golpazo y un chillido de dolor: Kreacher se había abalanzado sobre Mundungus para golpearle la cabeza con una sartén.

—¡Quítenmelo de encima! ¡Quítenmelo! ¡Este bicho tendría que estar encerrado! —vociferó Mundungus cubriéndose la cabeza con ambos brazos al ver que el elfo volvía a levantar la enorme sartén.

—¡Kreacher, no lo hagas! —ordenó Harry.

Los delgados brazos de Kreacher temblaban bajo el peso de la sartén que sostenía en alto.

—Una vez más, amo Harry, por si acaso.

Ron se echó a reír.

—Nos interesa que esté consciente, Kreacher, pero si necesita que se le persuada un poco, podrás hacer los honores —prometió Harry.

—Gracias, amo —replicó el elfo inclinando la cabeza; se retiró un poco y se quedó a escasa distancia vigilando a

Mundungus con sus enormes y pálidos ojos, cargados de odio.

—Cuando te llevaste de esta casa todos los objetos de valor que encontraste —volvió a decir Harry—, tomaste unas cosas que estaban en el armario de la cocina. Entre ellas había un guardapelo... —De pronto se le secó la boca y también notó la tensión y la emoción de Ron y Hermione—. ¿Qué hiciste con él?

—¿Por qué lo preguntas? ¿Tiene algún valor?

—¡Todavía lo tienes! —acusó Hermione.

—No, ya no lo tiene —dijo Ron con astucia—. Se está preguntando si habría podido pedir más dinero por él.

—¿Más dinero? —se extrañó Mundungus—. Eso no habría sido difícil, porque puede decirse que lo regalé. No tuve alternativa.

—¿Qué quieres decir?

—Estaba vendiendo en el callejón Diagon cuando una tipa se me acercó y me preguntó si tenía permiso para comerciar con artilugios mágicos. Una fisgona asquerosa. Quería multarme, pero le gustó el guardapelo y me dijo que se lo quedaba y que por esa vez me perdonaba, y... y que podía considerarme afortunado.

—¿Quién era? —preguntó Harry.

—No lo sé, una arpía del ministerio. —Caviló un momento, frunciendo el entrecejo, y añadió—. Era bajita y llevaba un lazo en la cabeza. Ah, y tenía cara de sapo.

Harry bajó la varita y, sin querer, golpeó a Mundungus en la nariz. Saltaron unas chispas rojas que le prendieron fuego a las cejas.

—¡*Aguamenti!* —gritó Hermione, y un chorro de agua salió del extremo de su varita y roció a Mundungus, que, atragantándose, se puso a farfullar como un enloquecido.

Harry alzó la vista y percibió su propia sorpresa reflejada en las caras de sus amigos, al tiempo que notaba un hormigueo en las cicatrices del dorso de la mano derecha.

12

La magia es poder

A medida que avanzaba agosto, el descuidado rectángulo de césped que había en el centro de Grimmauld Place iba marchitándose al sol hasta quedar reseco y marrón. Los muggles que vivían en las casas vecinas de esa plaza nunca habían visto a los inquilinos del número 12 ni la casa en sí, pero hacía mucho tiempo que habían aceptado el gracioso error de numeración, en virtud del cual los números 11 y 13 eran colindantes.

Y sin embargo, la plaza atraía un goteo de visitantes que, por lo visto, consideraban esa anomalía de lo más intrigante. Así pues, no pasaba ni un día sin que una o dos personas llegaran a Grimmauld Place con el único propósito (al menos aparentemente) de apoyarse en la pequeña valla que cercaba la plaza, frente a los números 11 y 13, y observar la unión de las dos casas. Esos individuos nunca eran los mismos, aunque todos solían vestir de una forma muy rara. La mayoría de los londinenses que pasaban por allí, acostumbrados a ver personajes excéntricos, no se fijaban mucho en ellos, aunque de vez en cuando algún viandante volvía la cabeza y se preguntaba cómo se le ocurría a alguien salir a la calle con una capa tan larga, visto el calor que hacía.

No obstante, parecía que esos observadores no obtenían mucha satisfacción de su vigilancia. A veces, alguno echaba a correr hacia los edificios, como si por fin hubiera visto algo interesante, pero siempre regresaba decepcionado.

El 1 de septiembre merodeaba más gente que nunca por la plaza. Ese día, ataviados con largas capas, había media docena de individuos en actitud alerta escudriñando con esmero los números 11 y 13, pero lo que esperaban ver seguía ocultándose. Al anochecer cayó un inesperado y frío aguacero por primera vez en varias semanas, y entonces se produjo uno de aquellos inexplicables momentos en que los mirones parecían haber visto algo fascinante: el hombre de la cara deforme señaló los edificios y el que estaba más cerca de él, un tipo pálido y gordinflón, hizo además de correr hacia allí, pero un instante más tarde ambos volvían a estar inmóviles, con aspecto frustrado.

Entretanto, Harry entraba en el vestíbulo del número 12. Había estado a punto de perder el equilibrio al aparecerse en el escalón de la puerta de la calle, y temió que los mortífagos le hubieran visto un codo que se le había salido un instante de la capa invisible. Cerró la puerta con cuidado y se quitó la capa; se la colgó del brazo y cruzó el tétrico vestíbulo hacia la puerta que conducía al sótano; en la mano llevaba un ejemplar robado de *El Profeta*.

Lo recibió el habitual susurro: «¿Severus Snape?» Acto seguido, lo envolvió la ráfaga de aire frío y la lengua se le enrolló.

—Yo no te maté —dijo Harry en cuanto la lengua se le hubo desenrollado, y contuvo la respiración mientras explotaba la figura de polvo. Se dispuso a bajar la escalera que conducía a la cocina y, cuando la señora Black ya no podía oírlo y se hubo librado de la nube de polvo, gritó—: ¡Tengo noticias, y no les gustarán!

La cocina estaba casi irreconocible, pues todo relucía de limpio: habían sacado brillo a los cacharros de cobre, que destellaban como si fueran nuevos; la mesa de madera resplandecía, y las copas y los vasos que había en la mesa preparada para la cena reflejaban el alegre y chispeante fuego de la chimenea, sobre el que hervía un caldero. Sin embargo, nada en la estancia había cambiado tanto como el elfo doméstico que, envuelto en una toalla inmaculadamente blanca, con el pelo de las orejas tan limpio y esponjoso como el algodón y el guardapelo de Regulus rebotándole sobre el delgado pecho, se acercó corriendo a Harry.

—Quítese los zapatos, por favor, amo Harry, y lávese las manos antes de cenar —pidió Kreacher con su ronca voz; le tomó la capa invisible y se puso de puntillas para colgarla de un gancho en la pared, junto a unas túnicas viejas recién lavadas.

—¿Qué ha sucedido? —preguntó Ron con aprensión. Hermione y él estaban examinando un montón de notas garabateadas y mapas trazados a mano, esparcidos por un extremo de la larga mesa de la cocina, pero levantaron la cabeza cuando Harry se acercó y puso el periódico encima de los trozos de pergamino.

Una gran fotografía de un hombre de nariz ganchuda y pelo negro los miró con fijeza, bajo un titular que rezaba:

SEVERUS SNAPE, NUEVO DIRECTOR DE HOGWARTS

—¡Nooo! —exclamaron Ron y Hermione.

Hermione fue la más rápida: agarró el periódico y empezó a leer en voz alta:

—«Severus Snape, hasta ahora profesor de Pociones del Colegio Hogwarts de Magia y Hechicería, ha sido nombrado hoy director. Su nombramiento es el más importante de una serie de cambios en la plantilla del antiguo colegio. Tras la dimisión de la anterior profesora de Estudios Muggles, Alecto Carrow asumirá su cargo, mientras que su hermano Amycus ocupará el puesto de profesor de Defensa Contra las Artes Oscuras. "Agradezco esta oportunidad para conservar nuestras mejores tradiciones y nuestros valores mágicos"»... ¡Sí, como cometer asesinatos y cortarle las orejas a la gente! ¡Snape director! ¡Snape en el despacho de Dumbledore! ¡Por las barbas de Merlín! —chilló Hermione, y los dos chicos se sobresaltaron. Ella se levantó de la silla y salió en tromba de la estancia, gritando—: ¡Vuelvo enseguida!

—¿Por las barbas de Merlín? —repitió Ron, divertido—. Debe de estar muy enfadada. —Tomó el periódico y, tras leer detenidamente el artículo sobre Snape, comentó—: Los otros profesores no lo permitirán; McGonagall, Flitwick y Sprout saben la verdad, saben cómo murió Dumbledore. No aceptarán a Snape como director. Oye, ¿y quiénes son esos Carrow?

—Mortífagos. Dentro hay fotografías suyas. Se hallaban en la torre cuando Snape mató a Dumbledore; están todos implicados. Y no creo que los demás profesores puedan hacer otra cosa que quedarse en Hogwarts —añadió Harry con amargura, acercando una silla a la mesa—. Si el ministerio y Voldemort apoyan a Snape, tendrán que elegir entre quedarse y enseñar o pasar unos años en Azkaban, y eso si tienen suerte. Supongo que se quedarán e intentarán proteger a los alumnos.

Kreacher se acercó muy animado a la mesa con una gran sopera y, silbando entre dientes, sirvió el potaje con el cucharón en unos impolutos cuencos.

—Gracias, Kreacher —dijo Harry, y volvió *El Profeta* para no verle la cara a Snape—. Bueno, al menos ahora ya sabemos con toda certeza en qué bando está.

Empezó a tomar la sopa. Las habilidades culinarias de Kreacher habían mejorado notablemente desde que le habían regalado el guardapelo de Regulus; la sopa de cebolla de esa noche, por ejemplo, era la mejor que Harry había probado jamás.

—Todavía hay muchos mortífagos vigilando la plaza —le dijo a Ron mientras comía—, más de lo habitual. Parecen estar esperando vernos salir cargados con los baúles del colegio y dirigirnos hacia el expreso de Hogwarts.

—Llevo todo el día pensando en eso —comentó Ron y consultó su reloj—. El tren salió hace casi seis horas. Qué raro no estar en él, ¿verdad?

Harry visualizó la locomotora de vapor roja, como la vio el día que Ron y él la perseguían por el aire, reluciendo entre campos y colinas, semejante a una ondulada oruga escarlata. Estaba seguro de que Ginny, Neville y Luna estarían sentados en el mismo compartimento en ese preciso instante, preguntándose quizá dónde se habían metido sus tres amigos, o debatiendo la mejor manera de minar el nuevo régimen de Snape.

—Casi me han visto cuando llegué —explicó Harry—. No caí bien en el escalón y se me resbaló un poco la capa.

—A mí siempre me pasa. ¡Ah, mira, ya está aquí! —exclamó Ron cuando Hermione reapareció en la cocina—. ¿Se puede saber, en nombre de los calzones bombachos de Merlín, qué te ha pasado?

—Me he acordado de esto —dijo ella con la respiración agitada.

Traía un gran lienzo enmarcado que apoyó en el suelo. Tomó su bolsito bordado con cuentas del aparador de la cocina, lo abrió y, aunque era imposible que el cuadro cupiera, se dispuso a meterlo dentro. Unos segundos más tarde había desaparecido en las profundidades del diminuto bolso, como tantas otras cosas.

—Phineas Nigellus —explicó, y dejó el bolso encima de la mesa con el habitual estrépito.

—¿Cómo dices? —se asombró Ron.

Pero Harry lo había entendido: la imagen pintada de Phineas Nigellus Black era capaz de trasladarse desde el retrato de Grimmauld Place hasta el que colgaba en el despacho del director de Hogwarts, en la estancia circular de la parte superior de la torre donde, sin duda, Snape estaría sentado en ese mismo momento, triunfante y satisfecho de poseer la colección de delicados y plateados instrumentos mágicos de Dumbledore, el pensadero de piedra, el Sombrero Seleccionador y, a menos que la hubieran llevado a otro sitio, la espada de Gryffyndor.

—Snape podría enviar a Phineas Nigellus a espiar aquí —explicó Hermione mientras se sentaba—. Pero que lo intente ahora, porque lo único que verá Phineas Nigellus será el interior de mi bolso.

—¡Bien pensado! —soltó Ron, impresionado.

—Gracias —repuso Hermione con una sonrisa, y se acercó su tazón de sopa—. Bueno, Harry, ¿qué novedades hay hoy?

—Ninguna. He pasado siete horas vigilando la entrada del ministerio. Ni rastro de ella. Pero he visto a tu padre, Ron. Me ha parecido que estaba bien.

Ron asintió agradeciendo esa noticia. Habían acordado que era demasiado peligroso intentar comunicarse con el señor Weasley cuando éste entrara o saliera del ministerio, porque siempre iba rodeado por otros empleados. Sin embargo, era tranquilizador verlo, aunque fuera brevemente y a pesar de que tuviera aspecto de cansancio y nerviosismo.

—Mi padre siempre nos decía que la mayoría de los empleados del ministerio utilizan la Red Flu para ir al trabajo —comentó Ron—. Por eso no hemos visto a Umbridge; seguro que nunca va a pie, se cree demasiado importante.

—¿Y qué me dices de esa bruja estrambótica y del mago bajito de la túnica azul marino? —preguntó Hermione.

—Ah, sí, el tipo de Mantenimiento Mágico —dijo Ron.

—¿Cómo sabes que trabaja en ese departamento? —inquirió la chica con una cucharada de sopa suspendida ante la boca.

—Porque mi padre decía que los empleados de Mantenimiento Mágico llevan túnicas azul marino.

—¡Nunca lo habías comentado! —Hermione dejó la cuchara en el plato y acercó el montón de notas y mapas que estaban examinando antes de la llegada de Harry—. ¡Aquí no pone nada de túnicas azul marino! —protestó mientras revisaba febrilmente las hojas.

—Bueno, ¿qué importancia tiene eso?

—¡Claro que importa, Ron! ¡Si queremos entrar en el ministerio sin que nos descubran, mientras ellos están en máxima alerta respecto a cualquier intruso, importa hasta el detalle más insignificante! Llevamos días dándole vueltas al asunto, pero ¿de qué van a servir todos estos viajes de reconocimiento si tú no te molestas en contarnos que...?

—Caray, Hermione, por una cosa que se me olvida...

—¿No te das cuenta de que seguramente no podríamos estar en ningún otro lugar más peligroso que en el Ministerio de...?

—Creo que deberíamos hacerlo mañana —la interrumpió Harry.

Hermione se detuvo en seco con la boca abierta, y Ron se atragantó un poco con la sopa.

—¿Mañana? —repitió Hermione—. No lo dirás en serio, ¿verdad, Harry?

—Sí, lo digo en serio. No creo que vayamos a estar mejor preparados de lo que estamos ahora, aunque nos pasemos otro mes entero vigilando la entrada del ministerio. Cuanto más lo retrasemos, más lejos podría estar ese guardapelo. Ya hay muchas probabilidades de que Umbridge se haya deshecho de él, porque no se abre.

—A menos —intervino Ron— que haya encontrado la manera de abrirlo y que ahora esté poseída.

—A ella no se le notaría mucho, porque siempre ha sido rematadamente mala —repuso Harry y, dirigiéndose a Hermione, que estaba muy concentrada mordiéndose los labios, continuó—: Ya sabemos lo más importante, es decir, que no se puede entrar ni salir del ministerio mediante Aparición, y que sólo a quienes ocupan un cargo de responsabilidad se les permite conectar sus hogares a la Red Flu, porque Ron oyó a esos dos inefables quejarse de ello. Y también sabemos, más o menos, dónde está el despacho de Umbridge, por lo que tú oíste que ese tipo barbudo le comentaba a su amigo...

—«Voy a la primera planta; Dolores quiere verme» —recitó Hermione.

—Exacto. E igualmente sabemos que se entra utilizando esas extrañas monedas, o fichas o lo que sean, porque yo sorprendí a esa bruja pidiéndole prestada una a su amiga...

—¡Pero nosotros no tenemos ninguna!

—Si el plan funciona, las tendremos —declaró Harry con serenidad.

—No sé, Harry, no sé si... Hay muchas cosas que podrían salir mal, dependen tanto del azar...

—Eso no cambiará aunque pasemos otros tres meses preparándonos. Ha llegado el momento de entrar en acción.

Harry comprendió, por la expresión de sus amigos, que estaban asustados. Él tampoco las tenía todas consigo, pero estaba seguro de que había llegado la hora de poner en práctica su plan.

Habían pasado las cuatro semanas anteriores turnándose para ponerse la capa invisible y espiar la entrada principal del ministerio, que Ron, gracias a su padre, conocía desde su infancia. Del mismo modo habían seguido a varios empleados del ministerio, escuchado sus conversaciones y descubierto, mediante una atenta observación, quiénes solían aparecer solos a la misma hora todos los días. De vez en cuando escamoteaban un ejemplar de *El Profeta* de algún maletín, y, poco a poco, trazaron los mapas y tomaron las notas que ahora se amontonaban delante de Hermione.

—Está bien —dijo Ron con cautela—, supongamos que lo hacemos mañana... Creo que deberíamos ir Harry y yo.

—¡Caray, no vuelvas a empezar! —le espetó Hermione suspirando—. Creía que eso ya había quedado claro.

—Una cosa es merodear por las entradas protegidos por la capa invisible, pero esto es diferente, Hermione. —Ron hincó un dedo en un ejemplar de *El Profeta* de diez días atrás—. ¡Tú estás en la lista de hijos de muggles que no se han presentado voluntarios para ser interrogados!

—¡Y tú se supone que estás muriendo de spattergroit en La Madriguera! Si hay alguien que no debería ir, ése es

Harry, por cuya cabeza están dispuestos a pagar diez mil galeones...

—Está bien, yo me quedo aquí. Ya me avisarán si consiguen derrotar a Voldemort, ¿eh?

Mientras Ron y Hermione reían, Harry sintió una fuerte punzada en la cicatriz. Se llevó una mano a la frente, pero, al ver que Hermione lo miraba con desconfianza, intentó disimular el movimiento apartándose un mechón de cabello.

—Bueno, si vamos los tres, tendremos que desaparecernos por separado —decía Ron—. Ya no cabemos todos debajo de la capa invisible.

A Harry cada vez le dolía más la cicatriz. Se levantó y Kreacher fue rápidamente hacia él.

—El amo no se ha terminado la sopa. ¿Prefiere el sabroso estofado, o la tarta de melaza que al amo tanto le gusta?

—No, Kreacher, gracias. Vuelvo enseguida. Voy... al lavabo.

Harry, consciente de que Hermione no le quitaba ojo, subió a toda prisa la escalera que llevaba al vestíbulo, y de ahí al primer piso. Cuando por fin logró encerrarse en el cuarto de baño, gimiendo de dolor se desplomó sobre el lavamanos negro, de grifos en forma de serpiente con la boca abierta, y cerró los ojos...

Avanzaba como deslizándose por una calle en penumbra, donde los altos tejados de los edificios que la flanqueaban eran de madera a dos aguas; parecían casitas de chocolate.

Se acercó a una de ellas, y entonces su blanca mano de largos dedos resaltó contra la oscura puerta. Llamó. Sentía una emoción cada vez mayor...

Se abrió la puerta y apareció una mujer risueña, pero, al ver la cara de Harry, se puso seria y su expresión jovial se trocó en una mueca de terror...

—¿Está Gregorovitch? —preguntó una voz fría y aguda.

La mujer negó con la cabeza e intentó cerrar la puerta. Una blanca mano se interpuso, impidiéndole cerrarla...

—Quiero ver a Gregorovitch.

—*Er wohnt hier nicht mehr!* —gritó ella sacudiendo la cabeza—. ¡Él no vivir aquí! ¡No vivir aquí! ¡Yo no conocer!

La mujer desistió de cerrar la puerta y retrocedió por el oscuro vestíbulo. Harry la siguió, siempre deslizándose, y su mano de largos dedos sacó la varita mágica.

—¿Dónde está?

—*Das weis ich nicht!* ¡Él irse! ¡Yo no saber, no saber!

Harry levantó la varita y la mujer chilló. Dos niños pequeños llegaron corriendo al vestíbulo y ella intentó protegerlos con los brazos. Hubo un destello de luz verde...

—¡Harry! ¡HARRY!

El muchacho abrió los ojos y comprobó que había caído al suelo. Hermione golpeaba la puerta.

—¡Abre, Harry!

«He gritado en sueños», pensó. Se levantó y descorrió el pestillo de la puerta. Hermione entró tropezando, recuperó el equilibrio y miró alrededor con desconfianza. Ron apareció agitado detrás de ella y apuntó con la varita a los rincones del frío cuarto de baño.

—¿Qué hacías? —preguntó Hermione con severidad.

—¿Tú qué crees? —replicó Harry con un tono bravucón nada convincente.

—¡Chillabas como un condenado! —le espetó Ron.

—Oh, es eso... Debo de haberme quedado dormido, o...

—¿Nos tomas por tontos, Harry? —terció Hermione—. Sabemos que en la cocina te dolía la cicatriz, y estás blanco como la cera.

El chico se sentó en el borde de la bañera.

—Está bien, tienes razón —cedió—. Acabo de ver cómo Voldemort mataba a una mujer. A estas alturas ya debe de haber acabado con toda la familia. Y no tenía ningún motivo para hacerlo. Ha sido como lo de Cedric: ellos estaban allí y...

—¡No debes permitir que esto vuelva a pasar, Harry! —le recriminó Hermione con vehemencia—. ¡Dumbledore quería que utilizaras la Oclumancia porque creía que esa conexión era peligrosa! ¡Voldemort puede utilizarla, Harry! ¿De qué te sirve ver cómo él tortura y mata, en qué puede ayudarte?

—Así sé lo que hace —se defendió.

—Entonces, ¿ni siquiera tratarás de cerrarle el paso a tu mente?

—No puedo, Hermione. Ya sabes que la Oclumancia se me da muy mal, nunca llegué a enterarme de cómo funciona.

—¡Porque nunca lo intentaste de verdad! —replicó ella, acalorada—. No lo entiendo, Harry. ¿Acaso te gusta tener esa conexión o relación o... como quieras llamarla? —Vaciló al ver la mirada que Harry le dirigió al levantarse.

—¿Gustarme, dices? —musitó el chico—. ¿A ti te gustaría?

—Yo no... Lo siento, no quería...

—La odio. Detesto que él pueda meterse dentro de mí, detesto tener que verlo cuando más sanguinario se muestra. Pero voy a utilizarla.

—Sin embargo, Dumbledore...

—Olvídate de Dumbledore. Esto es asunto mío y de nadie más. Quiero saber por qué busca a Gregorovitch.

—¿A quién?

—Es un fabricante de varitas extranjero —explicó Harry—. Confeccionó la varita de Krum, y éste asegura que es muy bueno.

—Pero, según tú —intervino Ron—, Voldemort tiene a Ollivander encerrado en alguna parte. Si ya tiene a un fabricante de varitas, ¿para qué necesita a otro?

—Quizá piensa como Krum y considera que Gregorovitch es mejor. O quizá cree que Gregorovitch podrá explicarle lo que hizo mi varita cuando él me perseguía, porque Ollivander no supo aclarárselo.

Harry echó un vistazo al resquebrajado y sucio espejo, y vio a Ron y Hermione intercambiando miradas de escepticismo a sus espaldas.

—Harry, no paras de hablar de cómo actuó tu varita —dijo la chica—, pero lo hiciste tú. ¿Por qué te empeñas en no asumir tu propio poder?

—¡Porque estoy seguro, y Voldemort también lo está, de que no fui yo, Hermione! ¡Él y yo sabemos qué ocurrió en realidad!

Se miraron fijamente a los ojos; Harry sabía que no la había convencido y que ahora ella estaba ordenando sus argumentos para rebatirle la teoría de la actuación de la varita y el hecho de que siguiera metiéndose en la mente de Voldemort. Por ello sintió alivio cuando Ron intervino:

—Déjalo, Hermione. Que haga lo que quiera. Además, si tenemos que ir mañana al ministerio, ¿no crees que deberíamos repasar el plan?

Hermione cedió a regañadientes, pero Harry sabía que volvería a la carga en cuanto se le presentara una oportunidad.

Regresaron a la cocina del sótano, donde Kreacher les sirvió estofado y tarta de melaza.

Esa noche no se acostaron hasta muy tarde, tras pasar horas repasando una y otra vez su plan, hasta que lograron recitárselo a la perfección unos a otros. Harry, que desde hacía unos días dormía en la habitación de Sirius, se tumbó en la cama y con la varita mágica iluminó la vieja fotografía en la que aparecían su padre, Sirius, Lupin y Pettigrew. Dedicó unos minutos más a memorizar el plan. Sin embargo, cuando apagó la varita no pensaba en la poción multijugos, ni en las pastillas vomitivas, ni en las túnicas azul marino de los empleados de Mantenimiento Mágico, sino en Gregorovitch, el fabricante de varitas, y se preguntó cuánto tiempo conseguiría ocultarse mientras Voldemort lo buscaba con tanta determinación.

El amanecer sucedió a la medianoche con indecoroso apresuramiento.

—Tienes un aspecto espantoso —dijo Ron al entrar en la habitación para despertar a Harry.

—No por mucho tiempo —repuso éste bostezando.

Encontraron a Hermione en la cocina. Kreacher estaba sirviéndole café y bollos calientes, y ella tenía esa expresión de desquiciada que Harry asociaba con el repaso previo a los exámenes.

—Túnicas —murmuró la chica saludando a Harry con un gesto de la cabeza, y siguió revolviendo en su bolsito de cuentas—, poción multijugos, capa invisible, detonadores trampa (deberían llevar un par cada uno, por si acaso), pastillas vomitivas, turrón sangranarices, orejas extensibles...

Engulleron el desayuno y subieron sin entretenerse. Kreacher se despidió de ellos con cortesía y prometió preparar un pastel de carne y riñones para cuando volvieran.

—Este elfo se hace querer —dijo Ron con afecto—. Y pensar que antes soñaba con cortarle la cabeza y colgarla en la pared.

Salieron al escalón de la puerta principal con muchísimo cuidado, porque había un par de mortífagos con caras soñolientas observando la casa desde el otro extremo de la neblinosa plaza. Hermione se desapareció primero con Ron, y luego volvió a buscar a Harry.

Tras unos momentos de oscuridad y sensación de asfixia, Harry se encontró en el diminuto callejón donde habían previsto llevar a cabo la primera fase del plan. El callejón todavía estaba desierto (sólo se veían un par de cubos de basura), pues los primeros empleados del ministerio no solían aparecer hasta las ocho en punto, como muy pronto.

—Muy bien —dijo Hermione consultando la hora—. Tendría que llegar dentro de unos cinco minutos. Cuando la haya aturdido...

—Ya lo sabemos, Hermione —resopló Ron—. ¿Y no teníamos que abrir la puerta antes de que ella llegara?

Hermione soltó un chillido.

—¡Casi se me olvida! Apártense un poco... —Sacó la varita y apuntó a la puerta contra incendios que tenían al lado, cerrada con candado y cubierta de grafitos. Se abrió con estrépito, dejando a la vista un oscuro pasillo que conducía, como ya sabían gracias a sus meticulosas exploraciones, a un teatro en desuso. Hermione la entornó para que pareciera cerrada e indicó—: Y ahora nos ponemos otra vez la capa invisible y...

—... y esperamos —concluyó Ron y le echó la capa por encima como quien cubre un periquito con un trapo, y miró a Harry poniendo los ojos en blanco.

Un par de minutos después se oyó un débil «¡pat!», y una bruja menuda del ministerio, de cabello canoso y suelto, se apareció a escasos metros de ellos y parpadeó, deslumbrada, porque el sol acababa de salir por detrás de una nube. Pero apenas tuvo tiempo de disfrutar de aquella inesperada tibieza, porque el silencioso hechizo aturdidor de Hermione le dio en el pecho y la bruja cayó hacia atrás.

—Buen trabajo —la felicitó Ron, saliendo de detrás del cubo de basura que había junto a la puerta del teatro, mientras Harry se quitaba la capa invisible.

Juntos, trasladaron a la bruja al oscuro pasillo que conducía a la parte trasera del escenario. Hermione le arrancó varios pelos y los metió en un frasco de fangosa poción multijugos que sacó del bolsito de cuentas. Entretanto, Ron rebuscaba en el bolso de la bruja.

—Se llama Mafalda Hopkirk —anunció leyendo una tarjetita que la identificaba como auxiliar de la Oficina Contra el Uso Indebido de la Magia—. Será mejor que tomes esto, Hermione, y aquí están las fichas.

Le dio unas moneditas doradas, todas con las iniciales «M.D.M.» grabadas, que había en el bolso de la bruja.

Hermione se bebió la poción multijugos, que había adoptado el bonito color de los heliotropos, y pasados unos segundos se convirtió en el doble de Mafalda Hopkirk. Le quitó las gafas a la verdadera y se las puso, y entonces Harry consultó su reloj.

—Vamos retrasados. El empleado de Mantenimiento Mágico llegará en cualquier momento.

Se apresuraron a cerrar la puerta tras la que habían dejado a la Mafalda auténtica. Harry y Ron se taparon con la capa invisible, pero Hermione permaneció a la vista, esperando. Segundos después se oyó otro «¡paf!» y un mago bajito y con cara de hurón se apareció ante ellos.

—¡Hola, Mafalda!

—¡Hola! —lo saludó Hermione con voz temblorosa—. ¿Qué tal?

—No muy bien, la verdad —respondió el mago, que parecía muy abatido.

Hermione y el mago se encaminaron hacia la calle principal. Harry y Ron los siguieron.

—¿Qué te pasa? ¿No te encuentras bien? —preguntó Hermione, ya más calmada, mientras el mago intentaba exponerle sus problemas; era esencial que no llegara a la calle—. Toma, un caramelo.

—¿Cómo? Ah. No, no, gracias...

—¡Insisto! —dijo Hermione con agresividad, agitando la bolsa de pastillas delante de la cara del mago. Un tanto alarmado, el tipo tomó una.

El efecto fue instantáneo. Apenas la pastilla le tocó la lengua, empezó a vomitar de tal modo que ni siquiera notó que Hermione le arrancababa unos pelos de la coronilla.

—¡Madre mía! —exclamó la chica mientras el mago esparcía vómito por todo el callejón—. Quizá deberías tomarte el día libre.

—¡No, no! —Sentía unas tremendas arcadas pero seguía su camino, aunque haciendo eses—. Tengo que... precisamente hoy... tengo que...

—¡No digas tonterías! —farfulló Hermione, alarmada—. ¡No puedes ir a trabajar en este estado! ¡Creo que deberías ir a San Mungo para que te examinen!

El mago se derrumbó, sin parar de tener arcadas, pero poniéndose a cuatro patas intentó llegar a la calle principal.

—¡No puedes ir a trabajar así! —chilló Hermione.

Por fin, el mago admitió que su acompañante tenía razón. Se sujetó de Hermione, que estaba muerta de asco, para levantarse del suelo, se dio la vuelta y se esfumó. Lo único que quedó de él fue la bolsa, que Ron le había arrancado de la mano antes de que se desapareciera, y algunas gotas de vómito flotando en el aire.

—¡Puajj! —exclamó Hermione recogiéndose la túnica para esquivar los charcos de vómito—. Habría sido mucho más limpio aturdirlo a él también.

—Tienes razón —corroboró Ron, y salió de debajo de la capa invisible con la bolsa del mago en la mano—, pero sigo pensando que si dejáramos un reguero de magos inconscientes llamaríamos más la atención. Oye, a ese tipo le gusta mucho su trabajo, ¿no? Pásame los pelos y la poción, Hermione.

En dos minutos, Ron estaba ante ellos, tan menudo y con la misma cara de hurón que el mago al que había suplantado. Acto seguido, se puso la túnica azul marino que llevaba doblada en la bolsa.

Qué raro que no la llevara puesta, con las ganas que tenía de ir a trabajar, ¿verdad? En fin, me llamo Reg Cattermole, o al menos eso pone en la tarjeta.

—Quédate ahí —le dijo Hermione a Harry, que seguía bajo la capa invisible—. Volveremos enseguida con unos pelos para ti.

Harry tuvo que esperar diez minutos que se le hicieron eternos, solo en aquel callejón salpicado de inmundicia, junto a la puerta tras la que habían escondido a la aturdida Mafalda. Al fin llegaron Ron y Hermione.

—No sabemos quién es —dijo Hermione, y le dio a Harry unos cabellos negros y rizados—, pero se ha marchado a su casa con una hemorragia nasal tremenda. Ten, es bastante alto, necesitarás una túnica más grande...

Sacó una de las túnicas viejas que Kreacher les había lavado, y Harry se retiró un poco para cambiarse y tomar la poción.

Cuando hubo terminado la dolorosa transformación, Harry llevaba barba, medía más de un metro ochenta y, a juzgar por sus musculosos brazos, tenía una complexión atlética. Se guardó la capa invisible y las gafas bajo la túnica y fue a reunirse con sus amigos.

—¡Caray, das miedo! —exclamó Ron; ahora su amigo era bastante más alto que él.

—Toma una de las fichas de Mafalda y vámonos —le dijo Hermione a Harry—; ya casi es la hora.

Salieron del callejón. En la abarrotada acera de la calle principal, a unos cincuenta metros, unas rejas negras y puntiagudas flanqueaban dos tramos de escalones, uno con el letrero «Damas» y el otro «Caballeros».

—Nos vemos ahora mismo —dijo Hermione, nerviosa, antes de bajar tambaleándose los escalones que conducían al lavabo de señoras.

Harry y Ron siguieron a unos individuos de extraño atuendo que también bajaban hacia lo que parecía un lavabo público subterráneo, normal y corriente, revestido de azulejos blancos y negros.

—¡Buenos días, Reg! —saludó otro mago con túnica azul marino al entrar en una cabina tras insertar una ficha dorada en la ranura de la puerta—. Menuda lata, ¿verdad? ¡Obligarnos a ir al trabajo de esta forma! ¿Quién creen que va a venir, Harry Potter? —Y rió de su propio chiste.

Ron soltó una risita forzada y replicó:

—Sí, qué tontería, ¿no?

Ambos amigos entraron en cabinas contiguas.

Harry oyó cómo los magos tiraban de la cadena en otras cabinas. Se agachó y miró por el resquicio del panel que separaba su cubículo del de al lado, justo a tiempo de ver un par de botas subiéndose al retrete. Luego miró por el resquicio de la izquierda y vio a Ron, que también se había agachado y lo miraba a él.

—¿Tenemos que meternos en el retrete y tirar de la cadena? —susurró incrédulo.

—Por lo visto, sí —respondió Harry con una voz grave y áspera que no reconoció.

Ambos se incorporaron y Harry se subió al retrete; se sentía increíblemente imbécil.

Sin embargo, supo al instante que había hecho lo correcto, pues aunque tuvo la sensación de meterse de lleno en el agua, los zapatos, los pies y el bajo de su túnica permanecieron completamente secos. Tiró de la cadena y un momento después descendía por una corta rampa hasta aterrizar en una de las chimeneas del Ministerio de Magia.

Se levantó con dificultad, nada acostumbrado a manejar un cuerpo tan grande. El inmenso Atrio parecía más oscuro de como lo recordaba; antes, una fuente dorada ocupaba el centro del vestíbulo y arrojaba temblorosos puntos de luz al pulido parquet y las paredes. Ahora, en cambio, una gigantesca composición en piedra negra dominaba la escena; se trataba de una enorme y sobrecogedora escultura de una bruja y un mago que, sentados en sendos tronos labrados y ornamentados, observaban a los empleados del ministerio que salían por las chimeneas; en el pedestal se leían unas palabras grabadas con letras de un palmo de alto: «LA MAGIA ES PODER.»

Harry recibió un repentino golpe en la parte posterior de las piernas: otro mago acababa de caer por la chimenea detrás de él.

—¡Apártate, hombre! ¿No ves que...? ¡Oh, lo siento, Runcorn!

El mago, un tipo calvo con cara de asustado, se escabulló rápidamente. Al parecer, el hombre al que Harry suplantaba, el tal Runcorn, era un personaje que imponía.

—¡Pst! —siseó una voz.

Harry volvió la cabeza y vio a una bruja bajita y menuda y al mago con cara de hurón de Mantenimiento Mágico haciéndole señas desde el otro lado de la estatua. Enseguida fue a reunirse con ellos.

—¿Has llegado bien? —le preguntó Hermione.

—No, todavía está atrapado en el cagadero —se mofó Ron.

—¡Muy gracioso! Es horrible, ¿verdad? —le dijo a Harry, que estaba contemplando la estatua—. ¿Has visto dónde están sentados?

Harry miró con más atención y vio que lo que había tomado por tronos labrados con motivos decorativos eran en realidad montañas de seres humanos esculpidos: cientos y cientos de cuerpos desnudos —hombres, mujeres y niños—, de rostros patéticos, retorcidos y apretujados para soportar el peso de aquella pareja de magos ataviados con elegantes túnicas.

—Muggles... —susurró Hermione— en el sitio que les corresponde. ¡Vamos, no perdamos más tiempo!

Mirando alrededor con disimulo, se unieron al torrente de magos y brujas que avanzaban hacia las puertas doradas que había al fondo del vestíbulo, pero no vieron ni rastro de la característica silueta de Dolores Umbridge. Cruzaron las puertas y entraron en un vestíbulo más pequeño donde se estaban formando colas enfrente de veinte rejas doradas correspondientes a veinte ascensores. Nada más ponerse en la cola más cercana, una voz exclamó:

—¡Cattermole!

Los chicos se volvieron y a Harry le dio un vuelco el corazón. Uno de los mortífagos que había presenciado la muerte de Dumbledore se dirigía hacia ellos. Los empleados que estaban a su lado guardaron silencio y bajaron la vista. Harry sintió cómo el miedo los atenazaba. El tosco y ceñudo rostro de aquel individuo no acababa de encajar con su amplia y magnífica túnica, bordada con abundante hilo de oro. Entre la multitud que esperaba ante los ascensores, algunos gritaron con tono adulador: «¡Buenos días, Yaxley!», pero Yaxley los pasó por alto.

—Pedí que alguien de Mantenimiento Mágico fuera a ver qué ocurre en mi despacho, Cattermole. Pero sigue lloviendo.

Ron miró alrededor como si esperara que alguien interviniera, pero nadie dijo nada.

—¿Lloviendo? ¿En su despacho? Vaya, qué contrariedad, ¿no? —Ron soltó una risita nerviosa y Yaxley enarcó las cejas.

—¿Lo encuentras gracioso, Cattermole?

Un par de brujas se apartaron de la cola y se marcharon a toda prisa.

—No —contestó Ron—. No, por supuesto que no...

—Por cierto, ¿sabes adónde voy? Abajo, a interrogar a tu esposa, Cattermole. De hecho, me sorprende que no estés allí acompañándola y confortándola mientras espera. Supongo que te has desentendido de ella, ¿verdad? Bueno, es lo más sensato. La próxima vez asegúrate de casarte con una sangre limpia.

Hermione soltó un gritito de horror y Yaxley la miró. La chica tosió un poco y se dio la vuelta.

—Yo... yo... —tartamudeó Ron.

—Si a mi esposa la acusaran de ser una sangre sucia (aunque yo jamás me casaría con una mujer que pudiera ser tomada por semejante escoria) y el jefe del Departamento de Seguridad Mágica necesitara que le arreglaran algo, daría prioridad a ese trabajo, Cattermole. ¿Lo captas?

—Sí, claro, claro —murmuró Ron.

—Pues entonces ocúpate de mi despacho, Cattermole, y si dentro de una hora no está completamente seco, el Estatus de Sangre de tu esposa estará aún más en entredicho de lo que ya está.

La reja dorada que tenían delante se abrió con un traqueteo. Yaxley saludó con una inclinación de la cabeza y una sonrisa a Harry, convencido de que éste aprobaría cómo había tratado a Cattermole, y se dirigió a otro ascensor. Los tres amigos entraron en el suyo, pero no los siguió nadie: era como si tuvieran una enfermedad contagiosa. La reja se cerró con estrépito y el ascensor comenzó su ascensión.

—¿Qué hago? —preguntó Ron a sus amigos; parecía muy acongojado—. Si no voy, mi esposa... es decir, la esposa de Cattermole...

—Te acompañaremos, tenemos que seguir juntos... —musitó Harry, pero Ron movió la cabeza enérgicamente.

—Eso es una locura, no tenemos mucho tiempo. Vayan ustedes en busca de Umbridge y yo iré a arreglar el despacho de Yaxley... Pero ¿qué hago para que deje de llover?

—Prueba con un *Finite Incantatem* —sugirió Hermione—. Si es un maleficio o una maldición, eso detendrá la lluvia; si no, es que ha pasado algo con un encantamiento atmosférico, y eso es más difícil de arreglar. Como medida provisional, haz un encantamiento impermeabilizante para proteger sus cosas...

—Repítelo todo más despacio —pidió Ron mientras buscaba ansiosamente una pluma en sus bolsillos, pero en ese momento el ascensor se detuvo con una sacudida.

Una incorpórea voz de mujer anunció: «Cuarta planta, Departamento de Regulación y Control de las Criaturas Mágicas, que incluye las Divisiones de Bestias, Seres y Espíritus, la Oficina de Coordinación de los Duendes y la Agencia Consultiva de Plagas.» La reja volvió a abrirse para dejar entrar a un par de magos y algunos aviones de papel violeta que revolotearon alrededor del foco del techo.

—Buenos días, Albert —dijo un hombre de poblado bigote sonriendo a Harry.

Cuando el ascensor dio un chirrido y siguió ascendiendo, el mago echó un vistazo a Ron y Hermione; la chica, angustiada, estaba susurrándole instrucciones a Ron. El mago se inclinó hacia Harry esbozando una sonrisa socarrona y musitó:

—Dirk Cresswell, ¿eh? ¿De Coordinación de los Duendes? Bien hecho, Albert. ¡Estoy seguro de que ahora conseguiré su puesto! —Le guiñó un ojo.

Harry le devolvió la sonrisa, con la esperanza de que bastara con eso. El ascensor se detuvo y las puertas volvieron a abrirse.

«Segunda planta, Departamento de Seguridad Mágica, que incluye la Oficina Contra el Uso Indebido de la Magia, el Cuartel General de Aurores y los Servicios Administrativos del Wizengamot», dijo la voz de mujer.

Harry vio que Hermione le daba un empujoncito a Ron y que éste salía del ascensor dando traspiés, seguido de los otros magos, dejando solos a sus amigos. En cuanto la reja dorada se hubo cerrado, Hermione dijo con agitación:

—Mira, Harry, será mejor que vaya con él, porque me parece que no sabe lo que hace, y si lo descubren todo nuestro plan...

«Primera planta, Ministro de Magia y Personal Adjunto.»

La reja dorada volvió a abrirse y Hermione sofocó un grito. Ante ellos había cuatro personas, dos de ellas enfrascadas en una conversación: un mago de pelo largo con una elegante túnica negra y dorada, y una bruja rechoncha, de cara de sapo, que lucía un lazo de terciopelo en la corta melena y apoyaba contra el pecho un montón de hojas de pergamino prendidas con un sujetapapeles.

13

La Comisión de Registro
de Hijos de Muggles

—¡Ah, hola, Mafalda! —saludó Umbridge— Te ha enviado Travers, ¿verdad?

—¡S... sí! —chilló Hermione.

—Bien, creo que servirás. —Y se dirigió al mago de la túnica negra y dorada—: Ya tenemos un problema solucionado, señor ministro. Si Mafalda se encarga de llevar el registro, podemos empezar. —Consultó sus anotaciones y añadió—: Para hoy están previstas diez personas, y una de ellas es la esposa de un empleado de la casa. ¡Vaya, vaya! ¡También aquí, en el mismísimo ministerio! —Subió al ascensor y se situó cerca de Hermione; asimismo, subieron los dos magos que habían estado escuchando la conversación de la bruja con el ministro—. Vamos directamente abajo, Mafalda; en la sala del tribunal encontrarás todo lo que necesitas. Buenos días, Albert. ¿No bajas?

—Sí, claro —dijo Harry con la grave voz de Runcorn.

El chico salió del ascensor y las rejas doradas se cerraron detrás de él con un traqueteo. Al volver la cabeza, percibió la cara de congoja de Hermione que, flanqueada por los dos magos de elevada estatura y con el lazo de terciopelo de Umbridge a la altura del hombro, descendía hasta perderse de vista.

—¿Qué lo trae por aquí arriba, Runcorn? —preguntó el nuevo ministro de Magia.

El individuo, de negra melena y barba —ambas salpicadas de mechones plateados— y una protuberante frente que daba sombra a unos ojos que chispeaban, le recordó a Harry la imagen de un cangrejo asomándose por debajo de una roca.

—Tengo que hablar con... —vaciló una milésima de segundo— Arthur Weasley. Me han dicho que está en la primera planta.

—Hum —repuso Pius Thicknesse—. ¿Acaso lo han sorprendido relacionándose con algún indeseable?

—No, qué va —respondió Harry con la boca seca—. No... no se trata de eso.

—¡Vaya! Pero sólo es cuestión de tiempo. En mi opinión, los traidores a la sangre son tan despreciables como los sangre sucia. Buenos días, Runcorn.

—Buenos días, señor ministro.

Harry se quedó observando cómo Thicknesse se alejaba por el pasillo cubierto con una tupida alfombra. En cuanto el ministro se hubo perdido de vista, el muchacho sacó la capa invisible de la gruesa capa negra que llevaba puesta, se la echó por encima y recorrió el pasillo en dirección opuesta. Runcorn era tan alto que Harry tuvo que encorvarse para que no se le vieran los pies.

Notando una incómoda presión en el estómago, consecuencia del miedo, pasó por delante de sucesivas puertas de reluciente madera (en todas constaba el nombre de su ocupante y la tarea que desempeñaba), y poco a poco se le fueron revelando el poder, la complejidad y la impenetrabilidad del ministerio, a tal punto que el plan, que con tanto esmero había tramado con Ron y Hermione a lo largo de cuatro semanas, le pareció ridículo e infantil. Habían concentrado sus esfuerzos en organizar la entrada en el edificio sin que los detectaran, pero no consideraron qué harían si se veían obligados a separarse. Y de golpe y porrazo se encontraban con que Hermione estaba atrapada en un juicio que sin duda se prolongaría varias horas, Ron intentaba hacer una magia que Harry sabía que no dominaba (y por si fuera poco, seguramente la libertad de una mujer dependía del resultado), y él mismo andaba merodeando por la planta superior del ministerio, aunque sabía que su presa acababa de bajar en el ascensor.

Se detuvo, se apoyó contra una pared e intentó recapitular. El silencio lo agobiaba, pues no se percibía ni el menor bullicio: no se oían voces ni pasos, y los pasillos, cubiertos con alfombras moradas, estaban tan silenciosos como si a aquella zona le hubieran hecho el encantamiento *muffliato*.

«El despacho de Umbridge debe de estar aquí arriba», pensó Harry.

No parecía probable que la bruja guardara sus joyas en el despacho, pero, por otra parte, sería una estupidez no registrarlo para asegurarse de ello. Por tanto, Harry echó a andar de nuevo por el pasillo; sólo se cruzó con un mago ceñudo que le murmuraba instrucciones a una pluma que, flotando delante de él, garabateaba en un rollo de pergamino.

El muchacho dobló una esquina y se fijó en los nombres inscritos en las puertas. Hacia la mitad del pasillo que acababa de enfilar, desembocó en una amplia zona donde una docena de brujas y magos, sentados en hileras, ocupaban pequeños pupitres similares a los utilizados en las escuelas, aunque más lustrosos y sin grafitos. Se detuvo a observarlos, cautivado por lo que veía: los doce personajes agitaban y sacudían las varitas mágicas a la vez, y unas cuartillas de papel rosa volaban en todas direcciones como pequeñas cometas. Pasados unos segundos, comprendió que los movimientos mantenían un ritmo, puesto que los papeles describían la misma trayectoria; y poco después se dio cuenta de que aquellos empleados estaban componiendo panfletos: las cuartillas eran páginas que, una vez unidas, dobladas y colocadas en su sitio mediante magia, formaban pulcros montoncitos al lado de cada mago y cada bruja.

Se acercó con sigilo, aunque todos estaban tan concentrados en su trabajo que dudó que repararan en el sonido de sus pasos sobre la alfombra, y tomó un panfleto ya acabado del montón que tenía a su lado una joven bruja. Oculto por la capa invisible, lo examinó. La portada, de color rosa, tenía un título en letras doradas:

LOS SANGRE SUCIA
y los peligros que representan para la pacífica
comunidad de los sangre limpia.

Bajo ese título habían dibujado una rosa roja, con una cara sonriente en medio de los pétalos, y un hierbajo verde provisto de colmillos y mirada agresiva que la estrangulaba.

En el panfleto no figuraba el nombre del autor, pero, mientras lo examinaba, Harry volvió a sentir un cosquilleo en las cicatrices del dorso de la mano derecha. Entonces la joven bruja, sin dejar de agitar y hacer girar su varita mágica, confirmó sus sospechas al comentar:

—¿Alguien sabe si esa arpía piensa pasarse todo el día interrogando a esos sangre sucia?

—Ten cuidado—le advirtió el mago sentado junto a ella, mirando alrededor con nerviosismo; una de las hojas que manejaba se le escapó de las manos y cayó al suelo.

—¿Por qué? ¿Ahora también tiene oídos mágicos, además del ojo?

Y diciendo esto, la bruja miró hacia la reluciente puerta de caoba que había frente a la zona ocupada por los encargados de los panfletos. Harry dirigió la vista también hacia ahí, y la rabia se irguió en su interior como una serpiente. En el sitio donde, de haberse tratado de una puerta de muggles, habría habido una mirilla, destacaba un gran ojo redondo —de iris azul intenso— incrustado en la madera; un ojo que le habría resultado asombrosamente familiar a cualquiera que hubiera conocido a Alastor Moody.

Durante una fracción de segundo, Harry olvidó dónde estaba, qué hacía allí y hasta que era invisible, y fue derecho a examinar aquel ojo que, inmóvil, miraba sin ver hacia arriba. La placa de la puerta rezaba:

Dolores Umbridge
Subsecretaria del ministro

Debajo de esa placa, otra un poco más reluciente ponía:

Jefa de la Comisión de Registro de Hijos de Muggles

Harry volvió a echar una ojeada a los empleados, y se dijo que, pese a lo concentrados que estaban en su trabajo, no podía confiar en que no notaran nada si la puerta del despacho vacío que tenían delante se abría por sí sola. Así pues, extrajo de un bolsillo un extraño objeto (provisto de piernecitas que se agitaban y un cuerpo en forma de perilla de goma), se agachó —oculto todavía por la capa invisible— y colocó el detonador trampa en el suelo.

El artilugio echó a corretear de inmediato entre las piernas de las brujas y los magos, y Harry esperó con una mano sobre la manija de la puerta; al momento, se produjo una fuerte explosión y de un rincón comenzó a salir una gran cantidad de humo negro y acre. La joven bruja de la primera fila soltó un chillido, volaron páginas rosa por todas partes y todos se pusieron en pie de un brinco, mirando alrededor para averiguar qué había provocado semejante conmoción. Harry accionó la manija, entró en el despacho de Umbridge y cerró la puerta tras él.

Tuvo la sensación de haber retrocedido en el tiempo, porque la habitación era idéntica al despacho que la bruja tenía en Hogwarts: había tapetes de encaje, pañitos de adorno y flores secas en todos los muebles; unos gatitos, engalanados con lazos de diferentes colores, retozaban y jugueteaban con repugnante empalagamiento en los platos decorativos que colgaban en las paredes, y una tela floreada y con volantes cubría el escritorio. El ojo de Ojoloco estaba conectado a un aparato telescópico que permitía a Umbridge espiar a los empleados que trabajaban fuera. Harry miró por él y vio que estaban todos de pie alrededor del detonador trampa; entonces, arrancó el telescopio de la puerta dejando un agujero, retiró el globo ocular mágico y se lo metió en el bolsillo. Después volvió a contemplar el interior de la habitación, levantó su varita y murmuró: «¡*Accio guardapelo!*»

No ocurrió nada, pero Harry tampoco había abrigado demasiadas esperanzas; sin duda, Umbridge sabía mucho de encantamientos y hechizos protectores. A continuación se dedicó a revisar a toda prisa el escritorio y abrió los cajones. Encontró plumas, libretas y celo mágico; algunos clips embrujados que trataron de huir serpenteando del cajón y tuvo que devolverlos a su sitio; una cajita forrada de encaje, muy recargada, llena de lazos y pasadores para el cabello... pero ni rastro del guardapelo.

Detrás del escritorio había un archivador, y el chico se puso a registrarlo. Estaba lleno de carpetas, todas marcadas con una etiqueta en la que figuraba un nombre, igual que los archivadores que tenía Filch en Hogwarts. Cuando llegó al cajón inferior, descubrió algo que lo distrajo de su búsqueda: una carpeta con el nombre del señor Weasley. La abrió y leyó:

ARTHUR WEASLEY

Estatus de Sangre:	Sangre limpia, pero con inaceptables tendencias pro-muggles. Miembro de la Orden del Fénix.
Familia:	Esposa (sangre limpia), siete hijos (los dos menores, alumnos de Hogwarts). N.B.: El menor de sus hijos varones está actualmente en su casa, gravemente enfermo. Los inspectores del ministerio lo han comprobado.
Estatus de Seguridad:	VIGILADO. Se controlan todos sus movimientos. Hay muchas probabilidades de que el Indeseable n.º 1 establezca contacto con él (ha pasado temporadas con la familia Weasley en otras ocasiones).

—El Indeseable número uno... —murmuró Harry mientras dejaba la carpeta en su sitio y cerraba el cajón. Creía saber de quién se trataba, y, en efecto, cuando se enderezó y echó un vistazo al despacho por si se le ocurría otro sitio en que pudiera estar guardado el guardapelo, vio una gran fotografía suya en la pared, con una inscripción estampada en el pecho: «INDESEABLE N.º 1.» Adherida al póster, había una pequeña nota rosa, en una de cuyas esquinas habían dibujado un gatito. Harry se acercó para leerla y vio que Umbridge había escrito en ella: «Pendiente de castigo.»

Más furioso que nunca, metió la mano en los jarrones y cestitos de flores secas, pero no le sorprendió comprobar que el guardapelo tampoco estaba allí. Paseó la mirada por el despacho por última vez y, de repente, le dio un vuelco el corazón: Dumbledore lo miraba fijamente desde un pequeño espejo rectangular apoyado en una estantería, al lado del escritorio.

Cruzó la habitación a la carrera y tomó el espejito, pero nada más tocarlo comprendió que no era tal, sino que Dumbledore sonreía con aire nostálgico desde la tapa de papel satinado de un libro. En principio, Harry no reparó en las afiligranadas palabras impresas en verde sobre el sombrero del profesor: *Vida y mentiras de Albus Dumbledore*, ni en las restantes palabras, algo más pequeñas, que se leían sobre su pecho: «Rita Skeeter, autora del superventas *Armando Dippet: ¿genio o tarado?*»

Abrió el libro al azar y fue a dar con una fotografía a toda plana de dos adolescentes que reían con desenfreno, abrazados por los hombros. Dumbledore, que llevaba el pelo largo hasta los codos, se había dejado una barbita rala que recordaba la perilla de Krum, que tanto irritaba a Ron. El chico que reía a silenciosas carcajadas a su lado tenía un aire alegre y desenfadado, y sus rubios rizos le llegaban por los hombros. Harry se preguntó si sería Doge de joven, pero antes de que pudiera leer el pie de foto, se abrió la puerta del despacho.

Si Thicknesse no hubiera estado mirando hacia atrás al entrar, a Harry no le habría dado tiempo de ponerse la capa invisible. Temió que el ministro hubiera detectado algún movimiento, ya que se quedó inmóvil unos instantes, observando el sitio donde Harry acababa de esfumarse. Thicknesse debió de concluir que lo único que había visto era a Dumbledore rascándose la nariz en la portada del libro que el chico había dejado precipitadamente en el estante, y al fin se aproximó al escritorio y apuntó con su varita a la pluma colocada en el tintero. La pluma saltó y se puso a escribir una nota para Umbridge. Muy despacio, sin atreverse casi a respirar, Harry salió del despacho y regresó a la zona donde estaban los empleados.

Los magos y las brujas de aquella sección seguían formando un corro alrededor de los restos del detonador trampa, que todavía pitaba débilmente y desprendía humo. Harry echó a correr por el pasillo mientras la bruja joven decía:

—Seguro que se ha escapado de Encantamientos Experimentales. ¡Son tan descuidados! ¿Se acuerdan de aquel pato venenoso?

Mientras corría hacia los ascensores, Harry repasó sus opciones. Nunca había habido muchas probabilidades de que el guardapelo estuviera en el ministerio, y no podían sonsacarle su paradero mediante magia a Umbridge mientras ésta estuviera en la abarrotada sala del tribunal, de modo que su objetivo prioritario era salir del ministerio antes de que los descubrieran, e intentarlo de nuevo otro día. Por consiguiente, lo primero que debía hacer era encontrar a Ron, y luego ya pensarían la manera de sacar a Hermione de aquella sala.

El ascensor estaba vacío cuando Harry llegó, de modo que se quitó la capa invisible mientras bajaba. Sintió un gran alivio cuando la cabina se detuvo con un traqueteo en la segunda planta y subió Ron, empapado y con el rostro desencajado.

—Bu... buenos días —le dijo a Harry tartamudeando cuando se pusieron de nuevo en marcha.

—¡Ron, soy yo! ¡Harry!

—¡Harry! Vaya, ya no me acordaba de tu aspecto. ¿Dónde está Hermione?

—Ha tenido que bajar a la sala del tribunal con Umbridge. No ha podido negarse, y...

Pero, antes de que terminara la frase, el ascensor volvió a pararse y, tras abrirse las puertas, subió el señor Weasley acompañado por una anciana bruja rubia, de cabello tan cardado que parecía un hormiguero.

—... Entiendo tu punto de vista, Wakanda, pero me temo que no puedo prestarme a... —El señor Weasley se interrumpió al ver a Harry, a quien le resultó muy extraño que el padre de su mejor amigo lo mirara con tanto desprecio. El ascensor reanudó el descenso—. ¡Ah, hola, Reg! —saludó Weasley volviéndose al oír el goteo de la túnica de Ron—. ¿No era hoy cuando interrogaban a tu esposa? Oye, ¿qué te ha pasado? ¿Por qué estás tan mojado?

—Verás, en el despacho de Yaxley llueve —contestó Ron mirando fijamente el hombro de su padre; Harry estaba seguro de que su amigo temía que lo reconociera si se miraban a los ojos—. No he podido arreglarlo, así que me han enviado a buscar a Bernie... Pillsworth, creo que se llama.

—Sí, es cierto, últimamente llueve en muchos despachos —repuso el señor Weasley—. ¿Lo has intentado con un *meteoloembrujo recanto*? A Bletchley le funcionó.

—¿*Meteoloembrujo recanto*? —susurró Ron—. No, eso no lo he probado. Gracias, pa... gracias, Arthur.

Cuando las puertas se abrieron de nuevo para que la anciana bruja con el cabello en forma de hormiguero bajara, Ron salió corriendo y se perdió de vista. Harry hizo además de seguirlo, pero Percy Weasley le cerró el paso al entrar a grandes zancadas, con la nariz pegada a unos documentos que iba leyendo.

Hasta que las puertas se cerraron con estrépito, Percy no se percató de que se encontraba en un ascensor con su padre. Cuando lo hizo, se sonrojó y se escabulló de allí en la siguiente planta en que se detuvieron. Harry intentó salir por segunda vez, pero entonces se lo impidió el señor Weasley, que le interceptó el paso extendiendo un brazo.

—Un momento, Runcorn. —Mientras volvían a descender, el padre de Ron le espetó—: Me han dicho que has pasado información sobre Dirk Cresswell.

Harry tuvo la impresión de que su enojo tenía algo que ver con su reciente encontronazo con Percy, y decidió que lo más prudente sería hacerse el sueco.

—¿Cómo dices?

—No finjas, Runcorn —soltó Arthur Weasley con aspereza—. Has desenmascarado al mago que falsificó su árbol genealógico, ¿no?

Yo... ¿Y qué si lo hice?

—Pues que Dirk Cresswell es diez veces más mago que tú —replicó Weasley sin alzar la voz mientras el ascensor seguía bajando—. Y si sobrevive a Azkaban, tendrás que rendir cuentas ante él, por no mencionar a su esposa, sus hijos y sus amigos...

—Arthur —lo interrumpió Harry—, ¿ya sabes que te están vigilando?

—¿Es una amenaza, Runcorn?

—¡No, es un hecho! Controlan todos tus movimientos.

Una vez más se abrieron las puertas: habían llegado al Atrio. Weasley le lanzó una mirada feroz a Harry y se marchó, pero el chico se quedó allí inmóvil, conmocionado; le habría gustado estar suplantando a otro que no fuera Runcorn. Las puertas se cerraron con estrépito.

Harry tomó la capa invisible y volvió a ponérsela; intentaría sacar a Hermione de la sala del tribunal mientras Ron se ocupaba de la lluvia del despacho de Yaxley. Cuando el ascensor se paró de nuevo, salió a un pasillo de suelo de piedra iluminado con antorchas, muy diferente de los corredores de los pisos superiores, revestidos con paneles de madera y alfombrados. Cuando el ascensor se marchó traqueteando,

Harry se estremeció un poco y miró hacia la lejana puerta negra por la que se accedía al Departamento de Misterios.

Así que se puso en marcha, aunque su destino no era esa puerta, sino la que, si no recordaba mal, estaba a la izquierda y conducía a la escalera por la que se llegaba a las salas del tribunal. Mientras bajaba los peldaños con sigilo, fue evaluando sus diversas posibilidades: todavía tenía un par de detonadores trampa, pero quizá sería mejor llamar sencillamente a la puerta de la sala, entrar haciéndose pasar por Runcorn y preguntar si podía hablar un momento con Mafalda. Por supuesto, ignoraba si Runcorn era lo bastante importante para permitirse esas confianzas con Umbridge, y, aunque consiguiera salir airoso de esa situación, el hecho de que Hermione no regresara al interrogatorio podía disparar las alarmas antes de que ellos hubieran conseguido abandonar el ministerio.

Absorto en esos pensamientos, tardó un poco en percatarse del intenso frío que empezaba a envolverlo, como si estuviera adentrándose en la niebla. A cada paso que daba hacía más frío, un frío que se le metía por la garganta y le lastimaba los pulmones. Y entonces sintió que una gradual sensación de desilusión y desesperanza se propagaba por su interior...

«Dementores», pensó.

Cuando llegó al pie de la escalera y torció a la derecha, apareció ante él una escena espeluznante: el oscuro pasillo de las salas del tribunal estaba atestado de seres de elevada estatura, vestidos de negro y encapuchados, con los rostros ocultos por completo; su irregular respiración era lo único que se oía. Por su parte, los aterrados hijos de muggles a los que iban a interrogar estaban sentados, apiñados y temblando, en unos bancos de madera; la mayoría de ellos —unos solos y otros acompañados por la familia— se tapaba la cara con las manos, quizá en un instintivo intento de protegerse de las ávidas bocas de los dementores. Mientras éstos se deslizaban una y otra vez ante ellos, el frío, la desilusión y la desesperanza reinantes se cernieron sobre Harry como una maldición.

«Combátela», se dijo, aunque sabía que no podía hacer aparecer un *patronus* allí mismo sin delatarse al momento. Siguió adelante, pues, tan silenciosamente como pudo.

A cada paso que daba, un extraño embotamiento se iba apoderando de su mente, pero se esforzó en pensar que Hermione y Ron lo necesitaban.

Caminar entre aquellos seres era aterrador: las caras sin ojos, ocultas bajo las capuchas, se giraban al pasar junto a ellos, y el chico tuvo la certeza de que los dementores lo detectaban, o tal vez percibían una presencia humana que todavía conservaba algo de esperanza, algo de entereza.

De repente, en medio de aquel silencio sepulcral, se abrió de par en par la puerta de una de las mazmorras que había a la izquierda del pasillo y que se utilizaban como salas de tribunal, y se oyeron unos gritos:

—¡No, no! ¡Yo soy un sangre mestiza, soy un sangre mestiza, de verdad! ¡Mi padre era mago, se lo aseguro, compruébenlo! ¡Se llamaba Arkie Alderton, célebre diseñador de escobas; verifíquenlo, les aseguro que no miento! ¡Dígales que me quiten las manos de encima! ¡Que me quiten las manos...!

—Se lo advierto por última vez —dijo la melosa voz de Umbridge, amplificada mediante magia para que se oyera con claridad a pesar de los desgarradores gritos del acusado—. Si opone resistencia, tendrá que someterse al beso de los dementores.

El hombre dejó de gritar, pero unos sollozos contenidos resonaron por el pasillo.

—Llévenselo —ordenó Umbridge.

Dos dementores salieron por la puerta de la sala del tribunal; sujetaban por los brazos a un mago, a punto de desmayarse, hincándole las manos podridas y costrosas. Lo condujeron por el pasillo, deslizándose por él, y se perdieron de vista envueltos en la oscuridad que dejaban a su paso.

—¡El siguiente! ¡Mary Cattermole! —anunció Umbridge.

Temblando de pies a cabeza, se levantó una mujer menuda, pálida como la cera, de cabello castaño oscuro recogido en un moño y ataviada con una sencilla túnica larga. Harry advirtió que la desdichada se estremecía al pasar por delante de los dementores.

Y actuó instintivamente, sin haberlo planeado, porque no soportaba ver entrar a aquella mujer sola en la mazmorra, de modo que cuando la puerta empezó a girar sobre sus goznes, se coló en la sala del tribunal detrás de ella.

No se trataba, sin embargo, de la misma sala en que una vez lo habían interrogado por uso indebido de la magia; ésta era mucho más pequeña, aunque de techo muy alto, y producía una desagradable claustrofobia, pues se tenía la impresión de estar atrapado en el fondo de un profundo pozo.

Dentro había más dementores expandiendo su gélida aura por la estancia; se alzaban como centinelas sin rostro en los rincones más alejados de una tarima bastante elevada. En ésta, tras una barandilla, se hallaba Umbridge, sentada entre Yaxley y Hermione, casi tan pálida como la señora Cattermole. Al pie de la tarima, un gato de pelaje largo y plateado se paseaba arriba y abajo; Harry supuso que estaba allí para proteger a los interrogadores de la desesperanza que emanaban los dementores; eran los acusados, no los acusadores, quienes tenían que sentir esa sensación.

—Siéntese —ordenó Umbridge con su meliflua y sedosa voz.

La señora Cattermole fue tambaleándose hasta el único asiento que había en medio de la sala, bajo la tarima. En cuanto se hubo sentado, unas cadenas surgieron de los brazos de la silla y la sujetaron a ella.

—¿Es usted Mary Elizabeth Cattermole? —preguntó Umbridge.

La mujer dio una débil cabezada.

—¿Está usted casada con Reginald Cattermole, del Departamento de Mantenimiento Mágico?

La mujer rompió a llorar y exclamó:

—¡No sé dónde está mi esposo, teníamos que encontrarnos aquí!

Umbridge hizo caso omiso y continuó preguntando:

—¿Es usted la madre de Maisie, Ellie y Alfred Cattermole?

Los sollozos de la mujer eran cada vez más angustiados.

—Están asustados, temen que no vuelva a casa...

—Ahórrese esos detalles —le espetó Yaxley—. Los vástagos de los sangre sucia no nos inspiran simpatía.

Los lamentos de la pobre mujer enmascararon los pasos de Harry, que avanzó con cautela hacia los escalones de la tarima. Nada más dejar atrás la línea por la que patrullaba el *patronus* en forma de gato, apreció el cambio de temperatura: allí se estaba cómodo y caliente. Seguro que el *patro-*

nus era de Umbridge y resplandecía tanto porque la bruja se sentía muy feliz allí, en su elemento, ejerciendo las retorcidas leyes que ella misma había ayudado a redactar. Poco a poco y con mucha cautela, Harry avanzó por la tarima, por detrás de Umbridge, Yaxley y Hermione, y se sentó detrás de su amiga. No quería asustarla y que diera un respingo. Pensó en hacerles un encantamiento *muffliato* a los otros dos, pero, aunque pronunciara el conjuro en voz muy baja, alarmaría a Hermione. Entonces Umbridge se dirigió una vez más a la señora Cattermole, y el chico aprovechó la oportunidad.

—Estoy aquí —le susurró a Hermione al oído.

Como suponía, ésta dio tal respingo que casi derramó la tinta que tenía que servirle para registrar el interrogatorio, pero Umbridge y Yaxley, concentrados en la señora Cattermole, no lo notaron.

—Esta mañana, cuando ha llegado usted al ministerio —iba diciendo Umbridge—, le han confiscado una varita mágica de veintidós centímetros, cerezo y núcleo central de pelo de unicornio. ¿Reconoce esa descripción?

Mary Cattermole asintió con la cabeza y se enjugó las lágrimas con la manga.

—¿Sería tan amable de decirnos a qué bruja o mago le robó esa varita?

—¿Ro... robar? —balbuceó la mujer entre gemidos—. No se la robé a nadie. La co... compré cuando tenía once años. Esa va... varita me eligió. —Y rompió a llorar con más ímpetu que antes.

Umbridge emitió una débil e infantil risita, y a Harry le dieron ganas de abalanzarse sobre ella; a continuación la arpía se inclinó sobre la barandilla para observar mejor a su víctima, y entonces un objeto dorado que le colgaba del cuello osciló y quedó suspendido en el aire: el guardapelo.

Al verlo, Hermione soltó un gritito, aunque a Umbridge y Yaxley, que seguían mirando fijamente a su presa, también les pasó inadvertido.

—Me parece que se equivoca, señora Cattermole —dijo Umbridge—. Las varitas mágicas sólo eligen a los magos y las brujas. Y usted no es bruja. Tengo aquí sus respuestas al cuestionario que le enviaron... Pásamelas, Mafalda. —Y tendió una de sus pequeñas manos.

Su parecido con un sapo era tan marcado que en ese momento a Harry le sorprendió no ver unas membranas entre sus regordetes dedos. Aunque a Hermione le temblaban las manos, se puso a revolver en una montaña de documentos que se mantenían en equilibrio en la silla de al lado, y finalmente sacó un fajo de pergaminos con el nombre de la señora Cattermole.

—Qué... qué bonito, Dolores —observó la chica señalando el colgante que relucía entre los volantes de la blusa de Umbridge.

—¿Qué dices? —repuso Umbridge con brusquedad y agachó la cabeza—. ¡Ah, sí! Es una antigua joya familiar —añadió dando unos golpecitos al guardapelo que reposaba sobre su voluminoso pecho—. La «S» es de Selwyn. Es que estoy emparentada con ellos, ¿sabes? De hecho, son pocas las familias de sangre limpia con las que no tengo parentesco... Es una lástima —y fue subiendo el tono mientras hojeaba el cuestionario de Mary Cattermole— que no pueda decirse lo mismo de usted. Profesión de los padres: verduleros.

Yaxley rió burlonamente. Delante de la tarima, el gato de pelaje sedoso y plateado continuaba yendo de un lado a otro, y los dementores montaban guardia en los rincones.

La mentira de Umbridge provocó que la sangre entrara a chorro en el cerebro de Harry y destruyera por completo su sentido de la precaución: era indignante que aquella mujer utilizara el guardapelo que había conseguido sobornando a un ladronzuelo para reforzar su presunta pureza de sangre. El muchacho enarboló la varita, sin molestarse siquiera en seguir escondido bajo la capa invisible, y exclamó:

—¡*Desmaius!*

Hubo un destello de luz roja, y Umbridge se encorvó y dio con la frente en el borde de la barandilla. El cuestionario de la señora Cattermole resbaló de su regazo y cayó al suelo, y el gato se esfumó sin dejar rastro. De inmediato un aire gélido los golpeó como una ráfaga de viento; Yaxley, mirando desconcertado, trató de discernir qué había originado aquel trastorno, y entonces vio la mano de Harry empuñando la varita. También él intentó sacar su varita, pero ya era tarde.

226

—¡*Desmaius!*

El mago resbaló de la silla y quedó hecho un ovillo en el suelo.

—¡Harry!

—Mira, Hermione, si creías que iba a quedarme aquí sentado y dejar que esa mujer se las diera de...

—¡Harry! ¡La señora Cattermole!

El muchacho giró en redondo desprendiéndose de la capa invisible. Los dementores de los rincones se deslizaban hacia la mujer, encadenada a la silla; ya fuera porque el *patronus* había desaparecido o porque habían advertido que sus amos no controlaban la situación, actuaban por su cuenta sin contenerse. Mary Cattermole dio un grito de terror cuando una mano viscosa y cubierta de postillas la sujetó por la barbilla y le echó la cabeza hacia atrás.

—¡*Expecto patronum!*

El ciervo plateado surgió de la varita de Harry y se abalanzó sobre los dementores, que retrocedieron rápidamente hacia la oscuridad. El ciervo trotaba de una punta a otra de la mazmorra y su luz, más poderosa y más cálida que la del gato, iluminó la estancia por completo.

—Agarra el Horrocrux —le indicó Harry a Hermione.

Luego bajó los escalones presuroso, se guardó la capa invisible en la bolsa y se acercó a la señora Cattermole.

—¿Usted? —susurró la mujer mirándolo a los ojos—. ¡Pero... pero si Reg dijo que fue usted quien les sugirió que me interrogaran!

—¿Ah, sí? —masculló Harry mientras tiraba de las cadenas que le sujetaban los brazos de la silla—. Bueno, pues he cambiado de opinión. ¡*Diffindo!* —No pasó nada—. Hermione, ¿qué hago para soltar estas cadenas?

—Espera, estoy haciendo algo aquí arriba...

—¡Estamos rodeados de dementores, Hermione!

—Ya lo sé, Harry, pero si Umbridge despierta y ve que le falta el guardapelo... Tengo que duplicarlo. ¡*Geminio!* Ya está, esto la engañará... —Bajó corriendo los escalones—. A ver... ¡*Relashio!*

Las cadenas tintinearon y se introdujeron en los brazos de la silla. La señora Cattermole, más asustada que nunca, susurró:

—No lo entiendo.

—Vamos a sacarla de aquí —dijo Harry ayudándola a levantarse—. Vaya a su casa, tome a sus hijos y márchese. Si es necesario, salgan del país. Disfrácense y huyan. Ya ha visto cómo funciona esto: aquí nunca tendrá un juicio justo.

—Harry —murmuró Hermione—, ¿cómo vamos a salir de aquí con todos esos dementores que hay detrás de la puerta?

—Con nuestros *patronus* —contestó apuntando al suyo con la varita. El ciervo dejó de trotar y, al paso, desprendiendo todavía un intenso resplandor, se dirigió hacia la puerta—. Necesitamos reunir todos los que podamos. Haz aparecer el tuyo, Hermione.

—*Expec... ¡Expecto patronum!* —invocó Hermione, pero no lo logró.

—Es el único hechizo que se le resiste —le explicó Harry a la señora Cattermole, que no salía de su asombro—. Vaya mala suerte, la verdad. ¡Ánimo, Hermione!

—*¡Expecto patronum!*

Una nutria plateada salió de la varita de la chica y, flotando con elegancia como si nadara en el aire, fue a reunirse con el ciervo.

—¡Vamos, vamos! —urgió Harry, y ambos condujeron a la anonadada mujer hasta la puerta.

Cuando los *patronus* salieron al pasillo, los que esperaban fuera profirieron gritos de asombro. Harry echó un vistazo: los dementores se desplazaron de inmediato hacia ambos lados del pasillo, apartándose de las criaturas plateadas y ocultándose en la oscuridad.

—Hemos decidido que se marchen todos a sus casas; reúnan a sus familias y escóndanse con ellas —aconsejó Harry a los hijos de muggles que esperaban allí; la luz de los *patronus* los deslumbraba y todavía estaban asustados—. Si pueden, váyanse al extranjero, o aléjense cuanto puedan del ministerio. Ésa es la... la nueva política oficial. Y ahora, sigan a los *patronus* y podrán salir del Atrio.

Consiguieron subir la escalera de piedra sin que los interceptaran, pero cuando se acercaban a los ascensores, a Harry lo acosaron las dudas. Si aparecían en el Atrio con un ciervo plateado y una nutria flotando a su lado, acompañados además de una veintena de personas (la mitad de ellas acusadas de ser hijos de muggles), atraerían una atención que no les interesaba. Acababa de llegar a esa desagradable conclusión cuando el ascensor se detuvo con un traqueteo frente a ellos.

—¡Reg! —gritó la señora Cattermole, y se lanzó a los brazos de Ron—. Runcorn me ha liberado, ha atacado a Umbridge y Yaxley y nos ha ordenado a todos que salgamos del país. Será mejor que le hagamos caso, Reg, en serio. Vamos a casa, recojamos a los niños y... ¿Por qué estás tan mojado?

—Es agua —musitó Ron soltándose de los brazos de la mujer—. Harry, ya saben que hay intrusos en el ministerio, y he oído no sé qué de un agujero en la puerta del despacho de Umbridge. Calculo que tenemos cinco minutos si...

El *patronus* de Hermione se esfumó con un «¡paf!» y ella miró a Harry, horrorizada.

—¡Harry, si nos quedamos atrapados aquí...!

—Si nos damos prisa no ocurrirá —replicó. Y dirigiéndose al grupo de gente que tenían detrás, que lo miraba boquiabierta y en silencio, inquirió—: ¿Quién tiene una varita mágica? —Cerca de la mitad de los presentes levantaron la mano—. Bien. Los que no tengan varita, que vayan con alguien que sí tenga. Debemos darnos prisa, o nos cerrarán el paso. ¡Vamos!

Lograron meterse en dos ascensores. El *patronus* de Harry se quedó montando guardia frente a las rejas doradas y, cuando éstas se cerraron, los ascensores iniciaron el ascenso.

—Octava planta, Atrio —dijo la impasible voz femenina.

Harry comprendió al instante que se encontraban en un apuro, porque el Atrio estaba lleno de gente que iba de una chimenea a otra, sellándolas todas.

—¡Harry! —chilló Hermione—. ¿Qué vamos a...?

—¡¡Alto!! —bramó el chico, y la potente voz de Runcorn resonó en toda la estancia; los magos que sellaban las chimeneas se quedaron inmóviles—. Síganme —les susurró a los aterrados hijos de muggles, que avanzaron en grupo conducidos por Ron y Hermione.

—¿Qué pasa, Albert? —preguntó el mago calvo que poco antes había salido de la chimenea detrás de Harry. Parecía nervioso.

—Este grupo tiene que marcharse antes de que cierren las salidas —ordenó Harry con toda la autoridad de que fue capaz.

Los magos que lo escucharon intercambiaron miradas.

—Nos han ordenado sellar todas las salidas y no dejar que nadie...

—¿Me estás contradiciendo? —rugió Harry—. ¿Acaso quieres que haga examinar tu árbol genealógico, como hice con el de Dirk Cresswell?

—¡Pe... perdón! —balbuceó el mago calvo al mismo tiempo que retrocedía—. No quería molestarte, Albert, pero creía... creía que iban a interrogar a ésos y...

—Son sangre limpia —aclaró Harry, y su grave voz resonó intimidante en el Atrio—. Más sangre limpia que muchos de ustedes, me atrevería a decir. ¡En marcha! —ordenó a los hijos de muggles, que se metieron a toda prisa en las chimeneas y fueron desapareciendo por parejas.

Los magos del ministerio no se atrevieron a intervenir; algunos parecían desconcertados, y otros asustados y arrepentidos. Pero entonces...

—¡Mary!

La señora Cattermole giró la cabeza. El Reg Cattermole auténtico, que había dejado de vomitar pero todavía ofrecía un aspecto pálido y lánguido, salía corriendo de un ascensor.

—¿Reg, eres tú?

La mujer miró a su esposo y luego a Ron, que soltó una palabrota en voz alta.

El mago calvo se quedó boquiabierto y miraba con cara de tonto a un Reg Cattermole y al otro alternativamente.

—¡Eh! ¿Qué está pasando aquí? ¿Qué significa esto?

—¡Cierren la salida! ¡¡Ciérrenla!! —gritó Yaxley, que había salido precipitadamente de otro ascensor y corría hacia el grupo que se hallaba junto a las chimeneas, por donde ya habían desaparecido todos los hijos de muggles excepto la señora Cattermole.

El mago calvo alzó la varita, pero Harry levantó un puño enorme y le propinó un golpazo que lo mandó por los aires. Y a continuación gritó:

—¡Este hombre estaba ayudando a esos hijos de muggles a escapar, Yaxley!

Los colegas del mago calvo montaron un gran alboroto, y Ron lo aprovechó para sujetar a la señora Cattermole, meterla en la única chimenea que todavía quedaba abierta y desaparecer con ella. Desconcertado, Yaxley miraba a Harry y al mago que acababa de recibir el puñetazo, mientras el verdadero Reg Cattermole chillaba:

—¡Mi esposa! ¿Quién es ese que se ha llevado a mi esposa? ¿Qué está ocurriendo?

Yaxley giró la cabeza, y Harry vio reflejado en su tosco semblante el atisbo de la verdad.

—¡Larguémonos! —le gritó a Hermione y, tomándola de la mano, saltaron juntos dentro de la chimenea justo cuando la maldición de Yaxley pasaba rozando la cabeza del muchacho.

Giraron sobre sí mismos unos segundos y, de pronto, salieron disparados de uno de los retretes del lavabo público por donde habían entrado en el ministerio. Harry abrió la puerta del cubículo de un empujón y se dio de narices con Ron, que estaba de pie junto a los lavamanos, forcejeando con la señora Cattermole.

—No entiendo nada, Reg...

—¡Suélteme! ¡Yo no soy su esposo! ¡Tiene que irse a su casa!

Entonces oyeron un ruido en el cubículo que tenían detrás. Al volverse, Harry vio que Yaxley acababa de llegar.

—¡¡Vámonos!! —gritó el muchacho. Tomó a Hermione de la mano otra vez y a Ron del brazo, y los tres giraron sobre sí mismos.

Los envolvió la oscuridad y notaron como si unas vendas les comprimieran el cuerpo, pero pasaba algo raro... Harry tuvo la impresión de que Hermione iba a soltarse. Creyó que se asfixiaba, porque no podía respirar ni ver, y lo único sólido que percibía era el brazo de Ron y los dedos de Hermione, que iban resbalando poco a poco de su mano...

Y de pronto vio la puerta del número 12 de Grimmauld Place, con su aldaba en forma de serpiente; pero, antes de que pudiera tomar aire, oyó un grito y vislumbró un destello de luz morada. Entonces la mano de Hermione se sujetó a la suya con una fuerza inusual y todo volvió a quedar a oscuras.

14

El ladrón

Harry abrió los ojos y lo deslumbró un resplandor verde y dorado. No tenía ni idea de qué había ocurrido, pero era evidente que se hallaba tendido sobre algo que semejaba hojas y ramitas. Inspiró con dificultad para llenar de aire los pulmones, que sentía aplastados; parpadeó y comprendió que el intenso brillo era la luz del sol filtrándose a través de un toldo de hojas. Entonces algo se movió cerca de su cara y él se puso a gatas, dispuesto a enfrentarse a alguna criatura pequeña pero fiera; no obstante, sólo se trataba de un pie de Ron. De inmediato, echó una ojeada alrededor y comprobó que sus dos amigos y él estaban tumbados en un bosque, al parecer solos.

Lo primero que le vino a la cabeza fue el Bosque Prohibido y, aunque sabía lo peligroso y absurdo que habría sido aparecerse en los terrenos de Hogwarts, le dio un vuelco el corazón al pensar que desde allí, caminando a hurtadillas entre los árboles, podrían llegar a la cabaña de Hagrid. Sin embargo, en los pocos instantes que tardó Ron en emitir un débil gruñido y Harry en arrastrarse hasta él, comprendió que no se trataba del bosque del colegio: los árboles parecían más jóvenes y crecían más separados, y el suelo estaba más limpio.

Hermione también se había puesto a cuatro patas y acercado a la cabeza de Ron. En cuanto vio a su amigo, las demás preocupaciones se le borraron, porque el muchacho tenía todo el costado izquierdo manchado de sangre, y la cara, pálida y grisácea, destacaba sobre la hojarasca del suelo. Se estaba acabando el efecto de la poción multijugos: Ron era mitad Cattermole y mitad él mismo, y el cabello se le iba volviendo cada

vez más pelirrojo a medida que el rostro perdía el poco color
que le quedaba.

—¿Qué le ha pasado?

—Ha sufrido una despartición —contestó Hermione
mientras examinaba la manga de la camisa de Ron, la parte más manchada de sangre.

Harry se quedó mirando, horrorizado, cómo su amiga le
desgarraba la camisa. Siempre había pensado en la despartición como algo cómico, pero eso... Se le revolvió el estómago
cuando ella dejó al descubierto el brazo de Ron y vio que le
faltaba un gran trozo de carne, como si se lo hubieran cortado limpiamente con un cuchillo.

—Rápido, Harry. En mi bolso hay una botellita con una
etiqueta que dice «Esencia de díctamo»... Tráemela.

¿En tu...? ¡Ah, oí!

Fue corriendo al sitio donde Hermione había aterrizado,
tomó el bolsito de cuentas y metió una mano dentro. Al instante desfilaron bajo sus dedos unos objetos tras otros: el
lomo de cuero de varios libros, mangas de suéteres de lana,
tacones de zapatos...

—¡Date prisa!

Harry recogió su varita mágica del suelo y apuntó a las
profundidades del bolso mágico.

—¡Accio díctamo!

Una botellita marrón salió disparada del bolso; el chico
la atrapó y volvió rápidamente junto a Hermione y Ron, que
tenía los ojos entornados; entre sus párpados sólo se veían
dos estrechas franjas blancas de globo ocular.

—Se ha desmayado —afirmó Hermione, también muy
pálida; ya no tenía el físico de Mafalda, aunque todavía le
quedaban algunos mechones canosos en el pelo—. Destapa
la botella, Harry; a mí me tiemblan las manos.

Harry quitó el tapón de la botellita y Hermione la tomó
y vertió tres gotas de poción en la sangrante herida. Salió un
humo verdoso y, cuando se hubo disipado, Harry vio que había dejado de sangrar. Ahora tenía el aspecto de una herida
de varios días, y una fina capa de piel nueva cubría lo que
momentos antes era carne viva.

—¡Uau! —exclamó Harry.

—Es lo único que me atrevo a hacer —dijo Hermione
con voz trémula—. Hay hechizos que lo curarían del todo,

pero tengo miedo de intentarlo por si los hago mal y le causo más daño. Ya ha perdido mucha sangre.

—¿Cómo se lo ha hecho? —Harry trataba de comprender qué había ocurrido—. ¿Por qué estamos aquí? Creía que íbamos a Grimmauld Place.

La chica respiró hondo, al borde de las lágrimas.

—Me parece que ya no podremos volver ahí, Harry.

—Pero ¿por qué...?

—Cuando nos desaparecimos, Yaxley me sujetó y no logré soltarme, porque él tenía demasiada fuerza; todavía me tenía sujeta cuando llegamos a Grimmauld Place, y entonces... Bueno, creo que debe de haber visto la puerta, y habrá pensado que íbamos a quedarnos allí, porque aflojó un poco la mano. Yo aproveché ese momento para desasirme y conseguí traerlos aquí.

—Pero entonces... ¿dónde está Yaxley? No querrás decir que se ha quedado en Grimmauld Place, ¿verdad? Él no puede entrar en la casa.

Hermione asintió. Las lágrimas que le anegaban los ojos despedían destellos.

—Me parece que sí puede, Harry. Lo he obligado a soltarme con un embrujo de repugnancia, pero ya había traspasado conmigo el perímetro de protección del encantamiento Fidelio. Como Dumbledore está muerto, los Guardianes de los Secretos somos nosotros, de modo que le he revelado el secreto, ¿no?

Harry no debía engañarse: Hermione tenía razón, y era un golpe muy duro. Si Yaxley podía entrar en la casa, no había forma de que ellos regresaran a ella. A lo mejor, en ese mismo momento, el mago estaría llevando a otros mortífagos a Grimmauld Place mediante Aparición. Por muy siniestra y agobiante que fuera la casa, había sido su único refugio seguro; e incluso, ahora que Kreacher estaba mucho más contento y se mostraba tan amable, se había convertido para ellos en lo más parecido a un hogar. Con una punzada de pesar que no tenía nada que ver con el hambre, Harry imaginó al elfo doméstico preparando con ilusión el pastel de carne y riñones que ni sus amigos ni él llegarían a comer jamás.

—Lo siento muchísimo, Harry.

—No seas tonta, no ha sido culpa tuya. Si alguien tiene la culpa, ése soy yo...

Se metió una mano en el bolsillo y sacó el ojo de Ojoloco; Hermione retrocedió, impresionada.

—Umbridge lo había incrustado en la puerta de su despacho para espiar a sus empleados. No fui capaz de dejarlo allí, pero así es como se enteraron de que había intrusos.

Antes de que la chica replicara, Ron soltó un gruñido y abrió los ojos. Todavía estaba pálido y el sudor le perlaba la cara.

—¿Cómo te encuentras? —susurró Hermione.

—Fatal —respondió Ron con voz ronca, y compuso una mueca de dolor al notar la herida del brazo—. ¿Dónde estamos?

—En el bosque donde se celebró la Copa del Mundo de quidditch —contestó Hermione—. Necesitábamos un espacio cerrado, protegido, y este lugar fue...

—... lo primero que se te ocurrió —terminó Harry paseando la mirada por el claro del bosque, aparentemente desierto. Pero no pudo evitar recordar qué había sucedido la última vez que se habían aparecido en el primer sitio que se le ocurrió a Hermione, ni que los mortífagos solo habían tardado unos minutos en encontrarlos. ¿Habrían empleado la Legeremancia en aquella ocasión para averiguarlo? Y ahora, ¿acaso Voldemort o sus secuaces sabrían ya adónde los había llevado Hermione?

—¿Crees que deberíamos irnos de aquí? —preguntó Ron a Harry, y éste comprendió, por la expresión de su amigo, que ambos estaban pensando lo mismo.

—No lo sé.

Ron continuaba pálido y sudoroso; no había intentado incorporarse y parecía demasiado débil para hacerlo. La perspectiva de sacarlo de allí resultaba desalentadora.

—Quedémonos aquí, de momento —propuso Harry.

Hermione se puso en pie, aliviada.

—¿Adónde vas? —le preguntó Ron.

—Si vamos a quedarnos, tenemos que poner sortilegios protectores —respondió ella. Levantó la varita y caminó describiendo un amplio círculo alrededor de los dos chicos, sin parar de murmurar conjuros.

Harry notó pequeñas alteraciones en el aire; era como si Hermione hubiera llenado el claro de calina.

—¡*Salvio hexia!*, ¡*Protego totalum!*, ¡*Repello Muggletum!*, ¡*Muffliato!*... Podrías ir sacando la tienda, Harry.

—¿La tienda? ¿Qué tienda?

—¡En mi bolso, hombre!

—¿En tu...? ¡Ah, claro!

Esta vez no se molestó en rebuscar dentro, sino que utilizó directamente un encantamiento convocador. La tienda surgió hecha una confusión de lona, cuerdas y palos, y la reconoció enseguida, en parte porque olía a gato: era la misma en que habían dormido la noche de la Copa del Mundo de quidditch.

—¿El dueño de esta tienda no era un tal Perkins del ministerio? —preguntó mientras liberaba las piquetas.

—Sí, pero por lo visto ya no la quería, porque tiene lumbago —explicó Hermione mientras trazaba complicados movimientos en forma de ocho con la varita—, y el padre de Ron me dijo que podía quedármela prestada. ¡*Erecto!* —añadió apuntando a la deforme lona, que con un único y fluido movimiento se alzó en el aire para luego posarse en el suelo, totalmente armada, enfrente de Harry.

Éste se asombró al ver cómo una de las piquetas que sostenía en la mano salía volando y se clavaba abruptamente en el extremo de una cuerda tensora.

—¡*Cave inimicum!* —concluyó Hermione trazando un floreo hacia el cielo—. Bueno, creo que ya no soy capaz de hacer nada más. Al menos, si vienen nos enteraremos, pero no puedo garantizar que todo esto ahuyente a Vol...

—¡No pronuncies su nombre! —la interrumpió Ron con aspereza. Harry y Hermione se miraron—. Perdona —se disculpó Ron, y gimió un poco al incorporarse—, pero es que... no sé, es como un embrujo o algo así. ¿Les importaría a ustedes llamarlo Quien-ustedes-saben, por favor?

—Dumbledore decía que temer un nombre... —comentó Harry.

—Por si no te habías fijado, colega, a la hora de la verdad a Dumbledore no le sirvió de mucho llamar a Quien-ustedes-saben por su nombre —le espetó Ron—. Sólo pido que... que muestren un poco de respeto a Quien-ustedes-saben.

—¿Has dicho «respeto»? —gruñó Harry, pero Hermione le lanzó una mirada de advertencia: no debía discutir con Ron mientras estuviera tan débil.

236

Así pues, ambos metieron a su amigo, mitad en brazos y mitad a rastras, en la tienda. El interior era exactamente como Harry lo recordaba: una estancia pequeña, con su retrete y su cocinita. Apartó una vieja butaca y con cuidado puso a Ron en la cama inferior de una litera. Ese cortísimo desplazamiento hizo que palideciera aún más y, una vez sobre el colchón, cerró los ojos y permaneció un rato callado.

—Voy a preparar té —dijo Hermione con voz acongojada; sacó una tetera y unas tazas de las profundidades de su bolso y fue a la cocina.

A Harry le sentó tan bien aquella taza de té caliente como el whisky de fuego que había bebido la noche que murió Ojoloco; era como si así quemara un poco el miedo que palpitaba en su pecho. Al cabo de un par de minutos, Ron interrumpió el silencio.

—¿Qué habrá sido de los Cattermole?

—Con un poco de suerte, habrán escapado —contestó Hermione asiendo su taza con ambas manos para calentárselas—. Si el señor Cattermole estaba atento, habrá transportado a su esposa mediante Aparición Conjunta y ahora estarán abandonando el país con sus hijos. Al menos eso le aconsejó Harry a ella.

—Espero que hayan conseguido huir —dijo Ron recostándose en las almohadas. El té también le estaba sentando de maravilla y había recobrado un poco el color—. Aunque, por cómo la gente me hablaba mientras lo suplantaba, no me dio la impresión de que Reg Cattermole fuera muy ingenioso. En fin, espero que lo hayan logrado. Si acaban los dos en Azkaban por nuestra culpa...

Harry echó un vistazo a Hermione, pero no llegó a formular la pregunta que tenía en la punta de la lengua: si el hecho de que la señora Cattermole no llevara encima una varita mágica le habría impedido aparecerse junto con su esposo. A Hermione la conmovió que Ron se preocupara por el destino de los Cattermole, y había tanta ternura en su expresión que Harry casi sintió como si la hubiera sorprendido besando a su amigo.

—Bueno, lo tienes, ¿no? —preguntó, en parte para recordarle a Hermione que él estaba presente.

—Si tengo ¿qué? —preguntó ella, un poco sobresaltada.

—¿Para qué hemos montado todo este tinglado, Hermione? ¡Me refiero al guardapelo! ¿Dónde está?

—¿Que tienes el guardapelo? —exclamó Ron incorporándose un poco—. ¡A mí nadie me cuenta nada! ¡Caramba, podrían habérmelo dicho!

—Oye, que nos perseguían los dementores, ¿eh? —repuso Hermione—. Aquí está. —Lo sacó del bolsillo de su túnica y se lo dio a Ron.

Era más o menos del tamaño de un huevo de gallina. Una ornamentada «S», con piedrecitas verdes incrustadas, brillaba un poco bajo la difuminada luz que se filtraba por la lona de la tienda.

—¿No hay ninguna probabilidad de que alguien lo destruyera después de que se lo robaran a Kreacher? —preguntó Ron con optimismo—. O sea, ¿estamos seguros de que todavía es un Horrocrux?

—Creo que sí —respondió Hermione; lo tomó y lo examinó de cerca—. Si lo hubieran destruido mediante magia, se apreciaría alguna señal.

Se lo pasó a Harry, que lo hizo girar entre los dedos. El guardapelo estaba perfecto, intacto. El muchacho recordó lo destrozado que había quedado el diario, y la piedra del anillo que también era un Horrocrux se había partido cuando Dumbledore lo destruyó.

—Supongo que Kreacher tiene razón —comentó Harry—: para destruir este artefacto, primero tendremos que averiguar cómo se abre.

De pronto, mientras hablaba, tomó conciencia de lo que tenía en las manos y de lo que vivía tras aquellas puertecitas doradas, y, a pesar de lo mucho que les había costado encontrarlo, sintió un súbito impulso de lanzarlo lejos. Pero se dominó e intentó abrirlo con los dedos, y luego probó con el encantamiento que Hermione había utilizado para abrir la puerta del dormitorio de Regulus, aunque nada dio resultado. Se lo devolvió a sus amigos, y ambos hicieron todo cuanto se les ocurrió para abrirlo, pero con tan poco éxito como él.

—Pero ¿lo sienten? —preguntó Ron en voz baja, con el guardapelo encerrado en el puño.

—¿Qué quieres decir?

Ron le entregó el Horrocrux a Harry, que segundos después creyó comprender a qué se refería. ¿Era su propia sangre latiendo en sus venas lo que notaba, o algo que palpitaba en el interior del guardapelo, como una especie de pequeño corazón metálico?

—¿Qué vamos a hacer con él? —preguntó Hermione.

—Conservarlo hasta que averigüemos cómo destruirlo —contestó Harry y, muy a su pesar, se colgó la cadena del cuello y ocultó el guardapelo bajo la túnica, junto con el monedero que le había regalado Hagrid. A continuación se puso en pie, se desperezó y le dijo a Hermione—: Creo que deberíamos turnarnos para montar guardia fuera de la tienda, y también tendremos que conseguir comida. Tú no te muevas —se apresuró a añadir al ver que Ron intentaba incorporarse y su rostro adquiría un desagradable tono verdoso.

Tras colocar estratégicamente encima de la mesa el chivatoscopio que Hermione le había regalado por su cumpleaños, Harry y la joven pasaron el resto del día turnándose para vigilar el campamento. Sin embargo, el instrumento estuvo todo el rato quieto y silencioso, y ya fuera por los sortilegios protectores y los repelentes mágicos de muggles que Hermione había repartido por el claro del bosque, o porque la gente no solía ir por allí, la zona en que se habían instalado se mantuvo solitaria; lo único que vieron fueron algunos pájaros y varias ardillas. Al anochecer todo seguía igual; a las diez, cuando Harry fue a relevar a su compañera, encendió la varita y contempló un panorama desierto donde sólo unos murciélagos revoloteaban muy alto, cruzando el único trozo de cielo estrellado que se conseguía ver desde el protegido claro.

Harry tenía hambre y estaba un poco mareado. Hermione no llevaba nada para comer en su bolso mágico, porque dio por sentado que volverían a Grimmauld Place esa noche, así que sólo consiguieron cenar unas setas que ella había recogido entre los árboles más cercanos y cocinado en un cazo. Ron apenas las probó, pues tenía el estómago revuelto; en cambio, Harry se las acabó, pero únicamente para no desairar a su amiga.

El silencio que los rodeaba sólo era interrumpido de vez en cuando por extraños susurros y sonidos semejantes a crujidos de ramitas; Harry pensó que no los provocaban personas, sino animales, pero aun así aferraba la varita, preparado para cualquier eventualidad. Tenía el vientre tenso por culpa de las correosas setas, y el nerviosismo no lo ayudaba a sentirse mejor.

Siempre había supuesto que cuando consiguieran recuperar el Horrocrux estaría eufórico, pero no era así. Lo único que experimentaba mientras escudriñaba la oscuridad, de la que su varita sólo iluminaba una pequeña parte, era preocupación por el futuro inmediato. Era como si llevara semanas, meses, quizá incluso años precipitándose hacia esa situación, y hubiera tenido que detenerse en seco porque se había terminado el camino.

Había otros Horrocruxes en algún sitio, pero él no tenía idea de dónde, ni siquiera conocía la forma de algunos de ellos. Entretanto, no sabía qué hacer para destruir el único que habían encontrado, el Horrocrux que en ese momento reposaba contra su pecho. Curiosamente, el guardapelo no le había absorbido el calor del cuerpo, y lo notaba tan frío como si acabara de sacarlo del agua helada. De vez en cuando pensaba, o quizá imaginaba, que percibía otro débil e irregular latido además del de su corazón.

Mientras montaba guardia a oscuras le pasaban indescriptibles premoniciones por la cabeza; intentó ahuyentarlas, alejarlas de sí, pero volvían, implacables. «Ninguno de los dos podrá vivir mientras el otro siga con vida.» Ron y Hermione, que hablaban en voz baja en la tienda, podían marcharse si querían, pero él no. Y tuvo la sensación, mientras intentaba dominar su miedo y agotamiento, de que el Horrocrux que le colgaba del cuello marcaba el tiempo que le quedaba...

«Qué idea tan estúpida —se dijo—; no pienses eso...»

Volvía a molestarle la cicatriz y temió que fuera por pensar esas cosas; intentó cambiar de canal y dirigir su mente por otros derroteros. Entonces se acordó del pobre Kreacher, que estaba esperándolos en la casa pero, en lugar de recibirlos a ellos, se habría topado con Yaxley. ¿Sabría permanecer callado o le contaría al mortífago todo lo que sabía? Harry quería creer que el concepto que el elfo tenía de él había cambiado en el último mes, y que a partir de entonces le sería fiel, pero ¿cómo asegurarlo? ¿Y si los mortífagos lo torturaban? Unas imágenes repugnantes se le colaron en la mente, e intentó apartarlas también, porque le era imposible ayudar a Kreacher. Hermione y él ya habían decidido no intentar llamarlo, porque ¿y si llegaba acompañado de alguien del ministerio? No estaban seguros de que a un elfo que se trasladara mediante Aparición no le pasara lo mismo que había provocado que Yaxley llegara a Grimmauld Place sujeto al dobladillo de la manga de Hermione.

Cada vez le dolía más la cicatriz. Lo abrumaba pensar cuántas cosas desconocían; Lupin tenía razón cuando les dijo que se enfrentaban a una magia inimaginable con la que jamás se habían encontrado. ¿Por qué Dumbledore no les había dado más explicaciones? ¿Tal vez creía que tendría tiempo, que viviría años, quizá siglos, como su amigo Nicolás Flamel? Si así era, se equivocaba: Snape se había encargado de ello; Snape, la serpiente dormida, que se había abalanzado sobre su presa en lo alto de la torre...

Y Dumbledore se había precipitado al vacío...

«Dámela, Gregorovitch.»

Harry habló con una voz aguda, clara y fría mientras mantenía la varita en alto, sujeta por una mano blanca de largos dedos. El hombre al que apuntaba estaba suspendido en el aire cabeza abajo, sin cuerdas que lo amarraran, oscilando de un lado a otro, misteriosamente colgado y sujetándose el cuerpo con los brazos; la cara, deformada por el terror y congestionada por la sangre que le bajaba a la cabeza, quedaba a la misma altura que la de Harry; el pelo completamente blanco y la poblada barba le conferían el aspecto de un Santa Claus cautivo.

—«¡No la tengo! ¡Ya no la tengo! ¡Me la robaron hace muchos años!»

—«No le mientas a lord Voldemort, Gregorovitch. Él lo sabe. Él siempre lo sabe.»

El hombre tenía las pupilas dilatadas de miedo, y se fueron agrandando aún más hasta que su negrura engulló por completo a Harry...

Y a continuación el muchacho corría por un oscuro pasillo detrás del robusto y bajito Gregorovitch, que sostenía en alto un farol. El hombre irrumpió en una habitación al final del pasillo e iluminó lo que parecía un taller. Había virutas de madera y oro que brillaron en el oscilante charco de luz, mientras que un joven rubio estaba encaramado en el alféizar de la ventana, como un pájaro gigantesco. En el brevísimo instante en que el farol lo iluminó, Harry vio el gozo que reflejaba su atractivo rostro; entonces el joven lanzó un hechizo aturdidor con su varita y saltó ágilmente hacia atrás, fuera de la ventana, al mismo tiempo que soltaba una carcajada.

Y de nuevo Harry salió de aquellas pupilas negras como túneles, y vio la cara de Gregorovitch desencajada por el pánico.

—«¿Quién era el ladrón, Gregorovitch?» —preguntó la voz fría y aguda.

—«¡No lo sé, nunca lo supe, era un muchacho... no... por favor... POR FAVOR!»

Se oyó un grito que se prolongó y se prolongó, y luego hubo un destello de luz verde.

—¡Harry!

El muchacho abrió los ojos jadeando y con un dolor punzante en la frente. Se había desmayado y caído contra el lateral de la tienda; y al resbalar por la lona, había quedado despatarrado en el suelo. Alzó la vista y se encontró con Hermione, cuya espesa melena tapaba el trocito de cielo que se vislumbraba entre el follaje de los árboles.

—Estaba soñando —dijo incorporándose a toda prisa e intentando afrontar la fulminante mirada de su amiga, poniendo cara de inocencia—. Lo siento, me he quedado dormido.

—¡Sé que ha sido la cicatriz! ¡Se te nota en la cara! ¡Estabas dentro de la mente de Vol...!

—¡No lo llames por su nombre! —gritó Ron desde el interior de la tienda.

—¡De acuerdo! —replicó Hermione—. ¡Pues de Quien-tú-sabes!

—¡Yo no quería que sucediera! ¡Ha sido un sueño! ¿Tú controlas lo que sueñas, Hermione?

—Si hubieras aprendido a aplicar la Oclumancia...

Pero Harry no estaba para que lo riñeran; lo único que quería era comentar con alguien lo que acababa de ver.

—Ha encontrado a Gregorovitch, Hermione, y creo que lo ha matado, pero antes de matarlo le leyó la mente, y he visto que...

—Si tan cansado estás que te quedas dormido, será mejor que te releve —lo interrumpió ella con frialdad.

—¡Puedo terminar mi guardia!

—No, no puedes. Es evidente que estás agotado. Ve y descansa un rato.

La chica, testaruda, se sentó en la entrada de la tienda y Harry, enfadado, se metió dentro para evitar una pelea.

Ron, todavía pálido, se asomó por el hueco de la litera inferior. Harry subió a la de arriba, se tumbó y se quedó contemplando el oscuro techo de lona. Al cabo de un rato, Ron, susurrando para que no lo oyera Hermione, acurrucada en la entrada, le preguntó:

—¿Qué estaba haciendo Quien-tú-sabes?

Harry entornó los ojos en un intento de recordar todos los detalles, y murmuró en la oscuridad:

—Ha encontrado a Gregorovitch; lo tenía atado y lo torturaba.

—¿Cómo va a hacerle Gregorovitch una varita nueva si está atado?

No lo sé. Es muy raro, sí.

Cerró los ojos y pensó en lo que había visto y oído. Cuantas más cosas recordaba, menos sentido tenían. Voldemort no había mencionado la varita de Harry, ni el hecho de que la suya propia y la del muchacho poseyeran idénticos núcleos centrales; tampoco había dicho nada de que Gregorovitch tuviera que hacerle una varita nueva y más poderosa, capaz de vencer a la de Harry...

—Quería algo de Gregorovitch —continuó, sin abrir los ojos—, y le pidió que se lo diera, pero Gregorovitch dijo que se lo habían robado, y entonces... entonces... —Recordó cómo, desde la mente de Voldemort, había penetrado por los ojos de Gregorovitch hasta sus recuerdos—. Le leyó el pensamiento a Gregorovitch y vio cómo un tipo joven que estaba encaramado en el alféizar de una ventana le lanzaba una maldición y saltaba, perdiéndose de vista. Ese joven lo robó, él robó eso que Quien-tú-sabes anda buscando. Y... creo que he visto a ese tipo en algún sitio...

A Harry le habría gustado volver a ver, aunque sólo fuera brevemente, la risueña cara de aquel chico. Según Gregorovitch, el robo se había producido muchos años atrás. Así pues, ¿por qué le resultaba tan familiar el rostro del joven ladrón?

Los ruidos del bosque llegaban muy amortiguados al interior de la tienda; lo único que oía Harry era la respiración de Ron. Pasados unos minutos, éste susurró:

—¿No has visto qué tenía en la mano el ladrón?

—No... Debía de ser un objeto pequeño.

—Harry... —Los listones de la cama crujieron cuando Ron cambió de postura—. Oye, ¿crees que Quien-tú-sabes está buscando otro objeto para convertirlo en un nuevo Horrocrux?

—No lo sé; es posible. Pero ¿no sería demasiado arriesgado? Además, ¿no dijo Hermione que ya había estado a punto de perder el alma?

—Sí, pero a lo mejor él no lo sabe.

—Cierto. Quizá tengas razón.

Harry estaba convencido de que Voldemort andaba buscando una forma de solventar el problema de los núcleos centrales idénticos, y había ido a ver al anciano fabricante de varitas para que le diera una solución... Sin embargo lo había matado, al parecer sin hacerle ninguna pregunta sobre varitas mágicas.

¿Qué buscaba Voldemort? ¿Por qué se marchaba ahora que controlaba el Ministerio de Magia y tenía a todo el mundo mágico a sus pies, decidido a encontrar ese objeto que Gregorovitch había poseído y que aquel ladrón anónimo le robó?

Harry todavía podía visualizar la cara de aquel joven rubio, un rostro alegre y entusiasta, con un aire triunfante y travieso similar al de Fred o George. Había saltado desde el alféizar de la ventana como un pájaro, y Harry creía que lo había visto antes en algún sitio, pero no recordaba dónde...

Ahora que Gregorovitch estaba muerto, era aquel risueño ladrón quien corría peligro, y Harry se quedó pensando en él mientras los ronquidos de Ron resonaban en la cama de abajo, hasta que, poco a poco, él también fue quedándose dormido otra vez.

15

La venganza de los duendes

A la mañana siguiente, antes de que Ron y Hermione desper-
taran, Harry salió de la tienda para buscar por el bosque el
árbol más viejo, retorcido y fuerte que encontrara. Cuando lo
halló, enterró el ojo de *Ojoloco* Moody bajo su sombra y marcó
una crucecita en la corteza con la varita mágica. No era gran
cosa, pero creyó que Ojoloco habría preferido estar ahí a
quedarse incrustado en la puerta del despacho de Dolores
Umbridge. Luego regresó a la tienda y esperó a que desperta-
ran sus amigos para debatir lo que harían a continuación.

Tanto Hermione como él opinaron que no era conveniente quedarse mucho tiempo en el mismo sitio, y Ron estuvo de acuerdo, pero puso como condición que el siguiente
paso los llevara a algún lugar donde pudiera conseguir un
sándwich de tocino. Hermione retiró los sortilegios que había repartido por el claro, mientras ambos chicos borraban
todas las marcas y huellas que revelaran que habían acampado allí. Entonces se desaparecieron hacia las afueras de
una pequeña población con mercado.

Tras montar la tienda al amparo de un bosquecillo y ro-
dearla de nuevos sortilegios defensivos, Harry se puso la
capa invisible y salió a buscar comida. Pero las cosas no ocu-
rrieron según lo planeado. Acababa de llegar a un pueblo
cercano cuando un frío inusual, una densa niebla y la repentina oscuridad del cielo lo hicieron detenerse en seco.

—¡Pero si tú sabes hacer un *patronus* de primera! —protestó Ron cuando Harry llegó a la tienda con las manos vacías,
sin aliento y murmurando una única palabra: «dementores».

—No he logrado... hacerlo —se disculpó casi sin resuello mientras se sujetaba el costado, donde notaba una fuerte punzada—. No me... salía...

La cara de consternación y decepción de sus amigos logró que se avergonzara de sí mismo. No obstante, acababa de pasar por una experiencia de pesadilla: había visto a lo lejos cómo los dementores salían deslizándose de la niebla y había comprendido, mientras aquel frío paralizante lo envolvía y un grito sonaba en la distancia, que no sería capaz de protegerse. Había tenido que emplear toda su energía para echar a correr, dejando a los dementores —esas tétricas figuras sin ojos— entre los muggles que, aunque no los vieran, sin duda sentirían la desesperación que sembraban a su paso.

—Así que seguimos sin comida.

—Cállate, Ron —le espetó Hermione—. ¿Qué ha pasado, Harry? ¿Por qué crees que no has podido convocar el *patronus*? ¡Ayer te salió la mar de bien!

—No lo sé.

Se dejó caer en una de las viejas butacas de Perkins; cada vez se sentía más humillado y temía que algún mecanismo interior hubiera dejado de funcionarle. El día anterior parecía muy lejano; se sentía como si volviera a tener trece años y fuera el único que se desplomaba en el expreso de Hogwarts.

Ron le dio un puntapié a una silla.

—Bueno ¿qué? —le dijo a Hermione, enfurruñado—. ¡Tengo un hambre de muerte! ¡Lo único que he comido desde que casi muero desangrado ha sido un par de setas!

—Pues ve tú a pelearte con los dementores —replicó Harry, dolido.

—¡Iría, pero, por si no te has fijado, llevo un brazo en cabestrillo!

—Sí, eso resulta muy práctico.

—¿Y qué se supone que...?

—¡Claro! —saltó Hermione dándose una palmada en la frente, y los chicos la miraron—. ¡Dame el guardapelo, Harry! ¡Corre, el Horrocrux, Harry! ¡Todavía lo llevas encima! —exclamó impaciente, chasqueando los dedos al ver que él no reaccionaba.

Tendió una mano y Harry se quitó la cadena de oro del cuello. Tan pronto el guardapelo perdió el contacto con su piel, él se sintió libre y extrañamente aliviado. Ni siquiera se había dado cuenta de que tenía las manos sudorosas, o que notaba una desagradable presión en el estómago, hasta que esas sensaciones desaparecieron.

—¿Te encuentras mejor? —preguntó Hermione.

—¡Sí, mucho mejor!

—Harry —dijo ella poniéndose en cuclillas delante de él y empleando el tono con que uno se dirige a personas muy enfermas—, no creerás que estás poseído, ¿verdad?

—¿Qué dices? ¡No, claro que no! —contestó él, ofendido—. Recuerdo todo lo que he hecho mientras lo llevaba colgado. Si estuviera poseído, no sabría cómo había actuado, ¿no? Ginny me contó que a veces no recordaba nada.

—Hum —murmuró Hermione examinando el grueso guardapelo—. Bueno, quizá no deberíamos llevarlo colgado. Podríamos guardarlo en la tienda.

—No vamos a dejar ese Horrocrux por ahí —declaró Harry—. Si lo perdemos, si nos lo roban...

—De acuerdo, de acuerdo —cedió la chica, y se colgó el guardapelo del cuello y lo ocultó debajo de su camisa—. Pero nos turnaremos para que ninguno lo lleve demasiado rato seguido.

—Estupendo —dijo Ron con irritación—. Y ahora que ya hemos solucionado ese punto, ¿podemos ir a buscar algo de comer?

—Sí, pero iremos a otro sitio —determinó Hermione mirando de reojo a Harry—. No tiene sentido que nos quedemos aquí sabiendo que hay dementores patrullando.

Por fin, decidieron pasar la noche en un campo apartado que pertenecía a una granja solitaria de la que habían conseguido llevarse huevos y pan.

—Esto no es robar, ¿verdad? —preguntó Hermione con aprensión, mientras devoraban los huevos revueltos con pan tostado—. He dejado dinero en el gallinero...

Ron puso los ojos en blanco y, con los carrillos henchidos, dijo:

—*Emión*, no te *pecupes* tanto. *¡Elájate!*

Desde luego, les resultó mucho más fácil relajarse después de haber comido. Esa noche, las risas les hicieron olvidar la discusión sobre los dementores, y Harry estaba contento, casi optimista, cuando eligió hacer la primera guardia de la noche.

De ese modo comprobaron que con el estómago lleno uno está mucho más animado, mientras que si se tiene vacío es fácil que surjan las peleas y el pesimismo. Harry fue el menos sorprendido por este descubrimiento, porque en casa de los Dursley había pasado períodos de verdadera inanición. Hermione sobrellevaba bien las noches en que sólo encontraban unas bayas o unas galletas rancias, aunque quizá se mostraba un poco más malhumorada de lo habitual y sus silencios eran algo más hoscos. Ron, en cambio, estaba acostumbrado a tres deliciosas comidas al día, cortesía de su madre o de los elfos domésticos de Hogwarts, y el hambre lo ponía irascible y poco razonable. Siempre que la falta de comida coincidía con su turno de llevar el Horrocrux, se volvía de lo más desagradable.

«¿Y ahora adónde vamos?», era su cantinela de siempre. Sin embargo, daba la impresión de que no tenía ideas propias, y en todo momento esperaba que a sus dos compañeros se les ocurriera algún plan, mientras él se limitaba a amargarse pensando en la escasez de comida. Por tanto, Harry y Hermione pasaban horas infructuosas intentando averiguar dónde estarían los otros Horrocruxes y cómo destruir el que ya poseían; y como no disponían de nuevos datos, sus conversaciones cada vez eran más repetitivas.

Según recordaba Harry, Dumbledore sostenía que Voldemort había escondido los Horrocruxes en sitios que tenían alguna importancia para él, de modo que los chicos no paraban de enumerar, como si recitaran una especie de deprimente letanía, los lugares donde Voldemort había vivido o que guardaban cierta relación con él: el orfanato donde nació y se crió; Hogwarts, donde se educó; Borgin y Burkes, donde trabajó después de abandonar los estudios; y por último, Albania, donde transcurrieron sus años de exilio. Esas pistas formaban la base de sus especulaciones.

—Sí, vamos a Albania. Registrar todo un país no nos llevará más de una tarde —sugirió Ron con sarcasmo.

—Allí no puede haber nada. Cuando se marchó al exilio, ya había hecho cinco Horrocruxes, y Dumbledore estaba seguro de que la serpiente es el sexto —razonó Hermione—. Pero sabemos que ésta no se halla en Albania, porque suele acompañar a Vol...

—¿No he pedido que no mencionen su nombre?

—¡De acuerdo! La serpiente suele acompañar a Quien-ustedes-saben. ¿Satisfecho?

—No mucho, la verdad.

—No me lo imagino escondiendo nada en Borgin y Burkes —intervino Harry, que ya había expresado su opinión varias veces; pero volvió a decirlo simplemente para romper aquel desagradable silencio—. Los dueños de esa tienda eran expertos en objetos tenebrosos, de modo que habrían reconocido un Horrocrux enseguida. —Ron soltó un elocuente bostezo y Harry, reprimiendo el impulso de lanzarle algo, prosiguió—: Insisto en que podría haber escondido uno en Hogwarts.

Hermione suspiró.

—¡Pero entonces Dumbledore lo habría encontrado!

Harry repitió el argumento que siempre presentaba para defender su teoría:

—Dumbledore dijo delante de mí que nunca había previsto conocer todos los secretos de Hogwarts. Quiero advertirles, si hay un sitio donde Vol...

—¡Eh!

¡¡Sí, Quien-ustedes-saben!! —exclamó Harry, ya harto del asunto—. ¡Si hay algún sitio que era verdaderamente importante para Quien-ustedes-saben es Hogwarts!

—¡Sí, cómo no! —se burló Ron—. ¿Su colegio?

—¡Sí, su colegio! Fue su primer hogar verdadero, el sitio que significaba que él era especial, que lo representaba todo para él, e incluso después de marcharse de allí...

—Vamos a ver, ¿de quién estamos hablando, de Quien-ustedes-saben o de ti? —saltó Ron. Estaba jugueteando con la cadena del Horrocrux que llevaba colgada del cuello, y Harry sintió ganas de tomarla y estrangularlo con ella.

—Nos explicaste que Quien-ustedes-saben le pidió empleo a Dumbledore después de haber terminado los estudios —terció Hermione.

—Sí, exacto.

—Y Dumbledore pensó que sólo quería volver porque estaba buscando algo, seguramente el objeto de algún fundador del colegio, para hacer con él otro Horrocrux, ¿no?

—Así es —confirmó Harry.

—Pero no consiguió el empleo, ¿verdad? ¡De modo que nunca tuvo ocasión de robar un objeto de otro fundador ni de esconderlo en Hogwarts!

—Está bien —concedió Harry, derrotado—. Descartemos Hogwarts.

Como no tenían otras pistas, se trasladaron a Londres y, ocultos bajo la capa invisible, buscaron el orfanato donde se había criado Voldemort. Hermione se coló en una biblioteca y descubrió en los archivos que muchos años atrás habían demolido el edificio. Pese a ello, fueron a ver el lugar y comprobaron que allí habían construido un bloque de oficinas.

—¿Y si caváramos en los cimientos? —sugirió Hermione sin mucho entusiasmo.

—Él nunca escondería un Horrocrux aquí —aseveró Harry. En el fondo sabía que habrían podido ahorrarse ese viaje, porque el orfanato era el sitio de donde Voldemort estaba decidido a escapar, y por eso jamás se le habría ocurrido esconder una parte de su alma allí. Dumbledore le había hecho ver que Voldemort buscaba, como escondrijos, lugares que revistieran esplendor o un aura de misterio; por el contrario, ese lúgubre y deprimente rincón de Londres no tenía nada que ver con Hogwarts, ni con el ministerio ni con un edificio como Gringotts, la banca mágica de puertas doradas y suelos de mármol.

Aunque no se les ocurrían nuevas ideas, siguieron viajando por el campo y cada noche montaban la tienda en un sitio diferente, por precaución. Por las mañanas, tras asegurarse de haber borrado toda señal de su presencia, buscaban otro emplazamiento solitario y aislado, trasladándose mediante Aparición a otros bosques, a umbrías grietas de acantilados, a rojizos brezales, a laderas de montañas cubiertas de aulaga y, en una ocasión, a una resguardada cala de guijarros. Cada doce horas aproximadamente se pasaban el Horrocrux, como si jugaran al baile de la escoba —en cámara lenta y con un ingrediente perverso—, temiendo el momento en que dejara de sonar la música porque la recompensa eran doce horas de miedo y angustia extras.

A Harry seguía molestándole la cicatriz, casi siempre cuando llevaba colgado el Horrocrux. A veces no conseguía evitar que se notara que le dolía.

—¿Qué te ocurre? ¿Qué has visto? —preguntaba Ron siempre que lo veía componer una mueca de dolor.

—Una cara —musitaba Harry—. La misma de siempre: la del ladrón que robó a Gregorovitch.

Y Ron se daba la vuelta sin disimular su desilusión. Harry sabía que su amigo deseaba tener noticias de su familia, o de los restantes miembros de la Orden del Fénix, pero al fin y al cabo él no era una antena de televisión, sino que sólo veía lo que Voldemort pensaba en determinado momento, y tampoco era capaz de sintonizar las imágenes a su antojo. Al parecer, el Señor Tenebroso pensaba sin cesar en aquel joven de cara risueña, cuyo nombre y paradero seguramente ignoraba, igual que le ocurría a Harry. Como seguía doliéndole la cicatriz y lo atormentaba el recuerdo del chico rubio, aprendió a disimular todo indicio de dolor o malestar, porque sus amigos no mostraban sino impaciencia cada vez que él mencionaba al joven ladrón, aunque no podía recriminárselo, pues también ellos estaban ansiosos por encontrar alguna pista de los Horrocruxes.

A medida que transcurrían los días, empezó a sospechar que Ron y Hermione hablaban de él a sus espaldas. En más de una ocasión dejaron de hablar bruscamente al entrar él en la tienda, y los sorprendió dos veces en un lugar un poco apartado, con las cabezas juntas y hablando deprisa, y al verlo acercarse se callaron de golpe y fingieron estar recogiendo leña o buscando agua.

Harry empezó a preguntarse si sus amigos sólo habían accedido a acompañarlo en aquel viaje, que iba adquiriendo apariencia de intrincado y sin sentido, porque creían que él tenía algún plan secreto que descubrirían a su debido tiempo. Por su parte, Ron no hacía ningún esfuerzo por disimular su malhumor, y Harry comenzaba a temer que Hermione también estuviera desengañada de sus escasas dotes de liderazgo. Se devanaba los sesos pensando dónde podía haber otros Horrocruxes, pero el único sitio que se le ocurría era Hogwarts, y como a sus amigos no les parecía probable, dejó de sugerirlo.

El otoño iba apoderándose del campo a medida que los chicos lo recorrían, de manera que ya montaban la tienda sobre mantillos de hojas secas. Además, las nieblas naturales se sumaban a las que provocaban los dementores, y el viento y la lluvia suponían una dificultad más. El hecho de que Hermione estuviera aprendiendo a identificar las setas comestibles no compensaba aquel continuo aislamiento, ni la falta de contacto con otras personas, ni la total

ignorancia de cómo evolucionaba la lucha contra Voldemort.

—Mi madre sabe hacer aparecer comida de la nada
—dijo Ron una noche, acampados en una ribera de Gales.
Y, enfurruñado, empujó los trozos de pescado grisáceo y car-
bonizado que tenía en el plato.

Harry le miró el cuello y comprobó, tal como esperaba,
que llevaba puesta la cadena de oro del Horrocrux. Entonces
contuvo el impulso de replicarle, porque sabía que su actitud
mejoraría un poco cuando le llegara el turno de quitarse el
guardapelo. Pero Hermione lo contradijo:

—Tu madre no sabe hacer semejante cosa. Nadie es capaz de eso. La comida es la primera de las cinco Principales
Excepciones de la Ley de Gamp sobre Transformaciones Ele-
men...

—A mí háblame en cristiano, ¿de acuerdo? —le espetó
Ron, quitándose una espina que se le había quedado entre
los dientes.

—¡Es imposible que la comida aparezca de la nada! Si
sabes dónde está, puedes hacer un encantamiento convocador, o transformarla, o si tienes un poco, multiplicarla...

—Pues esto será mejor que no lo multipliques, porque
está asqueroso —murmuró Ron.

—¡Harry lo ha pescado y yo lo he cocinado lo mejor que
he podido! ¡No sé por qué siempre acaba tocándome a mí
preparar la comida! ¡Porque soy una chica, claro!

—¡No; es porque se supone que eres la mejor haciendo
magia! —le soltó Ron.

Ella se puso en pie de un brinco, y unos pedacitos de
lucio asado resbalaron de su plato de estaño y cayeron al
suelo.

—Pues mañana puedes cocinar tú. Busca los ingredien-
tes y hazles un encantamiento para convertirlos en algo que
valga la pena comer. Yo me sentaré aquí, pondré cara de asco
y me lamentaré, y ya veremos cómo...

—¡Alto! —ordenó Harry, y se puso rápidamente en pie
levantando las manos para pedir silencio—. ¡Calla!

A Hermione le hervía la sangre.

—¿Cómo puedes darle la razón? Ron casi nunca cocina,
nunca...

—¡Cállate, Hermione! ¡He oído algo!

Harry aguzó el oído sin bajar las manos. Entonces, pese al murmullo del oscuro río junto al que se encontraban, volvió a oír voces. Giró la cabeza y miró el chivatoscopio, pero seguía quieto.

—¿Has hecho el encantamiento *muffliato*? —le preguntó a Hermione en voz baja.

—Lo he hecho todo. El *muffliato*, los repelentes mágicos de muggles y los encantamientos desilusionadores; todos. Quienquiera que sea no debería poder oírnos ni vernos.

Entonces oyeron fuertes crujidos y roces; poco después, el sonido de piedras y ramitas sueltas pareció indicar que varias personas bajaban por la boscosa pendiente que descendía hasta la estrecha orilla donde ellos habían acampado. Los chicos sacaron sus varitas y se pusieron en guardia. Los sortilegios de que se habían rodeado deberían bastar para que, en aquella oscuridad casi total, no los vieran los muggles, ni las brujas ni los magos normales. Sin embargo, si eran mortífagos, sus defensas estaban a punto de pasar la prueba de la Magia Oscura por primera vez.

Cuando el grupo llegó a la orilla, las voces se oyeron más fuertes pero no más inteligibles. Harry calculó que estaban a unos seis metros de la tienda, pero el ruido del agua que caía en cascada no le permitía asegurarlo. Hermione tomó el bolsito de cuentas y se puso a rebuscar en él; al momento sacó tres orejas extensibles y le lanzó una a Harry y otra a Ron, que rápidamente se metieron un extremo de la cuerda de color carne en la oreja y sacaron el otro por la entrada de la tienda.

Pasados unos segundos, Harry escuchó una voz masculina que, con un tono de hastío, decía:

—Por aquí debería haber salmones, ¿o creen que todavía no ha empezado la temporada? *¡Accio salmón!*

Se produjeron unos chapoteos y luego un sonido de bofetada, como si alguien atrapara un pez al vuelo; alguien soltó un gruñido de apreciación. Harry se ajustó mejor la oreja extensible en el oído: por encima del murmullo del río había distinguido otras voces, pero no hablaban en su idioma ni en ningún lenguaje humano que él conociera. Era una lengua tosca y nada melodiosa, como una sarta de ruidos vibrantes y guturales, y daba la impresión de que había dos personas que la hablaban, una de ellas con voz más débil y cansina.

Un fuego prendió en el exterior, y los chicos vieron pasar unas sombras enormes entre la tienda y las llamas, al mismo tiempo que les llegaba el delicioso y tentador aroma a salmón asado. A continuación se oyó el tintineo de cubiertos sobre platos, y el desconocido que había hablado primero volvió a hacerlo:

—Tomen... Griphook... Gornuk...

—¡Duendes! —articuló Hermione mirando a Harry, que asintió en silencio.

—Gracias —respondieron los duendes en el idioma del otro.

—Bueno, ¿y cuánto tiempo llevan ustedes tres huyendo? —preguntó una voz nueva, dulce y melodiosa; a Harry le resultó vagamente familiar e imaginó a un hombre barrigudo y de rostro jovial.

—Seis semanas, quizá siete. Ya no me acuerdo —contestó el que parecía aburrido—. Me encontré con Griphook el primero o el segundo día, y poco después se nos unió Gornuk. Es agradable tener un poco de compañía. —Guardaron silencio y se percibió el ruido de los cuchillos y tenedores rozando los platos y de las tazas de estaño, levantadas y vueltas a posar en el suelo—. Y tú, Ted, ¿por qué te marchaste? —añadió.

—Sabía que iban por mí —contestó Ted con su melodiosa voz, y de pronto Harry cayó en la cuenta de quién era: el padre de Tonks—. La semana pasada me enteré de que había mortífagos en la zona y decidí poner pies en polvorosa. Me negué a registrarme como hijo de muggles por principio, así que sabía que sólo era cuestión de tiempo, y que tarde o temprano tendría que marcharme. A mi esposa no le pasará nada porque ella es sangre limpia. Y luego me encontré con Dean... ¿cuánto hace, hijo? Unos pocos días, ¿no?

—Sí, eso es —contestó otra voz, y Harry, Ron y Hermione se miraron con asombro, callados pero emocionados, convencidos de haber reconocido la voz de Dean Thomas, su compañero de Gryffindor.

—Eres hijo de muggles, ¿verdad? —preguntó el que había hablado primero.

—No estoy seguro —respondió Dean—. Mi padre abandonó a mi madre cuando yo era muy pequeño, y no puedo demostrar que fuera un mago.

Permanecieron un rato sin hablar, sólo se los oía masticar; entonces Ted volvió a tomar la palabra.

—He de admitir, Dirk, que me sorprende haberme tropezado contigo. Me alegra pero me sorprende. Circulaba el rumor de que te habían detenido.

—Es que me detuvieron —confirmó Dirk—. Iba camino de Azkaban, pero me escapé. Aturdí a Dawlish y le robé la escoba. Fue más fácil de lo que imaginan, y Dawlish salió muy mal parado. No me extrañaría que alguien le hubiera hecho un encantamiento *confundus*. Si es así, me gustaría estrecharle la mano a la bruja o al mago que se lo hizo, porque seguramente me salvó la vida.

Volvieron a guardar silencio mientras el fuego chisporroteaba y el río continuaba murmurando. Poco después Ted preguntó:

—¿Y de dónde salieron ustedes dos? Creía que los duendes apoyaban a Quien-ustedes-saben.

—Pues estabas equivocado, porque nosotros no nos ponemos de parte de nadie —dijo el duende de voz más aguda—. Ésta es una guerra de magos.

—Entonces ¿por qué se esconden?

—Me pareció lo más prudente —respondió el duende de voz grave—. Había rechazado lo que consideraba una petición impertinente, y comprendí que peligraba mi seguridad personal.

—¿Qué te pidieron que hicieras? —preguntó Ted.

—Cosas inapropiadas para la dignidad de mi raza —contestó el duende con tono más tosco y menos humano—. Yo no soy ningún elfo doméstico.

—¿Y tú, Griphook?

—Por motivos parecidos —dijo el duende de voz aguda—. Gringotts ya no la controlan únicamente los de mi raza, pero yo jamás reconoceré a ningún mago como amo.

Añadió algo por lo bajo en duendigonza, y Gornuk rió.

—¿Era un chiste? —preguntó Dean.

—Ha dicho que también hay cosas que los magos no reconocen —explicó Dirk.

Hubo una breve pausa.

—No lo capto —admitió Dean.

—Antes de marcharme me tomé una pequeña venganza personal —dijo Griphook en la lengua de los otros.

—Bien hecho —dijo Ted—. Supongo que no conseguirías encerrar a un mortífago en una de esas viejas cámaras de máxima seguridad, ¿no?

—Si lo hubiera hecho, la espada no lo habría ayudado a salir de allí —replicó Griphook. Gornuk rió otra vez, y hasta Dirk soltó una risita.

—Me parece que Dean y yo nos estamos perdiendo algo —dijo Ted.

—Severus Snape también, aunque él no lo sabe —dijo Griphook, y los dos duendes rieron a carcajadas, con malicia.

En la tienda, Harry apenas podía respirar de emoción; Hermione y él se miraron, aguzando el oído al máximo.

—¿No te has enterado, Ted? —preguntó Dirk—. ¿No sabes que unos chicos intentaron robar la espada de Gryffindor del despacho de Snape en Hogwarts?

Harry notó como si una descarga eléctrica le recorriera el cuerpo poniéndole todos los nervios de punta, y se quedó clavado en su sitio.

—No, no sabía nada —dijo Ted—. En *El Profeta* no lo han comentado, ¿verdad?

—No, ya me imagino que no —repuso Dirk riendo con satisfacción—. A mí me lo contó Griphook, y éste se enteró por Bill Weasley, que trabaja para la banca mágica. Entre los chicos que intentaron llevarse la espada estaba la hermana pequeña de Bill.

Harry miró a sus amigos, que tenían aferradas las orejas extensibles como si de ello dependiera su vida.

—Ella y un par de compañeros suyos entraron en el despacho de Snape y rompieron la urna de cristal donde, presuntamente, estaba guardada la espada. Snape los atrapó en la escalera cuando ya se la llevaban.

—¡Benditos sean! —exclamó Ted—. Pero ¿qué creían, que podrían emplear la espada contra Quien-ustedes-saben, o contra el propio Snape?

—Bueno, fuera cual fuese su intención, Snape decidió que la espada no estaba segura en su despacho —explicó Dirk—. Y un par de días más tarde, imagino que tras obtener el permiso de Quien-ustedes-saben, la hizo llevar a Londres para que la guardaran en Gringotts.

Los duendes volvieron a reír.

—Sigo sin entender el chiste —dijo Ted.

—Es una falsificación —afirmó Griphook.

—¿Qué la espada de Gryffindor es...?

—Eso mismo. Es una copia, una copia excelente, sin duda, pero hecha por magos. La original la forjaron los duendes hace siglos, y tenía ciertas propiedades que sólo poseen las armas fabricadas por los de mi raza. No sé dónde puede estar la genuina espada de Gryffindor, pero desde luego no en una cámara de la banca Gringotts.

—¡Ah, ya entiendo! —dijo Ted—. Y deduzco que no se molestaron en contarles eso a los mortífagos, ¿correcto?

—No vi ningún motivo para preocuparlos con esa información —dijo Griphook con petulancia, y Ted y Dean unieron sus risas a las de Gornuk y Dirk.

Dentro de la tienda, Harry cerró los ojos, ansioso porque alguien hiciera la pregunta cuya respuesta él necesitaba oír. Un minuto más tarde, que se le hizo eterno, Dean la formuló, y entonces Harry recordó, sobresaltado, que ese muchacho también había sido novio de Ginny.

¿Qué les pasó a Ginny y los otros chicos que intentaron robarla?

—Bah, los castigaron, y con crueldad —dijo Griphook con indiferencia.

—Pero están bien, ¿no? —se apresuró a preguntar Ted—. Porque los Weasley ya han sufrido suficiente con sus otros hijos.

—Que yo sepa, no sufrieron daños graves —comentó Griphook.

Me alegro por ellos —repuso Ted—. Con el historial de Snape, supongo que deberíamos dar las gracias de que sigan con vida.

—Entonces, ¿tú crees esa historia? —preguntó Dirk—. ¿Crees que Snape mató a Dumbledore?

—Por supuesto —afirmó Ted—. No tendrás el valor de decirme que piensas que Potter tuvo algo que ver en eso, ¿verdad?

—Últimamente uno ya no sabe qué creer —masculló Dirk.

—Yo conozco a Harry Potter —terció Dean—. Y estoy seguro de que es auténtico; de que es el Elegido, o como quieran llamarlo.

—Sí, hijo, a mucha gente le gustaría creer que lo es —dijo Dirk—, y yo me incluyo. Pero ¿dónde está? Por lo que parece, ha escurrido el bulto. Si supiera algo que no sabemos nosotros, o si le hubieran encomendado alguna misión especial, estaría luchando, organizando la resistencia, en vez de escondido. Y mira, *El Profeta* lo dejó muy claro cuando...

—¿*El Profeta*? —lo interrumpió Ted con sorna—. No me digas que todavía lees esa basura, Dirk. Si quieres hechos, tienes que leer *El Quisquilloso*.

De pronto se produjo un estallido de toses y arcadas, seguidas de unos buenos palmetazos; al parecer, Dirk se había tragado una espina. Por fin farfulló:

—¿*El Quisquilloso*? ¿Ese periodicucho disparatado de Xeno Lovegood?

—Últimamente no cuenta muchos disparates —replicó Ted—. Échale un vistazo, ya lo verás. Xeno publica todo lo que *El Profeta* pasa por alto; en el último ejemplar no había ni una sola mención de los snorkacks de cuernos arrugados. Lo que no sé es cuánto tiempo van a dejarlo tranquilo. Pero él afirma, en la primera plana de todos los ejemplares, que cualquier mago que esté contra Quien-ustedes-saben debería tener como prioridad ayudar a Harry Potter.

—Es difícil ayudar a un chico que ha desaparecido de la faz de la Tierra —objetó Dirk.

—Mira, el hecho de que todavía no lo hayan atrapado ya es muy significativo —dijo Ted—. A mí no me importaría que Potter me diera algún que otro consejo. Al fin y al cabo, él ha conseguido lo que intentamos todos, ¿no?, es decir, conservar la libertad.

—Sí, bueno, en eso tienes razón —concedió Dirk—. Con el ministerio en pleno y todos sus informadores siguiéndole la pista, me extraña que todavía no lo hayan encontrado. Aunque ¿quién me asegura que no lo han detenido y matado, y están ocultando la noticia?

—Vamos, no digas eso, Dirk —murmuró Ted.

Entonces se produjo una larga pausa; sólo se oía el ruido de los cuchillos y los tenedores. Cuando volvieron a conversar, el tema de discusión fue si les convenía pasar la noche en la orilla del río o subir un poco por la boscosa pendiente. Tras decidir que entre los árboles estarían más guarecidos, apagaron el fuego y treparon por el terraplén; sus voces fueron perdiéndose en la distancia.

Harry, Ron y Hermione enrollaron las orejas extensibles. Harry, que había tenido que esforzarse para permanecer callado mientras escuchaban la conversación, ahora sólo logró musitar:

—Ginny... la espada...

—¡Lo sé, Harry, lo sé! —exclamó Hermione. Tomó el bolsito de cuentas y metió el brazo hasta el fondo—. Aquí está... —dijo apretando los dientes, y tiró de algo que se encontraba en las profundidades del bolsito.

Poco a poco, fue apareciendo la esquina del ornamentado marco de un cuadro. Harry corrió a ayudarla. Mientras sacaban el retrato vacío de Phineas Nigellus, Hermione no dejaba de apuntarlo con la varita, preparada para hacerle un hechizo.

—Si alguien cambió la espada auténtica por otra falsa mientras se hallaba en el despacho de Dumbledore —dijo con ansiedad al tiempo que apoyaban el cuadro contra la pared de la tienda—, Phineas Nigellus debió de verlo, porque su retrato está colgado justo detrás de la urna.

—A menos que estuviera dormido —puntualizó Harry, y contuvo la respiración al ver que Hermione se arrodillaba delante del lienzo vacío, con la varita dirigida hacia el centro, y tras carraspear decía:

—¡Hola, Phineas! ¿Phineas Nigellus, está usted ahí? —No ocurrió nada—. ¿Phineas Nigellus, está usted ahí? —repitió—. ¿Profesor Black, podríamos hablar con usted, por favor?

—Pedir las cosas por favor siempre ayuda —replicó una voz fría e insidiosa, y Phineas Nigellus apareció en su retrato. Al instante Hermione exclamó:

—¡*Obscuro!*

De pronto, una venda cubrió los avispados y oscuros ojos del personaje, que dio una sacudida y un grito de dolor.

—Pero... ¿qué? ¿Cómo se atreve? ¿Qué está ha...?

—Lo siento mucho, profesor Black —se disculpó la chica—, pero es una precaución necesaria.

—¡Retíreme de inmediato esta inmunda añadidura! ¡He dicho que me la retire! ¡Está destrozando una gran obra de arte! ¿Dónde estoy? ¿Qué pasa aquí?

—No importa dónde estemos —dijo Harry, y Phineas Nigellus se quedó de piedra y abandonó sus intentos de quitarse la venda que le habían pintado.

—¿Me equivoco, o ésa es la voz del escurridizo señor Potter?

—Podría serlo —contestó Harry, consciente de que la duda mantendría despierto el interés del profesor Black—. Nos gustaría hacerle un par de preguntas sobre la espada de Gryffindor.

—¡Ah, vaya! —exclamó Phineas Nigellus moviendo la cabeza a uno y otro lado, esforzándose por ver a Harry—. Esa chiquilla estúpida actuó de un modo muy imprudente...

—No hable así de mi hermana —le espetó Ron, y Phineas Nigellus arqueó las cejas con altanería.

—¿Quién más hay aquí? —preguntó sin dejar de mover la cabeza—. ¡Su tono me desagrada! Esa chica y sus amigos fueron sumamente insensatos. ¡Mira que robar al director!

—No estaban robando —dijo Harry—. Esa espada no es de Snape.

—Pero pertenece al colegio del profesor Snape. ¿Acaso tenía esa Weasley algún derecho sobre ella? Merece el castigo que recibió, igual que ese idiota de Longbottom y la chiflada de Lovegood.

—¡Neville no es idiota y Luna no está chiflada! —saltó Hermione.

—¿Dónde estoy? —repitió Phineas Nigellus, y se puso a tirar de la venda otra vez—. ¿Adónde me han traído? ¿Por qué me han sacado de la casa de mis antepasados?

—¡Eso no importa! ¿Cómo castigó Snape a Ginny, Neville y Luna? —lo apremió Harry.

—El profesor Snape los envió al Bosque Prohibido para que hicieran un trabajo para ese zopenco de Hagrid.

—¡Hagrid no es un zopenco! —se indignó Hermione.

—Y Snape quizá pensara que eso era un castigo —intervino Harry—, pero esos tres seguramente se lo pasaron en grande con Hagrid. ¡Mira que enviarlos al Bosque Prohibido! ¡Caramba! ¡Se han visto en situaciones mucho peores! —Y sintió un gran alivio, porque había imaginado cosas horrorosas, como mínimo que les hubieran echado la maldición *cruciatus*.

—En realidad, lo que queríamos saber es si alguien más ha... sacado esa espada de ahí. ¿No la han llevado a limpiar, o algo así? —preguntó Hermione.

Phineas Nigellus dejó de forcejear para quitarse la venda y soltó una risita.

—¡Hijos de muggles! —gritó—. Las armas fabricadas por duendes no requieren limpieza alguna, so boba. La plata de los duendes repele la suciedad mundana y sólo se imbuye de lo que la fortalece.

—No llame boba a mi amiga —se sulfuró Harry.

—Estoy harto de contradicciones —protestó Nigellus—. Quizá vaya siendo hora de que regrese al despacho del director.

Todavía con la venda en los ojos, tanteó el borde del cuadro, intentando salir del lienzo y volver al que estaba colgado en Hogwarts. Entonces Harry tuvo una repentina inspiración:

—¡Dumbledore! ¿No puede traernos a Dumbledore?

—¿Cómo dice? —se asombró Phineas Nigellus.

—Me refiero al retrato del profesor Dumbledore. ¿No puede traerlo aquí, al suyo?

El profesor Black volvió la cabeza en dirección a la voz de Harry y espetó:

—Es evidente que no sólo los hijos de muggles son ignorantes, Potter. Los retratos de Hogwarts pueden establecer comunicación, pero no pueden salir del castillo salvo para trasladarse a un cuadro de ellos mismos colgado en algún otro lugar. Dumbledore no puede venir aquí conmigo, y después del trato que he recibido de ustedes, les aseguro que no pienso volver a hacer otra visita.

Harry, un tanto decepcionado, vio cómo Phineas redoblaba sus esfuerzos por salir del lienzo.

—Profesor Black —terció Hermione—, ¿no podría decirnos sólo... por favor... cuándo fue la última vez que sacaron la espada de su urna? Me refiero a antes de que se la llevara Ginny.

Phineas bufó de impaciencia y dijo:

—Creo que la última vez fue cuando el profesor Dumbledore la utilizó para abrir un anillo.

Hermione se volvió bruscamente hacia Harry. Ninguno de los dos se atrevía a decir nada más delante de Phineas Nigellus, que por fin había localizado la salida.

—Buenas noches —dijo con tono cortante, y se dispuso a salir del retrato. De pronto, cuando ya sólo se veía el borde del ala de su sombrero, Harry gritó:

—¡Espere! ¿Le ha contado a Snape que vio eso que nos ha dicho?

Phineas Nigellus asomó la vendada cabeza por el cuadro y puntualizó:

—El profesor Snape tiene cosas más importantes en que pensar que las excentricidades de Albus Dumbledore. ¡Adiós, Potter!

Y dicho esto, desapareció por completo, dejando atrás el fondo impreciso del cuadro.

—¡Harry! —exclamó Hermione.

—¡Sí, ya lo sé! —Incapaz de contenerse, el chico dio un puñetazo al aire; aquello era mucho más de lo que se había atrevido a imaginar.

Se puso a dar grandes zancadas por la tienda pletórico de energía, sintiendo que podría correr dos kilómetros sin parar; ya ni siquiera tenía hambre. Y Hermione, tras meter el retrato de Phineas Nigellus en su bolsito de cuentas, le dijo con una sonrisa radiante:

—¡La espada destruye los Horrocruxes! ¡Las armas fabricadas por duendes sólo se imbuyen de aquello que las fortalece! ¡Harry, esa espada está impregnada con veneno de basilisco!

—Y Dumbledore no me la dio porque todavía la necesitaba; quería utilizarla para destruir el guardapelo...

—... y debió de prever que si la ponía en su testamento no te la entregarían...

—... y por eso hizo una copia...

—... y la puso en la urna de cristal...

—... y dejó la auténtica... ¿dónde?

Los chicos se miraron. Harry tuvo la impresión de que la respuesta estaba suspendida en el aire, muy cerca pero invisible. ¿Por qué Dumbledore no se lo dijo? ¿O sí se lo dijo y él no se dio cuenta en su momento?

—¡Piensa! —le susurró Hermione—. ¡Piensa! ¿Dónde pudo dejarla?

—En Hogwarts no —contestó, y reanudó sus paseos por la tienda.

—¿Y en Hogsmeade?

—¿En la Casa de los Gritos? Allí nunca va nadie.

—Pero Snape sabe cómo se entra, ¿no sería eso un poco arriesgado?

—Dumbledore confiaba en Snape —le recordó Harry.

—No lo suficiente para explicarle que había cambiado las espadas —razonó Hermione.

—¡Sí, tienes razón! —Harry se alegró aún más de pensar que el anciano profesor había tenido ciertas reservas, aunque débiles, acerca de la honradez de Snape—. Entonces, ¿crees que decidió esconder la espada muy lejos de Hogsmeade? ¿Qué opinas tú, Ron? ¡Eh, Ron!

Harry lo buscó, y, por un instante, creyó que había salido de la tienda, pero entonces vio que se había tumbado en la litera de abajo, con cara de pocos amigos.

—Ah, ¿te has acordado de que existo?

—¿Cómo dices?

Ron dio un resoplido sin dejar de contemplar el colchón de la cama de arriba.

—Nada, nada. Por mí pueden continuar; no quiero estropearles la fiesta.

Harry, perplejo, miró a Hermione buscando ayuda, pero ella estaba tan desconcertada como él.

—¿Qué te pasa? —preguntó Harry.

—¿Que qué me pasa? No me pasa nada —respondió Ron, que seguía sin mirarlo a la cara—. Al menos, según tú.

Se oyeron unos golpecitos en el techo de la tienda. Había empezado a llover.

—Oye, es evidente que algo te ocurre —insistió Harry—. Suéltalo ya, ¿quieres?

Ron se sentó en la cama; tenía una expresión ruin, nada propia de él.

—Está bien, lo soltaré. No esperes que me ponga a dar vueltas por la tienda porque hay algún otro maldito cacharro que tenemos que encontrar. Limítate a añadirlo a la lista de cosas que no sabes.

—¿De cosas que no sé? —se asombró Harry—. ¿Que yo no sé?

Plaf, plaf, plaf; la lluvia caía cada vez con más fuerza, tamborileando en la tienda, así como en la hojarasca de la orilla y en el río. El miedo sofocó el júbilo de Harry, porque Ron estaba diciendo lo que él se temía que su amigo creía.

—No es que no me lo esté pasando en grande aquí —dijo Ron—, con un brazo destrozado, sin nada que comer y congelándome el trasero todas las noches. Lo que pasa es que esperaba... no sé, que después de varias semanas dando vueltas hubiéramos descubierto algo.

—Ron —intervino Hermione, pero en voz tan baja que el chico hizo como si no la hubiera oído, ya que el golpeteo de la lluvia en el techo amortiguaba cualquier sonido.

—Creía que sabías dónde te habías metido —insinuó Harry.

—Sí, yo también.

—A ver, ¿qué parte de nuestra empresa no está a la altura de tus expectativas? —La rabia estaba acudiendo en su ayuda—. ¿Creías que nos alojaríamos en hoteles de cinco estrellas o que encontraríamos un Horrocrux un día sí y otro también? ¿O tal vez creías que por Navidad habrías vuelto con tu mami?

—¡Creíamos que sabías lo que hacías! —replicó Ron poniéndose en pie, y sus palabras atravesaron a Harry como cuchillos—. ¡Creíamos que Dumbledore te había explicado qué debías hacer! ¡Creíamos que tenías un plan!

—¡Ron! —gritó Hermione, y esta vez se la oyó perfectamente a pesar del fragor de la lluvia, pero el chico volvió a hacer oídos sordos.

—Bueno, pues lamento decepcionarlos —dijo Harry con voz serena, aunque se sentía vacío, inepto—. He sido sincero con ustedes desde el principio, conté todo lo que me dijo Dumbledore. Y por si no te habías enterado, hemos encontrado un Horrocrux...

—Sí, y estamos tan cerca de deshacernos de él como de encontrar los otros. ¡O sea, a años luz!

—Quítate el guardapelo, Ron —le pidió Hermione con inusitada vehemencia—. Quítatelo, por favor. Si no lo hubieras llevado encima todo el día, no estarías diciendo estas cosas.

—Sí, las estaría diciendo igualmente —la contradijo Harry, que no quería que su amiga le facilitara excusas a Ron—. ¿Crees que no me doy cuenta de que cuchicheaban a mis espaldas? ¿Que no sospechaba que pensaban todo esto?

—Harry, nosotros no...

—¡No mientas! —saltó Ron—. ¡Tú también lo dijiste, dijiste que estabas decepcionada, que creías que Harry tenía un poco más de...!

—¡No lo decía en ese sentido! ¡De verdad, Harry!

La lluvia seguía martilleando la tienda. Hermione fue presa del llanto, y la emoción de unos minutos atrás se desvaneció por completo, como unos fuegos artificiales que, tras su fugaz estallido, hubieran dejado todo oscuro, húmedo y frío. No sabían dónde se hallaba la espada de Gryffindor, y ellos eran tres adolescentes refugiados en una tienda de campaña cuyo único objetivo era no morir todavía.

—Entonces, ¿por qué seguimos aquí? —le espetó Harry a Ron.

—A mí, que me registren.

—¡Pues vuelve a tu casa!

—¡Sí, quizá lo haga! —gritó Ron dando unos pasos hacia Harry, que no retrocedió—. ¿No oíste lo que dijeron de mi hermana? Pero eso a ti te importa un comino, ¿verdad? ¡Ah, el Bosque Prohibido! Al valiente Harry Potter, que se ha enfrentado a cosas mucho peores, no le preocupa lo que pueda pasarle a mi hermana allí. Pues mira, a mí sí: me preocupan las arañas gigantes y los fenómenos...

—Lo único que he dicho es que Ginny no estaba sola, y que Hagrid debió de ayudarlos...

—¡Sí, sí! ¡Te importa muy poco! ¿Y qué me dices del resto de mi familia? «Los Weasley ya han sufrido suficiente con sus otros hijos», ¿eso tampoco lo oíste?

—Sí, claro que...

—Pero no te importa lo que significa, ¿verdad?

—¡Ron! —terció Hermione interponiéndose entre los dos chicos—. No creo que signifique que haya pasado nada más, nada que nosotros no sepamos. Piénsalo, Ron: Bill está lleno de cicatrices, mucha gente ya debe de haber visto que George ha perdido una oreja, y se supone que tú estás en el lecho de muerte, enfermo de spattergroit. Estoy segura de que sólo se referían a que...

—Ah, ¿estás segura? Muy bien, pues no me preocuparé por ellos. A ustedes les parece muy fácil, claro, porque sus padres están a salvo de...

—¡Mis padres están muertos! —bramó Harry.

—¡Los míos podrían ir por el mismo camino! —replicó Ron.

—¡Pues vete! —rugió Harry—. Vuelve con ellos, haz como si te hubieras curado del spattergroit y tu mami podrá prepararte comiditas y...

Ron hizo un movimiento brusco y Harry reaccionó, pero antes de que cualquiera de los dos pudiera sacar su varita mágica, Hermione sacó la suya.

—*¡Protego!* —chilló, y un escudo invisible se extendió dejándolos a ella y a Harry de un lado y a Ron del otro; los tres se vieron obligados a retroceder por la fuerza del hechizo, y Harry y Ron se fulminaron con la mirada desde sus respectivos lados de la barrera transparente, como leyéndose con claridad sus más íntimos pensamientos por primera vez. Harry experimentó un odio corrosivo hacia Ron; se había roto el lazo que los unía.

—Deja el Horrocrux —ordenó Harry.

Ron se quitó la cadena y dejó el guardapelo encima de una silla. Entonces se volvió hacia Hermione y dijo:

—Y tú, ¿qué haces?

—¿Cómo que qué hago?

—¿Te quedas o qué?

—Yo... —Parecía angustiada—. Sí, me quedo. Ron, dijimos que acompañaríamos a Harry, que lo ayudaríamos a...

—De acuerdo. Lo prefieres a él.

—¡No, Ron! ¡Vuelve, por favor! —Pero el encantamiento escudo que ella misma había hecho le impedía moverse; para cuando lo hubo retirado, Ron ya se había marchado de la tienda.

Harry se quedó quieto donde estaba, callado, escuchando los sollozos de Hermione, que repetía el nombre de Ron entre los árboles.

Pasados unos momentos, ella regresó con el cabello empapado y pegado a la cara.

—¡Se ha... ido! ¡Se ha desaparecido! —Se dejó caer en una butaca, se acurrucó y rompió a llorar.

Harry estaba aturdido. Recogió el Horrocrux y se lo colgó del cuello; luego quitó las sábanas de la cama de Ron y tapó a Hermione. Finalmente subió a la litera de arriba y se quedó contemplando el oscuro techo de lona, escuchando la lluvia.

16

Godric's Hollow

Cuando despertó al día siguiente, Harry tardó unos segundos en recordar qué había pasado. Entonces abrigó la infantil esperanza de que todo hubiera sido un mal sueño y que Ron no se hubiera marchado. Sin embargo, sólo tuvo que volver la cabeza sobre la almohada para comprobar que la cama de su amigo estaba vacía. Esa cama atraía su mirada como si fuera un cadáver, de manera que saltó de la litera y se esforzó por no mirarla. Hermione, que ya estaba atareada en la cocina, no le dio los buenos días, y cuando pasó por su lado, ella miró en otra dirección.

«Se ha ido —se dijo Harry—. Se ha ido.» Y siguió diciéndoselo mientras se lavaba y se vestía, como si repitiendo esas palabras pudiera paliar la conmoción que le producían. «Se ha ido y no volverá.» Ésa era la cruda verdad, y lo sabía porque, por obra de sus sortilegios protectores, una vez que abandonaran aquel emplazamiento, a Ron le sería imposible encontrarlos.

Desayunaron en silencio. Hermione tenía los ojos hinchados y enrojecidos, como si no hubiera dormido. Después recogieron sus cosas, ella con gran parsimonia, como queriendo retrasar al máximo la partida. Harry adivinó por qué, pues en varias ocasiones la vio levantar la cabeza con ansia, creyendo oír pasos bajo la intensa lluvia, pero ninguna figura pelirroja apareció entre los árboles. Cada vez que él la imitaba echando un vistazo alrededor (aún conservaba una pizca de esperanza) y no veía nada más que árboles azotados por la lluvia, la rabia que hervía en su interior se incrementaba. No podía quitarse de la cabeza las palabras de Ron: «¡Creíamos que sabías lo que hacías!», y, con un nudo en la garganta, continuaba recogiendo sus cosas.

El nivel de aquel río de aguas turbias subía rápidamente y no tardaría en inundar la orilla donde tenían montada la tienda. Demoraron una hora más de lo habitual en levantar el campamento, pero, por fin, tras llenar por completo el bolsito de cuentas por tercera vez, Hermione ya no encontró más pretextos para retrasar la partida. Así pues, se tomaron de la mano y se desaparecieron, trasladándose a una colina cubierta de brezo y azotada por el viento.

Nada más llegar allí, Hermione se alejó y acabó sentándose en una gran roca, cabizbaja; Harry se dio cuenta de que estaba llorando por las convulsiones que la agitaban. Mientras la observaba, supuso que debía ir a consolarla, pero algo lo mantenía clavado en el suelo. Se sentía insensible y tenso, y continuamente recordaba la expresión de desprecio de Ron. Echó a andar por el brezal a grandes zancadas, describiendo un círculo alrededor de la consternada Hermione y realizando los hechizos de protección que normalmente hacía ella.

Pasaron varios días sin hablar de Ron. Harry estaba decidido a no volver a mencionar su nombre jamás, y Hermione parecía saber que era inútil sacar el tema a colación, aunque a veces, por la noche, cuando ella creía que él dormía, Harry la oía llorar. Entretanto, él examinaba de vez en cuando el mapa del merodeador a la luz de la varita, esperando el momento en que el puntito «Ron» apareciera en los pasillos de Hogwarts, lo cual demostraría que había vuelto al acogedor castillo, protegido por su estatus de sangre limpia. Sin embargo, Ron no salía en el mapa. Pasado un tiempo, Harry sólo lo observaba para ver el nombre de Ginny en el dormitorio de las chicas, preguntándose si la intensidad con que lo contemplaba podría infiltrarse en el sueño de la joven y hacerle saber que él la recordaba; confiaba en que no le hubiera pasado nada malo.

Durante el día se dedicaban a determinar las posibles ubicaciones de la espada de Gryffindor, pero, cuanto más hablaban de los sitios donde Dumbledore podría haberla escondido, más desesperadas y rocambolescas eran sus especulaciones. Por mucho que se estrujara el cerebro, Harry no conseguía recordar que Dumbledore hubiera mencionado algún lugar que considerara ideal para esconder algo. Había momentos en que no sabía si estaba más enfadado con Ron o con Dumbledore. «¡Creíamos que sabías lo que hacías...! ¡Creíamos que Dumbledore te había explicado qué debías hacer...! ¡Creíamos que tenías un plan...!»

Harry no podía engañarse; Ron tenía razón: Dumbledore no le había dejado ninguna pista. Era cierto que habían descubierto un Horrocrux, pero no disponían de medios para destruirlo, y tenía la sensación de que los otros Horrocruxes eran más inalcanzables que nunca. El pesimismo amenazaba con vencerlo, y se asombraba de lo presuntuoso que había sido al aceptar el ofrecimiento de sus amigos de acompañarlo en su inútil y enrevesado viaje. No sabía nada, ni tenía ideas, y además ahora estaba constante y dolorosamente atento a cualquier indicio de que también Hermione fuera a anunciar que se había cansado y se marchaba.

Pasaban muchas veladas casi en silencio, y a veces Hermione sacaba el retrato de Phineas Nigellus y lo ponía encima de una silla, como si ese personaje pudiera llenar parte del hueco que había dejado Ron con su partida. Pese a haberles asegurado que nunca volvería a visitarlos, Nigellus no fue capaz de resistir la tentación de saber más cosas sobre lo que Harry se traía entre manos, y aceptó reaparecer de vez en cuando con los ojos vendados. Harry incluso se alegraba de verlo, porque le hacía compañía, a pesar de que su actitud era un tanto insidiosa y burlona. Los chicos saboreaban cada nueva noticia de lo que ocurría en Hogwarts, aunque Nigellus no era el informador ideal, pues reverenciaba a Snape, el primer director de Slytherin desde que él mandara en el colegio; así que los dos jóvenes debían tener cuidado y no criticarlo, ni formular preguntas impertinentes sobre Snape, porque, si lo hacían, Nigellus se marchaba de inmediato del cuadro.

Aun así, se le escaparon algunos datos aislados: por lo visto, Snape se enfrentaba a una pertinaz rebelión soterrada por parte de un núcleo de alumnos; habían prohibido a Ginny ir a Hogsmeade, y Snape había reinstaurado el viejo decreto de Umbridge que prohibía las reuniones de más de tres alumnos y cualquier tipo de asociación extraoficial.

Por todas esas cosas, Harry dedujo que Ginny, y seguramente también Neville y Luna, habían hecho todo lo posible para mantener unido el Ejército de Dumbledore. Esas escasas noticias le provocaban tantas ganas de ver a Ginny que le dolía el estómago, pero también lo impulsaban a pensar en Ron, en Dumbledore y en el propio Hogwarts, al que echaba de menos casi tanto como a su ex novia. Es más, cuando en una ocasión Phineas Nigellus explicó las enérgicas medidas impuestas por Snape, Harry experimentó una fugaz locura al imaginar que regresaba al colegio para unirse a la campaña de desestabilización del régimen del director, y en ese momento la posibilidad de alimentarse bien, tener una cama blanda y que otros tomaran las decisiones parecía la perspectiva más maravillosa del mundo. Pero entonces recordó un par de cosas: era el Indeseable n.º 1 y habían ofrecido una recompensa de diez mil galeones por él; por tanto, ir a Hogwarts habría sido tan peligroso como entrar en el Ministerio de Magia. Por su parte, Phineas Nigellus subrayó sin darse cuenta ese hecho haciendo preguntas sobre el paradero de Harry y Hermione, pero, cada vez que tocaba el tema, Hermione lo metía bruscamente en el bolsito de cuentas; tras esas poco ceremoniosas despedidas, el profesor Black siempre se negaba a reaparecer hasta pasados varios días.

Como cada vez hacía más frío, no se atrevían a quedarse demasiado tiempo en ninguna región. Así que en lugar de permanecer en el sur de Inglaterra, donde lo que más les preocupaba era que hubiera una helada negra, siguieron viajando sin rumbo fijo por todo el país, afrontando sucesivamente diversos accidentes climatológicos, como el aguanieve que los sorprendió en la ladera de una montaña, el agua helada que les inundó la tienda mientras se hallaban en una amplia marisma, o la nevada que enterró la tienda casi por completo durante su estancia en una diminuta isla de un lago escocés.

Ya habían visto árboles de Navidad adornados con luces por las ventanas de algunos salones, y una noche Harry decidió sugerir, una vez más, lo que para él era el único camino inexplorado que les quedaba. Acababan de disfrutar de una cena fuera de lo corriente, porque Hermione había entrado en un supermercado bajo la capa invisible (por supuesto, antes de marcharse dejó escrupulosamente el dinero en una caja registradora que estaba abierta), y Harry pensó que le costaría menos persuadirla después de un atracón de espaguetis a la boloñesa y peras en almíbar. Además, fue previsor y le propuso que durante unas horas no se pusieran el Horrocrux, que ahora colgaba del extremo de la litera, a su lado.

—Hermione...

—¿Hum? —Hecha un ovillo en una de las hundidas butacas, leía los *Cuentos de Beedle el Bardo*. Harry no sabía si averiguaría algo más con ese libro, que al fin y al cabo no era muy largo, pero era evidente que todavía intentaba descifrar algo, porque el *Silabario del hechicero* estaba abierto sobre el brazo de la butaca.

Harry carraspeó; tenía la misma sensación que experimentó el día en que, varios años atrás, le preguntó a la profesora McGonagall si podía ir a Hogsmeade, pese a no haber conseguido que los Dursley le firmaran el permiso.

—Hermione, he estado pensando y...

—¿Me ayudas un momento? —Al parecer no lo escuchaba, pues le mostró los *Cuentos de Beedle el Bardo*—. Mira ese símbolo —dijo señalando la parte superior de una página. Encima de lo que Harry supuso era el título del cuento (como no sabía leer runas, no estaba seguro) había un dibujo de una especie de ojo triangular, con una línea vertical que atravesaba la pupila.

—Ya sabes que nunca he estudiado Runas Antiguas, Hermione.

—Sí, lo sé, pero esto no es una runa, y tampoco aparece en el silabario. Siempre he creído que era el dibujo de un ojo, pero creo que no lo es. Está dibujado con tinta; no obstante, fíjate bien y verás que no forma parte del libro; alguien lo añadió. Piensa, ¿lo habías visto alguna vez?

—No, no lo... ¡Espera un momento! —Se acercó un poco más al libro—. ¿No es el símbolo que el padre de Luna llevaba colgado del cuello?

—¡Eso mismo he pensado yo!

—Entonces es la marca de Grindelwald.

—¿Quéeee? —Se quedó mirándolo con la boca abierta.

—Krum me explicó... —Y le relató la historia que le había contado Viktor Krum el día de la boda.

Hermione estaba pasmada.

—Conque la marca de Grindelwald, ¿eh? —Observó de nuevo el extraño símbolo y luego, mirando al chico, añadió—:

Nunca he oído decir que Grindelwald tuviera una marca. Eso no se menciona en ningún libro sobre él que yo haya leído.

—Bueno, como te he dicho, Krum me contó que ese símbolo estaba grabado en una pared de Durmstrang, y que Grindelwald lo puso allí.

Ceñuda, Hermione volvió a recostarse en la vieja butaca.

—Esto es muy raro. Si es un símbolo de magia oscura, ¿qué hace en un libro de cuentos infantiles?

—Sí, es muy extraño —admitió Harry—. Y se supone que Scrimgeour debería haberlo reconocido. Como ministro, tendría que haber sido un experto en temas relacionados con la magia oscura.

—Sí, claro. Quizá creyó que sólo se trataba de un ojo, como me ha pasado a mí. En todos los otros cuentos hay dibujitos encima del título.

Hermione no dijo nada más, pero siguió examinando aquel extraño símbolo. Harry volvió a intentarlo.

—Mira, yo...

—¿Hum?

—He estado pensando y quiero... quiero ir a Godric's Hollow.

Ella levantó la cabeza, pero tenía la mirada extraviada, todavía dándole vueltas al asunto de aquella misteriosa marca.

—Claro —dijo—. Sí, yo también lo he estado pensando. Creo que tendremos que ir allí.

—¿Seguro que me has oído bien? —se extrañó Harry.

—Claro que sí. Has dicho que quieres ir a Godric's Hollow. Estoy de acuerdo contigo; creo que deberíamos ir. Mira, tampoco se me ocurre ningún otro sitio donde pueda estar. Será peligroso, pero cuanto más lo pienso, más probable me parece que esté allí.

—Oye... ¿a qué te refieres exactamente?

Ante semejante pregunta, Hermione expresó la misma perplejidad que él sentía.

—¡A la espada, Harry! Dumbledore debía de imaginar que querrías volver allí. Al fin y al cabo, Godric's Hollow es el pueblo natal de Godric Gryffindor, así que...

—¿En serio? ¿Gryffindor era de Godric's Hollow?

—Dime, ¿alguna vez has abierto siquiera *Historia de la magia*?

—Pues... —sonrió Harry, y tuvo la impresión de que hacía meses que no lo hacía, porque notó una extraña rigidez en los músculos de la cara—. Bueno, creo que lo abrí alguna vez cuando lo compré.

—Dado que el pueblo lleva su nombre, imaginé que lo habrías relacionado. —Hacía mucho tiempo que Hermione no hablaba como solía hacerlo; a Harry no le habría sorprendido que, de pronto, hubiera anunciado que se iba a la biblioteca—. Espera, en *Historia de la magia* se habla un poco del pueblo...

Abrió el bolsito de cuentas y sacó aquel viejo libro de texto, *Historia de la magia*, de Bathilda Bagshot. Luego lo hojeó hasta la página que buscaba y leyó:

—«Tras la firma del Estatuto Internacional del Secreto en mil seiscientos ochenta y nueve, los magos se escondieron para siempre. Seguramente era natural que formaran pequeños grupos dentro de una comunidad mayor. Muchos pueblos y aldeas atrajeron a varias familias de magos que hicieron causa común para ayudarse y protegerse mutuamente. Las localidades de Tinworth, en Cornualles; Upper Flagley, en Yorkshire, y Ottery St. Catchpole, en la costa sur de Inglaterra, fueron destacadas residencias de grupos de familias de magos que vivían junto a muggles —por lo general, tolerantes— a los que, a veces, habían hecho el encantamiento *confundus*. La más famosa de esas moradas semimágicas quizá sea Godric's Hollow, el pueblo del West Country donde nació el gran mago Godric Gryffindor y donde Bowman Wright, el herrero mágico, forjó la primera snitch dorada. El cementerio está lleno de nombres de antiquísimas familias de magos, y eso explica que proliferen las historias de apariciones que durante siglos se han relacionado con esa pequeña iglesia.» No te menciona ni a ti ni a tus padres —observó cerrando el libro—, porque la profesora Bagshot no abarca en sus estudios nada posterior al final del siglo diecinueve. Pero ¿lo ves?: Godric's Hollow, Godric Gryffindor, la espada de Gryffindor... ¿No crees que Dumbledore debía de suponer que lo relacionarías?

—Sí, claro, claro. —Harry no quiso admitir que no pensaba en la espada cuando había sugerido ir a Godric's Hollow. Para él, el atractivo del pueblo residía en las tumbas de sus padres, en la casa donde había estado a punto de morir y en la persona de Bathilda Bagshot—. ¿Recuerdas lo que dijo Muriel?

—¿Quién?

—Ya sabes... —vaciló el muchacho, porque no quería pronunciar el nombre de Ron— la tía abuela de Ginny; en la boda. La que te dijo que tenías los tobillos demasiado delgados.

—¡Ah, sí!

Fue un momento difícil, porque Harry vio que Hermione se acordaba de Ron, así que se apresuró a añadir:

—Dijo que Bathilda Bagshot todavía vive en Godric's Hollow.

—Bathilda Bagshot —repitió Hermione pasando el dedo índice por aquel nombre grabado en la cubierta del libro—. Bueno, supongo que...

De pronto soltó un grito ahogado, pero tan exagerado que Harry dio un respingo y sacó la varita mágica. Echó un rápido vistazo esperando ver asomar una mano por la entrada de la tienda, pero no fue así.

—¿Qué pasa? —preguntó, entre molesto y aliviado—. ¿Por qué has hecho eso? Creí que habías visto a un mortífago colándose en la tienda, como mínimo.

—¿Y si Bathilda tiene la espada, Harry? ¿Y si Dumbledore se la encomendó a ella?

Harry evaluó esa posibilidad. No obstante, Bathilda debía de ser muy anciana, y según Muriel chocheaba. ¿Qué probabilidades había de que Dumbledore le hubiera entregado la espada para que la guardara? Y si así lo había hecho, Harry creía que el anciano profesor había dejado algo muy importante al azar, pues nunca reveló que hubiera sustituido la espada por una imitación, ni mencionó siquiera que tuviera amistad con Bathilda. Sin embargo, ése no era momento para poner en duda la teoría de Hermione, ya que, sorprendentemente, ahora estaba dispuesta a aceptar el más ansiado deseo de Harry.

—¡Sí, podría ser! Bueno, ¿vamos a Godric's Hollow, pues?

—Sí, pero tenemos que planearlo muy bien, Harry. —Se había incorporado, y el chico comprendió que la perspectiva de tener un plan la había animado tanto como a él—. Para empezar, debemos entrenar para desaparecernos juntos bajo la capa invisible; y también sería prudente practicar los encantamientos desilusionadores, a menos que prefieras, ya que estamos, utilizar la poción multijugos. En ese caso necesitamos pelo de alguien. Yo creo que ésta es la mejor opción: cuanto más disfrazados vayamos, mejor...

Harry la dejó hablar y se limitó a asentir a todo cada vez que ella hacía una pausa, pero no prestaba mucha atención a su monólogo. Por primera vez desde que descubrieran que la espada que había en Gringotts era una falsificación, estaba emocionado.

Iba a volver a su casa, al lugar donde había vivido con su familia. Era en Godric's Hollow donde, de no ser por Voldemort, habría crecido, pasado las vacaciones escolares e invitado a sus amigos; quizá hasta habría tenido hermanos y su propia madre le habría preparado el pastel de cumpleaños para celebrar su mayoría de edad. La vida perdida casi nunca le había parecido tan real como en ese momento, cuando se disponía a visitar el lugar donde se la habían robado. Esa noche, después de que Hermione se acostara, Harry sacó con cuidado su mochila del bolsito de cuentas y extrajo el álbum de fotografías que Hagrid le había regalado mucho tiempo atrás. Por primera vez en varios meses, examinó las viejas fotografías de sus padres, que sonreían y lo saludaban con la mano. Esas fotos era lo único que le quedaba de ellos.

Harry habría partido de buen grado hacia Godric's Hollow al día siguiente, pero Hermione pensaba de otra manera. Como estaba convencida de que Voldemort imaginaba que el chico regresaría al escenario de la muerte de sus padres, no quería emprender el viaje hasta haberse asegurado de que sus disfraces eran infalibles. Por ese motivo, sólo una semana más tarde accedió a ponerse en marcha, después de haberle arrancado furtivamente varios pelos a unos inocentes muggles que hacían sus compras de Navidad, y haber practicado la Aparición y la Desaparición Conjunta bajo la capa invisible.

Tenían que aparecerse en el pueblo al amparo de la oscuridad, así que a última hora de la tarde tomaron por fin la poción multijugos; Harry se transformó en un muggle de mediana edad, de calva incipiente, y Hermione en su menuda esposa, una mujer con aspecto de poquita cosa. Ella metió el bolsito de cuentas que contenía todas sus posesiones (excepto el Horrocrux, que Harry llevaba colgado del cuello) en un bolsillo interior del abrigo, y el muchacho se echó por encima la capa invisible, cubriendo también a su amiga, y unos momentos más tarde volvieron a sumergirse en aquella asfixiante oscuridad.

Harry todavía notaba los latidos de su corazón en la garganta cuando abrió los ojos. Ambos estaban de pie, tomados de la mano, en un camino nevado bajo un cielo azul oscuro donde las primeras estrellas de la noche titilaban. A ambos lados de la estrecha carretera había casitas con adornos navideños en las ventanas, y un poco más allá el resplandor dorado de las farolas señalaba el centro del pueblo.

—¡Cuánta nieve! —susurró Hermione bajo la capa—. ¿Cómo no lo tuvimos en cuenta? ¡Con todas las precauciones que hemos tomado, ahora vamos a dejar huellas! Tendremos que borrarlas. Ve tú delante, ya me encargo yo.

Harry no quería entrar en el pueblo como un caballo de pantomima: los dos ocultos bajo la capa mientras borraban mediante magia las huellas que iban dejando.

—Quitémonos la capa —propuso, y al ver que Hermione se asustaba, añadió—: Hazlo, no seas tonta. No tenemos nuestro físico y por aquí no hay nadie.

El muchacho se guardó la capa debajo de la chaqueta y, ya sin trabas, se pusieron en camino; la cara les escocía a causa del frío. Pasaron por delante de otras casitas; en cualquiera de ellas podrían haber vivido James y Lily, o aún residir Bathilda. Harry observaba con curiosidad las puertas, los tejados cubiertos de nieve y los porches, preguntándose si los recordaría, aunque en el fondo sabía que era imposible, porque cuando se marchó para siempre de ese pueblo tenía poco más de un año. Ni siquiera estaba seguro de descubrir la casa de sus padres, porque no sabía qué sucedía cuando morían los sujetos de un encantamiento Fidelio. Luego, el camino por el que iban describió una curva hacia la izquierda y llegaron a la pequeña plaza del pueblo.

En medio de la plaza, rodeado de luces de colores ensartadas y parcialmente tapado por un árbol de Navidad sacudido por el viento, se erigía un monumento a los caídos en la guerra. Había varias tiendas, una oficina de correos, un pub y una pequeña iglesia, cuyas vidrieras de colores relucían al otro lado de la plaza.

En las zonas transitadas durante el día, la nieve se había compactado; estaba dura y resbaladiza. Hermione y Harry veían a los habitantes del pueblo, que iban y venían iluminados fugazmente por las farolas; oyeron risas y música pop al abrirse y cerrarse la puerta del pub y, poco después, el cántico de un villancico en la iglesia.

—¡Me parece que es Navidad, Harry!

—¿Ah, sí? —Él ya no sabía qué día era; llevaban semanas sin ver un periódico.

—Sí, estoy segura —dijo Hermione mirando la iglesia—. Tus padres deben... deben de estar ahí, ¿no? Mira, detrás de la iglesia está el cementerio.

Harry notó un estremecimiento que superaba la emoción, algo parecido al miedo. Ahora que estaba tan cerca de su objetivo, se preguntó si de verdad quería verlo. Quizá Hermione advirtió cómo se sentía, porque lo sujetó de la mano y, por primera vez, tomó la iniciativa y tiró de él para que siguiera andando. Sin embargo, cuando se encontraban hacia la mitad de la plaza, se detuvo en seco.

—¡Mira, Harry!

Señalaba el monumento a los caídos, que, al pasar ellos por su lado, se había transformado. En lugar de un obelisco cubierto de nombres había una composición escultórica: un hombre de pelo revuelto y con gafas, una mujer con melena y una cara hermosa y amable, y un bebé sentado en los brazos de su madre. Los tres tenían nieve en la cabeza, como si llevaran unos esponjosos gorros blancos.

Harry se acercó más al monumento y comprobó que las figuras eran sus padres y él mismo. Nunca había imaginado que hubiera una estatua... Qué raro le resultó verse representado en piedra como un bebé feliz sin la cicatriz en la frente.

—Vamos —dijo cuando se hartó de mirar, y siguieron hacia la iglesia. Al cruzar la calle, el muchacho giró la cabeza y vio que la estatua había vuelto a convertirse en el habitual monumento a los caídos en la guerra.

A medida que se aproximaban a la iglesia, los cantos se oían más potentes. A Harry se le hizo un nudo en la garganta, porque aquella canción le recordó mucho a Hogwarts, a Peeves entonando a voz en grito versiones groseras de villancicos desde el interior de una armadura, a los doce árboles de Navidad del Gran Comedor, a Dumbledore con el gorrito que le había salido de una de esas sorpresas que estallan al abrirlas, a Ron con un suéter tejido a mano...

En la entrada del cementerio había una cancela; Hermione la abrió con todo el cuidado que pudo y ambos se colaron dentro. A cada lado del resbaladizo sendero que conducía hasta las puertas de la iglesia se acumulaba una gruesa capa de nieve intacta. Se apartaron de él y avanzaron por la nieve abriendo un profundo surco detrás de ellos; rodearon el edificio manteniéndose en las zonas en penumbra y evitando las ventanas iluminadas.

Detrás de la iglesia había hileras y más hileras de lápidas nevadas que sobresalían de un manto azul claro, salpicado de brillantes motas de color rojo, dorado y verde producidas por los reflejos de las vidrieras. Empuñando la varita que llevaba en un bolsillo de la chaqueta, Harry se dirigió hacia la tumba más cercana.

—¡Mira esto! ¡Es la tumba de un Abbott! ¡Podría tratarse de un pariente lejano de Hannah!

—Baja la voz —dijo Hermione.

Se adentraron en el cementerio y continuaron dejando un oscuro rastro en la nieve; iban agachándose para leer las inscripciones de las viejas lápidas, y de vez en cuando escudriñaban la oscuridad circundante para asegurarse de que estaban solos.

—¡Aquí, Harry!

Hermione se hallaba dos hileras de lápidas más allá, y Harry tuvo que retroceder con el corazón martilleándole en el pecho.

—¿Es la...?

—¡No, pero mira!

La chica señaló la oscura piedra. Harry se agachó y vio, grabada en el frío granito salpicado de liquen, la inscripción «Kendra Dumbledore» y un poco más abajo de las fechas del nacimiento y la muerte, otra que ponía: «Y su hija Ariana.» Además había la siguiente cita:

Donde esté tu tesoro estará también tu corazón.

Eso demostraba que al menos algunos de los datos que manejaban Rita Skeeter y Muriel eran ciertos. La familia Dumbledore había vivido en Godric's Hollow y algunos de sus miembros también habían muerto allí.

Ver la tumba era peor que oír hablar de ella. Al contemplarla, Harry no pudo evitar decirse que tanto Dumbledore como él tenían profundas raíces en ese cementerio, y que el anciano profesor debería habérselo contado; sin embargo, nunca había compartido con él esa relación. Si lo hubiera hecho, habrían podido visitar juntos las tumbas; por un instante, Harry imaginó que había ido allí con Dumbledore y pensó en lo mucho que eso los habría unido y cuánto habría significado para él. Pero, al parecer, para el director de Hogwarts el hecho de que sus familias yacieran en el mismo cementerio no era más que una coincidencia sin importancia, quizá irrelevante para la tarea que pensaba encargarle a su pupilo.

Hermione observaba a Harry, y éste se alegró de que la oscuridad le ocultara el rostro. Volvió a leer la cita de la lápida: «Donde esté tu tesoro estará también tu corazón.» No entendía qué significaban esas palabras; seguramente las había elegido Dumbledore, quien, tras la muerte de su madre, se había convertido en el miembro de la familia de más edad.

—¿Estás seguro de que nunca mencionó...?

—No —repuso Harry con aspereza—. Sigamos buscando. —Y se alejó deseando no haber visto la lápida, porque no quería que el rencor contaminara su emocionada inquietud.

—¡Mira aquí! —volvió a exclamar Hermione poco después—. ¡Ay, no! ¡Perdona! Creí que decía Potter. —Estaba frotando una lápida desgastada y cubierta de musgo y la examinaba con el entrecejo fruncido—. Ven un momento, Harry.

Al chico le fastidió que lo distrajera otra vez, pero volvió a regañadientes sobre sus pasos.

—¿Qué pasa?

—¡Mira esto! —La tumba era sumamente antigua y estaba tan erosionada que apenas se leía el nombre. Hermione le mostró el símbolo que había debajo—. ¡Es la misma marca que aparece en el libro!

Miró donde ella señalaba: la piedra estaba desgastada y costaba distinguir su grabado, aunque sí parecía haber un símbolo triangular bajo un nombre prácticamente ilegible.

—Sí... podría ser...

Hermione encendió su varita mágica y apuntó al nombre de la lápida.

—Pone Ig... Ignotus, creo...

—Yo voy a seguir buscando a mis padres, ¿de acuerdo? —dijo Harry con un dejo de enfado, y se alejó dejando a su amiga acuclillada junto a la vieja tumba.

De vez en cuando, Harry reconocía un apellido que, como Abbott, remitía a algún alumno de Hogwarts. A veces había varias generaciones de la misma familia de magos, y por las fechas deducía si se había extinguido o si sus actuales miembros se habían marchado de Godric's Hollow. Siguió paseándose entre las tumbas, y cada vez que veía una lápida más reciente sentía una pequeña punzada de aprensión y expectación.

De pronto la oscuridad y el silencio se acentuaron. Harry miró alrededor preocupado, pensando en los dementores; pero entonces se percató de que habían dejado de oírse los villancicos, y el murmullo de voces y el trajín de los feligreses iban diluyéndose a medida que éstos volvían a la plaza. Alguien que todavía no había salido de la iglesia acababa de apagar las luces.

Entonces la voz de Hermione surgió de la oscuridad por tercera vez, clara y definida, sólo a unos metros de distancia.

—Están aquí, Harry. Ven.

Y él comprendió que esta vez sí se refería a sus padres. Se aproximó a ella sintiendo una opresión en el pecho, la misma sensación que había experimentado justo después de la muerte de Dumbledore, una pena que le aplastaba el corazón y los pulmones.

La lápida estaba a sólo dos hileras de distancia de la de Kendra y Ariana. Era de mármol blanco, igual que la tumba de Dumbledore, y eso facilitaba la lectura de la inscripción, porque casi brillaba en la oscuridad. Harry no tuvo que arrodillarse ni acercarse mucho para distinguir las palabras grabadas:

James Potter, 27 de marzo de 1960 - 31 de octubre de 1981
Lily Potter, 30 de enero de 1960 - 31 de octubre de 1981

El último enemigo que será derrotado es la muerte.

Harry leyó despacio, como si sólo tuviera una oportunidad para comprender su significado; la última frase la leyó en voz alta.

—«El último enemigo que será derrotado es la muerte...» —Y se le ocurrió una idea horrible que le produjo una especie de pánico—: ¿Eso no es un concepto propio de mortífagos? ¿Qué hace aquí?

—No significa derrotar la muerte en el sentido que manejan los mortífagos, Harry —lo tranquilizó Hermione con dulzura—. Significa... ya sabes, vivir más allá de la muerte. Es decir, la vida después de la muerte.

Pero Harry pensó que sus padres no vivían; estaban muertos. Aquellas vanas palabras no camuflaban el hecho de que sus restos mortales yacieran bajo la nieve y la piedra, indiferentes, ignorantes de lo que sucedía en el mundo. Y las lágrimas le brotaron, incapaz de impedirlo, ardientes primero y luego resbalándole heladas por las mejillas; pero ¿qué sentido tenía enjugárselas o fingir que no lloraba? Las dejó resbalar, pues, por las mejillas, y apretó los labios con la vista fija en la gruesa capa de nieve que le impedía ver el sitio donde reposaban los restos de Lily y James, reducidos a huesos o a polvo, sin saber o sin importarles que su hijo estuviera allí, ni que su corazón siguiera latiendo, ni que viviera gracias a su sacrificio, aunque en ese momento casi habría preferido estar durmiendo bajo la nieve con ellos.

Hermione lo había tomado otra vez de la mano y se la apretaba con fuerza. Harry no se atrevía a mirarla, pero le devolvió el apretón mientras respiraba hondo el frío aire nocturno, intentando serenarse y recuperar el control. Debería haberles llevado algo a sus padres, pero no se le había ocurrido; tampoco podía tomar ninguna planta del cementerio porque todas estaban congeladas y sin hojas. Pero, en ese mismo instante, Hermione levantó su varita mágica, describió un círculo en el aire y ante ellos apareció una corona de eléboro. Harry la tomó y la puso sobre la tumba de sus padres.

En cuanto se puso en pie le dieron ganas de salir de allí; no soportaba ni un momento más en aquel cementerio. Abrazó a Hermione por los hombros y ella lo tomó por la cintura; así se alejaron en silencio por la nieve, pasando por delante de la tumba de la madre y la hermana de Dumbledore, y se dirigieron hacia la oscura iglesia y la cancela, que no veían desde allí.

17

El secreto de Bathilda

—¡Espera, Harry!

—¿Qué pasa?

Se encontraban a la altura de la tumba de aquel Abbott desconocido.

—Ahí hay alguien. Alguien nos está observando. Lo noto. Allí, detrás de esos arbustos.

Se quedaron quietos, abrazados, escrutando los densos y negros límites del cementerio. Pero Harry no veía nada.

—¿Estás segura?

—He visto moverse algo, juraría que he... —Se separó de él para tener libre el brazo de la varita.

—Tenemos aspecto de muggles —le recordó Harry.

—¡Sí, de unos muggles que acaban de dejar flores en la tumba de tus padres! ¡Estoy segura de que hay alguien, Harry!

Al chico le vino a la memoria el libro *Historia de la magia*; se suponía que en ese cementerio había fantasmas. ¿Y si...? Pero entonces oyó un susurro y percibió un pequeño remolino de nieve que se desplazaba en el arbusto que Hermione había señalado. Los fantasmas no movían la nieve...

—Será un gato —comentó Harry— o un pájaro. Si fuera un mortífago ya estaríamos muertos. Pero salgamos de aquí y volvamos a ponernos la capa.

Miraron hacia atrás varias veces mientras salían del cementerio. Harry, que no estaba tan tranquilo como le había hecho creer a Hermione para calmarla, se alegró cuando llegaron a la cancela y pisaron la resbaladiza acera; entonces se taparon con la capa invisible.

El pub estaba más lleno que antes, y en su interior un coro de voces cantaba el mismo villancico que habían oído cuando se acercaron a la iglesia. Harry estuvo a punto de proponer que se refugiaran en el local, pero antes Hermione murmuró: «Vamos por aquí», y lo arrastró por una oscura calle por la que se salía del pueblo en dirección opuesta a la que los había llevado a Godric's Hollow. Harry distinguió el punto donde terminaban las casitas y el camino se perdía de nuevo en los campos, así que anduvieron tan rápido como les fue posible, pasando por delante de varias ventanas en las que destellaban luces multicolores y a través de cuyas cortinas se adivinaba el contorno de árboles navideños.

—¿Cómo vamos a encontrar la casa de Bathilda? —preguntó Hermione, que temblaba ligeramente y no paraba de mirar hacia atrás—. ¡Harry! ¿Tú qué opinas? ¡Harry!

La chica le tiró del brazo, pero él no estaba prestándole atención, concentrado en la oscura edificación que se alzaba al final de la hilera de casas. A continuación echó a correr tirando de su amiga, que resbaló un poco en el hielo.

—Harry...

—Mira. Mírala, Hermione.

—No sé qué... ¡Oh!

El encantamiento Fidelio debía de haber perdido su eficacia al morir James y Lily, porque Harry la veía. El seto había crecido desmesuradamente en los dieciséis años transcurridos desde que Hagrid lo rescatara de entre los escombros esparcidos por la hierba, que ahora le llegaba por la cintura. Gran parte de la casita seguía en pie, aunque cubierta por completo de oscura hiedra y nieve, pero la zona derecha del piso superior estaba destrozada. Harry tenía la certeza de que era allí donde la maldición había rebotado. Ambos se quedaron de pie frente a la verja contemplando las ruinas de lo que, en su día, fue una casita muy parecida a las que había al lado.

—No entiendo por qué no la reconstruyeron —susurró Hermione.

—A lo mejor es que no se puede. Tal vez pasa como con las heridas producidas por magia oscura, que es imposible curarlas.

El chico sacó una mano de debajo de la capa y la apoyó sobre la oxidada verja cubierta de nieve, no con la intención de abrirla, sino simplemente por tocar una parte de la casa.

—¿No piensas entrar? No parece muy segura, podría... ¡Oh, Harry! ¡Mira!

Por lo visto, el roce de la mano sobre la verja había provocado que en el suelo, frente a ellos y entre la maraña de ortigas y hierbajos, surgiera un letrero de madera, como una extraña flor de crecimiento rápido, con una inscripción en letras doradas:

En este lugar, la noche del 31 de octubre de 1981,
Lily y James Potter perdieron la vida.
Su hijo, Harry, es el único mago
que ha sobrevivido a la maldición asesina.
Esta casa, invisible para los muggles,
permanece en ruinas como monumento a los Potter
y como recordatorio de la violencia
que destrozó una familia.

Alrededor de esas frases pulcramente trazadas, otros magos y brujas que habían visitado el lugar donde «el niño que sobrevivió» logró escapar, habían añadido anotaciones. Algunos se limitaron a firmar con tinta imperecedera; otros grabaron sus iniciales en la madera, y otros escribieron mensajes. De entre éstos, los más recientes, que brillaban sobre los grafitis mágicos de dieciséis años de antigüedad, decían cosas muy parecidas:

«Buena suerte, Harry, dondequiera que estés»; «Si lees esto, Harry, que sepas que estamos contigo», o bien, «Larga vida a Harry Potter».

—¡No deberían haber escrito en ese letrero! —se indignó Hermione.

Pero Harry la miró esbozando una sonrisa radiante, y replicó:

—Es genial. Me encanta que lo hayan hecho. Es...

No terminó la frase al ver que una figura envuelta de arriba abajo se les acercaba renqueando; las luces de la lejana plaza recortaban su silueta. A Harry le pareció que era una mujer, aunque resultaba difícil distinguirla. Andaba despacio, probablemente para no resbalar en el suelo nevado, pero el hecho de caminar encorvada, su gordura y la forma de arrastrar los pies indicaban que se trataba de una persona muy anciana. La observaron acercarse. Harry pensó que tal vez entraría en alguna de las casitas por las que pasaba, pero su intuición le decía que no lo haría. Al fin la figura se detuvo a pocos metros de ellos y se quedó quieta en medio de la calle helada, mirándolos.

Hermione pellizcó a Harry en el brazo, pero no hacía falta. No había prácticamente ninguna probabilidad de que esa mujer fuera una muggle: estaba allí inmóvil, contemplando una casa que, de no ser una bruja, le habría sido del todo imposible ver. Sin embargo, aun así era extraño que hubiera salido a la calle, de noche y con aquel frío, sólo para mirar una vieja casa en ruinas. Por otra parte, según todas las leyes de la magia normal, a la mujer no le sería posible ver a Hermione ni a Harry. Sin embargo, el muchacho intuía que la anciana sabía que estaban allí e incluso quiénes eran. Acababa de llegar a esa inquietante conclusión cuando la mujer levantó una mano enguantada y les indicó que se acercaran.

Hermione se estrechó más contra Harry bajo la capa, con un brazo pegado al suyo.

—¿Cómo lo sabe?

Harry negó con la cabeza. La mujer, que seguía mirándolos sin moverse en la calle desierta, volvió a hacerles señas, esta vez con apremio. A Harry se le ocurrían muchas razones para no hacerle caso, pero sus sospechas acerca de la identidad de aquella desconocida eran cada vez más sólidas.

¿Cabía la posibilidad de que llevara todos esos largos meses aguardándolos? ¿Podía ser que Dumbledore le hubiera pedido que esperara, porque Harry acabaría yendo a Godric's Hollow? ¿Tal vez era ella la que estaba escondida en el cementerio y los había seguido hasta allí? El que la mujer fuera capaz de percibir su presencia indicaba que poseía poderes que Harry sólo había reconocido en Dumbledore.

Por fin decidió dirigirle la palabra, y Hermione, sobresaltada, soltó un gritito ahogado.

—¿Es usted Bathilda?

La figura envuelta asintió y volvió a hacerles señas.

Bajo la capa, Harry consultó a Hermione con la mirada, y ella dio una breve y nerviosa cabezada de asentimiento.

Avanzaron poco a poco y, de inmediato, la mujer se dio la vuelta y echó a andar cojeando por donde había venido. Pasó por delante de varias casas, con los chicos detrás, y al fin entró por la verja de una de ellas. Harry y Hermione la siguieron por el sendero que discurría por un jardín casi tan descuidado como el que acababan de abandonar. Al llegar a la puerta principal, la mujer sacó una llave, abrió y se apartó para dejarlos pasar.

Ella olía mal, o quizá el mal olor provenía de la casa; Harry arrugó la nariz al pasar con sigilo por su lado y se quitó la capa. Ahora que estaba cerca de la anciana comprobó lo bajita que era; encorvada por la edad, apenas le llegaba a la altura del esternón. Cerró la puerta con una mano cubierta de manchas y nudillos azulados y se volvió hacia Harry; hundidos entre pliegues de piel casi translúcida, sus ojos eran opacos a causa de las cataratas, y tenía la cara cubierta de capilares rotos y manchas de vejez. El chico se preguntó si podía verlo con aquellos ojos enfermos; si así era, sólo vería al muggle calvo cuya apariencia él había adoptado.

El olor a viejo, polvo, ropa sucia y comida rancia se intensificó cuando la anciana se quitó el chal negro y apolillado, revelando una cabeza de cabello blanco y ralo a través del cual se veía claramente el cuero cabelludo.

—¿Es usted Bathilda? —repitió Harry.

Ella volvió a asentir y él recordó que llevaba el guardapelo colgado del cuello, porque la cosa que contenía el Horrocrux había despertado y sus pulsaciones se percibían a través de la fría cubierta de oro. ¿Sabía esa cosa, podía notarlo, que lo que iba a destruirla andaba cerca?

Bathilda echó a andar arrastrando los pies, empujó a Hermione al pasar, como si no la hubiera visto, y entró en lo que parecía un salón.

—Harry, esto no me gusta —musitó Hermione.

—¿La has visto bien? Estoy seguro de que en caso de necesidad podríamos dominarla. Mira, debí decírtelo antes, pero yo ya sabía que no estaba muy bien de la cabeza. Muriel lo dijo.

—¡Ven! —llamó Bathilda desde la otra habitación.

Hermione dio un respingo y se sujetó al brazo de Harry.

—Tranquila —dijo él, y la precedió hacia el salón.

Bathilda iba de un lado para otro encendiendo velas, pero la estancia todavía estaba oscura, además de sumamente sucia. Una gruesa capa de polvo se removió bajo sus pies y, al olfatear, Harry detectó entre el olor a humedad y moho algo semejante a carne podrida. Se preguntó cuánto hacía que nadie iba allí a airear las habitaciones. Además, la mujer parecía haber olvidado que podía hacer magia, porque encendía las velas a mano, torpemente, de modo que siempre estaba a punto de prender el puño de encaje de su manga.

—Permítame que lo haga yo —se ofreció Harry, y le tomó los cerillos de la mano.

Ella lo observó mientras él acababa de encender los cabos de vela que había en unos platillos repartidos por toda la estancia, precariamente colocados sobre montones de libros y en mesitas abarrotadas de tazas sucias y desportilladas.

La última vela que encendió Harry estaba en una cómoda de frontal abombado y repleta de fotografías. Cuando la llama cobró vida, su reflejo titiló en los marcos de plata y los polvorientos cristales, y el muchacho detectó pequeños movimientos en las imágenes. Mientras Bathilda buscaba unos troncos para la chimenea, él musitó: «¡*Tergeo!*», y el polvo desapareció de las fotografías. Enseguida vio que faltaba una media docena de ellas, las de los marcos más grandes y ornamentados, y se preguntó si las habría retirado de allí la propia Bathilda. Entonces le llamó la atención una colocada al fondo de la colección, y la tomó.

Aquel ladrón de cara risueña, el joven rubio que había saltado desde el alféizar de la ventana de Gregorovitch, le sonreía perezosamente desde su marco de plata. Al instante recordó que había visto a aquel chico en *Vida y mentiras de Albus Dumbledore*, abrazado a un Dumbledore adolescente, y comprendió que las fotografías que faltaban probablemente estaban en el libro de Rita.

—Señora Bagshot... —dijo, y le tembló un poco la voz—. ¿Quién es éste?

Bathilda estaba en medio de la habitación contemplando cómo Hermione encendía el fuego de la chimenea.

—Señora Bagshot... —repitió Harry, y fue hacia ella para enseñarle la fotografía, al mismo tiempo que las llamas prendían en la chimenea. Bathilda miró al joven y el Horrocrux latió más deprisa—. ¿Quién es este joven? —preguntó.

La anciana observó la fotografía con aire solemne, y luego miró a Harry.

—¿Sabe quién es? —insistió él en voz más alta y articulando con mayor claridad—. ¿Sabe quién es este joven? ¿Lo conoce? ¿Cómo se llama?

Bathilda compuso una expresión de indiferencia, frustrando a Harry. ¿Cómo había conseguido Rita Skeeter desenterrar los recuerdos de aquella mujer?

—¿Quién es este hombre? —dijo elevando aún más la voz.

—¿Qué pasa, Harry? —preguntó Hermione.

—Mira esta fotografía... ¡Es el ladrón, el ladrón que robó a Gregorovitch! ¡Por favor! —le suplicó a Bathilda—. ¿Quién es?

Pero ella se limitó a mirarlo fijamente.

—¿Por qué nos ha pedido que viniéramos con usted, señora Bagshot? —intervino Hermione elevando también el tono—. ¿Quería contarnos algo?

Bathilda se acercó a Harry arrastrando los pies, como si no hubiera oído a Hermione, y con la cabeza señaló el vestíbulo.

—¿Quiere que nos marchemos? —preguntó él.

Bathilda repitió el gesto, esta vez señalándolo primero a él, luego a sí misma y por último el techo.

—Ah, sí... me parece que quiere que suba con ella al piso de arriba.

—Está bien, vamos —dijo Hermione, pero cuando dio un paso, Bathilda sacudió la cabeza con repentina vehemencia y volvió a señalar primero a Harry y luego a sí misma.

—Quiere que suba con ella yo solo.

—¿Por qué? —preguntó Hermione, y su voz resonó, aguda y diáfana, en la estancia iluminada por las velas; la anciana movió un poco la cabeza, como molesta por la intensidad de ese sonido.

—A lo mejor Dumbledore le dijo que me diera la espada a mí y sólo a mí.

—¿De verdad crees que sabe quién eres?

—Sí, me parece que sí —respondió Harry observando los blanquecinos ojos de la anciana, de nuevo fijos en los suyos.

—Bueno, en ese caso... Pero date prisa, Harry.

—Usted primero —le dijo el chico a Bathilda.

La mujer debió de entenderlo, porque lo rodeó arrastrando los pies y fue hacia la puerta. Harry le lanzó una sonrisa tranquilizadora a su amiga, pero no estuvo seguro de que ella la viera, porque se había quedado en medio de aquella deprimente estancia, abrazándose el cuerpo y mirando los estantes de libros. Al salir, Harry se metió la fotografía del ladrón anónimo debajo de la chaqueta, sin que se dieran cuenta ni Hermione ni Bathilda.

La escalera era estrecha y empinada. Harry estuvo tentado de apoyar las manos en el voluminoso trasero de Bathilda para impedir que la anciana cayera hacia atrás y lo aplastara, lo cual parecía bastante probable. La mujer llegó resollando al primer rellano, torció hacia la derecha y guió a Harry hasta un dormitorio de techo bajo.

Allí dentro reinaba la oscuridad y también olía fatal. Harry atisbó un orinal que asomaba por debajo de la cama, pero Bathilda cerró la puerta y ya no vio nada más.

—¡Lumos! —dijo el muchacho, y su varita mágica se encendió. Al punto dio un respingo, porque la anciana se le había acercado aprovechando esos segundos de oscuridad total, aunque él no la había oído aproximarse.

—¿Eres Potter? —susurró Bathilda.

—Sí, soy Potter.

Ella asintió despacio, con solemnidad. Harry notó que los latidos del Horrocrux se aceleraban hasta superar los de su propio corazón, una sensación desagradable e inquietante.

—¿Tiene usted algo para mí? —preguntó, pero ella parecía absorta en la luz que emitía el extremo de la varita—. ¿Tiene algo que darme? —insistió.

La mujer cerró los ojos y entonces pasaron varias cosas a la vez: Harry sintió una fuerte punzada en la cicatriz, el Horrocrux palpitó con tanta fuerza que movió el suéter del muchacho, y la oscura y pestilente habitación desapareció por unos momentos. De pronto sintió un arrebato de júbilo y, con voz clara y aguda, gritó: «¡Retenlo!»

Se tambaleó un poco, mientras la maloliente habitación en penumbra volvía a formarse alrededor de él, pero no entendió qué había ocurrido.

—¿Tiene algo para mí? —preguntó por tercera vez, más fuerte aún.

—Está allí —susurró ella señalando un rincón.

Harry dirigió la varita hacia la ventana y bajo las cortinas vio un tocador atestado de cosas.

Esta vez la anciana no lo precedió. Con la varita en alto, Harry pasó lentamente entre ella y la cama, que estaba deshecha. No quería perder de vista a Bathilda.

—¿Qué es? —preguntó al llegar al tocador, sobre el que había un gran montón de ropa muy sucia, a juzgar por el hedor que desprendía.

—Ahí —insistió la mujer señalando el montón deforme.

Harry se volvió brevemente hacia aquel amasijo buscando distinguir la empuñadura de una espada o algo que pareciera un rubí, y entonces la mujer hizo un movimiento extraño que él advirtió con el rabillo del ojo; presa del pánico, miró rápidamente a la anciana y el horror lo paralizó al ver cómo su cuerpo se desmoronaba y una enorme serpiente le surgía del cuello.

La serpiente lo atacó cuando él alzaba la varita, y el impacto de la mordedura que recibió en el antebrazo hizo que aquélla saliera despedida hacia el techo girando sobre sí misma. La luz osciló vertiginosamente por la habitación antes de apagarse. En ese momento, la serpiente le propinó con la cola un fuerte golpe en el pecho que le cortó la respiración. Harry cayó hacia atrás sobre el montón de ropa del tocador.

Lanzándose hacia un lado logró esquivar por muy poco la cola de la serpiente, que descargó con violencia sobre el tocador. Harry se derrumbó en el suelo y le cayeron encima añicos del cristal que cubría la superficie del mueble.

—¿Harry, qué haces? —gritó Hermione desde abajo.

Él intentó tomar aire para responder, pero una mole lisa y pesada lo derribó y se deslizó por encima de él, potente y musculosa...

—¡No! —chilló con voz ahogada, inmovilizado en el suelo.

—*Sí* —susurró la voz—. *Sssíii... prepárate... prepárate...*

—¡*Accio... varita!*

Pero la varita no acudió, y él necesitaba ambas manos para intentar soltarse de la serpiente, que ya empezaba a enroscarse alrededor de su torso, dejándolo sin aire y clavándole el Horrocrux en el pecho, un círculo de hielo que latía, vivo, a sólo unos centímetros de su propio y desbocado corazón. La mente se le iba llenando de una luz fría y blanca que le impedía pensar. Sin poder respirar, oía pasos a lo lejos y todo se iba...

Un corazón metálico golpeaba fuera de su pecho, y entonces Harry voló, voló triunfante, sin necesidad de escoba ni thestral...

Despertó bruscamente en la apestosa oscuridad. *Nagini* lo había soltado. Se puso en pie con dificultad y vio la silueta de la serpiente recortada contra la luz del rellano: en ese momento la bestia atacó y Hermione se lanzó hacia un lado dando un grito. La maldición de la chica dio contra la ventana y rompió los cristales. Un aire helado invadió la estancia. Harry se agachó para esquivar otra lluvia de cristales rotos y resbaló al pisar algo con forma de lápiz: su varita.

La recogió rápidamente, pero la serpiente sacudía la cola sin parar, ocupando toda la habitación. Harry no veía a Hermione y por un instante temió lo peor, pero entonces se oyó un fuerte estallido seguido de un destello de luz roja y la serpiente, golpeando con fuerza a Harry en la cara, dio una especie de brinco y se impulsó hacia el techo con un movimiento en espiral. Harry levantó la varita y al hacerlo sintió un dolor atroz en la cicatriz, un dolor que no notaba desde hacía años.

—¡Viene hacia aquí! ¡Viene hacia aquí, Hermione!

Mientras Harry gritaba, la serpiente cayó silbando como enloquecida. Reinaba un caos tremendo: la bestia destrozó los estantes de la pared e hizo saltar pedazos de porcelana por todas partes, mientras el muchacho saltaba a la cama y sujetaba a tientas la oscura figura de Hermione.

La chica gritó de dolor cuando él la tumbó de un empujón sobre la cama. La serpiente se irguió de nuevo, pero Harry sabía que se avecinaba algo mucho peor, algo que quizá ya había llegado a la verja del jardín, porque la cicatriz le dolía horrores y la cabeza parecía a punto de explotarle...

La bestia se abalanzó sobre Harry, que saltó a un lado tirando de Hermione, la cual gritó «¡*Confringo!*». El hechizo voló por todo el cuarto, haciendo añicos el espejo del ropero, cuyos trozos rebotaron contra ellos, el suelo y el techo. El calor del hechizo le abrasó una mano a Harry y un fragmento de cristal le hizo un corte en la mejilla cuando, siempre tirando de Hermione, pasó junto al tocador y saltó hacia la destrozada ventana para lanzarse al vacío. El grito de Hermione resonó en la oscuridad mientras ambos giraban en el aire...

Y entonces se le abrió la cicatriz y él mismo era Voldemort, que corría por la hedionda habitación y se sujetaba con las largas y blancas manos al antepecho de la ventana, viendo al hombre calvo y a la mujer menuda girar sobre sí mismos y esfumarse; y él mismo gritó de rabia, un chillido que se fundió con el de Hermione y resonó por los oscuros jardines acallando el sonido de las campanadas de la iglesia que celebraban la Navidad...

Y su grito era el grito de Harry; su dolor era el dolor de Harry... Si sucediera allí, donde ya había sucedido una vez... Allí, desde donde se veía la casa en que él había estado tan a punto de saber qué significaba morir... Morir... Era un dolor tan intenso... Sentía como si lo arrancaran de su cuerpo. Pero si no tenía cuerpo, ¿por qué le dolía tanto la cabeza? Si estaba muerto, ¿por qué sentía un dolor tan insoportable? ¿Acaso no cesaba el dolor con la muerte, acaso no desaparecía?

La noche era húmeda y ventosa, dos niños disfrazados de calabaza caminaban como patos por la plaza, y los escaparates de las tiendas, cubiertos de arañas de papel, exhibían toda la parafernalia decorativa con que los muggles reproducían un mundo en que no creían. Y él se deslizaba con esa sensación de determinación, poder y potestad que siempre experimentaba en tales ocasiones. No era rabia... eso era para almas más débiles que la suya. No era rabia sino triunfo, sí... Había esperado mucho ese momento, lo había deseado tanto...

—*¡Bonito disfraz, señor!*

Vio cómo la sonrisa del niño flaqueaba cuando se le acercó lo suficiente para fisgar bajo la capucha de la capa; percibió el miedo ensombreciendo su maquillado rostro. Entonces el niño se dio la vuelta y huyó. Él aferró su varita mágica bajo la túnica... Un solo movimiento y el niño nunca llegaría a los brazos de su madre. Pero no hacía falta, no hacía ninguna falta...

Y siguió por otra calle más oscura, y por fin divisó su destino; el encantamiento Fidelio se había roto, aunque ellos todavía no lo supieran... Haciendo menos ruido que las hojas secas que se deslizaban por la acera, cuando llegó a la altura del oscuro seto miró por encima de él...

No habían corrido las cortinas, así que los vio claramente en su saloncito: él —alto, moreno y con gafas— hacía salir de su varita nubes de humo de colores para complacer al niño de pelo negro y pijama azul. El niño reía e intentaba atrapar el humo, asirlo con su manita...

Se abrió una puerta y entró la madre; dijo algo que él no pudo oír, pues el largo cabello pelirrojo le tapaba la cara. Entonces el padre levantó al niño del suelo y se lo dio a la madre. Dejó su varita mágica encima del sofá y se desperezó bostezando...

La puerta chirrió un poco cuando la abrió, pero James Potter no la oyó. Su blanca mano sacó la varita de debajo de la capa y apuntó a la puerta, que se abrió de par en par.

Ya había traspuesto el umbral cuando James llegó corriendo al vestíbulo. Fue fácil, demasiado fácil, ni siquiera llevaba su varita mágica...

—¡Toma a Harry y vete, Lily! ¡Es él! ¡Corre, vete! ¡Yo lo contendré!

¡Contenerlo! ¡Sin una varita a mano! Rió antes de lanzar la maldición.

—¡Avada Kedavra!

La luz verde inundó el estrecho vestíbulo, iluminó el cochecito apoyado contra la pared, reverberó en los balaustres como si fueran fluorescentes, y James Potter se desplomó como una marioneta a la que le han cortado los hilos.

La oyó gritar en el piso de arriba, atrapada, pero, mientras fuera sensata, al menos ella no tenía nada que temer. Subió la escalera, escuchando con cierto regocijo los ruidos que la mujer hacía mientras intentaba atrincherarse. Ella tampoco llevaba encima su varita mágica... Qué estúpidos eran y qué confiados; pensar que podían dejar su seguridad en manos de sus amigos, o separarse de sus armas aunque fuera sólo un instante.

Forzó la puerta, apartó con un único y lánguido movimiento de la varita la silla y las cajas que Lily había amontonado apresuradamente... Y allí la encontró, con el niño en brazos. Al verlo, ella dejó a su hijo en la cuna que tenía detrás y extendió ambos brazos, como si eso pudiera ayudarla, como si apartándolo de su vista fuera a conseguir que la eligiera a ella.

—¡Harry no! ¡Harry no! ¡Harry no, por favor!

—Apártate, necia. Apártate ahora mismo...

—¡Harry no! ¡Por favor, máteme a mí, pero a él no!

—Te lo advierto por última vez...

—¡Harry no! ¡Por favor... tenga piedad... tenga piedad! ¡Harry no! ¡Harry no! ¡Se lo ruego, haré lo que sea!

—Apártate. Apártate, estúpida...

Podría haberla apartado él mismo de la cuna, pero le pareció más prudente acabar con todos.

La luz verde destelló en la habitación y Lily se desplomó igual que su esposo. El niño no había llorado en todo ese rato; ya se sostenía en pie, sujeto a los barrotes de la cuna, y miró con expectación al intruso, quizá creyendo que quien se escondía bajo la capa era su padre, haciendo más luces bonitas, y que su madre se levantaría en cualquier momento, riendo...

Con sumo cuidado, apuntó la varita a la cara del niño: quería ver cómo sucedía, captar cada detalle de la destrucción de ese único e inexplicable peligro. El pequeño rompió a llorar: ya había comprendido que aquél no era su padre. A él no le gustó oírlo llorar; en el orfanato nunca había soportado oír llorar a los niños pequeños...

—¡Avada Kedavra!

Y entonces se derrumbó: no era nada, sólo dolor y terror, y tenía que esconderse, no allí, entre los escombros de la casa en ruinas, donde el niño seguía llorando, atrapado, sino lejos, muy lejos...

—No —gimió.

La serpiente susurró en el sucio y desordenado suelo, y él había matado al niño, y sin embargo él era el niño...

—No...

Y ahora estaba de pie junto a la ventana rota de la casa de Bathilda, abrumado por los recuerdos de otra pérdida mayor, y a sus pies la enorme serpiente se deslizaba sobre fragmentos de porcelana y cristal. Miró hacia abajo y vio algo, algo increíble...

—No...

—¡No pasa nada, Harry! ¡Estás bien!

Se agachó y recogió la destrozada fotografía. Y allí estaba el ladrón anónimo, el ladrón que él andaba buscando...

—No... Se me ha caído... Se me ha caído...

—¡No pasa nada, Harry! ¡Despierta! ¡Despierta!

Él era Harry... Harry, no Voldemort... Y esa cosa que susurraba no era una serpiente...

Abrió los ojos.

—Harry —musitó Hermione—. ¿Te encuentras bien?

—Sí... —mintió.

Se hallaba en la tienda de campaña, tumbado en la cama inferior de una litera, tapado con un montón de mantas. Comprendió que estaba a punto de amanecer por la quietud y la luz fría y mate que había en el exterior. Tenía el cuerpo empapado de sudor; lo notaba en las sábanas y mantas.

—Conseguimos huir.

—Sí —confirmó Hermione—. Tuve que utilizar un encantamiento planeador para ponerte en la litera, porque no podía levantarte. Has estado... Bueno, no has estado muy...

La muchacha tenía unas marcadas ojeras y sujetaba una pequeña esponja; Harry dedujo que le había limpiado la cara.

—Has estado enfermo —explicó ella—, muy enfermo.

—¿Cuánto hace que salimos de allí?

—Unas horas. Está amaneciendo.

—Y todo este tiempo he estado... ¿inconsciente?

—No exactamente —contestó Hermione, un tanto turbada—. Gritabas, gemías y hacías... cosas —añadió con un tono que inquietó a Harry.

¿Qué había hecho? ¿Gritar maldiciones como Voldemort, o llorar como el bebé de la cuna?

—No podía quitarte el Horrocrux —continuó ella, y él comprendió que quería cambiar de tema—. Estaba clavado, clavado en tu pecho. Te ha hecho una marca; lo siento, pero tuve que emplear un encantamiento seccionador para quitártelo. Además, te mordió la serpiente, aunque te he limpiado la herida y puesto un poco de díctamo...

Harry se apartó la sudada camiseta y se miró. Tenía un óvalo encarnado sobre el corazón, en el sitio donde el guardapelo le había quemado la piel. También vio la marca de la mordedura, casi cicatrizada, en el antebrazo.

—¿Dónde has puesto el Horrocrux?

—En mi bolso. Creo que deberíamos separarnos un tiempo de él.

Harry se recostó en las almohadas y observó la mala cara de su amiga.

—No debimos ir a Godric's Hollow. Fue culpa mía. Todo es culpa mía, Hermione. Lo siento.

—Tú no tienes culpa de nada; yo también quería ir. Creía que Dumbledore podía haberte dejado la espada allí.

—Sí... Pues parece que nos equivocamos.

—¿Qué pasó, Harry? ¿Qué pasó cuando Bathilda te llevó arriba? ¿La serpiente estaba escondida en algún sitio, o apareció de repente, la mató a ella y te atacó a ti?

—No, nada de eso. Ella era la serpiente, o la serpiente era ella. Lo era desde el principio.

—¿Qué quieres decir?

Harry cerró los ojos. Todavía estaba impregnado de la fetidez de aquella casa y eso contribuía a que el episodio le resultara horriblemente vívido.

—Bathilda debía de llevar ya algún tiempo muerta y la serpiente estaba... dentro de ella. Quien-tú-sabes la dejó esperando en Godric's Hollow. Tenías razón: él sabía que yo volvería allí.

—¿Así que la serpiente estaba dentro de Bathilda?

Harry abrió los ojos y vio que su amiga ponía cara de asco.

—Lupin nos advirtió que nos encontraríamos ante una magia inimaginable —le recordó Harry—. Bathilda no quería decir nada delante de ti y habló todo el rato en lengua pársel, y yo no me di cuenta, claro, porque la entendía perfectamente. Cuando subimos a la habitación, la serpiente le envió un mensaje a Quien-tú-sabes, yo la oí en mi mente, y noté cómo él se emocionaba y le ordenaba que me retuviera allí... Y entonces... —recordó el momento en que la serpiente había salido por el cuello de Bathilda, pero decidió que Hermione no necesitaba conocer todos los detalles— entonces se transformó en la serpiente y me atacó. —Se miró la mordedura en el antebrazo—. No quería matarme, sólo retenerme allí hasta que llegara Quien-tú-sabes.

Si al menos hubiera conseguido matar a aquella bestia, todo habría valido la pena. Afligido, se incorporó y apartó las mantas.

—¡No, Harry! ¡Tienes que descansar!

—La que necesita descansar eres tú. No te ofendas, pero tienes un aspecto horrible. Yo me encuentro bien; voy a vigilar un rato. ¿Dónde está mi varita? —Hermione se limitó a mirarlo sin contestar—. ¿Hermione?

Ella se mordió el labio y los ojos se le humedecieron.

—Harry...

—¡¿Dónde está mi varita?!

Ella se inclinó junto a la cama, tomó la varita y se la dio.

La varita de acebo y fénix estaba casi partida en dos. Una frágil hebra de pluma de fénix mantenía unidos ambos trozos, pero la madera se había astillado por completo. Harry la tomó con delicadeza, como si fuera un ser vivo que hubiera sufrido un terrible accidente. Luego se la tendió a su amiga.

—Arréglala, por favor.

—Harry, me parece que no... Cuando una varita se rompe así...

—¡Inténtalo, Hermione! ¡Por favor!

—¡Re... *reparo!*

Los dos trozos de madera volvieron a unirse. El muchacho la tomó y exclamó:

—¡*Lumos!*

La varita chisporroteó un poco y enseguida se apagó. Harry apuntó con ella a Hermione.

—¡*Expelliarmus!*

La varita de la chica dio una pequeña sacudida, pero no le saltó de la mano. Aquel sencillo intento de hacer magia fue demasiado para la varita de Harry, que volvió a partirse. Él la miró perplejo, incapaz de asimilar lo que estaba viendo: la varita que tantas veces había sobrevivido...

—Harry —susurró Hermione de forma casi inaudible—. Lo lamento muchísimo. Creo que fui yo. Cuando nos íbamos, la serpiente nos siguió, así que le hice una maldición explosiva, pero rebotó por todas partes y debió de... debió de darle a...

—Fue un accidente —dijo Harry mecánicamente, pero se sentía vacío, aturdido—. Bueno, ya encontraremos la manera de repararla.

—No creo que podamos arreglarla —musitó Hermione mientras las lágrimas le resbalaban por las mejillas—. ¿Te acuerdas... de lo que le pasó a la varita de Ron cuando se rompió al estrellar el coche? Nunca volvió a ser la misma, y tuvo que comprar otra.

Harry pensó en Ollivander, a quien Voldemort había secuestrado y retenía como rehén; y en Gregorovitch, a quien había asesinado. ¿De dónde iba él a sacar una varita nueva?

—Bueno —dijo fingiendo naturalidad—, en ese caso, de momento utilizaré la tuya. Al menos para hacer la guardia.

Ella, llorosa, le entregó su varita y él la dejó sentada junto a la cama; no había nada que deseara más que alejarse de Hermione.

18

Vida y mentiras de Albus Dumbledore

Amanecía, y la impoluta e incolora inmensidad del cielo se extendía sobre Harry, indiferente a él y a su sufrimiento. El muchacho se sentó en la entrada de la tienda y aspiró el aire puro. El simple hecho de estar vivo y poder observar cómo el sol ascendía por detrás de la nevada y brillante ladera debería haber sido el mayor tesoro imaginable; sin embargo, él no lo disfrutaba, porque la desgracia de haber perdido su varita le había embotado los sentidos. Contemplaba el valle cubierto por un manto de nieve, mientras el lejano repique de las campanas de una iglesia salpicaba el rutilante silencio.

Sin darse cuenta, se hincaba los dedos en los brazos como si intentara resistir un dolor físico; ya no recordaba cuántas veces había derramado su sangre: en una ocasión había perdido todos los huesos del brazo derecho, y en el viaje actual ya había cosechado cicatrices en el pecho y el antebrazo, que se sumaban a las de la mano y la frente; pero nunca hasta ese momento se había sentido tan mortalmente debilitado, vulnerable y desnudo, como si le hubieran arrebatado lo mejor de su poder mágico. Sabía muy bien qué diría Hermione si trataba de explicárselo: «Lo importante no es la varita, sino el mago.» Pero se equivocaba; en su caso era diferente. Su amiga no había notado cómo la varita giraba como la aguja de una brújula y le lanzaba llamas doradas a su enemigo. Al quedarse sin ella, Harry había perdido la protección de los núcleos centrales gemelos y ahora se percataba de hasta qué punto era importante.

Sacó del bolsillo los trozos rotos y, sin mirarlos, los guardó en el monedero de Hagrid que llevaba colgado del cuello (estaba tan lleno de otros objetos, también rotos e inservibles, que ya no le cabía nada más). Rozó con la mano la vieja snitch, asimismo guardada en el monedero de piel de moke, y por un instante tuvo que combatir la tentación de sacarla y lanzarla lejos, porque era otro objeto impenetrable e inútil, como todo lo que Dumbledore le había legado.

Y entonces la rabia que sentía hacia éste lo cubrió como la lava, abrasándolo por dentro y eliminando cualquier otro sentimiento. Desesperados, Hermione y él se habían convencido de que en Godric's Hollow encontrarían alguna respuesta, y que debían ir allí porque todo formaba parte de un designio secreto diseñado por Dumbledore para ellos; pero no había mapas ni planes. El anciano profesor los había abandonado en la oscuridad para que avanzaran a tientas, luchando contra terrores desconocidos e inimaginables, solos y sin ayuda; no les había explicado nada ni dado ninguna pista. No habían conseguido la espada, y por si fuera poco, ahora Harry tampoco disponía de su varita; además, se le había caído la fotografía del ladrón, de modo que a Voldemort no le costaría descubrir quién era... Ahora el Señor Tenebroso dispondría de toda la información...

—¿Harry, estás ahí?

Hermione temió que su amigo le hiciera una maldición con su propia varita. Con surcos de lágrimas en el rostro, se agachó a su lado; llevaba dos tazas de té en las temblorosas manos y un bulto debajo del brazo.

—Gracias —dijo él, y tomó una taza.

—¿Podemos hablar?

—Sí, claro —respondió Harry, porque no quería herir sus sentimientos.

—Harry, querías saber quién era el hombre de la fotografía. Pues bien... tengo el libro. —Y lo puso tímidamente sobre el regazo del muchacho: era una copia intacta de *Vida y mentiras de Albus Dumbledore*.

—¿De dónde...? ¿Cómo lo...?

—Estaba en el salón de Bathilda. Y dentro he descubierto esta nota.

Hermione leyó en voz alta unas pocas líneas de caligrafía puntiaguda, de color amarillo verdoso:

—«Querida Batty: gracias por tu ayuda. Aquí tienes un ejemplar del libro. Espero que te guste. Me lo contaste todo, aunque no lo recuerdes. Rita.» Debió de llegar mientras la Bathilda auténtica todavía vivía, pero quizá ya no estaba en condiciones de leerlo.

—Es posible.

Harry contempló el rostro de Dumbledore en la tapa del libro y experimentó un arrebato de goce: ahora sabría todo lo que el director de Hogwarts nunca consideró necesario contarle, tanto si le gustaba como si no.

—Todavía estás muy enojado conmigo, ¿verdad? —preguntó Hermione. Harry la miró y vio que volvían a brotarle las lágrimas, y comprendió que la rabia que sentía se había mostrado en su rostro.

—No —repuso en voz baja—. No, Hermione. Ya sé que fue un accidente. Tú sólo intentabas sacarnos vivos de allí, y lo hiciste muy bien. Si no me hubieras ayudado, ahora estaría muerto.

Intentó corresponder a la llorosa sonrisa de la chica y luego se concentró en el libro, que tenía el lomo bastante rígido, lo cual mostraba que nunca lo habían abierto. Lo hojeó buscando fotografías y encontró la que buscaba casi de inmediato: la del joven Dumbledore y su atractivo compañero, riendo a carcajadas de algún chiste ya muy antiguo. Harry leyó el pie de foto: «Albus Dumbledore, poco después de la muerte de su madre, con su amigo Gellert Grindelwald.»

Harry se quedó boquiabierto con los ojos fijos en la última palabra: «Grindelwald»; «su amigo Grindelwald». Miró de soslayo a Hermione, que seguía contemplando ese nombre como si no diera crédito a sus ojos. Poco a poco, ella levantó la cabeza y musitó:

—¿Grindelwald?

Sin entretenerse con las demás fotografías, Harry buscó en las páginas anteriores y posteriores alguna otra mención de ese fatídico nombre. Pronto la halló y se puso a leer con avidez, pero tuvo que retroceder un poco para entender el texto, hasta el principio de un capítulo titulado «Por el bien de todos». Hermione y él leyeron a la vez:

Cuando estaba a punto de cumplir dieciocho años, Dumbledore salió de Hogwarts cubierto de gloria:

Premio Anual, prefecto, ganador del Premio Barnabus Finkley de Hechizos Excepcionales, representante de las juventudes británicas en el Wizengamot y medalla de oro por su innovadora contribución al Congreso Internacional de Alquimia de El Cairo. Tenía planeado realizar de inmediato el Gran Viaje con Elphias *Alientofétido* Doge, el compañero idiota pero leal al que había elegido en el colegio.

Los dos jóvenes se hospedaban en el Caldero Chorreante, en Londres, preparados para marchar a Grecia a la mañana siguiente, cuando llegó una lechuza con la noticia de la muerte de la madre de Dumbledore. *Alientofétido* Doge, que declinó ser entrevistado por la autora de este libro, ya ha ofrecido a la opinión pública su propia versión —muy sentimental— de lo que pasó después, porque presenta la muerte de Kendra como una gran tragedia y la decisión de Dumbledore de suspender su viaje como un acto de nobleza y sacrificio.

Así pues, Dumbledore regresó de inmediato a Godric's Hollow, presuntamente para cuidar de sus hermanos, ambos más jóvenes que él. Pero ¿es cierto que los cuidó?

«Ese Aberforth estaba loco de atar —afirma Enid Smeek, cuya familia vivía en las afueras de Godric's Hollow en esa época—. Se volvió un salvaje. Claro, como habían muerto sus padres era normal que la gente lo compadeciera, pero a mí, por ejemplo, no paraba de lanzarme excrementos de cabra a la cabeza. No creo que Albus se preocupara mucho por él; además, nunca los vi juntos.»

Entonces, ¿qué hacía Albus si no estaba consolando a su desenfrenado hermano pequeño? Por lo visto, la respuesta es que regresó a Godric's Hollow para asegurarse de que el prolongado encierro de su hermana no se interrumpiera. Porque, aunque había muerto su principal carcelera, no se produjo ningún cambio en las lamentables condiciones en que vivía Ariana Dumbledore. Su mera existencia continuó siendo un secreto muy bien guardado, sólo conocido por algunas personas ajenas a la familia a quienes, como *Alientofétido* Doge, nunca se les habría ocurrido poner en tela de juicio el cuento de la «mala salud» de la joven.

Otra amiga de la familia a quien se podía engañar fácilmente era Bathilda Bagshot, la célebre historiadora de la magia que lleva muchos años viviendo en Godric's Hollow. Kendra rechazó la hospitalidad de Bathilda, como hizo con otros vecinos, cuando ésta trató de darle la bienvenida al pueblo. Sin embargo, unos años más tarde, la historiadora le envió una lechuza a Albus, que por entonces residía en Hogwarts, porque le había causado muy buena impresión su artículo «Transformaciones entre especies», publicado en *La transformación moderna*. Ese contacto inicial permitió que Bathilda acabara entablando relación con toda la familia Dumbledore. Cuando murió Kendra, Bathilda era la única persona de Godric's Hollow que se hablaba con la madre de Dumbledore.

Por desgracia, la genialidad que Bathilda siempre exhibió en el pasado ha empezado a empañarse. «El fuego arde, pero el caldero está vacío»: así expresaba Ivor Dillonsby su opinión refiriéndose a ella, o, para emplear la frase más directa y mundana de Enid Smeek: «Está más loca que una cabra.» Aun así, una combinación de técnicas periodísticas de probada infalibilidad me permitieron sonsacarle suficientes datos con los que ir componiendo íntegramente la escandalosa historia.

A semejanza del resto del mundo mágico, Bathilda atribuye la prematura muerte de Kendra a un encantamiento fallido, una versión en la que Albus y Aberforth insistirían en años posteriores. Bathilda, además, repite como un loro lo que la familia Dumbledore decía de Ariana, y se refiere a ella como una niña «frágil» y «delicada». Sin embargo, no lamento los esfuerzos que tuve que hacer para conseguir Veritaserum, porque Bathilda es la única persona que conoce toda la historia del secreto mejor guardado de la vida de Albus Dumbledore. Revelado ahora por primera vez, pone en duda todo lo que creían los admiradores del mago: su presunto odio a las artes oscuras, su oposición a la opresión de los muggles, e incluso la devoción a su familia.

El mismo verano que Dumbledore regresó a Godric's Hollow convertido en huérfano y cabeza de familia, Bathilda Bagshot accedió a acoger en su casa a su sobrino nieto Gellert Grindelwald.

El apellido Grindelwald es famoso con razón. Si no ocupa el primer lugar en la lista de los magos tenebrosos más peligrosos de todos los tiempos, se debe únicamente a que, una generación más tarde, llegó Quien-ustedes-saben y le arrebató ese puesto. No obstante, como Grindelwald nunca extendió su campaña de terror hasta Gran Bretaña, aquí no conocemos muy bien los detalles de su ascenso al poder.

Educado en Durmstrang, ya entonces un colegio famoso por su lamentable tolerancia con las artes oscuras, Grindelwald resultó tan precoz y brillante como Dumbledore. Pero, en lugar de canalizar su potencial hacia la obtención de premios y títulos, Gellert se dedicó a perseguir otros objetivos. Cuando contaba dieciséis años, incluso Durmstrang consideró que no podía seguir haciendo la vista gorda con los retorcidos experimentos que el joven realizaba, y lo expulsaron del colegio.

Hasta la fecha, lo único que se ha sabido de los movimientos de Grindelwald es que «viajó unos meses por el extranjero», pero ahora ya podemos revelar que decidió visitar a su tía abuela, que vivía en Godric's Hollow, y allí, por muy sorprendente que les parezca a muchos, entabló una íntima amistad nada menos que con Albus Dumbledore.

«Para mí era un muchacho encantador —explica Bathilda—, independientemente de en qué se convirtiera más tarde. Como es lógico, le presenté al pobre Albus, que no tenía amigos de su misma edad. Los dos chicos conectaron de inmediato.»

Así fue, sin duda. Bathilda me enseña una carta que Albus le envió a Gellert en plena noche y que ella todavía conserva, y me explica:

«Sí, aunque hubieran pasado todo el día hablando (eran los dos tan inteligentes que podían pasar horas discutiendo), a veces yo oía cómo una lechuza golpeaba en la ventana del dormitorio de mi sobrino para entregarle una carta de Albus. Si se le ocurría alguna idea, tenía que contársela sin tardanza a Gellert.»

¡Y menudas ideas! Aunque causen una profunda conmoción a los admiradores de Albus Dumbledore, éstas eran las reflexiones de su héroe cuando tenía diecisiete años, tal como se las exponía a su gran amigo (la copia de la carta original está en la p. 463):

Gellert:

Creo que el punto clave es tu opinión de que los magos deben ejercer su dominio POR EL PROPIO BIEN DE LOS MUGGLES. Sí, nos han dado poder y, en efecto, semejante poder nos da derecho a gobernar, pero también nos asigna responsabilidades sobre los gobernados. Debemos subrayar este concepto, porque será la piedra angular sobre la que empezaremos a construir. Cuando encontremos oposición —y sin duda la encontraremos—, ésa será la base de todos nuestros argumentos. Nosotros asumimos el control POR EL BIEN DE TODOS, lo que implica que cuando hallemos resistencia, debemos emplear sólo la fuerza imprescindible. (¡Ése fue tu error en Durmstrang! Aunque no me quejo, porque si no te hubieran expulsado no nos habríamos conocido.)

Albus

Ya sé que muchos de sus admiradores se asombrarán y hasta se horrorizarán, pero esta carta constituye la prueba de que hubo un momento en que Albus Dumbledore soñó con anular el Estatuto del Secreto de los Brujos para que los magos pudieran gobernar a los muggles. ¡Qué conmoción para quienes siempre lo han descrito como el gran paladín de los hijos de muggles! ¡Qué falsos parecen sus discursos en defensa de los derechos de los muggles, a la luz de estas nuevas pruebas condenatorias! ¡Y qué despreciable se presenta Albus Dumbledore, tramando su ascenso al poder, cuando debería haber estado llorando la muerte de su madre y ocupándose de su hermana!

No cabe duda de que quienes estén decididos a mantener al antiguo director de Hogwarts en su desmoronadizo pedestal argumentarán que, al fin y al cabo, no puso en práctica sus planes, porque debió de cambiar de opinión y acabó entrando en razón. Sin embargo, la verdad es más espeluznante.

Cuando sólo hacía dos meses que habían iniciado su gran amistad, Dumbledore y Grindelwald se separaron y no volvieron a verse hasta que tuvo lugar su legendario duelo (más información en el cap. 22). ¿Qué fue lo que causó esa inesperada ruptura? ¿Había entrado Dumbledore en razón? ¿Le había dicho a Grindelwald que no quería seguir participando en sus planes? No, nada de eso.

«Creo que se debió a la muerte de la pequeña Ariana —especula Bathilda—. Ese acontecimiento produjo una terrible conmoción. Gellert se hallaba en casa de los Dumbledore cuando sucedió, y al llegar a mi casa estaba muy nervioso; me dijo que quería marcharse al día siguiente. Se lo veía muy alterado, vaya. Así que le busqué un traslador y nunca volví a verlo.

»A Albus lo afectó mucho la muerte de Ariana. Fue un golpe terrible para los dos hermanos; habían perdido a toda su familia, y ya sólo se tenían el uno al otro. Es lógico que no siempre controlaran su mal genio. Aberforth culpaba a Albus, como hace a veces la gente en circunstancias tan difíciles, y siempre decía muchas tonterías, el pobrecillo. De cualquier forma, no estuvo bien que le rompiera la nariz a Albus en el funeral. A Kendra le habría dolido mucho ver a sus dos hijos pelear de ese modo junto al cadáver de Ariana. Es una lástima que Gellert no pudiera quedarse para el funeral, porque al menos habría podido consolar a Albus...»

Esa lamentable pelea junto al ataúd, que hasta ahora sólo conocían las pocas personas que asistieron al funeral de Ariana, plantea varias cuestiones: ¿Por qué culpaba Aberforth Dumbledore a Albus de la muerte de su hermana? ¿Se debía sólo, como asegura Batty, a una mera efusión de dolor, o su rabia tenía alguna razón más concreta? Grindelwald, expulsado de Durmstrang por gravísimas agresiones a sus compañeros de clase, huyó del país sólo unas horas después de la muerte de la joven, y Albus (¿por vergüenza?, ¿por miedo?) no volvió a verlo hasta que se vio obligado a hacerlo a ruegos del mundo mágico.

Ya adultos, ni Dumbledore ni Grindelwald se refirieron a esa breve y temprana amistad. Sin embargo, no cabe duda de que Dumbledore retrasó cinco años —de confusión, víctimas mortales y desapariciones— su ataque contra Gellert Grindelwald. ¿Qué lo hizo vacilar: el afecto que todavía sentía hacia él o el miedo a que se supiera que en el pasado había sido su mejor amigo? Y por otra parte, ¿asumió Dumbledore a regañadientes la tarea de capturar al hombre que en su día tanto se alegró de conocer?

¿Y cómo murió la misteriosa Ariana? ¿Fue la víctima involuntaria de algún rito oscuro, o tropezó con algo que habría sido más conveniente que no encontrara, mientras los dos jóvenes se preparaban para hacer realidad sus sueños de gloria y dominación? ¿Fue Ariana Dumbledore la primera persona que murió «por el bien de todos»?

El capítulo terminaba así y, tras leer la última frase, Harry alzó la vista. Hermione, que había llegado al final de la página antes que él, le quitó el libro de las manos, un tanto alarmada por la expresión del chico, y lo cerró sin mirarlo, como si tratara de esconder algo indecente.

—Harry...

Él negó con la cabeza. Una especie de íntima certeza se había derrumbado en su interior; sentía lo mismo que cuando Ron se había marchado. Él había confiado en Dumbledore, había creído que era la encarnación del bien y la sabiduría, pero ya sólo quedaban cenizas. Ron, Dumbledore, la varita de fénix... ¿qué más podía perder?

—Oye, Harry... —Era como si Hermione le leyera el pensamiento—. Escúchame. Ya sé que no es muy agradable leer...

—¿Que no es muy agradable?

—... pero no olvides que eso lo ha escrito Rita Skeeter.

—Ya has leído la carta que Dumbledore le envió a Grindelwald, ¿no?

—Sí, en efecto. —Hermione vaciló un momento, desazonada; tenía las manos muy frías y las había ahuecado alrededor de la taza de té—. Creo que eso es lo peor. Ya sé que Bathilda pensaba que sólo eran divagaciones, pero «Por el bien de todos» se convirtió en el lema de Grindelwald, lo que justificaba todas las atrocidades que cometió más tarde. Y de ahí se deduce que fue Dumbledore quien le dio la idea. Dicen que ese lema estaba grabado sobre la entrada de Nurmengard.

—¿Qué es Nurmengard?

—La cárcel que Grindelwald construyó para encerrar a sus opositores. Él mismo acabó allí, después de que Dumbledore lo capturara. En fin, es... es horrible pensar que sus ideas ayudaran a Grindelwald a hacerse de poder. Pero, por otra parte, ni siquiera Rita puede ocultar que la amistad entre ambos sólo duró unos meses, un verano, y que eran muy jóvenes, y...

—Ya me imaginaba que dirías eso. —No quería descargar sobre ella la rabia que sentía, pero le costaba controlar la voz—. Sabía que dirías que eran muy jóvenes. Mira, tenían la misma edad que nosotros ahora. Y aquí estamos, jugándonos la vida para combatir las artes oscuras; en cambio, Dumbledore se dedicaba a conspirar con su mejor amigo y planear su ascenso al poder para dominar a los muggles.

No sería capaz de controlar su genio mucho más tiempo, así que se levantó y se puso a andar arriba y abajo intentando calmarse.

—No pretendo defender lo que escribió Dumbledore —protestó Hermione—. Toda esa basura del «derecho a gobernar» está en la misma línea que lo de «la magia es poder».

Pero piensa, Harry, que acababa de morir su madre, y estaba solo y atrapado en la casa...

—¿Solo, dices? ¡No estaba solo! Tenía a su hermano y su hermana, una hermana squib a la que mantenía encerrada...

—No lo creo —lo interrumpió Hermione, y también se puso en pie—. Fuera cual fuese el problema de esa chica, dudo que se tratara de una squib. El Dumbledore que nosotros conocíamos jamás habría permitido...

—¡El Dumbledore que nosotros creíamos conocer tampoco quería conquistar a los muggles por la fuerza! —gritó Harry, y su voz resonó por la desierta cumbre. Unos mirlos emprendieron el vuelo graznando y haciendo piruetas por el cielo de color perla.

—¡Dumbledore cambió, Harry, cambió! ¡Es así de sencillo! ¡Quizá creyera esas cosas cuando tenía diecisiete años, pero el resto de su vida lo dedicó a combatir las artes oscuras! ¡Él fue quien le paró los pies a Grindelwald, quien siempre apostó por la protección de los muggles y por defender los derechos de los hijos de muggles, quien peleó contra Quien-tú-sabes desde el principio y murió intentando acabar con él!

El libro de Rita yacía en el suelo, entre ambos, y el rostro de Albus Dumbledore les sonreía con tristeza.

—Lo siento, Harry, pero creo que el verdadero motivo de tu furia es que él nunca te contó nada de eso.

—¡Puede ser! —bramó el muchacho y alzó los brazos por encima de la cabeza, sin saber con exactitud si intentaba contener su ira o protegerse del peso de su desilusión—. ¿Te das cuenta de lo que me exigió, Hermione? ¡Pon tu vida en peligro, Harry! ¡Una vez! ¡Y otra! ¡Y otra! ¡Y no esperes que te explique nada, sólo confía ciegamente en mí, confía en que sé lo que hago, confía en mí aunque yo no confíe en ti! ¡Pero nunca me dijo toda la verdad! ¡Nunca! —La voz se le quebró de tanto forzarla.

Se quedaron mirándose en medio de un paisaje blanco y desolado, y Harry sintió que eran tan insignificantes como dos insectos bajo la inmensidad del cielo.

—Te quería —susurró Hermione—. Sé que Dumbledore te quería.

Harry bajó los brazos y repuso:

—Yo no sé a quién quería, Hermione, pero no era a mí. Este caos en que me ha dejado no es amor. Lo que de verdad pensaba lo compartió con Gellert Grindelwald, mucho más que conmigo.

Tomó la varita de Hermione, que antes había dejado caer sobre la nieve, y, volviendo a sentarse en la entrada de la tienda, le dijo:

—Gracias por el té. Voy a terminar la guardia. Tú entra, aquí hace frío.

Ella titubeó, pero comprendió que su amigo quería estar solo. Recogió el libro y se metió en la tienda, pero, al pasar al lado de Harry, le rozó la coronilla con la mano. Él cerró los ojos al notar la caricia, y se odió a sí mismo por desear que lo que ella había dicho fuera cierto: que Dumbledore lo había querido de verdad.

19

La cierva plateada

Nevaba cuando a medianoche Hermione relevó a Harry de la guardia. El muchacho tuvo unos sueños confusos e inquietantes: *Nagini* entraba y salía de ellos, primero a través de un gigantesco y resquebrajado anillo, y luego a través de la corona de eléboro. Despertó varias veces, muy agitado, creyendo que alguien había gritado su nombre a lo lejos, e imaginó que el viento que azotaba la tienda eran pasos o voces.

Finalmente, se levantó a oscuras y se acercó a Hermione, que estaba acurrucada junto a la entrada de la tienda, leyendo *Historia de la magia* a la luz de su varita. Fuera todavía nevaba copiosamente, y ella sintió un gran alivio cuando Harry sugirió levantar el campamento y marcharse de allí.

—Buscaremos un sitio más protegido —dijo Hermione, tiritando, mientras se ponía más prendas de abrigo—. No he dejado de oír ruidos, como si hubiera gente ahí fuera; hasta me ha parecido ver a alguien un par de veces.

Harry, que estaba poniéndose un grueso suéter, se detuvo y le echó un vistazo al silencioso e inmóvil chivatoscopio colocado encima de la mesa.

—Seguro que eran imaginaciones mías —afirmó ella con inquietud—. De noche, la nieve te hace ver cosas donde no las hay... Pero quizá deberíamos desaparecernos bajo la capa invisible, por si acaso.

Media hora más tarde ya habían desmontado la tienda; Harry se colgó el Horrocrux y Hermione guardó todas sus cosas en el bolsito de cuentas; estaban listos para desaparecerse. Volvieron a sentir aquel estrujamiento y los pies de

Harry se separaron del nevado suelo, para luego estamparse contra una superficie que parecía tierra helada cubierta de hojas.

—¿Dónde estamos? —preguntó él escudriñando un nuevo bosque mientras Hermione abría el bolsito para extraer los postes de la tienda.

—En el bosque de Dean. Una vez vine a acampar aquí con mis padres.

También en ese lugar los árboles estaban cubiertos de nieve y hacía un frío tremendo, pero al menos estaban protegidos del viento. Pasaron casi todo el día acurrucados dentro de la tienda, calentándose alrededor de las útiles llamas azul intenso que a Hermione se le daba tan bien producir y que se podían recoger y llevar de un sitio a otro en un tarro. Harry se sentía como si estuviera recuperándose de alguna breve pero grave enfermedad, y el esmero y la amabilidad de Hermione reforzaban esa impresión. Esa tarde volvió a nevar, y hasta el protegido claro donde habían acampado quedó cubierto de una nieve similar a polvillo.

Después de dos noches durmiendo muy poco, los sentidos de Harry estaban más alertas de lo habitual. Al haber logrado huir por un pelito de Godric's Hollow, tenían la sensación de que Voldemort se hallaba más próximo y más amenazador que antes. Al anochecer, Harry rechazó el ofrecimiento de Hermione de seguir montando guardia y le dijo que fuera a acostarse.

Él colocó un viejo cojín junto a la entrada de la tienda y se sentó encima. Llevaba puestos todos los suéteres que tenía, pero aun así temblaba de frío. La oscuridad fue acentuándose a medida que pasaban las horas, hasta hacerse casi impenetrable. El muchacho se disponía a tomar el mapa del merodeador para contemplar un rato el puntito que señalaba la posición de Ginny cuando se acordó de que era Navidad y que ella debía de haber vuelto a La Madriguera.

Cada pequeño movimiento parecía exagerado en la inmensidad de aquel paraje. Harry sabía que el bosque estaba lleno de seres vivos, pero le habría gustado que todos permanecieran quietos y callados para que él pudiese diferenciar sus inocentes correteos y merodeos de otros ruidos que revelaran movimientos más inquietantes. Entonces recordó el sonido de una capa deslizándose sobre hojarasca, muchos años atrás, y al instante le pareció oírlo de nuevo, pero desechó ese pensamiento. Si los sortilegios protectores habían funcionado durante semanas, ¿por qué iban a fallar ahora? Sin embargo, percibía que esa noche había algo diferente.

En más de una ocasión despertó dando un respingo, con el cuello dolorido por haberse dormido en una postura incómoda, desplomado contra la lona de la tienda. La aterciopelada negrura de la noche iba alcanzando tal profundidad que tuvo la sensación de hallarse suspendido en un limbo entre la Desaparición y la Aparición. Acababa de poner una mano delante de la cara para ver si lograba distinguir los dedos cuando ocurrió...

Vio una intensa luz plateada justo delante de la tienda, oscilando entre los árboles. Fuera cual fuese la fuente, se desplazaba sin hacer ruido, y era como si la luz, por sí sola, avanzara hacia él.

Se puso en pie de un salto, con la voz atascada en la garganta y alzando la varita de Hermione. Entornó los ojos a medida que la luz iba haciéndose cegadora, destacando más y más la negra silueta de los árboles, y comprobó que seguía acercándose...

De pronto la fuente de la luz apareció por detrás de un roble. Era una cierva de un blanco plateado, luminosa como la luna y deslumbrante, que avanzaba sin hacer ruido y sin dejar huellas de cascos en la fina capa de nieve. El animal fue hacia él, con la hermosa cabeza en alto, y el muchacho distinguió sus enormes ojos de largas pestañas.

Miró a la criatura maravillado, aunque no por su rareza sino por su inexplicable familiaridad. Tuvo la impresión de que esperaba su llegada pero había olvidado que habían acordado encontrarse. El impulso de llamar a gritos a Hermione, tan fuerte un instante antes, desapareció. Estaba convencido de que aquella cierva, una hembra de gamo, había ido allí únicamente por él; sí, habría puesto la mano en el fuego por ello.

Se miraron el uno al otro largamente, y luego el animal dio media vuelta y se alejó.

—No te vayas —suplicó el muchacho con la voz ronca después de tanto rato sin hablar—. ¡Vuelve!

La criatura continuó alejándose con parsimonia entre los árboles, y los troncos dibujaron gruesas franjas negras sobre el resplandor. Harry, tembloroso, vaciló un segundo. Su sentido de la prudencia le decía que podía tratarse de un truco, un señuelo, una trampa. Pero la intuición, la irresistible intuición, le decía que aquello no era magia oscura, de modo que decidió seguir a la cierva.

La nieve crujía bajo sus pies, pero el animal no hacía ruido alguno al pasar entre los árboles, porque sólo era luz. Fue adentrándose en el bosque, y el chico aceleró el paso, convencido de que cuando la cierva se detuviera, le permitiría acercarse a ella. Y entonces le hablaría y su voz le diría lo que él necesitaba saber.

Por fin la criatura se detuvo. Giró una vez más su hermosa cabeza hacia Harry, que echó a correr hacia ella. Había una pregunta que ardía en su interior, pero cuando despegó los labios para formularla, la cierva se desvaneció.

Aunque la oscuridad se la tragó por completo, Harry tenía su refulgente imagen grabada en la retina, y eso le dificultaba la visión; cuando cerraba los párpados, se intensificaba y lo desorientaba. Entonces sintió miedo; en cambio, la presencia del animal le había dado seguridad.

—¡*Lumos!* —susurró, y el extremo de la varita se iluminó.

Aunque la huella de la cierva perdía intensidad cada vez que Harry parpadeaba, él permaneció allí de pie, escuchando los sonidos del bosque en busca de crujidos de ramitas o suaves susurros de nieve. ¿Estaban a punto de atacarlo? ¿Lo había atraído aquel animal hacia una emboscada, o se estaba imaginando que había alguien observándolo más allá de la zona iluminada?

Levantó más la varita. Pero nadie se precipitó hacia él, ni salió ningún destello de luz verde de detrás de ningún árbol. Entonces ¿por qué lo había guiado la cierva hasta ese lugar?

Algo centelleó iluminado por la varita, y Harry se volvió rápidamente, pero lo único que vio fue una pequeña charca helada, cuya resquebrajada y negra superficie brilló cuando él levantó más el brazo para examinarla.

Caminó hacia la charca con cuidado y atisbó el interior. El hielo reflejó su distorsionada silueta y la luz de la varita; en el fondo, bajo la gruesa y empañada capa de hielo gris, brillaba otra cosa: una gran cruz de plata...

Le dio un vuelco el corazón. Se dejó caer de rodillas en la orilla e inclinó la varita para que su luz llegara hasta el fondo. Vio un destello rojo intenso, una... espada con relumbrantes rubíes en la empuñadura. La espada de Gryffindor yacía en el fondo del agua.

Casi sin respirar, el muchacho se quedó mirándola fijamente. ¿Cómo era posible? ¿Cómo podía haber acabado en el fondo de la charca de un bosque, tan cerca del sitio donde ellos habían acampado? ¿Habría sido atraída Hermione hasta allí por una magia desconocida, o la cierva —sin duda un *patronus*— sería una especie de guardiana de aquel lugar? ¿Habría depositado alguien la espada en la charca después de que llegaran ellos, precisamente porque estaban allí? En ese caso, ¿dónde estaba aquel que quería darle la espada a Harry? Dirigió una vez más la varita hacia los árboles y arbustos de los alrededores, en busca de una silueta humana, del destello de un ojo, en vano. Aun así, el temor aligeró un poco su euforia cuando volvió a fijarse en el arma que reposaba en el fondo del agua helada.

La apuntó con la varita y murmuró: «*¡Accio espada!*»

Pero la espada no se movió, aunque Harry tampoco confiaba en que lo hiciera. Si hubieran querido que fuera así de fácil, no la habría encontrado bajo el agua, sino en el suelo y la habría tomado sin más. Se puso a andar alrededor del círculo de hielo, tratando de recordar cada detalle de la última vez que la espada se le había entregado. Entonces él estaba amenazado por un gran peligro, y había pedido ayuda.

—Ayúdame —murmuró, pero el arma siguió donde estaba, indiferente e inmóvil.

Echó de nuevo a andar y recordó lo que le había dicho Dumbledore la última vez que recuperó la espada: «Sólo un verdadero miembro de Gryffindor podría haber sacado esto del sombrero, Harry.» ¿Y cuáles eran las cualidades que definían a un miembro de Gryffindor? Una vocecilla interior le contestó: «... lo que distingue a un miembro de Gryffindor es su osadía, su temple y su caballerosidad».

Se detuvo y dio un largo suspiro; el vaho de su aliento se dispersó rápidamente en contacto con la fría atmósfera. Ahora sabía qué tenía que hacer, e incluso también lo que iba a pasar, todo desde el momento en que había atisbado la espada a través del hielo.

Volvió a echar un vistazo a los árboles de los alrededores, pero sabía que nadie lo atacaría. Si hubiera allí algún enemigo, ya habría tenido ocasión de hacerlo mientras él caminaba solo por el bosque o examinaba la charca. Después de haber llegado a esta conclusión, si se demoraba se debía únicamente a que dar el siguiente paso era muy desalentador.

Con dedos temblorosos, fue quitándose las diversas capas de ropa que llevaba puestas. Se preguntó, casi con arrepentimiento, qué tendría que ver la «caballerosidad» con todo aquello, a menos que se considerara como tal no haber llamado a Hermione para que realizara lo que estaba a punto de hacer él.

Mientras se desnudaba, una lechuza ululó en la distancia, y sintió una punzada de dolor al acordarse de *Hedwig*. Temblaba de frío y los dientes le castañeteaban de una forma espantosa, pero siguió desvistiéndose hasta quedar en calzoncillos, descalzo sobre la nieve. Encima de la ropa dejó el monedero que contenía su varita, la carta de su madre, el fragmento del espejo de Sirius y la vieja snitch, y luego apuntó hacia el agua con la varita de Hermione.

—¡*Diffindo*!

El hielo se rajó con un sonido semejante a un balazo y resonó en el silencio; la superficie de la charca se rompió y algunos pedazos de hielo negruzco se mecieron en las ondulantes aguas. Harry calculó que no habría mucha profundidad, aunque para sacar de allí la espada tendría que sumergirse por completo. Pero pensar en la tarea que tenía por delante no la haría más fácil, ni el agua se calentaría, de modo que se acercó al borde de la charca y dejó en el suelo la varita de Hermione, todavía encendida. Entonces, intentando no imaginar que iba a sentir un frío mortal ni lo que llegaría a tiritar, se metió en el agua hasta los hombros.

Todos los poros de su cuerpo aullaron en señal de protesta y le pareció que se le congelaba hasta el aire de los pulmones. Apenas podía respirar y temblaba tanto que el agua chapoteaba contra la orilla. Intentó tocar la espada con los entumecidos pies, pues sólo quería sumergirse del todo una vez.

Aplazó el momento de la inmersión total un segundo tras otro, profiriendo gritos ahogados y estremeciéndose, pero al final se dijo que no tenía más remedio que hacerlo, se armó de valor y metió la cabeza en el agua.

El frío le propinó un latigazo de dolor lacerante como fuego, y al sumergirse tuvo la impresión de que el cerebro se le congelaba. Buscó a tientas la espada y, por fin, la asió por la empuñadura y tiró de ella.

En ese momento algo le rodeó el cuello y se lo apretó con fuerza. Creyendo que serían algas, aunque no había notado que lo rozaran al sumergirse, intentó deshacerse de ellas con la mano libre. Pero no eran algas, sino la cadena del Horrocrux que se había tensado y, poco a poco, le obstruía la tráquea.

Harry pataleó con todas sus fuerzas tratando de alcanzar la superficie, pero sólo consiguió impulsarse hacia el lado rocoso de la charca. Debatiéndose y asfixiándose, asió la cadena que lo estrangulaba, aunque tenía los dedos tan helados que no lograba quitársela, y empezó a ver lucecitas. Estaba a punto de ahogarse, no había escapatoria, y los brazos que le rodeaban el pecho sólo podían ser los de la muerte.

Cuando recobró el conocimiento se hallaba boca abajo sobre la nieve, tosiendo y con arcadas, empapado y helado como nunca; cerca de él había alguien que también jadeaba, tosía y se tambaleaba. Supuso que Hermione lo había salvado una vez más, como cuando lo había atacado la serpiente. No obstante, esas toses estentóreas y esos pasos ruidosos no parecían los de su amiga...

Harry no tenía fuerzas para incorporarse y ver quién lo había salvado. Lo único que logró hacer fue acercarse una temblorosa mano al cuello y palparse la herida producida por el guardapelo. Al tocarse, comprobó que ya no llevaba la cadena; alguien la había cortado. Entonces una voz dijo entre resuellos:

—¿Estás loco o qué?

Sólo la impresión que le produjo oír aquella voz habría bastado para que se levantara. Sacudido por intensos temblores, se puso en pie y vio a Ron, completamente vestido pero calado hasta los huesos, con el pelo pegado a la cara, que sostenía la espada de Gryffindor con una mano y el Horrocrux colgando de la cadena rota con la otra.

—¿Por qué demonios no te has quitado esta cosa antes de meterte en el agua? —Ron, jadeante, mantenía el brazo en alto y el Horrocrux oscilaba en el extremo de la cadena, como si parodiara un espectáculo de hipnosis.

Harry no pudo contestar. La visión de la cierva plateada no era nada comparada con la reaparición de Ron; no podía creerlo. Estremecido de frío, tomó el montón de ropa que había dejado en la orilla y empezó a vestirse, pero no le quitó el ojo de encima a su amigo, temiendo que desapareciera cada vez que lo perdía de vista al ponerse un suéter tras otro. Sin embargo, tenía que ser real, pues acababa de meterse en la charca y le había salvado la vida.

—¿Eras t-tú? —preguntó Harry al fin, tiritando sin parar, con una voz más débil de lo normal debido a lo cerca que había estado del estrangulamiento.

—Pues sí, claro —replicó Ron, un tanto desconcertado.

—¿T-tú hiciste aparecer esa cierva?

—¿Qué? ¡No, claro que no! ¡Creí que eso era cosa tuya!

—Mi *patronus* es un ciervo.

—¡Ah, es verdad! Ya me parecía que era diferente, porque no tenía astas.

Harry volvió a colgarse el monedero de Hagrid del cuello, se puso el último suéter y recogió la varita mágica de Hermione. Luego dijo a su amigo:

—¿Qué haces aquí?

Por lo visto, Ron confiaba en que ese asunto se planteara más adelante, o no se planteara.

—Pues... ya sabes. He... vuelto. Si... —carraspeó— si todavía quieres que vaya contigo, claro.

Se quedaron callados, mientras la deserción de Ron se alzaba como un muro entre ambos. Pero allí estaba él; había regresado y acababa de salvar a Harry.

Ron miró lo que sostenía entre su propia mano y pareció sorprenderse al ver de qué se trataba.

—Bueno, la he sacado —dijo innecesariamente, y levantó la espada para que Harry la examinara—. Por eso te metiste en el agua, ¿verdad?

—Sí, sí, claro. Pero no lo entiendo. ¿Cómo has llegado hasta aquí y nos has encontrado?

—Es una larga historia. Llevaba horas buscándolos, porque este bosque es enorme. Y cuando ya creía que tendría que dormir bajo un árbol y esperar a que amaneciera, vi aparecer a esa cierva y cómo ibas tras ella.

—¿No has visto a nadie más?

—No. Yo... —Desvió la mirada hacia dos árboles que crecían muy juntos unos metros más allá—. Mira, me pareció ver que algo se movía por ahí, pero fue cuando iba a toda velocidad hacia la charca, porque te habías metido en el agua y no salías, y no iba a dar un rodeo para... Eh, ¿adónde vas?

Harry corrió hasta el sitio que Ron había señalado y, en efecto, comprobó que los dos robles estaban muy juntos, ambos troncos separados sólo por unos centímetros, a la altura de los ojos de una persona; era un lugar ideal para espiar sin ser visto. Sin embargo, en el suelo alrededor de las raíces no había nieve, y tampoco huellas. Así que volvió adonde se había quedado Ron, que seguía sujetando la espada y el Horrocrux.

—¿Has descubierto algo? —preguntó Ron.

—No, nada.

—¿Y cómo ha ido a parar la espada a esa charca?

—Quienquiera que hiciera aparecer ese *patronus* debió de dejarla ahí.

Observaron la ornamentada espada de plata, cuya empuñadura con rubíes incrustados brillaba un poco a la luz de la varita de Hermione.

—¿Crees que es la auténtica? —quiso saber Ron.

—Sólo hay una forma de averiguarlo, ¿no crees?

El Horrocrux todavía oscilaba en el extremo de la cadena y palpitaba ligeramente. Harry sabía que lo que había dentro del guardapelo volvía a estar agitado, pues había notado la presencia de la espada e intentado acabar con él para que no la tomara. De modo que aquél no era momento de enzarzarse en discusiones, sino de destruir el Horrocrux de una vez por todas. Manteniendo la varita de Hermione en alto, escudriñó alrededor hasta ver lo que buscaba: una roca plana junto a un sicomoro.

—Ven —le indicó a Ron, y echó a andar.

Limpió de nieve la roca y tendió una mano para que su amigo le diera el Horrocrux. En cambio, cuando Ron quiso entregarle la espada, Harry negó con la cabeza.

—No, tienes que hacerlo tú.

—¿Yo? —Ron se quedó perplejo—. ¿Por qué?

—Porque tú has sacado la espada de la charca.

Pero no se lo ofrecía por amabilidad ni por generosidad, sino porque estaba convencido de que Ron tenía que blandir la espada, del mismo modo que supo que la cierva era inofensiva. Al menos Dumbledore le había enseñado algo sobre ciertas clases de magia y el incalculable poder de determinados actos.

—Mira, yo lo abro y tú le clavas la espada —propuso—. Pero rápido, ¿de acuerdo? Porque eso que hay dentro intentará defenderse. Recuerda que el trozo de Ryddle que había en el diario pretendió matarme.

—¿Cómo vas a abrirlo? —preguntó Ron, aterrado.

—Voy a pedirle que se abra, y se lo diré en pársel. —Esta respuesta le salió con tanta facilidad que pensó que la sabía de antemano, aunque quizá había sido necesario su reciente enfrentamiento con *Nagini* para darse cuenta de ello. Al observar la «S» en forma de serpiente, con relucientes piedras verdes incrustadas, se dijo que resultaba fácil visualizarla como una diminuta serpiente enroscada sobre la fría roca.

—¡No! —exclamó Ron—. ¡No, no lo abras! ¡En serio!

—¿Por qué no? Librémonos de una vez de este maldito objeto; hace meses que...

—No puedo, Harry. Te lo digo en serio. Hazlo tú.

—Pero ¿por qué?

—¡Porque me afecta mucho! —chilló Ron, apartándose de la roca—. ¡Es superior a mis fuerzas! No pretendo justificar mi actitud, Harry, pero a mí me afecta mucho más que a ti o a Hermione. Cuando lo llevaba colgado del cuello me hacía pensar cosas, cosas que me venían a la mente sin motivo y lograban que todo me pareciera mucho peor, no sé explicarlo. Cuando me lo quitaba, se me pasaba, pero luego tenía que volver a colgarme ese condenado trasto y... ¡No puedo, Harry!

Había retrocedido arrastrando la espada y negaba con la cabeza.

—Sí puedes —afirmó Harry—. ¡Claro que puedes! Acabas de recuperar la espada, y sé que tienes que utilizarla tú. Por favor, deshazte del guardapelo, Ron.

El hecho de oír su nombre de pila actuó como un estimulante. El chico tragó saliva y, respirando afanosamente por la larga nariz, dio unos pasos hacia la roca.

—Está bien —cedió con voz ronca—. Indícame cuándo.

—Voy a contar hasta tres —anunció Harry, y miró de nuevo el guardapelo. Entornó los ojos y se concentró en la letra «S» imaginando una serpiente, mientras el contenido de aquel objeto se movía como una cucaracha atrapada. Habría sido fácil compadecerse de aquella... cosa, de no ser porque a Harry todavía le escocía el corte que le había hecho en el cuello—. Uno... dos... tres... *¡Ábrete!*

La última palabra, en lengua pársel, fue una mezcla de silbido y gruñido, y las portezuelas doradas del guardapelo se abrieron con un débil chasquido.

Tras cada una de las dos ventanitas de cristal que había dentro parpadeaba un ojo vivo, oscuro y hermoso como los de Tom Ryddle antes de que él los volviera rojos y con pupilas como rendijas.

—¡Clávala! —exigió Harry sujetando el guardapelo sobre la roca.

Con manos temblorosas, Ron levantó la espada y su punta pendió sobre aquellos ojos que giraban frenéticos, mientras Harry sostenía con firmeza el guardapelo, preparado para lo que pudiera pasar e imaginando cómo brotaba ya la sangre de las pequeñas ventanas vacías.

Entonces una voz silbó desde fuera del Horrocrux.

—*He visto tu corazón y me pertenece.*

—¡No le hagas caso! —exclamó Harry con dureza—. ¡Clávasela!

—*He visto tus sueños y tus miedos, Ronald Weasley. Todo cuanto deseas es posible, pero también todo lo que temes es posible...*

—¡Clávasela! —gritó Harry, y su voz resonó entre los árboles.

La punta de la espada osciló mientras Ron bajaba la vista hacia los ojos de Ryddle.

—*Siempre has sido el menos querido por una madre que ansiaba tener una hija... Y ahora el menos querido por la chica que prefiere a tu amigo... Siempre el segundón, eternamente eclipsado...*

—¡Clávasela ya, Ron! —bramó Harry. Notaba el temblor del guardapelo en la mano y temía lo que pudiera pasar.

Ron levantó la espada un poco más y los ojos de Ryddle despidieron un brillo escarlata.

En ese momento, de los ojos que reposaban en ambas ventanitas del guardapelo brotaron, como dos grotescas burbujas, las cabezas de Harry y Hermione, extrañamente distorsionadas.

Ron dio un grito y retrocedió asustado, al mismo tiempo que las dos figuras emergían —primero el torso, luego la cintura, por último las piernas— hasta quedar de pie sobre el guardapelo, juntas como dos árboles con una raíz común, oscilando ante Ron y el verdadero Harry, que había soltado el guardapelo porque, de pronto, le quemó como si estuviera al rojo vivo.

—¡Ron! —gritó, pero el falso Harry habló con la voz de Voldemort y Ron lo contempló fascinado:

—*¿Para qué has vuelto? Estábamos mejor sin ti, más felices sin ti, contentos con tu ausencia. Y nos reíamos de tu estupidez, de tu cobardía, de tu presunción...*

—¡Sí, de tu presunción! —terció la falsa Hermione, más hermosa y también más terrible que la verdadera; riendo con socarronería, se balanceaba ante Ron, quien, presa del horror, se había quedado paralizado, con la espada colgándole inerte a un costado—. *¿Quién se fijaría en ti, quién iba a fijarse jamás en ti, cuando a tu lado estaba Harry Potter? ¿Qué has hecho tú comparado con lo que ha hecho el Elegido? ¿Qué eres tú comparado con el niño que sobrevivió?*

—¡Clávasela, Ron! ¡¡Clávasela!! —gritó Harry, pero Ron no se movió.

El muchacho mantenía los ojos muy abiertos y en ellos se reflejaban el falso Harry y la falsa Hermione, de ojos de un rojo brillante, cabellos arremolinados como las llamas y voces que entonaban un maligno dueto:

—*Tu madre* —se mofó él, mientras ella reía burlona— *confesó que me habría preferido a mí como hijo y habría estado encantada de cambiarte por...*

—*¿Quién no iba a preferirlo a él, qué madre te escogería a ti? No eres nada, nada, nada comparado con él* —canturreó ella y, estirándose como una serpiente, se enroscó alrededor de él, lo abrazó estrechamente y sus labios se encontraron.

Ron los contemplaba con profunda angustia. Aunque le temblaban los brazos, levantó la espada cuanto pudo.

—¡Hazlo, Ron! —rugió Harry, y le pareció atisbar un destello rojo en los ojos de su amigo, que lo miró—. Ron...

La espada centelleó y cayó de golpe. Harry dio un salto para apartarse y se oyó un fuerte sonido metálico y un largo e interminable grito. A pesar de haber resbalado en la nieve, giró en redondo con la varita en alto, preparado para defenderse, pero no había nada contra lo que pelear.

Las monstruosas versiones de Harry y Hermione habían desaparecido y sólo quedaba Ron, que, con la espada pendiendo de su mano, contemplaba los restos del guardapelo esparcidos sobre la roca.

Harry, sin saber qué decir o hacer, se aproximó lentamente a su amigo, que resoplaba al respirar y ya no tenía los ojos rojos, sino azules como siempre, aunque llorosos.

Fingiendo no darse cuenta de ello, Harry se agachó y recogió el destrozado Horrocrux. La espada había atravesado el cristal de las dos ventanitas y los ojos de Ryddle habían desaparecido; el manchado forro de seda del guardapelo aún humeaba ligeramente. Aquello que vivía en el Horrocrux se había esfumado y su último acto de maldad había consistido en torturar a Ron.

Al fin el muchacho soltó la espada, que produjo un ruido metálico contra el suelo, se dejó caer de rodillas y se tapó la cabeza con ambos brazos. Temblaba, pero Harry comprendió que no era de frío; tras meterse el guardapelo roto en el bolsillo, se arrodilló al lado de Ron y, con precaución, le puso una mano en el hombro. Consideró una buena señal que no se la apartara de un manotazo.

—Cuando te marchaste —dijo en voz baja, agradeciendo no poder mirarlo a la cara—, Hermione pasó una semana entera llorando, o quizá más, pero no quería que yo la viera. Hubo muchas noches en que no nos dijimos ni una palabra. Sin ti... —No pudo terminar la frase; ahora que Ron había vuelto, se daba plena cuenta de lo mucho que los había perjudicado su ausencia—. Es como una hermana para mí; la quiero como a una hermana y creo que ella siente lo mismo por mí. Siempre ha sido así; creí que lo sabías.

Ron dirigió la vista hacia otro lado y se enjugó la nariz en la manga. Poniéndose en pie, Harry fue a buscar la enorme mochila de su amigo, que éste había arrojado al suelo antes de correr a salvarlo de perecer ahogado en la charca; se la colgó del hombro y regresó junto a Ron, que se levantó con los ojos enrojecidos pero más sereno.

—Lo siento —musitó—. Perdona que me marchara. Ya sé que soy un... un...

Paseó la mirada por la penumbra de alrededor, como si esperara encontrar allí una palabra lo bastante denigrante para describirse.

—Lo que has hecho esta noche lo compensa con creces —afirmó Harry—: ni más ni menos que recuperar la espada, acabar con el Horrocrux y salvarme la vida.

—Suena más espectacular de lo que ha sido en realidad —farfulló Ron.

—Suele ocurrir así; hace años que intento explicártelo.

Se acercaron al mismo tiempo y se abrazaron; Harry estrujó la espalda de la chaqueta de Ron, todavía empapada, y cuando se separaron dijo:

—Y ahora tenemos que encontrar la tienda.

Pero no les fue difícil. Pese a que la caminata por el oscuro bosque tras la cierva le había parecido muy larga, al llevar a Ron a su lado, el trayecto de regreso le resultó breve. Harry estaba deseando despertar a Hermione, y entró en la tienda con el corazón acelerado por la emoción, mientras que Ron se rezagó un poco.

Comparado con la temperatura de la charca o el bosque, allí dentro hacía un calor delicioso; la única iluminación la proporcionaban las llamas azul turquesa, que seguían danzando en un cuenco que había en el suelo. Hermione dormía profundamente, acurrucada bajo las mantas, y no se movió hasta que Harry la llamó varias veces por su nombre.

—¡Hermione! ¡Hermione!

Ella se rebulló, pero enseguida se incorporó, apartándose el pelo de la cara.

—¿Qué pasa, Harry? ¿Estás bien?

—Tranquila, no ocurre nada. Estoy la mar de bien; mejor que nunca. Verás, ha venido alguien.

—¿Qué quieres decir? ¿Quién...? —Entonces vio a Ron, inmóvil, con la espada en la mano y goteando sobre la deshilachada alfombra.

Harry se retiró a un rincón oscuro, se descolgó la mochila de su amigo e intentó confundirse con la lona de la tienda.

Hermione se levantó de la litera y, con la boca entreabierta y los ojos como platos, avanzó como una sonámbula sin apartar la vista del pálido semblante de Ron, hasta que se detuvo frente a él. El chico esbozó una tímida sonrisa y levantó un poco los brazos.

Ella se abalanzó sobre él y empezó a propinarle puñetazos por todo el cuerpo.

—¡Ay! ¡Huy! Pero ¿qué...? ¡Hermione! ¡Ay!

—¡Eres... tonto... de remate... Ronald... Weasley! —Subrayaba cada palabra con un golpe. —Ron retrocedió, protegiéndose la cabeza, pero ella lo persiguió—. Vienes... aquí... después... de semanas... y semanas... ¿Dónde está mi varita?

Parecía dispuesta a arrancársela a Harry de las manos, y el muchacho reaccionó de manera instintiva.

—¡*Protego!*

El escudo invisible se alzó entre Ron y Hermione, y la potencia del hechizo hizo caer a la chica hacia atrás. Escupiendo para quitarse el pelo de la boca, ella se levantó de un salto.

—¡Hermione! —gritó Harry—. Tranquilízate...

—¡No pienso tranquilizarme! —gritó ella. Harry nunca la había visto perder las casillas de ese modo; parecía enloquecida—. ¡Devuélveme la varita! ¡Devuélvemela!

Hermione, ¿quieres hacer el favor de...?

—¡No me digas lo que tengo que hacer, Harry Potter! —chilló—. ¡No te atrevas a darme órdenes! ¡Devuélvemela! ¡Y tú...! —Apuntó a Ron con un dedo acusador y con tanta saña que Harry no pudo reprocharle a su amigo que retrocediera unos pasos—. ¡Salí corriendo detrás de ti! ¡Te llamé! ¡Te supliqué que volvieras!

—Lo sé —admitió él—. Lo siento muchísimo, Hermione, de verdad que...

—¡Ah, conque lo sientes! —Y soltó una risa aguda y descontrolada.

Ron miró a Harry en busca de ayuda, pero éste se limitó a hacer una mueca de impotencia.

—Te presentas aquí después de semanas... ¡semanas!, ¿y crees que todo va a solucionarse con decir que lo sientes?

—¿Qué más puedo decir? —saltó Ron, y Harry se alegró de que se defendiera.

—¡Pues no lo sé! —bramó Hermione, y añadió con sarcasmo—: Busca en tu cerebrito, Ron; sólo te llevará un par de segundos.

—Hermione —intervino Harry, considerando que aquello era un golpe bajo—, acaba de salvarme la...

—¡No me importa! —gritó ella—. ¡No me importa lo que haya hecho! Semanas y semanas, podríamos estar muertos y él...

—¡Sabía que no estaban muertos! —rugió Ron, ahogando la voz de Hermione por primera vez, y se acercó cuanto le fue posible al encantamiento escudo que los separaba—. En *El Profeta* no se habla más que de Harry, y en la radio también; los están buscando por todas partes, no paran de circular rumores e historias disparatadas. Estaba seguro de que si les pasaba algo me enteraría enseguida; no te imaginas lo duro que ha sido...

—¿Duro para quién? ¿Tal vez para ti?

La voz de Hermione sonaba tan aguda que, si seguía así, sólo la oirían los murciélagos; pero había alcanzado tal nivel de indignación que se quedó momentáneamente sin habla, y Ron no desaprovechó la ocasión:

—¡Quise volver nada más desaparecerme, pero tropecé con una banda de Carroñeros y no podía ir a ninguna parte!

—¿Una banda de qué? —preguntó Harry, mientras Hermione se dejaba caer en una butaca, con los brazos y las piernas tan fuertemente cruzados que daba la impresión de que tardaría años en separarlos.

—Carroñeros. Están por todas partes; son bandas que se ganan la vida atrapando a hijos de muggles y traidores a la sangre. El ministerio ha ofrecido una recompensa por cada individuo capturado. Como yo iba solo y estoy en edad escolar, se emocionaron mucho, porque creyeron que era un hijo de muggles huido. Así que tuve que inventarme una historia para que no me llevaran al ministerio.

—¿Y qué les dijiste?

—Que era Stan Shunpike; fue la primera persona que se me ocurrió.

—¿Y se lo creyeron?

—No eran muy listos, que digamos. Había uno que sin duda era medio trol. Si supieras cómo olía...

Ron le echó una ojeada a Hermione, confiando en que se ablandara un poco con aquel comentario humorístico, pero ella seguía malcarada y abrazada a sí misma.

—En fin, se pusieron a discutir si yo era Stan o no, y organizaron una bronca. La verdad es que fue un poco patético, pero de cualquier forma ellos eran cinco, y me habían quitado la varita. Entonces dos de ellos empezaron a pelearse, y mientras los otros estaban distraídos, conseguí darle un puñetazo en el estómago al que me sujetaba, le quité la varita, desarmé al tipo que tenía la mía y me desaparecí. La lástima fue que no lo hice muy bien, y volví a sufrir una despartición. —Levantó la mano derecha para mostrarles las dos uñas que le faltaban, y Hermione arqueó las cejas con frialdad—. Por fin aparecí a unos kilómetros de donde estaban ustedes, pero cuando llegué a esa parte de la ribera en que habíamos acampado... ya se habían ido.

—¡Vaya, qué historia tan apasionante! —le espetó Hermione con la altivez que empleaba cuando quería hacer daño—. Debías de estar muerto de miedo. Entretanto, nosotros fuimos a Godric's Hollow y... déjame pensar, ¿qué nos pasó allí, Harry? Ah, sí, apareció la serpiente de Quien-tú-sabes, que estuvo a punto de matarnos, y luego llegó el propio Quien-tú-sabes y escapamos por un pelito.

—¿Cómo dices? —repuso Ron, boquiabierto, mirando alternativamente a ambos, pero ella no le hizo caso.

—¡Imagínate, Harry! ¡Ha perdido dos uñas! Eso sí que minimiza nuestros padecimientos, ¿verdad?

—Hermione —dijo Harry con calma—, Ron acaba de salvarme la vida.

Ella fingió no oírlo y, fijando la vista en un punto lejano, continuó:

—Pero lo que me gustaría saber es cómo nos has encontrado esta noche. Es muy importante. Cuando lo sepamos, podremos estar seguros de que no recibiremos más visitas indeseadas.

Ron la miró con rabia y sacó un pequeño objeto plateado del bolsillo de los pantalones vaqueros.

—Con esto.

Hermione tuvo que bajar la vista para ver qué les estaba mostrando.

—¿Nos has encontrado con el desiluminador? —dijo, tan sorprendida que olvidó mostrarse fría y altiva.

—No sirve sólo para encender y apagar las luces, ¿saben? —explicó Ron—. No sé cómo funciona ni por qué pasó cuando pasó y no en otro momento, porque he estado deseando regresar desde que me marché. Pero el día de Navidad, muy temprano, estaba escuchando la radio y oí... bueno, te oí a ti.

—¿Me oíste por la radio? —preguntó ella con incredulidad.

—No, te oí salir de mi bolsillo. —Volvió a levantar el desiluminador y añadió—: Tu voz salió de aquí.

—¿Y qué dije exactamente? —repuso Hermione, entre escéptica y curiosa.

—Pronunciaste mi nombre y comentaste algo sobre una varita...

Hermione se sonrojó y Harry recordó que había sido la primera vez que pronunciaban el nombre de Ron en voz alta desde su marcha; ella lo había mencionado al plantear la posibilidad de reparar la varita de Harry.

—Lo saqué del bolsillo —prosiguió Ron, mirando el desiluminador— pero no aprecié nada diferente, aunque estaba convencido de que te había oído. Así que lo accioné. Entonces se apagó la luz de mi habitación, y por la ventana vi otra luz que había aparecido fuera. —Señaló enfrente de él, como si mirara algo que los otros dos no podían ver—. Era una esfera de luz pulsante y azulada, parecida a la que despiden los trasladores, ¿de acuerdo?

—Sí, claro —respondieron Harry y Hermione al unísono.

—Supe que había llegado el momento —continuó Ron—, de modo que recogí mis cosas en la mochila, me la colgué y salí al jardín.

»Y allí estaba la pequeña esfera luminosa suspendida, esperándome. Me acerqué y ella se desplazó un poco, cabeceando; la seguí hasta detrás del cobertizo, y entonces... bueno, entonces se metió dentro de mí.

—¡Qué dices! —saltó Harry, creyendo no haber oído bien.

—No sé, flotó hacia mí —explicó Ron, ilustrando el movimiento con el dedo índice—, hasta mi pecho, y bueno... no sé, me traspasó. Estaba aquí —se tocó un punto junto al corazón—. La notaba, era cálida. Y una vez que entró en mí supe qué tenía que hacer y que me llevaría a donde necesitaba ir. Así que me desaparecí y me encontré en la ladera de una montaña. Había nieve por todas partes...

—Nosotros estuvimos ahí —dijo Harry—. ¡Pasamos dos noches en ese lugar, y la segunda noche me pareció que alguien se movía en medio de la oscuridad y nos llamaba todo el rato!

—Ajá. Sí, debía de ser yo —afirmó Ron—. Por lo visto, los hechizos protectores funcionan, ya que no podía verlos ni oírlos. Pero como estaba convencido de que estaban cerca, al fin me metí en el saco de dormir y esperé. Pensé que no les quedaría más remedio que dejarse ver al recoger la tienda.

—Pero no fue así —dijo Hermione—. Las últimas veces nos hemos desaparecido bajo la capa invisible, para extremar las medidas de precaución. Además, nos marchamos muy temprano, porque, como dice Harry, habíamos oído a alguien merodeando por allí.

—Pues me quedé todo el día en aquella montaña —repuso Ron—; todavía con la esperanza de que se dejaran ver. Pero cuando oscureció, supuse que debía de haber perdido su rastro, así que volví a accionar el desiluminador. La luz azulada reapareció y se metió dentro de mí, y yo me desaparecí y llegué a este bosque. Pero como seguí sin encontrarlos, sólo me quedó confiar en que tarde o temprano alguno daría señales de vida. Y Harry lo hizo. Bueno, primero vi la cierva, claro.

—¿Que viste qué? —saltó Hermione.

Le explicaron lo ocurrido, y a medida que desgranaban el relato de la cierva plateada y la espada en la charca, Hermione iba mirándolos alternativamente, tan concentrada que se le olvidó mantener los brazos y las piernas fuertemente apretados.

—¡Seguro que era un *patronus*! —exclamó—. ¿No vieron quién lo hizo aparecer? ¿No vieron a nadie? ¡Y los condujo hasta la espada! ¡No puedo creerlo! ¿Y qué pasó luego?

Ron le contó que vio a Harry meterse en la charca y esperó a que saliera a la superficie; pero al percatarse de que pasaba algo raro, se metió en el agua y lo salvó, aunque después volvió a sumergirse para tomar la espada. Cuando llegó el momento de explicar cómo abrieron el guardapelo, titubeó, y Harry lo relevó.

—... y entonces Ron le clavó la espada —concluyó.

—¿Y se fue? ¿Sin más? —susurró Hermione.

—Bueno... antes gritó un poco —dijo Harry mirando de soslayo a Ron—. Mira. —Le puso el guardapelo en el regazo y ella lo tomó con cautela para examinar las perforadas ventanitas.

Harry se dijo que ya no había peligro y retiró el encantamiento escudo con una sacudida de la varita de Hermione; luego le preguntó a Ron:

—¿Dices que lograste huir de los Carroñeros con la ayuda de una varita que no era tuya?

—¿Hum? —murmuró Ron, que estaba mirando cómo Hermione examinaba el guardapelo—. ¡Ah, sí! —Desabrochó un bolsillo de su mochila y sacó una varita mágica corta y oscura—. Ten —dijo—. Me pareció útil tener siempre una de recambio.

—Tienes razón —replicó Harry tendiendo la mano—. La mía se ha roto.

—¿En serio? —se extrañó Ron, pero en ese momento Hermione se levantó y el chico volvió a adoptar un gesto de aprensión.

Ella metió el Horrocrux en el bolsito de cuentas, volvió a subir a la litera y se acostó sin decir una palabra más.

Entonces Ron le pasó a Harry la varita nueva.

—Creo que esa actitud de Hermione era lo mínimo que podías esperar —murmuró Harry.

—Sí, en efecto. Habría podido ser mucho peor. ¿Te acuerdas de aquellos canarios que me arrojó una vez?

—Todavía no lo he descartado del todo —dijo la amortiguada voz de Hermione desde debajo de las mantas, y Harry vio que Ron sonreía tímidamente mientras sacaba su pijama granate de la mochila.

20

Xenophilius Lovegood

Harry ya suponía que a Hermione no se le pasaría el enfado de la noche a la mañana, de modo que no lo sorprendió que al día siguiente se comunicara con ellos mediante miradas asesinas y deliberados silencios. Ron reaccionó adoptando una actitud en extremo contrita cuando ella estaba presente, para demostrarle que seguía arrepentido. De hecho, cuando estaban los tres juntos, Harry se sentía como un intruso en un funeral con muy pocos dolientes. Sin embargo, durante los escasos momentos que ambos amigos pasaban a solas cuando iban a buscar agua o setas entre la maleza, Ron se mostraba pleno de entusiasmo.

—Alguien nos ha ayudado, Harry —decía una y otra vez—. Alguien que está de nuestra parte envió esa cierva. ¡Y ya hemos destruido un Horrocrux, colega!

Animados por su reciente victoria contra el guardapelo, se dedicaron a debatir las posibles ubicaciones de los otros Horrocruxes, y, aunque ya habían discutido mucho sobre ese asunto, Harry se mostraba esperanzado y tenía la certeza de que al primer éxito le seguirían otros. No permitiría que el malhumor de Hermione le estropeara el optimismo, pues estaba tan contento con su repentino cambio de suerte (la aparición de la misteriosa cierva, la recuperación de la espada de Gryffindor y, por encima de todo, el regreso de Ron) que resultaba difícil seguir poniendo aquella cara tan seria.

A última hora de la tarde, ambos volvieron a escaparse de la torva presencia de la chica con el pretexto de recoger moras entre los desnudos matorrales de los alrededores de la tienda, y siguieron intercambiando noticias. Harry ya había conseguido contarle a su amigo toda la historia de sus andanzas con Hermione, incluyendo lo ocurrido en Godric's Hollow; le correspondía ahora a Ron ponerlo al día de lo que hubiera descubierto sobre el mundo mágico en las semanas que había pasado lejos de ellos.

—¿Y cómo se han enterado de lo del tabú? —preguntó Ron después de relatar los muchos y desesperados intentos de los hijos de muggles de eludir al ministerio.

—¿Enterarnos de qué?

—¡Hermione y tú ya no llaman a Quien-tú-sabes por su nombre!

—¡Ah, sí! Bueno, es una mala costumbre que hemos adquirido. Pero yo no tengo ningún inconveniente en llamarlo Vo...

—¡¡No!! —El bramido de Ron provocó que Harry pegara un salto hacia un arbusto, y Hermione (que estaba con la nariz pegada a un libro en la entrada de la tienda) los miró con ceño—. Perdona —se disculpó y ayudó a su amigo a salir de las zarzas—, pero ese nombre está embrujado. ¡Así es como le siguen la pista a la gente! Si lo pronuncias se rompen los sortilegios protectores y provocas una especie de alteración mágica. ¡Fue así como nos encontraron en Tottenham Court Road!

—¿O sea que se debió a que pronunciamos su nombre?

—¡Exacto! Hay que admitir que tiene su lógica. Sólo los que estaban firmemente decididos a plantarle cara, como Dumbledore, se atrevían a emplearlo. Pero ahora lo han convertido en tabú, y pueden dar con cualquiera que lo pronuncie. ¡Es una forma fácil y rápida de averiguar el paradero de los miembros de la Orden! Tanto es así que estuvieron a punto de atrapar a Kingsley, ¿sabes?

—¿Lo dices en serio?

—Sí, sí, es cierto. Bill nos dijo que lo acorraló un grupo de mortífagos, aunque él consiguió escapar; pero ha pasado a ser un fugitivo, igual que nosotros. —Se rascó la barbilla con la punta de la varita, pensativo—. ¿Crees que pudo ser Kingsley quien envió a esa cierva?

—Su *patronus* es un lince. Lo vimos en la boda, ¿no te acuerdas?

—Sí, es verdad.

Siguieron caminando junto a la zarza, alejándose más de la tienda y de Hermione.

—Oye, Harry... ¿y si lo hubiera hecho Dumbledore?

—¿Si hubiera hecho qué?

Ron parecía un poco turbado, pero dijo en voz baja:

—Si fue él quien envió a la cierva. Porque... —observó a Harry con el rabillo del ojo— al fin y al cabo fue el último que tuvo en su poder la espada, ¿no?

Harry no se burló porque comprendía muy bien el vivo deseo que había detrás de esa pregunta. La idea de que Dumbledore hubiera logrado regresar y los estuviera vigilando, habría resultado indescriptiblemente reconfortante. Sin embargo, negó con la cabeza.

—Dumbledore está muerto —afirmó—. Yo vi cómo lo mataban y contemplé su cadáver. Se ha ido para siempre. Además, su *patronus* era un fénix, no una cierva.

—Pero los *patronus* pueden cambiar, como ocurrió con el de Tonks, ¿verdad?

—Sí, pero si Dumbledore estuviera vivo, ¿por qué no iba a dejarse ver y darnos la espada en persona?

—Ni idea, Harry. Quizá por la misma razón por la que no te la dio cuando todavía vivía, o te dejó una vieja snitch a ti y un libro de cuentos infantiles a Hermione.

—¿Y qué razón es ésa? —preguntó Harry mirándolo a los ojos, ansioso por encontrar una respuesta.

—No lo sé, colega. Mira, a veces, cuando estaba un poco deprimido, pensaba que Dumbledore se reía de nosotros, o que sólo quería ponérnoslo más difícil. Pero no lo creo, ya no. Él sabía lo que hacía cuando me dio el desiluminador, ¿no? Él... bueno... —Se le enrojecieron las orejas y se quedó mirando una mata que había junto a sus pies mientras la pateaba—. Quiero decir que él probablemente sabía que yo los abandonaría.

—No, más bien debía de saber que querrías volver —lo corrigió Harry. Ron lo miró entre agradecido e incómodo, y Harry, en parte para cambiar de tema, comentó—: Y hablando de Dumbledore, ¿te has enterado de lo que Skeeter dice sobre él en su libro?

—¡Oh, sí, la gente habla mucho de eso! Si la situación fuera diferente, sería una gran noticia que Dumbledore hubiera sido amigo de Grindelwald, claro; pero ahora sólo es motivo de regodeo para aquellos a quienes nunca les cayó bien el profesor, y una bofetada para todos los que pensaban que era muy buena persona. Pero yo no creo que haya para tanto. Dumbledore era muy joven cuando...

—Tenía nuestra edad —puntualizó Harry, inflexible, tal como había hecho con Hermione. Ron vio que no valía la pena insistir.

En las zarzas junto a las que se hallaban, en medio de una telaraña congelada, había una araña enorme. Harry le apuntó con la varita que Ron le había dado la noche anterior (Hermione había accedido a examinarla y dictaminó que era de endrino).

—¡*Engorgio!*

La araña se estremeció un poco y rebotó ligeramente en la telaraña. Harry volvió a intentarlo. Esta vez la araña aumentó un poco de tamaño.

—¡Detente! —dijo Ron con brusquedad—. Retiro eso de que Dumbledore era muy joven, ¿de acuerdo?

Harry había olvidado que Ron odiaba las arañas.

—¡Ay, lo siento! *¡Reducio!*

Pero la araña no se encogió y Harry contempló la varita de endrino. Todos los hechizos menores realizados con esa varita resultaban menos potentes que los que hacía con la suya de fénix. No estaba familiarizado con la nueva; era como tener la mano de otra persona cosida en el extremo del brazo.

—Sólo necesitas practicar un poco —lo animó Hermione, que se les había acercado sigilosamente y miraba, nerviosa, cómo Harry intentaba agrandar y reducir la araña—. Todo es cuestión de confianza en uno mismo, Harry.

Él sabía que si a su amiga le interesaba tanto que la varita funcionara se debía a que todavía se sentía culpable por haberle roto la suya. Así que reprimió el comentario que estuvo a punto de hacerle (si tan segura estaba de que no había diferencia, podía quedarse ella con la nueva varita) y le dio la razón, porque quería que los tres volvieran a ser amigos. Sin embargo, cuando Ron le dirigió a Hermione una vacilante sonrisa, ella se alejó con gesto indignado y volvió a ocultarse detrás de su libro.

Al anochecer entraron en la tienda y Harry hizo la primera guardia. Sentado en la entrada, intentó hacer levitar con la varita de endrino unas piedras pequeñas, pero su magia continuó pareciendo más torpe y menos potente que antes. Tumbada en su litera, Hermione leía, mientras que Ron, tras lanzarle varias miradas inquietas, había sacado de su mochila una pequeña radio de madera e intentaba sintonizar una emisora.

—Hay un programa que explica las noticias tal como son en realidad —le dijo a Harry en voz baja—. Todos los demás están de parte de Quien-tú-sabes y siguen la línea del ministerio, pero éste... Espera y verás, es genial, aunque no pueden transmitir todas las noches y además tienen que hacerlo siempre desde sitios diferentes para que no los localicen. Se necesita una contraseña para sintonizarla, y el problema es que no me enteré de cuál era la última...

Ron le dio unos golpecitos a la radio con la varita, murmurando palabras al azar. De vez en cuando miraba con disimulo a Hermione, porque temía que le diera un arranque de ira, pero ella lo ignoraba olímpicamente. De manera que continuó dando golpecitos y musitando, mientras ella pasaba las páginas de su libro y Harry practicaba con la varita de endrino.

Luego, Hermione bajó de la litera. Ron se quedó quieto al instante y dijo con inquietud:

—Si te molesta, lo dejo.

Hermione, sin dignarse contestar, se acercó a Harry y le espetó:

—Tenemos que hablar.

El muchacho miró el libro que ella tenía en la mano: se trataba de *Vida y mentiras de Albus Dumbledore*.

—¿Qué pasa? —preguntó con aprensión. De pronto se le ocurrió que el libro tal vez incluía un capítulo sobre él, y no supo si le apetecía oír la versión de Rita de su relación con Dumbledore. No obstante, la respuesta de Hermione lo pilló por sorpresa:

—Quiero ir a ver a Xenophilius Lovegood.

—¿Cómo dices?

—Que quiero ir a ver a Xenophilius Lovegood, el padre de Luna, ¿de acuerdo? ¡Quiero hablar con él!

—Pero... ¿por qué?

Hermione inspiró hondo, como si fuera a decir algo muy importante, y respondió:

—Es esa marca, la marca que aparece en *Beedle el Bardo*. ¡Mira esto!

Puso el libro ante los reticentes ojos de Harry, y éste contempló una fotografía de la carta original que Dumbledore le había escrito a Grindelwald, con su inconfundible caligrafía pulcra y estilizada. Le sentó fatal ver una prueba tan evidente de que el profesor era el autor de esa misiva y no se trataba de una invención de Rita.

—Y ahora mira la firma —añadió Hermione—. ¡Mira la firma, Harry!

El chico obedeció, al principio sin saber a qué se refería su amiga, pero cuando acercó la varita iluminada y miró más de cerca, vio que Dumbledore había sustituido la «A» de Albus por una diminuta versión del símbolo triangular que aparecía en los *Cuentos de Beedle el Bardo*.

—Oye, ¿qué...? —dijo Ron con timidez, pero Hermione lo hizo callar con una mirada y siguió hablando con Harry.

—Se repite continuamente —planteó ella—. Ya sé que Viktor dijo que era la marca de Grindelwald, pero la vimos grabada en esa vieja tumba de Godric's Hollow, y las fechas de la lápida eran mucho más antiguas que Grindelwald. ¡Y ahora esto! Bueno, no podemos preguntar a Dumbledore o Grindelwald qué significa (ni siquiera sé si éste todavía vive), pero podemos preguntárselo al señor Lovegood; a fin de cuentas, él lucía ese símbolo en la boda. ¡Estoy segura de que es importante, Harry!

Él tardó un poco en contestar. Escudriñó el ansioso y expectante rostro de su amiga y luego la oscuridad que los rodeaba, pensativo. Tras una larga pausa, replicó:

—No quiero que vuelva a pasarnos lo de Godric's Hollow, Hermione. Los dos estábamos seguros de que teníamos que ir allí y...

—¡Es que aparece por todas partes, Harry! Dumbledore me legó los *Cuentos de Beedle el Bardo*: tal vez quería que averiguáramos lo que significa ese símbolo.

—¡Ya empezamos otra vez! —replicó Harry—. No cesamos de intentar convencernos de que Dumbledore nos dejó señales secretas y pistas...

—El desiluminador ha resultado muy útil —intervino Ron—. Creo que Hermione tiene razón; deberíamos ir a ver a Lovegood.

Harry le lanzó una mirada asesina. La súbita postura de su amigo no tenía nada que ver con su deseo de averiguar el significado de la runa triangular, estaba clarísimo.

—No pasará lo mismo que en Godric's Hollow —insistió Ron—. Lovegood está de tu parte, Harry. ¡*El Quisquilloso* siempre ha apostado por ti y no cesa de dar consignas a sus lectores para que te ayuden!

—Ese símbolo es importante, estoy segura —dijo Hermione con seriedad.

—Pero ¿no creen que, si lo fuera, Dumbledore me habría hablado de él antes de morir?

—Quizá... quizá sea algo que tienes que averiguar por ti mismo —aventuró Hermione, y dio la impresión de quedarse sin argumentos.

—Eso es —coincidió Ron, adulador—. Tiene sentido.

—No, no lo tiene —le espetó Hermione—, pero sigo pensando que debemos hablar con el señor Lovegood. Ese símbolo tiene relación con Dumbledore, Grindelwald y Godric's Hollow. ¡Debemos averiguar qué significa!

—Lo decidiremos por votación —propuso Ron—. Los que estén a favor de ir a ver a Lovegood...

Levantó una mano antes que Hermione, y a ella le temblaron sospechosamente los labios cuando hizo otro tanto.

—Lo siento, Harry —dijo Ron, y le dio una palmada en la espalda.

—Está bien —concedió Harry, entre divertido y enojado—. Pero después de hablar con Xenophilius intentaremos encontrar algún otro Horrocrux, ¿de acuerdo? Y por cierto, ¿dónde viven los Lovegood? ¿Alguien lo sabe?

—Sí, yo; no muy lejos de mi casa —respondió Ron—. No sé dónde exactamente, pero mis padres siempre señalan hacia las montañas cuando los mencionan. No nos costará mucho encontrarlos.

Cuando Hermione hubo vuelto a su litera, Harry bajó la voz y dijo:

—Sólo le has dado la razón para que te perdone.

—En el amor y la guerra todo vale —replicó Ron alegremente—, y aquí hay un poco de las dos cosas. ¡Anímate, Luna estará pasando las vacaciones de Navidad en su casa!

A la mañana siguiente se aparecieron en una ventosa ladera, y desde esa estratégica posición disfrutaron de un excelente panorama de Ottery St. Catchpole. El pueblo ofrecía el aspecto de una colección de casas de juguete bañadas por los anchos y sesgados rayos de sol que se filtraban entre las nubes. Haciéndose visera con la mano, estuvieron un par de minutos contemplando La Madriguera, pero sólo lograron distinguir los altos setos y los árboles frutales del huerto, que protegían la torcida y desvencijada casa de las miradas de los muggles.

—Qué raro resulta estar tan cerca y no poder visitarlos —comentó Ron.

—Bueno, no será porque haga mucho tiempo que no estás con ellos. Al fin y al cabo, has pasado la Navidad ahí —repuso Hermione con frialdad.

—¡No la he pasado en La Madriguera! —replicó Ron casi riendo—. ¿Me crees capaz de volver a mi casa y decirle a mi familia que los había dejado abandonados? Claro, a Fred y George les habría encantado, y Ginny se habría mostrado muy comprensiva conmigo, sin duda.

—Entonces, ¿dónde has estado? —preguntó Hermione, sorprendida.

—En El Refugio, la casa nueva de Bill y Fleur. Bill siempre se ha portado bien conmigo. La verdad es que no se enorgulleció de mí cuando se enteró de lo que había hecho, pero como se dio cuenta de que estaba arrepentido, no quiso agobiarme. El resto de mi familia no sabe que estuve en su casa, porque Bill tuvo el detalle de decirle a nuestra madre que Fleur y él no irían a La Madriguera por Navidad, porque eran sus primeras vacaciones de casados y querían celebrar la fiesta en la intimidad. Creo que a Fleur no le importó. Ya sabes cómo detesta los conciertos radiofónicos de Celestina Warbeck.

Al fin Ron le dio la espalda a La Madriguera y, echando a andar hacia la cumbre de la colina, dijo:

—Probemos ahí arriba.

Caminaron varias horas; Harry, ante la insistencia de Hermione, lo hizo oculto bajo la capa invisible. El macizo de colinas parecía deshabitado, pues tan sólo encontraron una casita donde daba la impresión de que no vivía nadie.

—¿Crees que esta casa podría ser la suya? A lo mejor se han ido a pasar la Navidad fuera y todavía no han vuelto —comentó Hermione mientras atisbaba una pulcra y pequeña cocina por una ventana con geranios en el alféizar. Ron dio un resoplido.

—¡Qué va! Si miraras por la ventana de la casa de los Lovegood sabrías enseguida quién vive ahí. Probemos en el siguiente macizo.

Y se aparecieron unos kilómetros más al norte.

—¡Ajá! —gritó Ron con el cabello y la ropa a los cuatro vientos. Señalaba hacia la cima de la colina en que se habían aparecido, donde un enorme cilindro negro se erigía en vertical destacándose contra el cielo crepuscular; detrás de ese extraño edificio estaba suspendida la luna, fantasmagórica—. Ésa tiene que ser la casa de Luna. ¿Quién más podría vivir en un sitio así? ¡Parece una torre de ajedrez gigantesca!

Desconcertada, Hermione arrugó el entrecejo y contempló la construcción.

Ron tenía las piernas más largas y fue el primero en llegar a la cima de la colina. Cuando Harry y Hermione lo alcanzaron, jadeando y con flato, estaba sonriendo de oreja a oreja.

—Es su casa. ¡Miren!

Había tres letreros pintados a mano, clavados con tachuelas en una desvencijada verja. El primero rezaba: «*El Quisquilloso*. Director: X. Lovegood»; el segundo, «Permitido recoger muérdago»; y el tercero, «Cuidado con las ciruelas dirigibles».

La verja chirrió cuando la abrieron. En el zigzagueante sendero que conducía hasta la puerta principal había una gran variedad de plantas extrañas, entre ellas un arbusto cargado de esos frutos de color naranja, con forma de rábano, que a veces Luna usaba como pendientes. Harry creyó reconocer un snargaluff y se apartó cuanto pudo de la marchita cepa. Retorcidos a causa del viento, dos viejos manzanos silvestres, desprovistos de hojas pero cargados de frutos rojos del tamaño de bayas y de espesas coronas de muérdago salpicadas de bolitas blancas, montaban guardia a ambos lados de la puerta. Una pequeña lechuza, de cabeza achatada semejante a la de un halcón, los observaba desde una rama.

—Será mejor que te quites la capa invisible, Harry —sugirió Hermione—. Es a ti a quien quiere ayudar el señor Lovegood, no a nosotros.

Harry lo hizo y le dio la capa para que la guardara en el bolsito de cuentas. Entonces ella dio tres golpes en la gruesa puerta negra, tachonada con clavos de hierro y cuya aldaba tenía forma de águila.

Al cabo de unos diez segundos, la puerta se abrió de par en par y apareció Xenophilius Lovegood en persona, descalzo, en camisa de dormir —manchada— y con el largo, blanco y esponjoso cabello, sucio y despeinado. La verdad es que Xenophilius iba mucho más pulcro y arreglado el día de la boda de Bill y Fleur.

—¿Qué ocurre? ¿Quiénes son ustedes y qué quieren? —gritó con voz aguda y quejumbrosa mirando primero a Hermione, luego a Ron y, por último, a Harry, pero entonces abrió la boca formando una «o» perfecta, casi cómica.

—¡Hola, señor Lovegood! —lo saludó el muchacho, y le tendió la mano—. Soy Harry, Harry Potter.

Xenophilius no se la estrechó, aunque enfocó rápidamente el ojo que no bizqueaba en la cicatriz de la frente de Harry.

—¿Le importa que entremos? Queremos preguntarle una cosa.

—No sé... no sé si será conveniente —susurró Xenophilius. Tragó saliva y echó un rápido vistazo al jardín—. Qué sorpresa, madre mía... Me temo que no debería...

—No lo entretendremos mucho —aseguró Harry, un tanto cortado por aquella bienvenida tan poco entusiasta.

—Bueno, está bien. Pasen, deprisa. ¡Deprisa!

Apenas hubieron traspuesto el umbral, Xenophilius cerró de golpe la puerta. Se hallaban en la cocina más rara que Harry había visto jamás: completamente circular, daba la impresión de estar dentro de un enorme pimentero; los fogones, el fregadero y los armarios tenían forma curvada, para adaptarse a la forma de las paredes, y en todas partes había flores, insectos y pájaros pintados con intensos colores primarios. A Harry le pareció reconocer el estilo de Luna; el efecto, en un espacio tan cerrado, era ligeramente abrumador.

En medio de la cocina había una escalera de caracol de hierro forjado que conducía a los pisos superiores, de donde provenían fuertes ruidos, y Harry se preguntó qué estaría haciendo Luna.

—Será mejor que subamos —propuso Xenophilius, aún incómodo, y los guió por la escalera.

La habitación del piso superior era una combinación de salón y taller, todavía más atestada de cosas que la cocina.

Aunque era mucho más pequeña, y también circular, recordaba la Sala de los Menesteres en aquella inolvidable ocasión en que se había transformado en un gigantesco laberinto compuesto de objetos escondidos a lo largo de siglos. Había montañas y montañas de libros y papeles en todas las superficies. Del techo colgaban diversos modelos de criaturas —realizados con primor— que agitaban las alas o batían las mandíbulas y que Harry no supo identificar.

Luna no estaba allí y lo que hacía tanto ruido era un artilugio de madera repleto de engranajes y ruedas que giraban mediante magia; parecía el extraño resultado del cruce de un banco de trabajo y una estantería vieja, pero Harry dedujo que debía de ser una anticuada prensa, porque no paraba de escupir ejemplares de *El Quisquilloso*.

—Discúlpenme —dijo Xenophilius y, dando un par de zancadas, se acercó a la máquina, sacó un mugriento mantel de entre una montaña de libros y papeles, que cayeron al suelo, y cubrió la prensa, con lo que los fuertes golpes y traqueteos se amortiguaron un poco. Entonces miró a Harry y preguntó—: ¿A qué han venido?

Pero antes de que el chico contestara, Hermione dio un gritito de asombro e inquirió:

—¿Qué es eso, señor Lovegood?

Señalaba un enorme cuerno gris en forma de espiral, similar a un cuerno de unicornio, que estaba colgado en la pared y sobresalía varios palmos hacia el centro de la habitación.

—Es un cuerno de snorkack de cuernos arrugados —contestó Xenophilius.

—¡No puede ser! —exclamó Hermione.

—Hermione —masculló Harry—, creo que no es momento de...

—¡Es que es un cuerno de erumpent, Harry! ¡Es material comerciable de clase B, y resulta muy peligroso tenerlo en la casa!

—¿Cómo sabes que es eso? —preguntó Ron, apartándose del cuerno tan deprisa como le permitió el desmedido revoltijo de cosas que había en la habitación.

—¡Está descrito en *Animales fantásticos y dónde encontrarlos*! Señor Lovegood, tiene que deshacerse de ese cuerno enseguida, ¿no sabe que puede explotar al menor roce?

—El snorkack de cuernos arrugados —dijo Xenophilius con claridad y testarudez— es una criatura tímida y sumamente mágica, y sus cuernos...

—Señor Lovegood, esos surcos que hay alrededor de la base son inconfundibles. Eso es un cuerno de erumpent, y es increíblemente peligroso. No sé de dónde lo habrá sacado, pero...

—Se lo compré hace dos semanas a un joven mago encantador que conocía mi interés por los exquisitos snorkacks —explicó Xenophilius, inflexible—. Es una sorpresa de Navidad para mi Luna. —Y dirigiéndose a Harry, le preguntó—: Bueno, ¿qué has venido a hacer aquí, Potter?

—Necesitamos ayuda —repuso el chico antes de que Hermione siguiera protestando.

—Ah, conque ayuda... Hum. —Volvió a enfocar el ojo sano en la cicatriz de Harry. Daba la impresión de que estaba aterrado y fascinado a la vez—. Sí, sí. El caso es que ayudar a Harry Potter es... muy peligroso.

—¿No es usted el que divulga en esa revista suya la consigna de que el primer deber de los magos es ayudar a Harry? —terció Ron.

Xenophilius miró la prensa, tapada con el mantel, que seguía traqueteando y martilleando.

—Bueno... sí, he expresado esa opinión...

—¡Ah, ya entiendo! Lo dice para que lo hagan los demás, pero no usted —replicó Ron.

Lovegood se limitó a tragar saliva y mirarlos uno a uno. A Harry le pareció que el pobre hombre estaba librando una dolorosa lucha interior.

—¿Dónde está Luna? —preguntó Hermione—. Veamos qué opina ella.

Xenophilius tragó saliva una vez más, como si estuviera armándose de valor. Por fin, con una voz temblorosa que apenas se oyó (ahogada por el ruido de la prensa), dijo:

—Luna está en el arroyo pescando plimpys de agua dulce. Seguro... seguro que se alegrará de verlos. Voy a llamarla, y entonces... Sí, muy bien. Intentaré ayudarte.

Bajó por la escalera de caracol, y los chicos oyeron abrirse y cerrarse la puerta principal mientras cruzaban miradas.

—¡Maldito cobarde! —estalló Ron—. Luna tiene diez veces más agallas que él.

—Debe de estar preocupado por lo que les pasará si los mortífagos se enteran de que he estado aquí —conjeturó Harry.

—Yo estoy de acuerdo con Ron —dijo Hermione—. Es un hipócrita asqueroso. Le dice a todo el mundo que te ayude, pero él intenta escurrir el bulto. Y por lo que más quieras, Harry, apártate de ese cuerno.

El muchacho se acercó a la ventana situada al otro lado de la habitación y divisó un riachuelo, una estrecha y reluciente franja de agua que discurría al pie de la colina. Un pájaro pasó aleteando por delante de él mientras miraba en dirección a La Madriguera, invisible detrás de otras colinas, a pesar de que se hallaban a gran altura. Ginny debía de estar allí, y Harry pensó que nunca habían estado tan cerca el uno del otro desde el día de la boda de Bill y Fleur. Aunque Ginny no podía imaginar ni por asomo que en ese momento él miraba en dirección a la casa pensando en ella. Supuso que era mejor así, porque cualquiera que estuviera en contacto con él corría peligro, y la actitud de Xenophilius lo demostraba.

Se apartó de la ventana y su mirada fue a parar sobre un extraño objeto colocado en un abarrotado y curvado aparador. Era el busto de piedra de una bruja hermosa pero de expresión austera, con un estrafalario tocado: a cada lado de la cabeza le salía una especie de trompetilla dorada, y una correa de piel con un par de diminutas y relucientes alas azules pegadas le cubría la parte superior; en la frente llevaba otra correa con uno de aquellos rábanos de color naranja, también pegado.

—Miren esto —dijo Harry.

—Un primor —soltó Ron—. Me sorprende que el señor Lovegood no se lo pusiera para ir a la boda.

Entonces oyeron cerrarse la puerta principal, y un momento después Xenophilius subió de nuevo por la escalera de caracol. Llevaba puestas unas botas de goma y sostenía una bandeja con un variopinto surtido de tazas de té y una humeante tetera.

—¡Ah, veo que han descubierto mi invento favorito! —dijo y, entregándole la bandeja a Hermione, se acercó a Harry, que continuaba junto a la figura—. Es una reproducción muy digna de la cabeza de la hermosa Rowena Ravenclaw. «¡Una inteligencia sin límites es el mayor tesoro de los hombres!» —Señaló los objetos que parecían trompetillas, y explicó—: Son sifones de torposoplo; sirven para eliminar cualquier foco de distracción del entorno inmediato de un pensador; eso —indicó las alitas— es una hélice de billywig, que propicia un estado de ánimo elevado, y por último —señaló el rábano naranja—, la ciruela dirigible, que mejora la capacidad de aceptar lo extraordinario.

Lovegood se acercó a la bandeja del té, que Hermione había conseguido depositar en precario equilibrio sobre una de las abarrotadas sillitas.

—¿Les apetece una infusión de gurdirraíz? —ofreció—. La hacemos nosotros mismos. —Mientras servía la bebida, de un color morado tan intenso como el jugo de betabel, añadió—: Luna está abajo, en el Puente del Fondo; se ha emocionado mucho al saber que están aquí. No creo que tarde; ya ha pescado suficientes plimpys para preparar sopa para todos. Así que siéntense y sírvanse azúcar. —Retiró un tambaleante montón de papeles de una butaca, se sentó y cruzó las piernas (todavía no se había quitado las botas de goma). Luego preguntó—: Bueno, ¿en qué puedo ayudarte, Potter?

—Verá... —repuso Harry mirando a Hermione, que asintió para darle ánimo— se trata de ese símbolo que llevaba usted colgado del cuello en la boda de Bill y Fleur. Nos gustaría saber qué significa.

—¿Te refieres al símbolo de las Reliquias de la Muerte? —inquirió Xenophilius, extrañado.

21

La fábula de los tres hermanos

Harry se volvió hacia Ron y Hermione. Tampoco ellos parecían haber entendido.

—¿Ha dicho usted las Reliquias de la Muerte?

—Eso es. ¿No han oído hablar de ellas? No me sorprende, pues muy pocos magos creen en ellas. ¡Acuérdense de aquel cabeza de chorlito que estaba en la boda de tu hermano —dijo mirando a Ron—, que me agredió por llevar el símbolo de un famoso mago tenebroso! ¡Qué ignorancia! Las reliquias no tienen nada que ver con la magia oscura, al menos en sentido estricto. Uno simplemente utiliza el símbolo para darse a conocer a otros creyentes, con la esperanza de que lo ayuden en su búsqueda.

Le echó varios terrones de azúcar a su infusión de gurdirraíz, la removió y bebió un sorbo.

—Perdone —intervino Harry—, pero sigo sin entenderlo del todo.

Para ser educado, bebió también un sorbo de infusión, y estuvo a punto de vomitar; la bebida era asquerosa, como si alguien hubiera licuado pastillas de todos los sabores con gusto a mocos.

—Bueno, es que los creyentes buscan las Reliquias de la Muerte —explicó Xenophilius mientras se relamía como si estuviera encantado con la infusión de gurdirraíz.

—Pero ¿qué son las Reliquias de la Muerte? —preguntó Hermione.

—Supongo que conocen «La fábula de los tres hermanos», ¿no? —inquirió y dejó la taza vacía.

—No —contestó Harry, pero Ron y Hermione dijeron:

—Sí.

—Vaya, vaya, Potter; pues todo empieza a partir de esa fábula —afirmó Xenophilius, muy serio—. Veamos, he de tener un ejemplar por algún sitio... —Paseó vagamente la mirada por las montañas de pergaminos y libros que había en la habitación.

—Yo tengo un ejemplar, señor Lovegood —dijo Hermione, y sacó los *Cuentos de Beedle el Bardo* del bolsito de cuentas.

—¿Es el original? —preguntó Xenophilius, asombrado, y, al ver que Hermione asentía, sugirió—: Bueno, pues ¿por qué no nos lees esa historia en voz alta? Así nos aseguraremos de que todos la entendemos.

—De acuerdo —aceptó Hermione, nerviosa. Abrió el libro y Harry vio que el símbolo que estaban investigando aparecía al principio de la página. Hermione tosió un poco y comenzó a leer—: «Había una vez tres hermanos que viajaban a la hora del crepúsculo por una solitaria y sinuosa carretera...»

—Mi madre siempre decía «a medianoche» —la interrumpió Ron, que se había puesto cómodo, con los brazos detrás de la cabeza, para escuchar la lectura. Hermione lo miró con fastidio—. ¡Perdona, perdona! Es que si te imaginas que es medianoche da más miedo —se excusó.

—Claro, como no pasáramos bastante miedo ya... —terció Harry, burlón. Xenophilius no parecía prestarles mucha atención y contemplaba el cielo por la ventana—. Sigue, Hermione.

—«Los hermanos llegaron a un río demasiado profundo para vadearlo y demasiado peligroso para cruzarlo a nado. Pero como los tres hombres eran muy diestros en las artes mágicas, no tuvieron más que agitar sus varitas e hicieron aparecer un puente para salvar las traicioneras aguas. Cuando se hallaban hacia la mitad del puente, una figura encapuchada les cerró el paso... Y la Muerte les habló...»

—¿Cómo que la Muerte les habló? —la interrumpió Harry.

—¡Es un cuento de hadas, Harry!

—Esta bien, perdona. Sigue.

—«Y la Muerte les habló. Estaba contrariada porque acababa de perder a tres posibles víctimas, ya que normalmente los viajeros se ahogaban en el río. Pero ella fue muy astuta y, fingiendo felicitar a los tres hermanos por sus poderes mágicos, les dijo que cada uno tenía opción a un premio por haber sido lo bastante listo para eludirla.

»Así pues, el hermano mayor, que era un hombre muy combativo, pidió la varita mágica más poderosa que existiera, una varita capaz de hacerle ganar todos los duelos a su propietario; en definitiva, ¡una varita digna de un mago que había vencido a la Muerte! Ésta se encaminó hacia un saúco que había en la orilla del río, hizo una varita con una rama y se la entregó.

»A continuación, el hermano mediano, que era muy arrogante, quiso humillar aún más a la Muerte, y pidió que le concediera el poder de devolver la vida a los muertos. La Muerte tomó una piedra de la orilla del río y se la entregó, diciéndole que la piedra tendría el poder de resucitar a los difuntos.

»Por último, la Muerte le preguntó al hermano menor qué deseaba. Éste era el más humilde y también el más sensato de los tres, y no se fiaba de nadie. Así que le pidió algo que le permitiera marcharse de aquel lugar sin que ella pudiera seguirlo. Y la Muerte, de mala gana, le entregó su propia capa invisible.»

—¿La Muerte tiene una capa invisible? —volvió a interrumpirla Harry.

—Sí, para acercarse a sus víctimas sin que la vean —confirmó Ron—. A veces se harta de correr detrás de ellas, agitando los brazos y aullando... Perdona, Hermione.

—«Entonces la Muerte se apartó y dejó que los tres hermanos siguieran su camino. Y así lo hicieron ellos mientras comentaban, maravillados, la aventura que acababan de vivir y admiraban los regalos que les había dado la Muerte. A su debido tiempo, se separaron y cada uno se dirigió hacia su propio destino.

»El hermano mayor siguió viajando algo más de una semana, y al llegar a una lejana aldea buscó a un mago con el que mantenía una grave disputa. Naturalmente, armado con la Varita de Saúco, era inevitable que ganara el duelo que se produjo. Tras matar a su enemigo y dejarlo tendido en el suelo, se dirigió a una posada, donde se jactó por todo lo alto de la poderosa varita mágica que le había arrebatado a la propia Muerte, y de lo invencible que se había vuelto gracias a ella.

»Esa misma noche, otro mago se acercó con sigilo mientras el hermano mayor yacía, borracho como una cuba, en su cama, le robó la varita y, por si acaso, le cortó el cuello. Y así fue como la Muerte se llevó al hermano mayor.

»Entretanto, el hermano mediano llegó a su casa, donde vivía solo. Una vez allí, tomó la piedra que tenía el poder de revivir a los muertos y la hizo girar tres veces en la mano. Para su asombro y placer, vio aparecer ante él la figura de la muchacha con quien se habría casado si ella no hubiera muerto prematuramente.

»Pero la muchacha estaba triste y distante, separada de él por una especie de velo. Pese a que había regresado al mundo de los mortales, no pertenecía a él y por eso sufría. Al fin, el hombre enloqueció a causa de su desesperada nostalgia y se suicidó para reunirse de una vez por todas con su amada. Y así fue como la Muerte se llevó al hermano mediano.

»Después buscó al hermano menor durante años, pero nunca logró encontrarlo. Cuando éste tuvo una edad muy avanzada, se quitó por fin la capa invisible y se la regaló a su hijo. Y entonces recibió a la Muerte como si fuera una vieja amiga, y se marchó con ella de buen grado. Y así, como iguales, ambos se alejaron de la vida.»

Hermione cerró el libro, pero Xenophilius tardó un momento en reparar en que la muchacha había terminado de leer; entonces desvió la mirada de la ventana y dijo:

—Bueno, ya lo saben.

—¿Perdón? —preguntó Hermione, confusa.

—Ésas son las Reliquias de la Muerte —explicó. A continuación tomó una pluma de una mesa abarrotada de cachivaches, sacó un trozo de pergamino de entre los libros y las enumeró—: La Varita de Saúco —y trazó una línea vertical en el pergamino—; la Piedra de la Resurrección —y dibujó un círculo encima de la línea—, y la Capa Invisible —y, al trazarla, encerró la línea y el círculo en un triángulo componiendo el símbolo que tanto intrigaba a Hermione—. Las tres juntas son las Reliquias de la Muerte.

—Pero en la fábula no se menciona esa expresión —observó Hermione.

—No, por supuesto que no —admitió Xenophilius con una petulancia exasperante—. «La fábula de los tres hermanos» es un cuento infantil, narrado para divertir más que para instruir. Sin embargo, los que entendemos de semejantes materias sabemos que ese antiguo relato se refiere a tres objetos o reliquias que, si se unen, convertirán a su propietario en el señor de la muerte.

Se quedaron en silencio y Xenophilius echó un nuevo vistazo por la ventana; el sol estaba declinando.

—Luna no tardará. Ya debe de tener suficientes plimpys —musitó.

—Cuando dice «señor de la muerte»... —terció Ron.

—Señor, o conquistador, o dominador. —Xenophilius agitó una mano con displicencia—. Puedes usar el término que prefieras.

—Pero entonces... ¿quiere decir —comentó Hermione muy despacio, y Harry captó que intentaba borrar de su voz todo rastro de escepticismo— que usted cree que esos objetos, esas reliquias, existen de verdad?

—Pues claro.

—Pero, señor Lovegood —Harry notó que su amiga estaba a un tris de perder otra vez el control—, ¿cómo puede usted creer...?

—Luna me ha hablado mucho de ti, jovencita —la interrumpió el mago—. Tengo entendido que no eres poco inteligente, pero sí extremadamente limitada, intolerante y cerrada.

—Quizá deberías probarte ese sombrero, Hermione —intervino Ron señalando el ridículo tocado, y le tembló un poco la voz porque contenía la risa.

—Señor Lovegood —insistió ella—. Todos sabemos que existen las capas invisibles; son poco comunes pero existen. Sin embargo...

—¡Ah, pero la tercera reliquia es una capa invisible verdadera, señorita Granger! Es decir, no es una capa de viaje a la que se le ha hecho un encantamiento desilusionador o un maleficio deslumbrador, ni ha sido tejida con pelo de demiguise, que al principio lo ocultan a uno pero con el paso del tiempo acaban volviéndose opacas, sino que estamos hablando de una capa que de verdad convierte en invisible a quien la lleva, y que dura eternamente, proporcionando una ocultación constante e impenetrable, sin importar los hechizos que puedan hacerle. ¿Cuántas capas como ésa ha visto usted en su vida, señorita Granger?

Hermione despegó los labios para contestar, pero volvió a cerrarlos; parecía más desconcertada que antes. Los tres amigos intercambiaron miradas, y Harry advirtió que todos estaban pensando lo mismo. Resultaba que, en aquel preciso momento, en la habitación donde se hallaban había una capa como la que Xenophilius acababa de describir.

—Exacto —dijo Xenophilius, como si hubiera ganado la discusión con argumentos razonados—. Ninguno de ustedes ha visto nunca semejante cosa. El propietario de una capa así sería inconmensurablemente rico, ¿no creen? —Y volvió a atisbar por la ventana; el cielo ya se había teñido de una débil tonalidad rosa.

—Está bien —dijo Hermione, desconcertada—. Supongamos que esa capa existió. ¿Qué me dice de la piedra, señor Lovegood? Eso que usted llama Piedra de la Resurrección.

—¿Qué inconveniente le ves?

—No sé, ¿cómo va a ser real?

—Pues demuéstrame que no lo es —replicó Xenophilius.

—¡Pero...! ¡Perdone, pero esto es completamente ridículo! —explotó Hermione, indignada—. ¿Cómo voy a demostrar que no existe? ¿Pretende que examine todos los guijarros del planeta y lo compruebe? Con ese enfoque, usted podría afirmar que cualquier cosa es real basándose únicamente en que nadie ha demostrado lo contrario.

—¡Claro que podría! —exclamó Xenophilius—. Me alegra comprobar que empieza a abrir un poco su mente, señorita.

—Entonces —terció Harry antes de que Hermione contestara—, ¿usted cree que la Varita de Saúco existe también?

—Hay innumerables pruebas de ello —replicó Xenophilius—. La Varita de Saúco es la reliquia que se puede localizar con mayor facilidad, por la manera en que cambia de manos.

—¿Y qué manera es ésa? —se interesó Harry.

—Pues, verás, consiste en que el poseedor de la varita, para ser su verdadero amo, debe arrebatársela a su anterior propietario. Supongo que han oído hablar de cómo la varita llegó a manos de Egbert *el Atroz*, después de que asesinara a Emeric *el Malo*, ¿no?, o de cómo Godelot murió en el sótano de su propia casa después de que su hijo Hereward lo despojara de la varita, o del espantoso Loxias, que se la quitó a Barnabas Deverill tras matarlo. El rastro de sangre de la Varita de Saúco recorre las páginas de la historia de la magia.

Harry echó una ojeada a Hermione, que observaba con ceño a Xenophilius, pero no lo contradijo.

—¿Y dónde cree usted que está la Varita de Saúco ahora? inquirió Ron.

—¡Ay, si yo lo supiera! —respondió Xenophilius dejando vagar la mirada hacia el exterior—. ¿Alguien sabe dónde se halla oculta? El rastro se pierde con Arcus y Livius. Pero ¿quién se atreve a afirmar cuál de los dos derrotó realmente a Loxias y quién se quedó la varita? Es más, ¿cómo sabremos quién los derrotó a ellos? Es una lástima, pero la historia no revela esa información.

Guardaron silencio, hasta que Hermione preguntó con frialdad:

—Dígame, señor Lovegood, ¿tiene la familia Peverell algo que ver con las Reliquias de la Muerte?

Xenophilius se mostró sorprendido y algo que Harry no logró identificar le rebulló en la memoria. Peverell... Había oído ese nombre antes.

—¡Vaya, vaya! ¡Me habías engañado, jovencita! —exclamó Xenophilius; se sentó mucho más erguido en la butaca y miró a Hermione con ojos desorbitados—. ¡Creía que no conocías la Búsqueda de las Reliquias! Muchos de nosotros, los Buscadores, creemos que los Peverell tienen mucho, muchísimo que ver con ellas.

—¿Quiénes son los Peverell? —quiso saber Ron.

—Era el apellido grabado en la tumba donde aparecía ese símbolo, en Godric's Hollow —explicó Hermione sin dejar de observar a Xenophilius—. Constaba el nombre de Ignotus Peverell.

—¡Exacto! —dijo Xenophilius levantando un dedo con pedantería—. ¡El símbolo de las Reliquias de la Muerte en la tumba de Ignotus es una prueba concluyente!

—¿De qué? —preguntó Ron.

—Pues de que los tres hermanos de la fábula eran en realidad los tres hermanos Peverell: Antioch, Cadmus e Ignotus, y que ellos fueron los primeros poseedores de las reliquias.

Tras echar un enésimo vistazo por la ventana, se puso en pie; recogió la bandeja y se encaminó hacia la escalera de caracol.

—Se quedarán a cenar, ¿verdad? —preguntó mientras bajaba al piso inferior—. Todo el mundo nos pide nuestra receta de sopa de plimpys de agua dulce.

—Seguramente para enseñársela al Departamento de Toxicología de San Mungo —murmuró Ron entre dientes.

Harry esperó hasta que oyeron al mago trajinando en la cocina, y entonces le preguntó a Hermione:

—¿Qué opinas?

—Ay, Harry —repuso ella cansinamente—, no son más que estupideces. Ése no puede ser el verdadero significado del símbolo; debe de ser la estrambótica interpretación del señor Lovegood. ¡Qué pérdida de tiempo!

—Sí, y no olvidemos que el padre de Luna fue el primero en hablar de la existencia de los snorkacks de cuernos arrugados —apuntó Ron.

—¿Tú tampoco te lo crees? —le preguntó Harry.

—Qué va —repuso Ron—; esa fábula no es más que un cuento aleccionador para los niños, como si se les aconsejara: «No se metan en líos, no empiecen a pelear y no husmeen donde no los llaman; manténganse al margen y ocúpense de sus asuntos y todo les saldrá bien.» Y ahora que lo pienso —añadió—, quizá esa historia es la responsable de que la gente crea que las varitas de saúco traen mala suerte.

—¿A qué te refieres?

—Será una superstición como otra cualquiera, ¿no? Mi madre conoce un montón de refranes al respecto: «Brujas de mayo, novias de muggles»; «Embrujado al atardecer, desembrujado a medianoche»; «Varita de saúco, mala sombra y poco truco». Seguro que los han oído alguna vez.

—Harry y yo nos hemos criado con muggles —le recordó Hermione—; a nosotros nos explicaron otras supersticiones.

—De la cocina ascendía un olor acre, y la chica dio un hondo suspiro. Lo único bueno de la exasperación que le producía

Xenophilius era que, por lo visto, se había olvidado de que estaba enojada con Ron—. Me parece que tienes razón —le dijo—, y esa historia no es más que un cuento con moraleja. Es evidente cuál es el mejor regalo y, por lo tanto, cuál elegiríamos todos...

Los tres hablaron al mismo tiempo. Hermione dijo «la capa»; Ron, «la varita»; y Harry, «la piedra».

Se miraron entre sorprendidos y divertidos.

—Sí, claro. Tal vez parezca que la capa sea el mejor regalo —le dijo Ron—, pero si tuvieras la varita no necesitarías volverte invisible. ¡Una varita invencible, Hermione! ¿No te das cuenta?

—Nosotros ya tenemos una capa invisible —observó Harry.

—¡Y nos ha ayudado mucho, por si no te habías fijado! —dijo Hermione—. Mientras que la varita siempre te causaría problemas...

—Sólo te metería en algún lío si alardearas de ella —argumentó Ron—, o si fueras lo bastante imbécil para ir por ahí bailando, exhibiéndola y cantando: «Tengo una varita invencible, ven a comprobarlo si te atreves.» Pero si eres discreto...

—Muy bien, pero ¿tú podrías serlo? —replicó Hermione con escepticismo—. Mira, lo único cierto que nos ha dicho Lovegood es que desde tiempos inmemoriales siempre han circulado historias sobre varitas muy poderosas.

—¿Ah, sí? —preguntó Harry.

Hermione estaba exasperada, y su expresión resultaba tan familiar que Harry y Ron, aliviados, se sonrieron mutuamente.

—Vean, aparecen bajo diferentes nombres a través de los siglos, como por ejemplo, la Vara Letal, la Varita del Destino... generalmente en manos de algún mago tenebroso que alardea de ellas. El profesor Binns mencionó algunas, pero... ¡Bah, son tonterías! Las varitas mágicas sólo son poderosas si lo son los magos que las utilizan, pero a algunos les gusta jactarse de que la suya es la más grande y la mejor.

—Vamos a ver, ¿quién te asegura que esas varitas, la Letal y la del Destino, no son la misma, que surge a lo largo de los años con nombres diferentes? —preguntó Harry.

—¿Acaso insinúas que todas podrían ser la Varita de Saúco, es decir, la que confeccionó la Muerte? —inquirió Ron.

Harry rió porque, al fin y al cabo, esa extraña idea que se le había ocurrido era absurda. Entonces recordó que su varita, aunque actuara como la noche en que Voldemort lo persiguió por el cielo, no estaba hecha de saúco, sino de acebo, y la había confeccionado Ollivander. Además, si fuera invencible, ¿cómo es que se había roto?

—Y tú, Harry, ¿por qué escogerías la piedra? —le preguntó Ron.

—Porque si fuera cierto que con ella se revive a los muertos, podríamos recuperar a Sirius, Ojoloco, Dumbledore, e incluso a mis padres... —Ron y Hermione no sonrieron—. Pero según Beedle *el Bardo*, ellos no querrían volver, ¿verdad? —añadió rememorando la fábula que acababan de escuchar—. No creo que haya muchas historias más sobre una piedra que puede devolver la vida a los muertos, ¿no? —le preguntó a Hermione.

—No —contestó ella con tristeza—. Imagino que sólo alguien como el señor Lovegood podría engañarse para creer algo así. Seguramente, Beedle sacó la idea de la Piedra Filosofal; ya sabes, en lugar de una piedra que te hace inmortal, se trataría de una piedra capaz de resucitarte.

El olor proveniente de la cocina era cada vez más intenso; olía como a calzoncillos chamuscados. Harry se preguntó si sería capaz de comer lo suficiente de lo que estaba cocinando Xenophilius para no herir sus sentimientos.

—Pero ¿qué me dicen de la capa? —comentó Ron, pensativo—. ¿No se dan cuenta de que Lovegood tiene razón? Yo estoy tan acostumbrado a la capa de Harry y a lo buena que es, que nunca me he detenido a considerarlo. Jamás he oído hablar de una capa como la suya; es infalible. Nunca nos han descubierto cuando la llevamos puesta.

—¡Claro que no, porque cuando nos tapamos con ella somos invisibles! —repuso Hermione.

—Pero todo lo que ha dicho Lovegood sobre las otras capas (y no es precisamente que te vendan diez por un knut) ¡es cierto! No se me había ocurrido, pero he oído hablar de capas que pierden sus encantamientos al envejecer, o se desgarran cuando les hacen un embrujo y por eso tienen agujeros. En cambio, la de Harry ya la tenía su padre, de modo que no es exactamente nueva, ¿no?, pero en cambio es... ¡perfecta!

—Sí, Ron, de acuerdo, pero la piedra...

Mientras discutían en susurros, Harry se paseaba por la habitación sin hacerles mucho caso. Al llegar a la escalera de caracol, miró distraídamente hacia el piso de arriba y algo le llamó la atención: su propia cara lo miraba desde el techo.

Tras un momento de confusión, comprendió que lo que había en la habitación de arriba no era un espejo, sino una pintura. Sintió curiosidad y se dispuso a subir.

—¿Qué haces, Harry? ¡No deberías curiosear aprovechando que el señor Lovegood no está!

Pero él ya había llegado al piso de arriba.

Luna había decorado el techo de su dormitorio con cinco caras hermosamente pintadas: las de Harry, Ron, Hermione, Ginny y Neville. Los rostros no se movían como en los retratos de Hogwarts, pero aun así había cierta magia en ellos, y a Harry le pareció que respiraban. Una especie de finas cadenas doradas zigzagueaban entre las imágenes, uniéndolas. Las examinó con más detenimiento y se dio cuenta de que las cadenas eran en realidad una palabra, repetida miles de veces con tinta dorada: «amigos... amigos... amigos...».

Harry sintió un arrebato de afecto hacia Luna y escudriñó la estancia. Junto a la cama había un gran retrato de Luna cuando era pequeña, abrazada a una mujer que se le parecía mucho; Harry nunca la había visto tan arreglada como en esa imagen. No obstante, la fotografía estaba cubierta de polvo, y eso lo sorprendió. Continuó revisándolo todo.

Notaba algo raro: también la alfombra azul claro tenía una capa de polvo; no había ropa en el clóset, cuyas puertas se hallaban entreabiertas; la cama estaba demasiado hecha, como si nadie hubiera dormido en ella desde hacía semanas; y en la ventana más cercana, una telaraña se destacaba contra un cielo color sangre.

—¿Qué pasa, Harry? —preguntó Hermione cuando el chico bajó a la sala, pero en ese momento Xenophilius llegó de la cocina con una bandeja llena de tazones.

—Señor Lovegood —dijo Harry—, ¿dónde está Luna?

—¿Cómo dices?

—¿Dónde está Luna?

Xenophilius se detuvo en el último escalón.

—Si... si ya lo dije. Está en el Puente del Fondo, pescando plimpys.

—Entonces, ¿por qué sólo ha traído comida para nosotros cuatro?

Xenophilius intentó decir algo, pero no lo logró. Lo único que se oía era el incesante resoplido de la prensa y el débil repiqueteo de la bandeja que el mago sujetaba con manos temblorosas.

—Creo que hace semanas que Luna no está aquí —le espetó Harry—. No tiene la ropa en el clóset ni ha dormido en su cama. ¿Dónde está? ¿Y por qué usted no cesa de mirar por la ventana?

El mago soltó la bandeja, y los tazones se hicieron añicos contra el suelo. Los tres jóvenes empuñaron sus varitas antes de que Xenophilius lograra meterse la mano en el bolsillo. En ese instante la prensa soltó un fuerte resoplido y, debajo del mantel que la cubría, empezó a escupir un ejemplar tras otro de *El Quisquilloso*; al cabo de un rato dejó de hacer ruido.

Hermione se agachó y, sin dejar de apuntar a Lovegood con la varita, tomó un ejemplar.

—¡Mira esto, Harry!

El muchacho se aproximó a ella tan rápido como se lo permitió el revoltijo que había en la habitación. En la portada de *El Quisquilloso* había una fotografía suya, bajo el titular «Indeseable n.º 1», y la cifra de la recompensa.

—Veo que *El Quisquilloso* ha cambiado de enfoque —rezongó Harry con frialdad mientras trataba de atar cabos—. ¿Por eso salió al jardín, señor Lovegood? ¿Para enviar una lechuza al ministerio?

Xenophilius se pasó la lengua por los labios y susurró:

—Se llevaron a mi Luna a causa de las cosas que yo escribía. Se llevaron a mi Luna y no sé dónde está ni qué le han hecho. Pero quizá me la devuelvan si yo... si yo...

—Si les entrega a Harry, ¿verdad? —dijo Hermione.

—Ni hablar —le espetó Ron—. Apártese. Nos largamos.

Xenophilius parecía haber envejecido de golpe y esbozaba una sonrisa horripilante.

—Llegarán en cualquier momento. Tengo que salvar a Luna; no puedo perderla. ¡No se vayan!

Se plantó delante de la escalera con ambos brazos extendidos, y de repente Harry visualizó a su madre haciendo lo mismo delante de la cuna cuando él era un bebé.

—No nos obligue a hacerle daño —le advirtió—. Apártese de nuestro camino, señor Lovegood.

—¡¡Harry, mira!! —gritó Hermione.

Unas figuras montadas en escobas pasaban volando por delante de la ventana. Los tres chicos se quedaron mirándolas y Xenophilius aprovechó la ocasión para sacar su varita mágica. Harry se dio cuenta justo a tiempo y se lanzó hacia un lado, empujando a Ron y Hermione; el hechizo aturdidor del mago cruzó la estancia y fue a dar contra el cuerno de erumpent.

Se produjo una explosión descomunal y la onda expansiva destrozó la habitación: volaron trozos de madera, papeles y cascotes en todas direcciones, y se formó una densa nube de polvo blanco. Harry salió despedido por el suelo; no paraban de caerle escombros encima y se cubrió la cabeza con los brazos. Oyó el chillido de Hermione, el bramido de Ron y una serie de escalofriantes ruidos metálicos que le indicaron que Xenophilius había caído de espaldas por la escalera de caracol.

Semienterrado bajo los escombros, Harry intentó levantarse, pero había tanto polvo que apenas podía respirar y ver nada. La mitad del techo se había derrumbado, y un extremo de la cama de Luna colgaba por el boquete; el busto de Rowena Ravenclaw yacía junto a él, con media cara destrozada; fragmentos de pergamino flotaban por la habitación y la prensa se había volcado, bloqueando la escalera que conducía a la cocina. Entonces una figura blanquecina se movió a su lado: era Hermione que, cubierta de polvo como una estatua, se llevó un dedo a los labios.

La puerta del piso de abajo se abrió bruscamente.

—¿No te dije que no había necesidad de correr tanto, Travers? —espetó una voz áspera—. ¿No te dije que ese chiflado sólo estaba delirando, como siempre?

Se oyó un fuerte golpe y un grito de dolor de Xenophilius.

—¡No... no! ¡Arriba... Potter!

—¡Ya te advertí la semana pasada, Lovegood, que no volveríamos a menos que tuvieras información fehaciente!

¿Recuerdas lo que pasó cuando intentaste cambiarnos a tu hija por ese ridículo sombrero? ¿Y la semana anterior —otro golpe, otro chillido—, cuando creíste que te la devolveríamos si nos ofrecías pruebas de la existencia de los snorkacks... —golpe— de cabeza... —golpe— arrugada?

—¡No, no! ¡Se lo suplico! —gimoteó Xenophilius—. ¡Potter está aquí, se lo aseguro! ¡En serio!

—¡Y ahora resulta que nos hace venir aquí con la intención de tirarnos la casa encima! —bramó el mortífago, y se oyó una lluvia de golpes y gritos de dolor de Xenophilius.

—Esto está a punto de derrumbarse, Selwyn —dijo otra voz que resonó por la destrozada escalera—. Los peldaños están obstruidos. ¿Intentamos despejarla? Podría derrumbarse todo.

—¡Embustero asqueroso! —le espetó Selwyn—. Tú no has visto a Potter en tu vida. Querías atraernos aquí para matarnos, ¿eh? ¿Y crees que así recuperarás a tu hija?

—¡Se lo juro! ¡Se lo juro! ¡Potter está arriba!

—¡*Homenum revelio!* —exclamó la voz al pie de la escalera.

Hermione dio un grito ahogado y Harry tuvo la extraña sensación de que algo descendía sobre él, cubriéndolo con su sombra.

—Ahí arriba hay alguien, Selwyn —dijo de pronto el otro mortífago.

—¡Es Potter! ¡Se lo aseguro, es él! —sollozaba Xenophilius—. Por favor... por favor... devuélvanme a mi Luna, sólo les pido que me devuelvan a mi Luna...

—Si subes por esa escalera y me traes a Harry Potter, te devolveremos a tu hija, Lovegood —dijo Selwyn—. Pero si es una jugarreta, si nos has mentido, si tienes a alguien esperando allí arriba para tendernos una emboscada, no sé si podremos conservar un trocito de tu hija para que lo entierres.

Xenophilius exhaló un gemido de pánico y desesperación. Luego se oyeron correteos y restregones: Xenophilius intentaba abrirse paso entre los cascotes que bloqueaban la escalera.

—Vamos —susurró Harry—. Tenemos que salir de aquí.

El muchacho empezó a desenterrarse, protegido por el ruido que Xenophilius hacía en la escalera. Como Ron era el que más sepultado estaba, los otros dos treparon con sigilo por la montaña de escombros hasta donde se encontraba su amigo, e intentaron retirar la pesada cómoda que tenía encima de las piernas. Xenophilius estaba cada vez más cerca, pero Hermione consiguió liberar a Ron utilizando un encantamiento planeador.

—Bien —susurró la chica, todavía cubierta de polvo blanco, y en ese momento la destrozada prensa que bloqueaba la parte superior de la escalera se tambaleó; Xenophilius estaba a sólo unos pasos de ellos—. ¿Confías en mí, Harry? —El muchacho asintió—. De acuerdo, pues dame la capa invisible. ¡Póntela, Ron!

—¿Yo? Pero Harry...

—¡Por favor, Ron! Harry, sujétate fuerte de la mano, y tú, Ron, agárrate a mi hombro.

Harry le tendió la mano izquierda mientras Ron desaparecía bajo la capa invisible. La prensa empezó a vibrar: Xenophilius intentaba levantarla mediante un encantamiento planeador. Harry no entendía a qué esperaba Hermione.

—Sujétense bien —musitó ella—. Sujétense bien... ya falta poco...

El pálido rostro de Lovegood apareció por encima del aparador.

—¡*Obliviate!* —gritó Hermione apuntando la varita a la cara de Xenophilius y de inmediato al suelo que tenían bajo los pies—. ¡*Deprimo!*

Se abrió un boquete en el suelo y los tres chicos cayeron a plomo por él. Harry, que sujetaba la mano de Hermione con todas sus fuerzas, oyó un grito en el piso de abajo y vio a dos hombres que intentaban apartarse de la lluvia de cascotes y muebles rotos que les caía encima. El estruendo de la casa al desmoronarse resonó brutalmente y Hermione giró sobre sí misma en el aire, tirando una vez más de Harry hacia la oscuridad.

22

Las Reliquias de la Muerte

Harry cayó jadeando en la hierba, pero se levantó enseguida. Se habían aparecido en un recodo de un campo, al anochecer, y Hermione ya corría describiendo un círculo para lanzar los correspondientes hechizos protectores agitando la varita:

—¡*Protego totalum! ¡Salvio hexia!*

—¡Maldito traidor! —resolló Ron. Salió de debajo de la capa invisible y se la lanzó a Harry—. ¡Eres un genio, Hermione, un genio! ¡No puedo creer de la que nos hemos librado!

—¡*Cave inimicum!* ¿No decía yo que era un cuerno de erumpent? ¿No se lo dije a Lovegood? ¡Y ahora su casa ha volado en pedazos!

—Lo tiene bien merecido —repuso Ron mientras examinaba sus desgarrados pantalones vaqueros y los cortes que tenía en las piernas—. ¿Qué creen que le harán?

—¡Ay, espero que no lo maten! —se lamentó Hermione—. ¡Por eso yo quería que los mortífagos vieran a Harry antes de irnos, para que supieran que Xenophilius no les había mentido!

—Pero ¿por qué tenía que esconderme yo? —preguntó Ron.

—¡Porque se supone que estás en cama con spattergroit! ¿Te das cuenta de que han secuestrado a Luna porque su padre apoyaba a Harry? ¿Qué sería de tu familia si supieran que estás con él?

—Sí, de acuerdo, pero ¿y tus padres?

—Recuerda que están en Australia. No creo que corran peligro; no saben nada.

—Eres un genio —repitió Ron, impresionado.

—Sí, Hermione, lo eres —coincidió Harry—. No sé qué haríamos sin ti.

Ella sonrió encantada, pero enseguida volvió a adoptar una expresión solemne, y planteó:

—Bien, pero ¿y Luna qué?

—Bueno, si lo que decían es verdad y todavía está viva... —musitó Ron.

—¡No digas eso! ¡No lo digas! —chilló Hermione—. ¡Tiene que estar viva!

—Entonces supongo que la habrán llevado a Azkaban. Aunque no sé si sobrevivirá allí... Muchos no han podido.

—Sobrevivirá —afirmó Harry. Lo contrario era inimaginable—. Luna es fuerte, mucho más de lo que crees. Seguramente estará instruyendo a los presos sobre los torposoplos y los nargles.

—Espero que tengas razón —terció Hermione, compungida, y añadió—: Sentiría mucha lástima por Xenophilius si...

—... eso, si no hubiera intentado vendernos a los mortífagos —soltó Ron.

Montaron la tienda, se metieron dentro y Ron preparó té para todos. Después de lo poco que había faltado para que los atraparan, en aquel recinto frío y húmedo se sentían como en casa: al menos allí estaban seguros y protegidos.

—¡Ay! ¡Ojalá no hubiéramos ido a visitar al señor Lovegood! —se lamentó Hermione tras unos minutos de silencio—. Tenías razón, Harry; ha vuelto a pasarnos lo mismo que con Godric's Hollow. ¡Qué pérdida de tiempo! Las Reliquias de la Muerte... menudo cuento chino. Aunque... —tuvo una idea repentina— a lo mejor se lo ha inventado todo, ¿no? Lo más probable es que ni siquiera él crea en esas reliquias, y sólo pretendiera hacernos hablar para ganar tiempo hasta que llegaran los mortífagos.

—No lo creo —opinó Ron—. Cuando actúas bajo presión, inventarte cosas es más difícil de lo que parece. Yo lo comprobé cuando me atraparon los Carroñeros; me resultaba más fácil hacerme pasar por Stan, porque lo conocía un poco, que inventarme a alguien. Y el viejo Lovegood estaba sometido bajo una fuerte presión, pues tenía que impedir por todos los medios que nos fuéramos de su casa. Creo que nos dijo la verdad, o lo que él cree que es la verdad, sólo para entretenernos.

—Bueno, supongo que ya no importa —suspiró Hermione—. Aunque fuera sincero, jamás en la vida había oído tantas tonterías.

—Oye, un momento —masculló Ron—. Se suponía que la cámara secreta también era un mito, ¿no?

—¡Pero las Reliquias de la Muerte no pueden existir, Ron!

—Eso lo dices tú, pero hay una que sí existe —afirmó Ron—: la capa invisible de Harry...

—Mira, «La fábula de los tres hermanos» es una invención —se obstinó Hermione—. Es un cuento para ilustrar el miedo que los humanos le tenemos a la muerte. ¡Si sobrevivir fuera tan sencillo como esconderse bajo una capa invisible, no necesitaríamos nada más!

—Hum, no lo sé, porque una varita invencible tampoco nos vendría mal —intervino Harry, haciendo girar con los dedos la varita de endrino que le gustaba tan poco.

—¡Eso existe menos aún, Harry!

—Tú dices que ha habido montones de varitas mágicas: la Vara Letal y demás...

—Está bien, supongamos que existe la Varita de Saúco. Pero ¿qué me dices de la Piedra de la Resurrección? —cuestionó Hermione con sarcasmo, dibujando unas comillas en el aire mientras pronunciaba el nombre—. ¡No hay ninguna magia capaz de resucitar a los muertos, y eso no tiene vuelta de hoja!

—Cuando mi varita se conectó con la de Quien-ustedes-saben, hizo aparecer a mis padres... y a Cedric...

—Pero no resucitaron, ¿verdad? —replicó Hermione—. Esa especie de... de débiles imitaciones no suponen lo mismo que devolver a alguien a la vida.

—Pero esa chica, la de la fábula, no resucitó del todo. Según la historia, una vez que alguien muere, pertenece para siempre al mundo de los muertos. Sin embargo, el hermano mediano pudo verla y hablar con ella, ¿verdad? Hasta vivieron juntos cierto tiempo...

Harry detectó preocupación y otro sentimiento, no tan fácil de definir, en el rostro de su amiga. Entonces, cuando ella miró a Ron, Harry comprendió que era miedo; la había asustado al hacer referencia a la convivencia con los muertos.

—Y ese tipo, Peverell, el que está enterrado en Godric's Hollow, ¿no sabes nada de él? —se apresuró a preguntar Harry tratando de parecer de lo más sensato.

—No —respondió Hermione, aliviada con el cambio de tema—. Después de ver el símbolo en su tumba, lo busqué; si hubiera sido famoso por cualquier motivo o hubiera hecho algo importante, estoy segura de que aparecería en alguno de nuestros libros. Pero en el único sitio donde he encontrado el apellido Peverell es *La nobleza de la naturaleza: una genealogía mágica*. Me lo prestó Kreacher —añadió al ver que Ron hacía un gesto de sorpresa—. Ese libro proporciona una lista de las familias de sangre limpia extinguidas por línea paterna. Por lo visto, los Peverell fueron una de las primeras familias que desapareció.

—¿Qué quiere decir extinguidas por línea paterna? —quiso saber Ron.

—Significa que el apellido se ha perdido. En el caso de los Peverell, eso ocurrió hace siglos. Si todavía hubiera descendientes, se apellidarían de otra forma.

Y de repente el recuerdo que se había removido al oír el nombre de Peverell destelló en la memoria de Harry, que visualizó a un anciano mugriento blandiendo un feo anillo ante el rostro de un funcionario del ministerio.

—¡Sorvolo Gaunt! —gritó.

—¿Qué dices? —exclamaron los otros dos al unísono.

—¡Sorvolo Gaunt! ¡El abuelo de Quien-ustedes-saben! ¡Lo vi en el pensadero con Dumbledore! ¡Sorvolo Gaunt afirmó que descendía de los Peverell! —Ron y Hermione se quedaron perplejos—. ¡El anillo, el anillo que se convirtió en Horrocrux! ¡Sorvolo Gaunt dijo que llevaba el escudo de armas de los Peverell! ¡Vi cómo lo agitaba ante la cara del tipo del ministerio, casi se lo mete por la nariz!

—¿El escudo de armas de los Peverell? —dijo Hermione con brusquedad—. ¿Viste cómo era?

—No, no lo vi —repuso Harry intentando recordar—. El anillo no tenía nada especial, o al menos no lo supe apreciar; quizá algunos arañazos. Cuando tuve ocasión de examinarlo de cerca, Dumbledore ya lo había roto.

Al ver la sorpresa de Hermione, Harry se dio cuenta de que había comprendido el quid de la cuestión. Ron los miraba estupefacto.

—Vaya... ¿Crees que el escudo también tenía ese símbolo, el símbolo de las reliquias?

—Podría ser —dijo Harry, emocionado—. Sorvolo Gaunt era un desgraciado y un ignorante que vivía en una pocilga; lo único que le importaba era su linaje. Si ese anillo había ido pasando de generación en generación durante siglos, quizá él no supiera qué era en realidad. En esa casa no había ni un solo libro, y, créanme, él no era de la clase de personas que les leen cuentos de hadas a los niños. Debía de encantarle pensar que aquellas rayas que había en la piedra representaban un escudo de armas, porque, según él, tener sangre limpia te convertía prácticamente en un miembro de la realeza.

—Sí. Todo eso es muy interesante —dijo Hermione con cautela—, pero si estás pensando lo mismo que yo...

—Pero podría ser. ¿Por qué no? —perseveró Harry, abandonando toda precaución—. Era una piedra, ¿no? —Miró a Ron buscando su apoyo—. ¿Y si se trataba de la Piedra de la Resurrección?

—Vaya... Pero ¿seguiría funcionando después de que Dumbledore rompiera...? —preguntó Ron, atónito.

—¿Funcionando? ¿Cómo que funcionando? ¡Nunca funcionó, Ron! ¡La Piedra de la Resurrección no existe! —Hermione se había puesto en pie; estaba que se subía por las paredes—. Harry, intentas que todo encaje en la historia de las reliquias y...

—¿Que todo encaje? ¡Pues claro que encaja todo por sí solo, Hermione! ¡Estoy seguro de que el símbolo de las Reliquias de la Muerte estaba en esa piedra! ¡Gaunt dijo que descendía de los Peverell!

—¡Hace un momento has dicho que no llegaste a ver bien la marca que había en la piedra!

—¿Sabes dónde está ese anillo, Harry? —preguntó Ron—. ¿Y qué hizo Dumbledore con él después de abrirlo?

Pero la imaginación de Harry ya estaba muy lejos, mucho más lejos que la de sus compañeros.

«Tres objetos o reliquias, que, si se unen, convertirán a su propietario en el señor de la muerte... señor... conquistador... dominador... El último enemigo que será derrotado es la muerte...» Y se vio a sí mismo como poseedor de las reliquias, enfrentándose a Voldemort, cuyos Horrocruxes no podrían competir con él. «Ninguno de los dos podrá vivir mientras siga el otro con vida...» ¿Sería ésa la respuesta? ¿Reliquias de la Muerte contra Horrocruxes? ¿Habría alguna manera, después de todo, de asegurar que fuera Harry quien triunfara? Si se convertía en el amo de las Reliquias de la Muerte, ¿estaría por fin a salvo?

—Harry...

El muchacho apenas oyó a Hermione. Había tomado su capa invisible y la estaba acariciando; la tela era escurridiza como el agua y ligera como el aire. En los casi siete años que llevaba en el mundo mágico, Harry nunca había visto nada parecido. La capa era exactamente como la que había descrito Xenophilius: «... una capa que de verdad convierte en invisible a la persona que la lleva, y que dura eternamente, proporcionando una ocultación constante e impenetrable, sin importar los hechizos que puedan hacerle».

Y entonces dio un grito ahogado al recordar...

—¡Dumbledore tenía mi capa la noche en que murieron mis padres! —Le tembló la voz y se ruborizó, pero le dio igual—. ¡Mi madre le dijo a Sirius que Dumbledore se la había llevado prestada! ¡Claro, quería examinarla porque creía que era la tercera reliquia! ¡Ignotus Peverell está enterrado en Godric's Hollow! —Iba arriba y abajo por la tienda, como si alrededor de él se abrieran nuevas y fabulosas revelaciones—. ¡Es mi antepasado! ¡Yo soy descendiente del hermano menor! ¡Todo tiene sentido!

Se sintió amparado por esa certeza, por su fe en las reliquias, como si la mera idea de poseerlas le proporcionara protección, y se volvió exultante hacia sus dos amigos.

—Harry... —volvió a llamarlo Hermione, pero él estaba quitándose el monedero del cuello. Le temblaban los dedos.

—Léela, Hermione —le dijo—. ¡Léela! ¡Dumbledore tenía la capa! ¿Para qué otra cosa iba a quererla? ¡Él no necesitaba la capa para volverse invisible! ¡Sabía hacer un encantamiento desilusionador potentísimo! ¡Léela! —la urgió, tendiéndole la carta.

En ese momento, un objeto brillante cayó al suelo, rodó y fue a parar debajo de una silla: al sacar la carta del monedero, Harry había sacado la snitch sin querer. Se agachó para recogerla, y entonces se le reveló otro nuevo y fabuloso descubrimiento; la sorpresa y el gozo que experimentó lo hicieron gritar:

—¡¡Está aquí!! ¡Dumbledore me dejó el anillo! ¡Está dentro de la snitch!

—¿Tú... tú crees que...?

Harry no entendió por qué Ron se quedó tan asombrado. Para él estaba tan claro, era tan evidente... Todo encajaba, todo... Su capa era la tercera reliquia, y cuando descubriera cómo abrir la snitch tendría la segunda. Después, lo único que tenía que hacer era encontrar la primera —la Varita de Saúco—, y entonces...

Pero de pronto fue como si un telón cayera sobre un escenario iluminado, y toda su emoción, su esperanza y su felicidad se apagaron de golpe. Se quedó inmóvil en la oscuridad y el maravilloso hechizo se rompió.

—Eso es lo que busca. —Su tono hizo que Ron y Hermione se asustaran aún más—. Quien-ustedes-saben anda tras la Varita de Saúco.

Les dio la espalda y sus amigos se quedaron mirándolo con gesto de incredulidad y aprensión. Pero él sabía que no se equivocaba. Todo tenía sentido: Voldemort no estaba buscando una varita nueva, sino una varita vieja, viejísima. Fue hasta la entrada de la tienda, olvidándose de los otros dos, y escudriñó la oscuridad sin dejar de cavilar...

Voldemort se había criado en un orfanato de muggles y nadie le contó los *Cuentos de Beedle el Bardo* cuando era niño, igual que a Harry. Muy pocos magos creían en las Reliquias de la Muerte. ¿Acaso sabría Voldemort algo acerca de ellas?

Siguió escudriñando la noche mientras reflexionaba: si Voldemort hubiera estado al corriente de la existencia de esas reliquias, sin duda habría hecho cualquier cosa por conseguirlas, porque eran tres objetos que convertían a su poseedor en señor de la muerte, y además no habría necesitado los Horrocruxes. ¿Acaso el simple hecho de haberse quedado con una reliquia y convertirla en Horrocrux no demostraba que no conocía ese gran secreto mágico que Harry acababa de descubrir?

Todo ello significaba que Voldemort buscaba la Varita de Saúco sin ser consciente de su poder, sin saber que era una de las tres reliquias... porque la varita era la única cuya existencia no se había mantenido en secreto. «El rastro de sangre de la Varita de Saúco recorre las páginas de la historia de la magia...»

Estaba nublado. Harry contempló el contorno de las nubes plateadas y grises que se deslizaban ante la blanca luna; se sentía aturdido por sus descubrimientos.

Regresó a la tienda y le sorprendió encontrar a sus dos amigos de pie, exactamente como los había dejado: Hermione con la carta de Lily en las manos y Ron a su lado. Éste parecía un poco preocupado. ¿No se daban cuenta de lo mucho que habían avanzado en su misión en los últimos minutos?

—Ya está —dijo Harry, intentando contagiarlos de su prodigiosa certeza—. Esto lo explica todo. Las Reliquias de la Muerte existen, y yo tengo una, quizá dos. —Les mostró la snitch—. Y Quien-ustedes-saben está buscando la tercera, aunque él no lo sabe y cree que sólo se trata de una varita con un poder inusual...

—Harry —lo interrumpió Hermione, acercándose para devolverle la carta de Lily—. Lo siento, pero creo que te equivocas.

—Pero ¿es que no lo ves? Todo encaja...

—¡No, no encaja, Harry! Te engañas a ti mismo. Por favor —suplicó impidiéndole replicar—, contéstame a una pregunta: si las Reliquias de la Muerte existen y si Dumbledore lo sabía, si sabía que la persona que poseyera esos tres objetos se convertiría en el señor de la muerte, ¿por qué no te lo dijo, Harry? ¿Por qué?

Él tenía la respuesta preparada:

—Pero, Hermione, si tú me dijiste que debía averiguarlo por mí mismo. ¡Es una prueba a superar!

—¡Eso sólo lo dije para persuadirte de ir a visitar a los Lovegood, pero en realidad no lo creía! —se exasperó Hermione.

—A Dumbledore le gustaba que yo encontrara las cosas por mis propios medios —continuó Harry, sin hacerle caso—. Me dejaba poner a prueba mi fuerza, me dejaba correr riesgos. La búsqueda que se me plantea responde a su típica manera de actuar.

—¡Esto no es ningún juego, Harry, ni ningún ejercicio práctico! ¡Esto es la vida real, y Dumbledore te dejó instrucciones específicas: encontrar y destruir los Horrocruxes! Ese símbolo no significa nada, olvídate de las Reliquias de la Muerte, no podemos permitirnos el lujo de desviarnos de nuestro objetivo...

Harry apenas la escuchaba. Le daba vueltas y más vueltas a la snitch entre las manos, como convencido de que en cualquier momento se abriría por sí sola y revelaría la Piedra de la Resurrección; entonces su amiga comprobaría que él tenía razón y que las reliquias eran reales.

Hermione recurrió a Ron y le espetó:

—Tú no te lo crees, ¿verdad?

—Pues no lo sé. Bueno, hay cosas que sí encajan —repuso el chico, vacilante—. Pero cuando miras el cuadro general... ¡Uf! Mira, yo creo que tenemos que destruir los Horrocruxes, Harry; eso fue lo que Dumbledore nos pidió que hiciéramos. Quizá... quizá deberíamos olvidarnos de las reliquias.

—Gracias, Ron —dijo Hermione—. Yo haré la primera guardia.

Pasó al lado de Harry, muy decidida, y se sentó en la entrada de la tienda, como diciendo que no había nada más que hablar.

Pero Harry apenas durmió esa noche. La idea de las Reliquias de la Muerte lo obsesionaba y no lograba conciliar el sueño, porque esos inquietantes pensamientos no lo dejaban en paz: la varita, la piedra y la capa; si pudiera poseer los tres...

«Me abro al cierre.» Pero ¿qué era el cierre? ¿Por qué no conseguía hacerse ya con la piedra? Si la poseyera, podría formularle esas preguntas a Dumbledore... Se puso a murmurarle cosas a la snitch en la oscuridad; lo intentó todo, incluso le habló en pársel, pero la bola dorada no se abría.

¿Y la Varita de Saúco? ¿Dónde estaba escondida? ¿Dónde estaría buscándola Voldemort? Harry deseaba que le doliera la cicatriz para acceder a los pensamientos de Voldemort, porque por primera vez el Señor Tenebroso y él buscaban el mismo objeto... A Hermione no le habría gustado nada esa idea, desde luego. Pero es que ella no creía... En cierto modo, Xenophilius tenía razón al definirla: «extremadamente limitada, intolerante y cerrada». En el fondo, a Hermione la asustaba la idea de las Reliquias de la Muerte, sobre todo la Piedra de la Resurrección... Volvió a llevarse la snitch a los labios, la besó, se la metió en la boca... pero el frío metal seguía sin ceder.

Casi al amanecer se acordó de Luna (sola en una celda de Azkaban, rodeada de dementores) y de repente se avergonzó de sí mismo. Absorto en sus febriles cavilaciones, se había olvidado por completo de ella. Si pudieran rescatarla... Pero era imposible enfrentarse a semejante número de dementores. Entonces reparó en que todavía no había tratado de hacer un *patronus* con la varita de endrino. Lo intentaría por la mañana...

Si hubiera alguna manera de conseguir otra varita mejor...

Y el deseo de dar con la Varita de Saúco —la Vara Letal, invencible, imbatible— volvió a apoderarse de él...

Por la mañana recogieron la tienda y se pusieron en marcha bajo un deprimente aguacero. La lluvia los persiguió hasta la costa, donde de nuevo montaron la tienda esa noche, y persistió a lo largo de toda la semana, mientras recorrían terrenos empapados que a Harry le resultaban inhóspitos y lúgubres. Él sólo pensaba en las Reliquias de la Muerte. Era como si en su interior hubiera prendido una llama que nada, ni siquiera la rotunda incredulidad de Hermione o las incesantes dudas de Ron, podría apagar. Sin embargo, cuanto más intenso era su deseo de encontrar esos objetos, más desgraciado se sentía, y de ello culpaba a sus amigos, cuya decidida indiferencia era tan perjudicial para su moral como la implacable lluvia; no obstante, su certeza era absoluta. La fe de Harry en las reliquias y su deseo de encontrarlas lo consumía a tal punto que se sentía aislado de sus dos compañeros y de la obsesión de éstos por los Horrocruxes.

—¿Te atreves a acusarnos de obsesivos? —le espetó Hermione una noche con fiereza, cuando Harry cometió el error de emplear esa palabra después de que ella le recriminara el poco interés que mostraba por localizar los otros Horrocruxes—. ¡Los que estamos obsesionados no somos nosotros, Harry! ¡Nosotros sólo estamos haciendo lo que Dumbledore deseaba!

Pero a Harry no le afectó esa velada crítica, porque él estaba convencido de que Dumbledore había dejado el símbolo de las reliquias en el libro para que Hermione lo descifrara, y además había escondido la Piedra de la Resurrección en la snitch dorada. «Ninguno de los dos podrá vivir mientras siga el otro con vida...», «señor de la muerte...» ¿Cómo era posible que ni Ron ni Hermione lo entendieran?

—«El último enemigo que será derrotado es la muerte» —citó Harry con serenidad.

—Suponía que era a Quien-tú-sabes a quien combatíamos —replicó Hermione, y él no insistió.

Incluso el misterio de la cierva plateada, del que sus dos amigos se empeñaban en seguir hablando, le parecía a Harry menos importante ya; era un mero entretenimiento secundario. En cambio, había otra cosa que sí le importaba: volvía a molestarle la cicatriz. Se esmeraba en ocultárselo a los otros dos, y siempre que le dolía se retiraba para estar solo, pero lo que veía lo decepcionaba. Las visiones que Harry y Voldemort compartían habían perdido calidad: se habían vuelto borrosas y movidas, como si las enfocaran y desenfocaran continuamente. Lo único que el muchacho distinguía eran los vagos rasgos de un objeto con aspecto de cráneo, y una forma que recordaba una montaña, pero semejante a un borrón desdibujado. Acostumbrado a unas imágenes tan nítidas que parecían reales, aquel cambio lo desconcertó. Le preocupaba que la conexión entre Voldemort y él se hubiera dañado, una conexión temida pero al mismo tiempo, pese a lo que le hubiera dicho a Hermione, valorada. Hasta cierto punto relacionaba esas imágenes imprecisas e insatisfactorias con la destrucción de su varita mágica, como si la responsable de que ya no pudiera introducirse en la mente de Voldemort tan bien como antes fuera la varita de endrino.

A medida que pasaban las semanas se percató (aunque lo dominaba un nuevo estado de ensimismamiento) de que Ron se estaba haciendo cargo de la situación. Quizá había decidido compensarlos por haberlos abandonado, o tal vez se le habían despertado sus latentes dotes de mando al ver la apatía en que se hallaba sumido Harry. El caso es que era Ron quien animaba e incitaba a la acción a sus dos amigos.

—Quedan tres Horrocruxes —decía una y otra vez—. ¡Vamos, necesitamos un plan de acción! ¿Dónde no hemos buscado todavía? Volvamos a repasarlo. El orfanato...

El callejón Diagon, Hogwarts, la mansión de los Ryddle, Borgin y Burkes, Albania... Ron y Hermione enumeraban sin cesar todos los lugares donde Tom Ryddle había vivido, trabajado o matado, o que había visitado; y Harry sólo se les unía para que Hermione dejara de darle la lata, pues habría preferido quedarse sentado solo y en silencio, intentando leerle el pensamiento a Voldemort para averiguar algo más sobre la Varita de Saúco. Pero Ron insistía en seguir viajando a sitios cada vez más inverosímiles, y Harry era consciente de que lo hacía únicamente para mantenerse en movimiento.

—Nunca se sabe —era la cantinela de Ron—. Upper Flagley es un pueblo de magos; a lo mejor pensó instalarse ahí. Vamos a echar un vistazo.

Durante esas frecuentes incursiones en territorios de magos, de vez en cuando veían bandas de Carroñeros.

—Dicen que algunos son tan malvados como los mortífagos —comentó un día Ron—. Los que me atraparon a mí eran un poco patéticos, pero Bill asegura que los hay muy peligrosos. En «Pottervigilancia» comentaron...

—¿Qué demonios es eso? —preguntó Harry.

—¿El qué, «Pottervigilancia»? Ah, ¿no dije antes cómo se llama? Es ese programa que intento sintonizar en la radio, el único que dice la verdad de lo que está pasando. Casi todos los demás siguen la línea de Quien-ustedes-saben, pero éste no. Me encantaría que lo oyeran, aunque no es fácil localizarlo.

Ron pasaba noche tras noche tamborileando con la varita sobre la radio, haciendo girar el dial. De vez en cuando captaban fragmentos de consejos sobre cómo tratar la viruela de dragón, y, en una ocasión, algunos compases de *Un caldero de amor caliente e intenso*. Mientras daba golpecitos, seguía intentando encontrar la contraseña correcta, murmurando una sarta de palabras elegidas al azar.

—Por lo general las contraseñas guardan relación con la Orden —los explicó—. Bill era un especialista en adivinarlas. Al final encontraré alguna...

Pero no fue hasta el mes de marzo cuando la suerte le sonrió por fin. Harry montaba guardia en la entrada de la tienda, contemplando un macizo de jacintos que habían conseguido brotar en la gélida tierra, cuando Ron, dentro de la tienda, gritó de emoción.

—¡Ya la tengo! ¡Ya la tengo! ¡La contraseña era «Albus»! ¡Ven, Harry!

Dejando de cavilar sobre las Reliquias de la Muerte por primera vez en mucho tiempo, el chico corrió hacia dentro y encontró a Ron y Hermione arrodillados en el suelo junto a la pequeña radio. Ella, que para distraerse había estado sacándole brillo a la espada de Gryffindor, se hallaba contemplando boquiabierta el diminuto altavoz por el que salía una voz que a los tres les resultó muy familiar:

«... que nos disculpen por nuestra ausencia temporal de la radio, debida a las diversas visitas a domicilio que últimamente han realizado esos encantadores mortífagos en nuestra zona.»

—¡Pero si es Lee Jordan! —exclamó Hermione.

—¡Sí, es él! —corroboró Ron, radiante de alegría—. Qué bien, ¿verdad?

«... Ya hemos encontrado otro refugio —iba diciendo Lee—, y me complace comunicarles que esta noche me acompañan dos de nuestros colaboradores habituales. ¡Buenas noches, chicos!»

«¡Hola!»

«Buenas noches, Río.»

—«Río» es Lee —explicó Ron—. Usan todos los nombres en clave, pero normalmente sabes...

—¡Chisst! —dijo Hermione.

«Pero antes de escuchar a Regio y Romulus —prosiguió Lee—, vamos a informar de esas muertes que la cadena Noticiario Radiofónico Mágico y *El Profeta* no consideran dignas de mención. Con enorme pesar hemos de informar a nuestros oyentes de los asesinatos de Ted Tonks y Dirk Cresswell.»

Harry notó un vacío en el estómago, y los tres jóvenes se miraron horrorizados.

«También han matado a un duende llamado Gornuk. Todo parece indicar que Dean Thomas, hijo de muggles, y otro duende, los cuales presuntamente viajaban con Tonks, Cresswell y Gornuk, lograron huir. Si Dean nos está escuchando, o si alguien tiene alguna idea de su paradero, que lo comunique, porque sus padres y hermanas están desesperados por saber algo de él.

»Entretanto, en Gaddley, los cinco miembros de una familia de muggles también han sido hallados muertos en su casa. Las autoridades muggles lo han atribuido a una fuga de gas, pero miembros de la Orden del Fénix me han hecho saber que fueron víctimas de una maldición asesina. Ésa es otra prueba más, por si no teníamos ya suficientes, de que la matanza de muggles se está convirtiendo en poco menos que un deporte recreativo bajo el nuevo régimen.

»Por último, lamentamos informar a nuestros oyentes que se han encontrado los restos de Bathilda Bagshot en Godric's Hollow; todo parece indicar que la bruja murió hace varios meses. La Orden del Fénix nos ha comentado que su cadáver presentaba inconfundibles heridas producidas por magia oscura.

»Queridos oyentes: quiero invitarlos a guardar con nosotros un minuto de silencio en recuerdo de Ted Tonks, Dirk Cresswell, Bathilda Bagshot, Gornuk y los muggles anónimos, pero no por ello menos recordados, asesinados por los mortífagos.»

Se produjo un silencio, y los tres amigos no abrieron la boca. Por una parte, Harry estaba deseando saber más cosas, pero por otra le daba miedo escuchar lo que pudieran decir a continuación. Era la primera vez en mucho tiempo que se sentía completamente conectado con el mundo exterior.

«Gracias —dijo la voz de Lee—. Y ahora vamos a hablar con nuestro colaborador habitual, Regio, para que nos ponga al día de cómo el nuevo orden mágico está afectando al mundo de los muggles.»

«Gracias, Río», dijo una inconfundible voz, grave, comedida y tranquilizadora.

—¡Es Kingsley! —saltó Ron.

—¡Ya lo sabemos! —masculló Hermione y le ordenó que callara.

«Los muggles todavía no saben cuál es el origen de sus padecimientos, pero mientras tanto continúan sufriendo muchas bajas —dijo Kingsley—. Sin embargo, seguimos conociendo historias verdaderamente ejemplares de magos y brujas que han puesto en peligro su propia seguridad para proteger a sus amigos y vecinos muggles, muchas veces sin que éstos lo sepan. De modo que desearía hacer un llamamiento a nuestros oyentes para que sigan su ejemplo; quizá los ayudarían realizando un encantamiento protector a todas las viviendas de su calle. Si tomáramos algunas medidas tan sencillas como ésa, podríamos salvar muchas vidas.»

«¿Y qué les dirías, Regio, a esos oyentes que argumentan, dado que estos tiempos son tan peligrosos, que deberíamos "dar prioridad a los magos"?», le preguntó Lee.

«Pues les recordaría que sólo hay un paso entre "dar prioridad a los magos y los sangre limpia" y luego acabar diciendo: "dar prioridad a los mortífagos" —contestó Kingsley—. Pero hay que tener en cuenta que todos somos humanos, ¿no? Y por tanto, todas las vidas tienen el mismo valor y hay que protegerlas por igual.»

«Muy bien dicho, Regio. Si algún día salimos de este lío en que estamos metidos, te garantizo mi voto para ministro de Magia —prometió Lee—. Y ahora, Romulus presentará nuestro popular espacio "Amigos de Potter".»

«Gracias, Río», dijo otra voz que también les resultó familiar; Ron quiso hacer un comentario, pero Hermione se lo impidió con un susurro:

—¡Ya sabemos que es Lupin!

«Dime, Romulus, ¿sostienes todavía, como has hecho todas las veces que has participado en nuestro programa, que Harry Potter está vivo?»

«Sí, así es —respondió Lupin sin vacilar—. No tengo ninguna duda de que los mortífagos divulgarían la noticia de su muerte por todo lo alto si se hubiera producido, porque eso asestaría un golpe brutal a la moral de los opositores al nuevo régimen. El niño que sobrevivió continúa siendo un símbolo de nuestra causa: el triunfo del bien, el poder de la inocencia y la necesidad de seguir resistiendo.»

Harry sintió una mezcla de vergüenza y gratitud. ¿Significaban esas palabras que Lupin lo había perdonado por las terribles cosas que le había dicho en su último encuentro?

«¿Y qué le dirías a Harry si supieras que nos está escuchando, Romulus?»

«Le aseguraría que estamos todos con él en espíritu —afirmó Lupin, y vaciló antes de añadir—: Y le aconsejaría que obedeciera a su intuición, que casi nunca falla.»

Harry y Hermione, que tenía los ojos anegados en lágrimas, cruzaron sus miradas.

—Que casi nunca fallan —repitió ella.

—¡Ay!, ¿no lo había dicho? —exclamó Ron—. ¡Bill me contó que Lupin volvió a vivir con Tonks! Y por lo visto ella se está poniendo enorme.

«¿... y las últimas novedades sobre los amigos de Harry Potter, que tanto sufren por su lealtad?», iba diciendo Lee.

«Bueno —respondió Lupin—, como sabrán nuestros oyentes habituales, algunos de los más destacados defensores de Harry Potter han sido encarcelados, entre ellos Xenophilius Lovegood, incansable editor de *El Quisquilloso*.»

—¡Al menos vive! —masculló Ron.

«También hemos sabido en las últimas horas que Rubeus Hagrid —los tres chicos sofocaron un grito y estuvieron a punto de perderse el resto de la frase—, el famoso guardabosques de Hogwarts, se ha librado por un pelito de que lo detuvieran en los mismos terrenos del colegio, donde se rumorea que celebró una fiesta en favor de Harry Potter. Con todo, no llegaron a apresarlo, y creemos que en estos momentos huye de la justicia.»

«Supongo que, a la hora de escapar de los mortífagos, debe servir de ayuda tener un hermanastro que mide cinco metros, ¿no?», comentó Lee.

«Sí, eso te coloca en una posición ventajosa —concedió Lupin con seriedad—. Pero permíteme añadir que, aunque aquí, en "Pottervigilancia", aplaudimos el temple de Hagrid, instamos incluso a los más devotos seguidores de Harry a que no sigan el ejemplo del guardabosques, porque las fiestas para apoyar a Harry Potter no son muy prudentes, dada la coyuntura actual.»

«Tienes razón, Romulus —coincidió Lee—. ¡Así que sugerimos que sigan ustedes demostrando su lealtad al chico de la cicatriz en forma de rayo escuchando "Pottervigilancia"! Y ahora, pasemos a las noticias relacionadas con otro mago que está demostrando ser tan escurridizo como Harry Potter. Nos gusta referirnos a él como el Gran Mortífago, y para ofrecer desde aquí sus opiniones sobre algunos de los más descabellados rumores que circulan sobre él, me gustaría presentar a un nuevo colaborador: Roedor.»

«¿Cómo que Roedor?», dijo otra voz, también familiar.

—¡Es Fred! —gritaron a la vez los tres amigos.

—¿Seguro que no es George?

—Me parece que es Fred —dijo Ron acercándose más a la radio, mientras uno de los gemelos decía:

«¡Me niego a que me llamen Roedor! ¡Dije que quería que me llamaran Rejón!»

«Está bien, está bien, pues Rejón. Vamos a ver, ¿podrías abordar las diversas historias que hemos oído últimamente sobre el Gran Mortífago, por favor?»

«Claro que sí, Río —dijo Fred—. Como ya deben de saber nuestros oyentes, a menos que se hayan refugiado en el fondo del estanque de un jardín o en algún sitio por el estilo, la estrategia de Quien-ustedes-saben de permanecer oculto está creando un considerable clima de pánico. Pero, naturalmente, si diéramos crédito a todos los que aseguran haberlo visto, tendría que haber como mínimo diecinueve Quienes-ustedes-saben por ahí sueltos.»

«Y eso le conviene, por supuesto —intervino Kingsley—. Esa aureola de misterio está dando lugar a más terror que si se dejara ver.»

«Estoy de acuerdo —corroboró Fred—. Así que ya lo saben: hay que calmarse un poco. La cosa ya pinta bastante mal para que encima nos inventemos historias como, por ejemplo, ese nuevo rumor de que Quien-ustedes-saben es capaz de matar con una simple mirada. Eso lo hacen los basiliscos, queridos oyentes. Pero es fácil hacer la prueba: observen si ese personaje que los mira a ustedes tiene piernas; si las tiene, no hay peligro en devolverle la mirada, aunque, si de verdad es Quien-ustedes-saben, probablemente eso será lo último que hagan.»

Por primera vez en muchas semanas, Harry rió al mismo tiempo que se le aligeraba el peso de la tensión.

«¿Y esos rumores de que lo han visto en el extranjero?», preguntó Lee.

«Bueno, ¿a quién no le gustaría tomarse unas vacaciones después de haber estado tan atareado? —replicó Fred—. Pero amigos, no se relajen demasiado pensando en que se ha ido del país. Quizá lo haya hecho, o quizá no, pero lo cierto es que, si quiere, puede desplazarse más rápido que Severus Snape cuando le enseñas una botella de champú. Así que, si planean correr algún riesgo, no cuenten con que esté demasiado lejos. Nunca creí que diría algo así, pero ¡la seguridad es lo primero!»

«Muchas gracias por tus sabias palabras, Rejón —dijo Lee—. Queridos oyentes, con esta intervención llegamos al final de otro episodio de "Pottervigilancia". No sabemos cuándo podremos emitir de nuevo, pero les garantizamos que volveremos. No dejen de buscarnos en el dial; la próxima contraseña será "Ojoloco". Protéjanse unos a otros y no pierdan la fe. Buenas noches.»

El dial de la radio giró por sí solo y las luces detrás del panel se apagaron. Harry, Ron y Hermione estaban radiantes. Escuchar esas voces conocidas y amigas era extraordinariamente reconfortante; Harry se había acostumbrado tanto a su aislamiento que casi no recordaba que existían otras personas que presentaban batalla a Voldemort. Era como despertar de un largo sueño.

—Muy bueno, ¿verdad? —dijo Ron, risueño.

—¡Genial! —repuso Harry.

—¡Qué valientes son! —suspiró Hermione con admiración—. Si los encontraran...

—Bueno, no cesan de trasladarse, ¿no? —dijo Ron—. Igual que nosotros.

—Pero ¿han oído a Fred? —dijo Harry, emocionado; ahora que había terminado la emisión, volvía a concentrarse en su única obsesión—. ¡Está en el extranjero! ¡Sigue buscando la varita! ¡Lo sabía!

—Harry...

—Vamos, Hermione, ¿por qué te empeñas en no admitirlo? ¡Vol...

—¡¡No, Harry!!

—... demort va tras la Varita de Saúco!

—¡Ese nombre es tabú! —bramó Ron, y se puso en pie al mismo tiempo que un fuerte «¡crac!» sonaba fuera de la tienda—. Te lo dije, Harry, te lo dije, ya no podemos pronunciarlo. Tenemos que volver a rodearnos de protección. ¡Rápido! Así es como encuentran...

Pero no terminó la frase, y Harry entendió por qué: el chivatoscopio se había encendido y giraba encima de la mesa. Oyeron voces, más y más cerca, voces ásperas y ansiosas... Ron sacó el desiluminador del bolsillo, lo accionó y se apagaron las luces.

—¡Salgan de ahí con las manos arriba! —gritó una voz bronca en la oscuridad—. ¡Sabemos que están ahí dentro! ¡Hay un montón de varitas apuntándolos y no nos importa a quién maldigamos!

23

La Mansión Malfoy

Harry se giró y miró a sus dos amigos, meras siluetas en la oscuridad. Hermione lo apuntaba a la cara con la varita, en vez de dirigirla contra los intrusos. Hubo un estallido, un destello de luz blanca, y el muchacho se dobló por la cintura, dolorido y cegado. Al llevarse las manos a la cara, notó que ésta se le hinchaba rápidamente, al mismo tiempo que unos pasos pesados lo rodeaban.

—¡Levántate, desgraciado!

Unas manos lo arrastraron con rudeza por el suelo y, antes de que pudiera defenderse, alguien le registró los bolsillos y le quitó la varita de endrino. Harry se tapaba la dolorida cara con las manos y la notaba irreconocible al tacto: tensa, hinchada y abultada como si hubiera sufrido alguna virulenta reacción alérgica. Los ojos se le habían reducido a dos rendijas por las que apenas lograba ver, y como las gafas se le habían caído cuando lo sacaron a empujones de la tienda, lo único que distinguía era las borrosas siluetas de cuatro o cinco personas que arrastraban también a la fuerza a Ron y Hermione.

—¡Suéltela! —gritó Ron. Y de inmediato se oyó el sonido de un puñetazo; Ron gruñó de dolor y Hermione chilló:

—¡No! ¡Déjenlo! ¡Déjenlo!

—A tu novio le va a pasar algo mucho peor si está en mi lista —le advirtió aquella voz bronca, horriblemente familiar—. Vaya muchacha tan deliciosa... Qué maravilla... Me encanta la piel tan suave...

A Harry se le revolvió el estómago. Había reconocido la voz: era la de Fenrir Greyback, el hombre lobo al que permitían llevar la túnica de los mortífagos a cambio de sus feroces servicios.

—¡Registren la tienda! —ordenó otra voz.

Tiraron a Harry al suelo, boca abajo. El muchacho oyó un ruido sordo y dedujo que Ron había caído a su lado. Se oyeron pasos y golpes; los hombres registraban la tienda, revolviéndolo todo y volcando las sillas.

—Y ahora, veamos a quién hemos capturado —se regodeó Greyback, y le dio la vuelta a Harry.

Una varita mágica le iluminó la cara, y Greyback se carcajeó y bromeó:

—Voy a necesitar cerveza de mantequilla para tragarme a éste... ¿Qué te ha pasado, patito feo? —Harry no contestó—. Te he hecho una pregunta —espetó Greyback, y le dio un golpe en el estómago que le hizo doblarse de dolor.

—Me han picado unos insectos —masculló Harry.

—Sí, eso parece —dijo otra voz.

—¿Cómo te llamas? —gruñó el hombre lobo.

—Dudley —contestó Harry.

—¿Y tu nombre de pila?

—Vernon. Vernon Dudley.

—Busca en la lista, Scabior —ordenó Greyback, y se movió para examinar a Ron—. ¿Y tú quién eres, pelirrojo?

—Stan Shunpike.

—¡Y un cuerno! —protestó Scabior—. Conocemos a Stan; ha hecho algún que otro trabajito para nosotros.

Se oyó otro puñetazo.

—Me llamo Bardy —balbuceó Ron, y Harry dedujo que tenía la boca ensangrentada—. Bardy Weasley.

—Ajá, ¿un Weasley? —se sorprendió Greyback—. Entonces, aunque no seas un sangre sucia, estás emparentado con traidores a la sangre. Bien, por último, veamos a la preciosa cautiva... —El gusto con que lo dijo hizo que a Harry se le pusieran los pelos de punta.

—Tranquilo, Greyback —le advirtió Scabior mientras los otros reían.

—No te preocupes, todavía no voy a hincarle el diente. Comprobemos si es más ágil que Barny para recordar su nombre. ¿Cómo te llamas, monada?

—Penélope Clearwater —contestó Hermione. Lo dijo con miedo pero sonó convincente.

—¿Qué Estatus de Sangre tienes?

—Sangre mestiza.

—Será fácil comprobarlo —opinó Scabior—. Pero los tres parecen tener edad de estar todavía en Hogwarts.

—Nos hemos escapado —soltó Ron.

—¿Que se escaparon, pelirrojo? —masculló Scabior—. ¿Para qué, para ir de campamento? Y no pensaron nada mejor que hacer, para reírse un poco, que utilizar el nombre del Señor Tenebroso, ¿no?

—No nos estábamos riendo —se defendió Ron—. Fue un accidente.

—¿Un accidente, pelirrojo? —Más risas y burlas.

—¿Sabes a quiénes les gustaba utilizar el nombre del Señor Tenebroso, Weasley? —gruñó Greyback—. A los de la Orden del Fénix. ¿Te suena de algo?

—No.

—Pues bien, como no le muestran el respeto debido al Señor Tenebroso, hemos prohibido pronunciar su nombre, y de esa forma hemos descubierto a algunos miembros de la Orden. Bien, ya veremos. ¡Átenlos con los otros dos prisioneros!

Alguien levantó a Harry del suelo tirándole del pelo, lo arrastró un corto trecho, lo sentó y lo ató de espaldas a otras personas. El chico apenas distinguía nada entre los hinchados párpados. Cuando el que los había atado se apartó de ellos, Harry les susurró a los otros prisioneros:

—¿Alguien conserva su varita?

—No —respondieron Ron y Hermione, uno a cada lado de él.

—Ha sido culpa mía. He pronunciado el nombre. Lo siento...

—Eh, ¿eres Harry?

Esa otra voz era conocida y provenía justo de detrás de Harry, de la persona que habían atado a la izquierda de Hermione.

—¡No me digas que eres Dean!

—¡Hola, amigo! ¡Si descubren a quién han atrapado...! Son Carroñeros y sólo buscan a alumnos que han hecho novillos para cobrar la recompensa.

—No está nada mal el botín, para una sola noche, ¿eh? —iba diciendo Greyback; alguien calzado con botas tachonadas pasó cerca de Harry y luego se oyeron más golpes en el interior de la tienda—. Un sangre sucia, un duende fugitivo y tres novilleros. ¿Has buscado ya sus nombres en la lista, Scabior?

—Sí. Aquí no aparece ningún Vernon Dudley.

—Interesante —dijo el hombre lobo—. Muy interesante.

Y se agachó al lado de Harry, que distinguió, a través de las finísimas rendijas que separaban sus hinchados párpados, una cara cubierta de enmarañado pelo gris, con bigotes, afilados dientes marrones y llagas en las comisuras de la boca. Greyback olía igual que en lo alto de la torre donde murió Dumbledore: a mugre, sudor y sangre.

—Así que no te buscan, ¿eh, Vernon? ¿O figuras en esa lista con otro nombre? ¿En qué casa de Hogwarts estabas?

—En Slytherin —contestó Harry sin vacilar.

—Qué curioso. Todos creen que eso es lo que queremos oír —se burló Scabior desde la oscuridad—. Pero nadie es capaz de decirnos dónde está la sala común.

—Se halla en las mazmorras y se entra por la pared —dijo Harry—. Está llena de cráneos y cosas así, y como queda debajo del lago, la luz tiene un tono verdoso.

Hubo un súbito silencio.

—Vaya, vaya, parece que esta vez hemos capturado a un verdadero Slytherin —dijo Scabior al fin—. Bien hecho, Vernon, porque no hay muchos sangre sucia en esa casa. ¿Quién es tu padre?

—Trabaja en el ministerio —mintió Harry. Sabía que la historia que se estaba inventando se derrumbaría a la mínima investigación, pero sólo disponía de tiempo hasta que su cara recuperara el aspecto normal, porque entonces acabaría el juego. Así que añadió—: En el Departamento de Accidentes y Catástrofes en el Mundo de la Magia.

—¿Sabes qué, Greyback? —murmuró Scabior—. Me parece que es verdad que ahí trabaja un tal Dudley.

Harry apenas podía respirar. ¿Saldría del atolladero de pura chiripa?

—Vaya, vaya —dijo el hombre lobo. Harry detectó un minúsculo dejo de temor en esa voz insensible, y comprendió que Greyback estaba preguntándose si sería verdad que había atrapado al hijo de un funcionario del ministerio. El corazón del chico latía a cien contra las cuerdas que le aprisionaban el pecho; no le habría sorprendido que Greyback se hubiera percatado de ello—. Si nos estás diciendo la verdad, patito feo, no te importará que te llevemos al ministerio, ¿verdad? Espero que tu padre nos recompense por haberte recogido.

—Pero si usted nos deja... —balbuceó Harry con la boca seca.

—¡Eh! —gritó alguien dentro de la tienda—. ¡Mira esto, Greyback!

Una oscura silueta se acercó rápidamente hacia ellos, y Harry vio un destello plateado a la luz de las varitas. Habían encontrado la espada de Gryffindor.

—¡Muuuuy bonita! —dijo Greyback con admiración, y la tomó de las manos de su compañero—. Ya lo creo, bonita de verdad. Parece obra de duendes. ¿De dónde han sacado esto?

—Es de mi padre —continuó mintiendo Harry, y confió, contra todo pronóstico, en que estuviera demasiado oscuro para que Greyback viera el nombre grabado justo debajo de la empuñadura—. La tomamos prestada para cortar leña.

—¡Un momento, Greyback! —exclamó Scabior—. ¡Mira qué dice aquí, en *El Profeta*!

La cicatriz de Harry, muy tensa en la dilatada frente, le ardió con furia y el muchacho vio, con mayor claridad que lo que estaba pasando alrededor, un edificio altísimo, una lúgubre e imponente fortaleza negra como el azabache, y de pronto los pensamientos de Voldemort recuperaron la nitidez: se deslizaba hacia ese gigantesco edificio con determinación y euforia contenida...

Tan cerca... tan cerca ya...

Haciendo un esfuerzo monumental, Harry cerró la mente a los pensamientos de Voldemort y trató de concentrarse en que estaba allí, atado a Ron, Hermione, Dean y Griphook en la oscuridad, escuchando a Greyback y Scabior.

—«Hermione Granger —iba leyendo este último—, la sangre sucia que según todos los indicios viaja con Harry Potter.»

Hubo un momento de silencio. A Harry le punzaba la cicatriz, pero se empeñó en mantenerse en el presente y no entrar en la mente de Voldemort. Oyó el crujido de las botas de Greyback cuando éste se agachó frente a Hermione.

—¿Sabes qué, muchachita? La chica de esta fotografía se parece mucho a ti.

—¡No soy yo! ¡No lo soy! —El aterrado chillido de Hermione equivalió a una confesión.

—«... que según todos los indicios viaja con Harry Potter» —repitió Greyback con calma.

Una extraña quietud se apoderó de la escena. Pese a que su cicatriz estaba alcanzando cotas de dolor insospechadas, Harry luchó con denuedo contra la atracción de los pensamientos de Voldemort; nunca había sido tan importante que se mantuviera absolutamente consciente.

—Bueno, esto cambia las cosas, ¿no? —susurró Greyback.

Todos callaron. Harry percibió cómo los Carroñeros, inmóviles, los observaban, y notó también el temblor del brazo de Hermione contra el suyo. Greyback se enderezó, dio un par de pasos hacia Harry, volvió a agacharse y examinó minuciosamente sus deformes facciones.

—¿Qué tienes en la frente, Vernon? —preguntó en voz baja, y presionó con un mugriento dedo la tensa cicatriz.

Harry olió su fétido aliento.

—¡No me toque! —gritó, porque creyó que no soportaría el dolor.

—Creía que llevabas gafas, Potter —dijo Greyback.

—¡Las he encontrado! —alardeó un Carroñero que estaba un poco más lejos—. Había unas gafas en la tienda, Greyback. Espera...

Y unos segundos más tarde se las colocaron a Harry. Los Carroñeros se acercaron y lo observaron atentamente.

—¡Es él! —bramó Greyback—. ¡Hemos atrapado a Potter!

Atónitos y sin dar crédito a lo que habían logrado, los miembros de la banda retrocedieron unos pasos. Harry, que seguía esforzándose por mantenerse consciente pese al insoportable dolor de cabeza, no supo qué decir; mientras tanto, unas visiones fragmentadas le atravesaban la mente...

... *se deslizaba alrededor de los altos muros de la fortaleza...*

No, él era Harry, estaba atado y sin varita, y corría un grave peligro...

... *miraba hacia arriba, hacia la ventana más alta, hacia la torre más alta...*

Él era Harry, y los Carroñeros cuchicheaban intentando decidir qué hacían con él...

... había llegado el momento de volar...

—¿... al ministerio?

—¡Al cuerno con el ministerio! —gruñó Greyback—. Se pondrán ellos la medalla y a nosotros no nos reconocerán ningún mérito. Propongo que se lo llevemos directamente a Quien-ustedes-saben.

—¿Qué pretendes hacer? ¿Le avisarás, o lo harás venir aquí? —preguntó Scabior, muerto de miedo.

—No, yo no tengo... Dicen que utiliza la casa de los Malfoy como cuartel general. Lo llevaremos allí.

Harry creía saber por qué Greyback no podía avisar a Voldemort, pues, aunque al hombre lobo le permitían llevar túnica de mortífago cuando a ellos les interesaba, tan sólo los miembros del círculo más allegado a Voldemort tenían grabada la Marca Tenebrosa para comunicarse entre ellos. Pero a Greyback no le habían concedido ese honor.

La cicatriz de Harry seguía pulsando dolorosamente...

... y se elevó en la oscuridad, y voló derecho hacia la ventana más alta de la torre...

—¿... completamente seguro de que es él? Porque si no lo es, Greyback, estamos acabados.

—¿Quién manda aquí? —rugió Greyback para disimular su ineptitud—. He dicho que es Potter, y él más su varita significan doscientos mil galeones. Pero si alguno de ustedes es demasiado cobarde para acompañarme, que no lo haga. Me lo llevaré yo, y con un poco de suerte me regalarán a la chica.

... la ventana no era más que una hendidura en la negra roca, demasiado estrecha para atravesarla... Por esa grieta se veía una figura esquelética, ovillada bajo una manta... ¿Estaba muerta o dormida?

—¡De acuerdo! —decidió Scabior—. ¡De acuerdo, iremos contigo! ¿Y los demás qué, Greyback? ¿Qué hacemos con ellos?

—Podríamos llevárnoslos a todos. Hay dos sangre sucia; eso significa diez galeones más. Y dame también la espada; si eso son rubíes, ganaremos una pequeña fortuna.

Mientras forzaban a los prisioneros a ponerse en pie, Harry oyó la agitada respiración de la asustada Hermione.

—Sujétenlos fuerte y no los suelten. Yo me encargo de Potter —ordenó Greyback agarrando a Harry por el pelo; el muchacho notó cómo las largas y amarillentas uñas del hombre lobo le arañaban el cuero cabelludo—. ¡Voy a contar hasta tres! Uno... dos... ¡tres!

Se desaparecieron llevándose a los prisioneros. Harry forcejeó para soltarse de la mano del hombre lobo, pero fue inútil porque Ron y Hermione iban pegados a él, uno a cada lado, y no podía separarse del grupo; cuando se quedó sin aire, la cicatriz le dolió aún más...

... se coló por aquella ventana que no era más que una rendija, como habría hecho una serpiente, y se posó, ligero como el vapor, en el suelo de una especie de celda...

Los prisioneros entrechocaron al tomar tierra en un sendero rural. Harry tardó un poco en acostumbrar la vista porque todavía tenía los ojos hinchados; cuando lo consiguió, vio una verja de hierro forjado que daba entrada a lo que parecía un largo camino. Sintió sólo un ligero alivio. Lo peor todavía no había pasado: él sabía, porque estaba luchando por rechazar esa visión, que Voldemort no se encontraba ahí, sino en una especie de fortaleza, en lo alto de una torre. Otra cuestión era cuánto tardaría el Señor Tenebroso en regresar cuando se enterara de que Harry se hallaba en ese lugar.

Uno de los Carroñeros se aproximó a la verja y la sacudió.

—¿Cómo entramos ahora? La verja está cerrada, Greyback, no puedo... ¡Maldita sea!

Apartó las manos con rapidez, asustado, pues el hierro empezó a contorsionarse y retorcerse, y sus intrincadas curvas y espirales compusieron un rostro horrendo que habló con una voz resonante y metálica:

—¡Manifiesta tus intenciones!

—¡Tenemos a Potter! —gritó Greyback, triunfante—. ¡Hemos capturado a Harry Potter!

La verja se abrió.

—¡Vamos! —les dijo a sus hombres, que traspusieron la verja y empujaron a los prisioneros por el camino, flanqueado por altos setos que amortiguaban el ruido de sus pasos.

Harry entrevió una fantasmagórica silueta en lo alto del seto, y se percató de que era un pavo real albino. Tropezó, y Greyback lo agarró para levantarlo; el muchacho avanzaba dando traspiés, de lado, atado de espaldas a los otros cuatro prisioneros. Cerró los ojos y permitió que el dolor de la cicatriz lo invadiera un instante, ansioso por saber qué estaba haciendo Voldemort y si ya sabía que lo habían capturado...

... la escuálida figura se rebulló bajo la delgada manta, se dio la vuelta hacia él y abrió los ojos... El frágil individuo, de rostro descarnado, se incorporó y clavó los grandes y hundidos ojos en él, en Voldemort, y sonrió. Estaba casi desdentado...

—¡Ah, por fin has venido! Ya imaginaba que lo harías algún día. Pero tu viaje ha sido en vano: yo nunca la tuve.

—¡Mientes!

La ira de Voldemort latía con fuerza en el fuero interno de Harry. El muchacho obligó a su mente a regresar al cuerpo, porque la cicatriz amenazaba con reventar, y luchó por mantenerse consciente mientras los Carroñeros los empujaban por el camino de grava.

De pronto una luz los iluminó a todos.

—¿Qué quieren? —preguntó una inexpresiva voz de mujer.

—¡Hemos venido a ver a El-que-no-debe-ser-nombrado! —anunció Greyback.

—¿Quién eres tú?

—¡Usted ya me conoce! —Había resentimiento en la voz del hombre lobo—. ¡Soy Fenrir Greyback, y hemos capturado a Harry Potter!

Agarró a Harry y le dio la vuelta para que la cara le quedara iluminada, obligando a los otros prisioneros a volverse también.

—¡Ya sé que está hinchado, señora, pero es él! —intervino Scabior—. Si se fija bien, le verá la cicatriz. Y esta chica es la sangre sucia que viajaba con él, señora. ¡No hay duda de que es él, y también tenemos su varita! ¡Mire, señora!

Harry soportó que Narcisa Malfoy le escudriñara el rostro mientras Scabior le entregaba la varita de endrino; la bruja arqueó las cejas.

—Llévenlos dentro —ordenó.

A fuerza de empujones y patadas, los obligaron a subir los anchos escalones de la entrada, que daban acceso a un vestíbulo guarnecido de retratos en las paredes.

—Síganme —indicó Narcisa guiándolos por el vestíbulo—. Mi hijo Draco está pasando las vacaciones de Pascua en casa. Él nos confirmará si es Harry Potter.

La luz del salón resultaba deslumbrante comparada con la oscuridad del exterior; pese a que tenía los ojos entrecerrados, Harry apreció las grandes dimensiones de la estancia, la araña de luces que colgaba del techo y los retratos que había en las paredes, de color morado oscuro. Cuando los Carroñeros hicieron entrar a los prisioneros, dos personas se levantaron de sendas butacas colocadas ante una ornamentada chimenea de mármol.

—¿Qué significa esto?

Harry reconoció al instante la voz de Lucius Malfoy: aquel hablar arrastrando las palabras era inconfundible. Empezaba a asustarse de verdad, porque no veía cómo iban a salir de allí, y a medida que su miedo aumentaba, le resultaba más fácil bloquear los pensamientos de Voldemort, aunque seguía doliéndole la cicatriz.

—Dicen que han capturado a Potter —explicó Narcisa sin emoción alguna—. Ven aquí, Draco.

Aunque no se atrevió a mirar a Draco directamente, Harry vio de refilón cómo una figura un poco más alta que él se le aproximaba; reconoció su rostro, pálido y anguloso, aunque era tan sólo un manchón enmarcado por un cabello rubio claro.

Greyback obligó a los prisioneros a darse otra vez la vuelta para colocar a Harry justo debajo de la araña de luces.

—¿Y bien? ¿Qué me dices, chico? —preguntó el hombre lobo.

Harry se hallaba enfrente de la chimenea, sobre la que habían colgado un lujoso espejo de marco adornado con intrincadas volutas; de esa forma, a través de las ranuras que formaban sus párpados, vio su propio reflejo por primera vez desde que saliera de Grimmauld Place.

Tenía la cara enorme, brillante y rosada; el embrujo de Hermione le había deformado todas las facciones; el pelo negro le llegaba por los hombros, y una barba rala le cubría el mentón. De no haber sabido que era él mismo quien se contemplaba, se habría preguntado quién se había puesto sus gafas. Decidió no decir nada, porque sin duda su voz lo delataría, y siguió evitando mirar a Draco a los ojos.

—¿Y bien, Draco? —preguntó Lucius Malfoy con avidez—. ¿Lo es? ¿Es Harry Potter?

—No sé... No estoy seguro —respondió Draco. Mantenía la distancia con Greyback, y parecía darle tanto miedo mirar a Harry como a éste se lo daba mirarlo a él.

—¡Pues fíjate bien! ¡Acércate más! —Harry nunca había visto tan ansioso a Lucius Malfoy—. Escucha, Draco, si se lo entregamos al Señor Tenebroso nos perdonará todo lo...

—Bueno, espero que no olvidemos quién lo ha capturado, ¿verdad, señor Malfoy? —terció el hombre lobo, amenazador.

—¡Por supuesto que no! ¡Por supuesto! —replicó Lucius con impaciencia. Se acercó tanto a Harry que el muchacho, a pesar de la hinchazón de los ojos, vio con todo detalle aquel rostro, desprovisto de la palidez y la languidez habituales. Debido a su deformidad, igual que una especie de máscara, era como si Harry mirara entre los barrotes de una jaula.

—¿Qué le han hecho? —le preguntó Lucius a Greyback—. ¿Qué le ha pasado en la cara?

—No hemos sido nosotros.

—Yo creo que le han hecho un embrujo punzante —especuló Lucius, y a continuación examinó con sus grises ojos la frente de Harry—. Sí, aquí tiene algo —susurró—. Podría ser la cicatriz, tensada... ¡Ven aquí, Draco, y mira bien! ¿Qué opinas?

Harry vio la cara de Draco muy cerca, junto a la de su padre. Se parecían muchísimo, pero mientras que el padre estaba fuera de sí de emoción, la expresión de Draco era de reticencia, casi de temor.

—No lo sé —insistió el chico, y se retiró hacia la chimenea, desde donde su madre contemplaba la escena.

—Será mejor que nos aseguremos, Lucius —le dijo Narcisa a su esposo—. Hemos de estar completamente seguros de que es Potter antes de llamar al Señor Tenebroso. Dicen que esta varita es suya —añadió, examinando la varita de endrino—, pero no responde a la descripción de Ollivander. Si nos equivocamos y hacemos venir al Señor Tenebroso para nada... ¿Te acuerdas de lo que les hizo a Rowle y Dolohov?

—¿Y la sangre sucia qué? —gruñó Greyback.

Harry estuvo a punto de caerse al suelo cuando los Carroñeros obligaron a los prisioneros a darse otra vez la vuelta, para que la luz cayera en esta ocasión sobre la cara de Hermione.

—Espera —dijo de pronto Narcisa—. ¡Sí! ¡Sí, estaba en la tienda de Madame Malkin con Potter! ¡Y vi su fotografía en *El Profeta*! ¡Mira, Draco! ¿No es esa tal Granger?

—Pues... no sé. Sí, podría ser.

—¡Pues entonces, ese otro tiene que ser el hijo de los Weasley! —gritó Lucius, y rodeó a los prisioneros para colocarse enfrente de Ron—. ¡Son ellos, los amigos de Potter! Míralo, Draco. ¿No es el hijo de Arthur Weasley? ¿Cómo se llama?

—No sé —repitió Draco, sin mirar a los prisioneros—. Podría ser.

De pronto se abrió la puerta del salón. Harry estaba de espaldas, y al oír una voz de mujer su miedo se incrementó aún más.

—¿Qué significa esto? ¿Qué ha pasado, Cissy?

Bellatrix Lestrange, de párpados gruesos, se paseó lentamente alrededor de los prisioneros y se detuvo a la derecha de Harry, mirando fijamente a Hermione.

—¡Vaya! —dijo con serenidad—. ¡Pero si es la sangre sucia! ¡Esa Granger!

—¡Sí, sí, es Granger! —exclamó Lucius—. ¡Y creemos que quien está a su lado es Potter! ¡Son Potter y sus amigos! ¡Por fin hemos dado con ellos!

—¿Potter, Harry Potter? —farfulló Bellatrix con voz chillona, y retrocedió un poco para estudiarlo—. ¿Estás seguro? ¡En ese caso, hay que informar de inmediato al Señor Tenebroso! —Y se retiró la manga del brazo izquierdo.

Al ver la Marca Tenebrosa grabada con fuego en la piel, Harry supo que la bruja se disponía a tocarla para llamar a su amado señor...

—¡Ahora mismo iba a llamarlo! —dijo Lucius, y sujetó la muñeca de Bellatrix, impidiéndole que se tocara la Marca—. Yo lo llamaré, Bella. Han traído a Potter a mi casa, y por tanto tengo autoridad para...

—¿Autoridad, tú? —se burló Bellatrix e intentó liberar la mano—. ¡Se te acabó la autoridad cuando perdiste tu varita, Lucius! ¿Cómo te atreves? ¡Quítame las manos de encima!

—Tú no tienes nada que ver con esto. Tú no has capturado al chico, ni...

—Disculpe, señor Malfoy —intervino Greyback—, pero somos nosotros quienes capturamos a Potter, y el dinero de la recompensa...

—¡El dinero! —exclamó Bellatrix y soltó una risotada; aún forcejaba con su cuñado y con la mano libre buscaba su varita en el bolsillo—. Quédate con el dinero, desgraciado, ¿para qué lo quiero yo? Yo sólo busco el honor de... de...

En ese momento reparó en algo que Harry no alcanzaba a ver y se detuvo en seco. Satisfecho con la capitulación de Bellatrix, Lucius le soltó la muñeca y se arremangó.

—¡¡Quieto!! —chilló Bellatrix—. ¡No la toques! ¡Si el Señor Tenebroso viene ahora nos matará a todos!

Lucius se quedó paralizado, con el dedo índice suspendido sobre la Marca Tenebrosa de su brazo. Bellatrix salió del limitado campo visual de Harry.

—¿Qué es esto? —le oyó decir el muchacho.

—Una espada —contestó un Carroñero.

—¡Dámela!

—Esta espada no es suya, señora; es mía. La encontré yo.

Se produjeron un estallido y un destello de luz roja, y Harry dedujo que el Carroñero había recibido un hechizo aturdidor. Sus compañeros se pusieron furiosos y Scabior sacó su varita mágica.

—¿A qué se cree que está jugando, señora?

—¡*Desmaius!* —gritó Bellatrix—. ¡*Desmaius!*

Los Carroñeros no podían competir con ella pese a su ventaja numérica: cuatro contra una. Harry sabía que Bellatrix era una bruja sin escrúpulos y de prodigiosa habilidad. De modo que todos los hombres cayeron al suelo, excepto Greyback, a quien obligaron a arrodillarse con los brazos extendidos. Con el rabillo del ojo, Harry vio cómo la mujer, pálida como la cera, se acercaba al hombre lobo empuñando la espada de Gryffindor.

—¿De dónde has sacado esta espada? —le susurró a Greyback al mismo tiempo que le quitaba la varita de la mano sin que él opusiera resistencia.

—¿Cómo se atreve? —gruñó él; la boca era lo único que podía mover, y se veía obligado a mirar a la bruja. Enseñó los afilados dientes—. ¡Suélteme ahora mismo!

—¿Dónde has encontrado esta espada? —repitió ella blandiéndola ante el hombre lobo—. ¡Snape la envió a mi cámara de Gringotts!

—Estaba en la tienda de campaña de esos chicos —contestó Greyback—. ¡Le he dicho que me suelte!

Bellatrix agitó la varita y el hombre lobo se puso en pie, pero no se atrevió a acercarse a la bruja. Así que se puso a rondar detrás de un sillón, apretando el respaldo con sus curvadas y sucias uñas.

—Llévate a esa escoria fuera, Draco —mandó Bellatrix señalando a los Carroñeros inconscientes—. Si no tienes agallas para liquidarlos, déjalos en el patio y ya me encargaré yo de ellos.

—No te atrevas a hablarle a Draco como si... —intervino Narcisa, furiosa, pero Bellatrix gritó:

—¡Cállate! ¡La situación es más delicada de lo que imaginas, Cissy! ¡Tenemos un problema muy grave!

Se levantó jadeando y examinó la empuñadura de la espada. Luego se dio la vuelta y miró a los silenciosos prisioneros.

—Si de verdad es Potter, no hay que hacerle daño —masculló como para sí—. El Señor Tenebroso quiere deshacerse de él personalmente. Pero si se entera... Tengo... tengo que saber... —Se giró de nuevo hacia su hermana y ordenó—. ¡Lleven a los prisioneros a la bodega mientras pienso qué podemos hacer!

—Ésta es mi casa, Bella. No consiento que nos des órdenes en...

—¡Haz lo que te digo! ¡No tienes ni idea del peligro que corremos! —chilló Bellatrix. Daba miedo verla de lo enloquecida que parecía; un hilillo de fuego salió de su varita e hizo un agujero en la alfombra.

Narcisa vaciló un instante y luego ordenó al hombre lobo:

—Llévate a estos prisioneros al sótano, Greyback.

—Un momento —saltó Bellatrix—. A todos excepto... excepto a la sangre sucia.

Greyback soltó un gruñido de placer.

—¡No! —gritó Ron—. ¡Ella no! ¡Llévenme a mí!

Bellatrix le dio una bofetada que resonó en la sala.

—Si muere durante el interrogatorio, tú serás el siguiente —lo amenazó la bruja—. En mi escalafón, los traidores a la sangre van después de los sangre sucia. Llévalos abajo, Greyback, y asegúrate de que están bien atados, pero no les hagas nada... de momento.

Le devolvió la varita al hombre lobo, y a continuación sacó un puñal de plata de la túnica y cortó las cuerdas que ataban a Hermione. Tras separarla de los otros prisioneros, la llevó hasta el centro de la habitación arrastrándola por el cabello. Entretanto, Greyback obligó a los demás a salir por otra puerta que daba a un oscuro pasillo; iba con la varita en alto, ejerciendo con ella una fuerza invisible e irresistible.

—¿Creen que me dejará a la chica cuando haya terminado con ella? —pregunto Greyback con voz melosa mientras los obligaba a avanzar por el pasillo—. Yo diría que al menos podré darle un par de mordiscos, ¿no, pelirrojo?

Harry notaba los temblores de Ron. Los obligaron a bajar por una empinada escalera, todavía atados, de modo que corrían el peligro de resbalar y partirse el cuello. Al pie de la escalera había una gruesa puerta que Greyback abrió con un golpecito de su varita; forzó a los prisioneros a entrar en una húmeda y fría estancia y los dejó allí, a oscuras. El eco que produjo la puerta del sótano al cerrarse de golpe todavía no se había apagado cuando oyeron un largo y desgarrador grito proveniente del piso superior.

—¡¡Hermione!! —chilló Ron, y empezó a retorcerse y forcejear con las cuerdas que los sujetaban, haciendo que Harry se tambaleara—. ¡¡Hermione!!

—¡Cállate! —le ordenó éste—. ¡Cállate, Ron! Tenemos que encontrar la forma de salir de...

—¡¡Hermione!! ¡¡Hermione!!

—Necesitamos un plan, deja ya de gritar. Hemos de librarnos de estas cuerdas...

—¿Harry? —se oyó susurrar en la oscuridad—. ¿Ron? ¿Son ustedes?

Ron paró de gritar. Notaron un movimiento cerca de ellos, y entonces Harry vio que se acercaba alguien.

—Eh, ¿son Harry y Ron?

—¿Luna, Luna, eres tú?

—¡Sí, soy yo! ¡Oh, no! ¡Confiaba en que no los capturaran!

—¿Puedes ayudarnos a soltar estas cuerdas, Luna? —pidió Harry.

—Sí, claro, supongo que sí... Por aquí hay un clavo viejo que usamos cuando necesitamos romper algo... esperen un momento...

Hermione volvió a gritar en el piso superior, y los chicos oyeron gritar también a Bellatrix, pero no entendieron lo que decía, porque Ron reanudó sus berridos:

—¡¡Hermione!! ¡¡Hermione!!

—Señor Ollivander... —le oyó decir Harry a Luna—. Señor Ollivander, ¿tiene usted el clavo? Si no le importa apartarse un poquito... Me parece que estaba junto a la jarra de agua... —La muchacha regresó al cabo de unos segundos—. Tienen que estarse quietos.

Harry notó cómo Luna hincaba el clavo en las duras fibras de la cuerda para deshacer los nudos. En ese momento volvieron a oír la voz de Bellatrix:

—¡Te lo preguntaré una vez más! ¿De dónde sacaron esta espada? ¿De dónde?

—La encontramos... la encontramos... ¡¡Oh, por favor!! —Hermione soltó un alarido.

Ron se retorció de nuevo, y el herrumbroso clavo estuvo a punto de perforar la muñeca de Harry.

—¡Haz el favor de estarte quieto, Ron! —susurró Luna—. No veo lo que hago...

—¡Busca en mi bolsillo! —urgió Ron—. ¡Llevo un desiluminador, y está cargado de luz!

Unos segundos más tarde se oyó un chasquido, y las esferas de luz que el desiluminador había absorbido de las lámparas de la tienda iluminaron el sótano, pero al no poder volver a su fuente, se quedaron allí suspendidas, como pequeños soles, inundando de luz la celda subterránea. Harry vio entonces a Luna, pálida y de ojos desorbitados, y al inmóvil Ollivander, el fabricante de varitas, acurrucado en el suelo, en un rincón; luego giró la cabeza y observó a sus dos compañeros de cautiverio: Dean y Griphook, el duende, que parecía semiinconsciente y se mantenía en pie gracias a las cuerdas que lo ataban a los humanos.

—Así resulta mucho más fácil. Gracias, Ron —dijo Luna mientras terminaba de cortar las ataduras—. ¡Hola, Dean!

La voz de Bellatrix volvió a llegar desde arriba:

—¡Mientes, asquerosa sangre sucia, y yo lo sé! ¡Has entrado en mi cámara de Gringotts! ¡Di la verdad! ¡Confiesa!

Otro grito estremecedor...

—¡¡Hermione!!

—¿Qué más se llevaron de allí? ¿Qué más tienen? ¡Dime la verdad o te juro que te atravieso con este puñal!

—¡Ya está!

Harry sintió cómo las cuerdas se soltaban; se dio la vuelta frotándose las muñecas y vio que Ron ya se afanaba por el sótano, mirando el techo en busca de una trampilla. Dean, con la cara magullada y ensangrentada, le dio las gracias a Luna y se levantó tembloroso; pero Griphook, cuya tez morena estaba cubierta de cardenales, se desplomó en el suelo; parecía desorientado y semidesmayado.

Ron intentaba desaparecerse sin varita mágica.

—No hay ninguna salida, Ron —indicó Luna contemplando los infructuosos esfuerzos del chico—. Este sótano está hecho a prueba de fugas; al principio yo también lo intenté. El señor Ollivander lleva aquí mucho tiempo, y también lo ha probado todo.

Hermione seguía aullando; el sonido de sus gritos recorría a Harry como un dolor físico. Apenas consciente del intenso dolor que le producía la cicatriz, él también se puso a dar vueltas por la celda, palpando las paredes en busca de no sabía qué, aun consciente de que era inútil.

—¿Qué más se llevaron? ¿Qué más? ¡¡Contéstame!! ¡¡*Crucio!!*

Los lamentos de Hermione resonaban en el piso de arriba; Ron sollozaba mientras golpeaba las paredes con los puños, y Harry, desesperado, tomó el monedero de Hagrid que le colgaba del cuello y sacó la snitch de Dumbledore. La agitó, esperando tal vez un milagro, pero no ocurrió nada. Luego agitó también la rota varita de fénix, pero había quedado completamente inservible; entonces el fragmento de espejo cayó al suelo y Harry vio un intenso destello azul...

El ojo de Dumbledore lo miraba desde el espejo.

—¡Ayúdanos! —le suplicó, abrumado—. ¡Estamos en el sótano de la Mansión Malfoy! ¡Ayúdanos!

El ojo parpadeó, pero enseguida desapareció.

Harry ni siquiera estaba seguro de haberlo visto. Inclinó el fragmento de espejo hacia un lado y otro, pero sólo vio el reflejo de las paredes y el techo del sótano; arriba, Hermione gritaba cada vez más fuerte, y a su lado Ron no paraba de bramar: «¡¡Hermione!! ¡¡Hermione!!»

—¿Cómo entraron en mi cámara? —preguntó Bellatrix—. ¿Los ayudó ese desgraciado duende que está en el sótano?

—¡Lo conocimos esta noche! —gimoteó Hermione—. Nunca hemos estado en su cámara. ¡Ésta no es la espada verdadera! ¡Es una copia, sólo una copia!

—¿Una copia? —repitió Bellatrix con voz estridente—. ¡Mentirosa!

—¡Podemos comprobarlo fácilmente! —exclamó Lucius—. ¡Ve a buscar al duende, Draco; él sabrá decirnos si la espada es auténtica o no!

Harry se acercó presuroso a Griphook, acurrucado en el suelo.

—Griphook —le susurró acercando los labios a su puntiaguda oreja—, debes decirles que esa espada es una falsificación; no deben saber que es la auténtica. Por favor, Griphook...

El muchacho oyó pasos en la escalera que conducía al sótano y, un momento más tarde, la temblorosa voz de Draco bramó detrás de la puerta:

—¡Apártense y pónganse en fila en la pared del fondo! ¡No intenten hacer nada, o morirán!

Los prisioneros obedecieron. Cuando la llave giró en la cerradura, Ron accionó el desiluminador y las luces fueron absorbidas por éste, dejando el sótano a oscuras. Entonces la puerta se abrió de golpe; Malfoy, pálido pero decidido, entró con la varita en alto, sujetó al menudo duende por un brazo y lo sacó a rastras. Cerró de nuevo la puerta y en ese preciso instante un fuerte «¡crac!» resonó en el sótano.

Ron volvió a accionar el desiluminador y salieron tres esferas de luz que se quedaron suspendidas en el aire, mostrando a Dobby, el elfo doméstico, que acababa de aparecerse en medio de los prisioneros.

—¡¡Dob...!!

Harry sujetó a Ron por el brazo para que no gritara, y éste puso cara de susto al darse cuenta del error que habría cometido. A través del techo oyeron pasos en el piso de arriba, sin duda Draco conduciendo a Griphook ante Bellatrix.

Dobby tenía muy abiertos sus enormes ojos con forma de pelotas de tenis, y temblaba desde los pies hasta la punta de las orejas: había regresado a la casa de sus antiguos amos y era evidente que estaba muerto de miedo.

—Harry Potter —dijo con un hilo de voz—, Dobby ha venido a rescatarte.

—Pero ¿cómo has...?

Un alarido espeluznante ahogó las palabras de Harry: estaban torturando otra vez a Hermione, así que el chico decidió ir al grano:

—¿Puedes desaparecerte de este sótano, Dobby? —El elfo asintió agitando las orejas—. ¿Y puedes llevarte a humanos contigo? —Volvió a asentir—. Muy bien. Pues quiero que tomes a Luna, Dean y el señor Ollivander y los lleves a... a...

—A casa de Bill y Fleur —dijo Ron—. ¡Al Refugio, en las afueras de Tinworth!

El elfo asintió una vez más.

—Y luego quiero que vuelvas aquí —añadió Harry—. ¿Podrás hacerlo, Dobby?

—Claro, Harry Potter —susurró el pequeño elfo. Se aproximó rápidamente al señor Ollivander, que estaba semiinconsciente, lo tomó de la mano y luego tendió la otra mano a Luna y Dean, pero ninguno de los dos se movió.

—¡Queremos ayudarte, Harry! —susurró Luna.

—No podemos dejarte aquí —dijo Dean.

—¡Váyanse! ¡Nos veremos en casa de Bill y Fleur!

Mientras hablaba, a Harry cada vez le dolía más la cicatriz, y al bajar la vista, no vio al fabricante de varitas, sino a otro individuo tan anciano como él e igual de delgado, pero que reía con sorna.

—¡Mátame, Voldemort! ¡No me importa morir! Pero con mi muerte no conseguirás lo que buscas. Hay tantas cosas que no entiendes...

Harry sintió la furia de Voldemort, pero en ese momento Hermione volvió a gritar; el muchacho ahuyentó de su mente toda emoción ajena y se concentró en la bodega y los peligros que lo amenazaban.

—¡Váyanse! —suplicó Harry a Luna y Dean—. ¡Váyanse! ¡Nosotros los seguiremos, pero márchense ya!

Los chicos se tomaron a los dedos del elfo. Se oyó otro fuerte «¡crac!» y Dobby, Luna, Dean y Ollivander se esfumaron.

—¿Qué fue eso? —gritó Lucius Malfoy en el piso de arriba—. ¿Lo han oído? ¡Ese ruido en el sótano! —Harry y Ron intercambiaron una mirada—. ¡Draco! ¡No, llamen a Colagusano! ¡Que vaya él a ver qué pasa!

Oyeron pasos en el salón y luego un silencio sepulcral. Harry dedujo que arriba estaban muy atentos a cualquier ruido proveniente del sótano.

—Tendremos que derribarlo e inmovilizarlo —le susurró Harry a Ron. No tenían alternativa: si alguien comprobaba que faltaban tres prisioneros estarían perdidos—. Deja las luces encendidas —añadió.

Entonces oyeron que alguien bajaba por la escalera y se arrimaron contra la pared, uno a cada lado de la puerta.

—¡Retírense! —ordenó Colagusano—. Apártense de la puerta. Voy a entrar.

La puerta se abrió de golpe y Colagusano escudriñó rápidamente el sótano, iluminado por los tres diminutos soles flotantes y en apariencia vacío. Y al punto Harry y Ron se abalanzaron sobre él. Ron le sujetó la mano con que sostenía la varita y le levantó el brazo, y Harry le tapó la boca con una mano para que no gritara. Pelearon en silencio; la varita de Colagusano lanzaba chispas y su mano de plata se cerró alrededor del cuello de Harry.

—¿Qué pasa, Colagusano? —preguntó Lucius Malfoy desde el piso superior.

—¡Nada! —contestó Ron en una pasable imitación de la jadeante voz de Colagusano—. ¡No pasa nada!

Harry apenas podía respirar.

—¿Vas a matarme? —logró decir el muchacho intentando soltarle los dedos metálicos—. ¡Te salvé la vida! ¡Me debes una, Colagusano!

Los dedos de plata se aflojaron y Harry, que no se lo esperaba, quedó libre, pero, aun presa del asombro, no le quitó la mano de la boca a Colagusano, que, asustado, abrió mucho los ojos —pequeños y vidriosos, como de rata—, al parecer tan extrañado como Harry de lo que acababa de hacer su mano, del brevísimo impulso de clemencia que aquel gesto había delatado. Entonces siguió peleando con más vigor, como para compensar ese momento de debilidad.

—Y esto nos lo quedamos —dijo Ron en voz baja, arrancándole la varita a Colagusano.

Una vez despojado de su varita, Pettigrew se vio impotente y el miedo le dilató las pupilas. Y en vez de mirar a Harry a la cara, desvió la vista hacia otro lugar, al mismo tiempo que sus dedos de plata se acercaban inexorablemente a su propio cuello.

—No...

Instintivamente, Harry trató de retenerle la mano, pero no había manera de detenerla. La herramienta de plata con que Voldemort había provisto al más cobarde de sus vasallos se había vuelto contra su desarmado e inhabilitado dueño: Pettigrew estaba cosechando los frutos de su vacilación, de aquel breve instante de piedad, y su propia mano lo estrangulaba.

—¡No!

Ron también había soltado a Colagusano, y ambos amigos intentaron separarle los dedos metálicos del cuello, pero sus esfuerzos eran inútiles: Pettigrew se estaba poniendo morado.

—¡*Relashio!* —dijo Ron apuntando a la mano de plata con la varita, pero no consiguió nada.

Pettigrew cayó de rodillas, y en ese instante Hermione lanzó un grito desgarrador en el piso de arriba. Colagusano, completamente amoratado, puso los ojos en blanco, tuvo un último espasmo y se quedó inmóvil.

Harry y Ron se miraron. De inmediato abandonaron el cadáver de Colagusano en el suelo, subieron corriendo la escalera y se encaminaron hacia el oscuro pasillo que conducía al salón. Avanzaron con sigilo hasta llegar a la puerta entreabierta. Desde allí vieron claramente a Bellatrix y Griphook, que sujetaba la espada de Gryffindor con sus manos de largos dedos; Hermione, tendida a los pies de Bellatrix, apenas se movía.

—¿Y bien? —le dijo Bellatrix al duende—. ¿Es la espada auténtica?

Harry esperó, conter   .do la spiración y com. ˈ ˈ 2ndo el dolor de la cicatriz.

—No —dijo Griphook—. Es una falsificación.

—¿Estás... seguro? —insistió Bellatrix con voz entrecortada—. ¿Completamente seguro?

—Sí —afirmó el duende.

El alivio iluminó la cara de la bruja, de la que desapareció toda señal de tensión.

—Bien —dijo, y con un somero golpe de la varita le hizo otro profundo corte en la cara al duende, que se derrumbó gritando de dolor a los pies de Bellatrix. Ella lo apartó de una patada—. Y ahora —dijo con voz triunfal—, llamaremos al Señor Tenebroso.

Se retiró la manga y tocó la Marca Tenebrosa con el dedo índice.

Harry sintió como si su cicatriz volviera a abrirse y dejó de ver su entorno. Ahora él era Voldemort y el esquelético mago que se hallaba ante él reía mostrando una boca desdentada; aquel llamamiento lo había enfurecido: ya se lo había advertido, les había dicho que no lo llamaran más, a menos que hubieran capturado a Potter. Si se habían equivocado...

—¡*Mátame!* —dijo el anciano—. *¡No vencerás! ¡No puedes vencer! ¡Esa varita nunca será tuya, jamás!*

La ira de Voldemort estalló y un chorro de luz verde inundó la celda de la prisión; el frágil anciano se elevó de su duro camastro y volvió a caer, inerte; entonces Voldemort se acercó a la ventana, sin poder controlar su cólera... Si no tenían una buena razón para hacerlo regresar, recibirían su merecido.

—Y creo que podemos prescindir de la sangre sucia —dijo Bellatrix—. Puedes llevártela si quieres, Greyback.

—¡¡Nooooooo!!

Cuando Ron irrumpió en el salón, Bellatrix se dio la vuelta sobresaltada y lo apuntó con la varita.

—¡*Expelliarmus!* —gritó el chico apuntándola a su vez con la varita de Colagusano, y la de la bruja saltó por los aires.

Harry, que había entrado detrás de Ron, la atrapó al vuelo. Lucius, Narcisa, Draco y Greyback también se volvieron. Harry gritó «¡*Desmaius!*» y Lucius Malfoy cayó al fuego de la chimenea. De las varitas de Draco, Narcisa y Greyback salieron chorros de luz, pero Harry se lanzó al suelo y rodó detrás de un sofá para esquivarlos.

—¡¡Deténganse o la mato!!

Jadeando, Harry asomó la cabeza. Bellatrix tenía agarrada a Hermione, que parecía inconsciente, y amenazaba con clavarle el puñal en el cuello.

—Suelten las varitas —espetó la bruja—. ¡Suéltenlas, o comprobaremos lo sucia que tiene la sangre esta desgraciada!

Ron permaneció inmóvil aferrando la varita de Colagusano, pero Harry se incorporó, sin soltar la varita de Bellatrix.

—¡He dicho que las suelten! —chilló ella, e hincó la punta del puñal en el cuello de Hermione, del que salieron unas gotas de sangre.

—¡Está bien, de acuerdo! —gritó el muchacho, y dejó caer la varita junto a sus pies. Ron hizo otro tanto y ambos levantaron las manos.

—¡Muy bien! —dijo Bellatrix mirándolos con ensañamiento—. ¡Recógelas, Draco! ¡El Señor Tenebroso está a punto de llegar, Harry Potter! ¡Se acerca tu hora!

Harry lo sabía; tenía la impresión de que la cabeza iba a estallarle, y mientras tanto veía a Voldemort surcando el cielo, sobrevolando un mar oscuro y tempestuoso; pronto estaría lo bastante cerca para aparecerse, y a él no se le ocurría ninguna forma de escapar.

—Y ahora —añadió Bellatrix en voz baja mientras Draco volvía con las varitas—, Cissy, creo que deberíamos atar de nuevo a estos pequeños héroes, mientras el hombre lobo se encarga de la señorita Sangre Sucia. Estoy segura de que al Señor Tenebroso no le importará que te quedes con la chica, Greyback, después de lo que has hecho esta noche.

Justo cuando Bellatrix pronunció «noche» se oyó un extraño chirrido proveniente del techo. Todos miraron hacia arriba y vieron temblar la araña de cristal; entonces, con un crujido y un amenazador tintineo, ésta se desprendió del techo. Bellatrix, que se hallaba justo debajo, soltó a Hermione dando un chillido y se lanzó hacia un lado. El artefacto cayó encima de Hermione y el duende con un estallido de cadenas y cristal. Relucientes fragmentos de cristal volaron en todas direcciones y Draco se dobló por la cintura, tapándose la ensangrentada cara con las manos.

Ron corrió a rescatar a Hermione de debajo de la lámpara y Harry aprovechó la oportunidad: saltó por encima de una butaca y le arrebató las tres varitas a Draco; apuntó con todas a Greyback y chilló: «¡*Desmaius!*» Alcanzado por el triple hechizo, el hombre lobo se elevó hasta el techo y luego cayó al suelo.

Mientras Narcisa arrastraba a Draco para ponerlo a cubierto, Bellatrix, con el pelo alborotado, se puso en pie empuñando el puñal de plata. De pronto Narcisa apuntó con su varita al umbral de la puerta.

—¡Dobby! —gritó, y hasta Bellatrix se quedó paraliza-da—. ¡Tú! ¿Has sido tú el que ha soltado la araña de...?

El diminuto elfo entró trotando en la habitación, seña-lando con un tembloroso dedo a su antigua dueña.

—¡No le haga daño a Harry Potter! —chilló.

—¡Mátalo, Cissy! —bramó Bellatrix, pero se oyó otro fuerte «¡crac!», y la varita de Narcisa también saltó por los aires y fue a parar al extremo opuesto del salón.

—¡Maldito payaso! —rugió Bellatrix—. ¿Cómo te atre-ves a quitarle la varita a una bruja? ¿Cómo te atreves a de-safiar a tus amos?

—¡Dobby no tiene amos! —replicó el elfo—. ¡Dobby es un elfo libre, y Dobby ha venido a salvar a Harry Potter y sus amigos!

Harry apenas veía de dolor. Sabía, intuía, que sólo dis-ponían de unos segundos antes de que llegara Voldemort.

—¡Tómala, Ron! ¡Y vámonos! —Le lanzó una varita y se agachó para sacar a Griphook de debajo de la lámpara. Le-vantó al duende, que todavía no había soltado la espada, y se lo cargó al hombro; a continuación le dio la mano a Dobby, giró sobre sí mismo y se desapareció.

Mientras se sumía en la oscuridad, vio el salón por últi-ma vez: las pálidas e inmóviles figuras de Narcisa y Draco, el rastro rojizo del cabello de Ron, la borrosa línea plateada del puñal de Bellatrix, que cruzaba la habitación hacia el sitio de donde el muchacho estaba esfumándose...

«La casa de Bill y Fleur... El Refugio... La casa de Bill y Fleur...», se dijo.

Se había desaparecido hacia lo desconocido; lo único que podía hacer era repetir el nombre de su destino y confiar en que eso bastara para llegar hasta allí. El dolor de la frente lo traspasaba, acusaba el peso del duende y notaba la hoja de la espada rebotándole contra la espalda. Dobby le tiraba de la mano y Harry se preguntó si el elfo estaría intentando tomar las riendas y conducirlos en la dirección correcta; le apretó los dedos para darle a entender que a él le parecía bien...

De pronto tocaron tierra firme y olieron a aire salado. Harry cayó de rodillas, soltó la mano de Dobby e intentó po-sar suavemente a Griphook en el suelo.

—¿Estás bien? —preguntó al ver que el duende se movía, pero Griphook se limitó a gimotear.

Harry escudriñó los oscuros alrededores. Creyó distinguir una casita a escasa distancia, bajo un amplio y estrellado cielo, y le pareció que había gente en ella.

—¿Es El Refugio, Dobby? —preguntó en voz baja, aferrando las dos varitas que se había llevado de la casa de los Malfoy, preparado para defenderse si era necesario—. ¿Hemos venido a donde queríamos, Dobby?...

Miró alrededor. El pequeño elfo estaba a sólo unos palmos de él.

—¡¡Dobby!!

El elfo se tambaleó un poco; las estrellas se reflejaban en sus enormes y brillantes ojos. Ambos bajaron la mirada hacia la empuñadura del puñal que, clavado en el pecho de Dobby, subía y bajaba al compás de su respiración.

—¡Dobby! ¡No! ¡Que alguien me ayude! —gritó Harry mirando hacia la casa, a través de cuyas ventanas se veía gente moviéndose—. ¡Que alguien me ayude!

No sabía ni le importaba si eran magos o muggles, amigos o enemigos; lo único que le preocupaba era la mancha oscura que se extendía por el pecho de Dobby y la mirada suplicante del elfo, que le tendía los delgados brazos. El muchacho lo tomó y lo tumbó de lado sobre la fría hierba.

—No, Dobby. No te mueras... No te mueras...

Los ojos del elfo lo enfocaron, y los labios le temblaron al articular sus últimas palabras:

—Harry... Potter...

Dobby se estremeció un poco y se quedó inmóvil, y sus ojos se convirtieron en dos enormes y vidriosas esferas salpicadas del resplandor de las estrellas que ya no podían ver.

24

El fabricante de varitas

Fue como si se sumergiera en una vieja pesadilla: creyó estar arrodillado junto al cadáver de Dumbledore, al pie de la torre más alta de Hogwarts, pero en realidad estaba contemplando un cadáver diminuto, acurrucado en la hierba, atravesado por el puñal de plata de Bellatrix. Harry no cesaba de repetir «Dobby... Dobby...», pese a saber que el elfo se había ido para siempre.

Enseguida comprendió que, al menos, habían llegado al sitio que querían, porque Bill, Fleur, Dean y Luna formaban un corro alrededor de él, arrodillado todavía junto al elfo.

—¿Y Hermione? —preguntó de repente—. ¿Dónde está Hermione?

—Ron la ha llevado dentro —contestó Bill—. No te preocupes, se pondrá bien.

Volviendo a centrarse en Dobby, Harry le extrajo el afilado puñal; luego se quitó la chaqueta y lo cubrió, como si lo abrigara con una manta.

Cerca de allí, el mar batía contra las rocas; Harry escuchó su murmullo mientras los otros hablaban y tomaban decisiones sobre asuntos por los que él era incapaz de mostrar interés. Así pues, Dean llevó al herido Griphook a la casa y Fleur los acompañó; por su parte, Bill hizo algunas sugerencias sobre la mejor manera de enterrar al elfo. Harry dijo que sí a todo, sin saber en realidad lo que Bill proponía, mientras contemplaba el pequeño cadáver. La cicatriz seguía doliéndole, y en un rincón de su mente, como si mirara por un largo telescopio puesto al revés, vio a Voldemort castigando a todos los que se habían quedado en la Mansión Malfoy. El Señor Tenebroso estaba tremendamente furioso, pero el dolor que Harry sentía por Dobby desdibujaba la escena, de modo que ésta se convirtió en una tormenta lejana que percibía desde el otro lado de un vasto y silencioso océano.

—No quiero enterrarlo mediante magia, sino como es debido —fueron las primeras palabras que Harry fue plenamente consciente de pronunciar—. ¿Tienes una pala, Bill?

Y poco después se puso a trabajar solo, cavando la tumba en el sitio que Bill le había mostrado en un rincón del jardín, entre unos matorrales. Cavaba con una especie de rabia, regodeándose con el trabajo manual y disfrutando de no utilizar la magia, porque cada gota de sudor y cada ampolla eran como un tributo al elfo que les había salvado la vida.

La cicatriz le dolía, pero controlaba el dolor; lo sentía, pero lo mantenía alejado. Por fin había aprendido a dominarlo, a hacer lo que Dumbledore había intentado que Snape le enseñara: cerrarle la mente a Voldemort. Y del mismo modo que el Señor Tenebroso no había logrado poseer al muchacho cuando éste se consumía de pena por Sirius, ahora tampoco conseguía que sus pensamientos lo penetraran mientras lloraba la muerte de Dobby. Por lo visto, el sufrimiento tenía a Voldemort a raya. Aunque seguramente Dumbledore no lo habría llamado sufrimiento, sino amor...

Harry cavaba cada vez más hondo en la dura y helada tierra, y de esa manera ahogaba su tristeza en sudor, negando al mismo tiempo el dolor de la cicatriz. A oscuras, sin más compañía que el sonido de su propia respiración y el murmullo del mar, recordó todo lo acontecido en la Mansión Malfoy y todo cuanto había oído, y empezó a comprender...

El constante ritmo de sus brazos marcaba el compás de sus pensamientos: Reliquias... Horrocruxes... Reliquias... Horrocruxes... Sin embargo, en su interior ya no ardía aquella extraña y obsesiva ansiedad, porque la pena y el miedo la habían sofocado. Se sentía como si lo hubieran despertado a bofetadas.

Continuó cavando sin parar. Él sabía dónde había estado Voldemort esa noche, a quién había matado en la celda más alta de Nurmengard y por qué... Entonces le vino a la memoria Colagusano, que había muerto por culpa de un mínimo instante de clemencia breve e inconsciente... Dumbledore lo había previsto... ¿Qué otras cosas sabía el profesor?

Harry perdió la noción del tiempo y sólo se dio cuenta de que había aclarado un poco cuando Ron y Dean se reunieron con él.

—¿Cómo está Hermione?

—Mejor —contestó Ron—. Fleur está con ella.

Harry tenía preparada una respuesta para cuando le preguntaran por qué no había hecho una tumba perfecta con la varita mágica, pero no la necesitó, porque Ron y Dean saltaron con sendas palas al hoyo y juntos trabajaron en silencio hasta que consideraron que ya era bastante profundo.

Harry envolvió mejor al elfo con la chaqueta que le había echado por encima. Ron se sentó en el borde de la fosa, se quitó los zapatos y le puso sus calcetines a Dobby, que iba descalzo. Y Dean le dio un gorro de lana a Harry, que se lo colocó con cuidado al elfo en la cabeza, tapándole las orejas de murciélago.

—Habría que cerrarle los ojos.

Harry no había oído llegar a los demás: Bill llevaba una capa de viaje; Fleur, un gran delantal blanco de cuyo bolsillo sobresalía una botella que Harry reconoció: era crecehuesos; Hermione, pálida, un tanto vacilante y abrigada con una bata prestada, se acercó a Ron, que le rodeó los hombros con un brazo; y Luna, que llevaba un abrigo de Fleur, se agachó y con ternura apoyó los dedos en los párpados de Dobby para cerrarle los vidriosos ojos.

—Ya está —musitó Luna—. Ahora podrá dormir.

Harry colocó al elfo en la tumba y le dispuso las diminutas extremidades como si estuviera descansando; salió del hoyo y le echó un último vistazo al cadáver. Hizo un esfuerzo para no derrumbarse al recordar el funeral de Dumbledore: las numerosas hileras de sillas doradas, el ministro de Magia en primera fila, la enumeración de los logros de Dumbledore, la majestuosidad de la tumba de mármol blanco... Pensó que Dobby merecía un funeral igual de espectacular, pero, en cambio, el elfo yacía en un burdo agujero entre unos matorrales.

—Creo que deberíamos dedicarle unas palabras —sugirió Luna—. Empezaré yo, ¿está bien?

Y mientras todos la miraban, Luna le dijo al elfo que yacía en el fondo de la tumba:

—Muchas gracias, Dobby, por haberme rescatado de aquel sótano. Es una injusticia que hayas tenido que morir, porque eras muy bueno y muy valiente. Siempre recordaré lo que has hecho por nosotros y deseo que ahora seas feliz.

Se dio la vuelta y miró a Ron, que carraspeó y dijo con voz sorda:

—Sí, gracias, Dobby.

—Gracias —murmuró Dean.

Harry tragó saliva y dijo simplemente:

—Adiós, Dobby. —No fue capaz de decir nada más, aunque Luna ya lo había dicho todo por él.

Bill levantó su varita mágica, y el montón de tierra acumulado junto a la tumba se alzó y cayó pulcramente en el hoyo, formando un pequeño túmulo rojizo.

—¿Importa si me quedo un momento aquí? —preguntó Harry a los demás.

El muchacho les oyó murmurar palabras que no llegó a entender; notó unas suaves palmadas en la espalda, y entonces todos regresaron a la casa, dejándolo a solas con el elfo.

Echó un vistazo alrededor y descubrió algunas piedras blancas y erosionadas por el mar que bordeaban los arriates de flores. Tomó una de las más grandes y la situó a modo de cojín sobre el sitio donde ahora descansaba la cabeza de Dobby; luego buscó una varita en el bolsillo.

Pero encontró dos. Lo había olvidado; no llevaba la cuenta ni recordaba a quién pertenecían esas varitas, tan sólo se acordaba de que se las había arrebatado a alguien. Así que escogió la más corta —la más cómoda para él—, y apuntó a la piedra.

Poco a poco, a medida que murmuraba las instrucciones, fueron apareciendo unas profundas incisiones en la piedra. Sabía que Hermione habría podido hacerlo mejor, y seguramente más deprisa, pero quería marcar aquel sitio del mismo modo que había cavado la tumba. Cuando se incorporó, la inscripción de la piedra rezaba:

Aquí yace Dobby, un elfo libre

Se quedó unos instantes contemplando su trabajo y luego se marchó. Todavía notaba pinchazos en la cicatriz, y en la mente se le acumulaban todas las ideas que se le habían ocurrido mientras cavaba, ideas fascinantes y terribles que habían tomado forma en la oscuridad.

Cuando entró en el pequeño vestíbulo, vio a los demás sentados en el salón mirando atentamente a Bill, que les hablaba. La sala era una bonita habitación, pintada con colores claros, en cuya chimenea ardía un pequeño y resplandeciente fuego hecho con maderas recogidas en la playa. Harry no quería ensuciar la alfombra de barro, así que se quedó de pie en el umbral, escuchando.

—... una suerte que Ginny esté de vacaciones. Si hubiera estado en Hogwarts, se la habrían llevado antes de que lográramos rescatarla. Ahora ya sabemos que ella también está a salvo. —Al volver la cabeza, Bill vio a Harry en la puerta y le explicó—: Los he sacado a todos de La Madriguera y los he llevado a casa de Muriel, porque los mortífagos ya saben que Ron está contigo y sin duda irán por mi familia. No, no te disculpes —añadió al ver la cara que ponía—. Sólo era cuestión de tiempo; mi padre llevaba meses diciéndolo. Somos la familia más numerosa de traidores a la sangre que existe.

—¿Cómo los has protegido? —preguntó Harry.

—Mediante un encantamiento Fidelio; mi padre es el Guardián de los Secretos. Y también le hemos hecho un Fidelio a esta casa y, por tanto, yo soy aquí el Guardián de los Secretos. Nadie de nuestra familia puede ir a trabajar, pero ahora eso es lo de menos. Y cuando Ollivander y Griphook se hayan repuesto un poco, nosotros también nos iremos a casa de Muriel, porque aquí apenas cabemos; ella dispone de mucho espacio. Fleur le ha dado crecehuesos a Griphook y ya se le están curando las piernas. Así que, si todo va bien, podremos trasladarlos dentro de una hora o...

—No, no, los necesito a los dos —lo interrumpió Harry, y Bill se sorprendió—. Tengo que hablar con ellos; es importante.

El muchacho percibió la autoridad de su propia voz, la convicción y la determinación que había adquirido mientras cavaba la tumba de Dobby. Todos lo miraban, desconcertados.

—Voy a lavarme —añadió Harry mirándose las manos, manchadas de barro y de la sangre de Dobby—. Luego quiero hablar con ellos, enseguida.

Fue a la pequeña cocina y se acercó al fregadero bajo la ventana, que daba al mar. El horizonte ya clareaba y el cielo iba tiñéndose de tonos rosa y oro mientras el muchacho se lavaba y recuperaba el hilo de las ideas que se le habían revelado en el oscuro jardín...

Ahora Dobby nunca podría decirles quién lo había enviado al sótano, pero Harry sabía muy bien qué había visto: un ojo de un azul intenso lo había mirado desde aquel fragmento de espejo, y a partir de ahí había recibido ayuda. «Y Hogwarts siempre ayudará al que lo pida.» Se secó las manos sin prestar atención al bello espectáculo del amanecer ni a los murmullos de los demás en el salón. Miró por la ventana hacia el horizonte y se sintió más cerca que nunca de la esencia de todo aquel enigma.

Continuaba sintiendo punzadas en la cicatriz, y sabía que Voldemort también estaba llegando a ese punto de comprensión. Harry lo entendía y no lo entendía a la vez; su intuición le decía una cosa y el cerebro otra muy distinta. El Dumbledore que ahora visualizaba, con las manos juntas a la altura de los ojos como si rezara, lo observaba y le sonreía.

«Él le dio el desiluminador a Ron. Supo lo que haría... Le proporcionó una forma de volver...

»Y también entendió a Colagusano... Supo que había una pizca de remordimiento ahí escondida, en algún rincón...

»Y si conocía las reacciones de ambos... ¿qué sabía acerca de mí?

»¿Acaso lo que pretendía de mí era que tuviera conocimiento de la realidad pero que no emprendiera ninguna búsqueda? ¿Sabía lo duro que me resultaría eso? ¿Me lo puso tan difícil por ese motivo, para que tuviera tiempo de comprenderlo?»

Harry se quedó inmóvil con los ojos empañados, contemplando el punto por donde empezaba a asomar un sol deslumbrante. Entonces se miró las manos recién lavadas y se sorprendió al ver que sujetaban un trapo. Lo dejó y regresó al vestíbulo, pero por el camino notó unos furiosos latidos en la cicatriz al mismo tiempo que, rápido como el reflejo de una libélula sobre el agua, le pasaba por la mente la silueta de un edificio que conocía muy bien.

Bill y Fleur estaban al pie de la escalera.

—Necesito hablar con Griphook y Ollivander —dijo Harry.

—No puede *seg* —repuso Fleur—. *Tendgás* que *espegag, Hagy*. Están los dos *heguidos*, cansados...

—Perdónenme —repuso Harry con calma—, pero no tenemos tiempo. Necesito hablar con ellos ahora mismo, en privado y por separado. Es muy urgente.

—¿Qué demonios pasa, Harry? —terció Bill—. Te presentas aquí con un elfo doméstico muerto y un duende casi inconsciente; Hermione está como si la hubieran torturado, y Ron no quiere contarme nada...

—No podemos explicarte qué estamos haciendo —dijo Harry cansinamente— Perteneces a la Orden, Bill, y sabes que Dumbledore nos encomendó una misión. Pero no podemos hablar de ella con nadie.

Fleur chascó la lengua, impaciente, pero su marido no desvió la mirada de los ojos de Harry (resultaba difícil descifrar la expresión de su cara llena de cicatrices).

—Está bien —dijo Bill al fin—. ¿Con quién quieres hablar primero?

Harry titubeó. Sabía lo importante que era su decisión. Apenas les quedaba tiempo y había llegado el momento de decidir: ¿Horrocruxes o Reliquias de la Muerte?

—Con Griphook —contestó—. Primero hablaré con Griphook.

El corazón le latía muy deprisa, como si llevara un rato corriendo y acabara de salvar un obstáculo enorme.

—Pues ven —indicó Bill, y lo guió por la escalera.

Apenas hubo subido unos escalones, Harry se detuvo y miró hacia atrás.

—¡Los necesito a los dos! —les gritó a Ron y Hermione, medio escondidos en la entrada del salón.

Ambos se dejaron ver con una extraña expresión de alivio.

—¿Cómo te encuentras? —le preguntó Harry a Hermione—. Estuviste increíble. No sé cómo fuiste capaz de inventar esa historia con el daño que te estaba haciendo esa bruja...

Hermione compuso una débil sonrisa; Ron la rodeó con un brazo y preguntó:

—¿Qué vamos a hacer ahora, Harry?

—Ya lo verán. ¡Vamos!

Los tres amigos siguieron a Bill por la escalera y llegaron a un pequeño rellano en el que había tres puertas.

—Aquí es —dijo Bill abriendo la puerta de su dormitorio.

La habitación también tenía vista al mar, moteado de dorado a la luz del amanecer. Harry se acercó a la ventana, se puso de espaldas al espectacular paisaje y, cruzando los brazos, esperó; todavía notaba punzadas en la cicatriz. Hermione se sentó en la butaca que había junto al tocador, y Ron en el reposabrazo de la misma.

Enseguida reapareció Bill con el pequeño duende en brazos y lo depositó con cuidado en la cama. Griphook le dio las gracias y Bill se marchó y cerró la puerta.

—Perdona que te haya hecho traer aquí —dijo Harry—. ¿Cómo tienes las piernas?

—Me duelen. Pero se están curando.

Todavía llevaba en las manos la espada de Gryffindor y su mirada era extraña, entre agresiva e intrigada. Harry observó aquel personaje de piel cetrina, largos y delgados dedos, ojos negros, pies alargados y sucios (iba descalzo porque Fleur le había quitado los zapatos), un poco más alto que un elfo doméstico y con una cabeza abombada más grande que la de un humano.

—Supongo que no recordarás... —comenzó Harry.

—¿... que soy el duende que te llevó hasta tu cámara la primera vez que visitaste Gringotts? —lo interrumpió Griphook—. Pues sí, lo recuerdo, Harry Potter. También entre los duendes eres famoso.

Ambos se miraron con cierto recelo, como sopesándose. Dado que a Harry seguía doliéndole la cicatriz, quería acabar la entrevista cuanto antes, pero también temía hacer un movimiento en falso. Mientras intentaba decidir la mejor forma de plantear su petición, el duende rompió el silencio.

—Has enterrado al elfo —dijo con inesperada hostilidad—. Te he visto hacerlo desde la ventana del dormitorio contiguo.

—Sí, en efecto.

Griphook lo miró con el rabillo de sus rasgados y negros ojos, y aseveró:

—Eres un mago muy poco común, Harry Potter.

—¿Qué quieres decir? —repuso el muchacho frotándose distraídamente la cicatriz.

—Has cavado tú mismo la tumba.

—Sí, ¿y qué?

Griphook no contestó y Harry creyó que se estaba burlando de él por haberse comportado como un muggle, pero no le importaba que al duende le gustara o no la tumba de Dobby. Así pues, se preparó para afrontar la cuestión que le interesaba.

—Griphook, quiero preguntarte...

—También has rescatado a un duende.

—¿Q... qué?

—Me has traído aquí y me has salvado.

—Bueno, espero que no me lo eches en cara —dijo Harry, un poco impaciente ya.

—No, no te lo reprocho, Harry Potter —respondió Griphook, y con un dedo se enroscó la delgada y negra barba—, pero eres un mago muy raro.

—Está bien. Verás, necesito ayuda, Griphook, y tú puedes dármela.

El duende no hizo ningún comentario para animarlo a hablar, sino que se limitó a observarlo con ceño, como si jamás hubiera visto a nadie parecido a él.

—Necesito entrar en una cámara de Gringotts.

Harry no había previsto exponer su proyecto de forma tan directa, y lo dijo precisamente cuando notaba una fuerte punzada en la cicatriz en forma de rayo y veía, una vez más, la silueta de Hogwarts. No obstante, cerró la mente con firmeza, pues primero debía ocuparse de Griphook. Ron y Hermione lo observaban como si se hubiera vuelto loco.

—Oye, Harry... —dijo Hermione, pero el duende la interrumpió:

—¿Entrar por la fuerza en una cámara de Gringotts? —dijo, e hizo una pequeña mueca de dolor al cambiar de postura en la cama—. Eso es imposible.

—No, no lo es —lo contradijo Ron—. Ya se ha hecho alguna vez.

—Sí, así es —confirmó Harry—. El mismo día que nos conocimos, Griphook: el día de mi cumpleaños, hace siete años.

—La cámara en cuestión estaba vacía en aquel momento —le espetó el duende, y Harry comprendió que, aunque Griphook se hubiera marchado de Gringotts, lo ofendía la idea de que alguien abriera una brecha en las defensas del banco de los magos—. Su protección era prácticamente nula.

—Pues la cámara en que necesitamos entrar no está vacía, e imagino que la habrán protegido muy bien —especuló Harry—, porque pertenece a los Lestrange.

Ron y Hermione intercambiaron una mirada, perplejos, pero ya tendría tiempo para explicárselo después de que Griphook hubiera dado una respuesta.

—No tienen ninguna posibilidad —replicó el duende cansinamente—. Ninguna. Acuérdate de la inscripción: «Así que si buscas por debajo de nuestro suelo un tesoro que nunca fue tuyo...»

—«Ladrón, te hemos advertido, ten cuidado...» Sí, lo sé, la recuerdo a la perfección. Pero yo no pretendo hacerme con ningún tesoro, ni intento tomar nada para beneficiarme personalmente. ¿Me crees?

El duende lo miró de soslayo. El muchacho no paraba de sentir punzadas en la cicatriz, pero las desechó, negándose a admitir su dolor y la invitación que éste encerraba.

—Si existiera un mago del que pueda creer que no busca un beneficio personal —dijo Griphook al fin—, serías tú, Harry Potter. Los duendes y elfos no están acostumbrados a recibir la protección ni el respeto que tú has mostrado esta noche. Al menos, no a recibirlos de los portadores de varita.

—Portadores de varita... —repitió Harry. Semejante expresión le sonó extraña, pero la cicatriz no cesaba de darle punzadas mientras Voldemort dirigía sus pensamientos hacia el norte, y él ansiaba interrogar a Ollivander, que esperaba en la habitación contigua.

—Hace mucho tiempo que los magos y los duendes se disputan el derecho a utilizar varitas —musitó el duende.

—Bueno, ustedes pueden hacer magia sin necesidad de ellas —observó Ron.

—¡Eso es irrelevante! Los magos se niegan a compartir los secretos de las varitas con los restantes seres mágicos, y de ese modo nos impiden ampliar nuestros poderes.

—Pero los duendes tampoco comparten su magia con nadie —replicó Ron—. No quieren decirnos, por ejemplo, cómo fabrican sus espadas ni sus armaduras. Los duendes saben trabajar el metal de un modo que los magos nunca...

—Bueno, da igual —cortó Harry al ver que Griphook se enfurecía—. Esto no es un combate de magos contra duendes ni contra ninguna otra criatura mágica...

—¡Pues sí, se trata precisamente de eso! —exclamó Griphook soltando una desagradable risotada—. ¡A medida que el Señor Tenebroso adquiere mayor poder, su raza se afirma cada vez más sobre la mía! De tal manera que Gringotts cae bajo el dominio de los magos, los elfos domésticos mueren asesinados, ¿y quién protesta entre los portadores de varita ante estos acontecimientos?

—¡Nosotros! —intervino Hermione. Se había incorporado y los ojos le echaban chispas—. ¡Nosotros protestamos! ¡Y a mí me persiguen tanto como a cualquier duende o elfo, Griphook! ¡Soy una sangre sucia!

—No te llames... —masculló Ron.

—¿Por qué no? —replicó ella—. ¡Soy una sangre sucia y a mucha honra! ¡Yo no estoy en mejor posición que tú en este nuevo orden, Griphook! En casa de los Malfoy fue a mí a quien decidieron torturar, ¿sabes? —Se separó el cuello de la bata para mostrar el delgado corte, todavía enrojecido, que le había hecho Bellatrix en el cuello—. ¿Sabías que fue Harry quien liberó a Dobby y que desde hace años intentamos que liberen a los elfos domésticos? —Ron se rebulló, incómodo, en el brazo de la butaca—. ¡Nadie desea más que nosotros que Quien-tú-sabes sea vencido!

El duende la miró con la misma curiosidad con que había observado antes a Harry.

—¿Qué quieren de la cámara de los Lestrange? —preguntó—. La espada que hay dentro es una falsificación; la auténtica es ésta. —Los miró de uno en uno—. Me parece que eso ya lo sabían. Por ese motivo me pidieron que mintiera, ¿no es así?

—Pero la espada falsa no es lo único que hay en la cámara —replicó Harry—. ¿Tú has visto las otras cosas que hay allí? —El corazón le palpitaba más que antes, y redobló sus esfuerzos por ignorar el dolor pulsante de la cicatriz.

El duende volvió a retorcerse la barba con el dedo y le dijo:

—Hablar de los secretos de Gringotts va contra nuestro código de honor. Somos los guardianes de tesoros fabulosos; los responsables de los objetos puestos a nuestro cuidado, muchas veces forjados con nuestras propias manos. —Acarició la espada mientras miraba a los tres chicos de hito en hito, primero a Harry, luego a los otros dos, y de nuevo a Harry. Al fin murmuró—: Son muy jóvenes para pelear contra tantos.

—¿Nos ayudarás? —lo urgió Harry—. No podemos entrar en Gringotts sin la ayuda de un duende. Eres nuestra única oportunidad.

—Me... lo... pensaré —dijo Griphook con una lentitud exasperante.

—Pero... —musitó Ron, enojado; Hermione le dio un codazo en las costillas.

—Gracias —dijo Harry.

El duende inclinó su enorme y abombada cabeza, y luego flexionó las cortas piernas.

—Creo que el crecehuesos ya ha hecho su trabajo —afirmó mientras se acomodaba con petulancia en la cama de Bill y Fleur—. Quizá pueda dormir por fin. Si me disculpan...

—Sí, desde luego —dijo Harry, pero antes de salir de la habitación tomó la espada que el duende conservaba a su lado. Éste no protestó, pero al cerrar la puerta a Harry le pareció detectar resentimiento en sus ojos.

—¡Qué imbécil! —susurró Ron—. Disfruta manteniéndonos en suspenso.

—Harry —susurró Hermione apartando a sus dos amigos de la puerta hacia el centro del rellano, todavía oscuro—, me ha parecido que insinuabas que en la cámara de los Lestrange hay otro Horrocrux. ¿Es así?

—Sí, eso supongo, porque Bellatrix se puso histérica cuando creyó que habíamos estado allí. Estaba aterrorizada. Pero ¿por qué? ¿Qué imaginó que habíamos visto o nos habíamos llevado? Debe de tratarse de algo muy importante, pues la aterraba pensar que Quien-ustedes-saben se enterara.

—Pero, a ver, ¿no buscamos sitios donde haya estado Quien-ustedes-saben, o donde haya hecho algo importante? —preguntó Ron, perplejo—. ¿Acaso ha estado alguna vez en la cámara de los Lestrange?

—No sé si ha entrado alguna vez en Gringotts —respondió Harry—. De joven nunca tuvo dinero, porque no recibió nada en herencia. Pero debió de ver la banca mágica por fuera la primera vez que fue al callejón Diagon.

El dolor de la cicatriz no remitía, pero Harry lo ignoró una vez más; quería que sus amigos entendieran sus intenciones respecto a Gringotts antes de hablar con Ollivander.

—Supongo que Quien-ustedes-saben debía de envidiar a cualquiera que tuviera la llave de una cámara de Gringotts, pues lo consideraría un símbolo real de pertenencia al mundo de los magos. Y no olviden que él confiaba en Bellatrix y su esposo. Éstos fueron sus más leales siervos antes de que cayera, y quienes se dedicaron a buscarlo cuando desapareció. Le oí decirlo la noche que regresó. —Se frotó la cicatriz—. Aunque no creo que le revelara a Bellatrix que se trataba de un Horrocrux. Al fin y al cabo, a Lucius Malfoy nunca le contó toda la verdad sobre el diario. Seguramente le dijo que era un bien muy preciado y le pidió que lo guardara en su cámara. Según Hagrid, es el lugar más seguro del mundo para guardar algo que quieres esconder... después de Hogwarts, claro.

Cuando Harry les hubo explicado sus razonamientos, Ron le dijo admirado:

—Qué bien lo entiendes.

—Sólo algunas cosas —repuso Harry—. Cosas sueltas... Ojalá entendiera igual de bien a Dumbledore. Pero ya veremos. Vamos, es el turno de Ollivander.

Ron y Hermione estaban confusos pero impresionados cuando cruzaron el rellano con su amigo y llamaron a la puerta enfrente del dormitorio de Bill y Fleur. Ollivander contestó con un débil «¡Adelante!».

El fabricante de varitas yacía en la cama más alejada de la ventana; había pasado más de un año en el sótano de la Mansión Malfoy, y Harry sabía que lo habían torturado al menos en una ocasión. Estaba escuálido y le sobresalían los huesos del rostro bajo la amarillenta tez; los ojos gris plata parecían enormes en las hundidas cuencas, y las manos, posadas sobre la manta, se asemejaban a las de un esqueleto. Los tres amigos se sentaron en la otra cama; desde allí no se veía el sol naciente. La habitación daba al jardín que bordeaba la parte superior del acantilado, donde se hallaba la tumba recién cavada.

—Perdone que lo moleste, señor Ollivander —dijo Harry.

—Hijo mío —repuso Ollivander con un hilo de voz—, nos has rescatado. Creí que moriríamos en aquel sótano. Nunca podré agradecértelo... nunca... lo suficiente.

—Lo hicimos de buen grado.

Le dolía cada vez más la cicatriz. Tenía la certeza de que apenas les quedaba tiempo para llegar antes que Voldemort a aquello que perseguía, y para intentar frustrar sus planes. Sintió una pizca de pánico... Sin embargo, había tomado una decisión al optar por hablar primero con Griphook. Fingiendo una calma que no sentía, rebuscó en el monedero de piel de moke y sacó las dos mitades de su rota varita.

—Necesito ayuda, señor Ollivander.

—Pídeme lo que quieras, lo que quieras, hijo.

—¿Puede reparar esta varita? ¿Tiene arreglo?

Ollivander tendió una temblorosa mano y Harry le puso las dos mitades, unidas sólo por un hilillo, en la palma.

—Acebo y pluma de fénix —musitó Ollivander—; veintiocho centímetros; bonita y flexible.

—Sí, sí —dijo Harry—. ¿Puede...?

—No puedo —susurró Ollivander—. Lo siento, lo siento mucho, pero una varita que ha sufrido semejante daño no puede repararse por ningún medio que yo conozca.

Harry se había preparado para oír esa respuesta, pero aun así le afectó mucho. Tomó las dos mitades y volvió a guardarlas en el monedero colgado del cuello. Ollivander no le quitó la vista al bolsito en que había desaparecido la varita rota hasta que Harry, sacándolas del bolsillo, le mostró las dos varitas que se había llevado de casa de los Malfoy.

—¿Puede identificar éstas? —preguntó.

El fabricante tomó la primera, se la acercó a los descoloridos ojos, la hizo rodar entre los nudosos dedos y la dobló un poco.

—Nogal y fibras de corazón de dragón —sentenció—; treinta y dos centímetros; rígida. Pertenecía a Bellatrix Lestrange.

—¿Y qué me dice de esta otra?

Ollivander repitió el examen y recitó:

—Espino y pelo de unicornio; veinticinco centímetros; bastante elástica. Era de Draco Malfoy.

—¿Era? —repitió Harry—. ¿Ya no lo es?

—Es posible que no. Si tú se la quitaste...

—Sí, se la quité.

—... entonces es posible que sea tuya. La forma de tomarla es importante, por supuesto, pero también depende mucho de la propia varita. En general, cuando alguien gana una varita, la lealtad de ésta cambia.

Todos guardaron silencio y sólo se oía el lejano murmullo del mar.

—Habla usted como si las varitas tuvieran sentimientos —observó Harry—, como si pensaran por ellas mismas.

—Verás, la varita elige al mago —explicó Ollivander—. Los que hemos estudiado el arte de estos instrumentos siempre lo hemos tenido claro.

—Pero, aun así, una persona puede utilizar una varita que no la haya elegido a ella, ¿no? —preguntó Harry.

—Sí, claro. Si eres un buen mago, puedes canalizar tu magia a través de casi cualquier instrumento. No obstante, los mejores resultados se obtienen cuando existe la máxima afinidad entre el mago y la varita, pero esas conexiones son complejas. Puede darse una atracción inicial y después una búsqueda mutua de experiencia; la varita aprende del mago, y viceversa.

Las olas del mar acariciaban la orilla y producían un sonido lastimero.

—Yo se la quité a Draco Malfoy por la fuerza —especificó Harry—. ¿Puedo utilizarla sin peligro?

—Creo que sí. La propiedad de las varitas se rige por leyes sutiles, pero normalmente una varita conquistada se somete a su nuevo amo.

—Entonces ¿puedo usar ésta? —preguntó Ron sacando la varita de Colagusano del bolsillo y mostrándosela a Ollivander.

—Castaño y fibras de corazón de dragón; veintitrés centímetros y medio; quebradiza —la describió Ollivander—. Me obligaron a fabricarla para Peter Pettigrew poco después de que me secuestraran. Creo que, si la ganaste, lo más probable es que te obedezca y lo haga mejor que cualquier otra varita.

—Y eso vale para todas, ¿no? —preguntó Harry.

—Eso creo —contestó Ollivander dirigiendo sus saltones ojos hacia el muchacho—. Haces preguntas muy profundas, Potter. El arte de las varitas es una complicada y misteriosa rama de la magia.

—Así pues, ¿no es necesario matar al propietario anterior para tomar plena posesión de una varita?

—¿Necesario? No, yo no diría que lo sea.

—Pero según algunas leyendas... —repuso Harry; se le aceleró el corazón y el dolor de la cicatriz aumentó de nuevo. Estaba seguro de que Voldemort había decidido llevar su idea a la práctica—. Existen ciertas leyendas sobre varitas que han pasado de mano en mano mediante el asesinato.

Ollivander palideció de miedo. En contraste con la blanca almohada, adquirió una tonalidad gris clara, y los ojos inyectados en sangre se le desorbitaron.

—Se trata de una única varita, creo —susurró.

—Y Quien-usted-sabe la está buscando, ¿verdad? —preguntó Harry.

—Yo... ¿Cómo...? —musitó Ollivander con voz ronca, y dirigió una mirada suplicante a Ron y Hermione—. ¿Cómo lo sabes?

—Quien-usted-sabe quería que usted le explicara cómo destruir la relación que existe entre nuestras varitas, ¿no es así? —continuó Harry.

Ollivander estaba aterrado y se defendió:

—¡Me torturó! ¡No lo olvides! ¡Me hizo la maldición *cruciatus*!... ¡No tuve más remedio que decirle lo que sabía y sospechaba!

—Lo comprendo —repuso Harry—. Pero dígame, ¿le habló a Quien-usted-sabe de los núcleos centrales gemelos? ¿Le dijo que bastaba con que tomara prestada la varita de otro mago?

Ollivander estaba horrorizado, petrificado, por la cantidad de información que manejaba Harry. Asintió con la cabeza lentamente.

—Pero no dio resultado —prosiguió el muchacho—. Mi varita volvió a vencer a la suya, que era prestada. ¿Sabe usted por qué?

Ollivander negó con la cabeza con la misma lentitud con que había asentido, y dijo:

—Nunca... había oído nada parecido. Esa noche tu varita hizo algo absolutamente excepcional. La conexión de los núcleos centrales gemelos es increíblemente inusual; sin embargo, no entiendo por qué tu varita rompió la prestada...

—Estábamos hablando de la otra varita, señor Ollivander, de esa que cambia de mano mediante un asesinato. Cuando Quien-usted-sabe se dio cuenta de que mi varita había hecho algo raro, regresó para preguntarle sobre esa otra varita, ¿no es cierto?

—¿Cómo lo sabes? —Harry no contestó—. Sí, me lo preguntó —susurró Ollivander—. Quería saberlo todo sobre la varita conocida como Vara Letal, Varita del Destino o Varita de Saúco.

Harry miró de soslayo a Hermione, que escuchaba atónita.

—El Señor Tenebroso —continuó Ollivander con una voz queda que denotaba pánico— siempre se mostró satisfecho con la varita que le hice (de tejo y pluma de fénix, treinta y cuatro centímetros y medio), hasta que descubrió la conexión de los núcleos centrales gemelos. Ahora busca otra varita más poderosa, la única capaz de vencer a la tuya.

—Pero pronto sabrá, si no lo sabe ya, que la mía se ha roto y no puede repararse —dijo Harry.

—¡No! —terció Hermione, asustada—. Eso no puede saberlo, Harry. ¿Cómo va a...?

—Con el *Priori Incantatem* —dijo Harry—. Dejamos tu varita y la varita de endrino en casa de los Malfoy, Hermione. Si las examinan debidamente y les hacen recrear los hechizos que han realizado últimamente, comprobarán que la tuya rompió la mía, verán que intentaste repararla y no lo conseguiste, y comprenderán que desde entonces he estado utilizando la varita de endrino.

El poco color que Hermione había recuperado desde su llegada volvió a desaparecerle del rostro. Ron le echó a Harry una mirada de reproche y comentó:

—Bueno, no nos preocupemos por eso ahora...

—El Señor Tenebroso ya no busca la Varita de Saúco sólo para destruirte, Potter —intervino Ollivander—. Está decidido a poseerla porque cree que lo convertirá en verdaderamente invulnerable.

—¿Y usted cree que si la poseyera sería invulnerable?

—Mira, el propietario de la Varita de Saúco sabe que se expone a ser atacado —dijo Ollivander—, pero he de admitir que la idea del Señor Tenebroso en posesión de la Vara Letal es... formidable.

De pronto Harry recordó que el día que había conocido a Ollivander no supo qué pensar de él. Incluso ahora, después de que Voldemort lo hubiera secuestrado y torturado, la idea de un mago tenebroso en posesión de esa varita parecía cautivarlo tanto como lo horrorizaba.

—Entonces, ¿cree usted... que esa varita existe en realidad, señor Ollivander? —preguntó Hermione.

—Sí, desde luego. Y es perfectamente posible seguirle la pista a través de la historia. Hay lagunas, por descontado, largos períodos en que se la pierde de vista, ya sea porque se extravió o porque estuvo escondida; pero siempre reaparece. Además, posee ciertas características que los versados en el arte de las varitas sabemos reconocer. Existen referencias escritas, algunas crípticas, que otros fabricantes de varitas y yo nos hemos encargado de estudiar, y te aseguro que tienen el sello de la autenticidad.

—De modo que usted... ¿usted no opina que se trata de un cuento de hadas, o un mito? —insistió Hermione, aún con esperanza.

—No, nada de eso —respondió Ollivander—. Lo que ignoro es si para pasar de un propietario a otro tiene que producirse a la fuerza un asesinato. Su historia es sangrienta, pero eso podría deberse a que es un objeto muy atractivo y, por consiguiente, despierta grandes pasiones en los magos. Es inmensamente poderosa, peligrosa según en qué manos esté y un objeto que ejerce una increíble fascinación sobre todos los que nos dedicamos al estudio del poder de esos instrumentos.

—Señor Ollivander —intervino Harry—, usted le dijo a Quien-usted-sabe que Gregorovitch tenía la Varita de Saúco, ¿verdad?

Ollivander palideció hasta adquirir aspecto de fantasma y balbuceó:

—Pero ¿cómo...? ¿Cómo sabes tú...?

—Eso no importa. —Le dolía tanto la cicatriz que cerró los ojos y, durante escasos segundos, vio la calle principal de Hogsmeade, todavía oscura, porque estaba mucho más al norte—. ¿Le dijo a Quien-usted-sabe que Gregorovitch tenía la varita?

—Eso era un rumor —susurró Ollivander—, un rumor que circulaba muchos años antes de que tú nacieras. Creo que lo difundió el propio Gregorovitch. Imagínate lo conveniente que sería para el negocio de un fabricante de varitas que se sospechara que estaba estudiando y duplicando las cualidades de la Varita de Saúco.

—Sí, ya lo imagino —dijo Harry, y se levantó—. Una última pregunta, señor Ollivander, y lo dejaremos descansar. ¿Qué sabe usted de las Reliquias de la Muerte?

—Las... ¿qué? —preguntó el fabricante de varitas, perplejo.

—Las Reliquias de la Muerte.

—Me temo que no sé de qué me hablas. ¿Tienen algo que ver con las varitas?

Harry le escrutó el demacrado rostro y decidió que no fingía. No sabía nada de las reliquias.

—Gracias —dijo—. Muchas gracias. Ahora lo dejamos descansar.

Ollivander parecía afligido.

—¡Me estaba torturando! —farfulló—. Me hizo la maldición *cruciatus*, no tienes idea de...

—Sí la tengo —replicó Harry—. Claro que la tengo. Ahora descanse, por favor. Gracias por contarme todo esto.

Harry bajó la escalera seguido de Ron y Hermione. Bill, Fleur, Luna y Dean estaban sentados alrededor de la mesa de la cocina, cada uno con su taza de té. Al verlo en el umbral, todos alzaron la vista, pero él se limitó a saludarlos con una cabezada y precedió a sus dos amigos hasta el jardín. Una vez fuera, se dirigió hacia el túmulo de tierra rojiza que cubría el cadáver de Dobby. La cabeza no paraba de dolerle y tenía que hacer un esfuerzo tremendo para ahuyentar las visiones que intentaban penetrar en su mente, pero debía aguantar un poco más. Pronto se rendiría, porque necesitaba saber si su teoría era correcta. De modo que haría un breve esfuerzo más para explicárselo todo a Ron y Hermione.

—Hace mucho tiempo, Gregorovitch tenía la Varita de Saúco —les explicó—. Y yo vi cómo lo buscaba Quien-ustedes-saben. Cuando lo encontró, se enteró de que ya no la tenía porque Grindelwald se la había robado. No sé cómo el ladrón averiguó que estaba en poder de Gregorovitch, pero si éste fue lo bastante estúpido para difundir el rumor, no creo que le resultara difícil... —Voldemort estaba ante la verja de Hogwarts; Harry lo veía allí quieto, y también veía el farol oscilando en el crepúsculo, cada vez más cerca—. Así pues, Grindelwald utilizó la Varita de Saúco para hacerse poderoso. Y cuando se halló en la cima del poder, Dumbledore comprendió que él era el único capaz de detenerlo, de modo que se batió en duelo con Grindelwald, lo venció y le quitó la Varita de Saúco.

—¿Que Dumbledore tenía la Varita de Saúco? —se extrañó Ron—. Pero entonces... ¿dónde está ahora?

—En Hogwarts —contestó Harry luchando para permanecer con ellos en el jardín, al borde del acantilado.

—¡Pues vamos para allá! —saltó Ron—. ¡Vamos a buscarla antes que lo haga él, Harry!

—Es demasiado tarde. —Harry no aguantaba más, pero se sujetó la cabeza con ambas manos para intentar soportarlo—. Él sabe dónde está. Ya se encuentra allí.

—¡Harry! —se enfadó Ron—. ¿Desde cuándo lo sabes? ¿Por qué hemos perdido tanto tiempo? ¿Por qué hablaste primero con Griphook? Podríamos haber ido... Todavía podríamos ir...

—No —dijo Harry, y se arrodilló en la hierba—. Hermione tiene razón: Dumbledore no quería que yo tuviera esa varita, no quería que la consiguiera. Quería que encontrara los Horrocruxes.

—¡Pero si es la varita invencible, Harry! —protestó Ron.

—No, yo no tengo que... Yo debo conseguir los Horrocruxes...

De pronto todo se volvió frío y oscuro; el sol apenas se veía en el horizonte mientras él se deslizaba al lado de Snape por los jardines, en dirección al lago.

—Me reuniré contigo en el castillo dentro de poco —dijo con su aguda e inexpresiva voz—. Ahora vete.

Snape asintió y echó a andar de nuevo por el sendero, la capa negra ondeándole detrás. Harry caminó despacio esperando a que la figura de Snape se perdiera de vista. No convenía que el profesor, ni nadie, viera adónde iba. Por fortuna no había luces en las ventanas del castillo, aunque bien pensado él podía ocultarse... Al cabo de un segundo se había hecho un encantamiento desilusionador que lo volvió invisible incluso a sus propios ojos.

Continuó caminando alrededor del borde del lago, contemplando el contorno de su amado castillo, su primer reino, el territorio sobre el cual tenía un derecho indiscutible...

Y junto al lago, reflejada en las oscuras aguas, se hallaba la tumba de mármol blanco, una innecesaria mancha en el familiar paisaje. Sintió otra vez aquel arrebato de euforia controlada, aquel embriagador afán de destrucción, y levantó la vieja varita de tejo... ¡Qué adecuado que ésa fuera su última gran actuación!

La tumba se rajó de arriba abajo; la figura amortajada era tan alta y delgada como lo había sido en vida. Voldemort levantó de nuevo la varita.

Entonces se desprendió la mortaja. La cara estaba traslúcida, pálida, demacrada, y sin embargo casi perfectamente conservada. Le habían dejado puestas las gafas en la torcida nariz, y eso le inspiró irrisión y desdén. Dumbledore tenía las manos entrelazadas sobre el pecho, y... allí estaba la varita, entre sus manos, enterrada con él.

¿Qué se había creído aquel viejo idiota? ¿Que el mármol o la muerte protegerían la varita? ¿Tal vez que al Señor Tenebroso le daría miedo violar su tumba? La mano con aspecto de araña descendió en picada y arrancó la varita apresada por Dumbledore, y al hacerlo una lluvia de chispas salió de su punta, centelleando sobre el cadáver de su último propietario, lista para servir, por fin, a un nuevo amo.

25

El Refugio

La casita de Bill y Fleur, de paredes encaladas y cubiertas de conchas incrustadas, se alzaba aislada en lo alto de un acantilado que daba al mar; era un lugar precioso pero solitario. En cualquier sitio de la pequeña casa o del jardín que estuviera, Harry oía el constante flujo y reflujo de la marea, semejante al respirar de una criatura enorme y apaciblemente dormida. Durante los días siguientes, en vez de quedarse en la abarrotada vivienda, siempre se inventaba alguna excusa para alejarse y se iba en busca de la magnífica vista del cielo despejado, del ancho mar desierto que se divisaba desde el acantilado, y de la caricia del viento frío y salado en la cara.

La trascendencia de su determinación de no competir con Voldemort para quedarse con la varita todavía lo asustaba. No recordaba ninguna ocasión en que hubiera decidido no actuar, de modo que lo asaltaban innumerables dudas, unas dudas que Ron no dejaba de expresar siempre que estaban juntos.

—¿Y si Dumbledore quería que averiguáramos el significado del símbolo a tiempo para hacernos con la varita? ¿Y si descifrar ese símbolo te convertía en merecedor de conseguir las reliquias? Si de verdad es la Varita de Saúco, Harry, ¿cómo demonios vamos a acabar con Quien-tú-sabes?

Harry no tenía respuestas, y, además, había momentos en que se preguntaba si había sido una absoluta locura no haber intentado impedir que Voldemort profanara la tumba. Ni siquiera era capaz de explicar de forma satisfactoria por qué había decidido no hacerlo, y cada vez que trataba de reconstruir los argumentos internos que lo habían llevado a esa conclusión, éstos le parecían menos convincentes.

Lo raro era que el apoyo de Hermione le hacía sentirse tan confuso como cuando Ron le planteaba sus dudas. Por su parte Hermione, a quien ya no le quedaba más remedio que aceptar que la Varita de Saúco existía, afirmaba que ésta era un objeto maldito, y que el método utilizado por Voldemort para obtenerla había sido tan repugnante que ellos no podían ni planteárselo.

—Tú jamás habrías podido hacer eso, Harry —decía una y otra vez—. Tú jamás habrías profanado la tumba de Dumbledore.

Pero pensar en el cadáver de Dumbledore asustaba a Harry mucho menos que la posibilidad de que hubiera entendido mal las intenciones del anciano profesor en vida. Era como si aún se moviera a tientas en la oscuridad; había elegido un camino, sí, pero seguía mirando atrás, preguntándose si habría malinterpretado las señales y si no debería haber hecho lo contrario. De vez en cuando volvía a enfurecerse con Dumbledore, y su rabia era tan potente como las olas que rompían contra el acantilado bajo la casita, una ira que el profesor no le había explicado antes de morir.

—Pero ¿seguro que está muerto? —preguntó Ron cuando ya llevaban tres días en El Refugio.

Harry estaba absorto mirando por encima del muro que separaba el jardín del acantilado cuando se presentaron Ron y Hermione; él habría preferido que no lo hubieran encontrado, porque no quería participar en su discusión.

—Sí, Ron, claro que está muerto —dijo la chica—. ¡No volvamos a empezar, por favor!

—Bien, pero observa los hechos, Hermione —dijo Ron, aunque era como si hablara con Harry, que seguía contemplando el horizonte—: la cierva plateada, la espada, el ojo que Harry vio en el espejo...

—Harry ya ha admitido que lo del ojo pudo imaginárselo. ¿No es así, Harry?

—Sí, así es —confirmó el chico sin mirarla.

—Pero no crees que te lo imaginaras, ¿verdad? —preguntó Ron.

—No, no lo creo.

—¡Pues ya está! —se apresuró a decir Ron antes de que Hermione replicara—. Si no era Dumbledore, explícame cómo supo Dobby que estábamos en el sótano, Hermione.

—No puedo explicarlo, pero ¿puedes explicar tú cómo nos lo envió Dumbledore si yace en una tumba en los jardines de Hogwarts?

—¡No lo sé! ¡Quizá lo hizo su fantasma!

—Dumbledore no habría vuelto en forma de fantasma —sentenció Harry. Había muy pocas cosas acerca del anciano profesor de las que estaba seguro, pero de eso no tenía ninguna duda—. Habría seguido más allá.

—¿Qué quieres decir con que habría seguido más allá? —preguntó Ron, pero, antes de que Harry contestara, una voz dijo a sus espaldas:

—¿*Hagy*?

Fleur, a quien la brisa hacía ondear la larga y plateada cabellera, había salido de la casa y se acercó a ellos.

—*Hagy, Guiphook quiegue hablag* contigo. Está en el *dogmitoguio* pequeño. Dice que no *quiegue* que nadie oiga.

A Fleur no le hacía ninguna gracia que el duende la enviara a transmitir mensajes, y parecía enojada cuando volvió dentro.

Griphook los estaba esperando, como había dicho Fleur, en el más pequeño de los tres dormitorios, donde dormían Hermione y Luna. Había corrido las cortinas de algodón rojo y el sol que se filtraba por ellas daba a la habitación un intenso resplandor rojizo que desentonaba con la sosegada y delicada atmósfera del resto de la casa.

—He tomado una decisión, Harry Potter —anunció el duende, sentado con las piernas cruzadas en una butaca baja mientras tamborileaba en los brazos con sus largos y flacos dedos—. Aunque los duendes de Gringotts lo considerarán una traición abyecta, he decidido ayudarlos...

—¡Estupendo! —saltó Harry, aliviado—. Gracias, Griphook, estamos muy...

—... pero a cambio de una recompensa —añadió el duende.

Harry titubeó, desprevenido.

—¿Cuánto quieres? Tengo oro.

—No es oro lo que deseo; yo también tengo oro. —Los ojos le echaban chispas—. Quiero la espada; la espada de Godric Gryffindor.

El ánimo de Harry cayó en picada.

—Eso no puedo dártelo —replicó—. Lo siento mucho.

—Entonces tendremos dificultades —dijo el duende sin alterarse.

—Te daremos otra cosa —intervino Ron, impaciente—. Seguro que los Lestrange poseen muchos objetos de valor; podrás escoger lo que quieras cuando entremos en la cámara.

Pero Ron se había equivocado, y Griphook enrojeció de ira.

—¡Yo no soy un vulgar ladrón, chico! ¡No intento hacerme con tesoros sobre los que no tengo ningún derecho!

Pero esa espada es nuestra...

—No, no lo es —lo contradijo el duende.

—Nosotros somos miembros de la casa de Gryffindor, y la espada pertenecía a Godric Gryffindor...

—Y antes de pertenecer a Gryffindor, ¿de quién era? replicó el duende al mismo tiempo que se enderezaba.

De nadie —respondió Ron—. La hicieron para él, ¿no?

—¡No, no es cierto! —gritó el duende, enfurecido, apuntando a Ron con un dedo—. ¡Otra vez la arrogancia de los magos! ¡Esa espada era de Ragnuk I, y Godric Gryffindor se la quitó! ¡Es un tesoro perdido, una obra maestra de la artesanía de los duendes, y nos pertenece! ¡La espada es el precio de mis servicios, lo toman o lo dejan! —Y les lanzó una mirada desafiante.

Harry miró a sus dos amigos y dijo:

—Tenemos que discutirlo, Griphook, si no te importa. ¿Nos concedes unos minutos?

El duende asintió con la cabeza, pero se lo veía irritado.

Bajaron al vacío salón y Harry, muy preocupado, se acercó a la chimenea intentando tomar una decisión. Ron, detrás de él, sentenció:

—Se está burlando de nosotros; no podemos permitir que se quede esa espada.

—Hermione, ¿es verdad que Gryffindor robó la espada? —preguntó Harry.

—No lo sé —contestó ella, desorientada—. Muchas veces, la Historia de la Magia trata muy por encima lo que los magos han hecho a otras razas mágicas, pero, que yo sepa, no hay ningún texto que afirme que Gryffindor la robó.

—Debe de ser uno de esos cuentos de duendes sobre cómo los magos siempre intentan meterles goles —opinó Ron—. Supongo que podemos considerarnos afortunados de que no nos haya pedido una varita.

—Los duendes tienen buenos motivos para despreciar a los magos, Ron —dijo Hermione—. En el pasado los han tratado muy mal.

—Pero ellos tampoco son precisamente unos conejitos suaves y sedosos, ¿verdad? —replicó Ron—. Han matado a muchos magos y también han jugado sucio.

—De acuerdo, pero discutir con Griphook sobre cuál de las dos razas juega más sucio y con mayor violencia no va a convencerlo de que nos ayude, ¿no crees?

Guardaron silencio mientras cavilaban alguna manera de solucionar el problema. Cuando Harry miró por la ventana la tumba de Dobby, vio que Luna estaba poniendo siemprevivas azules en un tarro de mermelada junto a la lápida.

—Bien —soltó Ron, y Harry lo miró—. A ver qué les parece esto: le decimos que necesitamos la espada sólo para entrar en la cámara, y después que se la quede. Allí dentro hay una falsificación, ¿no? Pues damos el cambiazo y le entregamos la copia.

—Pero Ron, ¿no ves que él sabrá distinguirlas mejor que nosotros? —protestó Hermione—. ¡Él fue quien detectó que las habían cambiado!

—Sí, pero podríamos largarnos antes de que se diera cuenta... —Ron se echó a temblar ante la mirada que le lanzó Hermione.

—O sea que le pedimos ayuda y luego lo traicionamos, ¿no? Eso es una canallada —explotó ella—. ¿Y después dices que no entiendes por qué a los duendes no les gustan los magos?

Al chico se le pusieron las orejas coloradas.

—¡Está bien, está bien! ¡Es lo único que se me ocurre! ¿Qué solución propones tú?

—Tenemos que ofrecerle otra cosa, algo que tenga un valor equiparable.

—¡Ah, genial! Voy a buscar otra de nuestras antiguas espadas fabricadas por duendes y tú se la envuelves para regalo.

428

Volvieron a guardar silencio. Harry estaba convencido de que el duende no aceptaría otra cosa que no fuera aquella espada, aunque encontraran algo igual de valioso que ofrecerle. Sin embargo, era la única e indispensable arma de que disponían contra los Horrocruxes.

Cerró los ojos un momento y se quedó escuchando el sonido del mar. La posibilidad de que Gryffindor hubiera robado la espada no le gustaba; él siempre se había sentido orgulloso de pertenecer a esa casa; el mago fundador había sido el defensor de los hijos de muggles y quien se había opuesto a los fanáticos de la sangre limpia de la casa de Slytherin...

—Es posible que Griphook nos esté mintiendo —dijo por fin, abriendo los ojos—. Tal vez Gryffindor no robó esa espada. ¿Cómo sabemos que la versión de la historia que tienen los duendes es la correcta?

—¿Qué importa eso? —repuso Hermione.

—Para mí es importante, se trata de algo personal —dijo Harry y respiró hondo—. Le diremos que podrá quedarse la espada después de ayudarnos a entrar en la cámara, pero evitaremos decirle exactamente cuándo se la daremos.

Ron esbozó una lenta sonrisa; Hermione, en cambio, pareció alarmada y protestó:

—Harry, no podemos...

—Se la quedará cuando la hayamos utilizado para destruir todos los Horrocruxes. Me aseguraré de que entonces la recupere; cumpliré mi palabra.

—¡Pero podrían pasar años! —objetó Hermione.

—Ya lo sé, pero no es necesario que él lo sepa. En realidad no le diré ninguna mentira.

Harry la miró con una mezcla de rebeldía y vergüenza al recordar las palabras grabadas en la entrada de Nurmengard: «Por el bien de todos.» Pero apartó esa idea porque ¿qué alternativa tenían?

—No me gusta —dijo Hermione.

—A mí tampoco me gusta mucho —admitió Harry.

—Pues yo creo que es una idea genial —afirmó Ron, y se puso en pie—. Vamos a proponérselo.

Volvieron al dormitorio pequeño y Harry planteó al duende la oferta en los términos acordados, sin determinar el momento de la entrega de la espada. Mientras él hablaba,

Hermione miraba al suelo con el entrecejo fruncido, y Harry se molestó, porque temió que esa actitud los delatara. Sin embargo, Griphook sólo le prestaba atención a él.

—¿Me das tu palabra, Harry Potter, de que si te ayudo me entregarás la espada de Gryffindor?

—Sí, te la doy.

—Entonces démonos la mano —ofreció el duende.

Harry le estrechó la mano, aunque se preguntó si los ojos del hombrecillo detectarían algún recelo en los suyos. Griphook lo soltó, dio una palmada y exclamó:

—¡Bueno! ¡Manos a la obra!

Fue como planear otra vez la entrada en el ministerio. Se pusieron a trabajar en el mismo dormitorio, quedándose en penumbra porque el duende así lo prefería.

—La cámara de los Lestrange es una de las más viejas; sólo he entrado en ella una vez —comentó Griphook—, cuando me dijeron que dejara allí la espada falsa. Las familias de magos más antiguas guardan sus tesoros en el nivel más profundo, donde se hallan las cámaras más grandes y mejor protegidas.

Pasaban horas enteras encerrados en la diminuta habitación, y poco a poco los días iban componiendo semanas. Surgía un problema tras otro que tenían que solventar, y uno de ellos —no precisamente el menos grave— era que se estaban agotando sus reservas de poción multijugos.

—Sólo queda poción para uno de nosotros —anunció Hermione inclinando la botella que contenía la espesa y fangosa poción a la luz de la lámpara.

—Con eso bastará —dijo Harry mientras examinaba el mapa de los pasillos más profundos que había dibujado Griphook.

Como es lógico, los otros habitantes de El Refugio se percataron de que los tres jóvenes tramaban algo, porque sólo salían del dormitorio a la hora de las comidas. Nadie les hacía preguntas, aunque muchas veces, cuando estaban sentados a la mesa, Harry sorprendía a Bill mirándolos a los tres, pensativo y con gesto de preocupación.

Cuanto más tiempo pasaban juntos, más se daba cuenta Harry de que el duende no le caía muy bien. Griphook resultó una criatura asombrosamente sanguinaria, se reía imaginando el sufrimiento de otras criaturas inferiores y parecía disfrutar con la posibilidad de que tuvieran que hacer daño a otros magos para llegar hasta la cámara de los Lestrange. Sus dos amigos compartían su desagrado, pero no lo comentaron, porque necesitaban a Griphook.

El duende comía con los demás, aunque a regañadientes, pues, incluso después de que se le curaran las piernas, seguía pidiendo que le llevaran la comida a su habitación, como hacían con Ollivander, que todavía estaba débil; hasta que Bill (tras un arrebato de ira de Fleur) subió a decirle que no podían seguir haciéndolo. Desde entonces, Griphook comía con ellos alrededor de la abarrotada mesa, aunque se negaba a comer lo mismo que los demás y se empeñaba en alimentarse de carne cruda, raíces y algunas setas.

Harry se sentía responsable; al fin y al cabo, era él quien había insistido en que el duende se quedara en El Refugio para poder interrogarlo; él tenía la culpa de que toda la familia Weasley hubiera tenido que esconderse y de que ni Bill, ni Fred, ni George ni el señor Weasley pudieran ir a trabajar.

—Lo lamento, Fleur —se disculpó el chico una tempestuosa noche de abril mientras la ayudaba a preparar la cena—. Nunca fue mi intención que tuvieras que soportar tantas molestias.

Ella acababa de poner unos cuchillos a trabajar, cortando bistecs para Griphook y Bill, que desde que lo atacara Greyback prefería la carne muy cruda. Al escuchar las disculpas de Harry, su expresión de fastidio se suavizó.

—*Hagy*, jamás *olvidagué* que le salvaste la vida a mi *hegmana*.

Eso no era estrictamente cierto, pero el muchacho decidió no recordarle que Gabrielle nunca había corrido peligro.

—Además —prosiguió Fleur apuntando con la varita a un tazón de salsa colocado encima de un fogón, que empezó a borbotar de inmediato—, el *señog Ollivandeg* se *magcha* esta noche a casa de *Muguiel*. Eso *facilitagá* las cosas. Así que el duende —añadió frunciendo un poco el entrecejo— puede *instalagse* abajo, y *Gon*, Dean y tú pueden *ocupag* esa habitación.

—No nos importa dormir en el salón —aseguró Harry, pues sabía que a Griphook no iba a hacerle ninguna gracia tener que ocupar el sofá (que el duende estuviera contento era fundamental para sus planes)—. No te preocupes por nosotros. —Y al ver que Fleur se disponía a protestar, agregó—: Además, Ron, Hermione y yo pronto te dejaremos en paz también; no tendremos que quedarnos mucho tiempo aquí.

—¿Qué *quiegues decig*? —se extrañó ella mientras apuntaba con la varita a una cazuela suspendida en el aire—. ¡No deben *magchagse*! ¡Aquí están a salvo!

Al hablar de ese modo, a Harry le recordó mucho a la señora Weasley, y se alegró de que en ese momento entraran por la puerta trasera Luna y Dean, con el cabello mojado porque llovía; venían cargados de maderas que habían recogido en la playa.

—... y las orejas muy pequeñas —estaba diciendo Luna—, como las de los hipopótamos, dice mi padre, pero moradas y peludas. Y si quieres llamarlos, tienes que tararear; lo que más les gusta son los valses y la música lenta en general...

Dean, que parecía un poco agobiado, hizo un elocuente gesto al pasar al lado de Harry, pero fue tras Luna hasta el salón comedor, donde Ron y Hermione estaban preparando la mesa para la cena. Aprovechando la ocasión de eludir las preguntas de Fleur, Harry tomó dos jarras de jugo de calabaza y los siguió.

—... y si alguna vez vienes a mi casa, te enseñaré el cuerno. Mi padre me escribió contándome de él, pero todavía no lo he visto, porque los mortífagos me llevaron del expreso de Hogwarts y no pude ir a mi casa por Navidad —proseguía Luna mientras Dean y ella encendían el fuego de la chimenea.

—Ya te lo hemos dicho, Luna —le comentó Hermione—, ese cuerno explotó y no era de snorkack de cuernos arrugados, sino de erumpent...

—No, no; era un cuerno de snorkack —insistió Luna con calma—. Me lo dijo mi padre. Seguramente ya se habrá reparado, porque se arreglan por sí mismos.

Hermione sacudió la cabeza y continuó repartiendo tenedores. Por la escalera apareció Bill precediendo al señor Ollivander, que todavía estaba muy débil y se aferraba al brazo del chico, quien lo ayudaba a bajar y le llevaba la enorme maleta.

—Voy a echarlo mucho de menos, señor Ollivander —dijo Luna acercándose al anciano.

—Y yo a ti, querida. —Le dio unas palmaditas en el hombro—. Fuiste un valiosísimo consuelo para mí en aquel espantoso lugar.

—Bueno, *au revoir, señog Ollivandeg* —dijo Fleur plantándole dos besos en las mejillas—. *¿Podguía haceg* el *favog* de *entguegagle* este paquete a tía *Muguiel*? Todavía no le he devuelto la diadema.

—Será un honor —dijo Ollivander con una inclinación de la cabeza—. Es lo menos que puedo hacer para agradecerles su generosa hospitalidad.

Fleur sacó un gastado estuche de terciopelo y lo abrió para mostrarle su contenido al fabricante de varitas. La diadema destelló a la luz de la lámpara que pendía del techo.

—Ópalos y diamantes —observó Griphook, que había entrado sigilosamente en la habitación sin que Harry lo viera—. Hecha por duendes, ¿verdad?

—Y pagada por magos —replicó Bill, y el duende le lanzó una rápida mirada desafiante.

Un fuerte viento azotaba las ventanas de la pequeña vivienda cuando Bill y Ollivander emprendieron la marcha. Los demás se apretujaron alrededor de la mesa, codo con codo y sin apenas espacio para moverse, empezaron a comer, mientras el fuego chisporroteaba y danzaba en la chimenea. Harry se fijó en que Fleur sólo jugueteaba con la comida y miraba por la ventana a cada momento; por fortuna, Bill regresó antes de que hubieran terminado el primer plato, aunque el viento le había enredado el largo cabello.

—Todo ha ido bien —le dijo a Fleur—. Ollivander ya está instalado en casa de tía Muriel, y mis padres te mandan saludos. Ginny les envía recuerdos a todos. Fred y George están sacando de quicio a Muriel porque todavía dirigen su negocio mediante el Servicio de Envío por Lechuza desde un cuartito. Pero recuperar su diadema la ha animado un poco; me ha dicho que creía que se la habían robado.

—¡Ay! Tu tía es *charmante* —dijo Fleur ceñuda. Agitó la varita e hizo que los platos sucios se elevaran y se amontonaran en el aire; entonces los tomó y salió del comedor.

—Mi padre ha hecho una diadema —intervino Luna—. Bueno, en realidad es una corona. —Sonriendo, Ron miró de reojo a Harry y éste dedujo que su amigo se estaba acordando del ridículo sombrero que habían visto en la casa de Xenophilius—. Sí, está intentando recrear la diadema perdida de Ravenclaw. Cree que ya ha identificado todos los elementos fundamentales; añadir las alas de billywig ha sido una idea muy original...

Se oyó un fuerte golpe en la puerta de la calle y todos se volvieron hacia allí. Fleur, asustada, salió a toda prisa de la cocina; Bill se puso en pie de un brinco, apuntando a la puerta con la varita; Harry, Ron y Hermione hicieron otro tanto, mientras que Griphook, sigiloso, se escondió debajo de la mesa.

—¿Quién está ahí? —gritó Bill.

—¡Soy yo, Remus John Lupin! —respondió una voz superando el bramido del viento. Harry se estremeció de miedo; ¿qué habría pasado?—. ¡Soy un hombre lobo, estoy casado con Nymphadora Tonks, y tú, el Guardián Secreto del Refugio, me revelaste la dirección y me instaste a venir aquí en caso de emergencia!

—Lupin —murmuró Bill, y corrió hacia la puerta para abrirla de golpe.

Lupin se derrumbó en el umbral; envuelto en una capa de viaje y con el entrecano cabello muy alborotado, se lo veía muy pálido. No obstante, se enderezó, miró alrededor para ver quién había allí y entonces gritó:

—¡Es un niño! ¡Le hemos puesto Ted, como el padre de Dora!

Hermione se puso a chillar:

—¿Qué? ¿Que Tonks... que Tonks ha tenido el bebé?

—¡Sí, sí! ¡Ha tenido el bebé! —gritó Lupin.

Todos dieron gritos de alegría y suspiros de alivio. Hermione y Fleur gritaron «¡Enhorabuena!». Y Ron dijo «¡Vaya, un bebé!», como si jamás hubiera oído nada parecido.

—Sí, sí... Es un niño —repitió Lupin, que parecía aturdido de felicidad. Rodeó la mesa dando zancadas y abrazó a Harry; era como si la escena en el sótano de Grimmauld Place nunca hubiera tenido lugar—. ¿Querrás ser el padrino? —le preguntó.

—¿Yo...? —balbuceó el muchacho.

—Sí, sí, tú. Dora está de acuerdo, no se nos ocurre nadie mejor...

—Pues... sí, claro. Vaya...

Harry estaba abrumado, atónito, encantado. Bill fue a buscar vino y Fleur intentó convencer a Lupin para que se quedara a brindar con ellos.

—No puedo quedarme mucho rato, tengo que regresar —dijo el hombre lobo mirándolos a todos con una sonrisa de oreja a oreja, y Harry se fijó en que parecía muy rejuvenecido—. Gracias, gracias, Bill.

Bill no tardó en llenarles la copa a todos; formaron un corro y alzaron las copas.

—¡Por Teddy Remus Lupin —brindó Lupin—, un gran mago en potencia!

—¿A quién se *paguece*? —preguntó Fleur.

—Yo creo que se parece a Dora, pero ella dice que es igual que yo. No tiene mucho pelo; al nacer lo tenía negro, pero al cabo de una hora ya se le había vuelto pelirrojo. Seguramente, a estas alturas ya debe de tenerlo rubio. Andrómeda dice que a Tonks le cambió el color del pelo el mismo día que nació —Vació la copa de un trago—. Va, sólo una más —pidió sonriente, y Bill se la llenó.

El viento azotaba la casita, pero el fuego chisporroteaba y caldeaba la sala; Bill no tardó en abrir otra botella de vino. La noticia de Lupin había logrado que se olvidaran de sus problemas y los había liberado un rato de su estado de sitio; la buena nueva de un nacimiento resultaba estimulante. Al único que parecía no afectarle aquel repentino ambiente festivo era al duende, quien poco después se retiró al dormitorio que ahora ocupaba él solo. Harry creyó que él era el único que se había fijado, pero vio que Bill lo seguía con la mirada mientras subía por la escalera.

—No, no. De verdad, tengo que marcharme —aseguró Lupin al fin, rehusando otra copa de vino. Se levantó y se echó por encima la capa—. Adiós, adiós. Volveré dentro de unos días e intentaré traerles fotografías. Todos se alegrarán cuando les diga que los he visto...

Se abrochó la capa y se despidió, abrazando a las mujeres y estrechando la mano a los hombres, y luego, todavía sonriente, se perdió en la tempestuosa noche.

—¡Vas a ser padrino, Harry! —dijo Bill cuando se encontraron en la cocina ayudando a recoger la mesa—. ¡Qué gran honor! ¡Felicidades!

Mientras Harry depositaba las copas vacías en el fregadero, Bill cerró la puerta, de modo que dejaron de oírse las animadas voces de los demás, que seguían celebrando el acontecimiento pese a que Lupin ya se había marchado.

—Mira, quería hablar en privado contigo, Harry. Con la casa tan llena de gente, hasta ahora no he encontrado el momento. —Bill vaciló un instante, pero añadió—: Tú estás planeando algo con Griphook. —No era una pregunta sino una afirmación, y Harry no se molestó en desmentirla; se limitó a mirar a Bill—. Conozco a los duendes, pues llevo trabajando en Gringotts desde que salí de Hogwarts. Y si se puede hablar de amistad entre magos y duendes, puedo asegurar que yo tengo amigos que pertenecen a esa raza, o al menos los conozco bien y simpatizo con ellos. —Titubeó otra vez—. ¿Qué le has pedido a Griphook y qué le has prometido a cambio?

—Eso no puedo decírtelo —contestó Harry—. Lo siento.

En ese momento Fleur abrió la puerta de la cocina; traía más copas y platos.

—Espera un momento, por favor —le pidió Bill. Ella se retiró y él volvió a cerrar la puerta—. Entonces, Harry, tengo que decirte una cosa: si has hecho alguna clase de trato con Griphook, y sobre todo si incluye algún objeto de valor, debes tener mucho cuidado. Los conceptos de propiedad, pago y recompensa de los duendes no son los mismos que los de los humanos.

Harry sintió un leve malestar, como si una pequeña serpiente se hubiera estremecido en su interior.

—¿Qué quieres decir? —preguntó.

—Mira, estamos hablando de seres de otra raza. Los tratos entre magos y duendes siempre han sido tensos, desde hace siglos. Pero eso ya debes de saberlo, porque has estudiado Historia de la Magia. Ambos han cometido errores, y yo no digo que los magos hayan sido siempre inocentes. Sin embargo, algunos duendes creen (y los de Gringotts son los más inclinados a esa opinión) que cuando se trata de oro y tesoros, no se puede confiar en los magos, porque éstos no respetan el concepto de propiedad que tienen ellos.

—Yo respeto... —murmuró Harry, pero Bill movió la cabeza y le dijo:

—Tú no lo entiendes, Harry, ni puede entenderlo nadie que no haya trabajado con duendes. Para éstos, el verdadero amo de cualquier objeto es su fabricante, no la persona que lo ha comprado. De manera que todos los objetos elaborados por ellos son, a sus ojos, legítimamente suyos.

—Pero si alguien compra un objeto...

—En ese caso lo consideran alquilado por ese alguien. Les cuesta mucho entender la idea de que los objetos hechos por ellos pasen de un mago a otro. Ya viste qué cara puso Griphook cuando vio la diadema; no lo aprueba. Creo que piensa, al igual que los más fieros de su raza, que deberían habérsela devuelto a ellos cuando murió la persona que la había comprado. Tanto es así que consideran nuestra costumbre de conservar los objetos hechos por ellos, y la de heredarlos de un mago a otro sin volver a desembolsar dinero, poco menos que un robo.

Harry tuvo un mal presentimiento y se preguntó si Bill sabía más de lo que aparentaba.

—Lo único que te aconsejo —añadió Bill antes de volver al salón— es que tengas mucho cuidado con lo que prometes a los duendes, porque sería menos peligroso entrar por la fuerza en Gringotts que faltar a una promesa hecha a uno de ellos.

—De acuerdo —dijo Harry—. Gracias. Lo tendré en cuenta.

Siguió a Bill para reunirse con los demás y lo asaltó un pensamiento irónico, producto sin duda del vino ingerido: parecía encaminado a convertirse en un padrino tan temerario para Teddy Lupin como Sirius Black lo había sido para él.

26

Gringotts

Ya tenían los planes hechos y habían terminado los preparativos. En el dormitorio más pequeño, sobre la repisa de la chimenea, había un frasquito de cristal que contenía un solo pelo negro, largo y grueso, que habían recuperado del suéter que Hermione llevaba puesto cuando estuvieron en la Mansión Malfoy.

—Y utilizarás su varita —indicó Harry señalando la varita de nogal—. Yo creo que podrás hacerlo.

Hermione la tomó con miedo, como si temiera que le mordiera o le picara.

—La odio —musitó—. La odio, de verdad. Me produce una sensación muy rara, y no me funciona bien. Es como un trozo de... de ella.

Harry recordó que Hermione no le había hecho caso cuando él se quejó de que no le gustaba la varita de endrino; al contrario, había insistido en que eso de que no funcionara bien eran sólo imaginaciones suyas y que únicamente tenía que practicar. Pero decidió no pagarle con la misma moneda; la víspera del asalto a Gringotts no parecía el momento idóneo para provocar enfrentamientos.

—Supongo que te resultará más fácil si te metes en la piel del personaje —le sugirió Ron—. ¡Piensa en todo lo que ha hecho esa varita!

—¡Pero si a eso mismo me refiero! —replicó Hermione—. Ésta es la varita que torturó a los padres de Neville y a quién sabe cuánta gente más. Y sobre todo ¡es la varita que mató a Sirius!

Harry no había caído en la cuenta; al mirar ahora aquel instrumento, sintió un incontrolable impulso de romperlo, de cortarlo por la mitad con la espada de Gryffindor, que estaba apoyada contra la pared, a su lado.

—Echo de menos mi varita —dijo la chica con tristeza—. Es una lástima que el señor Ollivander no haya podido hacerme una nueva a mí también.

Esa misma mañana, Ollivander le había enviado una varita nueva a Luna, y ésta se hallaba en el jardín trasero, poniendo a prueba sus habilidades al sol de la tarde. Dean, a quien los Carroñeros habían quitado también la varita, la contemplaba con aire compungido.

Harry observó entonces la varita de espino que había pertenecido a Draco Malfoy y le sorprendió —tanto como le complació— descubrir que funcionaba igual de bien que la varita que Hermione le había dado. Recordando lo que Ollivander les había contado sobre el funcionamiento secreto de las varitas mágicas, Harry creyó saber cuál era el problema de Hermione: ella no se había ganado la lealtad de la varita de nogal porque no se la había quitado personalmente a Bellatrix.

Mientras así discurrían, se abrió la puerta del dormitorio y entró Griphook. Instintivamente, Harry tomó la espada y se la acercó más, pero enseguida se arrepintió, porque se dio cuenta de que al duende no le pasó inadvertido el gesto. Con ánimo de reparar su error, dijo:

—Estábamos repasando los últimos detalles, Griphook. Les hemos dicho a Bill y Fleur que partiremos mañana, y que no es necesario que se levanten para despedirnos.

Habían sido intransigentes en ese punto, porque Hermione tendría que transformarse en Bellatrix antes de marcharse, y cuanto menos supieran o sospecharan sobre lo que se disponían a hacer, mejor. También les habían comunicado que no regresarían, por lo que Bill les prestó otra tienda de campaña, ya que habían perdido la de Perkins en el episodio con los Carroñeros. Ahora la nueva tienda estaba guardada en el bolsito de cuentas, que Hermione había protegido de los Carroñeros mediante el sencillo recurso de metérselo dentro del calcetín, lo cual había impresionado a Harry.

Aunque añoraría a los que se quedaban allí, por no mencionar las comodidades de que habían disfrutado en El Refugio aquellas últimas semanas, Harry anhelaba poner fin a su confinamiento. Estaba harto de tener que asegurarse de que nadie los escuchaba, y de quedarse encerrado en aquel diminuto y oscuro dormitorio. Pero, sobre todo, tenía muchas ganas de librarse de Griphook. Sin embargo, cómo y cuándo exactamente iban a separarse del duende sin entregarle la espada de Gryffindor seguía siendo una pregunta sin respuesta. Aún no habían decidido cómo lo harían, porque el duende casi nunca dejaba solos a los tres jóvenes más de cinco minutos. «Podría darle clases a mi madre», había comentado un día Ron, porque los largos dedos del duende asomaban una y otra vez por los bordes de las puertas. Harry, que no había olvidado la advertencia de Bill, sospechaba que Griphook estaba alerta por si los chicos intentaban alguna jugarreta. Además, había perdido toda esperanza de que Hermione, que desaprobaba la intención de engañar al duende, aportara alguna idea luminosa para llevar su plan a buen puerto; en cuanto a Ron, lo único que había dicho, en las raras ocasiones en que conseguían liberarse de Griphook unos minutos para hablar a solas, era: «Tendremos que improvisar, colega.»

Harry durmió mal esa noche. De madrugada, mientras permanecía despierto en la cama, rememoró la noche anterior a su incursión en el Ministerio de Magia y recordó que entonces lo dominaba una firme determinación, rayana en el entusiasmo. En cambio, lo que sentía en ese momento era una aguda ansiedad y un torbellino de acuciantes dudas, además del temor de que todo iba a salir mal. Una y otra vez se repetía lo mismo: su plan era bueno, Griphook sabía a qué se enfrentaban y estaban bien preparados para todas las posibles dificultades, pero aun así se sentía muy intranquilo. En un par de ocasiones oyó a Ron cambiar de posición y tuvo la certeza de que él también estaba despierto, pero como compartían el salón con Dean no dijo nada.

Sintió un gran alivio cuando dieron las seis y pudieron abandonar los sacos de dormir, vestirse en la penumbra y salir con sigilo al jardín, donde habían acordado reunirse con Hermione y Griphook. Era un amanecer frío, aunque estaban en mayo, y al menos no había viento. Harry miró el oscuro cielo, donde las estrellas todavía titilaban débilmente, y oyó el murmullo de las olas rompiendo contra el acantilado. Se dijo que iba a echar de menos ese sonido.

Unos pequeños brotes verdes asomaban a través de la rojiza tierra de la tumba de Dobby; al cabo de un año, el túmulo estaría cubierto de flores. La piedra blanca donde había grabado el nombre del elfo ya había adquirido un aspecto envejecido. Harry se dio cuenta de que no habrían podido enterrar a Dobby en un lugar más hermoso que aquél, pero aun así le dolía mucho dejarlo allí. Mientras contemplaba la tumba, se preguntó una vez más cómo habría sabido el elfo adónde tenía que ir a rescatarlos. Involuntariamente, tocó con los dedos el monedero que llevaba colgado del cuello, y al palparlo notó el irregular fragmento de cristal en el que estaba seguro de haber visto los ojos de Dumbledore. Entonces oyó abrirse una puerta y se dio la vuelta.

Bellatrix Lestrange cruzaba el jardín a grandes zancadas hacia ellos, acompañada de Griphook. Mientras caminaba, guardaba el bolsito de cuentas en el bolsillo interior de otra vieja túnica de las que se habían llevado de Grimmauld Place. Aunque sabía que en realidad era Hermione, Harry no consiguió evitar un estremecimiento de odio. Era más alta que él; el largo y negro cabello le caía formando ondas por la espalda, y los ojos de gruesos párpados lo miraron con desdén; pero, cuando habló, Harry reconoció a Hermione a pesar de la grave voz de Bellatrix.

—¡Sabía a rayos! ¡Era peor que la infusión de gurdirraíz! Ron, ven aquí para que pueda arreglarte...

—Está bien, pero recuerda que no me gustan las barbas demasiado largas.

—¡Ven de una vez! ¡Esto no es ningún concurso de belleza!

—¡No es por eso, es que se me enreda con todo! Lo que me gustó fue esa nariz que me pusiste la última vez, un poco más corta; a ver si te sale igual.

Hermione suspiró y se puso a trabajar, murmurando por lo bajo mientras transformaba varios aspectos del físico de Ron. Tenían que conferirle una identidad falsa, y confiaban en que el aura de malignidad de Bellatrix contribuyera a protegerlos. Harry y Griphook irían escondidos bajo la capa invisible.

—Ya está —dijo por fin Hermione—. ¿Qué te parece, Harry?

Era posible adivinar a Ron bajo su disfraz, pero Harry pensó que se debía a que él lo conocía muy bien. Ahora Ron lucía un cabello castaño, largo y ondulado; llevaba bigote y una tupida barba; las pecas se le habían borrado de la cara; la nariz era ancha y corta, y las cejas, gruesas.

—Bueno, no es mi tipo, pero creo que servirá —bromeó Harry—. ¿Nos vamos ya?

Los tres contemplaron El Refugio, oscuro y silencioso bajo las estrellas, cada vez más débiles; luego echaron a andar hacia el punto, al otro lado del muro que bordeaba el jardín, donde ya no actuaba el encantamiento Fidelio y donde podrían desaparecerse. Una vez pasada la verja, Griphook dijo:

—Creo que debería subirme ya, Harry Potter.

Harry se agachó y el duende se le subió a la espalda y entrelazó las manos alrededor del cuello. No pesaba mucho, pero al chico le fastidiaba llevarlo a cuestas y le desagradaba la sorprendente fuerza con que se agarraba. Hermione sacó la capa invisible del bolsito de cuentas y se la echó por encima a los dos.

—Perfecto —dijo ella agachándose para ver si a Harry se le veían los pies—. No veo nada. ¡Vámonos!

Harry giró sobre los talones con Griphook sobre la espalda, y se concentró en imaginarse el Caldero Chorreante, la posada por donde se accedía al callejón Diagon. El duende se aferró aún más a Harry cuando se sumieron en la opresora oscuridad, y unos segundos más tarde sus pies tocaron el suelo. Harry abrió los ojos y vio que se hallaban en Charing Cross Road. Los muggles andaban con cara de dormidos, sin fijarse en la pequeña posada.

El bar del Caldero Chorreante estaba casi vacío. Tom, el encorvado y desdentado patrón, secaba vasos detrás de la barra; un par de magos que hablaban en voz baja en un rincón miraron a Hermione y se retiraron a una parte más oscura del local.

—Señora Lestrange —murmuró Tom, y cuando Hermione pasó por delante de él inclinó servilmente la cabeza.

—Buenos días —dijo la muchacha.

Harry, que la seguía con sigilo, con Griphook a cuestas bajo la capa, vio que Tom se sorprendía.

—Demasiado educada —susurró al oído de Hermione cuando accedieron al pequeño patio trasero de la posada—. ¡Tienes que tratar a la gente como si fueran escoria!

—¡De acuerdo, de acuerdo!

Hermione sacó la varita mágica de Bellatrix y golpeó un ladrillo de la pared que, aparentemente, no tenía nada de particular. Al instante, los ladrillos giraron y cambiaron de posición, y en medio de ellos apareció un agujero que fue haciéndose cada vez más grande, hasta formar un arco que daba al estrecho y adoquinado callejón Diagon.

Como las tiendas todavía no habían abierto, el callejón estaba tranquilo y nada concurrido, pero la sinuosa calle no se parecía en absoluto al ajetreado lugar que, años atrás, Harry visitara antes de su primer trimestre en Hogwarts. Muchas tiendas estaban selladas con tablas, aunque desde su última visita se habían inaugurado varios establecimientos dedicados a las artes oscuras. El muchacho vio su retrato en numerosos letreros pegados en las ventanas que rezaban «Indeseable nº 1».

En algunos portales se apiñaban personajes harapientos, a quienes oyó suplicar a los escasos transeúntes, pidiéndoles oro y asegurando ser magos de verdad. También se fijó en un individuo que llevaba un ensangrentado vendaje en un ojo.

Nada más enfilar la calle, los mendigos repararon en Hermione y se dispersaron, tapándose la cara con las capuchas y huyendo tan rápido como podían. Ella los observó con curiosidad, hasta que el individuo del vendaje manchado de sangre se acercó a ella tambaleándose.

—¡Mis hijos! —gritó señalándola con un dedo. Tenía una voz cascada y aguda, y parecía muy angustiado— ¿Dónde están mis hijos? ¿Qué les ha hecho él? ¡Usted lo sabe! ¡Seguro que lo sabe!

—Yo... yo no... —balbuceó Hermione.

El desconocido se abalanzó sobre ella e intentó sujetarla por el cuello; entonces se produjo un estallido y una ráfaga de luz roja, y el hombre salió despedido hacia atrás y quedó tendido en el suelo, inconsciente. Ron permaneció inmóvil, con la varita en la mano y el brazo estirado, y a pesar de la barba se veía muy conmocionado. Varias personas se asomaron a las ventanas a ambos lados de la calle, y un grupito de transeúntes de aspecto distinguido se recogieron las túnicas y apretaron el paso, deseosos de marcharse cuanto antes de aquel lugar.

Su aparición en el callejón Diagon no podía haber levantado más sospechas; por un instante, Harry se preguntó si no sería mejor largarse y tratar de diseñar otro plan. Pero antes de que lograran moverse o consultarse unos a otros, alguien gritó a sus espaldas:

—¡Qué sorpresa, señora Lestrange!

Harry se dio la vuelta y Griphook se le sujetó más fuerte del cuello. Un mago alto y delgado, de abundante cabello entrecano y nariz larga y afilada, se acercaba a ellos a grandes zancadas.

—Es Travers —susurró el duende al oído de Harry, pero el chico no cayó en la cuenta de quién se trataba. Hermione se había erguido cuan larga era y dijo, con todo el desprecio de que fue capaz:

—¿Y qué quieres?

El mago se detuvo en seco, claramente ofendido.

—¡Es otro mortífago! —susurró Griphook, y Harry se desplazó hacia un lado para alertar a Hermione.

—Sólo quería saludarla —dijo Travers con frialdad—, pero si mi presencia no es bien recibida...

Entonces Harry reconoció su voz: Travers era uno de los mortífagos que habían acudido a la casa de Xenophilius.

—No, no. Nada de eso, Travers —dijo Hermione al instante, intentando reparar su error—. ¿Cómo estás?

—Bueno, confieso que me sorprende verla por aquí, Bellatrix.

—¿Ah, sí? ¿Por qué?

—Pues... —se aclaró la garganta— tenía entendido que los habitantes de la Mansión Malfoy estaban confinados en la casa, después de... de la... huida.

Harry rogó que Hermione no perdiera la calma. Si lo dicho por Travers era cierto, y si Bellatrix no debía dejarse ver en público...

—El Señor Tenebroso perdona a los que en el pasado le han sido fieles a ultranza —repuso Hermione en una espléndida imitación de la más desdeñosa Bellatrix—. Quizá tus méritos no sean tan valiosos como los míos, Travers.

Aunque el mortífago continuaba con aire ofendido, ya parecía menos receloso. Entonces echó una ojeada al hombre al que Ron acababa de aturdir.

—¿La ha molestado ese desgraciado?

—No tiene importancia. No volverá a hacerlo —dijo Hermione con frialdad.

—A veces esos Sin Varita resultan un incordio —comentó Travers—. Mientras se limiten a mendigar no tengo ninguna objeción, pero la semana pasada una mujer se atrevió a pedirme que abogara en su favor ante el ministerio. «Soy una bruja, señor, soy una bruja. ¡Déjeme demostrárselo!» —imitó la chillona voz de la mujer—. ¡Como si fuera a prestarle mi varita! Por cierto —añadió con curiosidad—, ¿qué varita usa ahora, Bellatrix? He oído decir que la suya...

—¿Mi varita? ¿Qué pasa con ella? —cuestionó fríamente Hermione mostrándosela—. No sé qué rumores habrás oído, Travers, pero por lo visto estás mal informado.

El mortífago, un tanto sorprendido, se volvió y miró a Ron.

—¿Quién es su amigo? —preguntó—. Creo que no lo conozco.

—Es el señor Dragomir Despard —contestó Hermione (habían decidido que lo más prudente era que Ron adoptara la identidad ficticia de un extranjero)—. No habla muy bien nuestro idioma, pero comprende y comparte los objetivos del Señor Tenebroso. Ha venido desde Transilvania para ver cómo funciona nuestro nuevo régimen.

—¿Ah, sí? Encantado de conocerlo, Dragomir.

—Igualmente —replicó Ron tendiéndole la mano.

Travers le ofreció dos dedos y le estrechó la mano como si temiera ensuciarse.

—¿Y qué los trae a usted y a su... comprensivo amigo al callejón Diagon tan temprano? —quiso saber Travers.

—Tengo que ir a Gringotts.

—¡Vaya! Yo también. ¡Maldito dinero! No podemos vivir sin él, y sin embargo, confieso que lamento la necesidad de mantener tratos con nuestros amigos los dedilargos.

Harry notó que las manos de Griphook le apretaban más el cuello.

—¿Vamos, pues? —dijo Travers invitando a Hermione a ponerse en marcha.

Ella no tuvo más remedio que caminar a su lado por la sinuosa calle adoquinada, hacia donde se erigía el blanco edificio de Gringotts, que descollaba sobre las pequeñas tiendas que flanqueaban la calle. Ron se situó junto a ellos, y Harry y Griphook detrás.

Los chicos no tenían otra opción que resignarse a que los acompañara un mortífago suspicaz y receloso, pero lo peor era que, como Travers caminaba al lado de la falsa Bellatrix, Harry no podía comunicarse con ninguno de sus dos amigos. Enseguida llegaron al pie de la escalinata de mármol que conducía a las enormes puertas de bronce. Tal como les advirtió en su momento Griphook, los duendes de librea que normalmente flanqueaban la entrada habían sido sustituidos por dos magos portadores de sendas barras doradas, largas y delgadas.

—¡Menuda sorpresa, sondas de rectitud! —suspiró Travers con gesto teatral—. ¡Qué rudimentarias, pero qué eficaces!

Subió los escalones y saludó con la cabeza a los dos magos de la entrada, quienes le repasaron todo el cuerpo con las barras. Harry sabía que aquellas sondas detectaban hechizos de ocultación y objetos mágicos escondidos. Consciente de que sólo disponía de unos segundos para actuar, apuntó sucesivamente a los dos guardianes con la varita mágica de Draco y murmuró dos veces: «¡*Confundo!*» Alcanzados por el hechizo, los magos dieron un pequeño respingo, pero Travers no se dio cuenta porque estaba mirando el vestíbulo a través de las puertas de bronce.

Hermione intentó pasar de largo sin detenerse, con el negro y largo cabello ondeándole a la espalda.

—Un momento, señora —ordenó uno de los guardianes, levantando su sonda.

—¡Pero si ya me ha registrado! —exclamó Hermione con la imperiosa y arrogante voz de Bellatrix. Travers se dio la vuelta, extrañado.

Confundido, el guardián observó la larga y dorada sonda y luego miró a su compañero, que denotando un ligero aturdimiento dijo:

—Sí, acabas de hacerlo, Marius.

Hermione siguió adelante con la cabeza bien erguida y Ron a su lado; Harry y Griphook, invisibles, los siguieron al trote. Al trasponer el umbral, Harry miró hacia atrás y vio que los dos guardianes se rascaban la cabeza, perplejos.

Dos duendes custodiaban las puertas interiores, de plata, en las que lucía grabado el poema que advertía a quienquiera que se atreviera a robar en Gringotts de las severas represalias que sufriría. Harry lo leyó, y de pronto lo asaltó el vívido recuerdo de verse a sí mismo en aquel sitio el día que cumplió once años (el cumpleaños más maravilloso de su vida), mientras Hagrid, de pie a su lado, murmuraba: «Como te dije, hay que estar loco para intentar robar aquí.» Aquel día Gringotts le había parecido un lugar maravilloso, el almacén encantado de una fortuna que él ignoraba poseer, aunque jamás se le habría ocurrido imaginar que más adelante volvería allí para robar... Segundos después, se encontraron en el inmenso vestíbulo de mármol de la banca mágica.

Sentados en altos taburetes ante un largo mostrador, unos duendes atendían a los primeros clientes del día. Hermione, Ron y Travers se dirigieron hacia uno de ellos, muy anciano, que examinaba una gruesa moneda de oro con un monóculo. Hermione dejó pasar primero a Travers con el pretexto de mostrarle a Ron los detalles arquitectónicos del vestíbulo.

El hombrecillo dejó la moneda, dijo «Leprechaun» sin dirigirse a nadie en particular y saludó a Travers. Éste le entregó una diminuta llave de oro que el duende escudriñó y se la devolvió.

Entonces Hermione se acercó al mostrador.

—¡Señora Lestrange! —exclamó el duende sin disimular su asombro—. ¡Cielos! ¿En qué... en qué puedo ayudarla?

—Quiero entrar en mi cámara —dijo Hermione.

El anciano se inquietó un poco. Harry echó un vistazo alrededor: Travers seguía por allí y los observaba; además, otros duendes habían interrumpido su trabajo y miraban con extrañeza a Hermione.

—¿Tiene usted... algún documento que acredite su identidad?

—¿Algún documento que...? ¡Pero si jamás me han pedido ninguno!

—¡Lo saben! —susurró Griphook al oído de Harry—. ¡Deben de haberlos prevenido de que podría venir una impostora!

—Su varita servirá, señora —aseguró el duende, y tendió una mano ligeramente temblorosa. Harry comprendió que en Gringotts estaban al corriente de que a Bellatrix se la habían robado.

—¡Haz algo! ¡Haz algo ya! —le susurró Griphook con apremio—. ¡Lánzales la maldición *imperius*!

Harry alzó la varita de espino bajo la capa, apuntó al duende anciano y susurró por primera vez en su vida:

—¡*Imperio*!

Una extraña sensación le recorrió el brazo: una especie de tibio cosquilleo que al parecer le salía del cerebro y viajaba por los tendones y las venas del brazo, conectándolo con la varita mágica y con la maldición que acababa de lanzar. El duende tomó la varita de Bellatrix, la examinó minuciosamente y exclamó:

—¡Ah, veo que le han hecho una nueva, señora Lestrange!

—¡Qué dice! —se extrañó Hermione—. No, no, ésa es mi...

—¿Una varita nueva? —terció Travers acercándose otra vez al mostrador; los duendes de alrededor seguían observando—. Pero ¿cómo lo ha hecho? ¿A qué fabricante se la ha encargado?

Harry actuó sin pensar: apuntó a Travers y murmuró «¡*Imperio*!» una vez más.

—¡Ah, sí, sí, claro! —exclamó Travers contemplando la varita—. Es muy bonita. ¿Y funciona bien? Siempre he opinado que a las varitas hay que domarlas un poco, ¿usted no?

Hermione estaba completamente desconcertada, pero Harry, aliviado, vio que encajaba aquella extraña situación sin hacer comentarios.

Tras el mostrador, el duende anciano dio unas palmadas. Acudió otro individuo de su raza más joven.

—Necesitaré los cachivaches —le dijo el anciano. El joven se marchó y regresó al cabo de un momento con una bolsa de piel, a juzgar por el ruido que hacía, llena de objetos metálicos. Se la entregó a su superior—. ¡Estupendo! —dijo éste—. Y ahora, si tiene la amabilidad de seguirme, señora Lestrange —indicó, bajando del taburete y perdiéndose de vista—, la acompañaré a su cámara.

El duende apareció por un extremo del mostrador y se les aproximó trotando con la bolsa de piel, que seguía produciendo ruidos metálicos. Travers se había quedado inmóvil y con la boca abierta. Ron lo observó con cara de desconcierto, y su expresión hizo que los demás se fijaran en esa extraña circunstancia.

448

—¡Bogrod! ¡Un momento! —Otro duende acababa de llegar corriendo—.

Tenemos instrucciones —dijo tras saludar a Hermione con una inclinación de la cabeza—. Disculpe, señora Lestrange, pero hemos recibido órdenes específicas con relación a la cámara de los Lestrange.

Le susurró algo al oído a Bogrod, con urgencia, pero el duende que estaba bajo la maldición *imperius* se lo quitó de encima diciendo:

—Estoy al corriente de las instrucciones. La señora Lestrange quiere visitar su cámara. La suya es una familia muy antigua y son buenos clientes... Por aquí, por favor.

Y, haciendo sonar la bolsa, se encaminó deprisa hacia una de las muchas puertas por las que se salía del vestíbulo. Harry miró a Travers, que continuaba allí plantado como si lo hubieran clavado en el suelo, con una expresión inusualmente ausente, y tomó una decisión: con una sacudida de la varita, hizo que el mortífago los acompañara. Éste los siguió con mansedumbre hasta la puerta, y todos recorrieron un pasillo de bastas paredes de piedra e iluminado con antorchas.

—Estamos en un aprieto; sospechan de nosotros —dijo Harry cuando la puerta se cerró tras ellos y se quitó la capa invisible. Griphook se bajó de sus hombros, pero ni Travers ni Bogrod se sorprendieron lo más mínimo al ver aparecer, de pronto, a Harry Potter—. Les he hecho la maldición *imperius* —explicó el muchacho a Hermione y Ron, extrañados de ver a los dos individuos quietos e inexpresivos—. Pero no sé si lo he hecho bien, no sé si...

Entonces rescató otro recuerdo de su memoria: la primera vez que había intentado utilizar una maldición imperdonable mientras la verdadera Bellatrix Lestrange le chillaba: «¡Tienes que sentirlas, Potter!»

—¿Qué hacemos? —preguntó Ron—. ¿Nos largamos de aquí ahora que todavía podemos?

—¿Tú crees que podemos? —replicó Hermione mirando hacia la puerta que daba al vestíbulo principal, detrás de la cual podía estar sucediendo cualquier cosa.

—Ya que hemos llegado hasta aquí, propongo que continuemos —dijo Harry.

—¡Estupendo! —saltó Griphook—. No obstante, necesitamos a Bogrod para que controle el carro que nos conducirá a la cámara, yo ya no tengo autoridad para hacerlo. Pero no cabremos todos en el vehículo.

En vista de ello, Harry apuntó con la varita a Travers y exclamó de nuevo:

—¡Imperio!

El mortífago se dio la vuelta y echó a andar despacio por el oscuro pasillo.

—¿Adónde va?

—Le he ordenado que se esconda —respondió Harry.

Y a continuación apuntó con la varita a Bogrod, que emitió un silbido e hizo aparecer de la oscuridad un carro que avanzó lentamente por las vías. Mientras montaban en él (Bogrod delante y los otros cuatro apretujados en la parte de atrás), el muchacho habría jurado que se oían gritos en el vestíbulo principal.

El vehículo dio una sacudida, se puso en movimiento y aceleró. Pasaron a toda velocidad cerca de Travers, que se estaba metiendo en una grieta de la pared, y el carro empezó a describir giros y voltearse por el laberinto de pasillos, todos descendentes, dando bruscos virajes para esquivar estalactitas y adentrándose cada vez más en aquel laberinto subterráneo. La corriente de aire le alborotaba el pelo a Harry que, aunque sólo oía el traqueteo en los rieles, no cesaba de mirar hacia atrás, muy inquieto. Lo que habían hecho era peor que dejar enormes huellas en el suelo; cuanto más lo pensaba, más descabellado le parecía haber disfrazado a Hermione de Bellatrix y haberse llevado la varita mágica de la bruja, porque los mortífagos sabían quién se la había robado.

Harry nunca había llegado a unos niveles tan profundos de Gringotts; tanto era así que, al tomar abruptamente una curva muy cerrada, vio ante ellos una cascada que caía sobre las vías, imposible de esquivar. Oyó cómo Griphook gritaba, pero no había forma de frenar y la atravesaron a una velocidad de vértigo. A Harry le entró agua en los ojos y la boca; no veía nada ni podía respirar. Acto seguido, el carro dio un violento corcovo, volcó y todos salieron despedidos. El chico oyó cómo el vehículo se hacía añicos contra la pared y el chillido de Hermione, mientras él planeaba como si fuera ingrávido hasta posarse suavemente en el suelo rocoso del pasillo.

—En-encantamiento del almohadón —farfulló Hermione mientras Ron la ayudaba a levantarse.

Horrorizado, Harry observó que su amiga ya no era Bellatrix: estaba allí plantada con una túnica que le iba enorme, empapada y con su aspecto habitual. Además, Ron volvía a ser pelirrojo y ya no llevaba barba. Se miraron unos a otros y, al tocarse la cara, lo entendieron.

—¡La Perdición del Ladrón! —exclamó Griphook, poniéndose en pie y contemplando la cascada que caía sobre las vías, y en ese momento Harry comprendió que era algo más que agua—. ¡Elimina todo sortilegio, todo ocultamiento mágico! ¡Saben que hay impostores en Gringotts y han puesto defensas contra nosotros!

Hermione comprobó que todavía conservaba el bolsito de cuentas y Harry metió la mano en su chaqueta para asegurarse de que no había perdido la capa invisible. También observó que Bogrod sacudía la cabeza, desconcertado, puesto que la Perdición del Ladrón había anulado, asimismo, la maldición *imperius*.

—Necesitamos a Bogrod —dijo Griphook—. No podemos entrar en la cámara sin un duende de Gringotts. ¡Y además precisamos los cachivaches!

—¡*Imperio*! —volvió a exclamar Harry; su voz resonó por el pasillo de piedra, y percibió otra vez la sensación de embriagador control que le fluía desde el cerebro hasta la varita mágica.

Bogrod se sometió de nuevo a su voluntad, y el aturdimiento que sentía se tornó en educada indiferencia; Ron se apresuró a recoger la bolsa llena de herramientas metálicas.

—¡Me parece que viene alguien, Harry! —avisó Hermione y, apuntando con la varita de Bellatrix a la cascada, gritó—: ¡*Protego*!

Al alzarse en medio del pasillo, el encantamiento escudo partió en dos la cascada de agua mágica.

—Buena idea —dijo Harry—. ¡Ve tú delante, Griphook!

—¿Cómo vamos a salir de aquí? —preguntó Ron mientras corrían tras el duende en la oscuridad; Bogrod los seguía jadeando como un perro viejo.

—Ya nos ocuparemos de eso a su debido momento —replicó Harry, y aguzó el oído porque le pareció oír ruidos cercanos—. ¿Cuánto falta, Griphook?

—No mucho, Harry Potter, no mucho...

Doblaron una esquina y, de sopetón, se hallaron ante algo que Harry ya se esperaba, pero aun así los obligó a detenerse en seco.

En medio del pasillo había un gigantesco dragón que impedía el acceso a las cuatro o cinco cámaras de los niveles más profundos de la banca mágica. Tenía las escamas pálidas y resecas debido a su prolongado encarcelamiento bajo tierra, y sus ojos eran de un rosa lechoso. En las patas traseras llevaba unas gruesas argollas agarradas a unas cadenas sujetas, a su vez, a unos enormes ganchos clavados en el suelo rocoso. Las grandes alas con púas, dobladas y pegadas al cuerpo, habrían ocupado todo el espacio si las hubiera desplegado. Cuando giró la fea cabeza hacia ellos, rugió de tal forma que hizo temblar la roca, y luego abrió la boca y escupió una llamarada que los obligó a retroceder a toda prisa por el pasillo.

—Está medio ciego —dijo Griphook jadeando—, y por eso es más violento aún. Sin embargo, tenemos los medios para controlarlo. Sabe lo que le espera cuando oye los cachivaches. Dámelos.

Ron le pasó la bolsa y Griphook sacó unos pequeños objetos metálicos que, al agitarlos, producían un fuerte y resonante ruido, similar al golpeteo de diminutos martillos contra yunques. Griphook los repartió y Bogrod aceptó el suyo dócilmente.

—Ya saben qué tienen que hacer —les dijo Griphook a los tres amigos—. Cuando el dragón oiga el ruido de los cachivaches, creerá que vamos a hacerle daño y se apartará; entonces Bogrod tiene que apoyar la palma de la mano en la puerta de la cámara.

Volvieron a doblar la esquina, pero esta vez agitando aquellos objetos, que resonaban amplificados en las paredes de roca. Harry tuvo la impresión de que el sonido vibraba dentro de su propio cráneo. El dragón soltó otro ronco rugido, pero se retiró. Harry se dio cuenta de que la bestia temblaba, y cuando se acercaron un poco más comprobó que tenía unas tremendas cicatrices de cuchilladas en la cara, y dedujo que el dragón había aprendido a temer las espadas al rojo cuando oía resonar los cachivaches.

—¡Que ponga la mano sobre la puerta! —instó Griphook a Harry, y el muchacho volvió a apuntar con su varita a Bogrod.

El anciano duende obedeció: puso la palma sobre la madera y la puerta de la cámara desapareció, revelando de inmediato una abertura cavernosa, llena hasta el techo de monedas y copas de oro, armaduras de plata, pieles de extrañas criaturas (algunas provistas de largas púas; otras, de alas mustias), pociones en frascos con joyas incrustadas, y una calavera que todavía llevaba puesta una corona.

—¡Rápido, busquen! —urgió Harry, y todos entraron en la cámara.

Les había descrito la copa de Hufflepuff a sus dos amigos, pero cabía la posibilidad de que el Horrocrux guardado en esa cámara fuese el otro, el desconocido, y ése no sabía cómo era. Apenas había tenido tiempo de echar un vistazo alrededor cuando oyeron un sordo golpetazo a sus espaldas: había vuelto a aparecer la puerta y los había encerrado dejándolos completamente a oscuras.

—¡No importa, Bogrod nos sacará de aquí! —dijo Griphook cuando Ron dio un grito de congoja—. Pueden encender sus varitas, ¿no? ¡Pero dense prisa, nos queda muy poco tiempo!

—¡Lumos!

Harry movió su varita hacia uno y otro lado para iluminar la cámara; vio montones de centelleantes joyas, así como la espada falsa de Gryffindor en un estante alto, entre un revoltijo de cadenas. Ron y Hermione también encendieron sus varitas y examinaban los montones de objetos que los rodeaban.

—Harry, ¿esto podría ser...? ¡Aaaaah! —Hermione gritó de dolor.

Harry la iluminó con su varita y vio que soltaba un cáliz con joyas incrustadas. Pero, al caer, el objeto se desintegró y se convirtió en una lluvia de cálices, de modo que un segundo más tarde, con gran estruendo, el suelo quedó cubierto de copas idénticas que rodaron en todas direcciones y entre las que era imposible distinguir la original.

—¡Me ha quemado! —gimoteó Hermione chupándose los dedos chamuscados.

—¡Han hecho la maldición *gemino* y la maldición *flagrante*! —explicó Griphook—. ¡Todo lo que tocas quema y se multiplica, pero las copias no tienen ningún valor! ¡Y si sigues tocando los tesoros, al final mueres aplastado bajo el peso de tantos objetos de oro reproducidos!

—¡Está bien, no toquen nada! —ordenó Harry a la desesperada.

Pero en ese momento Ron empujó con el pie, sin querer, uno de los cálices que habían rodado por el suelo, y aparecieron cerca de veinte más; Ron dio un salto, porque medio zapato se le quemó en contacto con el ardiente metal.

—¡Quédense quietos, no se muevan! —gritó Hermione sujetándose a Ron.

—¡Limítense a mirar! —pidió Harry—. Recuerden que es una copa pequeña, de oro. Tiene grabado un tejón, dos asas... Y si no, a ver si ven el símbolo de Ravenclaw por algún sitio, el águila...

Dirigieron las varitas hacia todos los recovecos, girando con cuidado sobre sí mismos. Era imposible no rozar nada. Harry provocó una cascada de galeones falsos que se amontonaron junto con los cálices. Apenas les quedaba espacio; el oro despedía mucho calor y la cámara parecía un horno. La varita de Harry iluminó escudos y cascos hechos por duendes y depositados en unos estantes que llegaban al techo; dirigió la luz un poco más arriba, y de pronto le dio un vuelco el corazón y le tembló la mano.

—¡Ya la tengo! ¡Está ahí arriba!

Ron y Hermione apuntaron también con sus varitas en esa dirección, y la pequeña copa de oro destelló bajo los tres haces de luz: era la copa que había pertenecido a Helga Hufflepuff y luego pasado a ser propiedad de Hepzibah Smith, a quien se la había robado Tom Ryddle.

—¿Y cómo demonios vamos a subir hasta ahí sin tocar nada? —preguntó Ron.

—¡*Accio copa!* —gritó Hermione, que en su desesperación había olvidado las explicaciones de Griphook durante las sesiones preparatorias.

—¡Eso no sirve de nada! —gruñó el duende.

—Entonces ¿qué hacemos? —preguntó Harry fulminándolo con la mirada—. Si quieres la espada, Griphook, tendrás que ayudarnos un poco... ¡Eh, espera! Puedo tocar las cosas con la espada, ¿verdad? ¡Dámela, Hermione!

Ella sacó el bolsito de cuentas, revolvió en su interior unos segundos y extrajo la reluciente espada. Harry la asió por la empuñadura de rubíes, y cuando tocó con la punta de la hoja una jarra de plata que había allí cerca, no se multiplicó.

—Perfecto —dijo—. Ahora debería meter la espada por un asa... Pero ¿cómo voy a llegar tan arriba?

El estante en que se hallaba la copa quedaba fuera del alcance de todos, incluso de Ron, que era el más alto, y el calor que desprendía aquel tesoro encantado ascendía en oleadas. El sudor le resbalaba a Harry por la cara y la espalda. Tenía que hallar la manera de alcanzar la copa.

El dragón rugía tras la puerta de la cámara, y los ruidos metálicos de los cachivaches se oían cada vez más fuertes. Estaban atrapados; no había forma de salir de allí salvo por la puerta, pero, a juzgar por el ruido, al otro lado había una horda de duendes. Harry miró a sus amigos y vio el terror reflejado en sus rostros.

—Hermione —dijo mientras el ruido metálico seguía intensificándose—, tengo que subir ahí, tengo que deshacerme del...

La chica alzó la varita, apuntó a Harry y susurró:

—*¡Levicorpus!*

Harry se elevó como si lo tiraran de un tobillo y chocó contra una armadura de la que empezaron a salir réplicas, como cuerpos al rojo, que llenaron aún más la abarrotada estancia. Derribados por la avalancha de armaduras y gritando de dolor, Ron, Hermione y los dos duendes chocaron contra otros objetos que al punto se multiplicaban. Medio enterrados en una marea cada vez mayor de tesoros candentes, forcejearon y chillaron mientras Harry metía la punta de la espada por el asa de la copa de Hufflepuff y lograba ensartarla en la hoja.

—*¡Impervius!* —chilló Hermione en un intento de protegerse y proteger a Ron y los duendes del ardiente metal.

Entonces, un grito aún más fuerte obligó a Harry a bajar la vista: sus amigos estaban hundidos hasta la cintura en los tesoros, luchando para impedir que Bogrod quedara completamente sumergido, pero Griphook ya estaba enterrado del todo, y lo único que se veía de él eran sus largos dedos.

Harry los sujetó como pudo y tiró de ellos. El duende emergió poco a poco, aullando de dolor y cubierto de ampollas.

—¡*Liberacorpus!* —gritó Harry y, con gran estrépito, el duende y él aterrizaron en la superficie de la montaña de tesoros, cada vez más alta, y a Harry se le cayó la espada de las manos—. ¡Tómenla! —gritó, soportando el dolor que le producía el contacto con el ardiente metal. Griphook volvió a subírsele a los hombros, decidido a alejarse cuanto pudiera de aquella creciente masa de objetos candentes—. ¿Dónde está la espada? ¡Tenía la copa ensartada!

Los ruidos metálicos al otro lado de la puerta se volvían ensordecedores. Era demasiado tarde...

—¡Ahí está!

Fue Griphook quien la vio y quien se lanzó por ella, y en ese instante Harry comprendió que el duende nunca había confiado en que los chicos cumplieran su palabra. Sujetándose fuertemente al cabello de Harry para no precipitarse en aquel hirviente mar de oro, Griphook tomó el puño de la espada y la levantó manteniéndola fuera del alcance de Harry.

La pequeña copa de oro, aún ensartada en la hoja, voló por los aires. Con el duende a cuestas, Harry se lanzó y logró atraparla. Aunque le abrasó la mano, no la soltó ni siquiera cuando un sinfín de copas de Hufflepuff empezaron a salir de su puño y le cayeron encima, al mismo tiempo que la puerta de la cámara se abría y él resbalaba por una creciente avalancha de oro y plata ardiente que los empujó a todos hacia el exterior.

Ignorando el dolor de las quemaduras que le cubrían el cuerpo y montado todavía en la inmensa ola de tesoros que no cesaban de multiplicarse, Harry se metió la copa en un bolsillo y estiró un brazo para recuperar la espada, pero demasiado tarde: Griphook se había bajado de sus hombros y, blandiendo la espada y chillando «¡Ladrones! ¡Ladrones! ¡Auxilio! ¡Ladrones!», había corrido a ponerse a cubierto entre los duendes que los rodeaban. De ese modo se perdió entre el tropel de hombrecillos que entraban en la cámara, todos provistos de dagas, y a nadie le extrañó.

Harry resbaló por el ardiente metal, se puso trabajosamente en pie y comprendió que la única forma de salir de allí era a través del tumulto.

—¡*Desmaius!* —bramó, y Ron y Hermione lo imitaron.

Las tres varitas despidieron chorros de luz roja contra la marabunta de duendes; algunos cayeron al suelo, pero otros siguieron avanzando, y Harry vio llegar a varios magos guardianes.

En ese momento, el dragón, que todavía estaba atado, rugió y lanzó una llamarada que pasó rozando las cabezas de los duendes; los magos dieron media vuelta y huyeron por donde habían venido, y Harry tuvo una inspiración, o una idea de locura. Apuntando con la varita a las gruesas argollas que sujetaban a la bestia, gritó:

—¡Relashio!

Las argollas se rompieron con un fuerte estallido.

—¡Por aquí! —gritó el muchacho y, sin parar de lanzar hechizos aturdidores a los duendes que seguían avanzando, corrió hacia el dragón ciego.

—¡Harry! ¿Qué haces, Harry? —gritó Hermione.

—¡Suban! ¡Rápido, monten!

Aprovechando que el dragón no se había percatado de su repentina liberación, Harry buscó con el pie el pliegue de la articulación de una de las patas traseras y se montó en el lomo. Las escamas eran duras como el acero y el dragón ni siquiera notó al muchacho, que le dio la mano a Hermione para ayudarla a subir. Ron se montó detrás de ellos. Un segundo más tarde, el dragón se dio cuenta de que ya no estaba atado.

La bestia emitió otro rugido y se encabritó. Harry le hincó las rodillas y se aferró a las recortadas escamas mientras el dragón, derribando duendes como si fueran bolos, desplegaba las alas y levantaba el vuelo. Los tres jóvenes, pegados al lomo, rozaron el techo cuando el animal se lanzó hacia la abertura del pasillo, al tiempo que los duendes, sin parar de chillar, los perseguían y les lanzaban dagas que rebotaban en las ijadas de la fiera.

—¡No podremos salir, este dragón es demasiado grande! gritó Hermione.

El monstruo abrió la boca y volvió a escupir llamas, abriendo un boquete en el túnel, de manera que el suelo y el techo crujieron y se desmoronaron. El animal empleaba todas sus fuerzas en abrirse paso por el pasillo. Harry cerraba firmemente los ojos para protegerse del calor y el polvo; ensordecido por el ruido de las rocas al caer y los rugidos del dragón, no podía hacer otra cosa que aferrarse al lomo, aunque temía salir despedido en cualquier momento; entonces oyó a Hermione gritar:

—¡*Defodio!*

La chica ayudaba al dragón a agrandar el pasillo minando el techo, y el animal luchaba por ascender buscando aire puro y alejarse de los duendes, que chillaban y agitaban los cachivaches sin cesar. Harry y Ron imitaron a Hermione y destrozaron el techo con otros hechizos excavadores. Fueron dejando atrás el lago subterráneo, y la enorme bestia, que avanzaba lentamente, gruñendo, parecía intuir que cada vez estaba más cerca de la libertad. Detrás de ellos, en el pasillo, la cola provista de púas se sacudía entre las rocas y los trozos de gigantescas estalactitas desprendidas del techo y las paredes, y el estruendo de los duendes se oía cada vez más lejos; mientras que, por delante, el dragón seguía abriendo camino con sus llamaradas.

Al fin, gracias a la combinación de los hechizos y la fuerza bruta de la bestia, los chicos consiguieron salir del destrozado pasillo y llegaron al vestíbulo de mármol. Los duendes y magos que estaban en esa zona corrieron a guarecerse, y el dragón tuvo, por fin, espacio suficiente para desplegar las alas. Entonces giró la astada cabeza hacia la entrada, olfateando el aire fresco del exterior, y con Harry, Ron y Hermione todavía aferrados al lomo, atravesó las puertas metálicas, que se doblaron y quedaron colgando de los goznes, salió tambaleándose al callejón Diagon y echó a volar.

27

El último escondite

No había forma de guiar al dragón, porque éste no veía adónde se dirigía; además, Harry estaba convencido de que no podrían seguir sujetos a su ancho lomo si el animal daba un viraje brusco o se giraba en el aire. Con todo, mientras se elevaban cada vez más y Londres se extendía a sus pies como un gran mapa gris y verde, el chico sintió una abrumadora sensación de gratitud por haber logrado huir, cosa que a priori parecía imposible. Agachado sobre el cuello de la bestia, cuyas alas se agitaban como aspas de molino, Harry se aferraba con firmeza a las escamas de textura metálica, al mismo tiempo que el frío viento le aliviaba el dolor de las quemaduras y las ampollas. Detrás de él, Ron berreaba sin cesar y soltaba improperios (Harry no sabía si estaba muerto de miedo o loco de alegría), y Hermione, en cambio, sollozaba.

Pasados unos cinco minutos, Harry fue perdiendo el miedo a que el dragón los arrojara del lomo, porque daba la impresión de que lo único que le importaba era alejarse cuanto pudiera de su prisión subterránea; sin embargo, la pregunta de cómo y cuándo podrían desmontar se convirtió en un enigma inquietante. El muchacho desconocía cuánto rato podían volar aquellas bestias sin detenerse a descansar, ni cómo ese dragón en particular, que apenas veía, iba a localizar un buen sitio para posarse, de modo que miraba constantemente hacia abajo temiendo el momento en que volviera a notar pinchazos en la cicatriz...

¿Cuánto tardaría Voldemort en enterarse de que habían entrado en la cámara de los Lestrange? ¿Cuánto tardarían los duendes de Gringotts en notificárselo a Bellatrix? ¿Cuánto tardarían en comprobar qué se habían llevado de allí? ¿Y qué pasaría después, cuando descubrieran que había desaparecido la copa de oro? Voldemort sabría, por fin, que estaban buscando los Horrocruxes...

El dragón parecía decidido a encontrar una zona aún más fría, porque inició un pronunciado y continuado ascenso a través de jirones de gélidas nubes, de tal manera que Harry ya no logró distinguir los puntitos de colores de los coches que entraban y salían de la capital. Sobrevolaron campos divididos en parcelas verde y marrón, carreteras y ríos que discurrían por el paisaje como cintas, unas mates y otras satinadas.

—¿Qué crees que busca? —gritó Ron al ver que se encaminaban hacia el norte.

—¡No tengo ni idea! —contestó Harry. Aunque tenía las manos entumecidas de frío, no se atrevía a moverlas por temor a caerse y llevaba un rato preguntándose qué harían si veían la costa allá abajo, en caso de que el dragón se dirigiera hacia alta mar. Estaba congelado y agarrotado, y, por si eso fuera poco, muerto de hambre y sed. Se preguntó cuándo habría comido la bestia por última vez; probablemente pronto necesitaría alimentarse. Y si entonces reparaba en que llevaba tres humanos comestibles sentados en el lomo, ¿qué ocurriría?

El sol descendía poco a poco en un cielo que iba tiñéndose de añil; y sin embargo, el dragón no se detenía, continuaba sobrevolando ciudades y pueblos que los chicos veían pasar y perderse de vista sucesivamente, mientras su enorme sombra se deslizaba por el suelo como una nube oscura. A Harry le dolía todo el cuerpo del esfuerzo que le requería sujetarse al animal.

—¿Me lo estoy imaginando —gritó Ron tras un rato de silencio— o estamos descendiendo?

Harry entornó los ojos y vio montañas verde oscuro y lagos cobrizos a la luz del ocaso. El paisaje se vislumbraba más amplio y más detallado, y el muchacho se preguntó si el dragón habría adivinado la presencia de agua por los destellos que producía el sol en los lagos.

En efecto, la bestia volaba cada vez más bajo, describiendo una amplia espiral y encaminándose, al parecer, hacia uno de los lagos más pequeños.

—¡Saltemos cuando haya descendido lo suficiente! —propuso Harry—. ¡Lancémonos al agua antes de que nos descubra!

Los demás asintieron (Hermione con un hilo de voz). Harry veía la panza del dragón, enorme y amarillenta, reflejada en la superficie del agua.

—¡¡Ahora!!

Resbaló por la ijada y cayó en picada, saltando de pie al lago, sin imaginar que la caída sería tan brusca: golpeó el agua violentamente y se sumergió como una piedra en un gélido mundo líquido, verdoso y lleno de juncos. Pataleó hacia la superficie y emergió jadeando; enseguida vio unas amplias ondas concéntricas que partían de los sitios donde habían caído Ron y Hermione. El dragón no había notado nada y ya se hallaba a bastante distancia, descendiendo también en picada hacia la superficie del lago para recoger agua con el morro cubierto de cicatrices. Cuando Ron y Hermione emergieron a la superficie resoplando y boqueando, el dragón siguió volando, batiendo las alas con fuerza, y finalmente se poso en la orilla mas distante.

Los tres chicos nadaron hacia la orilla opuesta. El lago no parecía muy profundo, y al poco rato se trató más de abrirse paso entre juncos y barro que de nadar. Al fin se desplomaron, empapados, jadeando y agotados, sobre la resbaladiza hierba.

Hermione se dejó caer entre toses y estremecimientos. Harry habría podido tumbarse y dormirse en el acto, pero se puso en pie, sacó la varita y se dispuso a hacer los habituales hechizos protectores alrededor.

Cuando hubo terminado, se reunió con sus amigos y se detuvo a observarlos por primera vez desde que escaparan de la cámara de Gringotts. Ambos tenían grandes quemaduras rojas en el rostro y los brazos, la ropa chamuscada, y hacían muecas de dolor mientras se aplicaban esencia de díctamo en las numerosas heridas. Hermione le pasó el frasco a Harry, y luego sacó tres botellas de jugo de calabaza que se había llevado del Refugio, así como túnicas secas y limpias para todos. De manera que se cambiaron y bebieron jugo con avidez.

—Veamos —dijo Ron al cabo de un rato, mientras se miraba cómo volvía a crecerle la piel de las manos—, la buena noticia es que tenemos el Horrocrux. Y la mala...

—... es que hemos perdido la espada —concluyó Harry apretando los dientes al mismo tiempo que vertía unas gotas de díctamo, por un agujero de los pantalones vaqueros, en una quemadura que tenía en la pierna.

—Exacto, hemos perdido la espada —confirmó Ron—. Ese maldito traidor...

Harry sacó el Horrocrux del bolsillo de la empapada chaqueta que acababa de quitarse y lo puso sobre la hierba. La copa destellaba al sol, y los chicos la contemplaron un rato en silencio mientras bebían el jugo.

—Al menos, esta vez no lo llevaremos encima. Quedaría un poco raro que nos paseáramos por ahí con una copa colgando del cuello —comentó Ron y se secó los labios con el dorso de la mano.

Hermione miró hacia la otra orilla del lago, donde el dragón estaba bebiendo, y preguntó:

—¿Qué creen que le pasará? ¿Sabrá valerse por sí mismo?

—Me recuerdas a Hagrid —comentó Ron—. Es un dragón, Hermione, y es capaz de cuidar de sí mismo. Los que estamos en peligro somos nosotros.

—¿Qué quieres decir?

—Verás, no quisiera preocuparte, pero... creo que cabe la posibilidad de que se hayan enterado de que entramos por la fuerza en Gringotts.

Los tres se echaron a reír, y una vez que empezaron, les costó parar. A Harry le dolían las costillas; estaba mareado de hambre, pero se tumbó en la hierba, bajo un cielo cada vez más rojo, y rió hasta que le dolió la garganta.

—Pero ¿qué vamos a hacer? —preguntó Hermione al fin, hipando hasta que se puso seria—. ¡Quien-ustedes-saben seguramente ya no tiene ninguna duda de que sabemos lo de sus Horrocruxes!

—A lo mejor están demasiado asustados para contárselo —especuló Ron—. A lo mejor no se lo dicen...

De pronto el cielo, el olor del lago y la voz de Ron se extinguieron de súbito, y el dolor hendió la cabeza de Harry como un golpe de espada. Se hallaba de pie en una habitación en penumbra, ante un semicírculo de magos; en el suelo, arrodillada a sus pies, había una pequeña y temblorosa figura.

—¿Qué has dicho? —Su voz sonaba aguda y fría, pero la ira y el miedo ardían en su interior. Lo único que temía... Pero no podía ser verdad, no se explicaba cómo...

El duende temblaba, incapaz de alzar la vista hacia aquellos ojos rojos que lo contemplaban.

—¡Repítelo! —murmuró Voldemort—. ¡Repítelo!

—M-mi señor —tartamudeó aterrado el duende de negros ojos desorbitados— m-mi señor... Intenta-tamos de-detener a lo-los impostores, mi señor... pe-pero entraron en la-la cámara de los Lestrange...

—¿Impostores los llamas? ¿Qué impostores? ¡Creía que Gringotts tenía sistemas para descubrir a los impostores! ¿Quiénes eran?

—Eran... eran... Po-Potter... y do-dos... co-cómplices...

—¿Y qué se llevaron? —preguntó Voldemort subiendo el tono, atenazado por un espantoso temor—. ¡Habla! ¿Qué se llevaron?

—U-una... co-copa... pe-pequeña d-de oro, m-mi señor...

El grito de rabia y rechazo le brotó como si lo hubiera emitido otro ser. Estaba enloquecido, frenético; no podía ser cierto, era imposible, no lo sabía nadie; ¿cómo había descubierto aquel chico su secreto?

La Varita de Saúco acuchilló el aire y hubo una erupción de luz verde en la habitación. El duende arrodillado cayó muerto y los magos que contemplaban la escena se dispersaron, aterrados. Bellatrix y Lucius Malfoy adelantaron a los otros en su carrera hacia la puerta. La varita de Voldemort se abatió una y otra vez, y todos los que se quedaron en la estancia murieron por haberle llevado aquella noticia, o por haberse enterado de lo que había dicho el duende acerca de la copa de oro.

Solo entre los cadáveres, Voldemort iba y venía, furioso, mientras visualizaba mentalmente sus tesoros, sus salva guardas, sus anclas a la inmortalidad: habían destruido el diario y acababan de robar la copa; ¿y si el chico sabía lo de los restantes...? ¿Lo sabía, había actuado ya, había buscado más Horrocruxes? ¿Estaba Dumbledore detrás de todo aquello? Dumbledore, que siempre había sospechado de él; Dumbledore, a quien dieron muerte siguiendo sus órdenes; Dumbledore, cuya varita había pasado a su poder, y sin embargo, desde la ignominia de la muerte seguía actuando por medio del chico, aquel maldito chico...

Pero si éste hubiera destruido alguno de sus Horrocruxes, él, lord Voldemort; él, el más grande de todos los magos; él, el más poderoso; él, el asesino de Dumbledore y de tantos otros seres despreciables y anónimos, lo habría sabido, lo habría notado. ¿Cómo no iba a saberlo lord Voldemort si lo hubieran atacado a él, si hubieran mutilado al ser más importante y valioso del mundo?

Lo cierto era que no había notado nada cuando destruyeron el diario, pero creyó que se debía a que entonces no tenía cuerpo con que percibir algo, porque ni siquiera era un fantasma... No, seguro que los otros estaban a salvo... Los otros Horrocruxes debían de estar intactos.

Pero necesitaba comprobarlo, tenía que estar seguro... Se paseó por la habitación, apartando de una patada el cadáver del duende, mientras las imágenes se volvían borrosas al tiempo que le ardían en su hirviente cerebro: el lago, la choza y Hogwarts...

Entonces un atisbo de calma enfrió su rabia y se preguntó: el chico no podría saber que él había escondido el anillo en la choza de los Gaunt. Nadie tenía conocimiento de que él estuviera emparentado con esa familia, siempre lo había ocultado y nunca lo relacionaron con los asesinatos. El anillo estaba a salvo, sin ninguna duda.

Y tampoco podía saber —ni el chico ni nadie— lo de la cueva ni cómo burlar sus protecciones. Era absurdo pensar que hubieran robado el guardapelo...

En cuanto al colegio, sólo él conocía en qué sitio de Hogwarts había guardado el Horrocrux, porque sólo él había sondeado los más profundos secretos del edificio...

Y luego estaba *Nagini*, a la que a partir de ahora debía mantener a su lado, bajo su protección; ya no era posible enviarla a hacer encargos de su parte.

Pero para asegurarse, para asegurarse del todo, debía volver a cada uno de sus escondites y redoblar las protecciones que había puesto a cada Horrocrux. Y ése era un trabajo que, como la búsqueda de la Varita de Saúco, debía realizar él solo.

¿Qué lugar visitaría primero, cuál era el que más peligro corría? Una antigua inquietud parpadeó en su interior: Dumbledore sabía cuál era su segundo nombre... y podría haberlo relacionado con los Gaunt... La casa abandonada de esa familia era, quizá, el menos seguro de sus escondites, y sería allí adonde iría primero.

El lago de la caverna... Parecía imposible, aunque había una remota posibilidad de que Dumbledore estuviera al corriente, a través del orfanato, de alguna de las fechorías que había cometido en el pasado.

Y Hogwarts... Estaba seguro de que el Horrocrux que había guardado ahí estaba a salvo; además, Potter no podía entrar en Hogsmeade sin ser detectado, y mucho menos en el colegio. Aun así, sería prudente alertar a Snape de que quizá el chico intentaría colarse de nuevo en el castillo... Aunque decirle a Snape por qué era posible que el chico volviera sería una tontería, por supuesto; igual que había sido un grave error confiar en Bellatrix y Malfoy. ¿Acaso su estupidez y su falta de atención no habían demostrado lo desaconsejable que era confiar en los demás?

Así que primero iría a casa de los Gaunt, y *Nagini* lo acompañaría; ya no se separaría de ella... Salió, pues, de la habitación a grandes zancadas, atravesó el vestíbulo y llegó al oscuro jardín, donde borboteaba una fuente, y llamó a la serpiente en pársel. El animal se aproximó deslizándose y fue a reunirse con él como una larga sombra...

Harry hizo un esfuerzo por trasladarse al presente y abrió los ojos de golpe: estaba tendido en la orilla del lago, bajo el cielo crepuscular, y Ron y Hermione lo miraban. A juzgar por sus caras de preocupación y las punzadas que notaba en la cicatriz, su repentina incursión en la mente de Voldemort no les había pasado inadvertida. Se incorporó temblando, vagamente sorprendido de comprobar que todavía estaba calado hasta los huesos, y vio la copa sobre la hierba, aparentemente inofensiva, y el lago azul oscuro, salpicado de oro a la luz del sol poniente.

—Lo sabe. —Su propia voz le sonó grave y extraña después de haber escuchado los agudos chillidos de Voldemort—. Lo sabe, y piensa ir a comprobar dónde están los otros Horrocruxes. El último —ya se había puesto en pie— está en Hogwarts. Lo sabía. ¡Lo sabía!

—¿Quéeeee?

Ron lo miraba con la boca abierta y Hermione se levantó con gesto de aprensión.

—Pero ¿qué has visto? —preguntó—. ¿Cómo lo sabes?

465

—He visto cómo se enteraba de lo de la copa. Me he metido... en su mente. Está... —Harry recordó los asesinatos— muy enojado, pero también asustado; no entiende cómo lo supimos y ahora quiere comprobar si los demás Horrocruxes están a salvo, el anillo primero. Cree que el de Hogwarts es el más seguro; en primer lugar, porque allí tiene a Snape, y, en segundo lugar, porque sería muy difícil que entráramos en el colegio sin que nos vieran. Imagino que ahí irá en último lugar, pero aun así podría llegar en cuestión de horas...

—¿Has visto en qué parte de Hogwarts está? —preguntó Ron poniéndose también en pie.

—No, él estaba demasiado concentrado en prevenir a Snape, y no pensó en el sitio exacto donde escondió el Horrocrux...

—¡Espera! ¡Espera un momento! —saltó Hermione mientras Ron recogía la copa y Harry volvía a sacar la capa invisible—. No podemos ir allí sin más, no hemos hecho ningún plan, tenemos...

—Tenemos que darnos prisa —dijo Harry con firmeza. Le habría gustado dormir un poco en la tienda nueva, pero eso era imposible ya—. ¿Te imaginas lo que hará cuando se entere de que el anillo y el guardapelo han desaparecido? ¿Y si se lleva el Horrocrux de Hogwarts, porque cree que no está lo bastante seguro ahí?

—Pero ¿cómo vamos a entrar en Hogwarts?

—Iremos a Hogsmeade y ya pensaremos algo cuando veamos qué tipo de protección hay en el colegio. Métete bajo la capa, Hermione; esta vez no quiero que nos separemos.

—Es que no cabemos...

—Estará oscuro, no importa que se nos vean los pies.

El aleteo de unas alas enormes resonó desde la otra orilla del lago: el dragón se había hartado de beber agua y había echado a volar. Los tres amigos interrumpieron sus preparativos y lo vieron remontarse cada vez más alto, una mancha negra contra un cielo cada vez más oscuro, hasta que desapareció detrás de una montaña cercana. Entonces Hermione se puso entre los dos chicos; Harry los cubrió con la capa, tiró de ella al máximo hacia abajo para taparse bien y, juntos, giraron sobre sí mismos y se sumergieron en la opresora oscuridad.

28

El otro espejo

Al descender, Harry pisó un suelo de asfalto y sintió una profunda nostalgia cuando vio la calle principal de Hogsmeade, tan familiar: los oscuros escaparates, el contorno de las negras montañas detrás del pueblo, la curva de la carretera que conducía a Hogwarts, las ventanas iluminadas de Las Tres Escobas... Y le dio un vuelco el corazón cuando recordó, con una precisión dolorosa, cómo hacía casi un año había aparecido allí sosteniendo a Dumbledore, que no se tenía en pie. Todos estos pensamientos le acudieron en el mismo instante de aterrizar, pero fue sólo un segundo porque, de pronto, cuando apenas hubo soltado los brazos de Ron y Hermione, sucedió que...

Un grito parecido al que Voldemort había dado al enterarse del robo de la copa hendió el aire. A Harry se le pusieron los nervios de punta y supo de inmediato que lo había desencadenado su aparición. Aunque todavía estaban los tres bajo la capa, miró a sus dos amigos, al tiempo que la puerta de Las Tres Escobas se abría de golpe y una docena de mortífagos con capa y capucha salían a la calle a toda prisa enarbolando sus varitas.

Harry le sujetó la muñeca a Ron cuando éste fue a levantar la suya: eran demasiados para aturdirlos; si lo intentaban, delatarían su posición. Un mortífago agitó la varita y dejó de oírse el grito, aunque su eco siguió resonando en las lejanas montañas.

—¡*Accio capa!* —rugió un mortífago.

Harry se sujetó a los pliegues de la capa invisible, pero ésta no dio señales de abandonarlo: el encantamiento convocador no había funcionado.

—Así que no estás debajo del envoltorio ese, ¿eh, Potter? —gritó el mortífago, y dijo a sus compinches—: ¡Dispérsense; está aquí!

Seis mortífagos corrieron hacia ellos: Harry, Ron y Hermione retrocedieron tan aprisa como pudieron por el callejón más cercano, y sus perseguidores no chocaron contra ellos de milagro. Los chicos esperaron en la oscuridad; oyeron las carreras de aquí para allá y vieron los haces que salían de las varitas e iluminaban la calle.

—¡Vámonos! —susurró Hermione—. ¡Desaparezcámonos ya!

—Buena idea —corroboró Ron, pero antes de que Harry replicara un mortífago gritó:

—¡Sabemos que estás aquí, Potter, y no tienes escapatoria! ¡Te encontraremos!

—Nos estaban esperando —susurró Harry—. Habían puesto ese hechizo para que los avisara de nuestra llegada. Supongo que habrán hecho algo para retenernos aquí y atraparnos...

—¿Y los dementores? —gritó otro mortífago—. ¡Soltémoslos! ¡Ellos lo encontrarán enseguida!

—El Señor Tenebroso no quiere a Potter muerto. Quiere matarlo...

—¡Pero los dementores no lo matarán! El Señor Tenebroso quiere la vida de Potter, no su alma. ¡Le será más fácil matarlo si antes lo han besado los dementores!

Hubo murmullos de aprobación y el miedo se apoderó de Harry, porque para rechazar a los dementores tendrían que utilizar los *patronus*, y éstos los descubrirían de inmediato.

—¡Tendremos que desaparecernos, Harry! —susurró Hermione.

En cuanto ella pronunció esas palabras, Harry percibió que aquel conocido frío antinatural se extendía por la calle. Se apagaron todas las luces del entorno, incluso las estrellas, y en medio de la oscuridad impenetrable el muchacho notó cómo Hermione lo sujetaba por el brazo y cómo juntos giraban sobre sí mismos.

Era como si el aire que los envolvía, y en el que tenían que moverse, se hubiera solidificado: no podían desaparecerse; los mortífagos se habían esmerado con sus encantamientos. Harry cada vez notaba más frío. Los tres retrocedieron un poco más por el callejón, andando a tientas y procurando no hacer ruido. Entonces vieron llegar una decena de dementores por la esquina; se deslizaban en silencio, ataviados con sus negras capas y dejando ver las manos podridas y cubiertas de costras; las siluetas sólo eran visibles gracias a que su oscuridad era más densa que la del entorno. ¿Acaso percibían el miedo? Harry estaba seguro de que sí: los dementores se acercaban más y más, haciendo aquel ruido vibrante al respirar que el muchacho tanto detestaba, atraídos por la desesperanza disuelta en el ambiente...

Harry alzó su varita: no permitiría... no estaba dispuesto a sufrir el beso del dementor, y no le importaba lo que pudiera pasar después. Pensó en sus amigos y susurró:

—¡*Expecto patronum*!

El ciervo plateado salió de su varita y embistió a los dementores, que se dispersaron, y alguien soltó un grito triunfal:

—¡Es él! ¡Allí abajo, allí abajo! ¡He visto su *patronus*, era un ciervo!

Los dementores se habían retirado y volvieron a salir las estrellas, pero los pasos de los mortífagos cada vez se oían más cerca; sin embargo, antes de que Harry —presa del pánico— pudiera decidir qué hacer, se oyó un chirrido de cerrojos cerca de donde se hallaban. Se abrió una puerta en el lado izquierdo del estrecho callejón y una áspera voz dijo:

—¡Por aquí, Potter! ¡Deprisa!

El muchacho obedeció sin vacilar y los tres amigos cruzaron como un rayo el umbral.

—¡Vayan arriba sin quitarse la capa! ¡Y no hagan ruido! —murmuró una figura de elevada estatura que pasó por su lado, salió a la calle y cerró de un portazo.

Harry no tenía ni idea de dónde estaban, pero entonces distinguió, a la parpadeante luz de una única vela, el bar mugriento y cubierto de serrín del pub Cabeza de Puerco. Corrieron por detrás de la barra, pasaron por otra puerta que conducía a una desvencijada escalera de madera y subieron tan aprisa como pudieron. La escalera daba a una salita provista de una alfombra raída y una pequeña chimenea, sobre la que colgaba un enorme retrato al óleo de una niña rubia que contemplaba la habitación con expresión dulce y ausente.

Desde allí se oían gritos en la calle. Sin quitarse la capa invisible, los chicos se acercaron con sigilo a la sucia ventana y miraron hacia fuera. Su salvador, a quien Harry ya había reconocido, era la única persona que no llevaba capucha. Se trataba del camarero de Cabeza de Puerco.

—¡Pues sí! —le gritaba a una de las figuras encapuchadas—. ¿Pasa algo? ¡Si ustedes envían a los dementores a mi calle, yo les enviaré un *patronus*! ¡Ya he dicho que no quiero verlos cerca de mi pub! ¡No pienso tolerarlo!

—¡Ése no era tu *patronus*! —exclamó un mortífago—. ¡Era un ciervo! ¡Era el *patronus* de Potter!

—¿Un ciervo? —rugió el camarero, y sacó una varita mágica—. ¡Un ciervo! ¡Idiota! *¡Expecto patronum!*

Una cosa enorme y con cuernos salió de la varita del camarero, agachó la cabeza como si fuera a embestir y enfiló la calle principal hasta perderse de vista.

—Ése no es el *patronus* que he visto —protestó el mortífago, aunque ya no tan convencido.

—Han violado el toque de queda, ya has oído el ruido —le dijo otro mortífago al camarero—. Había alguien en la calle, contraviniendo las normas...

—¡Si quiero sacar a mi gato, lo saco, y al cuerno con su toque de queda!

—¿Has sido tú quien ha disparado el encantamiento maullido?

—¿Y qué si he sido yo? ¿Van a llevarme a Azkaban, o a matarme porque he asomado la nariz por la puerta de mi propia casa? ¡Adelante, pueden hacerlo! Pero espero por su bien que no hayan tocado la Marca Tenebrosa y lo hayan hecho venir, porque le va a encantar que mi gato y yo hayamos sido los causantes de la llamada.

—¡No te preocupes por nosotros —dijo otro mortífago—, preocúpate de ti mismo y de no violar el toque de queda!

—¿Y dónde van a traficar con pociones y venenos cuando me hayan cerrado el bar? ¿Qué va a pasar entonces con sus ingresos suplementarios?

—¿Nos estás amenazando?

—Yo sé tener la boca cerrada. Por eso vienen aquí, ¿no?

—¡Sigo diciendo que he visto un *patronus* con forma de ciervo! —insistió el mortífago que había hablado primero.

—¿Un ciervo? —rugió el camarero—. ¡Pero si era una cabra, imbécil!

—Está bien, nos hemos equivocado —dijo el otro mortífago—. ¡Pero si vuelves a violar el toque de queda, no seremos tan indulgentes!

Mientras los mortífagos se dirigían hacia la calle principal, Hermione dio un gemido de alivio, salió de debajo de la capa y se sentó en una silla coja; Harry cerró bien las cortinas y se quitó la capa descubriendo también a Ron. Asimismo oyeron cómo, en el piso de abajo, el camarero echaba el cerrojo de la puerta y luego subía la escalera.

Entonces Harry se fijó en algo que había encima de la repisa de la chimenea: un pequeño espejo rectangular apoyado contra la pared, justo debajo del retrato de la niña.

El camarero entró en la habitación.

—¿Se han vuelto locos? —dijo con brusquedad mirándolos de uno en uno—. ¿Cómo se les ocurre venir aquí?

—Gracias —dijo Harry—. Muchas gracias. Nos ha salvado la vida.

El hombre soltó un gruñido, y el chico se acercó a él sin dejar de mirarlo, tratando de ver algo más, aparte del largo, greñudo y canoso cabello y la barba. Llevaba gafas, y tras los sucios cristales lucían unos ojos azules intensos y penetrantes.

—Era a usted a quien vi en el espejo.

Se produjo un silencio. Harry y el camarero se miraron con fijeza.

—Usted nos envió a Dobby.

El hombre asintió y miró alrededor buscando al elfo.

—Creía que vendría con ustedes. ¿Dónde lo han dejado?

—Está muerto —contestó Harry—. Lo mató Bellatrix Lestrange.

El camarero no mudó la expresión y, tras unos segundos, dijo:

—Lo siento. Ese elfo me caía bien.

Entonces se dedicó a encender lámparas tocándolas con la punta de la varita, sin mirar a los chicos.

—Usted es Aberforth —dijo Harry a las espaldas del hombre.

Él ni lo confirmó ni lo desmintió, y se agachó para encender el fuego.

—¿De dónde ha sacado esto? —preguntó Harry acercándose a la repisa de la chimenea para tomar el espejo de Sirius, la pareja del que él había roto casi dos años atrás.

—Se lo compré a Dung hará cosa de un año —respondió Aberforth—. Albus me dijo qué era, y me ha servido para no perderlos de vista.

Ron dio un gritito de asombro.

—¡La cierva plateada! —exclamó—. ¿Eso también lo hizo usted?

—No sé de qué me hablas —dijo Aberforth.

—¡Alguien nos envió un *patronus*!

—Con un cerebro así, podrías ser mortífago, hijo. ¿No acabo de demostrar que mi *patronus* es una cabra?

—¡Ah! —exclamó Ron—. Sí, es verdad... ¡Bueno, tengo hambre! —añadió, un poco ofendido, y el estómago le rugió.

—Traeré algo de comida —dijo Aberforth, y salió de la habitación para reaparecer al poco rato con una hogaza de pan, un trozo de queso y una jarra de peltre llena de hidromiel que dejó en una mesita delante de la chimenea.

Los chicos, hambrientos, comieron y bebieron. Durante un rato sólo se oyó el chisporroteo del fuego, el tintineo de las copas y el ruido que hacían al masticar.

—Bueno —dijo Aberforth cuando, ahítos, Harry y Ron se reclinaron amodorrados en sus asientos—, hemos de encontrar la mejor forma de sacarlos de aquí. Pero no podemos hacerlo por la noche; ya han oído lo que pasa si alguien sale de su casa después del anochecer: se dispararía el encantamiento maullido y les caerían encima como bowtruckles sobre huevos de doxy. Y como no creo que logre hacer pasar un ciervo por una cabra otra vez, esperaremos al amanecer, que es cuando levantan el toque de queda; entonces podrán ponerse la capa invisible y marcharse a pie. Salgan cuanto antes de Hogsmeade y suban a las montañas; allí podrán desaparecer. Quizá vean a Hagrid, que está escondido en una cueva con Grawp desde que intentaron detenerlo.

—No pensamos irnos —dijo Harry—. Tenemos que entrar en Hogwarts.

—No seas estúpido, chico —repuso Aberforth.

—Debemos ir —insistió Harry.

—Lo que tienen que hacer es alejarse de aquí en cuanto puedan.

—Usted no lo entiende. No disponemos de mucho tiempo. Tenemos que entrar en el castillo. Dumbledore, es decir, su hermano, quería que nosotros...

El reflejo del fuego hizo que por un instante las sucias gafas de Aberforth se quedaran opacas, y Harry recordó los ojos ciegos de la araña gigante, *Aragog*.

—Mi hermano Albus quería muchas cosas, pero resulta que la gente tendía a salir perjudicada cuando él llevaba a la práctica sus grandiosos planes. Aléjate del colegio, Potter, y si puedes sal del país. Olvídate de mi hermano y sus astutos planes. Él se ha ido a donde ya nada de esto puede hacerle daño, y tú no le debes nada.

—Usted no lo entiende —repitió Harry.

—¿Ah, no? —dijo Aberforth con serenidad—. ¿Crees que no comprendía a mi hermano? ¿Crees que conocías a Albus mejor que yo?

—No he querido decir eso —replicó Harry; estaba como aletargado por el cansancio y el exceso de comida y bebida—. Es que... me encargó que hiciera un trabajo.

—¡No me digas! —se burló Aberforth—. Un trabajo agradable, supongo, bonito y fácil. El tipo de trabajo que un joven mago no cualificado realizaría sin demasiado esfuerzo, ¿verdad?

Ron soltó una amarga risa; Hermione estaba muy tensa.

—No, no es un trabajo fácil —dijo Harry—. Pero tengo que...

—¿«Tengo que»? ¿Por qué «tengo que»? Él está muerto, ¿no? —gruñó Aberforth sin miramientos—. Déjalo ya, chico, si no quieres correr la misma suerte que él. ¡Sálvate!

—No puedo.

—¿Por qué?

—Yo... —Harry se sentía abrumado, pero como no podía explicárselo tomó la ofensiva—: Usted también lucha, ¿verdad? Usted pertenece a la Orden del Fénix...

—Pertenecía —puntualizó Aberforth—. La Orden del Fénix ha pasado a la historia. Quien-tú-sabes ha vencido,

todo ha terminado, y aquel que piense lo contrario se engaña a sí mismo. Aquí nunca estarás a salvo, Potter; él está
decidido a acabar contigo. Así que vete al extranjero, escón-
dete, sálvate. Y será mejor que te lleves a estos dos contigo.
—Apuntó con un dedo a Ron y Hermione—. Ahora que se
sabe que han estado trabajando contigo, correrán peligro
toda su vida.

—No puedo irme —insistió Harry—. Tengo que hacer
una cosa...

—¡Que la haga otro!

—No. Tengo que hacerla yo. Dumbledore me explicó
todo lo que...

—¡Ah, vaya! ¡No me digas! ¿Y te lo contó todo? ¿Fue sincero contigo?

Harry deseó decir «sí», pero por algún extraño motivo
esa palabra no acudía a sus labios. Por lo visto, Aberforth sabía lo que el chico estaba pensando.

—Yo conocía muy bien a mi hermano, Potter. Aprendió
de mi madre el arte de guardar secretos. Nosotros crecimos
rodeados de secretos y mentiras, y Albus tenía un talento innato para eso.

Los ojos del hombre se posaron en el cuadro de la niña
encima de la repisa de la chimenea, y Harry reparó en que
era el único en toda la habitación. No había ningún retrato
ni fotografía de Albus Dumbledore, ni de nadie más.

—Señor Dumbledore —dijo Hermione con timidez—.
¿Es ésa su hermana Ariana?

—Sí —contestó Aberforth, lacónico—. Veo que has leído
a Rita Skeeter.

Pese a que el fuego de la chimenea lo bañaba todo con
una luz rojiza, era evidente que Hermione se había ruborizado.

—Elphias Doge nos la mencionó —aclaró Harry para
sacarla del apuro.

—Ese imbécil idolatraba a mi hermano —masculló Aberforth, y bebió otro sorbo de hidromiel—. Bueno, lo idolatraba
mucha gente, incluidos ustedes tres, por lo que veo.

Harry guardó silencio. No quería expresar las dudas e
incertidumbres sobre el anciano director que lo acosaban
desde hacía meses, y además había tomado una decisión
mientras cavaba la tumba de Dobby: continuar por el intrin-

cado y peligroso camino que le había señalado Albus Dumbledore, aceptar que el profesor no le hubiera contado todo lo que le habría gustado saber, y confiar en él. Así que no quería volver a dudar, no quería oír nada que lo desviara de su propósito. Su mirada se encontró con la de Aberforth, asombrosamente parecida a la de su hermano: aquellos ojos de un azul intenso daban la misma impresión de estar atravesando con rayos X el objeto de su escrutinio, y Harry pensó que Aberforth sabía en qué estaba pensando, y lo despreció profundamente por ello.

—El profesor Dumbledore quería mucho a Harry —aseguró Hermione con un hilo de voz.

—¿Ah, sí? —repuso Aberforth—. Pues mira, es curioso, pero muchas personas a quienes mi hermano quería acabaron peor que si el las hubiera dejado en paz.

—¿Qué quiere decir? —preguntó Hermione con aprensión.

—¡Bah, no importa!

—Pues es una acusación muy grave —insistió Hermione—. ¿Se refiere... a su hermana?

Aberforth le lanzó una mirada fulminante y movió los labios como si masticara las palabras que se esforzaba en no pronunciar. Pero de repente arrancó a hablar:

—Cuando mi hermana tenía seis años, la atacaron tres chicos muggles. Se dedicaban a espiarla a través del seto del jardín trasero y la vieron hacer magia. Ella era muy pequeña y no sabía controlarse; ningún mago ni ninguna bruja es capaz de dominarse a esa edad. Supongo que esos chicos se asustaron de lo que vieron, de modo que se colaron por el seto, y como mi hermana no logró enseñarles a hacer el truco, se pusieron furiosos y se les fue un poco la mano intentando detener a aquel bicho raro.

Hermione tenía los ojos como platos y Ron parecía un poco marcado. Aberforth se levantó —era tan alto como Albus—, y de pronto su cólera y la intensidad de su dolor le confirieron un aspecto terrible.

—Lo que le hicieron esos chicos la dejó destrozada y nunca volvió a ser la misma. Ariana no quería emplear la magia, pero tampoco podía librarse de ella, y la magia se le quedó dentro y la enloqueció; explotaba cuando ella no conseguía controlarla, y a veces hacía cosas extrañas y peligrosas. Pero en general era una niña cariñosa e inofensiva, y estaba muy asustada.

»Mi padre salió en busca de esos canallas —continuó Aberforth— y los atacó. En consecuencia, lo encerraron en Azkaban. Él nunca dijo por qué lo había hecho, pues si el ministerio hubiera sabido en qué se había convertido Ariana, la habrían encerrado para siempre en San Mungo. La habrían considerado una grave amenaza para el Estatuto Internacional del Secreto, porque era una desequilibrada y la magia se le escapaba cuando ella ya no lograba contenerla.

»Así pues, teníamos que ponerla a salvo y lograr que pasara inadvertida. Nos mudamos de casa, dijimos a todo el mundo que Ariana estaba enferma, y mi madre la cuidaba e intentaba que estuviera tranquila y feliz.

»Yo era su favorito —afirmó entonces, y al decirlo se adivinó a un desaliñado colegial tras las arrugas y la enmarañada barba que lucía—. En cambio, nunca prefirió a Albus, porque éste, cuando estaba en casa, no salía de su dormitorio, donde leía sus libros, contaba sus premios y escribía cartas a "los magos más destacados de la época" —dijo con tono burlón—; él no quería que lo molestáramos con los asuntos de Ariana. Mi hermana me quería más a mí, y yo conseguía que comiera cuando mi madre desistía; sabía tranquilizarla cuando le daba uno de sus ataques, y si estaba tranquila me ayudaba a dar de comer a las cabras.

»Cuando ella cumplió catorce años... Bueno, yo no estaba allí, pero de haberlo estado la habría calmado. Le dio uno de sus ataques y como mi madre ya no era tan joven... Fue un accidente. Ariana no logró controlarse y mi madre murió.

Harry sintió una horrorosa mezcla de lástima y repulsión; no quería oír ni una palabra más, pero Aberforth continuó, y el chico se preguntó cuánto tiempo haría que no contaba esa historia, si es que alguna vez lo había hecho.

—Eso fue lo que impidió a Albus emprender la vuelta al mundo con el pequeño Doge. Ambos fueron a casa para el funeral de mi madre, pero luego Elphias se marchó solo y Albus asumió el papel de cabeza de familia. ¡Ja! —Aberforth escupió en el fuego—. Yo la habría cuidado. Se lo dije a mi hermano; como no me importaba el colegio, me habría quedado en casa y ocupado de Ariana. Pero Albus me dijo que yo debía terminar mis estudios y que él reemplazaría a mi madre. Fue una pequeña humillación para Don Brillante. Porque no te dan premios por cuidar de una hermana medio loca, ni por tratar de impedir que vuele la casa cada dos por tres. Lo hizo más o menos bien unas semanas... hasta que llegó él.

El rostro de Aberforth adoptó una expresión francamente peligrosa.

—Sí, hasta que llegó Grindelwald. Por fin mi hermano tenía a alguien de su talla con quien hablar, alguien tan inteligente y con tanto talento como él. Y la obligación de atender a Ariana pasó a segundo plano, mientras ellos dos tramaban sus planes para instaurar un nuevo orden mágico, y buscaban las «reliquias» y todo eso que tanto les interesaba. Grandes planes que beneficiarían a todos los magos, y si eso conllevaba descuidar a una pobre muchacha, ¿qué más daba? Al fin y al cabo, Albus estaba trabajando «por el bien de todos», ¿no?

»Pero al cabo de unas semanas me cansé. No podía más. Se acercaba el día en que yo tendría que volver a Hogwarts, así que se lo dije, a los dos, cara a cara, como estamos tú y yo ahora. —Aberforth miró a Harry a los ojos, y al muchacho no le costó mucho imaginárselo de adolescente, enjuto y enojado, encarándose con su hermano mayor—. Le dije: "Déjalo ya. No puedes llevártela porque no está en condiciones; es imposible que te acompañe allá donde pienses ir a pronunciar discursos inteligentes para despertar el entusiasmo de sus seguidores." Eso no le gustó —añadió, y el fuego de la chimenea volvió a reflejarse en sus gatas, impidiendo verle los ojos—. A Grindelwald tampoco le gustó nada, se puso furioso. Me dijo que yo era un chico estúpido, que intentaba ponerles trabas a él y a mi brillante hermano. ¿Acaso yo no lo entendía? Mi pobre hermana ya no tendría que esconderse cuando ellos hubieran cambiado el mundo, ayudado a los magos a salir de su escondite y mostrado a los muggles cuál era su sitio.

»Empezamos a discutir... Al fin yo saqué mi varita y él sacó la suya, y el mejor amigo de mi hermano me hizo la maldición *cruciatus*... Albus intentó impedírselo y los tres nos batimos en duelo; los destellos de luz y las explosiones pusieron muy nerviosa a mi hermana, que no podía soportarlo...

Aberforth palidecía por momentos, como si hubiera sufrido una herida mortal.

—Creo que ella sólo quería ayudar, pero en realidad no sabía qué estaba haciendo... Ignoro quién de nosotros fue; pudo ser cualquiera de los tres. Pero el caso es que... Ariana estaba muerta.

La voz se le quebró al pronunciar la última palabra y se derrumbó en una silla. Hermione lloraba y Ron se había quedado casi tan pálido como Aberforth. Harry no sentía otra cosa que repugnancia; le habría gustado no escuchar aquella confesión o borrarla de su mente.

—Lo... lo siento... mu... mucho —susurró Hermione.

—Se fue —dijo Aberforth con voz ronca—. Se fue para siempre. —Se pasó la manga por la cara para secarse la nariz y carraspeó—. Grindelwald se largó, claro. Ya tenía antecedentes en su país, y no quería que lo acusaran también de la muerte de Ariana. Y Albus era libre, ¿no? Libre de la carga de su hermana, libre para convertirse en el mayor mago de...

—Él nunca fue libre —lo interrumpió Harry.

—¿Qué quieres decir? —preguntó Aberforth.

—Nunca lo fue —insistió el muchacho—. La noche en que murió, su hermano se bebió una poción que lo hizo delirar. Se puso a gritar, suplicándole a alguien que no estaba allí: «No les hagas daño, por favor... Castígame a mí.»

Ron y Hermione no le quitaban el ojo a Harry; nunca les había dado detalles de lo ocurrido en la isla del lago subterráneo: los sucesos ocurridos después de que Dumbledore y él regresaran a Hogwarts lo habían eclipsado por completo.

—Creyó que volvía a estar con ustedes dos y Grindelwald, estoy seguro —dijo Harry, recordando los gemidos y las súplicas del anciano profesor—. Creyó ver a Grindelwald haciéndoles daño a usted y Ariana... Era una tortura para él; si usted lo hubiera visto entonces, no diría que ya era libre.

Aberforth estaba absorto contemplando sus nudosas manos surcadas de venas. Tras una larga pausa dijo:

—¿Cómo puedes estar seguro, Potter, de que a mi hermano no le importaba más el bien de todos que tú? ¿Cómo puedes estar seguro de que no eres prescindible, igual que mi hermana?

Harry sintió como si un trozo de hielo le atravesara el corazón.

—Yo no lo creo. Dumbledore quería a Harry —afirmó Hermione.

—Entonces, ¿por qué no le aconsejó que se escondiera? ¿Por qué no le dijo: «protégete, eso es lo que tienes que hacer para sobrevivir?»

—¡Porque a veces —respondió Harry antes de que Hermione replicara—, a veces no tienes más remedio que pensar en otra cosa aparte de tu propia seguridad! ¡A veces no tienes más remedio que pensar en el bien de todos! ¡Estamos en guerra!

—¡Tienes diecisiete años, chico!

—¡Soy mayor de edad y voy a seguir luchando, aunque usted haya abandonado la lucha!

—¿Quién dice que he abandonado?

—«La Orden del Fénix ha pasado a la historia —le recordó Harry—. Quien-tú-sabes ha vencido, todo ha terminado, y quien piense lo contrario se engaña a sí mismo.»

—¡Yo no digo que me guste, pero es la verdad!

—No, no es la verdad —lo contradijo Harry—. Su hermano sabía cómo acabar con Quien-usted-sabe, y me transmitió su saber. Voy a seguir luchando hasta que lo consiga... o muera. No crea que ignoro cómo podría terminar todo esto; lo sé desde hace años.

Harry supuso que Aberforth se burlaría de él o rebatiría sus afirmaciones, pero no lo hizo, sino que se limitó a mirarlo con ceño.

—Necesitamos entrar en Hogwarts —dijo Harry otra vez—. Si usted no puede ayudarnos, esperaremos a que amanezca, lo dejaremos en paz y buscaremos la forma de hacerlo nosotros solos. Pero si cabe la posibilidad de que nos ayude... Bueno, ahora sería un buen momento para decirlo.

Aberforth permaneció sentado en la silla, mirándolo con aquellos ojos que tanto se parecían a los de su hermano. Al final carraspeó, se levantó, rodeó la mesita y se acercó al retrato de Ariana.

—Ya sabes qué tienes que hacer —dijo.

La niña sonrió, se dio la vuelta y echó a andar, pero no como solían hacer los personajes de los retratos, que salían de los lienzos por uno de los lados, sino por una especie de largo túnel pintado detrás de ella. Atónitos, vieron cómo su menuda figura se alejaba hasta que la engulló la oscuridad.

—Oiga, ¿qué...? —balbuceó Ron.

—Ahora sólo existe una forma de entrar —afirmó Aberforth—. Todos los pasadizos secretos están tapados por los dos extremos, hay dementores alrededor de la muralla y patrullas regulares dentro del colegio, según me han informado mis fuentes. El edificio nunca ha estado tan vigilado. Lo que no sé es cómo esperan conseguir algo una vez que entren, con Snape al mando y los Carrow de subdirectores... Pero eso es asunto suyo. Al fin y al cabo, dicen que están preparados para morir.

—Pero ¿qué...? —dijo Hermione contemplando el cuadro de Ariana, sorprendidísima.

Al final del túnel del cuadro había aparecido un puntito blanco; la figura de Ariana regresaba hacia ellos, haciéndose más y más grande. Pero la acompañaba una figura más alta que ella: un muchacho que caminaba cojeando y parecía muy emocionado. Harry nunca lo había visto con el pelo tan largo; tenía varios tajos en la cara y llevaba la ropa raída y llena de desgarrones. Las dos figuras siguieron aumentando de tamaño hasta que las cabezas y los hombros ocuparon todo el lienzo. Entonces el cuadro entero osciló como lo habría hecho una pequeña puerta, y se reveló la entrada de un túnel de verdad. Y de él salió el verdadero Neville Longbottom —con el cabello muy largo, el rostro lleno de heridas, la ropa desgastada y rota—, que dio un grito de júbilo, saltó de la repisa de la chimenea y exclamó:

—¡Sabía que vendrías! ¡Lo sabía, Harry!

29

La diadema perdida

—¡Neville! ¿Qué quiere decir esto...? ¿Cómo...?

Pero Neville acababa de ver a Ron y Hermione, y, loco de alegría, fue a abrazarlos. Cuanto más miraba Harry al recién llegado, peor lo veía: tenía un ojo hinchado y amoratado y varios cortes en la cara, y su aspecto desaliñado delataba que llevaba tiempo viviendo en pésimas condiciones. Con todo, su maltrecho semblante resplandecía de felicidad cuando soltó a Hermione y volvió a exclamar:

—¡Sabía que vendrías! ¡Ya le decía yo a Seamus que sólo era cuestión de tiempo!

—¿Qué te ha ocurrido, Neville?

—¿Por qué? ¿Lo dices por esto? —Se señaló las heridas quitándoles importancia con un gesto—. ¡Bah, no es nada! Seamus está mucho peor que yo, ya lo verás. Bueno, ¿nos vamos? ¡Ah! —dijo volviéndose hacia Aberforth—. Quizá lleguen un par de personas más, Ab.

—¿Un par de personas más? —repitió Aberforth, alarmado—. ¿Qué significa eso, Longbottom? ¡Hay toque de queda y un encantamiento maullido en todo el pueblo!

—Ya lo sé, precisamente por ese motivo se aparecerán en el bar. Envíalos por el pasadizo cuando lleguen, ¿quieres? Muchas gracias.

Tendiéndole una mano a Hermione, Neville la ayudó a subir a la repisa de la chimenea y a entrar en el túnel; Ron la siguió, y luego el mismo Neville se metió también por el hueco. Harry se dirigió a Aberforth:

—No sé cómo darle las gracias. Nos ha salvado la vida dos veces.

—Pues cuida de ellos —repuso Aberforth con brusquedad—. Quizá no pueda salvarlos una tercera vez.

Harry trepó a la repisa y se introdujo por el hueco que había detrás del retrato de Ariana. Al otro lado se encontró unos desgastados escalones de piedra; daba la impresión de que el pasadizo era muy antiguo. De las paredes colgaban lámparas de latón, y el suelo de tierra estaba liso y erosionado. Los chicos se pusieron en marcha y sus sombras se reflejaron ondulantes en las paredes.

—¿Cuánto tiempo hace que existe este túnel? —preguntó Ron—. No aparece en el mapa del merodeador, ¿verdad, Harry? Yo creía que sólo había siete pasadizos que conectaban el colegio con el exterior.

—Todos ésos los cerraron antes de que empezara el curso —explicó Neville—. Ya no se puede utilizar ninguno de ellos, porque hay maldiciones en las entradas y mortífagos y dementores esperando en las salidas. —Se puso a caminar de espaldas, sonriente, como si no quisiera perder de vista ni un momento a sus amigos—. Pero eso no importa ahora... Oye, ¿es verdad que entraron por la fuerza en Gringotts y escaparon montados en un dragón? Se ha enterado todo el mundo, nadie habla de otra cosa. ¡Carrow le dio una paliza a Terry Boot por contarlo a los cuatro vientos en el Gran Comedor a la hora de la cena!

—Sí, sí, es cierto —contestó Harry.

Neville se echó a reír con alegría y preguntó:

—¿Qué hicieron con el dragón?

—Lo soltamos —dijo Ron—, aunque Hermione quería quedárselo como mascota...

—¡Ay, no exageres, Ron!

—Pero ¿qué han estado haciendo? Había gente que decía que habías huido, Harry, pero yo no lo creí. Seguro que te traías algo entre manos.

—Tienes razón —dijo Harry—. Pero háblanos de Hogwarts, Neville. No sabemos nada.

—Pues... bueno, Hogwarts ya no parece Hogwarts —afirmó el chico, y la sonrisa se le borró de los labios—. ¿Sabes lo de los Carrow?

—¿Esos dos mortífagos que dan clases en el colegio?

—Hacen algo más que dar clases: se encargan de mantener la disciplina; les encanta castigar.

—¿Como Umbridge?

—No; son mucho peores que ella. Los otros profesores tienen órdenes de mandarnos ante ellos cada vez que cometemos alguna falta. Pero, si pueden evitarlo, lo evitan. Es evidente que los odian tanto como nosotros.

»Amycus, el tipo ese, enseña lo que antes era Defensa Contra las Artes Oscuras, aunque ahora la asignatura se llama Artes Oscuras a secas, y nos obliga a practicar la maldición *cruciatus* con los alumnos castigados.

—¿Quéeee? —exclamaron Harry, Ron y Hermione a la vez, y su grito resonó por todo el pasadizo.

—Sí, como lo oyen —confirmó Neville—. Este corte me lo gané así —añadió señalando un tajo que tenía en la mejilla—, porque me negué a hacerlo. Aunque hay gente que lo aprueba; a Crabbe y Goyle, por ejemplo, les encanta. Supongo que es la primera vez que destacan en algo.

»Alecto, la hermana de Amycus, enseña Estudios Muggles, una asignatura obligatoria para todos los alumnos. De manera que tenemos que oír cómo nos explica que los muggles son como animales, estúpidos y sucios, que obligaron a los magos a esconderse porque eran crueles con ellos, pero asegura que ahora va a restablecerse el orden natural. Esto de aquí —se señaló otro corte en la cara— me lo gané por preguntarle cuánta sangre muggle tenían ella y su hermano.

—Caramba, Neville —intervino Ron—, hay momentos en que uno tiene que saber callar.

—Eso lo dices porque no la oíste. Tú tampoco lo habrías aguantado. El caso es que ayuda ver que la gente les planta cara; eso nos da esperanzas. Yo lo aprendí viéndote a ti, Harry.

—Pero te han utilizado de afilador de cuchillos —dijo Ron, e hizo una mueca de dolor cuando pasaron por una lámpara que iluminó las heridas de Neville.

—Bueno, no importa. Como no quieren derramar demasiada sangre limpia, sólo nos torturan un poco si somos demasiado respondones, pero no llegan a matarnos.

Harry no sabía qué era peor: lo que estaba explicando Neville o la naturalidad con que lo hacía.

—Los únicos que de verdad están en peligro son esos cuyos amigos y parientes dan problemas en el exterior. A ésos los toman como rehenes. El viejo Xeno Lovegood se estaba pasando con sus críticas en *El Quisquilloso*, y por eso se llevaron a Luna del tren cuando volvía a casa para pasar las vacaciones de Navidad.

—Luna está bien, Neville. Nosotros la hemos visto...

—Sí, ya lo sé. Consiguió enviarme un mensaje.

Neville sacó una moneda de oro del bolsillo y Harry la reconoció: era uno de los galeones falsos que los miembros del Ejército de Dumbledore utilizaban para enviarse mensajes.

—Nos ha ido muy bien —dijo Neville mirando sonriente a Hermione—. Los Carrow nunca descubrieron cómo lográbamos comunicarnos, y eso los ponía furiosos. Nos escapábamos por la noche y hacíamos pintas en las paredes: «El Ejército de Dumbledore sigue reclutando gente», y cosas así. Snape estaba histérico.

—¿Se escapaban? —preguntó Harry, reparando en que Neville hablaba en pasado.

—Bueno, a medida que pasaba el tiempo cada vez era más difícil. Por Navidad perdimos a Luna, y Ginny no volvió después de Pascua, y nosotros tres éramos los líderes, por decirlo así. Los Carrow debían de saber que yo estaba detrás de toda la movida, así que empezaron a castigarme más en serio, y entonces descubrieron a Michael Corner liberando a un alumno de primer año al que habían encadenado, y se ensañaron con él. Ese hecho asustó mucho a la gente.

—No me extraña —masculló Ron. El pasadizo ascendía un poco.

—Sí, y yo no tenía derecho a pedirle a la gente que pasara por lo que había pasado Michael, así que dejamos de emplear ese tipo de maniobras.

»Pero seguimos luchando, trabajando en la clandestinidad, hasta hace un par de semanas. Supongo que entonces decidieron que sólo había una forma de pararme los pies, y fueron por mi abuela.

—¡¿Quéeee?! —exclamaron Harry, Ron y Hermione al unísono.

—Sí, así es —dijo Neville jadeando un poco, porque la pendiente del pasadizo era cada vez más pronunciada—. No cuesta mucho imaginarse cómo piensa esa gente. Lo de secuestrar niños para obligar a sus parientes a comportarse les había dado muy buen resultado, y supongo que sólo era cuestión de tiempo que se dedicaran a hacerlo al revés. El caso es —añadió volviéndose hacia sus amigos (a Harry le sorprendió ver que sonreía)— que con mi abuela les salió el tiro por la culata. Como la vieja vive sola, creyeron que no necesitaban enviar a nadie particularmente hábil. Pues bien —rió muy satisfecho—, Dawlish todavía está en San Mungo, y mi abuela logró huir. Me escribió una carta —añadió dándose unas palmadas en el bolsillo del pecho de la túnica— diciendo que estaba orgullosa de mí, que soy el digno hijo de mis padres, y me animó a seguir luchando.

—¡Qué valiente! —comentó Ron.

—Sí, mucho —dijo Neville, la mar de contento—. Lo único malo es que cuando comprendieron que no conseguían controlarme decidieron que Hogwarts podía pasar sin mí. No sé si planeaban matarme o enviarme a Azkaban, pero, sea como fuere, me di cuenta de que había llegado el momento de desaparecer.

—Pero —cuestionó Ron, confundido— ¿no vamos... no estamos volviendo a Hogwarts?

—Sí, claro. Ya verás. Casi hemos llegado.

Doblaron una esquina y llegaron al final del pasadizo. Otros escalones conducían hasta una puerta igual que la que había oculta detrás del retrato de Ariana. Neville la abrió y entró. Harry lo siguió y oyó cómo el chico le anunciaba a alguien:

—¡Miren quién ha venido! ¿No lo decía yo?

Una vez Harry estuvo en la habitación, se oyeron gritos y exclamaciones:

—¡¡Harry!!

—¡Es Potter! ¡¡Es él!!

—¡Ron!

—¡Hermione!

Harry percibió una confusa imagen en la que se mezclaban tapices de colores, lámparas y caras. Un instante más tarde, los tres amigos se vieron sepultados por cerca de una veintena de personas que los abrazaban y les daban palmadas en la espalda, les alborotaban el pelo y les estrechaban la mano. Era como si acabaran de ganar una final de quidditch.

—¡Bueno, bueno! ¡Cálmense! —gritó Neville, y el grupo se retiró.

Harry vio por fin dónde se encontraba. Sin embargo, no reconoció la enorme estancia, que parecía el interior de una lujosa cabaña en lo alto de un árbol, o quizá un gigantesco camarote de barco. Había hamacas multicolores colgadas del techo y de un balcón que discurría por las paredes, forradas de madera oscura, sin ventanas y cubiertas de llamativos tapices. Éstos tenían distintos colores de fondo, como el escarlata, con el león dorado de Gryffindor estampado; el amarillo, con el tejón negro de Hufflepuff; y el azul, en el que destacaba el águila broncínea de Ravenclaw. Los colores verde y plateado de Slytherin eran los únicos que faltaban. Asimismo había estanterías repletas de libros, varias escobas apoyadas contra las paredes, y en un rincón una gran radio de caja de madera.

—¿Dónde estamos?

—En la Sala de los Menesteres, ¿dónde si no? —contestó Neville—. Supera las expectativas, ¿verdad? Verás, los Carrow me perseguían, y yo sabía que sólo había una guarida posible, así que conseguí colarme por la puerta ¡y esto fue lo que encontré! Bueno, cuando llegué no estaba exactamente así; era mucho más pequeña, sólo había una hamaca y unos tapices de Gryffindor. Pero a medida que han ido llegando miembros del Ejército de Dumbledore se ha agrandado más y más.

—¿Y los Carrow no pueden entrar? —preguntó Harry mirando alrededor en busca de la puerta.

—No, qué va —respondió Seamus Finnigan, a quien Harry no reconoció hasta que lo oyó hablar, porque el muchacho tenía la cara hinchada y cubierta de cardenales—. Es una guarida perfecta: mientras uno de nosotros se quede aquí dentro, ellos no pueden entrar, porque la puerta no se abre. Y todo gracias a Neville; él sí entiende cómo funciona esta sala. Mira, tienes que pedirle exactamente lo que necesitas, por ejemplo: «No quiero que entre nadie que apoye a los Carrow», y entonces lo cumple. Tan sólo debes asegurarte de no dejar ninguna laguna. ¡Neville es un genio!

—La verdad es que es muy sencillo —dijo Neville con modestia—. Resultó que llevaba aquí un día y medio y tenía un hambre voraz, así que pensé que me encantaría comer algo y al punto se abrió el pasadizo que conduce hasta Cabeza de Puerco. Lo recorrí y me encontré con Aberforth. Él nos ha suministrado comida, porque, por algún motivo, eso es lo único que la Sala de los Menesteres no es capaz de proporcionar.

—Sí, claro. La comida es una de las cinco excepciones de la Ley de Gamp sobre Transformaciones Elementales —dijo Ron para asombro de todos los presentes.

—Llevamos casi dos semanas escondidos aquí —continuó Seamus—, y siguen apareciendo más hamacas cada vez que las necesitamos. Y cuando empezaron a llegar chicas, la sala creó un cuarto de baño que no está nada mal...

—Es que pensamos que nos gustaría lavarnos un poco, ¿sabes? —aportó Lavender Brown, en quien Harry no se había fijado hasta ese momento. El muchacho recorrió la estancia con la mirada y reconoció muchas caras: las gemelas Patil, Terry Boot, Ernie Macmillan, Anthony Goldstein, Michael Corner...

—Pero cuéntanos qué has estado haciendo —dijo Ernie—. Hemos oído muchos rumores e intentado seguirte el rastro escuchando «Pottervigilancia». —Señaló la radio y agregó—: ¿Es verdad que lograron entrar en Gringotts?

—¡Sí, es verdad! —dijo Neville—. ¡Y lo del dragón también es cierto!

Hubo una salva de aplausos y algunos gritos; Ron agradeció las felicitaciones con una reverencia.

—¿En qué andaban metidos? —preguntó Seamus, impaciente.

Antes de que los chicos pudieran eludir esa pregunta formulando alguna otra, Harry sintió una terrible punzada en la cicatriz. Mientras se giraba rápidamente para darles la espalda a todos aquellos rostros llenos de curiosidad y alegría, la Sala de los Menesteres desapareció y él fue a parar a una casucha de piedra en ruinas. A sus pies, el podrido entarimado estaba levantado y junto al agujero había una caja de oro, abierta y vacía, que alguien había desenterrado. El grito de furia de Voldemort vibró dentro de la cabeza del muchacho.

Haciendo un tremendo esfuerzo, Harry salió de la mente de Voldemort y volvió a la Sala de los Menesteres, tambaleándose un poco y con la cara cubierta de sudor. Ron lo sujetó.

—¿Te encuentras bien? —preguntó Neville—. ¿Quieres sentarte? Debes de estar cansado, ¿no?

—No, no, gracias —dijo Harry, y miró a Ron y Hermione para transmitirles que Voldemort acababa de descubrir la desaparición de otro Horrocrux. Se les agotaba el tiempo, porque si el Señor Tenebroso decidía ir a Hogwarts a continuación, perderían su oportunidad—. Tenemos que espabilarnos —dijo, y por la expresión de sus dos amigos supo que lo habían entendido.

—¿Qué vamos a hacer, Harry? —preguntó Seamus—. ¿Qué plan tienes?

—Ah, sí, un plan —repitió Harry, empleando toda su fuerza de voluntad para no volver a sucumbir a la ira de Voldemort, con la cicatriz aún doliéndole—. Verás, Ron, Hermione y yo tenemos que hacer una cosa, y luego saldremos de aquí.

Las risas y gritos de alegría se interrumpieron. Neville pareció desconcertado.

—¿Qué quieres decir con «saldremos de aquí»?

—No hemos venido para quedarnos, Neville —dijo Harry frotándose la dolorida frente—. Tenemos que hacer una cosa muy importante...

—¿De qué se trata?

—No puedo... decirlo.

Una oleada de refunfuños se propagó entre los presentes. Neville arrugó la frente.

—¿Por qué no puedes? ¿Porque tiene relación con combatir a Quien-tú-sabes?

—Pues sí...

—Entonces te ayudaremos.

Todos los miembros del Ejército de Dumbledore asintieron con la cabeza, algunos con entusiasmo, otros con solemnidad. Dos muchachos se levantaron de los asientos para demostrar que estaban dispuestos a entrar en acción de inmediato.

—Perdónenme, pero no lo entienden. —Harry tenía la impresión de haber dicho eso muchas veces en las últimas horas—. No podemos... contarlo. Tenemos que hacerlo... solos.

—¿Por qué? —preguntó Neville.

—Porque... —Harry estaba tan ansioso por buscar el Horrocrux restante, o al menos poder hablar en privado con Ron y Hermione para decidir por dónde comenzar, que le costaba pensar. Y la cicatriz seguía ardiéndole—. Dumbledore nos encomendó una misión —anunció escogiendo con cuidado las palabras—, y no quería que se la dijéramos a nadie... Bueno, quería que la hiciéramos nosotros tres solos.

—Nosotros somos su ejército —repuso Neville—: el Ejército de Dumbledore. Íbamos todos en el mismo barco y lo hemos mantenido a flote mientras ustedes tres estaban por ahí...

—No hemos estado precisamente de día de campo —dijo Ron.

—Yo no digo eso, pero no entiendo por qué no confían en nosotros. Todos los presentes han estado combatiendo, y si se han refugiado aquí es porque los Carrow los perseguían; todos han demostrado que son leales a Dumbledore y a ti, Harry.

—Mira... —murmuró Harry sin pensar lo que iba a decir; pero daba lo mismo porque en ese instante la puerta del túnel se abrió detrás de él.

—¡Hemos recibido tu mensaje, Neville! ¡Hola, chicos! ¡Me imaginé que los encontraría aquí! —Eran Luna y Dean.

Seamus dio un grito de júbilo y corrió a abrazar a su mejor amigo.

—¡Hola a todos! —saludó Luna con júbilo—. ¡Qué contenta estoy de haber vuelto!

—¡Luna! —exclamó Harry, confuso—. ¿Qué haces aquí? ¿Cómo has...?

—Yo la he llamado —dijo Neville mostrándole el galeón falso—. Les prometí a Ginny y a ella que si volvías los avisaría. Todos creíamos que si regresabas sería para hacer la revolución. Suponíamos que íbamos a derrocar a Snape y los Carrow.

—Pues claro que eso es lo que vamos a hacer —repuso Luna alegremente—, ¿verdad, Harry? Los vamos a echar de Hogwarts, ¿no?

—Escuchen —dijo Harry, cada vez más asustado—. Lo siento, pero no hemos vuelto para eso. Tenemos que hacer algo, y luego...

—¿Nos vas a dejar abandonados en este lío? —preguntó Michael Corner.

—¡No! —saltó Ron—. Lo que vamos a hacer acabará beneficiándonos a todos, al fin y al cabo es para librarnos de Quien-tú-sabes...

—¡Entonces déjennos ayudar! —insistió Neville, ceñudo—. ¡Queremos participar!

Harry oyó otro ruido a sus espaldas y se dio la vuelta. Sintió como si dejara de latirle el corazón: Ginny estaba entrando por el hueco de la pared, y la seguían Fred, George y Lee Jordan. Ginny lo miró y compuso una sonrisa radiante. Harry había olvidado lo guapa que era —o nunca se había fijado bien—, pero jamás se había alegrado menos de verla.

—Aberforth está un poco mosqueado —dijo Fred alzando una mano para responder a los saludos de los chicos—. Quería echarse un sueñito, pero su bar se ha convertido en una estación de ferrocarril.

Harry se quedó con la boca abierta, porque detrás de Lee Jordan apareció su ex novia, Cho Chang. Ella le sonrió.

—Recibí el mensaje —dijo Cho mostrándole el galeón falso, y fue a sentarse junto a Michael Corner.

—Bueno, ¿qué plan tienes, Harry? —preguntó George.

—No tengo ningún plan —contestó el muchacho, desorientado por la repentina aparición de todos sus compañeros e incapaz de asimilar la situación mientras la cicatriz siguiera doliéndole tanto.

—Ah, entonces improvisaremos, ¿no? ¡Me encanta! —dijo Fred.

—¡Tienes que hacer algo para detener esto! —le dijo Harry a Neville—. ¿Por qué les has pedido a todos que volvieran? ¡Es una locura!

—Vamos a luchar, ¿no? —dijo Dean sacando también su galeón falso—. El mensaje decía que Harry había vuelto y que íbamos a pelear. Pero tendré que conseguir una varita mágica...

—¿No tienes varita? —preguntó Seamus.

De pronto Ron se volvió hacia Harry y le dijo:

—¿Qué hay de malo en que nos ayuden?

—¿Cómo dices?

—Mira, son capaces de hacerlo. —Ron bajó la voz y, sin que lo oyera nadie más excepto Hermione, que estaba entre ambos, susurró—: No sabemos dónde está y disponemos de poco tiempo para encontrarlo. Además, no tenemos por qué revelarles que es un Horrocrux.

Harry se quedó mirándolo y luego consultó con la mirada a Hermione, que murmuró:

—Creo que Ron tiene razón. Ni siquiera sabemos qué estamos buscando. Los necesitamos. —Y al ver que Harry no parecía convencido, añadió—: No tienes por qué hacerlo todo tú solo.

El chico intentó pensar lo más rápidamente posible, aunque todavía le dolía la cicatriz y la cabeza volvía a amenazar con estallarle. Dumbledore le había advertido que no hablara de los Horrocruxes con nadie, salvo Ron y Hermione. «Nosotros crecimos rodeados de secretos y mentiras, y Albus... tenía un talento innato para eso...» ¿Estaba haciendo él lo mismo que Dumbledore, es decir, guardarse sus secretos, sin atreverse a confiar en nadie? Pero Dumbledore había confiado en Snape, ¿y qué había conseguido con eso? Que lo asesinaran en la cima de la torre más alta...

—De acuerdo —les dijo en voz baja—. Está bien, escuchen... —se dirigió a los demás, que dejaron de hacer lío.

Fred y George, que estaban contando chistes a los que tenían más cerca, guardaron silencio, y todos miraron a Harry, emocionados y expectantes.

—Estamos buscando una cosa, una cosa que nos ayudará a derrocar a Quien ustedes-saben. Está aquí, en Hogwarts, pero no sabemos dónde exactamente. Es posible que perteneciera a Ravenclaw. ¿Alguien ha oído hablar de un objeto que perteneciera a la fundadora de la casa, o ha visto alguna vez un objeto con el águila dibujada, por ejemplo?

Miró esperanzado al grupito de miembros de Ravenclaw —Padma, Michael, Terry y Cho—, pero fue Luna la que contestó, encaramada en el brazo de la butaca de Ginny.

—Bueno, está la diadema perdida. Ya te hablé de ella, ¿lo recuerdas, Harry? La diadema perdida de Ravenclaw. Mi padre está intentando hacer una copia.

—Sí, pero la diadema perdida —intervino Michael Corner poniendo los ojos en blanco— se perdió, Luna. Ése es el quid de la cuestión.

—¿Cuándo se perdió? —preguntó Harry.

—Dicen que hace siglos —respondió Cho, y a Harry le dio un vuelco el corazón—. El profesor Flitwick dice que la diadema se esfumó cuando desapareció la propia Rowena. Mucha gente la ha buscado —añadió mirando a sus compañeros de Ravenclaw—, pero nadie ha encontrado nunca ni rastro de ella, ¿no?

Todos negaron con la cabeza.

—Perdón, pero ¿qué es una diadema? —preguntó Ron.

—Es una especie de corona —contestó Terry Boot—. Dicen que la de Ravenclaw tenía poderes mágicos, como el de aumentar la sabiduría de quien la llevara puesta.

—Sí, los sifones de torposoplo de mi padre...

Pero Harry interrumpió a Luna:

—¿Y nadie ha visto nunca nada parecido?

Todos volvieron a negar con la cabeza. Harry miró a Ron y Hermione y vio su propia decepción reflejada en sus rostros. Un objeto perdido hacía tanto tiempo (a simple vista sin dejar rastro) no parecía un buen candidato a ser el Horrocrux escondido en el castillo... Antes de que formulara otra pregunta, Cho volvió a intervenir:

—Si quieres saber cómo era esa diadema, puedo llevarte a nuestra sala común para enseñártela, Harry. La estatua de Ravenclaw la lleva puesta.

Harry notó de nuevo una tremenda punzada en la cicatriz. Por un instante, la Sala de los Menesteres se desdibujó y el muchacho vio cómo sus pies se separaban del oscuro suelo de tierra, y sintió el peso de la gran serpiente sobre los hombros. Voldemort volvía a volar, aunque Harry no sabía si iba hacia el lago subterráneo o al castillo de Hogwarts; pero, fuera a donde fuese, a Harry le quedaba muy poco tiempo.

—Se ha puesto en marcha —les dijo en voz baja a Ron y Hermione. Echó una ojeada a Cho y luego volvió a mirarlos—. Escuchen, ya sé que no es una pista muy buena, pero voy a subir a ver esa estatua; al menos sabré cómo es la diadema. Espérenme aquí y guarden bien... el otro.

Cho se había levantado, pero Ginny, muy decidida, dijo:

—No; Luna acompañará a Harry, ¿verdad, Luna?

—Será un placer —dijo la chica alegremente, y Cho se sentó con aire de desilusión.

—¿Cómo se sale de aquí? —le preguntó Harry a Neville.

—Ven.

Condujo a Harry y a Luna hasta un rincón donde había un pequeño armario por donde se accedía a una empinada escalera.

—Todos los días te lleva a un sitio diferente; por eso no nos han encontrado —explicó Neville—. El único problema es que nunca sabemos dónde saldremos. Ten cuidado, Harry; patrullan toda la noche por los pasillos.

—Tranquilo. Vuelvo enseguida.

Los dos subieron a toda prisa la larga escalera iluminada con antorchas y de trazado imprevisible. Al fin llegaron ante lo que parecía una pared sólida.

—Métete aquí debajo —le dijo Harry a Luna, sacando la capa invisible y cubriéndose ambos con ella. Entonces él le dio un empujoncito a la pared.

Ésta se desvaneció al instante y los dos salieron del pasadizo. Harry miró hacia atrás y vio que la pared había vuelto a formarse al instante por sí sola. Se encontraban en otro pasadizo. Harry tiró de Luna hacia la parte más oscura, rebuscó en el monedero que llevaba colgado del cuello y sacó el mapa del merodeador. Se lo acercó a los ojos y buscó hasta localizar los puntos que indicaban la posición de ambos.

—Estamos en el quinto piso —susurró mientras veía cómo Filch se alejaba de ellos, un pasillo más allá—. ¡Vamos! ¡Por aquí!

Y de este modo iniciaron la marcha.

Harry se había paseado muchas veces por el castillo de noche, pero el corazón nunca le había latido tan deprisa, ni nunca algo tan importante había dependido de que él deambulara por allí sin que lo descubrieran. Ambos jóvenes atravesaron rectángulos de luz de luna proyectados en el suelo, pasaron junto a armaduras cuyos cascos chirriaban acompañando el sonido de sus débiles pisadas, doblaron esquinas detrás de las que podía haber cualquier cosa esperándolos. Consultaban el mapa del merodeador siempre que la luz lo permitía, y en dos ocasiones se detuvieron para dejar pasar a un fantasma sin llamar la atención. Harry suponía que encontraría un obstáculo en cualquier momento, y su peor temor era Peeves; así pues, aguzaba el oído a cada paso por si se producía alguna señal reveladora de que se acercaba el *poltergeist*.

—Por aquí, Harry —susurró Luna tirándole de la manga hacia una escalera de caracol.

Subieron describiendo cerrados y mareantes círculos. Harry nunca había estado allí arriba. Al final de la escalera había una lisa puerta de madera envejecida, sin picaporte ni cerradura, pero provista de una aldaba de bronce con forma de águila.

Luna tendió una pálida y fantasmagórica mano que flotaba en el aire, como si no estuviera conectada a su brazo. Llamó una vez y el golpe de la aldaba, en medio del silencio, resonó como un cañonazo. El pico del águila se abrió al instante, pero en lugar del reclamo de un pájaro, una voz suave y musical preguntó:

—¿Qué fue primero, el fénix o la llama?

—Hum... ¿Tú qué crees, Harry? —inquirió Luna, pensativa.

—¿Qué ocurre? ¿No se abre con una contraseña?

—Pues no. Tienes que responder a la pregunta —dijo Luna.

—¿Y si te equivocas?

—Entonces has de esperar a que venga alguien que la conteste correctamente. Así uno aprende, ¿entiendes?

—Sí... El problema es que no podemos permitirnos el lujo de esperar a que llegue alguien más, Luna.

—No, claro —repuso Luna con seriedad—. Bueno, entonces creo que la respuesta es que el círculo no tiene principio.

—Bien razonado —dijo la voz, y la puerta se abrió.

La sala común de Ravenclaw, que estaba vacía, era una amplia estancia circular, mucho más espaciosa y aireada que cualquiera de las que Harry había visto hasta entonces en Hogwarts. Tenía una serie de elegantes ventanas en forma de arco, de las que colgaban cortinajes de seda azul y bronce (de día, los miembros de Ravenclaw disfrutaban de unas vistas espectaculares de las montañas circundantes); se veían estrellas pintadas en el techo de forma abovedada, así como en la alfombra azul oscuro; y el mobiliario consistía en mesas, sillas y estanterías, y una alta estatua de mármol blanco ocupaba un nicho enfrente de la puerta.

Harry reconoció a Rowena Ravenclaw por el busto que había visto en casa de Luna. La estatua se hallaba junto a una puerta que debía de conducir a los dormitorios del piso de arriba. El muchacho fue derecho hacia ella, y le dio la impresión de que lo miraba con una sonrisa burlona y hermosa, pero ligeramente intimidante. En la cabeza llevaba un delicado aro de mármol, parecido a la diadema que Fleur había lucido el día de su boda, en el que había unas palabras esculpidas en letra muy pequeña. Harry salió de debajo de la capa invisible y se subió al pedestal de la estatua para leer la inscripción:

Una inteligencia sin límites es el mayor
tesoro de los hombres.

—Lo cual significa que tú estás quebrado, estúpido —dijo una voz socarrona.

Harry se dio rápidamente la vuelta, resbaló del pedestal y cayó al suelo. La encorvada figura de Alecto Carrow se hallaba ante él, y al mismo tiempo que el muchacho alzaba su varita mágica, la bruja apretó con un dedo regordete el cráneo y la serpiente que llevaba grabados con fuego en el antebrazo.

30

La huida de Snape

En cuanto Alecto se tocó la Marca Tenebrosa con el dedo, a Harry le ardió ferozmente la cicatriz, perdió de vista la estrellada habitación y se encontró a los pies de un acantilado, sobre unas rocas contra las que batía el mar. Lo invadía una sensación de triunfo: «¡Tienen al chico!»

En ese momento oyó un fuerte estallido y se halló de nuevo en la sala; desorientado, levantó la varita, pero la bruja que tenía enfrente caía hacia delante; la mujer dio tan fuerte contra el suelo que el cristal de las estanterías tintineó.

—Nunca le había lanzado un hechizo aturdidor a nadie, salvo en las clases del Ejército de Dumbledore —comentó Luna con leve interés—. Ha hecho más ruido del que suponía.

Y no sólo ruido, pues el techo había empezado a temblar. Detrás de la puerta que llevaba a los dormitorios se oyeron pasos y gente que corría: el hechizo de Luna había despertado a los alumnos de Ravenclaw que dormían en el piso de arriba.

—¿Dónde estás, Luna? ¡Tengo que meterme debajo de la capa!

Por fin Harry le vio los pies; corrió a su lado y la chica lo tapó con la capa invisible en el preciso instante en que se abría la puerta y un torrente de miembros de Ravenclaw, todos en pijama, irrumpía en la sala común. Cuando vieron a Alecto tendida en el suelo, inconsciente, gritaron sorprendidos. Poco a poco la rodearon, como si se encontraran ante una bestia que podía despertar y atacarlos. Entonces un valiente alumno de primer año se le acercó con decisión y le dio un empujoncito en la espalda con la punta del pie.

—¡Creo que está muerta! —anunció con entusiasmo.

—¡Fíjate, están contentos! —susurró Luna, sonriente, mientras los chicos cerraban el corro alrededor de Alecto.

—Sí, qué bien...

Harry cerró los ojos e, impulsado por los latidos de la cicatriz, se sumergió otra vez en la mente de Voldemort. Andaba por el túnel que conducía a la primera cueva, porque había decidido asegurarse de que el guardapelo seguía en su sitio antes de ir a Hogwarts. Aunque no tardaría en descubrir que...

Se oyeron unos golpes en la puerta de la sala, y los chicos que estaban dentro se quedaron paralizados. La débil y armoniosa voz que salía de la aldaba en forma de águila preguntó: «¿Adónde van a parar los objetos perdidos?»

—¡Y yo qué sé! ¡Cállate! —gruñó una tosca voz que Harry atribuyó al hermano de Alecto, Amycus—. ¡Alecto! Alecto, ¿estás ahí? ¿Lo tienes ya? ¡Abre la puerta!

Los alumnos, aterrados, susurraron entre ellos. De pronto, sin previo aviso, sonaron unos golpes estruendosos, como si alguien estuviera disparando a la puerta con una pistola.

—¡¡Alecto!! Si viene y no tenemos a Potter... ¿Quieres acabar como los Malfoy? ¡¡Contéstame!! —bramó Amycus aporreando la puerta, que seguía sin abrirse.

Los de Ravenclaw retrocedieron, y algunos —los más asustados— subieron por la escalera y regresaron a la cama. Entonces, mientras Harry se preguntaba si no sería mejor abrir la puerta y aturdir a Amycus antes de que a éste se le ocurriera hacer algo, oyó otra voz que le resultó muy familiar.

—¿Le importaría decirme qué hace, profesor Carrow?

—¡Intento entrar... por esta... condenada puerta! —gritó Amycus—. ¡Vaya a buscar a Flitwick! ¡Que la abra ahora mismo!

—Pero ¿no está su hermana ahí dentro? —preguntó la profesora McGonagall—. Hace un rato el profesor Flitwick la ha dejado entrar, ante su insistencia, ¿no? ¿Por qué no le abre ella? Así no tendría que despertar usted a todo el castillo.

—¡No me contesta, escoba con patas! ¡Ábrala usted! ¡Maldita sea! ¡Ábrala ahora mismo!

—Como quiera —repuso la profesora McGonagall con una frialdad espeluznante. Se oyó un débil golpe de la aldaba, y la armoniosa voz volvió a preguntar:

—¿Adónde van a parar los objetos perdidos?

—Al no ser, es decir, al todo —contestó la profesora.

—Muy bien expresado —replicó la aldaba con forma de águila, y la puerta se abrió.

Los pocos alumnos que se habían quedado en la sala común corrieron hacia la escalera al entrar Amycus blandiendo la varita. El mortífago, encorvado como su hermana, de tez pálida y cerúlea y ojos muy pequeños, vio enseguida a Alecto, despatarrada e inmóvil en el suelo. El hombre dio un grito en el que se mezclaban la cólera y el miedo.

—¿Qué han hecho esos mocosos? ¡Les voy a hacer la maldición *cruciatus* a todos hasta que confiesen quién ha sido! ¿Qué va a decir el Señor Tenebroso? —chilló, plantado junto a su hermana y golpeándose la frente con un puño—. ¡No lo hemos atrapado! ¡Y esos desgraciados han matado a mi hermana!

—Sólo está aturdida —le informó la profesora McGonagall con impaciencia, después de agacharse para examinar a Alecto—. Se recuperará.

—¡No se recuperará! —bramó Amycus—. ¡Nunca se recuperará de lo que le hará el Señor Tenebroso! ¡Lo ha llamado, he notado cómo me ardía la Marca, y él cree que tenemos a Potter!

—¿A Potter? —dijo la profesora McGonagall, sorprendida—. ¿Cómo que cree que tienen a Potter?

—¡Nos advirtió que quizá ese chico intentaría entrar en la torre de Ravenclaw, y nos ordenó llamarlo si lo atrapábamos!

—¿Por qué querría Harry Potter entrar aquí? ¡Potter pertenece a mi casa!

Bajo la incredulidad y la ira contenidas, Harry detectó una pizca de orgullo en la voz de la profesora, y sintió una oleada de cariño hacia Minerva McGonagall.

—¡Sólo dijo que quizá intentaría entrar aquí! —repitió Carrow—. ¡Y no sé por qué!

La profesora se levantó y recorrió la habitación con la mirada, pasando dos veces por el sitio donde se hallaban Harry y Luna.

—Bien pensado... podemos culpar a los chicos —dijo Amycus, y su cara de cerdo adoptó un gesto de astucia—. Sí, eso es. Le diremos que los alumnos le tendieron una emboscada —miró el estrellado techo, hacia los dormitorios— y la obligaron a tocarse la Marca, y por eso él recibió una falsa alarma... Que los castigue a ellos. Un par de chicos más o menos... ¿qué importa?

—Importa porque marca la diferencia entre la verdad y la mentira, entre el valor y la cobardía —afirmó la profesora McGonagall, que había palidecido—. Una diferencia, en resumen, que usted y su hermana son incapaces de apreciar. Pero voy a dejarle clara una cosa: usted no va a culpar de su ineptitud a los alumnos de Hogwarts, porque yo no pienso permitirlo.

—¿Cómo dice?

Amycus se aproximó a la profesora McGonagall hasta situarse muy cerca de ella, tanto que sus rostros quedaron a escasos centímetros de distancia. A pesar de todo, ella no retrocedió, sino que miró al mortífago como si fuera algo asqueroso que hubiera encontrado pegado en el asiento del inodoro.

—No se trata de que usted lo permita o no, Minerva McGonagall. Usted ya no pinta nada aquí. Ahora somos nosotros los que mandamos, y si no me respalda pagará las consecuencias. —Y le escupió en la cara.

Entonces Harry se quitó la capa, levantó la varita y gritó:

—¡Hasta aquí podíamos llegar!

Amycus se dio la vuelta y Harry gritó:

—¡*Crucio*!

El mortífago se elevó del suelo, se debatió en el aire como si se ahogara, retorciéndose y chillando de dolor, y por fin, con gran estrépito de cristales rotos, se estrelló contra una estantería de libros y cayó inconsciente al suelo hecho una bola.

—Ahora entiendo lo que quería decir Bellatrix —exclamó Harry, que notaba latir la sangre en las sienes—: ¡Tienes que sentirla!

—¡Potter! —susurró la profesora McGonagall llevándose las manos al pecho—. ¡Estás aquí, Potter! ¿Cómo es posible? —Trató de serenarse—. ¡Esto ha sido una locura, Potter!

—Le ha escupido en la cara, profesora —se justificó Harry.

—Potter, yo... Ha sido un gesto muy galante por tu parte, pero ¿no te das cuenta de...?

—Sí, lo sé —replicó Harry. Curiosamente, el pánico de ella lo tranquilizaba—. Pero Voldemort está en camino, profesora McGonagall.

—Ah, ¿ya podemos llamarlo por su nombre? —preguntó Luna con interés al mismo tiempo que se quitaba la capa invisible. La aparición de una segunda forajida abrumó a la profesora McGonagall, que se tambaleó y se derrumbó en una butaca, sujetándose con ambas manos el cuello de la vieja bata de tela escocesa.

—Me parece que ya no importa cómo lo llamemos —respondió Harry—. Él sabe dónde estoy.

Desde un recóndito recoveco del cerebro, esa parte que se conectaba con la inflamada cicatriz, Harry vio a Voldemort surcando el oscuro lago en la fantasmagórica barca verde... Estaba a punto de llegar a la isla donde se encontraba la vasija de piedra...

—Tienes que irte enseguida —susurró la profesora McGonagall—. ¡Rápido, Potter!

—No puedo. Tengo que hacer una cosa. ¿Usted sabe dónde está la diadema de Ravenclaw, profesora?

—¿La diadema de Ravenclaw? Claro que no. ¿No lleva siglos perdida? —Se incorporó un poco y añadió—: Has cometido una locura, Potter, has cometido una locura entrando en el castillo...

—Tenía que hacerlo. Profesora, aquí hay una cosa escondida y tengo que encontrarla, y podría ser la diadema. Si pudiera hablar con el profesor Flitwick...

Se oyeron unos tintineos de cristales: Amycus estaba volviendo en sí. Antes de que Harry o Luna pudieran actuar, la profesora McGonagall se puso en pie, apuntó con la varita al adormilado mortífago y exclamó:

—¡*Imperio!*

Obediente, Amycus se levantó, se acercó a su hermana, le tomó la varita, arrastró los pies hasta la profesora y le entregó su varita y la de Alecto; luego se tumbó en el suelo al lado de ésta. McGonagall volvió a agitar la varita, y un trozo de reluciente cuerda plateada apareció de la nada y envolvió a los Carrow, atándolos fuertemente.

—Potter —dijo Minerva McGonagall, olvidándose de los Carrow—, si es verdad que El-que-no-debe-ser-nombrado sabe dónde estás...

Antes de que ella terminara la frase, una ira semejante a un dolor físico sacudió a Harry produciéndole un intenso dolor en la cicatriz, y por unos instantes miró rápidamente el fondo de una vasija cuya poción se había vuelto transparente, y vio que no había ningún guardapelo escondido bajo la superficie...

—¿Estás bien, Potter? —dijo una voz. Harry volvió a la sala común y se sujetó al hombro de Luna para no caerse.

—Se agota el tiempo; Voldemort está cada vez más cerca. Profesora, estoy cumpliendo órdenes de Dumbledore. Debo encontrar lo que él me pidió que buscara, pero mientras registro el castillo tenemos que sacar a todos los alumnos de aquí. Voldemort me quiere a mí, aunque no le importará matar a algunos más, ahora que... —«ahora que sabe que estoy destruyendo los Horrocruxes», pensó, pero no lo dijo en voz alta.

—¿Que estás cumpliendo órdenes de Dumbledore? —repitió McGonagall, asombrada. Entonces se irguió cuan alta era y añadió—: Protegeremos el colegio de El-que-no-debe-ser-nombrado mientras tú buscas ese... objeto.

—¿Podremos hacerlo?

—Creo que sí —repuso ella, cortante—. Los profesores somos buenos magos y brujas, por si no te habías dado cuenta. Conseguiremos detenerlo un rato si nos empleamos con ganas. Habrá que hacer algo con el profesor Snape, desde luego...

—Déjeme a mí...

—... y si Hogwarts se dispone a sufrir un estado de sitio, con el Señor Tenebroso ante sus puertas, sería muy aconsejable sacar de aquí a cuanta más gente inocente podamos. Pero ahora la Red Flu está vigilada y nadie puede desaparecerse en los terrenos del colegio...

—Hay una manera —saltó Harry, y le explicó la existencia del pasadizo que conducía al pub Cabeza de Puerco.

—Es que estamos hablando de cientos de alumnos, Potter...

—Ya lo sé, profesora, pero si Voldemort y los mortífagos se concentran en Hogwarts y sus jardines, no creo que les importe mucho que haya gente desapareciéndose desde el Cabeza de Puerco.

—Tienes razón —concedió la profesora. Y a continuación apuntó con la varita a los Carrow, y una red de plata descendió sobre ellos, los envolvió y los levantó; de este modo ambos mortífagos quedaron suspendidos bajo el techo azul y dorado, como dos grandes y repugnantes criaturas marinas—. ¡Vamos, tenemos que alertar a los jefes de las otras casas! Será mejor que vuelvan a ponerse la capa.

Minerva McGonagall abrió la puerta de la sala y levantó la varita, de cuyo extremo salieron tres gatos plateados luciendo un círculo alrededor de cada ojo, como si llevaran gafas. Los *patronus* echaron a correr ágilmente hacia la escalera de caracol, inundándola de luz plateada, y la profesora, Harry y Luna descendieron a toda prisa.

Recorrieron un pasillo tras otro y, uno a uno, los *patronus* fueron separándose de ellos; la bata de tela escocesa de la profesora susurraba al rozar el suelo, mientras Harry y Luna la seguían bajo la capa invisible.

Cuando hubieron bajado dos pisos más, otros pasos se unieron a los de ellos. Harry fue quien los oyó primero y se llevó una mano al monedero que le colgaba del cuello para tomar el mapa del merodeador, pero, antes de que lo sacara, McGonagall también se percató de que tenían compañía. Se detuvo y levantó la varita, dispuesta a atacar.

—¿Quién anda ahí? —preguntó.

—Soy yo —respondió alguien en voz baja.

De detrás de una armadura salió Severus Snape.

Al verlo, Harry sintió brotar el odio en su interior. La magnitud de los crímenes de Snape le había hecho olvidar los detalles de su aspecto físico: el negro cabello, que caía como dos cortinas enmarcando el delgado rostro, y aquellos ojos negros, de mirada fría y apagada. No iba en pijama, sino con la capa negra que solía usar, y también él sostenía en alto la varita, preparado para atacar.

—¿Dónde están los Carrow? —preguntó Snape con temple.

—Supongo que donde tú les hayas ordenado ir, Severus —respondió McGonagall.

Snape se acercó más a ella y le echó una ojeada alrededor, como si supiera que Harry estaba escondido por allí.

El chico levantó también su varita, listo para entrar en acción.

—Tenía entendido que Alecto había atrapado a un intruso —dijo Snape.

—¿Ah, sí? —se extrañó la profesora—. ¿Y qué te ha hecho pensar tal cosa?

Snape flexionó un poco el brazo izquierdo, donde tenía grabada con fuego la Marca Tenebrosa.

—¡Ah, claro! Olvidaba que ustedes los mortífagos tienen sus propios medios para comunicarse.

Snape fingió no haberla oído. Seguía escudriñando el entorno de la profesora, y poco a poco iba acercándose más, como si no lo hiciera intencionadamente.

—No sabía que esta noche te tocaba vigilar los pasillos, Minerva.

—¿Tienes algún inconveniente?

—Me pregunto qué te habrá hecho levantarte de la cama a estas horas.

—Me pareció oír ruidos.

—¿En serio? Pues yo no he oído nada. —La miró a los ojos—. ¿Has visto a Harry Potter, Minerva? Porque si lo has visto, te ordeno que...

La profesora actuó mucho más deprisa de lo que Harry habría imaginado: su varita hendió el aire y por una fracción de segundo Harry creyó que Snape se derrumbaría, pero la rapidez del encantamiento escudo del profesor fue tal que McGonagall perdió el equilibrio. Entonces ella apuntó hacia una antorcha de la pared, y ésta se desprendió de su soporte. Harry estaba a punto de arrojarle una maldición a Snape, pero tuvo que tirar de Luna para que no la alcanzaran las llamas. El fuego formó un aro que ocupó todo el pasillo y voló como un lazo en dirección a Snape...

El lazo de fuego se convirtió en una gran serpiente negra que McGonagall redujo a humo; el humo volvió a cambiar de forma y, en pocos segundos, se solidificó y se transformó en un enjambre de dagas. Snape se protegió colocándose detrás de la armadura y las dagas se clavaron en el peto con gran estrépito.

—¡Minerva! —exclamó una voz temblorosa.

Harry, aún protegiendo a Luna de los hechizos, vio a los profesores Flitwick y Sprout, en pijama, corriendo por el pasillo hacia ellos. El corpulento profesor Slughorn iba detrás, rezagado y jadeante.

—¡No! —gritó Flitwick alzando la varita mágica—. ¡En Hogwarts no volverás a matar!

El hechizo de Flitwick dio también en la armadura, que cobró vida. Snape forcejeó para librarse de los brazos que intentaban aplastarlo, y les arrojó la armadura a sus agresores. Harry y Luna tuvieron que lanzarse a un lado para esquivarla, y la armadura se estrelló contra la pared y se hizo añicos. Cuando Harry volvió a mirar, vio a Snape corriendo, y a McGonagall, Flitwick y Sprout persiguiéndolo sin parar de gritar. Snape se coló por la puerta de un aula y, momentos después, Harry oyó a McGonagall gritar:

—¡Cobarde! ¡¡Cobarde!!

—¿Qué ha pasado? ¿Qué ha pasado? —preguntó Luna.

Harry la ayudó a ponerse en pie y, arrastrando la capa invisible, echaron a correr por el pasillo. Entraron en el aula, donde encontraron a los profesores McGonagall, Flitwick y Sprout de pie junto a una ventana rota.

—Ha saltado —les dijo la profesora.

—¿Está muerto? —Harry corrió hacia la ventana, ignorando las exclamaciones de asombro de Flitwick y Sprout ante su repentina aparición.

—No, no lo está —dijo McGonagall con amargura—. A diferencia de Dumbledore, él llevaba su varita... Y por lo visto ha aprendido algunos trucos nuevos de su amo.

Harry sintió un estremecimiento al distinguir, a lo lejos, una gran figura que parecía un murciélago volando por el oscuro cielo hacia el muro de los jardines.

Entonces oyeron pasos y unos fuertes resoplidos. Slughorn, vestido con un pijama de seda verde esmeralda, acababa de alcanzarlos.

—¡Harry! —exclamó, jadeando y masajeándose el enorme pecho—. Hijo mío... qué sorpresa... Minerva, explícame, por favor... Severus... ¿Qué ha sucedido?

—Nuestro director se ha tomado unas breves vacaciones —explicó McGonagall señalando el agujero que Snape había dejado en la ventana.

—¡Profesora! —llamó Harry mientras se llevaba ambas manos a la frente. Se deslizaba por el lago lleno de inferi... La fantasmagórica barca verde alcanzó la orilla, y Voldemort saltó de la barca, sediento de sangre—. ¡Tenemos que fortificar el colegio, profesora! ¡Llegará en cualquier momento!

—Está bien, está bien. El-que-no-debe-ser-nombrado está a punto de llegar —explicó a los otros profesores. Sprout y Flitwick dieron gritos de asombro; Slughorn emitió un débil gemido—. Potter tiene que realizar una misión en el castillo para cumplir las órdenes de Dumbledore, por tanto hemos de proteger el colegio con todos los medios de que dispongamos mientras Potter hace su trabajo.

—Supongo que eres consciente de que nada que hagamos impedirá indefinidamente que Quien-tú-sabes entre en el colegio, ¿no? —comentó Flitwick con voz aguda.

—Pero podemos retrasarlo —observó la profesora Sprout.

—Gracias, Pomona —dijo McGonagall, y las dos brujas se lanzaron una mirada de complicidad—. Propongo que establezcamos una protección básica alrededor del castillo, y luego reunamos a nuestros alumnos y nos encontremos todos en el Gran Comedor. Habrá que evacuar a la mayoría, aunque si alguno de los que son mayores de edad quiere quedarse y luchar a nuestro lado, creo que deberíamos permitírselo.

—Estoy de acuerdo —dijo Sprout, que ya se dirigía hacia la puerta—. Me reuniré con ustedes en el Gran Comedor dentro de veinte minutos, con los alumnos de mi casa.

Echó a correr y se perdió de vista, pero los demás alcanzaron a oírla murmurar:

—*Tentacula*, lazo del diablo y vainas de snargaluff... Sí, ya me gustará ver cómo combaten eso los mortífagos...

—Yo puedo actuar desde aquí —intervino Flitwick, y apuntó con la varita a través de la ventana rota, aunque apenas veía por ella, y se puso a murmurar conjuros muy complejos.

Harry oyó un extraño susurro, como si Flitwick hubiera desatado la fuerza del viento en los jardines del castillo.

—Profesor —dijo acercándose al bajito profesor de Encantamientos—, perdone que lo interrumpa, pero esto es importante. ¿Tiene idea de dónde está la diadema de Ravenclaw?

—... *Protego horribilis*... ¿Has dicho la diadema de Ravenclaw? —se asombró Flitwick—. El conocimiento nunca está de más, Potter, pero no creo que eso sirva de mucho en la actual situación.

—Sólo le preguntaba si... ¿Sabe usted dónde está? ¿La ha visto alguna vez?

—¿Si la he visto? ¡Nadie que viva todavía la ha visto! ¡Esa diadema se perdió hace mucho tiempo, muchacho!

Harry sintió una terrible mezcla de pánico y decepción. Entonces ¿qué podría ser el otro Horrocrux?

—¡Nos encontraremos contigo y tus alumnos de Ravenclaw en el Gran Comedor, Filius! —acordó McGonagall, y les indicó a Harry y Luna que la siguieran.

Cuando ya estaban en la puerta, Slughorn arrancó a hablar.

—¡Caramba! —dijo resoplando, pálido y sudoroso, al tiempo que su bigote de morsa oscilaba—. ¡Menudo lío! No estoy seguro de que todo esto sea prudente, Minerva. Sabes que hallará la manera de entrar, y quienes hayan intentado impedírselo correrán un grave peligro...

—A ti y a los miembros de Slytherin también los espero en el Gran Comedor dentro de veinte minutos —lo interrumpió McGonagall—. Si quieres irte con tus alumnos, no te lo impediremos. Pero si alguno de ustedes intenta sabotear nuestra resistencia, o alzarse en armas contra nosotros dentro del castillo, entonces, Horace, te retaré a muerte.

—¡Minerva! —exclamó Slughorn, perplejo.

—Ha llegado la hora de que la casa de Slytherin decida a quién quiere ser leal —añadió la profesora—. Ve y despierta a tus alumnos, Horace.

Harry no se quedó para ver cómo farfullaba Slughorn, sino que Luna y él corrieron tras la profesora, que se había colocado en medio del pasillo con la varita alzada.

—*Piertotum*... ¡Cielos, Filch! ¡Ahora no!

El anciano conserje acababa de llegar, renqueando y gritando:

—¡Hay alumnos fuera de los dormitorios! ¡Hay alumnos por los pasillos!

—¡Es donde tienen que estar, imbécil! —le espetó McGonagall—. ¡Haga algo positivo! ¡Busque a Peeves!

—¿A Pe... Peeves? —tartamudeó Filch, como si jamás hubiera oído ese nombre.

—¡Sí, a Peeves, idiota, a Peeves! ¿No lleva usted un cuarto de siglo despotricando contra él? ¡Vaya a buscarlo ahora mismo!

Era evidente que Filch creía que la profesora había perdido el juicio, pero se marchó cojeando y murmurando por lo bajo.

—Y ahora... *¡Piertotum locomotor!* —gritó Minerva McGonagall.

Y a lo largo de todo el pasillo, las estatuas y armaduras saltaron de sus pedestales. Y a juzgar por el estruendo proveniente de los pisos superiores e inferiores, Harry comprendió que las que se hallaban distribuidas por todo el casillo habían hecho lo mismo.

—¡Hogwarts está amenazado! —les advirtió la profesora—. ¡Cubran las lindos, protéjannos, cumplan con su deber para con el colegio!

Traqueteando y gritando, la horda de estatuas animadas de diferentes tamaños, entre las que también había animales, pasó en estampida junto a Harry; las ruidosas armaduras enarbolaban espadas y cadenas de las que pendían bolas de hierro con pinchos.

—Y ahora, Potter —indicó McGonagall—, será mejor que la señorita Lovegood y tú vayan a buscar a sus amigos y los conduzcan al Gran Comedor. Yo iré a despertar a los otros miembros de Gryffindor.

Se separaron al final del siguiente tramo de escalera. Harry y Luna regresaron corriendo a la entrada oculta de la Sala de los Menesteres. Por el camino se cruzaron con nutridos grupos de alumnos (la mayoría con una capa de viaje encima del pijama), que profesores y prefectos acompañaban al Gran Comedor.

—¡Ése era Potter!

—¡Harry Potter!

—¡Era él, te lo juro! ¡Acabo de verlo!

Pero Harry no les prestaba atención y ambos no se detuvieron hasta la entrada de la Sala de los Menesteres. Él se apoyó contra la pared encantada, que se abrió para dejarlos entrar, y descendieron a toda prisa la empinada escalera.

—¿Qué es esto...? —exclamó Harry.

La sala estaba mucho más abarrotada que antes y, al verla, el chico se llevó tal susto que tropezó y bajó varios peldaños resbalando. Kingsley y Lupin lo miraban desde abajo, y también Oliver Wood, Katie Bell, Angelina Johnson y Alicia Spinnet, Bill y Fleur, y los señores Weasley.

—¿Qué ha pasado, Harry? —preguntó Lupin recibiéndolo al pie de la escalera.

—Voldemort está en camino, y aquí están fortificando el colegio. Snape ha huido. Pero... ¿qué hacen ustedes aquí? ¿Cómo lo han sabido?

—Enviamos mensajes a los restantes componentes del Ejército de Dumbledore —explicó Fred—. No habría estado bien privarlos del espectáculo, Harry. Y el Ejército de Dumbledore lo comunicó a la Orden del Fénix, y la reacción ha sido imparable.

—¿Por dónde empezamos, Harry? —preguntó George—. ¿Qué está pasando?

—Están evacuando a los alumnos más jóvenes, y van a reunirse todos en el Gran Comedor para organizarse. ¡Vamos a presentar batalla!

Hubo un gran clamor y todo el mundo se precipitó hacia el pie de la escalera. Harry tuvo que pegarse a la pared para dejarlos pasar. Era una mezcla de miembros de la Orden del Fénix, del Ejército de Dumbledore y del antiguo equipo de quidditch de Harry, todos varita en mano, dirigiéndose hacia la parte central del castillo.

—Vamos, Luna —dijo Dean al pasar, y le tendió la mano; ella se la tomó y subieron juntos por la escalera.

El tropel de gente fue reduciéndose, y en la Sala de los Menesteres sólo quedó un pequeño grupo. Harry se acercó a ellos. La señora Weasley estaba forcejeando con Ginny, rodeadas por Lupin, Fred, George, Bill y Fleur.

—¡Eres menor de edad! —le gritaba la señora Weasley a su hija—. ¡No lo permitiré! ¡Los chicos sí, pero tú tienes que irte a casa!

—¡No quiero!

Ginny logró soltarse de su madre, que la tenía sujeta por un brazo, y la sacudida que dio le agitó la melena.

—¡Soy del Ejército de Dumbledore y...!

—¡Una pandilla de adolescentes!

—¡Una pandilla de adolescentes que se dispone a plantarle cara a Quien-tú-sabes, cosa que hasta ahora nadie se ha atrevido a hacer! —intervino Fred.

—¡Sólo tiene dieciséis años! —gritó la señora Weasley—. ¡Todavía es una niña! ¿Cómo se les ocurrió traerla con ustedes?

Fred y George parecían un poco arrepentidos de lo que habían hecho.

—Mamá tiene razón, Ginny —intervino Bill con ternura—. No puedes participar en esta lucha. Todos los menores de edad tendrán que marcharse. Es justo que así sea.

—¡No puedo irme! —gritó Ginny, anegada en lágrimas de rabia—. ¡Toda mi familia está aquí, no soporto quedarme esperando en casa, sola, sin enterarme de lo que pasa...!

Su mirada se cruzó con la de Harry por primera vez. Ginny lo miró suplicante, pero él negó con la cabeza, y ella se dio la vuelta, disgustada.

—De acuerdo —dijo con la vista clavada en la entrada del túnel que conducía al pub—. Está bien, me despediré de ustedes ahora y...

En ese momento se oyeron pasos y luego un fuerte golpazo: alguien más acababa de salir por el túnel, pero había perdido el equilibrio y se había caído. El recién llegado se levantó sujetándose a la primera butaca que encontró, miró alrededor a través de unas torcidas gafas de montura de concha farfulló:

—¿Llego tarde? ¿Ha empezado ya? Acabo de enterarme y... y...

Percy se quedó callado. Era evidente que no esperaba encontrarse a casi toda su familia allí reunida. Hubo un largo silencio de perplejidad, que, en un claro intento de reducir la tensión, Fleur interrumpió preguntándole a Lupin:

—Bueno, ¿cómo está el pequeño Teddy?

Lupin la miró parpadeando, atónito. Los miembros de la familia Weasley cruzaban miradas en silencio, un silencio compacto como el hielo.

—¡Ah! ¡Muy bien, gracias! —respondió Lupin en voz demasiado alta—. Sí, Tonks está con él, en casa de su madre.

Percy y los restantes Weasley seguían mirándose unos a otros, petrificados.

—¡Aquí tengo una fotografía! —exclamó Lupin. Y tras sacarla del bolsillo de la chaqueta se la enseñó a Fleur y Harry; en ella, un diminuto bebé con un mechón de pelo azul turquesa intenso miraba a la cámara agitando unos puños regordetes.

—¡Me comporté como un imbécil! —gritó Percy, tan fuerte que a Lupin casi se le cayó la fotografía de las manos—. ¡Me comporté como un idiota, como un pedante, como un...!

—Como un vendido del ministerio, como un desagradecido y como un tarado ansioso de poder —sentenció Fred.

—¡Tienes razón! —aceptó Percy.

—Bueno, no está del todo mal —dijo Fred tendiéndole la mano a su hermano.

La señora Weasley rompió a llorar. Apartó a Fred de un empujón, se abalanzó sobre Percy y le dio un fuerte abrazo, mientras él le daba palmaditas en la espalda mirando a su padre.

—Perdóname, papá —dijo Percy.

El señor Weasley parpadeó varias veces, y entonces también fue a abrazar a su hijo.

—¿Qué fue lo que te hizo entrar en razón, Perce? —preguntó George.

—Llevaba tiempo pensándolo —repuso Percy mientras, levantándose un poco las gafas, se enjugaba las lágrimas con una punta de su capa de viaje—. Pero tenía que encontrar una forma de salir del ministerio, y no era fácil porque ahora encarcelan a los traidores. Conseguí ponerme en contacto con Aberforth y hace sólo diez minutos me dijo que en Hogwarts se estaba preparando la batalla, así que... aquí me tienen.

—Así me gusta. Nuestros prefectos tienen que guiarnos en momentos difíciles —dijo George imitando el tono pomposo de Percy—. Y ahora subamos a pelear, o nos quitarán a los mejores mortífagos.

—Entonces, ahora somos cuñados, ¿no? —dijo Percy estrechándole la mano a Fleur mientras corrían hacia la escalera con Bill, Fred y George.

—¡Ginny! —gritó la señora Weasley.

Ginny, aprovechando la escena de la reconciliación, había intentado colarse también por la escalera.

—A ver qué te parece mi propuesta, Molly —dijo Lupin—: opino que Ginny debería quedarse aquí. Así, al menos estará cerca de la acción y sabrá qué sucede, pero no se meterá en la batalla.

—Yo...

—Me parece buena idea —decidió el señor Weasley—. Quédate en esta habitación, Ginny. ¿Me has entendido?

A Ginny no le gustó mucho la idea, pero al ver la inusual severidad de la mirada de su padre, asintió con la cabeza. Los señores Weasley y Lupin se dirigieron a la escalera.

—¿Dónde está Ron? —preguntó Harry—. ¿Y Hermione?

—Deben de haber subido ya al Gran Comedor —respondió el señor Weasley mirando hacia atrás.

—Yo no los he visto pasar —se extrañó Harry.

—Han dicho algo de unos lavabos —intervino Ginny—. Poco después de irte tú.

—¿Lavabos?

Harry cruzó la sala a grandes zancadas y abrió una puerta que daba a un cuarto de baño. Estaba vacío.

—¿Seguro que han dicho lava...?

Pero entonces sintió una terrible punzada en la cicatriz y la Sala de los Menesteres desapareció. Miraba a través de las altas verjas de hierro forjado, flanqueadas por pilares coronados con sendos cerdos alados, y observaba el castillo que, con todas las luces encendidas, se alzaba al fondo de los oscuros jardines. Llevaba a *Nagini* colgada sobre los hombros, y estaba poseído por esa fría y cruel determinación que lo invadía antes de matar.

31

La batalla de Hogwarts

El techo encantado del Gran Comedor estaba oscuro y salpicado de estrellas, y debajo, sentados alrededor de las cuatro largas mesas de las casas, se hallaban los alumnos, despeinados, algunos con capas de viaje y otros en pijama. Aquí y allá se veía brillar a los fantasmas del colegio, de un blanco nacarado. Todas las miradas —tanto las de los vivos como las de los muertos— se clavaban en la profesora McGonagall, que estaba hablando desde la tarima colocada en la cabecera del Gran Comedor. Detrás de ella se habían situado los otros profesores, entre ellos Firenze, el centauro de crin blanca, y los miembros de la Orden del Fénix que habían llegado para participar en la batalla.

—... el señor Filch y la señora Pomfrey supervisarán la evacuación. Prefectos: cuando dé la orden, organicen a los alumnos de la casa que les corresponda y conduzcan a sus pupilos ordenadamente hasta el punto de evacuación.

Muchos estudiantes estaban muertos de miedo. Sin embargo, mientras Harry bordeaba las paredes escudriñando la mesa de Gryffindor en busca de Ron y Hermione, Ernie Macmillan se levantó de la mesa de Hufflepuff y gritó:

—¿Y si queremos quedarnos y pelear?

Hubo algunos aplausos.

—Los que sean mayores de edad pueden quedarse —respondió la profesora McGonagall.

—¿Y nuestras cosas? —preguntó una chica de la mesa de Ravenclaw—. Los baúles, las lechuzas...

—No hay tiempo para recoger efectos personales. Lo importante es sacarlos de aquí sanos y salvos.

—¿Dónde está el profesor Snape? —gritó una chica de la mesa de Slytherin.

—El profesor Snape ha ahuecado el ala, como suele decirse —respondió la profesora, y los alumnos de Gryffindor, Hufflepuff y Ravenclaw estallaron en vítores.

Harry continuaba avanzando por el Gran Comedor ciñéndose a la mesa de Gryffindor, tratando de localizar a sus dos amigos. Al pasar, atraía las miradas de los alumnos c iba dejando tras de sí una estela de susurros.

—Ya hemos levantado defensas alrededor del castillo —prosiguió Minerva McGonagall—, pero, aun así, no podremos resistir mucho si no las reforzamos. Por tanto, me veo obligada a pedirles que salgan deprisa y con calma, y que hagan lo que sus prefectos...

Pero el final de la frase quedó ahogado por otra voz que resonó en todo el comedor. Era una voz aguda, fría y clara, y parecía provenir de las mismas paredes. Se diría que llevaba siglos ahí, latente, como el monstruo al que una vez había mandado.

—Sé que se están preparando para luchar. —Los alumnos gritaron y muchos se sujetaron unos a otros, mirando alrededor, aterrados, tratando de averiguar de dónde salía aquella voz—. Pero sus esfuerzos son inútiles; no pueden combatirme. No obstante, no quiero matarlos. Siento mucho respeto por los profesores de Hogwarts y no pretendo derramar sangre mágica.

El Gran Comedor se quedó en silencio, un silencio que presionaba los tímpanos, un silencio que parecía demasiado inmenso para que las paredes lo contuvieran.

—Entréguenme a Harry Potter —dijo la voz de Voldemort— y nadie sufrirá ningún daño. Entréguenme a Harry Potter y dejaré el colegio intacto. Entréguenme a Harry Potter y serán recompensados. Tienen tiempo hasta la medianoche.

El silencio volvió a tragarse a los presentes. Todas las cabezas se giraron, todas las miradas convergieron en Harry, y él se quedó paralizado, como si lo sujetaran mil haces de luz invisibles. Entonces se levantó alguien en la mesa de Slytherin, y Harry reconoció a Pansy Parkinson, que alzó una temblorosa mano y gritó:

—¡Pero si está ahí! ¡Potter está ahí! ¡Que alguien lo aprese!

Harry no tuvo tiempo de reaccionar, porque de pronto se vio rodeado de un torbellino: los alumnos de Gryffindor se levantaron todos a una y plantaron cara a los de Slytherin; a continuación se pusieron en pie los de la casa de Hufflepuff, y casi al mismo tiempo los de Ravenclaw, y se situaron todos de espaldas a Harry, mirando a Pansy. Harry, turbado y atemorizado, veía salir varitas mágicas por todas partes, de debajo de las capas y las mangas de sus compañeros.

—Gracias, señorita Parkinson —dijo la profesora McGonagall con voz entrecortada—. Usted será la primera en salir con el señor Filch. Y los restantes de su casa pueden seguirla.

Harry oyó el arrastrar de los bancos, y luego el ruido de los alumnos de Slytherin saliendo en masa desde el otro extremo del Gran Comedor.

—¡Y ahora, los alumnos de Ravenclaw! —ordenó McGonagall.

Las cuatro mesas fueron vaciándose poco a poco. La de Slytherin quedó completamente vacía, pero algunos alumnos de Ravenclaw —los mayores— permanecieron sentados mientras sus compañeros abandonaban la sala. De Hufflepuff se quedaron aún más alumnos, y la mitad de los de Gryffindor no se movieron de sus asientos, de modo que McGonagall tuvo que bajar de la tarima de los profesores para darles prisa a los menores de edad.

—¡Ni hablar, Creevey! ¡Te vas! ¡Y tú también, Peakes!

Harry corrió hacia los Weasley, que estaban juntos en la mesa de Gryffindor.

—¿Dónde están Ron y Hermione?

—¿No los has encon...? —masculló el señor Weasley, preocupado, pero no terminó la frase porque Kingsley había subido a la tarima para dirigirse a los que habían decidido quedarse a defender el colegio.

—¡Sólo falta media hora para la medianoche, así que no hay tiempo que perder! Los profesores de Hogwarts y la Orden del Fénix hemos acordado un plan. Los profesores Flitwick, Sprout y McGonagall subirán con tres grupos de combatientes a las tres torres más altas (Ravenclaw, Astronomía y Gryffindor), donde tendrán una buena panorámica general y una posición excelente para lanzar hechizos. Entretanto, Remus —señaló a Lupin—, Arthur —señaló al señor

Weasley— y yo iremos cada uno con un grupo a los jardines. Pero necesitamos que alguien organice la defensa de las entradas de los pasadizos que comunican el colegio con el exterior...

—Eso parece un trabajo hecho a medida para nosotros —dijo Fred señalándose a sí mismo y a George, y Kingsley mostró su aprobación con una cabezada.

—¡Muy bien! ¡Que los líderes suban a la tarima, y dividiremos a nuestras tropas!

—Potter —dijo la profesora McGonagall corriendo hacia él mientras los alumnos invadían la plataforma, empujándose unos a otros para que les asignaran una posición y recibir instrucciones—, ¿no tenías que buscar no sé qué?

—¿Cómo? ¡Ah! —exclamó Harry—. ¡Ah, sí!

Casi se había olvidado del Horrocrux, casi se había olvidado de que la batalla iba a librarse para que él pudiera buscarlo. La inexplicable ausencia de Ron y Hermione había apartado momentáneamente cualquier otro pensamiento de su mente.

—¡Pues vete, Potter, vete!

—Sí... de acuerdo...

Consciente de que todos lo seguían con la mirada, salió corriendo del Gran Comedor hacia el vestíbulo, donde aguardaban los alumnos que iban a ser evacuados. Dejó que lo arrastraran por la escalera de mármol, pero al llegar arriba se escabulló hacia un pasillo vacío. El pánico enturbiaba sus procesos mentales. Pese a ello, intentó serenarse, concentrarse en buscar el Horrocrux, pero sus pensamientos zumbaban, frenéticos e impotentes, como avispas atrapadas en un vaso. Sin la ayuda de Ron y Hermione, se sentía incapaz de poner en orden sus ideas. Así pues, redujo el paso y se detuvo hacia la mitad de un pasillo desierto; se sentó en el pedestal que una estatua había abandonado y sacó el mapa del merodeador. No veía los nombres de sus dos amigos por ninguna parte, aunque razonó que la densa masa de puntos que se dirigían hacia la Sala de los Menesteres quizá los ocultara. Guardó el mapa en el monedero, se tapó la cara con las manos y cerró los ojos tratando de concentrarse.

«Voldemort creyó que yo iría a la torre de Ravenclaw.»

¡Claro, ya lo tenía: un hecho concreto, un buen punto de partida! Voldemort había apostado a Alecto Carrow en la sala común de Ravenclaw, y eso sólo podía tener una explicación: él temía que Harry ya supiera que su Horrocrux estaba relacionado con esa casa.

El único objeto que al parecer se asociaba con Ravenclaw era la diadema perdida... Pero ¿cómo podía ser la diadema un Horrocrux? ¿Cómo era posible que Voldemort, un miembro de Slytherin, hubiera encontrado esa joya que varias generaciones de miembros de Ravenclaw no habían logrado recuperar? ¿Quién le habría dicho dónde tenía que buscarla, si nadie que viviera todavía la había visto jamás?

«Nadie que viviera todavía...»

Harry abrió los ojos y se destapó la cara; saltó del pedestal y echó a correr por donde había venido, persiguiendo su última esperanza. Por fin llegó a la escalera de mármol, ocupada por cientos de alumnos que desfilaban hacia la Sala de los Menesteres con gran alboroto, al tiempo que los prefectos gritaban instrucciones, intentando no perder de vista a los alumnos de sus respectivas casas. Los chicos se daban empujones; Harry vio que Zacharias Smith tiraba al suelo a un alumno de primer año para colocarse al principio de la cola; algunos de los alumnos más pequeños lloraban, mientras que otros llamaban ansiosamente a amigos y hermanos...

De pronto, Harry vio una figura de un blanco perlado flotando por el vestíbulo, y gritó a todo pulmón por encima de aquella hecatombe:

—¡Nick! ¡¡Nick!! ¡Necesito hablar contigo!

Se abrió paso a empujones entre la marea de alumnos, hasta que llegó al pie de la escalera, donde Nick Casi Decapitado, el fantasma de la torre de Gryffindor, lo esperaba.

—¡Harry! ¡Querido mío!

Nick hizo ademán de tomarle las manos, y el chico sintió como si se las hubieran sumergido en agua helada.

—Tienes que ayudarme, Nick. ¿Quién es el fantasma de la torre de Ravenclaw?

Nick Casi Decapitado se sorprendió y se mostró un poco ofendido.

—La Dama Gris, por supuesto. Pero si lo que necesitas son los servicios de un fantasma...

—La necesito a ella. ¿Sabes dónde está?

—Hum... Veamos...

La cabeza de Nick se bamboleó un poco sobre la gorgue-
ra de la camisa mientras la giraba de acá para allá mirando
por encima del hormiguero de alumnos.

—Es ésa de ahí, Harry, esa joven de cabello largo.

El muchacho miró en la dirección que indicaba el transparente dedo de Nick y vio a un fantasma de elevada estatura que, al darse cuenta de que lo miraban, arqueó las cejas y
desapareció a través de una pared.

Harry corrió tras la Dama Gris. Entró por la puerta del
pasillo por el que ella había desaparecido y la vio al fondo,
deslizándose con suavidad y alejándose de él.

—¡Espere! ¡Vuelva aquí!

El fantasma accedió a detenerse y se quedó flotando a
unos centímetros del suelo. A Harry le pareció guapa: la melena le llegaba hasta la cintura y la capa hasta los pies, pero
tenía un aire orgulloso y altanero. Al acercarse la reconoció:
se habían cruzado varias veces por los pasillos, aunque nunca había hablado con ella.

—¿Es usted la Dama Gris? —Ella asintió con un gesto . ¿Es usted el fantasma de la torre de Ravenclaw?

—Así es. —Su tono de voz no era muy alentador.

—Tiene que ayudarme, por favor. Necesito saber cualquier dato que tenga usted sobre la diadema perdida.

El fantasma esbozó una fría sonrisa y le dijo:

—Me temo que no puedo ayudarte. —Y se dio la vuelta.

—¡¡Espere!!

Harry no quería gritar, pero la rabia y el pánico amenazaban con apoderarse de él. Consultó su reloj mientras el
fantasma permanecía suspendido ante él: eran las doce menos cuarto.

—Es muy urgente —dijo con vehemencia—. Si esa diadema está en Hogwarts, tengo que encontrarla, y rápido.

—No creas que eres el primer alumno que la codicia
—dijo el fantasma con desdén—. Generaciones y generaciones de alumnos me han dado la lata para...

—¡No la quiero para sacar mejores notas! —le espetó
Harry—. Lo que deseo es derrotar a Voldemort. ¿Acaso no le
interesa eso?

El fantasma no podía sonrojarse, pero sus transparen-
tes mejillas se volvieron más opacas y, un poco acalorado,
respondió:

—Pues claro que... ¿Cómo te atreves a insinuar...?

—¡Pues entonces ayúdeme!

La Dama Gris estaba perdiendo la compostura.

—No se trata de... —balbuceó—. La diadema de mi madre...

—¿De su madre?

—En vida —dijo la Dama, como enfadada consigo misma—, yo era Helena Ravenclaw.

—¿Que usted es su hija? ¡Pues entonces ha de saber qué fue de esa joya!

—Aunque la diadema confiere sabiduría —repuso la Dama Gris intentando calmarse—, dudo que mejorara mucho tus posibilidades de vencer al mago que se hace llamar lord...

—¿No acabo de decírselo? ¡No me interesa ponérmela! —chilló Harry con fiereza—. ¡Ahora no tengo tiempo para explicárselo, pero si le importa Hogwarts, si quiere ver derrotado a Voldemort, tiene que decirme todo lo que sepa sobre la diadema!

La Dama Gris se quedó quieta, flotando, mientras miraba a Harry desde su elevada posición; al muchacho lo invadió una profunda desesperanza. Si aquel fantasma hubiera sabido algo, se lo habría contado a Flitwick o Dumbledore, que sin duda le habían hecho la misma pregunta. Desesperanzado, se dispuso a marcharse, pero el fantasma dijo en voz baja:

—Yo se la robé a mi madre.

—¿Quéeee? ¿Qué dice que hizo?

—Le robé la diadema —repitió Helena Ravenclaw con un susurro—. Quería ser más lista, más importante que mi madre. La robé y huí con ella.

Harry no sabía cómo se había ganado su confianza, pero no lo preguntó, sino que se limitó a escuchar con atención, y ella prosiguió:

—Dicen que mi madre nunca admitió que había perdido la diadema, y fingió que todavía la conservaba. Ocultó su pérdida y mi espantosa traición, incluso a los otros fundadores de Hogwarts.

»Pero mi madre enfermó gravemente. Y como, pese a mi perfidia, deseaba verme una vez más, le pidió a un hombre que siempre me amó, y al que yo siempre rechacé, que me buscara. Mi madre sabía que ese hombre no descansaría hasta encontrarme.

Harry esperó. El fantasma respiró hondo y, echando la cabeza atrás, prosiguió:

—Él me siguió la pista hasta el bosque donde me había escondido, pero como me negué a regresar con él, el barón se puso agresivo; siempre había sido un hombre muy irascible. Furioso por mi negativa y celoso de mi libertad, me apuñaló.

—Ha mencionado usted a un barón, ¿se refiere a...?

—El Barón Sanguinario, sí —confirmó la Dama Gris, y se apartó la capa revelando una oscura cicatriz en el blanco pecho—. Cuando vio lo que había hecho, lo abrumó el arrepentimiento, así que, con la misma arma que me había arrebatado la vida, se suicidó. Han pasado siglos desde aquel día, pero él todavía arrastra sus cadenas como acto de penitencia... Y así es como debe ser —añadió con amargura.

—¿Y... la diadema?

—Se quedó donde yo la escondí cuando oí al barón dando tumbos por el bosque, buscándome. La escondí dentro del tronco hueco de un árbol.

¿En el tronco hueco de un árbol? se asombró Harry—. ¿Y dónde está ese árbol?

—En un bosque de Albania. Un lugar solitario al que pensé que mi madre nunca llegaría.

—Albania —repitió Harry. Como por obra de un milagro, la confusión iba cobrando sentido, y de repente el chico entendió por qué Helena Ravenclaw le estaba contando lo que no había revelado a Dumbledore ni a Flitwick—. Usted ya le ha contado esta historia a alguien, ¿verdad? A otro estudiante, ¿no es así?

El fantasma cerró los ojos y asintió.

—Yo no sabía... Era tan... adulador... Me pareció que me comprendía, que me compadecía...

«Claro —pensó Harry—, Tom Ryddle debió de entender a la perfección el deseo de Helena Ravenclaw de poseer objetos fabulosos sobre los que no tenía ningún derecho.»

—Bueno, usted no fue la primera persona a la que Ryddle consiguió sonsacarle algo —murmuró Harry—. Sabía emplear sus encantos...

Así que Voldemort engatusó a la Dama Gris para que le revelara el paradero de la diadema perdida, y luego viajó hasta aquel remoto bosque y sacó la diadema de su escondite; quizá lo hizo nada más marcharse de Hogwarts, antes incluso de empezar a trabajar en Borgin y Burkes.

Y después, mucho más tarde, esos lejanos y solitarios bosques albaneses debieron de parecerle un refugio idóneo cuando necesitó un sitio donde esconderse. Y allí pasó diez largos años, sin que nadie lo molestara.

Pero después de convertir la diadema en un valioso Horrocrux, no la dejó en aquel humilde tronco, sino que la devolvió en secreto a su verdadero hogar, y debió de ponerla allí...

—¡La noche que vino a pedir trabajo! —exclamó Harry.

—¿Perdón?

—¡Escondió la diadema en el castillo la noche que le pidió a Dumbledore un empleo de profesor! —explotó Harry. Decirlo en voz alta le permitió entenderlo todo—. ¡Debió de esconderla cuando subió al despacho de Dumbledore, o cuando se marchó de allí! Pero de cualquier forma valía la pena intentar conseguir el empleo; así también tendría ocasión de robar la espada de Gryffindor... ¡Gracias, muchas gracias!

Harry la dejó flotando, completamente desconcertada. Al doblar una esquina camino del vestíbulo, miró la hora. Faltaban cinco minutos para la medianoche, y aunque al menos ya sabía qué era el último Horrocrux, no estaba más cerca de descubrir dónde estaba escondido...

Generaciones y generaciones de alumnos no habían logrado encontrar la joya; eso apuntaba a que no se hallaba en la torre de Ravenclaw. Pero si no estaba allí, ¿dónde podía estar? ¿Qué escondite había encontrado Tom Ryddle en el castillo de Hogwarts, qué lugar consideró capaz de guardar eternamente su secreto?

Perdido en sus elucubraciones, Harry dobló otra esquina y tan sólo había dado unos pasos por el siguiente pasillo cuando una ventana a su izquierda se abrió con gran estrépito. Se apartó de un salto, al mismo tiempo que un cuerpo gigantesco irrumpía por ella y se estrellaba contra la pared de enfrente. De inmediato una forma grande y peluda se separó gimoteando del caído y se arrojó sobre Harry.

—¡Hagrid! —gritó el chico intentando repeler las atenciones de *Fang*, el perro jabalinero, mientras el enorme y barbudo personaje se ponía en pie—. ¿Qué demonios...?

—¡Estás aquí, Harry! ¡Estás aquí!

Hagrid se encorvó, le dio un rápido y aplastante abrazo, y fue rápidamente hasta la destrozada ventana.

—¡Bien hecho, Grawpy! —bramó el guardabosques asomándose por el hueco—. ¡Nos vemos enseguida, te has portado muy bien!

A lo lejos, en los oscuros jardines, Harry vio destellos de luz y oyó un inquietante grito parecido a un lamento. Miró el reloj: era medianoche. La batalla había comenzado.

—Vaya, Harry —resolló Hagrid—, esto va en serio, ¿eh? ¿Listo para la lucha?

—¿De dónde sales, Hagrid?

—Oímos a Quien-tú-sabes desde nuestra cueva —respondió con gravedad—. El viento nos trajo su voz, ¿sabes? «Entréguenme a Harry Potter... Tienen tiempo hasta la medianoche.» Enseguida imaginé que estarías aquí y lo que sucedía. ¡Al suelo, *Fang*! Así que Grawpy, *Fang* y yo decidimos reunirnos contigo; nos colamos por la parte del muro de los jardines que linda con el bosque; Grawpy nos transportó sobre los hombros. Le dije que me llevara volando al castillo, y me ha lanzado por la ventana, pobrecillo. Eso no era exactamente lo que yo quería decir, pero... Oye, ¿dónde están Ron y Hermione?

—Buena pregunta. ¡Vamos!

Se pusieron en marcha y *Fang* los siguió con sus torpes andares. Harry oía movimiento en los pasillos —gente que corría, gritos— y por las ventanas continuaba viendo destellos de luz en los jardines en penumbra.

—¿Adónde vamos? —preguntó Hagrid resollando; iba corriendo detrás de Harry haciendo temblar el entarimado del suelo.

—No lo sé exactamente —contestó el muchacho, y tomó otro desvío al azar—, pero Ron y Hermione deben de estar por aquí.

Las primeras bajas de la batalla yacían desparramadas por el pasillo que enfilaron, pues un hechizo lanzado por una ventana había destrozado las dos gárgolas de piedra que custodiaban la entrada de la sala de profesores. Los restos, esparcidos por el suelo, todavía se movían un poco. Cuando Harry saltó por encima de una de las incorpóreas cabezas, ésta gimió débilmente: «No te preocupes por mí, me quedaré aquí y me desmenuzaré lentamente.»

Al ver aquella fea cara de piedra, a Harry le vino a la memoria el busto de mármol de Rowena Ravenclaw, provisto de aquel estrambótico tocado que había visto en casa de Xenophilius, y a continuación se acordó de la estatua de la torre de Ravenclaw, luciendo la diadema de piedra sobre los blancos rizos...

Y cuando llegó al final del pasillo, lo asaltó el recuerdo de una tercera efigie de piedra: la de un mago viejo y feo, en cuya cabeza él mismo había colocado una peluca y una deslucida diadema. La revelación le provocó una sensación parecida a la del whisky de fuego, y estuvo a punto de tropezar.

Por fin sabía dónde estaba esperándolo el Horrocrux.

Tom Ryddle, que no confiaba en nadie y siempre actuaba solo, había sido lo bastante arrogante para dar por hecho que sólo él conseguiría penetrar en los más profundos misterios del castillo de Hogwarts. Como es lógico, ni Dumbledore ni Flitwick, alumnos modélicos, habían entrado jamás en aquel lugar en concreto, pero Harry se había saltado las normas en más de una ocasión cuando estudiaba en el colegio. Y por fin acababa de descubrir un secreto que Voldemort y él conocían, pero que Dumbledore no había llegado a vislumbrar.

La profesora Sprout lo devolvió a la realidad al pasar a toda velocidad a su lado, seguida de Neville y media docena de alumnos más, todos provistos de orejeras y transportando enormes plantas en macetas.

—¡Son mandrágoras! —le gritó Neville a Harry por encima del hombro, sin detenerse—. ¡Vamos a lanzarlas al otro lado de los muros! ¡No les gustará nada!

Harry ya sabía adónde tenía que ir, así que aceleró el paso, y Hagrid y *Fang* lo siguieron. Pasaron por delante de un montón de retratos cuyas figuras —magos y brujas ataviados con camisas de gorgueras y bombachos, armaduras y capas— iban también de aquí para allá, apiñándose unos en los lienzos de los otros y transmitiéndose a gritos las noticias recibidas de otras partes del castillo. Al llegar al final del pasillo, todo el colegio tembló y Harry comprendió, al mismo tiempo que un gigantesco jarrón saltaba de su pedestal con una fuerza explosiva, que Hogwarts estaba siendo asolado por sortilegios más siniestros que los de los profesores y la Orden.

—¡Tranquilo, *Fang*! ¡No pasa nada! —gritó Hagrid, pero el enorme perro jabalinero salió huyendo, mientras fragmentos de porcelana saltaban por los aires como metralla. El guardabosques echó a correr tras el aterrorizado animal y dejó solo a Harry.

Empuñando la varita, el muchacho continuó adelante por pasillos que todavía temblaban, y a lo largo de uno de ellos la pequeña figura de sir Cadogan, a quien seguía a medio galope su rechoncho poni, corrió de lienzo en lienzo al lado de Harry, haciendo mucho ruido con la armadura y dándole gritos de ánimo:

—¡Bellacos! ¡Bribones! ¡Villanos! ¡Sinvergüenzas! ¡Échalos a todos de aquí, Harry Potter! ¡Acaba con ellos!

Harry dobló una esquina a toda prisa y encontró a Fred con un grupito de estudiantes, entre ellos Lee Jordan y Hannah Abbott, de pie junto a otro pedestal vacío, cuya estatua ocultaba un pasadizo secreto. Varitas en mano, escuchaban por el disimulado hueco, por si alguien atacaba por ahí.

—¡Menuda nochecita! —gritó Fred.

El castillo volvió a estremecerse y Harry pasó zumbando, eufórico y a la vez aterrorizado. Recorrió otro pasillo y vio lechuzas por todas partes; la *Señora Norris* bufaba e intentaba atraparlas con las patas, sin duda para devolverlas al lugar que les correspondía.

—¡Potter! —Aberforth Dumbledore se hallaba en medio de un pasillo blandiendo la varita—. ¡Cientos de chicos han entrado en tropel en mi pub, Potter!

—Ya lo sé. Estamos evacuando el castillo. Voldemort...

—... está atacando porque no te han entregado. Sí —replicó Aberforth—, no estoy sordo; lo ha oído todo Hogsmeade. ¿Y a ninguno de ustedes se le ha ocurrido tomar como rehenes algunos miembros de Slytherin? Hay hijos de mortífagos entre los alumnos que han enviado a un lugar seguro. ¿No habría sido más inteligente retenerlos aquí?

—Eso no habría detenido a Voldemort. Además, Aberforth, su hermano Albus nunca habría hecho una cosa así.

Aberforth soltó un gruñido y echó a correr en la dirección opuesta.

«Su hermano Albus nunca habría hecho una cosa así.» Bueno, era la verdad, pensó Harry al arrancar a correr de nuevo; Dumbledore, que durante tantos años defendió a Snape, jamás habría tomado alumnos como rehenes...

Entonces derrapó en otra esquina y, con un grito de alivio y furia a la vez, vio a Ron y Hermione, ambos cargados con unos enormes objetos amarillentos, curvados y sucios. Ron también llevaba una escoba debajo del brazo.

—¿Dónde demonios estaban metidos? —les gritó Harry.

—En la cámara secreta —contestó Ron.

—¡¿En dónde...?! —exclamó Harry, y se detuvo sin resuello.

—¡Ha sido idea de Ron! —explicó Hermione, que casi no podía respirar—. ¿Es un genio o no? Cuando te fuiste, le pregunté cómo íbamos a destruir el Horrocrux si lo encontrábamos. ¡Todavía no habíamos eliminado la copa! ¡Y entonces a Ron se le ocurrió pensar en el basilisco!

—Pero...

—Claro, algo con qué destruir los Horrocruxes —explicó Ron con sencillez.

Harry observó lo que sus dos amigos llevaban en los brazos: los enormes y curvados colmillos que habían arrancado —ahora lo comprendía— del cráneo del basilisco muerto.

—Pero ¿cómo lo han logrado si para entrar ahí hay que hablar pársel?

—¡Ron sabe hablar pársel! —saltó Hermione—. ¡Demuéstraselo!

Y el chico emitió un espantoso y estrangulado sonido silbante.

—Es lo que dijiste tú para abrir el guardapelo —le dijo a Harry como disculpándose—. Tuve que intentarlo varias veces, pero... —se encogió de hombros, modesto— al final logramos entrar.

—¡Ha estado sensacional! —exclamó Hermione—. ¡Sensacional!

—Entonces... —Harry intentaba atar cabos—. Entonces...

—Ya queda un Horrocrux menos —confirmó Ron, y de la chaqueta sacó los restos de la copa de Hufflepuff—. Se lo ha clavado Hermione. Me ha parecido justo que lo hiciera ella porque todavía no había tenido ese honor.

—¡Genial! —exclamó Harry.

—No es para tanto —dijo Ron, aunque se le veía satisfecho de sí mismo—. Bueno, ¿y tú qué has hecho?

En ese momento hubo una explosión en el piso superior. Los tres levantaron la vista y observaron cómo caía polvo del techo y oyeron un grito lejano.

—He averiguado cómo es la diadema, y también sé dónde está —les explicó Harry precipitadamente—. La escondió en el mismo sitio donde yo guardé mi viejo libro de Pociones, donde la gente lleva siglos escondiendo cosas. Y creyó que sólo él la encontraría. ¡Vamos!

Las paredes volvieron a temblar. Harry guió a sus amigos por la entrada oculta y por la escalera que conducía a la Sala de los Menesteres. Allí sólo quedaban tres mujeres: Ginny, Tonks y una bruja muy anciana con un sombrero apolillado, a la que Harry reconoció al instante: era la abuela de Neville.

—¡Ah, Potter! —dijo la anciana con desenvoltura—. Ahora podrás explicarnos qué está pasando.

—¿Están todos bien? —preguntaron Ginny y Tonks a la vez.

—Que nosotros sepamos, sí —respondió Harry—. ¿Todavía queda gente en el pasadizo que lleva a Cabeza de Puerco? —Era consciente de que la Sala de los Menesteres no se transformaría mientras quedara alguien dentro.

—Yo he sido la última que ha entrado por ahí —dijo la señora Longbottom—. Y lo he cerrado, porque no creo que sea conveniente dejarlo abierto ahora que Aberforth se ha marchado de su pub. ¿Has visto a mi nieto?

—Está combatiendo —contestó Harry.

—Claro —dijo la anciana con orgullo—. Perdónenme, pero tengo que ir a ayudarlo. —Y se encaminó hacia los escalones de piedra a una velocidad asombrosa.

—Creía que estabas con Teddy en casa de tu madre —le comentó Harry a Tonks.

—No podía soportarlo. Necesitaba saber... —Estaba muy angustiada—. Mi madre cuidará de él. ¿Has visto a Remus?

—Creo que planeaba llevar a un grupo de combatientes a los jardines...

Tonks no dijo nada más y se marchó a toda prisa.

—Ginny —dijo entonces Harry—, lo siento, pero tú también tendrás que irte, pero sólo un rato. Luego podrás volver.

Ginny recibió encantada la orden de abandonar su refugio.

—¡Luego has de volver! —le insistió Harry mientras la chica subía corriendo la escalera, detrás de Tonks—. ¡Tienes que volver!

—¡Espera un momento! —dijo de pronto Ron—. ¡Se nos olvidaba alguien!

—¿Quién? —preguntó Hermione.

—Los elfos domésticos. Deben de estar todos en la cocina, ¿no?

—¿Quieres decir que deberíamos ir a buscarlos para que luchen de nuestro lado? —preguntó Harry.

—No, no es eso —respondió Ron, muy serio—. Pero deberíamos sugerirles que abandonen el castillo; no queremos que corran la misma suerte que Dobby, ¿verdad? No podemos obligarlos a morir por nosotros.

En ese instante se oyó un fuerte estrépito: Hermione había soltado los colmillos de basilisco que llevaba en los brazos. Corrió hacia Ron, se le echó al cuello y le plantó un beso en la boca. El chico soltó también los colmillos y la escoba y le devolvió el beso con tanto entusiasmo que la levantó del suelo.

—¿Les parece que es el momento más oportuno? —preguntó Harry con un hilo de voz, y como no le hicieron ni caso, sino que se abrazaron aún más fuerte y se balancearon un poco, les gritó—: ¡Eh! ¡Que estamos en guerra!

Ambos se separaron un poco, pero siguieron abrazados.

—Ya lo sé, colega —dijo Ron con cara de atontado, como si acabaran de darle en la cabeza con una bludger—. Precisamente por eso. O ahora o nunca, ¿no?

—¡Piensa en el Horrocrux! —le soltó Harry—. ¿Crees que podrás aguantarte hasta que consigamos la diadema?

—Sí, claro, claro. Lo siento —se disculpó Ron, y con Hermione, ambos ruborizados, se ocuparon de recoger los colmillos del suelo.

Cuando llegaron al pasillo de arriba, comprobaron que en los pocos minutos que habían pasado en la Sala de los Menesteres la situación en el castillo había empeorado: las paredes y el techo retemblaban más que nunca, había mucho polvo suspendido en el aire y, a través de la ventana más cercana, Harry vio estallidos de luz verde y roja muy cerca de la planta baja del castillo, lo que indicaba que los mortífagos estaban a punto de entrar en el edificio. Miró entonces hacia abajo y vio pasar a Grawp, el gigante, quien bramaba enfurecido y blandía una gárgola de piedra desprendida del tejado.

—¡Espero que aplaste a bastantes mortífagos! —comentó Ron, y volvieron a resonar gritos cercanos.

—¡Mientras no sean de los nuestros! —dijo una voz. Harry se volvió y vio a Ginny y Tonks, ambas varitas en mano, apostadas en la ventana más próxima, a la que le faltaban varios cristales. Ginny lanzó un certero hechizo a un grupo de combatientes que intentaba entrar en el castillo.

—¡Bien hecho! —rugió una figura que corría hacia ellos a través de una nube de polvo, y Harry vio de nuevo a Aberforth, con el canoso cabello alborotado, guiando a un reducido grupo de alumnos—. ¡Parece que están abriendo una brecha en las almenas del ala norte! ¡Se han traído a sus gigantes!

—¿Has visto a Remus? —le preguntó Tonks.

—¡Estaba peleando con Dolohov! —gritó Aberforth—. ¡No lo he visto desde entonces!

—Seguro que está bien, Tonks —la tranquilizó Ginny—. Seguro que está bien...

Pero la bruja se había lanzado ya hacia la nube de polvo, detrás de Aberforth.

Ginny, impotente, se volvió hacia Harry, Ron y Hermione.

—No les pasará nada —dijo Harry, aunque sabía que sólo eran palabras de consuelo—. Volverán enseguida, Ginny. Tú apártate y quédate en un lugar seguro. ¡Vamos! —les dijo a sus dos amigos, y se fueron a toda velocidad hacia el trozo de pared detrás del cual la Sala de los Menesteres los esperaba para ofrecerles una nueva respuesta a sus necesidades.

«Necesito el sitio donde se esconde todo», le suplicó Harry mentalmente, y la puerta se materializó una vez que los chicos hubieron pasado tres veces por delante.

El fragor de la batalla se apagó en cuanto traspusieron el umbral y cerraron la puerta detrás de ellos; todo quedó en silencio. Se hallaban en un recinto del tamaño de una catedral que encerraba una ciudad entera de altísimas torres formadas por objetos que miles de alumnos, ya muertos, habían escondido en aquel lugar.

—¿Y no se dio cuenta de que cualquiera podía entrar aquí? —preguntó Ron, y su voz resonó en el silencio.

—Creyó que era el único capaz de hacerlo —repuso Harry—. Pero, desgraciadamente para él, yo también necesité esconder una cosa en mi época de... Por aquí —indicó—. Me parece que está ahí abajo.

Pasó por delante del trol disecado y el armario evanescente que Draco había reparado el año anterior con tan desastrosas consecuencias, pero se desorientó ante tantos callejones flanqueados por muros de chatarra; no recordaba por dónde tenía que ir...

—¡*Accio diadema!* —gritó Hermione presa de desesperación, pero la diadema no apareció volando. Al parecer, aquella sala, como la cámara de Gringotts, no iba a entregarles sus objetos ocultos tan fácilmente.

—Separémonos —propuso Harry—. Busquen un busto de piedra de un anciano con peluca y diadema. Lo puse encima de un armario, no puede estar muy lejos de aquí...

Echaron a correr por callejones adyacentes; Harry oía los pasos de Ron y Hermione resonando entre las altísimas montañas de chatarra formadas por botellas, sombreros, cajas, sillas, libros, armas, escobas, bates...

«Tiene que estar por aquí —se dijo—. Por aquí... por aquí...»

Se adentraba más y más en el laberinto buscando objetos que reconociera de su anterior incursión en aquel recinto. Oía el ruido de su propia respiración, hasta que de pronto tuvo la sensación de que hasta el alma le temblaba. Allí estaba, justo delante de él: el viejo y estropeado armario donde había escondido su antiguo libro de Pociones; y encima del mueble, el mago de piedra gastada con una peluca vieja y polvorienta y una antigua diadema descolorida.

Ya había estirado un brazo, aunque todavía estaba a tres metros del armario, cuando una voz dijo a sus espaldas:

—¡Quieto, Potter!

El muchacho se detuvo tras dar un patinazo y se dio la vuelta. Crabbe y Goyle estaban de pie detrás de él, hombro con hombro, apuntándolo con sus varitas. Por el espacio que quedaba entre sus burlonas caras, entrevió a Draco Malfoy.

—Esa varita que tienes en la mano es mía, Potter —dijo Malfoy apuntándolo con otra mientras se abría paso entre sus dos secuaces.

—Ya no lo es —replicó Harry entrecortadamente, y sujetó con más fuerza la varita de espino—. Quien pierde, paga, Malfoy. ¿De quién es la que tienes tú?

—De mi madre —contestó Draco.

Harry rió, aunque la situación no tenía nada de cómica. Ya no oía a sus dos amigos; debían de haberse alejado y tampoco ellos debían de oírlo a él.

—¿Qué hacen aquí? —preguntó Harry—. Me extraña que no estén con Voldemort.

—Nos van a recompensar —dijo Crabbe con una voz sorprendentemente dulce para tratarse de una persona tan corpulenta; era casi la primera vez que Harry lo oía hablar. Crabbe sonreía como un niño pequeño al que han prometido una gran bolsa de caramelos—. Nos quedamos en el colegio, Potter. Decidimos no marcharnos porque decidimos entregarte.

—¡Un plan fantástico! —exclamó Harry con fingida admiración.

No podía creer que, con lo que le había costado llegar hasta allí y lo cerca que estaba de lograr su objetivo, aquellos tres impresentables frustraran sus intenciones. Con mucha lentitud, fue acercándose al busto sobre el que reposaba el Horrocrux, torcido. Si pudiera tomarlo antes de que empezaran a pelear...

—¿Y cómo han entrado aquí? —preguntó con intención de distraerlos.

—El año pasado estuve más horas en la Sala de Objetos Ocultos que en cualquier otro sitio —dijo Malfoy con voz crispada—. Sé cómo se entra.

—Estábamos escondidos en el pasillo —informó Goyle—. ¡Ahora sabemos hacer encantamientos desilusionadores! Y entonces —añadió esbozando una sonrisa de bobo— apareciste tú y dijiste que estabas buscando una diadema. Por cierto, ¿qué es una diadema?

—¡Eh, Harry! —La voz de Ron resonó de repente al otro lado de la pared que Harry tenía a su derecha—. ¿Con quién hablas?

Crabbe sacudió la varita como si fuera un látigo apuntando a una montaña de quince metros de alto compuesta de muebles viejos, baúles rotos, túnicas y libros viejos y otros utensilios difíciles de identificar, y gritó:

—*¡Descendo!*

—¡Ron! —gritó Harry, al mismo tiempo que Hermione, a quien todavía no veía, gritaba también; entonces oyó cómo innumerables objetos caían al suelo al otro lado de la desestabilizada pared. Apuntó con su varita a la base de ésta y gritó—: *¡Finite!* —Eso detuvo la avalancha.

—¡No, quieto! —ordenó Malfoy sujetándole el brazo a Crabbe cuando éste intentaba repetir el hechizo—. ¡Si destrozas la habitación podrías enterrar esa diadema!

—¿Y qué más da? —se soliviantó Crabbe quitándose de encima a Draco—. Es a Potter a quien quiere el Señor Tenebroso. ¿Qué me importa a mí la diadema?

—Potter ha entrado aquí para tomarla —dijo Malfoy, impaciente ante la torpeza de sus colegas—, y eso debe de significar...

—¿«Debe de significar»? —Crabbe miró a Malfoy con ferocidad—. ¿A quién le importa lo que tú pienses? Yo ya no acepto tus órdenes, Draco. Tu padre y tú están acabados.

—¡Eh, Harry! —gritó Ron desde el otro lado de la pared de objetos—. ¿Qué está pasando?

—¡Eh, Harry! —lo imitó Crabbe—. ¿Qué está...? ¡No! ¡Potter! *¡Crucio!*

Harry se había lanzado sobre la diadema, pero la maldición de Crabbe pasó rozándolo y dio contra el busto de piedra, que saltó por los aires; la diadema salió despedida hacia arriba y luego se perdió de vista entre la masa de objetos sobre la que había ido a parar el busto.

—¡¡Basta!! —le gritó Malfoy a Crabbe, y su voz resonó en el enorme recinto—. El Señor Tenebroso lo quiere vivo...

—¿Y qué? No voy a matarlo, ¿de acuerdo? —explotó Crabbe, furioso, soltándose del brazo de Malfoy—. Pero si se me presenta la oportunidad, lo haré. Al fin y al cabo, el Señor Tenebroso quiere verlo muerto, ¿qué más da que...?

Un chorro de luz roja pasó rozando a Harry: Hermione había llegado corriendo por detrás de él y le había lanzado un hechizo aturdidor a Crabbe, y le habría dado en la cabeza si Malfoy no lo hubiera apartado de un empujón.

—¡Es esa sangre sucia! *¡Avada Kedavra!*

Harry vio cómo Hermione se lanzaba hacia un lado, y la rabia que le dio que Crabbe disparara a matar le borró de la mente todo lo demás. Sin vacilar le lanzó un hechizo aturdidor al chico, que se apartó tambaleándose y golpeó sin querer a Malfoy, haciendo que se le cayera la varita de la mano; la varita rodó por el suelo y se perdió bajo una montaña de cajas y muebles rotos.

—¡No lo maten! ¡¡No lo maten!! —ordenó Malfoy a sus compinches, que estaban apuntando a Harry; ambos vacilaron una milésima de segundo, suficiente para que Harry les gritara:

—¡*Expelliarmus!*

A Goyle le saltó la varita de la mano y él dio un brinco para atraparla en vuelo, pero la varita desapareció en el muro de objetos que había a su lado; Malfoy se apartó para esquivar otro hechizo aturdidor de Hermione. Ron apareció de repente al final del callejón y le lanzó una maldición de inmovilidad total a Crabbe, pero falló por poco.

Crabbe giró en redondo y gritó «¡*Avada Kedavra!*» una vez más. Ron saltó para esquivar el chorro de luz verde y se perdió de vista. Malfoy, que se había quedado sin varita, se agachó detrás de un ropero de tres patas mientras Hermione cargaba contra ellos y acertaba a lanzarle un hechizo aturdidor a Goyle.

—¡Está por aquí! —le gritó Harry señalando la montaña de objetos donde había caído la vieja diadema—. ¡Búscala mientras yo voy a ayudar a Ron!

—¡¡Harry, mira!! —gritó la chica.

Un rugido estruendoso lo previno del nuevo peligro que lo amenazaba. Se dio la vuelta y vio cómo Ron y Crabbe se acercaban a toda velocidad por el callejón.

—¿Tenías frío, canalla? —le gritó Crabbe mientras corría.

Pero al parecer éste no podía controlar lo que había hecho. Unas llamas de tamaño descomunal los perseguían, acariciando las paredes de objetos, que en contacto con el fuego se convertían en cenizas.

—¡*Aguamenti!* —bramó Harry, pero el chorro de agua que salió de la punta de su varita se evaporó enseguida.

—¡¡Corran!!

Malfoy sujetó a Goyle, que estaba aturdido, y lo arrastró por el suelo; Crabbe, con cara de pánico, les tomó la delantera a todos; Harry, Ron y Hermione salieron como flechas tras ellos, perseguidos por el fuego. Pero no era un fuego normal; Crabbe debía de haber utilizado alguna maldición que Harry no conocía. Al doblar una esquina, las llamas los siguieron como si tuvieran vida propia, o pudieran sentir y estuvieran decididas a matarlos. Entonces el fuego empezó a mutar y formó una gigantesca manada de bestias abrasadoras: llameantes serpientes, quimeras y dragones se alzaban y descendían y volvían a alzarse, alimentándose de objetos inservibles acumulados durante siglos, metiéndoselos en fauces provistas de colmillos o lanzándolos lejos con las garras de las patas; cientos de trastos saltaban por los aires antes de ser consumidos por aquel infierno.

Malfoy, Crabbe y Goyle habían desaparecido, y Harry, Ron y Hermione se detuvieron en seco. Los monstruos de fuego, sin parar de agitar las garras, los cuernos y las colas, los estaban rodeando. El calor iba cercándolos poco a poco, compacto como un muro.

—¿Qué hacemos? —gritó Hermione por encima del ensordecedor bramido del fuego—. ¿Qué hacemos?

—¡Aquí, deprisa, aquí!

Harry agarró un par de gruesas escobas de un montón de objetos y le lanzó una a Ron, que montó en ella con Hermione detrás. Harry montó en la otra y, dando fuertes pisotones en el suelo, los tres se elevaron y esquivaron por poco el pico con cuernos de un saurio de fuego que intentó atraparlos con las mandíbulas. El humo y el calor resultaban insoportables; debajo de ellos, el fuego maldito consumía los objetos de contrabando de varias generaciones de alumnos, los abominables resultados de un millar de experimentos prohibidos, los secretos de infinidad de personas que habían buscado refugio en aquella habitación. Harry no veía ni rastro de Malfoy ni de sus secuaces. Descendió cuanto pudo y sobrevoló a los monstruos ígneos, que seguían saqueándolo todo a su paso; los buscó, pero sólo veía fuego. ¡Qué forma tan espantosa de morir! Harry nunca había imaginado nada parecido.

—¡Salgamos de aquí, Harry! ¡Salgamos de aquí! —gritó Ron, aunque el denso y negro humo impedía ver dónde estaba la puerta.

Y entonces, en medio de aquella terrible conmoción, en medio del estruendo de las devoradoras llamas, Harry oyó un débil y lastimero grito.

—¡Es demasiado arriesgado! —gritó Ron, pero Harry viró en el aire. Como las gafas le protegían los ojos del humo, pasó por encima de la tormenta de fuego, buscando alguna señal de vida, una extremidad o una cara que todavía no estuviera calcinada.

Y entonces los vio: estaban encaramados en una frágil torre de pupitres calcinados, y Malfoy abrazaba a Goyle, que estaba inconsciente. Harry descendió en picada hacia ellos. Draco lo vio llegar y levantó un brazo; Harry se lo sujetó, pero al punto supo que no lo conseguiría: Goyle pesaba demasiado y la sudorosa mano de Malfoy resbaló al instante de su presa...

—¡¡Si morimos por su culpa, te mato, Harry!! —rugió Ron, y en el preciso instante en que una enorme y llameante quimera se abatía sobre ellos, entre Hermione y él subieron a Goyle a su escoba y volvieron a elevarse, cabeceando y balanceándose, mientras Malfoy se montaba en la de Harry.

—¡La puerta! ¡Vamos hacia la puerta! —gritó Malfoy al oído de Harry, y éste aceleró, yendo tras Ron, Hermione y Goyle a través de una densa nube de humo negro, casi sin poder respirar.

Las criaturas de fuego maldito lanzaban al aire con alborozo los pocos objetos que las llamas todavía no habían devorado, y por todas partes volaban copas, escudos, un destellante collar, una vieja y descolorida diadema...

—Pero ¿qué haces? ¿Qué haces? ¡La puerta está por allí! —gritó Malfoy, pero Harry dio un brusco viraje y descendió en picada. La diadema caía como a cámara lenta, girando hacia las fauces de una serpiente, y de pronto se ensartó en la muñeca de Harry...

El chico volvió a virar al ver que la serpiente se lanzaba hacia él; voló hacia arriba y fue derecho hacia el sitio donde, si no calculaba mal, estaba la puerta, abierta. Ron, Hermione y Goyle habían desaparecido, y Malfoy chillaba y se sujetaba a Harry tan fuerte que le hacía daño. Entonces, a través del humo, Harry atisbó un rectángulo en la pared y dirigió la escoba hacia allí. Unos instantes más tarde, el aire limpio le llenó los pulmones y se estrellaron contra la pared del pasillo que había detrás de la puerta.

Malfoy quedó tumbado boca abajo, jadeando, tosiendo y dando arcadas; Harry rodó sobre sí, se incorporó y comprobó que la puerta de la Sala de los Menesteres se había esfumado y Ron y Hermione estaban sentados en el suelo, jadeando, al lado de Goyle, todavía inconsciente.

—Crabbe —murmuró Malfoy nada más recobrar la voz—. Crabbe...

—Está muerto —dijo Harry con aspereza.

Se quedaron callados; sólo se oían sus toses y jadeos. En ese momento, una serie de fuertes golpes sacudió el castillo y acto seguido un nutrido grupo de jinetes traslúcidos pasó al galope; todos llevaban la cabeza bajo el brazo y chillaban, sedientos de sangre. Cuando hubo pasado el Club de Cazadores sin Cabeza, Harry se puso en pie trabajosamente, echó una ojeada alrededor y comprobó que todavía se estaba librando una encarnizada batalla. Oyó gritos que no eran de los jinetes decapitados y lo invadió el pánico.

—¿Dónde está Ginny? —preguntó de repente—. ¡Estaba aquí! ¡Tenía que volver a la Sala de los Menesteres!

—Caramba, ¿crees que seguirá funcionando después de ese incendio? —repuso Ron, pero él también se levantó del suelo, frotándose el pecho y mirando a derecha e izquierda—. ¿Por qué no nos separamos y...?

—No —dijo Hermione poniéndose en pie. Malfoy y Goyle seguían desplomados en el suelo del pasillo, derrotados; ninguno de los dos tenía varita—. Mantengámonos juntos. Yo propongo que vayamos... ¡Harry! ¿Qué es eso que tienes en el brazo?

—¿Qué? ¡Ah, sí!

Se quitó la diadema de la muñeca y la sostuvo en alto. Todavía estaba caliente y manchada de hollín, pero al examinarla de cerca vio las minúsculas palabras que tenía grabadas: «Una inteligencia sin límites es el mayor tesoro de los hombres.»

Una sustancia densa y oscura, de textura parecida a la sangre, goteaba de aquel objeto. Entonces la diadema empezó a vibrar intensamente y un instante después se le partió en las manos. Al mismo tiempo le pareció oír un débil y lejano grito de dolor que no provenía de los jardines del castillo, sino de la propia diadema que acababa de romperse entre sus dedos.

—¡Debe de haber sido el Fuego Maligno! —gimoteó Hermione sin apartar la vista de los trozos de diadema.

—¿Qué?

—El Fuego Maligno, o fuego maldito, es una de las sustancias que destruyen los Horrocruxes, pero jamás me habría atrevido a utilizarlo, es muy peligroso. ¿Cómo habrá sabido Crabbe...?

—Deben de habérselo enseñado los Carrow —dijo Harry con desprecio.

—Pues es una lástima que no prestara atención cuando explicaron qué se tenía que hacer para detenerlo —dijo Ron, que tenía el pelo chamuscado, igual que Hermione, y la cara tiznada—. Si no hubiera intentado matarnos a todos, lamentaría que haya muerto.

—Pero ¿no se dan cuenta? —susurró Hermione—. Eso significa que si atrapamos a la serpiente...

Pero no terminó la frase, porque el pasillo se llenó de gritos y berridos, y de los inconfundibles ruidos de un combate de duelistas. Harry echó un vistazo alrededor y sintió que el corazón se le paraba: los mortífagos habían penetrado en Hogwarts. Fred y Percy acababan de aparecer en escena, luchando contra sendas figuras con máscara y capucha.

Los tres amigos acudieron rápidamente en su ayuda; salían disparados chorros de luz en todas las direcciones, y el tipo que peleaba con Percy se retiró a toda prisa; le resbaló la capucha y los chicos vieron una protuberante frente y una negra melena con mechones plateados...

—¡Hola, señor ministro! —gritó Percy, y le lanzó un certero embrujo a Thicknesse, que soltó la varita mágica y se palpó la parte delantera de la túnica, al parecer aquejado de fuertes dolores—. ¿Le he comentado que he dimitido?

—¡Bromeas, Perce! —gritó Fred al mismo tiempo que el mortífago con quien peleaba se derrumbaba bajo el peso de tres hechizos aturdidores. Thicknesse había caído al suelo y le salían púas por todo el cuerpo; era como si se estuviera transformando en una especie de erizo de mar. Fred miró a Percy con cara de regocijo—. ¡Sí, Perce, estás bromeando! Creo que es la primera vez que te oigo explicar chistes desde que...

En ese instante se produjo una fuerte explosión. Los cinco muchachos formaban un grupo junto a los dos mortífagos —uno aturdido y el otro transformado—, y en cuestión de una milésima de segundo, cuando ya creían tener controlado el peligro, fue como si el mundo entero se desgarrara.

Harry saltó por los aires, y lo único que atinó a hacer fue agarrar tan fuerte como pudo el delgado trozo de madera que era su única arma y protegerse la cabeza con ambos brazos. Oyó los gritos de sus compañeros, pero ni siquiera se planteó saber qué les había pasado...

El mundo había quedado reducido a dolor y penumbra. Harry estaba medio enterrado en las ruinas de un pasillo que había sufrido un ataque brutal. Sintió un aire frío y comprendió que todo ese lado del castillo se había derrumbado; notaba una mejilla caliente y pegajosa, y dedujo que sangraba copiosamente. Entonces oyó un grito desgarrador que lo sacudió por dentro, un grito que expresaba una agonía que no podían causar ni las llamas ni las maldiciones, y se levantó tambaleante. Estaba más asustado que en ningún otro momento de ese día; más asustado, quizá, de lo que jamás había estado en su vida.

Hermione también intentaba ponerse en pie en medio de aquel estropicio, y había tres pelirrojos agrupados en el suelo, junto a los restos de la pared derrumbada. Harry tomó a Hermione de la mano y fueron a trompicones por encima de las piedras y los trozos de madera.

—¡No! ¡No! —oyeron gritar—. ¡No! ¡Fred! ¡No!

Percy zarandeaba a su hermano, Ron estaba arrodillado a su lado, y los ojos de Fred miraban sin ver, todavía con el fantasma de su última risa grabado en el rostro.

32

La Varita de Saúco

Si el mundo había terminado, ¿por qué no cesaba la batalla? ¿Por qué el castillo no quedaba sumido en ese silencio que impone el horror y por qué los combatientes no abandonaban las armas? La mente de Harry había entrado en caída libre, semejante a un torbellino descontrolado, incapaz de entender lo imposible, porque Fred Weasley no podía estar muerto, las pruebas que le evidenciaban todos sus sentidos debían de ser falsas...

Vieron caer un cuerpo por el boquete abierto en la fachada del colegio, por donde entraban las maldiciones que les lanzaban desde los oscuros jardines.

—¡Agáchense! —ordenó Harry bajo una lluvia de maldiciones que se estrellaban contra la pared a sus espaldas.

Ron y él habían sujetado a Hermione y la habían obligado a tirarse al suelo, pero Percy estaba tumbado sobre el cadáver de Fred, protegiéndolo de nuevos ataques, y cuando Harry le gritó: «¡Vamos, Percy, tenemos que movernos!», el chico se negó.

—¡Percy! —Harry vio cómo las lágrimas surcaban la mugre que cubría la cara de Ron cuando éste tomó a su hermano por los hombros y tiró de él, pero Percy se negaba a moverse—. ¡No puedes hacer nada por él! Nos van a...

En ese momento Hermione soltó un chillido. Harry no tuvo que preguntar por qué: una monstruosa araña del tamaño de un coche pequeño intentaba colarse por el enorme boquete de la pared; un descendiente de *Aragog* se había unido a la lucha.

Ron y Harry lanzaron a la vez sus hechizos, que colisionaron, y el monstruo salió despedido hacia atrás, agitando las patas de forma repugnante antes de perderse en la oscuridad.

—¡Ha venido con sus amigos! —informó Harry a los demás. Asomado al boquete que las maldiciones habían abierto en el muro, observaba cómo otras arañas gigantes trepaban por la fachada del edificio, liberadas del Bosque Prohibido, donde debían de haber penetrado los mortífagos.

El muchacho les lanzó hechizos aturdidores y provocó la caída de la que venía en cabeza encima de las demás, de modo que todas rodaron edificio abajo y se perdieron de vista. Las maldiciones continuaban pasándole tan cerca de la cabeza que le levantaban el cabello.

—¡Larguémonos ya! —urgió.

Empujó a Hermione hacia Ron y se agachó para tomar a Fred por las axilas. Percy, al percatarse de lo que Harry intentaba hacer, dejó de aferrarse al cadáver de su hermano y lo ayudó; juntos, agachados para esquivar los hechizos que les arrojaban desde el exterior, sacaron a Fred de allí.

—Mira, ahí mismo —indicó Harry, y lo pusieron en un nicho desocupado por una armadura.

No soportaba ver a Fred ni un segundo más de lo necesario, y tras asegurarse de que el cadáver estaba bien escondido, salió corriendo detrás de Ron y Hermione. Malfoy y Goyle se habían esfumado, pero al final del pasillo, repleto de polvo, fragmentos de yeso y piedra y cristales rotos, había un montón de gente; unos avanzaban y otros retrocedían, aunque Harry no pudo distinguir si eran amigos o enemigos. Al llegar a un recodo, Percy soltó un rugido atronador diciendo «¡¡Rookwood!!», y fue tras un individuo alto que perseguía a un par de estudiantes.

—¡Aquí, Harry! —chilló Hermione.

Ella se hallaba detrás de un tapiz sujetando a Ron. Parecía que forcejeaban, y al principio Harry tuvo la descabellada impresión de que volvían a besarse, pero enseguida vio que Hermione intentaba retenerlo para que no se marchara corriendo detrás de Percy.

—¡Escúchame! ¡Escúchame, Ron!

—¡Quiero ayudar! ¡Quiero matar mortífagos!

El chico tenía la cara desencajada, manchada de polvo y humo, y temblaba de rabia y dolor.

—¡Nosotros somos los únicos que podemos acabar con Voldemort, Ron! ¡Por favor, escúchame! ¡Necesitamos capturar a la serpiente, tenemos que matarla! —le decía Hermione.

Pero Harry comprendía cómo se sentía su amigo: buscar otro Horrocrux no le proporcionaría la satisfacción de la venganza. Él también quería pelear, castigar a los asesinos de Fred y encontrar a los otros Weasley, y por encima de todo quería asegurarse de que Ginny no... No, no permitiría que esa idea se formara en su mente...

—¡Lucharemos! —exclamó Hermione—. ¡Tendremos que luchar para llegar hasta la serpiente! ¡Pero no perdamos de vista nuestro objetivo! ¡Les repito que somos los únicos que podemos acabar con Voldemort! —Mientras hablaba, se enjugaba las lágrimas con una manga chamuscada y desgarrada, pero respiraba hondo para calmarse. Sin dejar de sujetar a Ron, se volvió hacia Harry y le espetó—: Tienes que enterarte del paradero de Voldemort, porque la serpiente debe de estar con él, ¿no? ¡Hazlo, Harry! ¡Entra en su mente!

¿Por qué le resultó tan fácil? ¿Tal vez porque la cicatriz llevaba horas ardiéndolo, ansiosa por mostrarle los pensamientos del Señor Tenebroso? Cerró los ojos obedeciendo a Hermione, y al instante los gritos, los estallidos y todos los estridentes sonidos de la batalla fueron disminuyendo hasta quedar reducidos a un lejano rumor, como si él estuviera lejos, muy lejos de allí...

Se hallaba en medio de una habitación que, pese a la atmósfera tétrica que destilaba, le resultaba extrañamente familiar. Las paredes estaban empapeladas y todas las ventanas, excepto una, cegadas con tablones, de manera que los ruidos del asalto al castillo llegaban amortiguados. Por esa única ventana se veían destellos de luz alrededor del colegio, pero dentro de la habitación estaba oscuro, pues sólo había una lámpara de aceite.

Hacía rodar la varita mágica con los dedos, examinándola, mientras pensaba en la Sala de Objetos Ocultos, esa sala secreta que sólo él había encontrado, la sala que, como la cámara secreta, sólo si eras listo, astuto y muy curioso podías descubrir. Estaba convencido de que el chico no hallaría la diadema, aunque el títere de Dumbledore había llegado mucho más lejos de lo que él imaginara jamás. Demasiado lejos...

—Mi señor —dijo una angustiada y cascada voz, y él se dio la vuelta. Allí estaba Lucius Malfoy, sentado en el rincón más oscuro, con la ropa hecha jirones y evidentes marcas del castigo que había recibido después de la anterior huida de Harry; además, tenía un ojo cerrado e hinchado—. Le ruego, mi señor... Mi hijo...

—Si tu hijo muere, Lucius, no será por culpa mía, sino porque no acudió en mi ayuda como los restantes miembros de Slytherin. ¿No habrá decidido hacerse amigo de Harry Potter?

—No, no. Eso jamás —susurró Malfoy.

—Más te vale.

—¿No teme, mi señor, que Potter muera a manos de alguien que no sea usted? —preguntó Malfoy con voz temblorosa—. Perdóneme, pero ¿no sería más prudente suspender esta batalla, entrar en el castillo y... buscar usted mismo al chico?

—No finjas, Lucius. Quieres que cese la batalla para saber qué ha sido de tu hijo. Y yo no necesito buscar a Potter. Antes del amanecer, él habrá venido a buscarme a mí.

Y volvió a contemplar la varita que sostenía. Le preocupaba que... Y cuando algo preocupaba a lord Voldemort, había que solucionarlo.

—Ve a buscar a Snape.

—¿A... Snape, mi señor?

—Sí, eso he dicho. Ahora mismo. Lo necesito. Tengo que pedirle que me preste un... servicio. ¡Ve a buscarlo!

Asustado y tambaleándose un poco en la penumbra, Lucius salió de la habitación. Voldemort siguió allí de pie, haciendo girar de nuevo la varita entre los dedos y sin dejar de observarla.

—Es la única forma, *Nagini* —susurró. Miró la larga y gruesa serpiente, suspendida en el aire, retorciéndose con gracilidad dentro del espacio encantado y protegido que él le había preparado: una esfera transparente y estrellada, a medio camino entre una jaula y un terrario.

Harry sofocó una exclamación, se echó hacia atrás y abrió los ojos; al mismo tiempo, los alaridos y gritos, los golpes y estallidos de la batalla le asaltaron los oídos.

—Está en la Casa de los Gritos en compañía de la serpiente; la ha rodeado de algún tipo de protección mágica. Y acaba de enviar a Lucius Malfoy a buscar a Snape.

—¿Que Voldemort está tan tranquilo en la Casa de los Gritos? —dijo Hermione, indignada—. ¿No está...? ¿Ni se ha dignado pelear?

—Cree que no necesita hacerlo, y está seguro de que voy a ir a buscarlo.

—Pero ¿por qué?

—Porque ya sabe que voy tras los Horrocruxes, y como no se separa de *Nagini*, no me quedará más remedio que encontrarme con él si quiero acercarme a la serpiente.

—De acuerdo —dijo Ron poniéndose derecho—. Pues no puedes ir. Eso es lo que él quiere, lo que espera que hagas. Tú te quedas aquí cuidando de Hermione, y yo iré y tomaré...

Harry lo interrumpió:

—Son ustedes dos quienes se quedan aquí. Yo me pondré la capa invisible, iré allá y volveré tan pronto como...

—No —terció Hermione—, es mucho mejor que me ponga yo la capa y...

—Ni lo sueñes —le gruñó Ron.

Antes de que Hermione lograra decir algo más que «Ron, yo estoy igual de capacitada que...», el tapiz tras el que se habían ocultado, que disimulaba el acceso a una escalera, se desgarró de arriba abajo.

—¡¡Potter!!

Acababan de aparecer dos mortífagos enmascarados, pero, sin darles tiempo a que levantaran las varitas, Hermione exclamó:

—¡*Glisseo!*

Los peldaños de la escalera se aplanaron formando un tobogán y los tres amigos se lanzaron por él; no podían controlar la velocidad, pero iban tan deprisa que los hechizos aturdidores de los mortífagos les pasaban por encima de la cabeza. Atravesaron como flechas otro tapiz que colgaba al pie de la escalera y rodaron por el suelo hasta dar contra la pared de enfrente.

—¡*Duro!* —gritó Hermione apuntando con la varita al tapiz, que se volvió de piedra, y enseguida se oyeron dos fuertes golpes cuando los mortífagos que los perseguían se estrellaron contra él.

—¡Apártense! —gritó entonces Ron, y los tres amigos se pegaron contra una puerta.

Un instante después, pasó con gran estruendo una horda de pupitres galopantes dirigidos por la profesora McGonagall, que corría delante de ellos. La profesora, desmelenada y con un tajo en una mejilla, no vio a los chicos. Cuando dobló la esquina, la oyeron gritar:

—¡¡A la carga!!

—Ponte tú la capa, Harry —dijo Hermione—. Nosotros no...

Pero Harry también se la echó por encima. Pese a que los tres eran muy altos, el muchacho dudaba que alguien se fijara en sus incorpóreos pies con el abundante polvo suspendido por todas partes, las piedras que caían del techo y el resplandor de los hechizos.

Bajaron por la siguiente escalera y llegaron a un pasillo abarrotado de duelistas. En los retratos que había a ambos lados de los combatientes se agolpaban figuras que daban consejos y gritos de ánimo, mientras los mortífagos, unos con máscara y otros sin ella, peleaban contra alumnos y profesores. Dean había conseguido una varita y se enfrentaba a Dolohov, y Parvati luchaba contra Travers. Harry y sus dos amigos alzaron las varitas a la vez, listos para pelear, pero los duelistas se contorsionaban de tal modo y corrían tanto de un lado para otro que, si los chicos lanzaban alguna maldición, podían herir a alguno de los suyos. Mientras estaban allí clavados, esperando la oportunidad de atacar, se oyó un fuerte «¡Aaaaaah!» y Harry vio a Peeves volando por encima de ellos y lanzándoles vainas de snargaluff a los mortífagos, cuyas cabezas quedaron de pronto envueltas por unos tubérculos verdes que se retorcían como gruesos gusanos.

—¡Nooo!

Un puñado de tubérculos había ido a parar sobre la cabeza de Ron, oculta bajo la capa invisible; las resbaladizas y verdes raíces quedaron misteriosamente suspendidas en el aire mientras Ron intentaba librarse de ellas.

—¡Ahí hay alguien invisible! —gritó uno de los mortífagos enmascarados apuntando hacia los chicos.

Dean aprovechó la brevísima distracción del mortífago y lo derribó con un hechizo aturdidor. Dolohov intentó contraatacar, pero Parvati le lanzó una maldición de inmovilidad total.

—¡¡Larguémonos!! —gritó Harry.

Los tres se ciñeron la capa invisible y echaron a correr —agachados, zigzagueando entre los combatientes, resbalando en los charcos de jugo de snargaluff— hacia lo alto de la escalinata de mármol con la intención de bajar hasta el vestíbulo.

—¡Soy Draco! ¡Soy Draco Malfoy! ¡Estoy en el mismo bando que tú!

Draco se hallaba en el descansillo superior suplicándole a otro mortífago enmascarado. Harry aturdió al mortífago al pasar por su lado; Malfoy miró alrededor, sonriente, buscando a su salvador, y Ron le propinó un puñetazo sin sacar el brazo de la capa. Draco cayó hacia atrás encima del mortífago, sangrando por la boca y completamente desconcertado.

—¡Es la segunda vez que te salvamos la vida esta noche, canalla traidor! —le gritó Ron.

Había más duelistas por la escalinata y en el vestíbulo, y Harry veía mortífagos por todas partes: Yaxley, cerca de la puerta principal, peleaba con Flitwick, y a su lado otro mortífago enmascarado luchaba contra Kingsley; los alumnos se desplazaban deprisa en todas las direcciones, algunos cargando con compañeros heridos o arrastrándolos. Harry le lanzó un hechizo aturdidor a un mortífago enmascarado, pero no le acertó y estuvo a punto de darle a Neville, quien había aparecido de repente blandiendo una enorme *Tentacula venenosa* que se enrolló, gozosa, alrededor del primer mortífago que encontró y se dispuso a tirar de él.

Harry, Ron y Hermione bajaron veloces por la escalinata de mármol. A su izquierda cayeron cristales, y el reloj de arena de Slytherin que registraba los puntos de la casa derramó sus esmeraldas por el suelo; al pisarlas, la gente resbalaba y perdía el equilibrio. Cuando los chicos llegaron al vestíbulo, dos cuerpos se precipitaron desde la barandilla de la escalinata, y una masa de color gris que parecía un animal trotó a cuatro patas hacia el vestíbulo y le hincó los dientes a uno de los que acababan de caer.

—¡¡Nooo!! —gritó Hermione; su varita produjo un ensordecedor estallido y Fenrir Greyback salió despedido hacia atrás y soltó a Lavender Brown, que quedó tendida en el suelo, casi inmóvil.

Greyback chocó contra la barandilla de mármol y se levantó a duras penas del suelo; entonces hubo un reluciente y blanco chasquido y, con un fuerte golpe, una bola de cristal le cayó en la cabeza. El hombre lobo se derrumbó y esta vez ya no se movió.

—¡Tengo más! —gritó la profesora Trelawney desde lo alto de la balaustrada—. ¡Hay para todos! ¡Toma!

Y haciendo con el brazo un movimiento parecido a un saque de tenis, extrajo otra enorme esfera de cristal de su bolso, agitó la varita e hizo que la bola recorriera el vestíbulo a toda velocidad y se estrellara contra una ventana. Al mismo tiempo, las macizas puertas de madera se abrieron de golpe y más arañas gigantes irrumpieron por la entrada principal del castillo.

Los gritos de terror hendieron el aire, los combatientes, tanto los mortífagos como los defensores de Hogwarts, se dispersaron y chorros de luz roja y verde volaron hacia los monstruos recién llegados, que se sacudieron y encabritaron, más aterradores que nunca.

—¿Cómo salimos de aquí? —preguntó Ron intentando hacerse oír por encima del alboroto, pero antes de que Harry o Hermione le contestaran fueron derribados de un empujón: Hagrid había bajado con gran estruendo por la escalinata, enarbolando su paraguas rosa floreado.

—¡No les hagan daño! ¡No les hagan daño! —gritó.

—¡¡Quieto, Hagrid!!

Harry olvidó cualquier precaución y salió de debajo de la capa, aunque se agachó para evitar las maldiciones que iluminaban el vestíbulo.

—¡¡Vuelve, Hagrid!!

Pero todavía le quedaba un buen tramo para alcanzar al guardabosques cuando vio cómo éste se perdía entre las arañas. Con un aparatoso corretear, pululando de forma repugnante, las bestias se retiraron ante la avalancha de hechizos, y Hagrid quedó sepultado entre ellas.

—¡¡Hagrid, Hagrid!!

Harry oyó que alguien gritaba su nombre, y no le importó si era amigo o enemigo: bajó precipitadamente los escalones de piedra de la entrada y llegó al oscuro jardín. Las arañas se retiraban con su presa, pero el muchacho no veía al guardabosques por ninguna parte.

—¡¡Hagrid, Hagrid!!

Le pareció atisbar un brazo enorme que se agitaba entre el enjambre de arácnidos, pero cuando se lanzó en su persecución, se lo impidió un pie monumental que salió de la oscuridad e hizo temblar el suelo. Al alzar la vista, comprobó que tenía ante sí a un gigante de seis metros; ni siquiera le veía la cabeza, pues la luz que salía por la puerta del castillo sólo le iluminaba las peludas pantorrillas, gruesas como troncos. Con un único, brutal y fluido movimiento, el gigante golpeó con un inmenso puño una de las altas ventanas, y a Harry le cayó encima una lluvia de cristales que lo obligó a retroceder y protegerse bajo el umbral de la puerta.

—¡Qué horror! —gritó Hermione.

Ron y ella alcanzaron a Harry y miraron hacia arriba; el gigante había introducido un brazo por la ventana e intentaba agarrar a alguien.

—¡¡No lo hagas!! —bramó Ron sujetándole la mano a Hermione, que había alzado la varita—. ¡Si lo aturdes destrozará el castillo!

—¿JAGI?

Grawp llegó dando bandazos desde la parte posterior del castillo, y Harry se percató de que el hermanastro de Hagrid era un gigante de menor estatura. Al verlo, el descomunal monstruo que intentaba aplastar a los combatientes de los pisos superiores soltó un rugido, y cuando echó a andar hacia ese otro ejemplar más pequeño de su raza, los peldaños de mármol temblaron. Grawp abrió la torcida boca, mostrando unos dientes amarillos del tamaño de ladrillos, y los dos gigantes embistieron uno contra otro con ferocidad propia de leones.

—¡¡Corran!! —bramó Harry.

Los gigantes forcejeaban, lanzaban gritos horrendos y se daban golpes bestiales. El muchacho tomó de la mano a Hermione y bajó de nuevo como una exhalación los escalones de piedra que llevaban a los jardines; Ron iba en retaguardia. Harry no había perdido la esperanza de encontrar y salvar a Hagrid; corría tanto que casi habían llegado al Bosque Prohibido cuando volvieron a detenerse.

De repente sintieron un frío atroz. A Harry se le cortó la respiración, como si el aire se le hubiera solidificado en los pulmones. Unas sinuosas siluetas de concentrada negrura se movían en la oscuridad, desplazándose como una gran ola hacia el castillo; llevaban las caras cubiertas con capuchas y emitían un ruido vibrante al respirar.

Ron y Hermione se pegaron a Harry, y a continuación el fragor de la batalla se amortiguó hasta casi apagarse, porque un silencio que sólo los dementores podían producir cayó como un pesado manto cubriéndolo todo.

—¡Vamos, Harry! —lo instó Hermione desde muy lejos—. ¡Los *patronus*, Harry! ¡Rápido!

El muchacho levantó la varita mágica, pero lo estaba invadiendo una profunda desesperanza: Fred estaba muerto, Hagrid correría su misma suerte si no había sucumbido ya, ¿y cuántas bajas más habría que él todavía ignoraba? Sentía como si el alma estuviera abandonándole el cuerpo...

—¡¡Vamos, Harry!! —insistió Hermione.

Un centenar de dementores avanzaba hacia ellos; se deslizaban sorbiendo el espacio, atraídos por la desesperación de Harry, que era como la promesa de un festín...

El muchacho vio surgir el terrier plateado de Ron, que brilló con una luz mortecina y se esfumó; luego observó cómo también se esfumaba la nutria de Hermione, y la varita mágica le tembló en la mano. Casi agradeció la inminente pérdida de conciencia, la invitación al vacío, a la ausencia total de sentimiento...

De pronto, una liebre, un jabalí y un zorro plateados desfilaron veloces cerca de ellos, y los dementores se retiraron ante el avance de aquellas criaturas. Tres personas más habían salido de la oscuridad y se situaron junto a los chicos, con las varitas en alto, manteniendo iluminados sus *patronus*. Eran Luna, Ernie y Seamus.

—¡Muy bien! —los felicitó Luna, como si todavía estuvieran en la Sala de los Menesteres y sus logros fueran sólo un ejercicio de hechizos del Ejército de Dumbledore—. Estupendo. Vamos, Harry, piensa en algo que te haga feliz...

—¿Algo que me haga feliz? —repuso Harry con voz ronca.

—Estamos vivos —susurró ella—. Seguimos luchando. Vamos, Harry...

Hubo un chisporroteo plateado, seguido de una luz temblorosa, y entonces, haciendo un esfuerzo sin precedentes, Harry consiguió que el ciervo surgiera de la varita. Salió a medio galope, y los dementores se dispersaron a toda prisa. Inmediatamente dejó de hacer frío y el estruendo de la batalla volvió a resonar en los oídos del muchacho.

—No sé cómo darles las gracias —dijo Ron con voz temblorosa a los recién llegados—. Nos han salvado...

En ese momento se produjo un temblor comparable al de un terremoto, seguido de un fuerte bramido: otro gigante salió dando bandazos del Bosque Prohibido, blandiendo un garrote más alto que cualquiera de los chicos.

—¡¡Corran!! —gritó Harry, pero no hizo falta que lo repitiera porque sus amigos salieron disparados en todas las direcciones justo a tiempo: el enorme pie de aquel ser se posó exactamente donde sólo un instante antes se hallaban los jóvenes.

Harry comprobó que Ron y Hermione lo seguían, pero los otros tres regresaron al castillo.

—¡Nos tiene a tiro! —gritó Ron mientras el gigante balanceaba otra vez el garrote lanzando bramidos que resonaban por los jardines, donde los estallidos de luz roja y verde continuaban iluminando la oscuridad.

—¡Eh, el sauce boxeador! —exclamó Harry—. ¡Vamos!

Sin saber cómo, el muchacho lo encerró todo en su mente, lo apretujó en un reducido espacio donde ya no le era posible mirar: sus sentimientos por Fred y Hagrid y el miedo que sentía por sus seres queridos, desperdigados dentro y fuera del castillo, tendrían que esperar, porque ahora ellos debían encontrar a la serpiente y a Voldemort, porque, como había indicado Hermione, ésa era la única forma de poner fin a aquella catástrofe...

Harry partió a toda prisa, como si se sintiera capaz de aventajar a la propia muerte, ignorando los chorros de luz que surcaban la oscuridad por todas partes. Las aguas del lago del colegio batían contra la orilla y producían un sonido parecido al del mar, y, pese a que no había viento, el Bosque Prohibido susurraba y crujía; se diría que los terrenos de Hogwarts se habían sublevado también. Harry corrió tan deprisa como no lo había hecho en su vida, y él fue quien vio primero el gran árbol —el sauce—, de ramas como látigos, que guardaba celosamente el secreto enterrado bajo sus raíces.

Redujo el paso, jadeando, bordeó el sauce, cuyas ramas se agitaban con violencia, y escudriñó el grueso tronco en la oscuridad, tratando de ver aquel nudo en la corteza del viejo árbol que permitía paralizarlo. Ron y Hermione lo alcanzaron; ella respiraba con dificultad y casi no podía hablar.

—¿Cómo... cómo vamos a entrar? —preguntó Ron, también sin aliento—. Veo el sitio... Si tuviéramos a *Crookshanks*...

—¿A *Crookshanks*? —masculló Hermione, doblándose por la cintura mientras se abrazaba el pecho—. ¿Tú eres mago, o qué?

—¡Ah! Sí, claro...

Ron apuntó con la varita a una pequeña rama que había en el suelo y exclamó: «*¡Wingardium leviosa!*» La ramita se elevó, giró sobre sí misma en el aire, como atrapada por una ráfaga de viento, y se lanzó hacia el tronco atravesando las ramas del sauce, que se agitaban amenazadoramente. Acto seguido se hincó en un punto cerca de las raíces, y el árbol se quedó quieto de inmediato.

—¡Perfecto! —dijo Hermione.

—Esperen.

No cesaban de oírse el estruendo y las explosiones de la batalla, y Harry vaciló un momento. Había ido hasta allí; estaba haciendo lo que Voldemort deseaba... ¿No estaría arrastrando a sus dos amigos a una trampa?

Pero entonces se impuso la cruel realidad, la verdad pura y llana: la única forma de seguir adelante era matar a la serpiente, y el animal estaba con Voldemort, y éste se hallaba al final de ese túnel...

—¡Nosotros vamos contigo, Harry! ¡Métete ahí dentro de una vez! —dijo Ron empujándolo.

El muchacho se coló por el túnel de tierra, oculto entre las raíces del árbol, y le pareció mucho más estrecho que la última vez que lo utilizó. El techo era muy bajo, y si bien hacía cuatro años habían tenido que agacharse para pasar por él, esta vez se vieron obligados a arrastrarse a cuatro patas. Harry entró primero, con la varita iluminada, temiendo encontrar algún obstáculo, pero no fue así. Avanzaron en silencio; Harry mantenía la vista clavada en el oscilante rayo de la varita, que sujetaba con el puño cerrado.

A partir de determinado punto, el túnel empezó a ascender, y un poco más allá Harry vio un resquicio de luz. Hermione le tiró de un tobillo.

—¡La capa! —susurró—. ¡Ponte la capa!

Harry tanteó detrás de él con la mano libre, y Hermione le puso en ella la prenda mágica, hecha un revoltijo. El muchacho se la echó por encima con gran dificultad, murmuró «*Nox*» para apagar la varita y continuó avanzando a gatas, haciendo el menor ruido posible y aguzando todos los sentidos. Temía ser descubierto, oír una voz fría y clara o ver un súbito destello de luz verde.

Y entonces le llegaron unas voces provenientes de la habitación que había al final del túnel, amortiguadas por una especie de lámina de madera vieja que tapaba la abertura por la que se accedía al cuarto. Sin atreverse apenas a respirar, avanzó hacia allí y miró a través de la estrecha rendija entre la madera y la pared.

La habitación estaba débilmente iluminada, pero el muchacho vio a *Nagini*, retorciéndose y girando como una serpiente acuática, protegida por aquella esfera estrellada y encantada que flotaba, sin soporte alguno, en medio del cuarto. Detectó también el borde de una mesa y una mano blanca de largos dedos que acariciaba una varita. Entonces Snape habló, y a Harry se le cortó la respiración: el profesor se hallaba a sólo unos centímetros de donde él estaba agachado.

—... mi señor, sus defensas se están desmoronando...

—Y sin tu ayuda —comentó Voldemort con su aguda y clara voz—. Eres un mago muy hábil, Severus, pero a partir de ahora no creo que resultes indispensable. Ya casi hemos llegado... casi...

—Déjeme ir a buscar al chico. Déjeme traer a Potter. Sé que puedo encontrarlo, mi señor. Se lo ruego.

Snape pasó por delante de la rendija y Harry se apartó un poco, sin quitarle los ojos de encima a *Nagini*. Se preguntó si habría algún hechizo capaz de destruir aquella esfera protectora, pero no se le ocurrió ninguno. Si daba un solo paso en falso, delataría su presencia y...

Voldemort se puso en pie y Harry lo contempló: los ojos rojos, el rostro liso con facciones de reptil, y aquella palidez que relucía débilmente en la penumbra.

—Tengo un problema, Severus —dijo Voldemort en voz baja.

—¿Ah, sí, mi señor? —repuso Snape.

El Señor Tenebroso alzó la Varita de Saúco, sujetándola con delicadeza y precisión, como si fuera la batuta de un director de orquesta.

—¿Por qué no me funciona, Severus?

En medio del silencio subsiguiente, a Harry le pareció oír cómo la serpiente silbaba con suavidad mientras se enroscaba y se desenroscaba, ¿o era el sibilante suspiro de Voldemort que se prolongaba?

—¿Qué quiere usted decir, mi señor? —preguntó Snape—. No lo entiendo. Ha... logrado extraordinarias proezas con esa varita.

—No, Severus, no. He realizado la misma magia de siempre. Yo soy extraordinario, pero esta varita no lo es. No ha revelado las maravillas que prometía, ni descubro ninguna diferencia entre ella y la que me procuró Ollivander hace muchos años.

Hablaba en un tono reflexivo y pausado, pero a Harry empezó a latirle la cicatriz y a darle punzadas; el dolor de la frente le aumentaba, y notaba cómo una furia controlada crecía en el interior del Señor Tenebroso.

—Ninguna diferencia —repitió Voldemort.

Snape no respondió. Harry no le veía la cara y se preguntó si el profesor habría intuido el peligro, o si estaría buscando las palabras adecuadas para tranquilizar a su amo.

Voldemort echó a andar por la habitación y Harry lo perdió de vista unos segundos, pero seguía oyéndolo hablar con aquella voz comedida. Entretanto, el dolor y la furia seguían creciendo en él.

—He estado reflexionando mucho, Severus... ¿Sabes por qué te he pedido que dejaras la batalla y vinieras aquí?

Entonces Harry atisbó el perfil de Snape: tenía los ojos fijos en la serpiente, que se retorcía en su jaula encantada.

—No, mi señor, pero le suplico que me deje volver. Permítame que vaya a buscar a Potter.

—Me recuerdas a Lucius. Ninguno de los dos entiende a Potter como lo entiendo yo. Él no necesita que vayamos a buscarlo; Potter vendrá a mí. Conozco su debilidad, su único y gravísimo defecto: no soportará ver cómo otros caen a su alrededor, sabiendo que él, precisamente, es el causante. Querrá impedirlo a toda costa y vendrá a mí.

—Sí, mi señor, pero podría morir de forma accidental, podría matarlo otro que no fuera usted...

—He dado instrucciones muy claras a mis mortífagos: han de capturar a Potter y matar a sus amigos (cuantos más, mejor), pero no matarlo a él... Pero es de ti de quien quería hablar, Severus, no de Harry Potter. Me has resultado muy valioso. Muy valioso.

—Mi señor sabe que mi único propósito es servirlo. Pero... déjeme ir a buscar al chico, mi señor. Déjeme traerlo. Sé que puedo...

—¡Ya he dicho que no! —lo atajó Voldemort, y Harry distinguió un destello rojo en sus ojos cuando se dio la vuelta de nuevo, y percibió el ruido que hizo con la capa, parecido al deslizarse de un reptil. El muchacho notaba la impaciencia del Señor Tenebroso en la punzante cicatriz—. ¡Lo que ahora me preocupa, Severus, es qué pasará cuando por fin me enfrente al chico!

—Pero si... Mi señor, sobre eso no puede haber ninguna duda...

—Sí la hay, Severus. Hay una duda.

Se detuvo, y Harry volvió a verlo de frente, acariciando la Varita de Saúco con los blancos dedos mientras miraba con fijeza a Snape.

—¿Por qué las dos varitas que he utilizado han fallado al atacar a Harry Potter?

—No... no sé responder a esa pregunta, mi señor.

—¿No sabes?

La punzada de ira fue como si le clavaran a Harry un clavo en la cabeza, y se metió un puño en la boca para no gritar de dolor. Cerró los ojos, y de repente era Voldemort escrutando el pálido rostro de Snape.

—Mi varita de tejo hizo todo lo que le pedí, Severus, excepto matar a Harry Potter. Fracasó dos veces. Cuando lo sometí a tortura, Ollivander me habló de los núcleos centrales gemelos, y me dijo que tenía que despojar a alguien de su varita. Así lo hice, pero la varita de Lucius se rompió al enfrentarse a la de Potter.

—No tengo... explicación para eso, mi señor.

Snape no lo miraba, sino que tenía la vista clavada en la serpiente, que continuaba retorciéndose en su esfera protectora.

—Busqué una tercera varita, Severus: la Varita de Saúco, la Varita del Destino, la Vara Letal. Se la quité a su anterior propietario. La tomé de la tumba de Albus Dumbledore.

Entonces Snape sí lo miró, pero su rostro parecía una mascarilla. Estaba blanco como la cera, y tan quieto que cuando habló fue una sorpresa comprobar que había vida detrás de aquellos inexpresivos ojos.

—Mi señor... déjeme que vaya a buscar al chico...

—Llevo aquí toda esta larga noche, a punto de obtener la victoria —dijo Voldemort con un hilo de voz—, preguntándome una y otra vez por qué la Varita de Saúco se resiste a dar lo mejor de sí, por qué no obra los prodigios que, según la leyenda, debería poder realizar su legítimo propietario con ella... Y creo que ya tengo la respuesta. —Snape permaneció callado—. ¿Y tú? ¿Lo sabes ya? Al fin y al cabo, eres inteligente, Severus. Has sido un sirviente leal, y lamento lo que voy a tener que hacer.

—Mi señor...

—La Varita de Saúco no puede servirme como es debido, Severus, porque yo no soy su verdadero amo. Ella pertenece al mago que mata a su anterior propietario, y tú mataste a Albus Dumbledore. Mientras tú vivas, Severus, la Varita de Saúco no será completamente mía.

—¡Mi señor! —protestó Snape alzando su propia varita.

—No puede ser de otro modo. Debo dominar esta varita, Severus. Si lo consigo, venceré por fin a Potter.

Y Voldemort hendió el aire con la Varita de Saúco, aunque no le hizo nada a Snape, que creyó que lo había indultado en el último instante; pero entonces se revelaron las intenciones del Señor Tenebroso: la esfera de *Nagini* empezó a dar vueltas alrededor de Snape y, antes de que él pudiera hacer otra cosa que gritar, se le encajó hasta los hombros.

—*Mata* —ordenó Voldemort en pársel.

Se oyó un grito espeluznante. Harry vio cómo Snape perdía el poco color que conservaba, al mismo tiempo que abría mucho los ojos, cuando los colmillos de la serpiente se clavaron en su cuello; pero no pudo quitarse la esfera encantada de encima; se le doblaron las rodillas y cayó al suelo.

—Lo lamento —dijo Voldemort con frialdad, y le dio la espalda.

No sentía tristeza ni remordimiento. Había llegado la hora de abandonar aquella cabaña y hacerse cargo de la situación, provisto de una varita que ahora sí obedecería sus órdenes. Apuntó con ella a la estrellada jaula de la serpiente, que soltó a Snape y se deslizó hacia arriba, y el profesor quedó tendido en el suelo, con las heridas del cuello sangrando. Voldemort salió de la habitación sin mirar atrás, y la gran serpiente flotó tras él, encerrada en la enorme esfera.

En el túnel, y de nuevo dueño de su mente, Harry abrió los ojos y se dio cuenta de que se había mordido tan fuerte los nudillos para no gritar que le había salido sangre. Volvió a mirar por la estrecha rendija y logró ver un pie enfundado en una bota negra, que se estremecía en el suelo.

—¡Harry! —susurró Hermione detrás de él, pero el muchacho ya había apuntado con la varita a la lámina que le impedía ver toda la habitación. El trozo de madera se levantó un centímetro del suelo y se apartó hacia un lado. Harry entró sigilosamente.

No sabía por qué lo hacía, por qué se acercaba al moribundo. Tampoco tuvo claro qué sentía cuando vio el cadavérico semblante de Snape y cómo trataba de contener la sangrante herida del cuello con los dedos. Se quitó la capa invisible y, erguido a su lado, contempló al hombre que odiaba, cuyos ojos se desorbitaron y lo buscaron cuando intentó hablar. Harry se inclinó sobre él, y Snape lo sujetó por la túnica y tiró de él.

De la garganta del moribundo salió un sonido áspero y estrangulado:

—Tómalo... Tómalo...

Algo que no era sangre brotaba de Snape. Una sustancia azul plateado, ni líquida ni gaseosa, le salía por la boca, por las orejas y los ojos. Harry sabía qué era, pero no sabía qué hacer...

Hermione hizo aparecer un frasco de la nada y se lo puso en las temblorosas manos a Harry. Éste recogió la sustancia plateada con la varita y la metió en el frasco. Cuando lo hubo llenado hasta arriba, Snape lo miró como si no le quedara ni una sola gota de sangre en las venas y aflojó la mano con que le sujetaba la túnica.

—Mírame... —susurró.

Los ojos verdes buscaron los negros, pero, un segundo más tarde, algo se extinguió en las profundidades de los de Snape, dejándolos clavados, inexpresivos y vacíos. La mano que sujetaba a Harry cayó al suelo con un ruido sordo, y Snape se quedó inmóvil.

33

La historia del príncipe

Harry permaneció arrodillado junto al profesor, observándolo fijamente, hasta que, de pronto, una voz aguda y fría sonó tan cerca de ellos que el muchacho se levantó de un salto, sujetando con firmeza el frasco, pues creyó que Voldemort había vuelto a la habitación.

La voz del Señor Tenebroso retumbaba en las paredes y el suelo, y Harry comprendió que estaba hablando a la gente que había en Hogwarts y a la que vivía en la zona circundante al colegio, de manera que los vecinos de Hogsmeade y todos los que todavía luchaban en el castillo debían de estar oyéndola como si él estuviera a su lado, echándoles el aliento en la nuca, a punto de asestarles un golpe mortal.

—Han luchado con valor —decía—. Lord Voldemort sabe apreciar la valentía.

»Sin embargo, han sufrido numerosas bajas. Si siguen ofreciéndome resistencia, morirán todos, uno a uno. Pero yo no quiero que eso ocurra; cada gota de sangre mágica derramada es una pérdida y un derroche.

»Lord Voldemort es compasivo, y voy a ordenar a mis fuerzas que se retiren de inmediato.

»Les doy una hora. Entierren a sus muertos como merecen y atiendan a sus heridos.

»Y ahora me dirijo directamente a ti, Harry Potter: has permitido que tus amigos mueran en tu lugar en vez de enfrentarte personalmente conmigo; pues bien, esperaré una hora en el Bosque Prohibido, y si pasado ese plazo no has venido a buscarme, si no te has entregado, entonces se reanudará la batalla. Esta vez yo entraré en la refriega, Harry Potter, y te encontraré, y castigaré a cualquier hombre, mujer o niño que haya intentado ocultarte de mí. Tienes una hora.

Ron y Hermione sacudieron la cabeza mirando a su amigo.

—No lo escuches —le aconsejó Ron.

—Todo saldrá bien —lo animó Hermione atropelladamente—. Vamos al castillo... Si Voldemort ha ido al Bosque Prohibido, tendremos que preparar otro plan...

Dicho esto, la chica le echó una ojeada al cadáver de Snape y volvió a meterse en el túnel. Ron la siguió. Harry recogió la capa invisible y luego miró otra vez a Snape. No sabía qué sentir, salvo conmoción por la forma en que Voldemort lo había matado y por el motivo que lo había impulsado a hacerlo.

Recorrieron el túnel a gatas, sin hablar, y Harry se preguntó si las palabras de Voldemort seguirían resonando en los oídos de Ron y Hermione como resonaban en los suyos.

«Has permitido que tus amigos mueran en tu lugar en vez de enfrentarte personalmente conmigo; pues bien, esperaré una hora en el Bosque Prohibido... una hora...»

No debía de faltar mucho para el amanecer, pero el cielo seguía negro; aun así, se veían pequeños fardos esparcidos por el césped frente a la fachada principal del castillo. Los tres amigos corrieron hacia los escalones de piedra, donde vieron un zueco del tamaño de una barquita. No obstante, no se detectaba ninguna otra señal de Grawp ni de su agresor.

En el castillo reinaba un silencio nada natural y ya no había destellos de luz, ni estallidos, gritos o alaridos. Las losas del desierto vestíbulo estaban manchadas de sangre; todavía había esmeraldas diseminadas por el suelo, junto con trozos de mármol y maderas astilladas, y parte de la barandilla se había destrozado.

—¿Dónde están todos? —susurró Hermione.

Ron los precedió hasta el Gran Comedor y Harry se detuvo en la puerta.

Las mesas de las casas habían desaparecido y la estancia se hallaba abarrotada de gente. Los supervivientes formaban grupos, abrazados unos a otros por los hombros; la señora Pomfrey y algunos ayudantes atendían a los heridos en la tarima. Firenze se contaba entre los heridos: tenía temblores y sangraba por la ijada, y como no podía sostenerse en pie, se había visto obligado a tumbarse.

Habían puesto a los muertos formando una hilera en medio del comedor, pero Harry no vio el cadáver de Fred, porque su familia lo rodeaba: George estaba arrodillado junto a la cabeza; la señora Weasley, tendida sobre el pecho de su hijo, sollozaba, y el señor Weasley le acariciaba el cabello mientras las lágrimas le resbalaban por las mejillas.

Sin decirle nada a Harry, Ron y Hermione se adelantaron. Ella se acercó a Ginny, que tenía la cara hinchada y cubierta de manchas rojas, y la abrazó. Ron se reunió con Bill, Fleur y Percy, quienes también lo abrazaron por los hombros. Ginny y Hermione se aproximaron más a los restantes miembros de la familia, y entonces Harry descubrió los cadáveres que yacían junto al de Fred: eran Remus y Tonks, pálidos e inmóviles pero con expresión serena; parecían dormidos bajo el oscuro techo encantado.

Harry se apartó de la puerta caminando hacia atrás, y fue como si el Gran Comedor se alejara y se empequeñeciera, como si se encogiera. Apenas podía respirar, no se sentía capaz de mirar a los otros cadáveres, ni de enterarse de quién más había muerto por él. Tampoco se sentía capaz de reunirse con los Weasley, ni de mirarlos a los ojos, porque si él se hubiera entregado al principio, quizá Fred no habría muerto...

Llegó a la escalinata de mármol y la subió a todo correr. Lupin, Tonks... Le habría gustado no sentir nada, le habría gustado arrancarse el corazón, las entrañas, todo eso que gritaba en su interior...

El castillo estaba completamente vacío; al parecer, hasta los fantasmas se habían reunido con la multitud que lloraba a los muertos en el Gran Comedor. Harry corrió sin parar, asiendo con fuerza el frasco de cristal que contenía los últimos pensamientos de Snape, y no aminoró el paso hasta llegar a la gárgola de piedra que custodiaba el despacho del director.

—¿Contraseña?

—¡Dumbledore! —exclamó Harry sin pensar, porque era a quien ansiaba ver, y, sorprendido, vio cómo la gárgola se deslizaba hacia un lado, revelando la escalera de caracol que había detrás.

Pero cuando entró en el despacho circular, comprobó que había cambiado: los retratos de las paredes estaban vacíos; no quedaba ni un solo director ni directora en ellos. Por lo visto, todos habían huido, pasando de un cuadro a otro de los que adornaban las paredes del castillo, para ver mejor lo que sucedía.

Harry miró impotente el vacío lienzo de Dumbledore, colgado justo detrás de la silla del director, y le dio la espalda. El pensadero de piedra continuaba en el armario donde siempre había estado; Harry lo tomó, lo puso encima del escritorio y vertió los recuerdos de Snape en la ancha vasija con runas grabadas alrededor del borde. Escapar a la mente de otra persona le produciría alivio... Por muy vil que fuera Snape, ningún pensamiento que le hubiera dejado podía ser peor que los suyos propios. Los recuerdos —plateados, de una textura extraña— se arremolinaron, y sin vacilar, con una sensación de temerario abandono, como si eso fuera a mitigar el dolor que lo torturaba, Harry hundió la cabeza en ellos.

Cayó precipitadamente por un espacio soleado y aterrizó de pie sobre un suelo que quemaba. Cuando se enderezó, comprobó que se encontraba en un solitario parque infantil. A lo lejos, una enorme chimenea sobresalía entre los edificios perfilados contra el horizonte. Dos niñas se columpiaban y un niño muy flaco las observaba desde detrás de unos matorrales; el niño, de cabello negro y excesivamente largo, llevaba una ropa que parecía mal combinada a propósito: unos pantalones vaqueros demasiado cortos, un abrigo raído y muy largo, que le habría venido bien a un adulto, y un extraño blusón.

Harry se le acercó más: Snape —bajito, nervudo y de piel cetrina— no debía de tener más de nueve o diez años. Su delgado rostro delataba la avidez que sentía al observar a la menor de las dos niñas, que se columpiaba mucho más alto que su hermana.

—¡No hagas eso, Lily! —gritó la niña mayor.

Pero la pequeña se había soltado del columpio al llegar al punto más alto y voló literalmente por los aires: se impulsó hacia arriba, dando una gran risotada, y en lugar de caer en el asfalto del parque se elevó como una trapecista y permaneció largo rato suspendida. Cuando por fin se posó en el suelo, lo hizo con asombrosa suavidad.

—¡Mamá te ha prohibido hacer eso!

Petunia paró su columpio clavando los tacones de las sandalias en el suelo, haciendo crujir y saltar gravilla. Se apeó y se quedó allí plantada con los brazos en jarras.

—¡Mamá te lo ha prohibido, Lily!

—¡Pero si no pasa nada! —replicó sin parar de reír—. Mira esto, Tuney. Mira lo que hago.

Petunia miró alrededor. No había nadie en el parque, tan sólo ellas, y Snape, aunque las niñas no lo sabían. Lily acababa de tomar una flor caída del matorral tras el que se escondía el chico. Petunia se acercó a ella debatiéndose entre la curiosidad y la desaprobación; Lily esperó a que su hermana estuviera lo bastante cerca para ver bien, y entonces le enseñó la palma de la mano. En ella aguantaba la flor, que abría y cerraba los pétalos como una estrambótica ostra con numerosos labios.

—¡Basta! —gritó Petunia.

—No te hace nada —aseguró Lily, y cerró la mano con la flor dentro y volvió a tirarla al suelo.

—Eso no está bien —protestó Petunia, pero había desviado la mirada para ver cómo la flor descendía y se quedaba flotando a unos centímetros del suelo—. ¿Cómo lo haces? —preguntó sin poder disimular la curiosidad.

—Está muy claro, ¿no? —El niño no logró contenerse más y salió de detrás del arbusto.

Petunia dio un grito y corrió hacia los columpios, pero Lily, pese a haberse sobresaltado, se quedó donde estaba. Snape debió de lamentar su propio aspecto, porque cuando la miró, unas débiles manchas rosadas le colorearon las descarnadas mejillas.

—¿Qué es lo que está muy claro? —preguntó Lily.

Él parecía nervioso y emocionado. Miró un momento a Petunia, que se había quedado junto a los columpios, y luego bajó la voz y dijo:

—Sé lo que eres.

—¿Qué quieres decir?

—Eres... una bruja.

Ofendida, Lily le espetó:

—¿Te parece bonito decirle eso a una chica?

Y levantando la barbilla, se dio la vuelta muy decidida y fue a reunirse con su hermana.

—¡No! —gritó Snape. Se había ruborizado más.

Harry se preguntó por qué no se quitaba aquel abrigo tan fachoso, a menos que fuera porque no quería que se le viera el blusón que llevaba debajo. Siguió a las niñas; estaba ridículo con aquella indumentaria que ya entonces le confería aspecto de murciélago.

Las hermanas lo miraron (por una vez de acuerdo en desaprobar la actitud del chico), sujetas a las barras del columpio, como si éste fuera el lugar seguro que tenían más a mano.

—Es verdad, eres una bruja —le dijo Snape a Lily—. Hace tiempo que te observo. Pero no hay nada malo en eso; mi madre también lo es, y yo soy mago.

La risa de Petunia fue como un chorro de agua fría.

—¡Un mago! —chilló; había recobrado el valor después de recuperarse del susto que le había dado el niño con su inesperada aparición—. Yo te conozco: eres el hijo de los Snape. Viven al final de la calle de la Hilandera, junto al río —le dijo a Lily, y su tono transmitió que la consideraba una dirección muy poco recomendable—. ¿Por qué nos espías?

—No las espiaba —protestó Snape, acalorado e incómodo, el pelo sucio a la luz del sol—. Además a ti no tengo por qué espiarte —añadió con desprecio—. Tú eres muggle.

Petunia no entendió esa palabra, pero aun así captó el tono desdeñoso.

—¡Nos vamos, Lily! —dijo con voz estridente.

Su hermana pequeña la obedeció sin rechistar, y se marchó de allí mirando al chico con aversión. Él se quedó donde estaba y las vio salir por la verja del parque. Harry, el único que observaba a Snape, reconoció la amarga desilusión del niño y comprendió que debía de llevar mucho tiempo planeando ese momento, pero todo le había salido mal...

La escena se desvaneció y al punto volvió a formarse otra diferente: ahora Harry se encontraba en un bosquecillo. Entre los troncos veía fluir un río bañado por el sol y los árboles proporcionaban una sombra fresca y verdosa. Dos niños estaban sentados en el suelo con las piernas cruzadas, uno enfrente del otro. Snape se había quitado el abrigo; el extraño blusón no parecía tan raro en la penumbra.

—... y el ministerio te castiga si haces magia fuera del colegio. Te mandan una carta.

—¡Pues yo he hecho magia fuera del colegio!

—Bueno, no pasa nada, porque nosotros todavía no tenemos varita mágica. Mientras eres pequeño, si no puedes controlarte, no te dicen nada. Pero cuando cumples once años —añadió poniéndose muy serio— y empiezan a instruirte, has de tener mucho cuidado.

Hubo un breve silencio. Lily cogió una ramita del suelo y la agitó en el aire, y Harry comprendió que imaginaba que salían chispas. Entonces ella tiró la ramita, se acercó más al niño y le dijo:

—Va en serio, ¿verdad? No es ninguna broma, ¿eh? Petunia dice que mientes porque Hogwarts no existe. Pero es real, ¿verdad?

—Es real para nosotros. Para ella, no. Pero tú y yo recibiremos la carta.

—¿Seguro?

—Segurísimo —confirmó Snape, y pese al pelo mal cortado y la extraña ropa que llevaba, imponía bastante allí sentado, rebosante de confianza en su destino.

—¿Y nos la traerá una lechuza? —preguntó Lily en voz baja.

—Normalmente llega así. Pero tú eres hija de muggles, de modo que alguien del colegio tendrá que ir a explicárselo a tus padres.

¿Tiene mucha importancia que seas hijo de muggles?

Snape titubeó y sus ojos —muy negros—, codiciosos en la verdosa penumbra, recorrieron el pálido rostro y el cabello pelirrojo de Lily.

—No —respondió—. No tiene ninguna importancia.

—¡Ah, bueno! —suspiró la niña, más tranquila; era evidente que estaba preocupada.

—Tú tienes mucha magia dentro —afirmó Snape—. Me di cuenta observándote...

Su voz se fue apagando. Lily ya no lo escuchaba; se había tumbado en el suelo cubierto de hojas y contemplaba el toldo que formaban las ramas de los árboles. Snape la observaba con la misma avidez con que lo había hecho en el parque infantil.

—¿Cómo van las cosas en tu casa? —preguntó Lily.

—Bien —repuso él arrugando un poco la frente.

—¿Ya no se pelean?

—Sí, claro que se pelean. —Tomó un puñado de hojas y empezó a romperlas sin darse cuenta de lo que hacía—. Pero no tardaré mucho en marcharme.

—¿A tu padre no le gusta la magia?

—No hay nada que le guste.

—Severus...

Los labios del chico esbozaron una sonrisa cuando ella pronunció su nombre.

—¿Qué quieres?

—Háblame otra vez de los dementores.

—¿Para qué quieres que te hable de ellos?

—Si utilizo la magia fuera del colegio...

—¡No van a entregarte a los dementores por eso! Los utilizan contra la gente que comete delitos graves, y vigilan la prisión de los magos, Azkaban. A ti no van a llevarte ahí, eres demasiado...

Volvió a ruborizarse y rompió varias hojas más.

Entonces Harry oyó un susurro a sus espaldas y se dio la vuelta: Petunia, escondida detrás de un árbol, había resbalado.

—¡Tuney! —exclamó Lily con sorpresa y agrado, pero Snape se puso en pie de un brinco.

—¿Quién nos espía? —exclamó—. ¿Qué quieres?

Petunia estaba turbada y temerosa por haber sido descubierta, y Harry vio que buscaba alguna frase hiriente para desquitarse.

—Qué es eso que llevas, ¿eh? —preguntó Petunia señalándole el pecho a Snape—. ¿La blusa de tu madre?

Entonces se oyó un ruido de algo que se partía: una rama se estaba desprendiendo encima de la cabeza de Petunia. Lily dio un chillido. La rama cayó y golpeó en el hombro a Petunia, que se tambaleó hacia atrás y rompió a llorar.

—¡Tuney!

Pero Petunia se marchó corriendo. Lily se encaró con Snape:

—¿Has sido tú?

—No. —El chico se mostró desafiante y temeroso a la vez.

—¡Sí, has sido tú! —Lily se fue alejando de él—. ¡Has sido tú! ¡Le has hecho daño!

—¡No! ¡Yo no he hecho nada!

Pero la mentira de Snape no convenció a Lily: tras lanzarle una última mirada de odio, salió corriendo del bosquecillo en busca de su hermana, y él se quedó solo, triste y desconcertado...

La escena volvió a cambiar. Harry miró alrededor: se hallaba en el andén nueve y tres cuartos, y Snape estaba de pie a su lado, un poco encorvado, junto a una mujer delgada de rostro amarillento y expresión amargada que se le parecía mucho. Él observaba con atención a los cuatro miembros de una familia situada a escasa distancia de allí. Las dos niñas se mantenían un poco apartadas de sus padres, y Lily le suplicaba algo a su hermana. Harry se acercó más para oírlas.

—¡Lo siento, Tuney! ¡Lo siento mucho! Mira... —Lo tomó una mano y se la apretó con fuerza, aunque Petunia intentó retirarla—. A lo mejor cuando llegue allí... ¡Espera, Tuney! ¡Escúchame! ¡A lo mejor cuando llegue allí puedo hablar con el profesor Dumbledore y hacer que cambie de opinión!

—¡Yo no quiero ir! —subrayó Petunia, y se soltó de su hermana—. ¿Cómo voy a querer ir a un estúpido castillo para aprender a ser... a ser...?

Recorrió el andén con la mirada, deteniéndose en los gatos que maullaban en los brazos de sus amos, en las lechuzas que aleteaban en sus jaulas y se lanzaban ululatos unas a otras, y en los alumnos, algunos de los cuales ya llevaban puestas las largas túnicas negras y cargaban sus baúles en la locomotora de vapor roja, o se saludaban unos a otros con alegres gritos tras un largo verano sin verse.

—¿Crees que quiero convertirme en un... bicho raro?

A Lily los ojos se le anegaron en lágrimas y Petunia consiguió que le soltara la mano.

—Yo no soy ningún bicho raro. No deberías decirme eso.

—Pues precisamente vas a un colegio especial para bichos raros —afirmó Petunia con saña—. Y eso es lo que son el hijo de los Snape y tú: unos bichos raros. Me alegro de que los separen de la gente normal; lo hacen por su propia seguridad.

Lily miró a sus padres, que contemplaban absortos y entretenidos las diversas escenas que se sucedían en el andén. Entonces volvió a fijar la vista en su hermana, y bajando la voz dijo con furia:

—No pensabas que fuera un colegio para bichos raros cuando le escribiste al director y le suplicaste que te admitiera.

Petunia se ruborizó.

—¿Que yo le supliqué? ¡Yo no le supliqué nada!

—Leí su respuesta. Era muy amable, por cierto.

—No debiste leerla. ¡El correo es privado! ¿Cómo pudiste...?

Lily se delató mirando de soslayo a Snape, que estaba cerca de ellas. Petunia dio un gritito ahogado y exclamó:

—¡La tomó tu amigo! ¡Ese niño y tú se colaron en mi habitación aprovechando que yo no estaba!

—No, no nos colamos... —Ahora le tocó a Lily ponerse a la defensiva—. ¡Severus vio el sobre y no creyó que una muggle se hubiera puesto en contacto con Hogwarts, eso es todo! Dice que debe de haber magos trabajando de incógnito en correos para encargarse de...

—¡Ya veo que los magos meten las narices en todas partes! —la interrumpió Petunia. El rubor se le había esfumado de las mejillas y había palidecido—. ¡Monstruo! —le espetó, y echó a correr hacia donde esperaban sus padres.

La escena se disolvió de nuevo: ahora Snape caminaba deprisa por el pasillo del expreso de Hogwarts, que traqueteaba por la campiña. Ya se había puesto la túnica del colegio; seguramente era la primera oportunidad que tenía de quitarse aquella espantosa ropa de muggle que usaba siempre. Se detuvo delante de un compartimento donde había un grupo de chicos que armaba bullicio, pero acurrucada en el asiento de un rincón, junto a la ventana, estaba Lily, con la cara pegada al cristal.

Snape abrió la puerta del compartimento y se sentó enfrente. Ella le echó una ojeada, pero siguió mirando por la ventana. Se notaba que había llorado.

—No quiero hablar contigo —dijo con voz entrecortada.

—¿Por qué no?

—Tuney me... me odia. Porque leímos la carta que le envió Dumbledore.

—¿Y qué?

Lily le lanzó una mirada de profunda antipatía y le espetó:

—¡Pues que es mi hermana!

—Sólo es una... —Se contuvo a tiempo; Lily, ocupada en enjugarse las lágrimas sin que se notara, no le oyó—. ¡Pero si nos vamos! —exclamó Snape, incapaz de disimular su euforia—. ¡Lo hemos conseguido! ¡Nos vamos a Hogwarts!

Ella asintió, frotándose los ojos, y a pesar de su disgusto esbozó una sonrisa.

—Ojalá te pongan en Slytherin —comentó Snape, animado por la tímida sonrisa de la muchacha.

—¿En Slytherin?

Uno de los chicos, que hasta entonces no había mostrado el menor interés por ellos, volvió la cabeza al oír ese nombre, y Harry, que no se había fijado en los restantes pasajeros del compartimento, vio que era su propio padre: delgado, cabello negro —igual que Snape—, pero rodeado de un aura difícilmente definible, de la que Snape carecía; se notaba que había vivido bien atendido e incluso admirado.

—¿Quién va a querer que lo pongan en Slytherin? Si me pasara eso, creo que me largaría. ¿Tú no? —le preguntó James Potter al niño que iba repantigado en el asiento de enfrente, y Harry dio un respingo al comprobar que era Sirius. Pero éste no sonrió, sólo masculló:

—Toda mi familia ha estado en Slytherin.

—¡Caramba! ¡Y yo que te tenía por una buena persona!

—A lo mejor rompo la tradición —replicó Sirius sonriendo burlón—. ¿Adónde irás tú, si te dejan elegir?

James hizo como si blandiera una espada y dijo:

—¡A Gryffindor, «donde habitan los valientes»! Como mi padre.

Snape hizo un ruidito despectivo y James se volvió hacia él.

—¿Te ocurre algo?

—No, qué va —contestó Snape, aunque su expresión desdeñosa lo desmentía—. Si prefieres lucir músculos antes que cerebro...

—¿Adónde te gustaría ir a ti, que no tienes ninguna de las dos cosas? —intervino Sirius.

James soltó una carcajada. Lily se enderezó, abochornada, y miró primero a James y luego a Sirius con antipatía.

—Vámonos, Severus. Buscaremos otro compartimento.

—¡Ooooooh!

James y Sirius imitaron el tono altivo de Lily, y James intentó ponerle la zancadilla a Snape cuando salía.

—¡Hasta luego, Quejicus! —dijo una voz al mismo tiempo que la puerta del compartimento se cerraba de golpe...

Y la escena se extinguió una vez más...

Ahora Harry estaba de pie detrás de Snape, ante las mesas de las casas, iluminadas con velas y rodeadas de caras embelesadas. Entonces la profesora McGonagall llamó: «¡Evans, Lily!»

Observó cómo su madre caminaba temblorosa y se sentaba en el desvencijado taburete. Minerva McGonagall le puso el Sombrero Seleccionador en la cabeza, y apenas un segundo después de haber entrado en contacto con el pelirrojo cabello de la niña, el sombrero anunció: «¡Gryffindor!»

Harry oyó cómo Snape daba un débil quejido. Lily se quitó el sombrero, se lo devolvió a la profesora y fue a toda prisa hacia la mesa ocupada por los alumnos de Gryffindor, que aplaudían con entusiasmo; pero al pasar le echó una ojeada a Snape esbozando una triste sonrisa. Harry vio cómo Sirius dejaba espacio en el banco para que Lily se sentara. Ella lo miró y debió de reconocerlo del tren, porque se cruzó de brazos y le dio la espalda.

Continuaron pasando lista, y Harry vio cómo Lupin, Pettigrew y su padre se sentaban con Lily y Sirius en la mesa de Gryffindor. Al fin, cuando sólo quedaban una docena de alumnos por seleccionar, la profesora McGonagall llamó a Snape.

Harry lo acompañó hasta el taburete, y el niño se puso el sombrero en la cabeza. «¡Slytherin!», anunció el Sombrero Seleccionador.

Y Severus Snape fue hacia el otro extremo del comedor, lejos de Lily, donde lo aplaudían los alumnos de Slytherin y donde Lucius Malfoy, con una insignia de prefecto reluciéndole en el pecho, le dio unas palmaditas en la espalda cuando se sentó a su lado...

Y la escena cambió...

Lily y Snape cruzaban el patio del castillo. Discutían. Harry aceleró el paso para poder escucharlos. Cuando llegó a su lado, se percató de que ambos eran mucho más altos; al parecer, habían pasado varios años desde su Selección.

—Creía que éramos amigos —decía Snape—. Buenos amigos.

—Lo somos, Sev, pero no me gustan algunas de tus amistades. Lo siento, pero no soporto a Avery ni a Mulciber. ¡Mulciber! ¿Qué le has visto a ése, Sev? ¡Es repulsivo! ¿Sabes qué intentó hacerle el otro día a Mary Macdonald?

Lily había llegado a una columna y se apoyó en ella, contemplando el delgado y cetrino rostro de su amigo.

—No es para tanto —dijo él—. Sólo fue una broma.

—Era magia oscura, y si lo encuentras gracioso...

—¿Y qué me dices de lo que hacen Potter y sus amigos? —Se ruborizó un poco al decirlo, incapaz, al parecer, de contener su resentimiento.

—¿Qué tiene que ver Potter con esto?

—Se escapan por la noche. Ese Lupin tiene algo raro. ¿Adónde va siempre?

—Está enfermo, o al menos eso dicen...

—¿Todos los meses cuando hay luna llena? —replicó Snape, escéptico.

—Ya conozco tu teoría —dijo Lily con frialdad—. Pero ¿por qué estás tan obsesionado con ellos? ¿Por qué te importa tanto lo que hacen por la noche?

—Sólo intento demostrarte que no son tan maravillosos como todo el mundo cree.

La intensidad de la mirada del chico la hizo ruborizarse.

—Pero no emplean magia oscura. —Bajó la voz y añadió—: Y eres un desagradecido. Me he enterado de lo que pasó la otra noche. Te colaste por el túnel del sauce boxeador y James Potter te salvó de no sé qué cosa que había allí abajo.

Snape contrajo el rostro y farfulló:

—¿Que me salvó? ¿Cómo que me salvó? ¿Crees que Potter se comportó como un héroe? ¡Estaba salvando su propio pellejo y el de sus amigos! No quiero que... No voy a permitirte...

—¿Permitirme? ¿No vas a permitirme qué?

Los verdes y destellantes ojos de Lily se convirtieron en dos rendijas, y Snape rectificó al instante:

—No he querido decir... Es que no quiero ver cómo se ríe de... ¡A James Potter le gustas! —exclamó como si se lo arrancaran a la fuerza—. Y él no es... aunque todo el mundo cree... Se las da de gran héroe de quidditch... —La amargura y la aversión de Snape lo estaban haciendo caer en la incoherencia, y Lily se mostraba cada vez más sorprendida.

—Ya sé que James Potter es un sinvergüenza y un engreído —dijo—. No necesito que tú me lo expliques. Pero el concepto del humor que tienen Mulciber y Avery es maléfico. Maléfico, Sev. No entiendo cómo puedes ser amigo suyo.

Harry dudaba que Snape hubiera oído siquiera esas críticas de Lily. Desde el momento en que hubo insultado a James Potter, todo él se relajó, y cuando se marcharon, sus andares tenían una ligereza inusual...

La escena se disolvió...

Harry vio salir a Snape una vez más del Gran Comedor, después de hacer su TIMO de Defensa Contra las Artes Oscuras, y alejarse del castillo, sin que nadie se fijara en él, en dirección al haya bajo la que estaban sentados James, Sirius, Lupin y Pettigrew. Pero esta vez Harry guardó las distancias, porque sabía qué vendría a continuación cuando James levantara a Severus del suelo y se burlara de él; recordaba qué habían hecho y dicho, y no tenía ningunas ganas de volver a oírlo. Asimismo vio cómo Lily se unía al grupo y salía en defensa de Snape, y sí oyó cómo éste, presa de la humillación y la rabia, le gritaba una expresión inolvidable: «sangre sucia».

La escena cambió...

—Lo siento.

—No me interesan tus disculpas.

—¡Lo siento!

—Puedes ahorrártelas.

Era de noche. Lily, que llevaba puesta una bata, estaba de pie con los brazos cruzados frente al retrato de la Señora Gorda, junto a la entrada de la torre de Gryffindor.

—Si he salido es porque Mary me ha dicho que amenazabas con quedarte a dormir aquí.

—Es verdad. Pensaba hacerlo. No quería llamarte «sangre sucia», pero se...

—¿Se te escapó? —No había ni pizca de compasión en la voz de la chica—. Es demasiado tarde. Llevo años justificando tu actitud. Mis amigos no entienden siquiera que te dirija la palabra. Tú y tus valiosísimos amigos mortífagos... ¿Lo ves? ¡Ni siquiera lo niegas! ¡Ni siquiera niegas que eso es lo que todos aspiran a ser! Están deseando unirse a Quientú-sabes, ¿verdad? —Snape abrió la boca, pero volvió a cerrarla—. No puedo seguir fingiendo. Tú has elegido tu camino, y yo he elegido el mío.

—No... Espera, yo no quería...

—¿No querías llamarme «sangre sucia»? Pero si llamas así a todos los que son como yo, Severus. ¿Dónde está la diferencia?

Snape no encontraba palabras, y ella, con una mirada de desprecio, se dio la vuelta y se metió por el hueco del retrato...

Entonces el pasillo se disolvió, y la nueva escena tardó un poco en volver a formarse. Harry tuvo la impresión de que volaba a través de figuras y colores cambiantes, hasta que el entorno volvió a plasmarse y se encontró en la cima de una montaña, desamparado y muerto de frío en la oscuridad; el viento silbaba entre las ramas de unos pocos árboles pelados. Snape, ya adulto, jadeaba e iba de aquí para allá aferrando la varita mágica, como si esperara algo o a alguien... Y le contagió su miedo a Harry. Aunque el muchacho sabía que no podían hacerle daño, miró hacia atrás, preguntándose qué o a quién esperaba aquel hombre...

De repente, un cegador e irregular chorro de luz blanca surcó el aire. Harry pensó que era un rayo, pero Snape se había arrodillado y la varita se le había caído de la mano.

—¡No me mate!

—Ésa no era mi intención.

El ruido de las ramas agitadas por el viento ahogó el que hizo Dumbledore al aparecerse. Se situó de pie ante Snape, la túnica ondeándole alrededor, mientras la luz de su varita le iluminaba la cara.

—¿Y bien, Severus? ¿Qué mensaje me traes de lord Voldemort?

—¡No, no se trata de ningún mensaje...! ¡He venido por mi cuenta! —Se retorcía las manos, al parecer trastornado, y el alborotado y negro cabello le flotaba alrededor de la cabeza—. He venido para hacerle una advertencia... No, una petición... Por favor...

Dumbledore sacudió su varita. Aunque todavía volaban algunas hojas y ramas, se hizo el silencio alrededor de los dos, cara a cara.

—¿Qué petición podría hacerme un mortífago?

—La... profecía... La predicción... Trelawney...

—¡Ah, sí! ¿Cuántas cosas le has contado a lord Voldemort?

—¡Todo! ¡Todo lo que oí! ¡Por eso... es por eso que... cree que se refiere a Lily Evans!

—La profecía no se refería a una mujer —replicó Dumbledore—, sino que hablaba de un niño nacido a finales de julio...

—¡Ya sabe usted lo que quiero decir! Él cree que se refiere al hijo de ella, y va a darle caza, los matará a todos...

—Si tanto significa ella para ti —insinuó Dumbledore—, seguro que lord Voldemort le perdonará la vida, ¿no? ¿No podrías pedirle clemencia para la madre, a cambio del hijo?

—Ya se lo he... se lo he pedido...

—Me das asco —le espetó Dumbledore, y Harry nunca había notado tanto desprecio en su voz. Snape se acobardó un poco—. Así pues, ¿no te importa que mueran el marido y el niño? ¿Da igual que ellos mueran, siempre que tú consigas lo que quieres?

Snape se limitó a mirarlo y calló, hasta que por fin dijo con voz ronca:

—Pues escóndalos a todos. Proteja... Protéjalos a los tres. Por favor.

—¿Y qué me ofreces a cambio, Severus?

—¿A... a cambio? —Snape se quedó con la boca abierta y Harry creyó que iba a protestar, pero al cabo dijo—: Lo que usted quiera.

La montaña se desdibujó, y Harry se halló entonces en el despacho de Dumbledore, donde había algo que hacía un ruido espantoso, parecido al gimoteo de un animal herido. Encorvado y con la cabeza gacha, Snape se había desplomado en una butaca; Dumbledore, de pie frente a él, lo contemplaba con gesto adusto. Al cabo de unos instantes, Snape levantó la cara; parecía un hombre que hubiera vivido cien años de desgracias después de abandonar aquella montaña.

—Creía que iba... a protegerla...

—James y ella confiaron en la persona equivocada —afirmó Dumbledore—. Igual que tú, Severus. ¿No suponías que lord Voldemort le salvaría la vida? —Snape respiraba deprisa, muy agitado—. Pero su hijo ha sobrevivido. —Snape hizo un ligero movimiento con la cabeza, como si espantara una mosca molesta—. Su hijo vive y tiene los mismos ojos que ella, exactamente iguales. Estoy seguro de que recuerdas la forma y el color de los ojos de Lily Evans.

—¡¡Basta!! —bramó Snape—. ¡Está muerta! ¡Muerta!

—¿Qué te ocurre, Severus? ¿Remordimiento, acaso?

—Ojalá... ojalá estuviera yo muerto...

—¿Y de qué serviría eso? —repuso Dumbledore con frialdad—. Si amabas a Lily Evans, si la amabas de verdad, está claro qué camino debes tomar.

Dio la impresión de que Snape atisbaba a través de una neblina de dolor, aunque tardó un tiempo en asimilar las palabras del director de Hogwarts.

—¿Qué... qué quiere decir?

—Tú sabes cómo y por qué ha muerto Lily. Asegúrate, pues, de que no haya muerto en vano: ayúdame a proteger a su hijo.

—Él no necesita protección. El Señor Tenebroso se ha ido...

—El Señor Tenebroso regresará, y entonces Harry Potter correrá un grave peligro.

Hubo una larga pausa, y poco a poco Snape fue recobrando la compostura y dominando su respiración. Al fin dijo:

—Está bien. De acuerdo. ¡Pero no se lo cuente nunca a nadie, Dumbledore! ¡Esto debe quedar entre nosotros! ¡Júremelo! No soportaría que... Y menos al hijo de Potter... ¡Quiero que me dé su palabra!

—¿Mi palabra, Severus, de que nunca revelaré lo mejor de ti? —Dumbledore suspiró, escrutando el rabioso y angustiado rostro del profesor—. Está bien, si insistes...

El despacho se disolvió, pero volvió a formarse enseguida. Snape se paseaba arriba y abajo delante de Dumbledore.

—... mediocre, arrogante como su padre, trasgresor incorregible, encantado con su fama, egocéntrico e impertinente...

—Ves lo que esperas ver, Severus —sentenció Dumbledore sin apartar la vista de un ejemplar de *La transformación moderna*—. Otros profesores afirman que el chico es modesto, agradable y de considerable talento. Yo, personalmente, lo encuentro muy simpático. —Dumbledore pasó la página y, sin levantar la cabeza, añadió—: No pierdas de vista a Quirrell, ¿de acuerdo?

Se produjo un remolino de color y todo se oscureció. Snape y Dumbledore aparecieron en un rincón un poco apartado del vestíbulo de Hogwarts; los últimos rezagados del Baile de Navidad pasaron cerca de ellos de camino a sus dormitorios.

—¿Y bien? —murmuró Dumbledore.

—A Karkarov también se le está oscureciendo la Marca. Está muy asustado, porque teme que haya represalias; ya sabe cuánta ayuda le prestó al ministerio después de la caída del Señor Tenebroso. —Snape miró de soslayo el perfil de Dumbledore, donde destacaba la torcida nariz—. Él planea huir si arde la Marca.

—¿Ah, sí? —susurró Dumbledore. Fleur Delacour y Roger Davies llegaron riendo de los jardines—. ¿Y no estás tentado de hacer tú lo mismo?

—No —contestó Snape con la mirada clavada en Fleur y Roger, que se alejaban—. No soy tan cobarde.

—No, es cierto —concedió Dumbledore—. Eres mucho más valiente que ese Igor Karkarov. ¿Sabes qué? A veces pienso que seleccionamos demasiado pronto a nuestros alumnos...

Se marchó y dejó a Snape con cara de aflicción.

A continuación Harry se halló otra vez en el despacho del director. Era de noche, y Dumbledore estaba ladeado en el sillón detrás de su escritorio, al parecer semiconsciente; la mano derecha le colgaba del brazo del sillón, quemada y ennegrecida. Entretanto, Snape murmuraba conjuros, apuntando con su varita a la muñeca de Dumbledore, mientras con la mano izquierda le daba de beber de una copa llena de una poción densa y dorada. Pasados unos instantes, Dumbledore parpadeó y abrió los ojos.

—¿Por qué? —preguntó Snape sin más preámbulos—. ¿Por qué se ha puesto ese anillo? Lleva una maldición. ¿Cómo no se dio cuenta? ¿Cómo se le ocurrió tocarlo siquiera?

El anillo de Sorvolo Gaunt se hallaba encima del escritorio, frente a Dumbledore. Estaba partido, y la espada de Gryffindor reposaba a su lado.

Dumbledore hizo una mueca.

—Fui... un estúpido. Me sentí tentado...

—¿Tentado de qué? —El director no contestó—. ¡Es un milagro que haya podido regresar aquí! Ese anillo llevaba una maldición extraordinariamente poderosa; a lo único que podemos aspirar es a contenerla. De momento he logrado impedir que se extienda por el brazo...

Dumbledore levantó la ennegrecida e inservible mano y la examinó con la expresión de alguien a quien muestran un objeto curioso.

—Lo has hecho muy bien, Severus. ¿Cuánto tiempo crees que me queda? —preguntó con tono despreocupado, como si quisiera saber el pronóstico del tiempo.

Snape vaciló un momento y contestó:

—No sabría decirlo. Quizá un año. Un hechizo así no puede detenerse de forma definitiva, y acabará extendiéndose; es la clase de maldición que se fortalece con el paso del tiempo.

El director sonrió. La noticia de que le quedaba menos de un año de vida parecía preocuparlo muy poco, o nada.

Soy afortunado, muy afortunado, por tenerte, Severus.

—¡Si me hubiera llamado antes, quizá habría podido hacer algo más, ganar algo de tiempo! —exclamó Snape con rabia. Miró el anillo roto y la espada—. ¿Acaso creyó que rompiendo el anillo anularía la maldición?

—Algo así... Es evidente que deliraba —Haciendo un gran esfuerzo, Dumbledore se enderezó en el sillón—. Bueno, esto simplifica mucho las cosas. —Sonrió, y Snape se quedó perplejo—. Me refiero al plan que está tramando lord Voldemort, el plan de obligar al pobre Malfoy a que me asesine.

Snape se sentó en la silla que tantas veces había ocupado Harry, al otro lado del escritorio, y el muchacho notó que quería decir algo más sobre la mano afectada por la maldición, pero el director de Hogwarts hizo un ademán con ella para dar a entender, educadamente, que no quería seguir hablando del asunto. Snape frunció el entrecejo y dijo:

—El Señor Tenebroso no confía en que Draco realice con éxito su misión. Eso es sólo un castigo para Lucius por sus recientes fracasos. Para los padres de Draco es una lenta tortura ver cómo su hijo falla y paga por ello.

—Así pues, ha pronunciado una sentencia de muerte tanto contra el chico como contra mí. Y supongo que el sucesor lógico de esa misión, después de que Draco haya fracasado, eres tú, ¿no?

Se quedaron en silencio un momento.

—Sí, creo que ésas son las intenciones del Señor Tenebroso.

—¿Lord Voldemort prevé que en un futuro próximo ya no necesitará un espía en Hogwarts?

—Cree que pronto se hará con el control del colegio, sí.

—Y si lo consigue —preguntó Dumbledore—, ¿me das tu palabra de que procurarás por todos los medios proteger a los alumnos de Hogwarts? —Snape dio una seca cabezada—. Estupendo. Bien, veamos, lo primero que debes hacer es descubrir qué trama Draco. Porque un adolescente asustado representa un peligro para sí mismo y para otros. Así que ofrécele ayuda y consejo; le caes bien, supongo que los aceptará...

—Ya no le caigo tan bien desde que su padre ha perdido el favor del Señor Tenebroso. Draco me culpa a mí, cree que he usurpado la posición de Lucius.

—Da igual, inténtalo. Las víctimas accidentales de las estrategias que urda Draco me importan más que yo mismo. En última instancia, por supuesto, sólo podemos hacer una cosa para salvarlo de la ira de lord Voldemort.

Snape arqueó las cejas y preguntó con sarcasmo:

—¿Pretende dejar que él lo mate?

—Desde luego que no. Tienes que matarme tú.

Se produjo un largo silencio, interrumpido sólo por unos extraños ruiditos secos: *Fawkes*, el fénix, mordisqueaba un trozo de jibión.

—¿Quiere que lo haga ahora mismo? —preguntó al cabo Snape con ironía—. ¿O necesita unos minutos para componer un epitafio?

—No, todavía no —repuso Dumbledore, sonriente—. Creo que la ocasión se presentará a su debido tiempo. Dado lo ocurrido esta noche —añadió señalando su marchita mano—, podemos estar seguros de que sucederá en el plazo de un año.

—Si no le importa morir —replicó Snape con crudeza—, ¿por qué no deja que lo mate Draco?

—El alma de ese chico todavía no está tan dañada —respondió el director—. No quiero que se destroce por mi culpa.

—¿Y mi alma, Dumbledore? ¿Y la mía?

—Sólo tú sabes si perjudicará a tu alma ayudar a un pobre anciano a eludir el dolor y la humillación. Si te pido este único y gran favor, Severus, es porque estoy tan seguro de que ha llegado mi hora como de que los Chudley Cannons van a quedar últimos de la liga este año. Confieso que prefiero un final rápido y sin dolor al prolongado y chapucero asunto en que se convertiría mi muerte si, por ejemplo, Greyback colaborara en ella. Tengo entendido que Voldemort lo ha reclutado, ¿no? O si interviniera nuestra querida Bellatrix; a ella le gusta jugar con la comida antes de comérsela.

Hablaba con ligereza, pero traspasaba con la mirada a Snape, como tantas veces lo había hecho con Harry, como si fuera capaz de ver el alma de su interlocutor. Por fin Snape dio otra seca cabezada.

—Gracias, Severus... —Dumbledore parecía satisfecho.

El despacho desapareció, y a continuación Snape y Dumbledore paseaban juntos por los desiertos jardines del castillo, a la hora del crepúsculo.

—¿Qué hace con Potter por las noches cuando se encierran juntos? —preguntó de pronto Snape.

Dumbledore tenía aspecto de cansado, pero respondió:

¿Por qué? No pretenderás imponerle más castigos, ¿verdad, Severus? Dentro de poco, el chico habrá pasado más tiempo castigado que libre.

—Es igual que su padre...

—Físicamente quizá sí, pero de carácter se parece bastante más a su madre. Me encierro con él porque tengo cosas que contarle, información que debo transmitirle antes de que sea demasiado tarde.

—Información que... —repitió Snape—. Es decir que confía en él, pero en mí no.

—No es una cuestión de confianza. Como ambos sabemos, dispongo de un tiempo limitado. De modo que es fundamental que le dé suficientes explicaciones para que pueda llevar a cabo su misión.

—¿Y por qué no puedo tener yo esa misma información?

—Prefiero no poner todos mis secretos en el mismo cesto, sobre todo tratándose de un cesto que pasa tanto tiempo colgado del brazo de lord Voldemort.

—¡Eso lo hago obedeciendo sus órdenes!

—Y lo haces estupendamente. No creas que subestimo el constante peligro que corres, Severus. Darle a Voldemort lo que parecen datos valiosos mientras le ocultas lo esencial es un trabajo que no le confiaría a nadie más que a ti.

—¡Y sin embargo, le confía mucho más a un niño incapaz de practicar la Oclumancia, cuya magia es mediocre y que tiene una conexión directa con la mente del Señor Tenebroso!

—Voldemort teme esa conexión. No hace mucho tuvo una pequeña muestra de lo que puede significar para él compartir plenamente la mente de Harry, y jamás había experimentado un dolor semejante. Estoy convencido de que no intentará poseer al chico de nuevo. Al menos, no de esa forma.

—No lo entiendo.

—El alma de lord Voldemort, pese a estar mutilada, no soporta el contacto con un alma como la de Harry. Es como el contacto de la lengua con el acero helado, o el de la piel con las llamas...

—¿Almas? ¡Estábamos hablando de mentes!

—En el caso de Harry y lord Voldemort, hablar de una cosa equivale a hablar de la otra. —Dumbledore escrutó en derredor para asegurarse de que no tenían compañía. Habían llegado cerca del Bosque Prohibido, pero no se veía a nadie por allí cerca—. Cuando me hayas matado, Severus...

—¡Se niega a contármelo todo, y en cambio espera que yo cumpla ese pequeño servicio! —gruñó Snape, y una rabia auténtica se le reflejó en el enjuto rostro—. ¡Usted da muchas cosas por hechas, Dumbledore! ¡Quizá yo haya cambiado de opinión!

—Me diste tu palabra, Severus. Y hablando de servicios que me debes, creía que habías accedido a vigilar de cerca a nuestro joven amigo de Slytherin, ¿no? —Snape estaba enojado, indignado. Dumbledore suspiró y añadió—: Ven a mi despacho esta noche, Severus, a las once, y no podrás acusarme de que no confío en ti...

Volvían a estar en el despacho del director de Hogwarts; ya había caído la noche, *Fawkes* guardaba silencio y Snape permanecía quieto en su asiento, mientras Dumbledore hablaba y caminaba alrededor de él.

—Harry no debe saberlo hasta el último momento, hasta que sea imprescindible. De lo contrario no podría tener la fuerza necesaria para hacer lo que debe.

—Pero ¿qué es eso que debe hacer?

—Eso es asunto mío y de Harry. Escúchame con atención, Severus. Después de mi muerte llegará un momento...

¡No, no me discutas ni me interrumpas! Llegará un momento en que lord Voldemort temerá por la vida de su serpiente.

—¿De *Nagini*? —se extrañó Snape.

—Sí, eso es. Y si lord Voldemort deja de enviar a esa serpiente a hacerle encargos y la mantiene a su lado, bajo protección mágica, creo que entonces será prudente contárselo a Harry.

—Contarle ¿qué?

Dumbledore respiró hondo, cerró los ojos y continuó:

—Que la noche en que lord Voldemort intentó matarlo, cuando Lily, actuando como un escudo humano, dio su vida por él, la maldición asesina rebotó contra el Señor Tenebroso y un fragmento del alma de éste se separó del resto y se adhirió a la única alma viva que quedaba en aquel edificio en ruinas. Es decir, que una parte de lord Voldemort vive dentro de Harry, y eso es lo que le confiere el don de hablar con las serpientes y una conexión con la mente de lord Voldemort, circunstancia que él nunca ha entendido. Y mientras ese fragmento de alma, que Voldemort no echa de menos, permanezca adherido a Harry y protegido por él, el Señor Tenebroso no puede morir.

Harry veía a aquellos dos hombres como si estuviera al final de un largo túnel; estaban muy lejos y las voces le resonaban de forma extraña en los oídos.

—Entonces el chico... ¿el chico debe morir? —preguntó Snape con serenidad.

—Y tiene que matarlo el propio Voldemort, Severus. Eso es esencial.

Guardaron un largo silencio, y por fin Snape dijo:

—Yo creía... Todos estos años, yo creía... que lo estábamos protegiendo por ella; por Lily.

—Lo hemos protegido porque era fundamental instruirlo, educarlo, permitir que pusiera a prueba sus fuerzas —explicó Dumbledore, que seguía con los ojos fuertemente cerrados—. Mientras tanto, la conexión entre ellos dos se ha hecho aún más fuerte. Es un crecimiento parasitario; a veces he pensado que él también lo sospecha. Si no me equivoco, si lo conozco bien, hará las cosas de forma que cuando se enfrente a la muerte, ésta significará verdaderamente el fin de Voldemort.

Dumbledore abrió los ojos. Snape estaba horrorizado y exclamó:

—¿Lo ha mantenido con vida para que pueda morir en el momento más adecuado?

—No pongas esa cara, Severus. ¿A cuántos hombres y mujeres has visto morir?

—Últimamente, sólo a los que no podía salvar —respondió Snape. Se levantó y agregó—: Me ha utilizado.

—Y eso ¿qué significa?

—He espiado por usted, he mentido por usted, he puesto mi vida en peligro por usted. Se suponía que todo eso lo hacía para proteger al hijo de Lily Potter. Y ahora me dice que lo ha criado como quien cría un cerdo para llevarlo al matadero...

—Me emocionas, Severus —repuso Dumbledore con seriedad—. ¿No será que has acabado sintiendo cariño por ese chico?

—¿Por él? —se escandalizó Snape—. *¡Expecto patronum!*

Del extremo de su varita salió la cierva plateada, se posó en el suelo del despacho, dio un brinco y saltó por la ventana. Dumbledore la vio alejarse volando, y cuando el resplandor plateado se perdió de vista, se volvió hacia Snape y, con lágrimas en los ojos, le preguntó:

—¿Después de tanto tiempo?

—Sí, después de tanto tiempo —dijo Snape.

La escena se transformó. Harry vio a Snape hablando con el retrato de Dumbledore, colocado detrás del escritorio del director.

—Tendrás que darle a Voldemort la fecha correcta de la partida de Harry de la casa de sus tíos —dijo Dumbledore—. No hacerlo levantaría sospechas, porque él cree que estás muy bien informado. Sin embargo, debes sugerir la idea de emplear señuelos; supongo que de ese modo garantizaremos la seguridad de Harry. Intenta confundir a Mundungus Fletcher. Y, Severus, si te ves obligado a participar en la persecución, asegúrate de interpretar tu papel de forma convincente. Cuento con que lord Voldemort siga teniendo buena opinión de ti el máximo tiempo posible; de lo contrario, Hogwarts quedará en manos de los Carrow...

A continuación, Harry vio a Snape hablando con Mundungus en una taberna que no supo identificar. Fletcher tenía una expresión ausente y Snape fruncía el entrecejo, muy concentrado.

—Propondrás a la Orden del Fénix que utilicen señuelos, poción multijugos, varios Potters idénticos. Es lo único que dará resultado. Olvidarás que te lo he sugerido yo y lo presentarás como si fuera idea tuya. ¿Me has entendido?

—Sí, te he entendido —murmuró Mundungus con la mirada desenfocada.

Poco después Harry volaba al lado de Snape en una escoba, surcando una noche oscura y despejada. Al profesor lo acompañaban otros mortífagos encapuchados, y delante iban Lupin y otro Harry que en realidad era George... Un mortífago se adelantó a Snape y levantó la varita apuntando a la espalda de Lupin...

—¡*Sectumsempra!* —gritó Snape.

Pero el hechizo, que iba dirigido a la mano con que el mortífago sostenía la varita, se desvió y alcanzó a George...

Después aparecía Snape, arrodillado en el antiguo dormitorio de Sirius, leyendo la carta de Lily mientras las lágrimas le goteaban de su aguileña nariz. En la segunda hoja sólo había unas pocas palabras:

> *... pudiera ser amigo de Gellert Grindelwald. ¡Me parece que esa mujer está perdiendo la chaveta!*
> *Un fuerte abrazo,*
>
> *Lily*

Snape tomó la página que llevaba la firma de Lily, y el abrazo que enviaba, y se la guardó bajo la túnica. Luego rompió por la mitad la fotografía que también tenía en la mano; se quedó la parte en que aparecía ella riendo y tiró al suelo, bajo la cómoda, la parte donde se veía a James y Harry.

Y luego Snape volvía a estar en el despacho del director, y Phineas Nigellus llegaba apresuradamente a su retrato.

—¡Señor director! ¡Han acampado en el Bosque de Dean! La sangre sucia...

—¡No emplee esa palabra!

—Está bien, la señorita Granger. ¡Ha mencionado el sitio cuando abrió su bolso, y la he oído!

—¡Bien! ¡Muy bien! —exclamó el retrato de Dumbledore detrás del sillón del director—. ¡Y ahora, la espada, Severus!

¡No olvides que debe ser conseguida con fines nobles y superando condiciones adversas que requieran un gran valor, y que él no debe saber que eres tú quien la pone a su alcance! Si Voldemort le leyera la mente a Harry y te viera ayudándolo...

—Lo sé —repuso Snape con aspereza. Se acercó al retrato de Dumbledore y tiró de uno de los lados. El lienzo se abrió como una puerta revelando una cavidad oculta, de la que Snape sacó la espada de Gryffindor. Entonces, mientras se ponía una capa de viaje sobre la túnica, preguntó—: ¿Y piensa seguir sin explicarme por qué es tan importante que le dé la espada a Potter?

—Sí, me temo que sí —dijo el retrato de Dumbledore—. Él sabrá qué hacer con ella. Y ten cuidado, Severus, quizá no se alegren de verte después del percance que sufrió George Weasley...

Snape se dio la vuelta al llegar a la puerta.

—No se preocupe, Dumbledore —dijo con frialdad—. Tengo un plan.

Y salió del despacho.

Harry sacó la cabeza del pensadero y, un instante después, yacía tumbado sobre la alfombra, en la misma habitación, como si Snape acabara de cerrar la puerta.

34

Otra vez el bosque

La verdad, al fin. Tumbado boca abajo, con la cara sobre la polvorienta alfombra del despacho donde una vez creyó estar aprendiendo los secretos de la victoria, Harry comprendió que no iba a sobrevivir. Su misión era entregarse con serenidad a los acogedores brazos de la muerte. Pero antes de llegar a ese punto tenía que destruir los últimos vínculos de Voldemort con la vida, de modo que cuando saliera al encuentro del Señor Tenebroso sin alzar la varita para defenderse, hubiera un final limpio y se diera por concluido el trabajo que no se había terminado en Godric's Hollow: ninguno de los dos viviría, ninguno de los dos sobreviviría.

El corazón le latía con violencia. Pensó que precisamente el miedo a la muerte lo hacía bombear con mayor vigor para mantenerlo con vida, pero se pararía, y pronto. Sus latidos estaban contados... ¿Cuántos emplearía para levantarse, salir del castillo por última vez y cruzar los jardines en dirección al Bosque Prohibido?

Tendido en el suelo, con ese fúnebre tambor golpeando en su interior, sintió que lo invadía el pánico. ¿Dolería morir? Más de una vez había creído que llegaba su hora, aunque en el último momento se había salvado; pero nunca se había detenido a pensar de verdad en el hecho en sí, porque sus ganas de vivir siempre habían superado su miedo a la muerte. Sin embargo, en ese momento ni siquiera se planteó escapar, o burlar a Voldemort; sabía que todo había terminado, y la única verdad que quedaba era el hecho en sí: morir.

¡Ojalá hubiera muerto aquella noche de verano en que salió del número 4 de Privet Drive por última vez, la noche en que lo salvó la noble varita de pluma de fénix! ¡Ojalá hubiera muerto tan repentinamente como *Hedwig*, sin enterarse de nada, o lanzándose delante de una varita para salvar a algún ser querido! ¡Cómo envidiaba a sus padres por su manera de morir! Pero el paseo a sangre fría hasta su propia destrucción iba a requerir otro tipo de valor. Los dedos le temblaban ligeramente y, aunque nadie lo veía (todos los retratos de las paredes estaban vacíos), se esforzó por controlarlos.

Se incorporó despacio, muy despacio, y al hacerlo se sintió más vivo y más consciente que nunca de su propio cuerpo. ¿Por qué jamás había apreciado aquella milagrosa combinación de cerebro, nervios y corazón? Pero todo eso iba a desaparecer... o al menos él desaparecería de ese cuerpo. Su respiración se hizo lenta y profunda; tenía la boca y la garganta resecas, y los ojos también.

Ahora comprendía que la traición de Dumbledore era una nimiedad, puesto que obedecía a un designio superior, pero él había sido demasiado estúpido para entenderlo. Nunca había puesto en duda que el anciano profesor pretendía que él, Harry, sobreviviera, aunque ahora también comprendía que la duración de su vida siempre había estado determinada por el tiempo que tardara en eliminar todos los Horrocruxes. ¡Dumbledore le había encargado la tarea de destruirlos, y él, obediente, había ido eliminando los lazos que ataban a Voldemort, y también a él mismo, a la vida! Qué idea tan ingeniosa, tan elegante: en lugar de desperdiciar más vidas, le había encomendado esa peligrosa tarea a un chico que ya estaba condenado a morir, pero cuya muerte no representaría una desgracia sino otro golpe contra Voldemort.

Dumbledore sabía que Harry no se escabulliría y seguiría hasta el final, aunque eso significara también su propio final, porque por algo se había tomado la molestia de conocer su carácter, ¿no? Asimismo, el anciano profesor sabía, igual que Voldemort, que Harry no permitiría que nadie más muriera por su culpa una vez hubiese descubierto que estaba en su mano poner fin a aquella masacre. Las imágenes de Fred, Lupin y Tonks muertos en el Gran Comedor volvieron a su mente, y se le cortó la respiración un instante; la muerte era impaciente...

Pero Dumbledore lo había sobrestimado. Harry había fracasado, pues la serpiente sobrevivía. Por tanto, todavía quedaba un Horrocrux que ataría a Voldemort a la vida incluso después de que Harry Potter hubiera caído. Aunque lo cierto era que su sucesor tendría las cosas más fáciles. Harry se preguntó quién sería... Ron y Hermione sabrían lo que había que hacer, por supuesto... Seguramente por ese motivo Dumbledore había querido que él confiara en sus dos amigos, porque si se cumplía su verdadero destino demasiado pronto, ellos podrían continuar...

Esos pensamientos golpeaban, como la lluvia contra los cristales de una ventana, sobre la dura superficie de la incontrovertible verdad: él debía morir. «Debo morir.» Tenía que acabar.

Sentía muy lejos a Ron y Hermione, como si estuvieran en un país remoto, y tenía la impresión de haberse separado de ellos hacía mucho tiempo. Estaba decidido a que no hubiera despedidas ni explicaciones, porque aquél era un viaje que no podían hacer juntos, y si ellos intentaban detenerlo perderían un tiempo muy valioso. Miró el abollado reloj de oro que le habían regalado el día que cumplió diecisiete años: ya había transcurrido casi la mitad del plazo que Voldemort le había concedido para entregarse.

Se puso en pie. El corazón le golpeteaba las costillas como un pájaro desesperado; quizá intuyera que se agotaba el tiempo y estuviera decidido a dar todos los latidos que le quedaban antes del final. Harry no miró atrás al cerrar la puerta del despacho.

El castillo estaba desierto. Al recorrerlo, el muchacho se sintió como un fantasma, como si ya hubiera muerto. Los personajes de los retratos todavía no habían regresado a sus lienzos y el edificio se hallaba sumido en un siniestro e inquietante silencio, como si toda el alma que le quedaba se hubiera concentrado en el Gran Comedor, donde se apiñaban los difuntos y los dolientes.

Se puso la capa invisible y bajó varios pisos, hasta que descendió por la escalinata de mármol y llegó al vestíbulo. Quizá una pequeña parte de él confiaba en que lo detectaran y lo detuvieran; pero la capa, como siempre, resultó impenetrable, perfecta. Llegó a las puertas del colegio sin contratiempos.

En la entrada, Neville estuvo a punto de tropezar con él; volvía de los jardines con otro compañero, los dos cargando con un cadáver. Harry lo miró y sintió otro golpe sordo en el estómago: Colin Creevey, pese a ser menor de edad, debía de haber vuelto al castillo a escondidas, igual que Malfoy, Crabbe y Goyle. Muerto parecía minúsculo.

—¿Sabes qué? Puedo con él yo solo, Neville —dijo Oliver Wood, y se echó a Colin al hombro para llevarlo al Gran Comedor.

Neville se apoyó un momento en el marco de la puerta y se enjugó la frente con el dorso de la mano. Parecía un anciano. Luego bajó de nuevo los escalones de piedra y fue a recuperar más cadáveres.

Harry echó un vistazo al Gran Comedor. La gente iba y venía por la estancia intentando consolarse mutuamente, reponiendo fuerzas o arrodillándose junto a los muertos; pero Harry no vio a ninguno de sus seres queridos: no había ni rastro de Hermione, Ron, Ginny, los Weasley o Luna. Se dijo que habría dado todo el tiempo que le quedaba a cambio de verlos por última vez; pero, en ese caso, ¿habría tenido fuerzas para alejarse de ellos? Era mejor así.

Bajó los escalones. Eran casi las cuatro de la madrugada. Los oscuros jardines estaban sumidos en un silencio sepulcral; parecía como si contuvieran la respiración, a la espera de comprobar si Harry sería capaz de cumplir su cometido.

Se aproximó a Neville, que estaba inclinado sobre otro cadáver.

—Neville...

—¡Cielos, Harry! ¡Casi me da un infarto!

Se quitó la capa; acababa de ocurrírsele una idea surgida de su deseo de asegurarse por completo.

—¿Adónde vas tú solo? —preguntó Neville con recelo.

—Forma parte del plan; tengo que hacer una cosa. Escucha...

—¡Harry! —exclamó Neville, sobresaltado—. No estarás pensando en entregarte, ¿verdad?

—No, claro que no. Esto no tiene nada que ver —mintió Harry sin vacilar—. Pero quizá me ausente un rato. Oye, ¿has oído de esa serpiente enorme de Voldemort? Él la llama *Nagini*...

—Sí, algo he oído. ¿Qué pasa?

—Pues que hay que matarla. Ron y Hermione ya lo saben, pero te lo digo por si...

Esa espantosa posibilidad lo hizo enmudecer un instante. Pero se serenó: era crucial seguir el ejemplo de Dumbledore y no perder la calma; tenía que asegurarse de que hubiera reemplazos, otras personas capacitadas para continuar la misión. Dumbledore había muerto dejando a los tres amigos implicados en la destrucción de los Horrocruxes, y ahora Neville ocuparía el lugar de Harry, de modo que seguirían siendo tres personas quienes guardaran el secreto.

—Por si ellos están... ocupados... y se te presenta a ti la oportunidad...

—¿De matar a la serpiente?

—Sí, eso —confirmó Harry.

—De acuerdo. Pero estás bien, ¿no?

—Sí, muy bien. Gracias, Neville.

Pero cuando Harry iba a seguir su camino, Neville lo sujetó por la muñeca.

—Todos vamos a seguir luchando, Harry. Lo sabes, ¿verdad?

—Sí, lo... —Un súbito sofoco le impidió terminar la frase.

Pero a Neville no le extrañó: le dio una palmada en el hombro, lo soltó y reanudó su tarea con los cadáveres.

Harry volvió a ponerse la capa invisible y siguió andando. No lejos de allí había alguien encorvado sobre otra figura tendida en el suelo. Hasta que estuvo a sólo unos palmos de ella no reconoció a Ginny.

Se detuvo en seco. Ginny estaba de cuclillas junto a una chica que susurraba llamando a su madre.

—No te preocupes —le decía ella—. No pasa nada. Vamos a llevarte dentro.

—Quiero irme a casa —musitaba la chica—. ¡No quiero seguir luchando!

—Ya lo sé —dijo Ginny con la voz rota—. Tranquila, todo se arreglará.

Harry sintió un escalofrío. Le dieron ganas de ponerse a gritar allí mismo; quería que Ginny supiera que estaba allí y se enterara de adónde iba. Quería que lo detuvieran, que lo obligaran a volver y lo enviaran a casa... Pero ya estaba en casa. Hogwarts había sido el primero y el mejor hogar que había tenido. Voldemort, Snape y él —los niños abandonados— habían encontrado un hogar en aquel colegio...

Ginny se había arrodillado junto a la chica herida y le sujetaba una mano. Haciendo un gran esfuerzo, Harry siguió su camino. Al pasar por su lado, le pareció que Ginny miraba alrededor y se preguntó si habría notado algo, pero él no dijo nada y no volvió a mirar atrás.

La cabaña de Hagrid surgió en la oscuridad. No había luces encendidas, ni se oía a *Fang* arañando la puerta ni ladrando para darle la bienvenida. Harry recordó las visitas al hombretón, los destellos de la tetera de cobre en el fuego, los pastelitos de pasas, las larvas gigantes, la enorme y barbuda cara del guardabosques, a Ron vomitando babosas, a Hermione ayudándolo a salvar a *Norberta*...

Siguió adelante y llegó a la linde del Bosque Prohibido. Una vez allí, se detuvo.

Un enjambre de dementores se deslizaba entre los árboles. Harry sintió propagarse su frío y dudó que lograra combatirlo. No le quedaban fuerzas para hacer aparecer un *patronus*, ni controlaba ya sus temblores. Al fin y al cabo, morir no era tan fácil. Cada inspiración que daba, el olor a hierba, la fresca brisa en la cara... todo adquiría un gran valor. Y pensar que la gente disponía de años y años de vida, tiempo de sobra, tanto que a veces hasta resultaba una carga; y él, en cambio, se aferraba a cada segundo que transcurría. No se sentía capaz de continuar, pero sabía que debía hacerlo. Aquel largo juego había terminado, habían atrapado la snitch, había llegado el momento de descender...

La snitch. Con dedos entumecidos buscó en el monedero colgado del cuello y la sacó.

«Me abro al cierre.»

La contempló respirando con agitación. Y justo cuando deseaba que el tiempo transcurriera lo más despacio posible, éste se aceleró y la solución le llegó tan de repente que no hizo falta ningún razonamiento: aquella situación era el cierre. Aquél era el momento preciso.

Apretó la bola dorada contra sus labios y susurró: «Estoy a punto de morir.»

Y la cubierta de metal se abrió por la mitad. Harry bajó una temblorosa mano, sacó la varita de Draco de la capa invisible y murmuró: «¡*Lumos!*»

La piedra negra, dividida por una raja, reposaba entre las dos mitades de la snitch. La Piedra de la Resurrección se había resquebrajado siguiendo la línea vertical que representaba la Varita de Saúco, pero todavía se distinguían el triángulo y el círculo que representaban la capa y la piedra.

Y una vez más, Harry comprendió sin necesidad de reflexionar: no hacía falta que los hiciera regresar, porque estaba a punto de reunirse con ellos. No iría él a buscarlos, sino que ellos vendrían a buscarlo a él.

Cerró los ojos e hizo girar la piedra en su mano tres veces.

Y supo que se había obrado el milagro porque oyó ruidos en la franja de tierra cubierta de ramitas que señalaba la linde del Bosque Prohibido, como si unos cuerpos ligeros caminaran por ella. Abrió los ojos y miró alrededor.

Enseguida comprendió que no eran fantasmas ni seres de carne y hueso. Se parecían mucho al Ryddle que había escapado del diario varios años atrás: un recuerdo convertido casi en algo material. Eran menos consistentes que los seres vivos, pero más que los fantasmas; avanzaban hacia él, y en todos los rostros había una afectuosa sonrisa.

James tenía la misma estatura que Harry. Llevaba la ropa con que había muerto, el pelo enmarañado y las gafas un poco torcidas, como el señor Weasley.

Sirius era alto y apuesto, y mucho más joven que cuando Harry lo había tratado en vida. Andaba garboso, con las manos en los bolsillos y esbozando una sonrisa burlona.

Lupin también era más joven, de aspecto pulcro y cabello más poblado y menos canoso. Parecía alegrarse de volver a estar en aquel lugar tan familiar, el escenario de tantas correrías de adolescentes.

La de Lily era la sonrisa más amplia. Se apartó el largo cabello de la cara al acercarse a Harry, y le escrutó ávidamente el rostro con aquellos ojos verdes tan parecidos a los de él, como si nunca fuera a cansarse de mirarlo.

—Has sido muy valiente —le dijo.

Harry se quedó sin habla. Se regalaba los ojos con ella y pensó que le gustaría quedarse allí mirándola por toda la eternidad; no necesitaba nada más.

—Ya casi has llegado —le dijo James—. Te hallas muy cerca. Y nosotros estamos muy orgullosos de ti.

—¿Duele? —Esa pregunta tan infantil brotó de los labios del chico sin que él pudiera impedirlo.

—¿Si duele morir? No, en absoluto —contestó Sirius—. Es más rápido y más fácil que quedarse dormido.

—Y él se encargará de que sea rápido. Quiere acabar de una vez —añadió Lupin.

—No quería que ninguno de ustedes muriera por mí —dijo Harry sin proponérselo—. Lo siento... —Y se dirigió a Lupin como para pedirle perdón—: Tu hijo acababa de nacer... Lo siento mucho, Remus...

—Yo también lo siento —replicó Lupin—. Me apena pensar que nunca lo conoceré... Pero él sabrá por qué di la vida, y confío en que lo entienda. Yo intentaba construir un mundo donde él pudiera ser más feliz.

Una fresca brisa que parecía emanar del corazón del Bosque Prohibido le apartó el pelo de la frente a Harry. Sabía que ellos no lo obligarían a seguir adelante, que esa decisión tenía que tomarla él.

—¿Se quedarán conmigo?

—Hasta el final —contestó James.

—¿Y no los verá nadie?

—Somos parte de ti —repuso Sirius—. Los demás no pueden vernos.

Harry miró a su madre.

—Quédate a mi lado —le pidió.

Y se puso en marcha. El frío de los dementores no lo afectó, de manera que lo atravesó con sus acompañantes, que actuaron como *patronus*, y juntos desfilaron entre los viejos árboles de ramas enredadas y raíces nudosas y retorcidas, que crecían muy juntos entre sí. Harry se ciñó la capa invisible y fue adentrándose más y más en el bosque, sin saber con exactitud dónde estaría Voldemort, pero convencido de que lo encontraría. A su lado, sin hacer apenas ruido, iban sus cuatro valedores; su presencia le infundía coraje y el impulso para continuar caminando.

Su cuerpo y su mente parecían desconectados y sus extremidades funcionaban por sí mismas, sin que él les diera instrucciones conscientemente; tenía la impresión de que él era el pasajero, en vez del conductor, de aquel cuerpo que se disponía a abandonar. Era una sensación extraña, pero los muertos que caminaban a su lado por el Bosque Prohibido le resultaban mucho más reales que los vivos que se habían quedado en el castillo, de tal manera que ahora, mientras se dirigía dando traspiés hacia el final de su vida, hacia Voldemort, los fantasmas eran Ron, Hermione, Ginny y todos los demás.

Entonces se oyó un golpe seco y un susurro; otro ser vivo se había movido por allí cerca. Harry se detuvo bajo la capa, miró alrededor y aguzó el oído. Sus padres, Lupin y Sirius se detuvieron también.

—Por aquí hay alguien —dijo una voz áspera—. Tiene una capa invisible. ¿Crees que...?

Dos figuras salieron de detrás de un árbol cercano; llevaban las varitas encendidas y Harry reconoció a Yaxley y Dolohov, que escudriñaban la oscuridad justo en el sitio donde estaban él y los demás. Era evidente que no veían nada.

—Estoy seguro de que he oído algo —comentó Yaxley—. ¿Habrá sido un animal?

—Ese chiflado de Hagrid tenía un montón de bichos aquí —afirmó Dolohov echando un vistazo a sus espaldas.

—Se está agotando el tiempo —dijo Yaxley consultando su reloj—. Potter ya ha consumido la hora que tenía. No vendrá.

—Pues el Señor Tenebroso estaba seguro de que sí. Esto no le va a gustar nada.

—Será mejor que volvamos —propuso Yaxley—. A ver qué quiere hacer ahora.

Los dos mortífagos volvieron a adentrarse en el Bosque. Harry los siguió, porque sabía que lo guiarían exactamente hasta donde él quería ir. Miró a su madre y ella le sonrió, y su padre asintió con la cabeza para darle ánimo.

Sólo llevaban unos minutos andando cuando Harry vio luz un poco más allá, y Yaxley y Dolohov entraron en un claro que reconoció: era el sitio donde había vivido la monstruosa *Aragog*. Los restos de su inmensa telaraña todavía se conservaban, pero los mortífagos se habían llevado el enjambre de descendientes que la araña engendró para que lucharan por su causa.

En medio del claro ardía una hoguera, y el parpadeante resplandor iluminaba a un grupo de silenciosos y vigilantes mortífagos. Algunos todavía llevaban la capucha y la máscara, pero otros se habían descubierto la cara. Sentados un poco más apartados, dos gigantes de expresión cruel y rostros que recordaban una tosca roca proyectaban sombras enormes. Harry vio a Fenrir, merodeando mientras se mordía sus largas uñas; al corpulento y rubio Rowle, dándose toquecitos en una herida sangrante en el labio; a Lucius Malfoy, vencido y aterrado, y a Narcisa, con los ojos hundidos y llenos de aprensión.

Todas las miradas estaban clavadas en Voldemort, de pie en medio del claro, con la cabeza gacha y la Varita de Saúco entre las entrelazadas y blanquecinas manos. Parecía estar meditando, o contando en silencio, y Harry, que se había quedado quieto a cierta distancia de la escena, fantaseó absurdamente que esa figura era un niño al que le había tocado contar en el juego del escondite. *Nagini* se arremolinaba y se enroscaba dentro de su reluciente jaula encantada, suspendida detrás de la cabeza de Voldemort como un monstruoso halo.

Cuando Dolohov y Yaxley se incorporaron al corro de mortífagos, Voldemort levantó la cabeza.

—Ni rastro de él, mi señor —anunció Dolohov.

El Señor Tenebroso no mudó la expresión, pero a la luz del fuego sus encarnados ojos parecían arder. Poco a poco deslizó la Varita de Saúco entre sus largos dedos.

—Mi señor...

Era la voz de Bellatrix; estaba sentada junto a Voldemort, despeinada y con rastros de sangre en la cara, pero por lo demás ilesa.

Voldemort levantó la varita para ordenarle que se callara. Ella obedeció y se quedó mirándolo con gesto de adoración.

—Creí que vendría —dijo el Señor Tenebroso con su aguda y diáfana voz, sin apartar la vista de las danzantes llamas—. Confiaba en que vendría.

Nadie comentó nada. Todos parecían tan asustados como Harry, cuyo corazón latía como empeñado en escapar del cuerpo que el muchacho se disponía a desechar. Le sudaban las manos cuando se quitó la capa y se la guardó debajo de la túnica, junto con la varita mágica. Quería evitar la tentación de luchar.

—Por lo visto me equivocaba... —añadió Voldemort.

—No, no te equivocabas.

Harry habló tan alto como pudo, con toda la potencia de que fue capaz, porque no quería parecer asustado. La Piedra de la Resurrección resbaló de sus entumecidos dedos, y con el rabillo del ojo vio desaparecer a sus padres, Sirius y Lupin mientras él avanzaba hacia el fuego. En ese instante sintió que no importaba nadie más que Voldemort: estaban ellos dos solos.

Esa ilusión se desvaneció con la misma rapidez con que había surgido, porque los gigantes rugieron cuando todos los mortífagos se levantaron a la vez, y se oyeron numerosos gritos, exclamaciones e incluso risas. Voldemort se quedó inmóvil, pero ya había localizado a Harry y clavó la vista en él, mientras el muchacho avanzaba hacia el centro del claro. Sólo los separaba la hoguera.

Entonces una voz gritó:

—¡¡Harry!! ¡¡No!!

El chico se giró: Hagrid estaba atado a un grueso árbol. Su enorme cuerpo agitó las ramas al rebullirse, desesperado.

—¡¡No!! ¡¡No!! ¡¡Harry!! ¡¿Qué...?!

¡¡Cállate!! ordenó Rowle, y con una sacudida de la varita lo hizo enmudecer.

Bellatrix, que se había puesto en pie de un brinco, miraba con avidez a Voldemort y a Harry, mientras el pecho le subía y le bajaba al compás de su agitada respiración. Todo se había quedado estático, a excepción de las llamas y la serpiente, que se enroscaba y desenroscaba dentro de su reluciente jaula, detrás de la cabeza de Voldemort.

Harry sintió su varita contra el pecho, pero no hizo ademán de sacarla. Sabía que la serpiente estaba bien protegida, y si conseguía apuntarla cincuenta maldiciones caerían sobre él. Voldemort y el muchacho continuaban mirándose con fijeza, hasta que el Señor Tenebroso ladeó un poco la cabeza y su boca sin labios esbozó una sonrisa particularmente amarga.

—Harry Potter... —dijo en voz baja, una voz que se confundió con el chisporroteo del fuego—. El niño que sobrevivió.

Los mortífagos no se movían, expectantes; todo estaba en suspenso, a la espera. Hagrid forcejeaba, Bellatrix jadeaba y Harry, sin saber por qué, pensó en Ginny, en su luminosa mirada, en el roce de sus labios...

Voldemort había alzado la varita. Todavía tenía la cabeza ladeada, como un niño curioso, preguntándose qué sucedería si seguía adelante. Harry lo miraba a los ojos; quería que ocurriera ya, deprisa, mientras todavía pudiera tenerse en pie, antes de perder el control, antes de revelar su miedo...

Vio moverse la boca de Voldemort y un destello de luz verde, y entonces todo se apagó.

35

King's Cross

Se hallaba tumbado boca abajo, completamente solo, escuchando el silencio. Nadie lo vigilaba. No había nadie más. Ni siquiera estaba del todo seguro de estar allí.

Al cabo de mucho rato, o tal vez de muy poco, se le ocurrió que él debía de existir, ser algo más que un simple pensamiento incorpóreo, porque no cabía duda de que se encontraba tumbado sobre algún tipo de superficie. Era evidente, pues, que conservaba el sentido del tacto y que aquello sobre lo que se apoyaba también existía.

En cuanto llegó a esa conclusión tomó conciencia de su desnudez, pero, sabiéndose solo, no le importó, aunque sí lo intrigó un poco. Se preguntó entonces si, además de tener tacto, podría ver, de modo que abrió los ojos y verificó que, en efecto, también conservaba la vista.

Yacía en medio de una brillante neblina, aunque diferente de cualquiera que hubiera visto hasta entonces: el entorno no quedaba oculto tras nubes de vapor, sino que, al contrario, era como si éstas aún no hubieran formado del todo el entorno. El suelo parecía blanco, ni caliente ni frío; simplemente estaba ahí, algo liso y virgen que le daba soporte.

Se incorporó. Su cuerpo estaba aparentemente ileso. Se tocó la cara y notó que ya no llevaba gafas.

Entonces percibió un ruido a través de la amorfa nada que lo rodeaba: los débiles golpes de algo que se agitaba, se sacudía y forcejeaba. Era un ruidito lastimero, y sin embargo un poco indecoroso. Tuvo la desagradable sensación de estar oyendo a hurtadillas algo secreto, vergonzoso.

Y por primera vez lamentó no ir vestido.

En cuanto lo pensó, una túnica apareció a su lado. La tomó y se la puso; la tela era cálida y suave, y estaba limpia. Le pareció extraordinario que hubiera aparecido así, de repente, con sólo desearlo...

Por fin se levantó y miró alrededor. ¿Acaso se encontraba en una especie de enorme Sala de los Menesteres? Cuanto más miraba, más cosas detectaba, por ejemplo, un enorme techo abovedado de cristal que relucía bañado por el sol. ¿Se trataba acaso de un palacio? Todo continuaba quieto y silencioso, con la única excepción de aquellos golpecitos y quejidos provenientes de algún lugar cercano que la neblina le impedía situar...

Giró lentamente sobre sí mismo, y fue como si el entorno se reinventara ante sus ojos revelando un amplio espacio abierto, limpio y reluciente, una sala mucho más grande que el Gran Comedor, rematada por aquel transparente techo abovedado. Estaba casi vacía; él era la única persona que había allí, excepto...

Retrocedió, porque acababa de descubrir el origen de los ruidos: parecía un niño pequeño, desnudo y acurrucado en el suelo. Estaba en carne viva, al parecer desollado. Yacía estremeciéndose bajo la silla donde lo habían dejado, como si fuera algo indeseado, algo que había que apartar de la vista. No obstante, intentaba respirar.

Le dio miedo. Aunque aquel ser era pequeño y frágil y estaba herido, Harry no quería acercarse a él. No obstante, se le aproximó despacio, preparado para saltar hacia atrás en cualquier momento. No tardó en llegar lo bastante cerca para tocarlo, aunque no se atrevió a hacerlo. Se sintió cobarde. Debería haberlo consolado, pero le repelía.

—No puedes ayudarlo.

Se volvió rápidamente. Albus Dumbledore caminaba hacia él, muy ágil y erguido, vistiendo una larga y amplia túnica azul oscuro.

—Harry. —Le tendió los brazos abiertos, y tenía ambas manos enteras, blancas e intactas—. Eres un chico maravilloso. Un hombre valiente, muy valiente. Vamos a dar un paseo.

Aturdido, Harry lo siguió. Dumbledore se alejó a grandes zancadas del lugar donde yacía el desollado niño gimoteando, hasta dos sillas en las que Harry no se había fijado hasta entonces, colocadas a cierta distancia bajo el alto y reluciente techo. Dumbledore se sentó en una de ellas y Harry se dejó caer en la otra mientras miraba fijamente al antiguo director de Hogwarts. Conservaba los rasgos de antaño: la cabellera y la barba largas y plateadas, los penetrantes ojos azules tras las gafas de media luna, la torcida nariz. Y aun así...

—Pero si usted está muerto... —dijo.

—¡Ah, sí! —exclamó Dumbledore con soltura.

—Entonces... ¿yo también lo estoy?

—Bueno —dijo Dumbledore, y sonrió aún más—, ésa es la cuestión, ¿no? En principio, amigo mío, creo que no.

Se miraron, el anciano aún sonriendo.

—¿Ah, no? —dijo Harry.

—No, creo que no.

—Pero... —Harry se llevó una mano a la cicatriz en forma de rayo y le pareció que no la tenía—. Pero debería haber muerto... ¡No me defendí! ¡Decidí que Voldemort me matara!

—Y creo que eso fue lo decisivo. —Dumbledore irradiaba felicidad; era como si despidiera luz o fuego: Harry jamás lo había visto tan jubiloso.

—Explíquemelo, por favor —pidió el muchacho.

—Tú ya lo sabes —replicó Dumbledore, y se puso a juguetear con los pulgares, haciéndolos girar uno alrededor del otro.

—Dejé que me matara, ¿verdad?

—Sí, en efecto. ¡Vamos, continúa!

—Así que la parte de su alma que estaba dentro de mí...

Dumbledore asintió con entusiasmo, animándolo a proseguir elaborando conclusiones. Sonreía de oreja a oreja.

—... ¿ha desaparecido?

—¡Sí, muchacho, sí! Él la destruyó, pero tu alma está intacta y te pertenece por completo.

—Pero entonces... —Volvió la cabeza hacia aquella pequeña y mutilada criatura que temblaba bajo la silla—. ¿Qué es eso, profesor?

—Algo que está más allá de tu ayuda y de la mía.

—Pero si Voldemort empleó la maldición asesina, y si esta vez nadie ha muerto por mí... ¿cómo es posible que yo continúe vivo?

—Me parece que también lo sabes. Piénsalo. Recuerda lo que él hizo movido por su ignorancia, su avidez y su crueldad.

Harry se puso a cavilar dejando vagar la mirada por el entorno: sí, se hallaban en un palacio, un extraño palacio; había sillas distribuidas en pequeñas hileras y rejas aquí y allá, pero los únicos que estaban en aquel lugar eran Dumbledore, aquella raquítica criatura encogida bajo la silla y él. Entonces la respuesta acudió a sus labios con suma facilidad, sin ningún esfuerzo:

—Tomó mi sangre.

—¡Exacto! —exclamó Dumbledore—. ¡Tomó tu sangre y reconstruyó con ella su cuerpo físico! ¡Tu sangre en sus venas, Harry, la protección de Lily dentro de ustedes dos! ¡Te ató a la vida mientras viva él!

—¿Que yo viviré... mientras viva él? Pero no era... ¿no era al revés? ¿No teníamos que morir ambos? ¿O es la misma cosa?

Lo distrajeron los quejidos y golpecitos de la desesperada criatura, y la miró una vez más.

—¿Está seguro de que no podemos hacer nada por ese ser?

—No, no hay ayuda posible.

—Entonces... explíqueme más —pidió Harry, y Dumbledore sonrió.

—Tú eras el séptimo Horrocrux, Harry, el Horrocrux que él nunca se propuso hacer. Su alma era tan inestable que se destrozó cuando cometió aquellos actos de incalificable maldad: el asesinato de tus padres y el intento de asesinato de un niño. Pero lo que escapó de esa habitación aún era menos de lo que él creía, y dejó atrás algo más que su cuerpo: dejó una parte de sí mismo adherida a ti, a la víctima en potencia que, al fin, sobrevivió.

»¡Y su conocimiento permaneció lamentablemente incompleto, Harry! Voldemort no se molesta en comprender lo que no valora. Él no sabe ni entiende nada de elfos domésticos, ni de cuentos infantiles, del amor, la lealtad o la inocencia. Nada en absoluto. Porque todo eso tiene un poder que supera el suyo, un poder que está fuera del alcance de cualquier magia; es una verdad que él nunca ha captado.

»Así pues, tomó tu sangre convencido de que lo fortalecería, y de ese modo introdujo en su cuerpo una diminuta parte del sortilegio que tu madre te hizo al morir por ti. Su cuerpo mantiene vivo el sacrificio de Lily, y mientras sobreviva dicho sortilegio, sobrevivirán también tú y la última esperanza de redención de Voldemort.

Al acabar su explicación, Dumbledore volvió a sonreír.

—¿Y usted lo sabía? ¿Siempre lo supo?

—Lo sospechaba. Pero mis sospechas casi siempre se confirman —añadió el profesor alegremente.

Luego guardaron un largo silencio, mientras la criatura proseguía con sus gemidos y temblores.

—Quisiera saber otra cosa —dijo Harry al fin—. ¿Por qué mi varita destruyó la que él había tomado prestada?

—De eso no estoy seguro.

—Pues a ver si se confirman sus sospechas —bromeó Harry, y Dumbledore rió.

—Lo que debes entender es que lord Voldemort y tú han viajado juntos a terrenos de la magia hasta ahora desconocidos e inexplorados. Pero creo que esto es lo que pasó, aunque es algo sin precedentes, y también creo que ningún fabricante de varitas podría haberlo vaticinado o habérselo explicado a Voldemort.

»Sin pretenderlo, como ahora sabes, el Señor Tenebroso reforzó el lazo que los unía cuando volvió a adoptar forma humana. Una parte de su alma estaba todavía unida a la tuya, y, pensando fortalecerse, introdujo en su interior una parte del sacrificio de tu madre. Si hubiera entendido el tremendo y preciso poder de ese sacrificio, quizá no se habría atrevido a tocar tu sangre... Pero si hubiera sido capaz de comprenderlo, no sería lord Voldemort y jamás habría matado.

»Tras garantizar esa doble conexión, tras unir sus destinos como jamás dos magos estuvieron unidos en toda la historia de la magia, él procedió a atacarte con una varita que compartía el núcleo central con la tuya. Y entonces, como ya sabemos, ocurrió algo muy extraño: los núcleos centrales reaccionaron de una forma que lord Voldemort, quien nunca supo que tu varita era hermana gemela de la suya, no habría podido predecir.

»La noche en que eso ocurrió él se asustó más que tú, Harry. Tú habías aceptado, abrazado incluso, la posibilidad de la muerte, algo que el Señor Tenebroso nunca ha sido capaz de hacer. Venció tu coraje, y tu varita superó a la suya.

Y al hacerlo, algo ocurrió entre esas dos varitas, algo que repercutió en la relación entre sus dueños.

»Creo que esa noche tu varita se imbuyó en parte de la fuerza y las cualidades de la suya, lo cual equivale a decir que a partir de entonces contenía algo del propio Voldemort. Por eso tu varita lo reconoció cuando te perseguía, reconoció a un hombre que era a la vez amigo y enemigo mortal, y regurgitó parte de su propia magia contra él, una magia mucho más poderosa de la que habría realizado la varita de Lucius. Desde ese momento, tu varita contenía el poder de tu enorme valor y el de la letal habilidad de Voldemort; así las cosas, ¿qué posibilidades tenía la pobre vara de Lucius Malfoy?

—Pero si mi varita era tan poderosa, ¿cómo es que Hermione logró destruirla?

—Hijo mío, sus asombrosos efectos iban dirigidos únicamente a Voldemort, quien, con gran desatino, había tratado de alterar las más complejas leyes de la magia. Esa varita sólo ejercía un poder anormal contra él. Por lo demás, era una varita como cualquier otra... aunque buena, sin duda —concedió Dumbledore.

Harry se quedó largo rato en silencio, o quizá unos segundos. En aquel lugar era difícil estar seguro de conceptos como el del tiempo.

—Voldemort me mató con la varita que le quitó a usted.

—No, Harry, Voldemort no consiguió matarte con mi varita —lo corrigió Dumbledore—. Creo que podemos afirmar que no estás muerto. Aunque, por supuesto —añadió, como si temiera haber sido descortés—, no estoy minimizando tus sufrimientos, pues estoy seguro de que han sido enormes.

—Pero ahora me encuentro muy bien —observó Harry mirándose las manos, limpias y perfectas—. ¿Dónde estamos exactamente?

—Eso mismo iba a preguntarte —dijo Dumbledore echando una ojeada alrededor—. ¿Dónde crees que estamos?

Harry no lo sabía, pero al oír la pregunta se percató súbitamente de que la respuesta era muy sencilla.

—Parece... —dijo despacio— la estación de King's Cross. Sólo que mucho más limpia y vacía. Y no hay trenes a la vista.

—¡La estación de King's Cross! —exclamó Dumbledore riendo sin comedimiento—. ¡Qué barbaridad! ¿En serio?

—Bueno, pues ¿dónde cree usted que estamos? —replicó el chico, ceñudo.

—No tengo ni idea, hijo. Como suele decirse, aquí mandas tú.

Harry no sabía qué significaba eso; el profesor lo estaba sacando de quicio. Le lanzó una mirada iracunda y entonces recordó que tenía una pregunta mucho más apremiante.

—Por cierto, las Reliquias de la Muerte... —empezó, y le alegró comprobar que esas palabras borraban la sonrisa de su interlocutor.

—Sí. —El antiguo director puso cara de preocupación.

—¿Y bien?

Por primera vez desde que Harry lo conocía, Dumbledore no parecía un anciano, sino un niño pequeño al que han sorprendido cometiendo una fechoría.

—¿Me perdonas, Harry? —suplicó—. ¿Me perdonas por no haber confiado en ti? ¿Por no habértelo contado? Mi único temor, muchacho, era que fracasaras como yo, que cometieras los mismos errores. Te ruego que me perdones. Desde hace tiempo se que eres mejor persona que yo.

—Pero ¿de qué me habla? —repuso el muchacho, sorprendido por el tono de Dumbledore y por las lágrimas que, de pronto, le anegaron los ojos.

—Las reliquias, las reliquias... ¡El sueño de un hombre desesperado!

—¡Pero existen! ¡Son reales!

—Reales y peligrosas; un señuelo para necios. Y yo fui muy necio. Pero tú ya lo sabes, ¿verdad? Ya no tengo secretos para ti; lo sabes.

—¿Qué es lo que sé?

Dumbledore lo miró; las lágrimas todavía le chispeaban en los ojos.

—¡Señor de la muerte, Harry, señor de la muerte! ¿Era yo mejor, en última instancia, que Voldemort?

—Pues claro que sí. Por supuesto. ¿Cómo puede preguntar eso? ¡Usted nunca mató si pudo evitarlo!

—Cierto, cierto —afirmó Dumbledore como un niño que deja que lo tranquilicen—. Pero aun así yo también buscaba una forma de vencer a la muerte, muchacho.

—Pero no como él —sentenció Harry. Con lo enojado que estaba con Dumbledore, resultaba extraño estar allí sentado, bajo aquel alto techo abovedado, defendiendo al antiguo director de sus propias críticas—. Se trataba de las reliquias, no de Horrocruxes.

—Reliquias —murmuró Dumbledore—, no Horrocruxes. Exactamente.

Hubo una pausa. La criatura gimoteó, pero Harry ya no le hizo caso.

—¿Grindelwald también las buscaba? —preguntó.

Dumbledore cerró los ojos y asintió.

—Eso fue lo que nos unió, más que ninguna otra cosa —musitó—. Éramos dos chicos listos y arrogantes que compartían una obsesión. Él quiso ir a Godric's Hollow, como seguro que adivinaste, porque era allí donde estaba la tumba de Ignotus Peverell. Quería explorar el lugar donde había muerto el hermano menor.

—Entonces ¿es verdad? ¿Todo es cierto? Los hermanos Peverell...

—... eran los tres hermanos de la fábula. Sí, eso creo. Si se encontraron o no a la Muerte en un camino solitario, eso ya... Creo que los hermanos Peverell eran sencillamente unos magos peligrosos y con gran talento que consiguieron crear esos poderosos objetos. La versión de que eran las Reliquias de la Muerte me parece a mí una especie de leyenda que debió de surgir alrededor de la creación de esos objetos.

»Por otra parte, la Capa Invisible, como ya sabes, fue transmitiéndose a lo largo de los años, de padre a hijo, de madre a hija, hasta el último descendiente vivo de Ignotus, que nació, igual que éste, en Godric's Hollow. —Sonrió a Harry.

—¿Yo?

—En efecto, tú. Ya sé que adivinaste por qué tenía en mi poder esa capa la noche en que murieron tus padres. James me la había enseñado hacía pocos días. ¡Entonces entendí por qué consiguió hacer tantas travesuras en el colegio sin que lo descubrieran! Yo no daba crédito a lo que veía, así que le pedí que me la prestara para examinarla. Hacía mucho tiempo que había abandonado mi sueño de reunir las reliquias, pero no pude resistirme, no fui capaz de dejar pasar la ocasión de tenerla en mis manos... Jamás había visto una capa parecida: increíblemente vieja pero perfecta en todos los aspectos... Entonces tu padre murió, ¡y por fin tenía dos reliquias para mí solo!

El director hablaba con gran amargura.

—Pero la Capa Invisible no habría ayudado a mis padres a sobrevivir —se apresuró a decir Harry—. Voldemort sabía dónde estaban y la capa no los habría protegido de las maldiciones.

—Cierto. Tienes razón.

Harry esperó un rato, pero como el profesor no proseguía, le preguntó para animarlo:

—Entonces, ¿usted ya había dejado de buscar las reliquias cuando encontró la capa?

—Sí —contestó con un hilo de voz. Daba la impresión de que le costaba mirar a Harry a los ojos—. Ya sabes qué pasó; ya lo sabes. No puedes despreciarme más de lo que me desprecio a mí mismo.

—Pero si yo no lo desprecio...

—Pues deberías. Estás al corriente del secreto de la enfermedad de mi hermana, de cómo la atacaron esos muggles y en qué se convirtió; sabes que mi pobre padre quiso vengarse y pagó por ello, pues murió en Azkaban, y también sabes que mi madre sacrificó su vida para cuidar de Ariana.

»Yo estaba resentido, Harry. —Lo dijo sin rodeos, con frialdad, pero con la mirada perdida a lo lejos—. Tenía talento y era brillante, pero quería escapar. Quería brillar. Quería alcanzar la gloria.

»No me malinterpretes —añadió, y el dolor le ensombreció el rostro y recuperó el aspecto de anciano—. Yo los amaba, amaba a mis padres y mis hermanos. Pero era egoísta, Harry, más egoísta de lo que tú, que eres una persona asombrosamente desinteresada, podrías imaginar siquiera.

»Y cuando murió mi madre y me hallé ante la responsabilidad de una hermana enferma y un hermano díscolo, volví a mi pueblo lleno de rabia y amargura. ¡Me sentía atrapado y desperdiciado! Y entonces llegó él, claro...

Volvió a mirar a Harry a los ojos, y prosiguió:

—Sí, Grindelwald. No te imaginas cómo me atrajeron sus ideas, cuánto me inflamaron: los muggles obligados a someterse a los magos, el triunfo de los magos, Grindelwald y yo convertidos en los gloriosos y jóvenes líderes de la revolución... En el fondo tenía algunos escrúpulos. Pero calmaba mi conciencia con palabras vacías: iba a ser por el bien de todos y cualquier daño que provocáramos sería compensado con creces en beneficio de los magos. Aunque, ¿sabía yo, en el fondo, quién era Gellert Grindelwald? Me parece que sí, pero cerré los ojos a la verdad. Si lográbamos llevar a buen término nuestros planes, todos mis sueños se harían realidad.

»Y tras nuestros planes estaban las Reliquias de la Muerte. ¡Cómo lo fascinaban, cómo nos fascinaban a ambos! ¡La varita invencible, el arma que nos llevaría al poder! Para él, aunque yo fingiera no saberlo, la Piedra de la Resurrección significaba contar con un ejército de inferi; para mí, lo confieso, significaba el regreso de mis padres, algo que me liberaría de toda responsabilidad.

»Y la Capa Invisible... No sé por qué, pero no hablábamos mucho de esa reliquia. Ambos sabíamos escondernos muy bien sin necesidad de ella, cuya verdadera magia, por supuesto, consiste en que puede utilizarse para proteger a otras personas aparte de su propietario. Yo creía que si algún día la encontrábamos, podría resultar útil para ocultar a Ariana, pero lo que más nos interesaba de la capa era que completaba el trío. Según la leyenda, la persona que reuniera los tres objetos se convertiría en el verdadero señor de la muerte, es decir: las reliquias lo harían invencible.

»¡Grindelwald y Dumbledore, los invencibles señores de la muerte! Fueron dos meses de locura, sueños crueles y desatención de los dos únicos familiares que me quedaban...

»El resto de la historia ya lo conoces. Se impuso la realidad, encarnada en mi hermano, un joven tosco, inculto e infinitamente más admirable que yo. Pero no quería escuchar las verdades que me gritaba, ni que me dijera que yo no podía emprender la búsqueda de las reliquias arrastrando a una hermana frágil e inestable.

»La discusión derivó en una pelea y Grindelwald perdió el control. Eso que yo siempre había intuido en él, aunque fingiera ignorarlo, surgió de una forma espantosa. Y Ariana, después de todos los cuidados y toda la cautela de mi madre, yacía muerta en el suelo.

Dumbledore emitió un gemido ahogado y rompió a llorar. Harry quiso consolarlo y le alegró descubrir que podía tocarlo; le tomó un brazo y el director recobró poco a poco la compostura.

—Así pues, Grindelwald se marchó, como cualquiera (excepto yo) habría podido predecir. Desapareció con sus planes para tomar el poder y torturar a los muggles y con sus sueños sobre las Reliquias de la Muerte, unos sueños que yo había contribuido a consolidar. Huyó, y yo tuve que enterrar a mi hermana y aprender a vivir con el sentimiento de culpa y un terrible dolor, el precio de mi deshonrosa conducta.

»Pasaron los años y circulaban rumores sobre él. Decían que había conseguido una varita de inmenso poder. Entretanto, a mí me ofrecieron el cargo de ministro de Magia, no una vez sino muchas. Lo rechacé, como es lógico. Me había demostrado a mí mismo que no sabía manejar el poder.

—¡Pero usted habría sido mejor, mucho mejor que Fudge o Scrimgeour!

—¿Tú crees? No estoy tan seguro. Ya de muy joven había demostrado que el poder era mi debilidad y mi tentación. Es curioso, Harry, pero quizá los más capacitados para ejercer el poder son los que nunca han aspirado a él; los que, como tú, se ven obligados a ostentar un liderazgo y asumen esa responsabilidad, y comprueban, con sorpresa, que saben hacerlo.

»Yo resultaba menos peligroso en Hogwarts. Creo que fui un buen profesor...

—El mejor...

—Eres muy amable, Harry. Pero mientras yo me ocupaba en instruir a los jóvenes magos, Grindelwald preparaba un ejército. Dicen que me temía y quizá fuera cierto, pero creo que no tanto como yo le temía a él.

»No, no temía morir —aclaró ante la inquisitiva mirada del chico—, ni lo que Grindelwald pudiera hacerme con su magia, porque sabía que estábamos igualados; quizá yo fuera, incluso, un poco más hábil que él. Lo que me daba miedo era la verdad. Verás, yo nunca supe cuál de los dos, en aquella última y espeluznante pelea, lanzó la maldición que mató a mi hermana. Quizá me llames cobarde, y tendrás razón. Pero lo que más temía, por encima de todo, era saber a ciencia cierta que fui yo quien le causó la muerte a Ariana, no sólo por mi arrogancia y estupidez, sino por asestarle el golpe que apagó su vida.

»Estoy casi seguro de que él sabía cuál era mi temor. Por ese motivo fui posponiendo nuestro enfrentamiento, hasta que llegó un momento en que habría sido demasiado vergonzoso seguir aplazándolo. Estaba muriendo gente por su culpa, y Grindelwald parecía imparable, de manera que tenía que hacer todo lo posible por impedirlo.

»Bueno, ya sabes qué pasó a continuación. Gané el duelo. Gané la varita.

Otra vez silencio. Harry no le preguntó si había llegado a averiguar quién mató a Ariana. No quería saberlo, y menos que él mismo tuviera que decírselo. Por fin comprendía qué debía de ver Dumbledore cuando se miraba en el espejo de Oesed, y por qué se mostraba tan comprensivo ante la fascinación que éste ejercía sobre Harry.

Permanecieron largo rato callados; los gemidos de la extraña criatura apenas perturbaban ya a Harry.

Al fin, Dumbledore continuó:

—Grindelwald intentó impedir que Voldemort se hiciera con la varita. Le mintió: le aseguró que nunca la había tenido.

—Asentía con la cabeza, mirándose el regazo; las lágrimas todavía le resbalaban por la torcida nariz—. Dicen que mucho más tarde, cuando cumplía condena en su celda de Nurmengard, se arrepintió. Espero que sea verdad. Me gustaría creer que comprendió lo horrible y vergonzoso que fue lo que hizo. Quizá esa mentira que le dijo a Voldemort fuera su intento de reparar el daño, de impedir que el Señor Tenebroso consiguiera la reliquia...

—O quizá de impedir que abriera la tumba en la que usted reposaba —sugirió Harry, y Dumbledore se enjugó las lágrimas—. Usted intentó utilizar la Piedra de la Resurrección.

—En efecto. Cuando después de tantos años descubrí la reliquia que más había ansiado poseer, enterrada en la casa abandonada de los Gaunt (aunque en mi juventud la quería por motivos muy diferentes), perdí la cabeza. Casi olvidé que se había convertido en un Horrocrux, y que el anillo debía de llevar una maldición. De modo que lo tomé y me lo puse en el dedo; por un instante imaginé que estaba a punto de ver a Ariana y a mis padres, y que podría decirles cuánto lo lamentaba...

»Fui un estúpido. Al cabo de tanto tiempo no había aprendido nada. Era indigno de reunir las Reliquias de la Muerte, lo había demostrado en más de una ocasión, y allí estaba la prueba definitiva.

—Pero ¿por qué? —exclamó Harry—. ¡Era lógico! Usted quería volver a verlos. ¿Qué tiene eso de malo?

—Quizá un hombre entre un millón podría reunir las reliquias, Harry. Yo sólo merecía poseer la más humilde de las tres, la menos extraordinaria: la Varita de Saúco, pero no para hacer alarde de ella, ni para matar. Se me permitió domarla y utilizarla, porque no la obtuve para mi propio beneficio, sino para salvar a otros de su poder.

»Pero la Capa Invisible la tomé por pura curiosidad, y por eso nunca me habría funcionado como a ti, que eres su verdadero propietario. Y la Piedra de la Resurrección la habría utilizado para traer a los que descansan en paz, no para sacrificarme como hiciste tú. Tú eres el digno poseedor de las reliquias.

Dumbledore le dio unas palmaditas en la mano, y el chico le sonrió sin poder evitarlo. ¿Cómo podía seguir enfadado con él? No obstante, le preguntó:

—¿Por qué me lo puso tan difícil?

Dumbledore esbozó una sonrisa.

—Me temo que conté con que la señorita Granger te ayudaría a tomarte las cosas con más calma, Harry. Me daba miedo que tu acalorada mente dominara tu buen corazón, y que, si te presentaba abiertamente los hechos acerca de esos tentadores objetos, te apoderaras de las reliquias, como hice yo, en el momento equivocado y por las razones equivocadas. Si llegabas a conseguirlas, yo quería que las poseyeras sin peligro. Así que ahora eres el verdadero señor de la muerte, porque el verdadero señor de la muerte no pretende huir de ella, sino que acepta que debe morir y entiende que en la vida hay cosas mucho peores que morir.

—¿Y Voldemort nunca conoció la existencia de las reliquias?

—Creo que no, porque no reconoció la Piedra de la Resurrección que convirtió en un Horrocrux. Y aunque lo hubiera sabido, Harry, dudo que se hubiera interesado más que por la primera, pues no habría creído que la capa le fuera útil, y en cuanto a la piedra, ¿a quién iba a querer recuperar del mundo de los muertos? Él teme a los muertos, porque no ama.

—Pero ¿usted sabía que Voldemort buscaría la varita?

—Verás, desde que tu varita superó a la suya en el cementerio de Pequeño Hangleton estaba convencido de que intentaría poseerla. Al principio él temió que lo hubieras vencido gracias a una destreza superior. Sin embargo, después de secuestrar a Ollivander descubrió la existencia de los núcleos centrales gemelos, y creyó que esa razón lo explicaba todo. ¡Pero la varita que tomó prestada no funcionó mejor contra la tuya! Así que, en lugar de preguntarse cuál era esa cualidad tuya que había hecho tan poderosa tu varita, qué don era ese que tú poseías y él no, decidió buscar la única varita que, según decían, era capaz de derrotar a cualquier otra. Para él, la Varita de Saúco se ha convertido en una obsesión comparable a su obsesión por ti. Cree que esa varita elimina cualquier atisbo de debilidad y lo hace verdaderamente invencible. Pobre Severus...

—Si usted planeó su propia muerte con Snape, era porque quería que él terminara poseyendo la Varita de Saúco, ¿no?

—Sí, admito que ésa era mi intención. Pero no salió como lo había planeado, ¿verdad?

—No, eso no dio resultado.

La criatura continuaba sacudiéndose y gimiendo, y ellos se quedaron callados un rato aún más largo. Durante esos dilatados minutos, la revelación de lo que iba a suceder a continuación fue descendiendo sobre Harry como una lenta nevada.

—Tengo que regresar, ¿verdad?

—Eso debes decidirlo tú.

—¿Puedo elegir?

—Sí, ya lo creo —respondió Dumbledore, sonriente—. ¿Dónde has dicho que estamos? En King's Cross, ¿no? Supongo que si decidieras no regresar, podrías... tomar un tren.

—¿Y adónde me llevaría ese tren?

—Más allá.

Volvieron a quedarse en silencio.

—Voldemort tiene la Varita de Saúco.

—Cierto, la tiene.

—Pero ¿usted quiere que yo regrese?

—Si decides regresar, existe la posibilidad de que Voldemort sea derrotado para siempre. No puedo prometerlo, pero de una cosa sí estoy seguro, Harry: tú tienes mucho menos que temer si vuelves aquí que él.

Harry echó otra ojeada a aquel ente en carne viva que temblaba y emitía ruiditos bajo la apartada silla.

—No te den lástima los muertos, Harry, sino más bien los vivos, y sobre todo los que viven sin amor. Si regresas, quizá puedas evitar que haya más muertos y heridos, más familias destrozadas. Si eso te parece un objetivo encomiable, entonces tú y yo nos despediremos hasta la próxima.

Harry asintió y dio un suspiro. Abandonar el lugar donde se hallaba no resultaría tan difícil como entrar en el Bosque Prohibido, pero aquí se estaba cómodo, caliente y tranquilo, y él sabía que si regresaba se enfrentaría de nuevo al dolor, al miedo y la pérdida. Por fin se levantó. Dumbledore lo imitó y ambos se miraron largamente a los ojos.

—Dígame una última cosa —pidió Harry—. ¿Esto es real? ¿O está pasando sólo dentro de mi cabeza?

Dumbledore lo miró sonriente, y su voz sonó alta y potente, pese a que aquella reluciente neblina descendía de nuevo y le iba ocultando el cuerpo.

—Claro que está pasando dentro de tu cabeza, Harry, pero ¿por qué iba a significar eso que no es real?

36

La falla del plan

Volvía a estar tendido en el suelo. El olor del bosque le impregnaba el olfato y notaba la fría y dura tierra bajo la mejilla, así como una patilla de las gafas, que con la caída se le habían torcido y le habían hecho un corte en la sien. Además, le dolía todo el cuerpo, y en el sitio donde había recibido la maldición asesina percibía una contusión que parecía producida por un puño de hierro. A pesar de todo no se movió, sino que siguió en el lugar exacto donde había caído, manteniendo el brazo izquierdo doblado en una posición extraña y la boca abierta.

No le habría sorprendido oír gritos de triunfo y júbilo ante su muerte, pero lo que oyó fueron pasos acelerados, susurros y murmullos llenos de interés.

—Mi señor... mi señor...

Era la voz de Bellatrix, que hablaba como si se dirigiera a un amante. Harry no se atrevió a abrir los ojos, pero dejó que sus otros sentidos analizaran el aprieto en que se encontraba. Sabía que todavía tenía la varita mágica debajo de la túnica porque la notaba bajo el pecho, y una ligera blandura en la zona del estómago le indicaba que también conservaba escondida la capa invisible.

—Mi señor...

—Ya basta —dijo Voldemort.

Más pasos; varias personas se retiraban del mismo lugar. Ansioso por averiguar qué estaba ocurriendo y por qué, Harry separó los párpados un milímetro.

Voldemort se estaba levantando, al mismo tiempo que varios mortífagos se alejaban en dirección a la multitud que bordeaba el claro. Sólo Bellatrix se quedó atrás, arrodillada junto al Señor Tenebroso.

Harry volvió a cerrar los ojos y reflexionó: en un primer momento, los mortífagos debían de haber estado apiñados alrededor de Voldemort, que al parecer había caído al suelo. Algo había sucedido cuando le lanzó la maldición asesina a Harry. ¿Se habría desplomado también él? Daba esa impresión. Y ambos habían perdido brevemente el conocimiento, y ambos lo habían recobrado...

—Mi señor, permítame...

—No necesito ayuda —le espetó Voldemort con frialdad. Aunque no podía verla, Harry imaginó a Bellatrix retirando una solícita mano—. El chico... ¿ha muerto?

Se hizo un silencio absoluto en el claro. Nadie se acercó a Harry, pero él percibía sus miradas, que parecían aplastarlo aún más contra el suelo. Temió que se le moviera un dedo o un párpado.

—Tú —indicó Voldemort, y hubo un estallido y un ligero grito de dolor—, examínalo y dime si está muerto.

Harry ignoraba a quién había dado esa orden. No tenía más remedio que quedarse allí tendido, con el corazón palpitándole y amenazando con traicionarlo, y dejar que lo examinaran. No obstante, lo consoló (aunque fuera un pobre consuelo) saber que Voldemort no se atrevía a acercarse a él, porque sospechaba que no todo había salido según sus previsiones...

Unas manos más suaves de lo que suponía le tocaron la cara, le levantaron un párpado, se deslizaron bajo su camisa hasta el pecho y le buscaron el pulso. Oyó la rápida respiración de la mujer, y su largo cabello le hizo cosquillas en la cara. Harry sabía que ella le detectaba los fuertes latidos de la vida en el pecho.

—¿Está Draco vivo? ¿Está en el castillo? —le susurró muy quedamente la mujer, rozándole la oreja con los labios, al tiempo que su larga melena ocultaba la cara de Harry a los curiosos.

—Sí —musitó el muchacho.

Notó cómo la mano que ella le había posado en el pecho se contraía, clavándole las uñas. Entonces retiró la mano y se incorporó.

—¡Está muerto! —anunció Narcisa Malfoy a los demás.

Todos soltaron gritos y exclamaciones de triunfo y dieron contundentes patadas en el suelo. Aunque mantenía los ojos cerrados, Harry vislumbró destellos rojos y plateados de celebración. Y mientras seguía así, fingiéndose muerto, lo entendió: Narcisa sabía que la única manera de que le permitieran entrar en Hogwarts y buscar a su hijo era formando parte del ejército conquistador. Ya no le importaba que Voldemort ganara o no.

—¡¿Lo ven?! —chilló Voldemort por encima del alboroto—. ¡He matado a Harry Potter y ya no existe hombre vivo que pueda amenazarme! ¡Miren! ¡*Crucio!*

Harry estaba esperándolo: sabía que no permitirían que su cuerpo quedara impoluto en el Bosque Prohibido; tenían que humillarlo para demostrar la victoria del Señor Tenebroso. Sintió que se elevaba del suelo y tuvo que emplear toda su determinación para relajar los músculos y no ofrecer resistencia, pero no experimentó ningún dolor. Se vio lanzado una, dos, hasta tres veces al aire; se le cayeron las gafas y la varita mágica se le desplazó bajo la túnica, pero se mantuvo flojo e inerte, y cuando cayó al suelo por última vez, en el bosque resonaron vítores y carcajadas.

—Y ahora —anunció Voldemort—, iremos al castillo y les mostraremos qué ha sido de su héroe. ¿Quién quiere arrastrar el cadáver? ¡No! ¡Esperen!

Hubo más carcajadas y, pasados unos instantes, Harry notó que el suelo temblaba bajo su cuerpo.

—Vas a llevarlo tú —ordenó Voldemort—. En tus brazos se verá bien, ¿no crees? Recoge a tu amiguito, Hagrid. ¡Ah, y las gafas! Pónselas; quiero que lo reconozcan.

Alguien se las plantó en la cara con una fuerza deliberadamente excesiva; las manazas del guardabosques, en cambio, lo levantaron con sumo cuidado. El muchacho percibió que los brazos de Hagrid temblaban debido a sus sollozos convulsivos, y unas gruesas lágrimas le cayeron encima cuando el guardabosques lo tomó en brazos, pero no se atrevió a darle a entender, mediante movimientos o palabras, que no todo estaba perdido.

—¡Muévete! —ordenó Voldemort, y Hagrid avanzó a trompicones entre los árboles, muy juntos entre sí.

Las ramas se enredaban en el cabello y la túnica de Harry, pero él permaneció quieto, con la boca abierta y los ojos cerrados. Los mortífagos iban en tropel alrededor del guardabosques, que sollozaba a ciegas, pero nadie se molestó en comprobar si latía algún pulso en el descubierto cuello de Harry Potter...

Los dos gigantes cerraban la comitiva; Harry oía crujir y caer los árboles que iban derribando. Hacían tanto ruido que los pájaros echaban a volar chillando, y hasta ahogaban los abucheos de los mortífagos. El victorioso cortejo desfiló hacia campo abierto, y al cabo de un rato el muchacho dedujo que habían llegado a una zona donde los árboles crecían más separados, porque vislumbraba cierta claridad.

—¡¡Bane!!

El inesperado grito de Hagrid estuvo a punto de hacer que Harry abriera los ojos.

—Qué contentos deben de estar ahora de no haber peleado, ¿verdad, pandilla de mulas cobardes? Se alegran de que Harry Potter esté... mu... muerto, ¿eh?

Hagrid no pudo continuar y rompió a llorar de nuevo. El chico se preguntó cuántos centauros estarían contemplando la procesión, pero tampoco se atrevió a mirar. Algunos mortífagos insultaron a los centauros una vez que los hubieron dejado atrás. Poco después, Harry supuso, porque hacía más frío, que habían llegado a la linde del bosque.

—¡Quieto!

Hagrid dio una pequeña sacudida, y el chico imaginó que lo habían obligado a obedecer la orden de Voldemort. Entonces los envolvió un frío espeluznante; Harry oyó la vibrante respiración de los dementores que patrullaban entre los árboles más cercanos a los jardines de Hogwarts, pero ahora ya no lo afectaban, porque el milagro de su propia supervivencia ardía en su interior como un talismán contra ellos, como si el ciervo de su padre se hubiera convertido en el custodio de su corazón.

Alguien pasó cerca de él y supo que se trataba de Voldemort cuando éste habló, amplificando su voz mediante magia para que se propagara por los jardines. La voz le retumbó en los oídos.

—Harry Potter ha muerto. Lo mataron cuando huía, intentando salvarse mientras ustedes entregaban su vida por él. Hemos traído su cadáver para demostrarles que su héroe ha sucumbido.

»Hemos ganado la batalla y ustedes han perdido a la mitad de sus combatientes. Mis mortífagos los superan en número y el niño que sobrevivió ya no existe. No debe haber más guerras. Aquel que continúe resistiendo, ya sea hombre, mujer o niño, será sacrificado junto con toda su familia. Y ahora, salgan del castillo, arrodíllense ante mí, y los salvaré. Sus padres e hijos, sus hermanos y hermanas vivirán y serán perdonados, y todos se unirán a mí en el nuevo mundo que construiremos juntos.

No se oía nada en absoluto, ni en los jardines ni en el castillo. Voldemort estaba tan cerca que Harry continuó sin abrir los ojos.

—¡Vamos! —ordenó el Señor Tenebroso, y Harry oyó que echaba a andar.

Obligaron a Hagrid a seguirlo. Entonces el chico sí entreabrió apenas los ojos y vio a Valdemort caminando a grandes zancadas delante de ellos, con la enorme serpiente colgada de los hombros, liberada ya de su jaula encantada. Pero Harry no podía sacar la varita que llevaba bajo la túnica sin que lo vieran los mortífagos que marchaban a ambos lados, bajo una oscuridad que poco a poco iba cediendo...

—Harry —sollozó Hagrid—. ¡Oh, Harry! ¡Harry!

El muchacho cerró una vez más los párpados. Sabía que estaban acercándose al castillo y aguzó el oído tratando de distinguir, aparte de las alegres voces de los mortífagos y sus ruidosas pisadas, alguna señal de vida en su interior.

—¡Alto!

Los mortífagos se detuvieron. Harry los oyó desplegarse frente a las puertas del colegio, que estaban abiertas, y percibió un resplandor rojizo que imaginó era luz que salía del vestíbulo. Esperó. En cualquier momento, aquellos por los que él había intentado morir lo verían, aparentemente muerto, en brazos de Hagrid.

—¡¡Nooo!!

El grito fue aún más terrible porque el chico jamás habría imaginado que la profesora McGonagall fuera capaz de producir semejante sonido. De inmediato oyó reír a otra mujer y comprendió que Bellatrix se regodeaba con la desesperación de McGonagall. Volvió a abrir un poco los ojos, sólo un segundo, y observó cómo la entrada del castillo se llenaba de gente: los supervivientes de la batalla salían a los escalones de piedra para enfrentarse a sus vencedores y comprobar con sus propios ojos que Harry había muerto. Voldemort estaba de pie, un poco más adelante, acariciándole la cabeza a *Nagini* con un solo y blanco dedo. Cerró los ojos.

—¡Nooo!

—¡Nooo!

—¡Harry! ¡¡Harry!!

Escuchar las voces de Ron, Hermione y Ginny fue peor que oír a la profesora McGonagall. Tuvo el impulso de contestarles, aunque se contuvo, pero sus exclamaciones fueron como un detonante, pues la multitud de supervivientes hizo suya su causa y se lanzaron a gritar y chillar insultos a los mortífagos, hasta que...

—¡¡Silencio!! —bramó Voldemort. Hubo un estallido y un destello de brillante luz, y todos obedecieron a la fuerza—. ¡Todo ha terminado! ¡Ponlo en el suelo, Hagrid, a mis pies, que es donde le corresponde estar! El guardabosques lo depositó sobre la hierba—. ¿Lo ven? —se jactó Voldemort, paseándose alrededor del yacente muchacho—. ¡Harry Potter ha muerto! ¿Lo entienden ahora, ilusos? ¡Nunca fue más que un chiquillo que confió en que otros se sacrificarían por él!

—¡Harry te venció! —gritó Ron. Sus palabras hicieron trizas el hechizo y los defensores de Hogwarts empezaron a gritar e insultar de nuevo, hasta que otro estallido, más potente, volvió a apagar sus voces.

—Lo mataron cuando intentaba huir de los jardines del castillo —mintió Voldemort, regodeándose con el embuste—. Lo mataron cuando intentaba salvarse...

Pero el Señor Tenebroso se interrumpió. Entonces Harry oyó una carrera y un grito, y luego otro estallido, un destello de luz y un gruñido de dolor; abrió apenas los ojos: alguien se había separado del grupo y embestido a Voldemort. La figura cayó al suelo, víctima de un encantamiento de desarme; Voldemort arrojó la varita de su agresor a un lado y rió.

—¿A quién tenemos aquí? —preguntó con su sibilante voz de reptil—. ¿Quién se ha ofrecido como voluntario para demostrar qué les pasa a quienes siguen luchando cuando la batalla está perdida?

Bellatrix rió con regocijo e informó:

—¡Es Neville Longbottom, mi señor! ¡El chico que tantos problemas ha causado a los Carrow! El hijo de los aurores, ¿se acuerda?

—¡Ah, sí! Ya me acuerdo —afirmó el Señor Tenebroso viendo cómo Neville se levantaba, desarmado y desprotegido, en la tierra de nadie que separaba a los supervivientes de los mortífagos—. Pero tú eres un sangre limpia, ¿verdad, mi valiente amigo? —le preguntó a Neville, que se le había encarado con los puños apretados.

—¡Sí! ¿Y qué? —contestó el chico.

—Demuestras temple y valentía, y desciendes de una noble estirpe. Así que serás un valioso mortífago. Necesitamos gente como tú, Neville Longbottom.

—¡Me uniré a ustedes el día que se congele el infierno! —espetó Neville—. ¡Ejército de Dumbledore! —chilló, y la multitud respondió con vítores que los encantamientos silenciadores de Voldemort no lograron reprimir.

—Muy bien —dijo el Señor Tenebroso, y Harry detectó más peligro en aquel tono sedoso que en la más poderosa maldición—. Si así lo quieres, Longbottom, volveremos al plan original. La responsabilidad es tuya —añadió sin alterarse.

Harry, que seguía mirando entre las pestañas, vio cómo Voldemort agitaba su varita. Unos segundos más tarde, un bulto que parecía un pájaro deforme salió por una de las rotas ventanas del castillo y voló en medio de la penumbra hasta posarse en la mano del Señor Tenebroso. Él tomó aquella cosa enmohecida por su puntiagudo extremo y la sostuvo en alto, vacía y raída: era el Sombrero Seleccionador. Entonces anunció:

—Ya no volverá a haber otra Ceremonia de Selección en el colegio Hogwarts, y tampoco casas. El emblema, el escudo y los colores de mi noble antepasado, Salazar Slytherin, servirán para todos, ¿no es así, Neville Longbottom?

Apuntó con su varita al joven, que se quedó rígido e inmóvil, y entonces le plantó el sombrero en la cabeza, calado hasta los ojos. Se produjo cierta agitación entre la multitud que observaba la escena desde los escalones de piedra, pero los mortífagos enarbolaron amenazadoramente las varitas para disuadir a los defensores de Hogwarts.

—Ahora Longbottom va a mostrarnos qué les ocurre a quienes son lo bastante estúpidos para seguir oponiéndose a mí. —Y con una sacudida de la varita prendió fuego al Sombrero Seleccionador.

Los gritos colmaron el amanecer. Neville estaba envuelto en llamas, clavado en el suelo e incapaz de moverse, y Harry no pudo soportarlo más. Tenía que actuar...

De repente sucedieron varias cosas a la vez.

Se oyó una barahúnda proveniente de los límites del colegio. Era como si cientos de personas irrumpieran saltando los muros, que no se veían desde allí, y salieran disparadas hacia el castillo lanzando gritos de guerra. Por su parte, Grawp bordeó el castillo con sus torpes andares, y bramó: «¡¡Jagi!!» Los gigantes de Voldemort respondieron a su grito con rugidos, y al correr hacia él como elefantes enfurecidos hicieron temblar el suelo. También se oyeron ruidos de cascos y de arcos tensándose, y una lluvia de flechas cayó sobre los mortífagos, que rompieron filas, desprevenidos. Harry sacó en ese momento la capa invisible de debajo de su túnica, se la echó por encima y se puso en pie de un brinco. Y entonces Neville también se movió

Con un rápido y fluido movimiento se libró de la maldición de inmovilidad total que lo aprisionaba, y el llameante sombrero se le cayó de la cabeza. Acto seguido sacó de su interior un objeto de plata con rubíes incrustados en la empuñadura... y de un solo tajo de espada degolló a la serpiente. La cabeza de *Nagini* salió despedida hacia arriba, girando sobre sí misma, reluciente a la luz que llegaba del vestíbulo. Voldemort abrió la boca para dar un grito de cólera que nadie pudo oír, y el cuerpo de la serpiente cayó a sus pies con un ruido sordo.

Oculto bajo la capa, Harry hizo un encantamiento escudo entre Neville y Voldemort antes de que éste pudiera alzar la varita. Entonces, por encima de los gritos, los bramidos y las atronadoras pisadas de los batalladores gigantes, se oyó el grito de Hagrid:

—¡¡Harry!! ¡¡Harry!! ¡¡¿Dónde está Harry?!!

En cuestión de segundos reinó el caos: los centauros cargaron contra los mortífagos y los obligaron a dispersarse; la gente corría en todas las direcciones para no morir aplastada bajo los pies de los gigantes, y con tremendo estruendo se acercaban los refuerzos venidos de quién sabía dónde. Harry distinguió unas enormes criaturas aladas —thestrals y

Buckbeak, el hipogrifo— que volaban alrededor de las cabezas de los gigantes de Voldemort, arañándoles los ojos, mientras Grawp les daba puñetazos y los aporreaba. Por su parte, los magos, tanto los defensores de Hogwarts como los mortífagos de Voldemort, se vieron obligados a refugiarse en el castillo. Harry lanzaba embrujos y maldiciones a todos los mortífagos que veía, los cuales se desplomaban sin saber qué o quién los había alcanzado, y la multitud los pisoteaba al batirse en retirada.

Todavía oculto bajo la capa invisible, el chico se vio empujado hasta el vestíbulo. Buscaba a Voldemort, y lo descubrió en el otro extremo de la estancia, arrojando hechizos a diestra y siniestra mientras se retiraba hacia el Gran Comedor sin dejar de gritarles instrucciones a sus seguidores. Harry realizó más encantamientos escudo, y dos víctimas potenciales de Voldemort, Seamus Finnigan y Hannah Abbott, pasaron a toda velocidad por su lado y entraron en el Gran Comedor para participar en la contienda que se estaba desarrollando dentro.

Más y más gente subía en tropel los escalones de piedra. Harry vio a Charlie Weasley adelantando a Horace Slughorn, que todavía llevaba su pijama verde esmeralda. Por lo visto habían regresado al castillo a la cabeza de los familiares y amigos de los alumnos de Hogwarts que se habían quedado para luchar, junto con los comerciantes y vecinos de Hogsmeade. Los centauros Bane, Ronan y Magorian irrumpieron en el comedor con gran estrépito de cascos, y la puerta que conducía a las cocinas se salió de los goznes.

Los elfos domésticos de Hogwarts entraron atropelladamente en el vestíbulo gritando y blandiendo cuchillos de trinchar y cuchillas de carnicero. Kreacher iba a la cabeza, con el guardapelo de Regulus Black colgado del cuello y rebotándole sobre el pecho, y su croar se distinguía a pesar del intenso vocerío: «¡Luchen! ¡Luchen! ¡Luchen por mi amo, el defensor de los elfos domésticos! ¡Derroten al Señor Tenebroso en nombre del valiente Regulus! ¡Luchen!»

Los elfos arremetían sin piedad contra las pantorrillas y los tobillos de los mortífagos, que caían como moscas, superados en número y abrumados por las maldiciones, al tiempo que se arrancaban flechas de las heridas, recibían cuchilladas en las piernas, o simplemente trataban de escapar, aunque eran engullidos por aquella horda imparable.

Pero la batalla todavía no había terminado: Harry pasó como un relámpago entre combatientes y prisioneros y entró en el Gran Comedor. Encontró a Voldemort en medio de la refriega, atacando a todo el que se le pusiera a tiro. Como no podía apuntarle bien desde donde se hallaba, fue abriéndose paso hacia él bajo la capa invisible. El Gran Comedor estaba cada vez más abarrotado, pues todos los que todavía podían andar se dirigían hacia allí como una riada.

Harry vio cómo George y Lee Jordan derribaban a Yaxley; cómo Dolohov caía lanzando un alarido, atacado por Flitwick, y cómo Hagrid arrojaba de una punta a otra de la estancia a Walden Macnair, que se estrelló contra la pared de piedra y cayó inconsciente al suelo. Ron y Neville abatieron a Fenrir Greyback; Aberforth aturdió a Rookwood; Arthur y Percy tumbaron a Thicknesse. Lucius y Narcisa Malfoy, sin intervenir en la lucha, corrían entre el gentío llamando a su hijo a voz en cuello.

Voldemort, en cuyo rostro se reflejaba un odio inhumano, peleaba contra McGonagall, Slughorn y Kingsley, que lo esquivaban y se zafaban de él, defendiéndose con denuedo pero incapaces de reducirlo...

Bellatrix luchaba a unos cincuenta metros de Voldemort, e, igual que su amo, lidiaba con tres oponentes a la vez: Hermione, Ginny y Luna. Las chicas peleaban a fondo, dando lo mejor de sí, pero Bellatrix igualaba sus fuerzas. Harry vio cómo una maldición asesina pasaba rozando a Ginny, que se salvó de la muerte por un pelito... El muchacho decidió atacar a Bellatrix en lugar de a Voldemort, pero sólo había dado unos pasos en esa dirección cuando lo apartaron de un empujón.

—¡¡Mi hija no, mala bruja!!

La señora Weasley se quitó la capa para tener libres los brazos y corrió hacia Bellatrix. La mortífaga se dio la vuelta y soltó una carcajada al ver quién la amenazaba.

—¡¡Apártense de aquí!! —les gritó la señora Weasley a las tres chicas y, haciendo un molinete con la varita, se dispuso a luchar contra Bellatrix.

Aterrado y eufórico, Harry vio cómo Molly Weasley agitaba incansablemente la varita y la sonrisa burlona de Bellatrix se convertía en una mueca de rabia. De las dos varitas salían chorros de luz, y alrededor de las brujas el suelo se recalentó y empezó a resquebrajarse. Ambas mujeres peleaban a muerte.

—¡Quietos! —ordenó la señora Weasley al ver que algunos estudiantes iban hacia ella con intención de ayudarla—. ¡Apártense! ¡Apártense! ¡Es mía!

Había cientos de personas bordeando las paredes, observando los dos combates: el de Voldemort y sus tres oponentes, y el de Bellatrix y Molly. Harry se quedó allí plantado, invisible, incapaz de decidir entre uno y otro; quería atacar, pero también proteger, y temía herir a algún inocente.

—¿Qué va a ser de tus hijos cuando te haya matado? —se burló Bellatrix, tan frenética como su amo, dando saltos para esquivar las maldiciones de Molly—. ¿Qué les va a pasar cuando su mami vaya a reunirse con Freddie?

—¡Nunca... volverás... a tocar... a nuestros hijos! —chilló la señora Weasley.

Bellatrix soltó una carcajada, una risa de euforia muy parecida a la que había emitido su primo Sirius al caer hacia atrás a través del velo, y Harry, antes de que ocurriera, supo lo que iba a suceder: la maldición de Molly pasó por debajo del brazo extendido de Bellatrix y le dio de lleno en el pecho, justo encima del corazón.

La sonrisa de regodeo de Bellatrix se quedó estática y dio la impresión de que los ojos se le salían de las órbitas. Por un instante, la bruja fue consciente de lo que había pasado, pero entonces tropezó y la multitud se puso a bramar. Voldemort soltó un horrible chillido.

Harry sintió como si se diera la vuelta a cámara lenta y vio a McGonagall, Kingsley y Slughorn salir despedidos hacia atrás, retorciéndose en el aire, al mismo tiempo que la rabia de Voldemort, ante la caída de su último y mejor lugarteniente, estallaba con la fuerza de una bomba. El Señor Tenebroso alzó la varita y apuntó a Molly Weasley.

—¡*Protego!* —bramó Harry, y el encantamiento escudo se expandió en medio del comedor.

Voldemort miró alrededor en busca del responsable y el muchacho se quitó por fin la capa invisible.

Los gritos de sorpresa, los chillidos y las aclamaciones («¡¡Harry!!», «¡¡Es él!!», «¡¡Está vivo!!») se apagaron enseguida. El miedo atenazó a la multitud y se hizo un repentino y completo silencio cuando Voldemort y Harry, mirándose a los ojos, comenzaron a dar vueltas el uno alrededor del otro.

—No quiero que nadie intente ayudarme —dijo Harry, y en medio de aquel profundo silencio su voz se propagó como el sonido de una trompeta—. Tiene que ser así. Tengo que hacerlo yo.

Voldemort dio un silbido.

—Potter no lo dice en serio —dijo abriendo mucho sus encarnados ojos—. Ése no es su estilo, ¿verdad que no? ¿A quién piensas emplear como escudo hoy, Potter?

—A nadie —respondió Harry llanamente—. Ya no hay más Horrocruxes. Sólo quedamos tú y yo. Ninguno de los dos podrá vivir mientras el otro siga con vida, y uno de los dos está a punto de despedirse para siempre...

—¿Uno de los dos, dices? —se burló Voldemort. Tenía todo el cuerpo en tensión y no quitaba la vista de su presa; parecía una serpiente a punto de atacar—. ¿Y no crees que ése serás tú, el niño que sobrevivió por accidente y porque Dumbledore movía los hilos?

—¿Llamas accidente a que mi madre muriera para salvarme? —replicó Harry. Seguían desplazándose de lado, manteniendo las distancias pero trazando un círculo perfecto; para Harry no existía otra cara que no fuera la de Voldemort—. ¿Llamas accidente a que yo decidiera luchar en aquel cementerio? ¿Llamas accidente a que esta noche no me haya defendido y aun así siga con vida, y esté aquí para volver a pelear?

—¡Accidentes, sólo han sido accidentes! —gritó Voldemort, pero no se decidía a atacar. La multitud los observaba petrificada, y de los cientos de personas que había en el comedor parecía que sólo respiraran ellos dos—. ¡Accidentes y suerte, y el hecho de que te escondieras y gimotearas bajo las faldas de hombres y mujeres mejores que tú, y que me permitieras matarlos por ti!

—Esta noche no vas a matar a nadie más —sentenció Harry—. Nunca más volverás a matar. ¿No lo entiendes? Estaba dispuesto a morir para impedir que le hicieras daño a esta gente...

—¡Pero no has muerto!

—Tenía la intención de morir, y con eso ha bastado. He hecho lo mismo que mi madre: los he protegido de tu maldad. ¿No te has percatado de que ninguno de tus hechizos ha durado? No puedes torturarlos ni tocarlos. Pero no aprendes de tus errores, Ryddle, ¿verdad que no?

—¡Cómo te atreves...!

—Sí, me atrevo —afirmó Harry—. Yo sé cosas que tú no sabes, Tom Ryddle. Sé muchas cosas importantes que tú ignoras. ¿Quieres escuchar alguna, antes de cometer otro grave error?

Voldemort no contestó. Siguió andando en círculo, y Harry comprendió que lo tenía temporalmente hechizado y acorralado, retenido por la remota posibilidad de que fuera verdad que él sabía un último secreto...

—¿Estás hablando otra vez del dichoso amor? —preguntó Voldemort, y su rostro de serpiente compuso una sonrisa burlona—. El amor, la solución preferida de Dumbledore, que según él derrotaría a la muerte; aunque ese amor no evitó que cayera desde la torre y se partiera como una vieja figura de cera. El amor, que no me impidió aplastar a tu madre, esa sangre sucia, como a una cucaracha, Potter. Y esta vez no veo que haya nadie que te ame lo suficiente para interponerse entre nosotros y recibir mi maldición. Así que, ¿qué va a impedir que mueras cuando te ataque?

—Sólo una cosa —aseguró Harry; seguían acosándose, separados únicamente por el último secreto.

—Si no es el amor lo que te salvará esta vez —le espetó Voldemort—, debes de creer que posees una magia que no está a mi alcance, o un arma más poderosa que la mía, ¿no?

—Creo ambas cosas.

Harry vio la sorpresa reflejada fugazmente en el rostro serpentino del Señor Tenebroso, que se echó a reír, y el sonido de su risa (una risa forzada, desquiciada, que resonó por el silencioso comedor) fue más espeluznante que sus gritos.

—Así pues, ¿crees que dominas la magia mejor que yo? ¿Te crees más hábil que lord Voldemort, que ha obrado prodigios con los que Dumbledore jamás soñó?

—Sí soñó con ellos, pero él sabía más que tú, sabía lo suficiente para no caer tan bajo como tú.

—¡Lo que quieres decir es que él era débil! ¡Demasiado débil para atreverse, demasiado débil para tomar lo que habría podido ser suyo, lo que ahora será mío!

—No, Dumbledore era más listo que tú; era mejor mago y, sobre todo, mejor persona.

—¡Yo provoqué la muerte de Albus Dumbledore!

—Eso creíste, pero estabas equivocado.

Por primera vez, la silenciosa multitud reaccionó: cientos de personas soltaron una exclamación de asombro al unísono.

—¡Dumbledore está muerto! —Voldemort le lanzó esas palabras a Harry como si pretendiera provocarle un dolor insoportable—. ¡Su cuerpo se pudre en la tumba de mármol de los jardines del castillo! ¡Lo he visto con mis propios ojos, Potter, y él no volverá!

—Sí, Dumbledore está muerto —admitió Harry con calma—, pero tú no decidiste su muerte. Él decidió cómo iba a morir, lo decidió meses antes de que ocurriera, y lo organizó todo con quien tú considerabas tu servidor.

—¿Qué tonterías estás diciendo? —se extrañó Voldemort, sin decidirse a atacar.

—Severus Snape no te pertenecía. Él era fiel a Dumbledore, y lo fue desde el momento en que empezaste a perseguir a mi madre. Pero nunca te diste cuenta, y por eso no eres capaz de entender nada. ¿Verdad que jamás viste a Snape hacer aparecer un *patronus*, Ryddle?

Voldemort no contestó. Continuaban describiendo círculos, como dos lobos a punto de destrozarse el uno al otro.

—El *patronus* de Snape era una cierva —explicó Harry—, igual que el de mi madre, porque él la amó casi toda su vida, desde que eran niños. Debiste darte cuenta —añadió al ver que a Voldemort le vibraban las rendijas de la nariz—; por algo te pidió que no la mataras, ¿no?

—La deseaba, eso es todo —se burló Voldemort—, pero cuando ella murió, Snape aceptó que había otras mujeres, y de sangre más limpia, más dignas de él...

—¡Por supuesto que te dijo eso, pero se convirtió en el espía de Dumbledore desde el momento en que la amenazaste, y desde entonces trabajó siempre para él y contra ti! ¡Dumbledore ya se estaba muriendo cuando Snape puso fin a su vida!

—¡Eso no importa! —chilló Voldemort, que había escuchado absorto cada palabra, y soltó una carcajada enloquecida—. ¡No importa que Snape me fuera fiel a mí o a Dumbledore, ni qué insignificantes obstáculos intentaran poner en mi camino! ¡Los aplasté a ambos como aplasté a tu madre, el presunto gran amor de Snape! ¡Ah, todo tiene sentido, Potter, y de un modo que tú no comprendes!

»¡Dumbledore pretendía impedir que me hiciera con la Varita de Saúco! ¡Quería que Snape fuera el verdadero propietario de ella! Pero yo llegué antes que tú, mocoso, y conseguí la varita antes de que le pusieras las manos encima y descifré la verdad también antes que tú. ¡Hace tres horas he matado a Severus Snape, y la Varita de Saúco, la Vara Letal, la Varita del Destino, ha pasado a ser mía! ¡El plan último de Dumbledore salió mal, Harry Potter!

—Sí, salió mal. Tienes razón. Pero antes de que intentes matarme, te aconsejo que recapacites sobre lo que has hecho... Piensa, e intenta arrepentirte un poco, Ryddle...

—¿Qué quieres decir?

De todas las cosas que Harry le había dicho, de todas las revelaciones y escarnios, ésa fue la que más lo conmocionó. Las pupilas se le contrajeron hasta quedar reducidas a unas finas líneas en medio de una piel que palidecía.

—Es tu última oportunidad —continuó Harry—. Es lo único que te queda... He visto en qué te convertirás si no lo haces... Sé hombre... Intenta... intenta arrepentirte un poco...

—¿Cómo te atreves...? —volvió a decir Voldemort.

—Sí, me atrevo —repitió Harry—, porque el plan último de Dumbledore no me ha fallado en absoluto. Te ha fallado a ti, Ryddle.

La mano con que Voldemort sujetaba la Varita de Saúco temblaba, y el muchacho asió la de Draco con fuerza. Sólo faltaban unos segundos para que el Señor Tenebroso hiciera el movimiento.

—Esa varita todavía no te funciona bien porque mataste a la persona equivocada. Severus Snape nunca fue el verdadero dueño de la Varita de Saúco, porque él nunca venció a Dumbledore.

—Snape mató...

—¿No me escuchas? ¡Snape nunca venció a Dumbledore porque la muerte de éste la planearon ellos dos juntos!

¡Dumbledore quería morir sin haber sido vencido para así convertirse en su último dueño verdadero! ¡Si todo hubiera salido como estaba planeado, el poder de la varita habría muerto con él, porque nunca nadie se la arrebató!

—¡Pues en ese caso, Potter, es como si Dumbledore me la hubiera regalado! —La voz de Voldemort temblaba con malévolo placer—. ¡Yo robé la varita de la tumba de su dueño! ¡Se la quité contraviniendo el último deseo de su propietario! ¡Su poder es mío!

—Ya veo que todavía no lo has entendido, Ryddle. ¡No basta con poseer la varita! Tomarla o utilizarla no la convierte en propiedad tuya. ¿Acaso no escuchaste a Ollivander? «La varita escoge al mago...» La Varita de Saúco reconoció a un nuevo dueño antes de morir Dumbledore, alguien que nunca llegó siquiera a tocarla. Ese nuevo dueño se la arrebató de las manos a Dumbledore sin querer, sin tener plena conciencia de lo que hacía, ni de que la varita más peligrosa del mundo le había otorgado su lealtad... —El pecho de Voldemort subía y bajaba rápidamente, y Harry vio venir la maldición; notó cómo surgía dentro de la varita que lo apuntaba a la cara—. El verdadero dueño de la Varita de Saúco era Draco Malfoy.

El rostro de Voldemort reveló una momentánea sorpresa.

—¿Y qué importancia tiene eso? —dijo con voz débil—. Aunque tuvieras razón, Potter, ni a ti ni a mí nos importa. Tú ya no tienes la varita de fénix, así que batámonos en duelo contando sólo con nuestra habilidad... Y cuando te haya matado, ya me encargaré de Draco Malfoy...

—Lo siento, pero llegas tarde; has dejado pasar tu oportunidad. Yo me adelanté: hace semanas derroté a Draco y le quité esta varita. —Sacudió la varita de espino y percibió cómo todas las miradas se centraban en ella—. Así pues, todo se reduce a esto, ¿no? —susurró—. ¿Sabe la varita que tienes en la mano que a su anterior amo lo desarmaron? Porque si lo sabe, yo soy el verdadero dueño de la Varita de Saúco.

De repente un resplandor rojo y dorado irrumpió por el techo encantado del Gran Comedor, al mismo tiempo que una porción del deslumbrante disco solar aparecía sobre el alféizar de la ventana más cercana. La luz les dio en la cara a los dos a la vez, y de pronto la de Voldemort se convirtió en una mancha llameante. El Señor Tenebroso chilló con aquella voz tan aguda, y Harry también gritó, encomendándose a los cielos y apuntándolo con la varita de Draco:

—¡Avada Kedavra!

—¡Expelliarmus!

El estallido retumbó como un cañonazo, y las llamas doradas que surgieron entre ambos contendientes, en el mismo centro del círculo que estaban describiendo, marcaron el punto de colisión de los hechizos. Harry vio cómo el chorro verde lanzado por Voldemort chocaba contra su propio hechizo, vio cómo la Varita de Saúco saltaba por los aires —oscura contra el sol naciente—, girando sobre sí misma hacia el techo encantado como antes la cabeza de *Nagini*, y dando vueltas en el aire retornaba hacia su dueño, al que no mataría porque por fin había tomado plena posesión de ella. Pero Harry, con la infalible destreza del buscador de quidditch, la atrapó con la mano libre, al mismo tiempo que Voldemort caía hacia atrás, con los brazos extendidos y aquellos ojos rojos de delgadas pupilas vueltos hacia dentro. Tom Ryddle cayó en el suelo con prosaica irrevocabilidad, el cuerpo flojo y encogido, las blancas manos vacías, la cara de serpiente inexpresiva y sin conciencia. Voldemort estaba muerto, lo había matado su propia maldición al rebotar, y Harry se quedó allí inmóvil con las dos varitas en la mano, contemplando el cadáver de su enemigo.

Hubo un estremecedor instante de silencio en el cual la conmoción de lo ocurrido quedó en suspenso. Y entonces el tumulto se desató alrededor de Harry: los gritos, los vítores y los bramidos de los espectadores hendieron el aire. El implacable sol del nuevo día brillaba ya en las ventanas cuando todos se abalanzaron sobre el muchacho. Los primeros en llegar a su lado fueron Ron y Hermione, y fueron sus brazos los que lo apretujaron, sus gritos incomprensibles los que lo ensordecieron. Enseguida llegaron Ginny, Neville y Luna, y a continuación los Weasley y Hagrid, y Kingsley, y McGonagall, y Flitwick, y Sprout... Harry no entendía ni una palabra de lo que le decían, ni sabía de quién eran las manos que lo sujetaban, tiraban de él o trataban de abrazar alguna parte de su cuerpo. Había cientos de manos que intentaban alcanzarlo, todas decididas a tocar al niño que sobrevivió, al responsable de que todo hubiera terminado por fin...

El sol fue ascendiendo por el cielo de Hogwarts y el Gran Comedor se llenó de luz y de vida. Harry se convirtió en parte indispensable de las confusas manifestaciones de júbilo y de dolor, de felicitación y de duelo, pues todos querían que estuviera allí con ellos, que fuera su líder y su símbolo, su salvador y su consejero. Por lo visto, a nadie se le ocurría pensar que el muchacho no había dormido nada, o que sólo anhelaba la compañía de unos pocos amigos. Pese al cansancio, tenía que hablar con los desconsolados, tomarles las manos, verlos llorar, recibir sus palabras de agradecimiento. A medida que transcurría la mañana, iban llegando noticias: los que se encontraban bajo la maldición *imperius* —magos de todos los rincones del país— habían vuelto en sí; los mortífagos que no habían sido capturados huían; estaban liberando a todos los inocentes de Azkaban; a Kingsley Shacklebolt lo habían nombrado provisionalmente ministro de Magia...

El cadáver de Voldemort fue trasladado a una cámara adyacente al Gran Comedor, lejos de los cadáveres de Fred, Tonks, Lupin, Colin Creevey y otras cincuenta personas que habían muerto combatiéndolo. La profesora McGonagall volvió a poner en su sitio las mesas de las casas, pero ya nadie se sentaba según la casa a que pertenecía, sino que estaban todos entremezclados: profesores y alumnos, fantasmas y padres, centauros y elfos domésticos. Firenze se recuperaba tumbado en un rincón, Grawp contemplaba el exterior por una ventana rota, y la gente comía entre risas. Al cabo de un rato, agotado y exhausto, Harry se sentó en el banco de una mesa al lado de Luna.

—Yo en tu lugar estaría deseando un poco de tranquilidad —dijo ella.

—Me encantaría.

—Los distraeré a todos. Ponte la capa. —Y antes de que Harry tuviera tiempo de replicar, Luna exclamó—: ¡Oooh! ¡Miren, un blibber maravilloso! —Y señaló hacia los jardines.

Todos volvieron la cabeza, momento que Harry aprovechó para echarse la capa por encima y levantarse de la mesa.

Ahora podría trasladarse por el comedor sin que lo vieran. Así pues, localizó a Ginny sentada dos mesas más allá, con la cabeza apoyada en el hombro de su madre, pero pensó que ya tendrían tiempo —horas, días, quizá hasta años— para hablar. Vio a Neville comiendo con la espada de Gryffindor junto al plato, rodeado por un grupo de fervientes admiradores, y al avanzar por el pasillo entre las mesas descubrió a los tres Malfoy apiñados, como si no estuvieran muy seguros de si debían estar allí o no, aunque nadie les prestaba atención. Allá donde miraba veía familias que se habían reencontrado, y por fin dio con las dos personas cuya compañía más anhelaba.

—Soy yo —murmuró agachándose entre los dos—. ¿Pueden venir conmigo?

Ron y Hermione se levantaron al instante y salieron del Gran Comedor. En la escalinata de mármol había unos agujeros enormes, parte de la barandilla había desaparecido, y al subir por ella no encontraron más que escombros y manchas de sangre.

Oyeron a Peeves a lo lejos. Zumbaba por los pasillos entonando un cántico de victoria que él mismo había compuesto:

¡Los hemos machacado!
¡Menudo sujeto es Potter!
Y ahora ¡a divertirse,
que Voldy estiró la pata!

—Sabe expresar el alcance y la gravedad de la tragedia, ¿verdad? —comentó Ron al mismo tiempo que empujaba una puerta y dejaba pasar a sus dos compañeros.

Harry suponía que la felicidad llegaría a su debido tiempo, pero de momento la empañaba el agotamiento, y el dolor por la pérdida de Fred, Lupin y Tonks le traspasaba el corazón. Básicamente, sentía un alivio monumental y lo que más se le antojaba era dormir. Pero antes que nada les debía una explicación a Ron y Hermione, puesto que llevaban mucho tiempo a su lado y merecían saber la verdad. Les contó, pues, con todo detalle lo que había visto en el pensadero y los sucesos del Bosque Prohibido, y cuando sus amigos todavía no habían empezado a expresar su asombro y conmoción, llegaron por fin al sitio adonde se dirigían, aunque ninguno de los tres lo hubiera mencionado.

La gárgola que custodiaba la entrada del despacho del director también había sufrido desperfectos desde la última vez que Harry pasara por allí, pues yacía en el suelo un poco grogui, y el chico se preguntó si todavía sería capaz de reconocer una contraseña.

—¿Podemos subir? —le preguntó.

—Adelante —gimió la estatua.

Pasaron por encima de ella y subieron por la escalera de caracol de piedra que ascendía lentamente como una escalera mecánica. Al llegar arriba, Harry abrió la puerta.

El pensadero de piedra todavía estaba sobre el escritorio, donde él lo había dejado, pero se sobresaltó al oír un ruido ensordecedor; le vinieron a la mente maldiciones, el regreso de los mortífagos, el renacimiento de Voldemort...

Pero eran aplausos. Desde las paredes, los directores y las directoras de Hogwarts le dedicaban una abrumadora ovación: agitaban los sombreros o las pelucas, sacaban los brazos de sus lienzos para estrecharse las manos unos a otros, daban brincos en las butacas donde los habían retratado, Dilys Derwent lloraba sin ningún reparo, Dexter Fortescue agitaba su trompetilla, y Phineas Nigellus gritaba con su aguda y aflautada voz: «¡Y que conste que la casa de Slytherin ha participado en este acontecimiento! ¡Que nuestra intervención no caiga en el olvido!»

Pero Harry sólo tenía ojos para el hombre que estaba retratado, de pie, en el cuadro más grande, situado justo detrás del sillón del director. Las lágrimas le resbalaban tras las gafas de media luna perdiéndose entre su larga y plateada barba, y el orgullo y la gratitud que irradiaba ejercieron sobre Harry un efecto tan balsámico como el canto del fénix.

Al final el chico levantó las manos y los retratos, respetuosos, guardaron silencio. Sonriendo y enjugándose las lágrimas, todos se dispusieron a escucharlo. Sin embargo, las palabras de Harry eran sólo para Dumbledore, y las escogió con mucho cuidado. Pese a estar exhausto y muerto de sueño, debía hacer un esfuerzo más, porque necesitaba un último consejo.

—El objeto escondido dentro de la snitch se me cayó en el Bosque Prohibido —empezó—. No sé exactamente dónde, pero no pienso ir a buscarlo. ¿Está usted de acuerdo, profesor?

—Por supuesto, hijo —respondió Dumbledore; los otros personajes lo miraron con curiosidad y un tanto confusos—. Una decisión sabia y valiente, pero no esperaba menos de ti. ¿Sabe alguien más dónde se te cayó?

—No, nadie —repuso Harry, y el profesor asintió, satisfecho—. Pero voy a conservar el regalo de Ignotus.

—Claro que sí, Harry —sonrió Dumbledore—. ¡Es tuyo para siempre, hasta el día en que se lo pases a alguien!

—Y luego está esto. —Alzó la Varita de Saúco, y Ron y Hermione la miraron con una veneración que, pese a su somnolencia y aturdimiento, a Harry no le gustó nada—. No la quiero —dijo.

—¿Qué? —saltó Ron—. ¿Te falta un tornillo?

—Ya sé que es muy poderosa —comentó Harry con voz cansina—. Pero era más feliz con la mía. Así que...

Rebuscó en el monedero que llevaba colgado del cuello y sacó los dos trozos de acebo, conectados todavía por una delgadísima hebra de pluma de fénix. Hermione había dicho que la varita no podía repararse, que el daño sufrido era demasiado grave. Así pues, Harry sabía que si lo que iba a hacer a continuación no daba resultado, no habría ningún remedio.

Dejó la varita rota encima del escritorio del director, la tocó con la punta de la Varita de Saúco y dijo:

—¡*Reparo!*

La varita de acebo se soldó de nuevo, y unas chispas rojas salieron de su extremo. ¡Lo había logrado! Tomó la varita de acebo y fénix y notó un repentino calor en los dedos, como si aquel instrumento y la mano se alegraran de reencontrarse.

—Voy a devolver la Varita de Saúco al lugar de donde salió —le dijo a Dumbledore, que lo contemplaba con gran cariño y admiración—. Puede quedarse allí. Si muero de muerte natural, como Ignotus, perderá su poder, ¿no? Eso significará su final.

Dumbledore asintió y los dos se sonrieron.

—¿Estás seguro de esa decisión? —preguntó Ron mirando la Varita de Saúco con un dejo de nostalgia.

—Creo que Harry tiene razón —opinó Hermione en voz baja.

—Esa varita genera más problemas que beneficios —dijo Harry—. Y sinceramente —dio la espalda a los retratos; ya sólo pensaba en la cama con dosel que lo esperaba en la torre de Gryffindor, y se preguntó si Kreacher podría subirle un sándwich—, ya he cubierto el cupo de problemas que tenía asignado en esta vida.

Diecinueve años después

Aquel año, el otoño se adelantó. El primer día de septiembre trajo una mañana tersa y dorada como una manzana, y mientras la pequeña familia cruzaba corriendo la ruidosa calle hacia la enorme y tiznada estación, los gases de los tubos de escape y el aliento de los peatones brillaban como telarañas en la fría atmósfera. En lo alto de los dos cargados carritos que empujaban los padres se tambaleaban dos grandes jaulas con sendas lechuzas que ululaban indignadas. Una llorosa niña pelirroja iba detrás de sus hermanos, aferrada al brazo de su padre.

—Dentro de poco tú también irás —la consoló Harry.

—Faltan dos años —gimoteó Lily—. ¡Yo quiero ir ahora!

La gente que había en la estación lanzaba miradas de curiosidad a las lechuzas mientras la familia zigzagueaba hacia la barrera que separaba los andenes nueve y diez. La voz de Albus alcanzó a Harry por encima del bullicio que los rodeaba; sus dos hijos varones reanudaban la discusión que habían iniciado en el coche.

—¡No señor! ¡No van a ponerme en Slytherin!

—¿Quieres terminar ya, James? —dijo Ginny.

—Sólo he dicho que podrían ponerlo en Slytherin —se defendió James sonriendo con burla a su hermano pequeño—. ¿Qué tiene eso de malo? Es verdad que a lo mejor lo ponen...

Pero James detectó la severa mirada de su madre y se calló. Los cinco Potter habían llegado frente a la barrera. James miró a su hermano pequeño por encima del hombro, con expresión de gallito; luego tomó el carrito que conducía su madre y echó a correr. Un instante más tarde se había esfumado.

—Me escribirán, ¿verdad? —preguntó Albus a sus padres, aprovechando la momentánea ausencia de su hermano.

—Claro que sí. Todos los días, si quieres —respondió Ginny.

—No, todos los días no —se apresuró a decir Albus—. James dice que la mayoría de los alumnos sólo reciben cartas una vez al mes, más o menos.

—Pues el año pasado le escribíamos tres veces por semana —afirmó Ginny.

—Y no te creas todo lo que tu hermano te cuente sobre Hogwarts —intervino Harry—. Ya sabes que es muy bromista.

Juntos, empujaron el otro carrito en dirección a la barrera. Albus hizo una mueca de dolor, pero no se produjo ninguna colisión. La familia apareció en el andén nueve y tres cuartos, desdibujado por el denso y blanco vapor que salía de la escarlata locomotora del expreso de Hogwarts. Unas figuras indistintas pululaban por la neblina en que James ya se había perdido.

—¿Dónde están? —preguntó Albus con inquietud, escudriñando las borrosas siluetas junto a las que pasaban mientras recorrían el andén.

—Ya los encontraremos —lo tranquilizó Ginny.

Pero el vapor era muy denso y no resultaba fácil distinguir las caras de la gente. Separadas de sus dueños, las voces sonaban con una potencia exagerada. A Harry le pareció oír a Percy disertando en voz alta sobre la normativa que regulaba el uso de escobas, y se alegró de tener una excusa para no detenerse y saludarlo...

—Creo que están ahí, Al —comentó Ginny.

Un grupo de cuatro personas surgió entre la niebla, junto al último vagón. Harry, Ginny, Lily y Albus no lograron distinguir sus caras hasta que estuvieron a su lado.

—¡Hola! —saludó Albus con patente alivio.

Rose, que ya llevaba puesta su túnica nueva de Hogwarts, lo miró sonriente.

—¿Has podido estacionarte bien? —le preguntó Ron a Harry—. Yo sí. Hermione no confiaba en que aprobara el examen de conducir de muggles, ¿verdad que no? Creía que tendría que confundir al examinador.

—Eso no es cierto —replicó Hermione—. Confiaba plenamente en ti.

—La verdad es que lo confundí —le confesó Ron a Harry al oído cuando, entre los dos, subieron el baúl y la lechuza de Albus al tren—. Sólo se me olvidó mirar por el retrovisor lateral y... qué quieres que te diga, para eso puedo utilizar un encantamiento supersensorial.

De nuevo en el andén, encontraron a Lily y Hugo, el hermano pequeño de Rose, charlando animadamente. Trataban de adivinar en qué casa los pondrían cuando fueran a Hogwarts.

—No quiero que te sientas presionado —dijo Ron—, pero si no te ponen en Gryffindor, te desheredo.

—¡Ron!

Lily y Hugo rieron, pero Albus y Rose se mostraron circunspectos.

—No lo dice en serio —dijeron Hermione y Ginny, pero Ron ya no les prestaba atención. Con mucho disimulo, señaló a unos cincuenta metros de distancia. El vapor se había aclarado momentáneamente, y tres personas resaltaban entre la neblina que se arremolinaba en el andén.

—¡Mira quiénes han venido!

Draco Malfoy también se hallaba en la estación con su esposa y su hijo; llevaba un abrigo oscuro abotonado hasta el cuello, y las pronunciadas entradas resaltaban sus angulosas facciones. Su hijo se parecía a Draco tanto como Albus a Harry. Malfoy se dio cuenta de que Harry, Ron, Hermione y Ginny lo miraban; los saludó con una seca cabezada y se dio la vuelta.

—Así que ése es el pequeño Scorpius —murmuró Ron—. Asegúrate de superarlo en todos los exámenes, Rosie. Suerte que has heredado la inteligencia de tu madre.

—Haz el favor, Ron —protestó Hermione, entre severa y divertida—. ¡No intentes enemistarlos antes incluso de que haya empezado el curso!

—Tienes razón; perdóname —se disculpó Ron, aunque no pudo evitar añadir—: Pero no te hagas demasiado amiga suya, Rosie. El abuelo Weasley jamás te perdonaría si te casaras con un sangre limpia.

—¡Eh!

James había reaparecido; se había librado del baúl, la lechuza y el carrito, y era evidente que tenía un montón de noticias que contarles.

—Teddy está ahí —dijo casi sin aliento, señalando hacia atrás—. ¡Acabo de verlo! ¿Y saben qué estaba haciendo? ¡Besuqueándose con Victoire! —Miró a los adultos y se sintió decepcionado por su desinteresada reacción—. ¡Nuestro Teddy! ¡Teddy Lupin! ¡Estaba besuqueándose con nuestra Victoire! ¡Nuestra prima! Le pregunté a Teddy qué estaba haciendo...

—¿Los has interrumpido? —preguntó Ginny—. ¡Eres igual que Ron!

—... ¡y me contestó que había venido a despedirse de ella! Y luego me dijo que me largara. ¡Se estaban besuqueando! —añadió James, como si temiera no haberse explicado bien.

—¡Ay! ¡Sería maravilloso que se casaran! —susurró Lily, extasiada—. ¡Entonces Teddy sí que formaría parte de la familia!

—Ya viene a cenar unas cuatro veces por semana —terció Harry—. ¿Por qué no le proponemos que se quede a vivir con nosotros, y asunto concluido?

—¡Eso! —saltó James con entusiasmo—. ¡A mí no me importaría compartir la habitación con Al! ¡Teddy puede instalarse en mi dormitorio!

—¡Ni hablar! —repuso Harry con firmeza—. Al y tú compartirán habitación cuando quiera demoler la casa. —Miró la hora en el abollado y viejo reloj que había pertenecido a Fabian Prewett—. Son casi las once. Será mejor que suban al tren.

—¡No te olvides de darle un beso de mi parte a Neville! —le dijo Ginny a James al abrazarlo.

—¡Mamá! ¡No puedo darle un beso a un profesor!

—Pero si tú lo conoces...

James puso los ojos en blanco.

—Fuera del colegio, estoy de acuerdo, pero él es el profesor Longbottom, ¿no? No puedo entrar en la clase de Herbología y darle un beso de tu parte.

James sacudió la cabeza ante la ingenuidad de su madre y se desahogó lanzándole otra pulla a Albus:

—Hasta luego, Al. Ya me dirás si has visto a los thestrals.

—Pero ¿no eran invisibles? ¡Me dijiste que eran invisibles!

James se limitó a reír; dejó que su madre lo besara, le dio un somero abrazo a su padre y subió de un salto al tren, que se estaba llenando rápidamente. Lo vieron despedirse con la mano y echar a correr por el pasillo en busca de sus amigos.

—No tienes por qué temer a los thestrals —le dijo Harry a Albus—. Son unas criaturas muy tranquilas y no dan ningún miedo. Además, ustedes no van a ir al colegio en los carruajes, sino en los botes.

Ginny se despidió de Albus con un beso.

—Nos veremos en Navidad.

—Adiós, Al —dijo Harry al abrazar a su hijo—. No olvides que Hagrid te ha invitado a tomar el té el próximo viernes; no te metas con Peeves, y no retes a nadie en duelo hasta que hayas adquirido un poco de experiencia. Ah, y no dejes que James te provoque.

—¿Y si me ponen en la casa de Slytherin? —susurró en voz baja para que sólo lo oyera su padre, y éste comprendió que sólo la tensión de la partida podría haber obligado a Albus a revelar lo enorme y sincero que era ese temor.

Harry se puso en cuclillas y su cara quedó a la altura de la de Albus. El chico era el único de sus tres hijos que había heredado los ojos de Lily.

—Albus Severus —susurró Harry para que no los oyera nadie más que Ginny, y ella fue lo bastante discreta para fingir que le estaba diciendo adiós con la mano a Rose, que ya había subido al tren—, te pusimos los nombres de dos directores de Hogwarts. Uno de ellos era de Slytherin, y seguramente era el hombre más valiente que jamás he conocido.

—Pero sólo dime...

—En ese caso, la casa de Slytherin ganaría un excelente alumno, ¿no? A nosotros no nos importa, Al. Pero si a ti te preocupa, podrás elegir entre Gryffindor y Slytherin. El Sombrero Seleccionador tiene en cuenta tus preferencias.

—¿En serio?

—Conmigo lo hizo —afirmó Harry.

Ese detalle nunca se lo había contado a sus hijos, y Albus puso cara de asombro. Pero las puertas del tren escarlata se estaban cerrando, y las borrosas siluetas de los padres se acercaban a los vagones para darles los últimos besos y las últimas recomendaciones a sus hijos. Albus subió al fin, y Ginny cerró la puerta tras él. Los alumnos asomaban la cabeza por la ventanilla que tenían más cerca. Muchas caras, tanto en el tren como en el andén, se habían vuelto hacia Harry.

—¿Por qué te miran todos así? —preguntó Albus, y Rose y él estiraron el cuello para observar a los otros alumnos.

—No le des importancia —dijo Ron—. Es a mí a quien miran, porque soy muy famoso.

Albus, Rose, Hugo y Lily rieron. El tren se puso en marcha y Harry caminó unos metros a su lado por el andén, contemplando el delgado rostro de su hijo, encendido ya de emoción. Harry siguió sonriendo y diciendo adiós con la mano, aunque le producía cierto pesar ver alejarse a su hijo...

El último rastro de vapor se esfumó en el cielo otoñal cuando el tren tomó una curva. Harry todavía tenía la mano levantada.

—Ya verás como todo le irá bien —murmuró Ginny.

Harry la miró, bajó la mano y, distraídamente, se tocó la cicatriz en forma de rayo de la frente.

—Sí, ya sé que todo le irá bien.

La cicatriz llevaba diecinueve años sin dolerle. No había nada de que preocuparse.